MW01674748

Die Acharner des Aristophanes

SALZWASSER
VERLAG

Anonym

Die Acharner des Aristophanes

Unveränderter Nachdruck der Originalausgabe von 1864.

1. Auflage 2022 | ISBN: 978-3-75259-718-9

Verlag: Salzwasser Verlag GmbH, Zeilweg 44, 60439 Frankfurt, Deutschland
Vertretungsberechtigt: E. Roepke, Zeilweg 44, 60439 Frankfurt, Deutschland
Druck: Books on Demand GmbH, In de Tarpen 42, 22848 Norderstedt, Deutschland

DIE ACHARNER

DES

ARISTOPHANES.

GRIECHISCH UND DEUTSCH

LEIPZIG

1864.

MEINEM BRUDER OTTO

ZUGEEIGNET.

VORREDE.

Die vorliegende Ausgabe der Acharner ist nicht eine Recension mit Hülfe neuer Vergleichungen weder des Ravennas noch irgend eines andern cod. Solche zu erlangen, so wünschenswerth sie für die fernere kritische Behandlung des Aristophanes sein mögen, war mir nicht verstattet. Ich habe den Meineke'schen Text zu Grunde gelegt, bin ihm aber nicht immer gefolgt, sondern im Ganzen etwas conservativer zu Werke gegangen. Einige eigene Verbesserungsvorschläge habe ich in die Anmerkungen aufgenommen. Der kritische Apparat, wie er bei Dindorf vorliegt, findet sich hier nicht wiederholt, sondern nur bei besonders schwierigen Stellen und wo ich der Ueberlieferung nicht gefolgt, das nöthige davon angemerkt. Ebenso wenig habe ich eine Sammlung aller zu den Acharnern jemals gemachten Coniecturen in diesem Buche niedergelegt oder die Namen der Gelehrten alle verzeichnet, welche diese oder jene Lesart oder Coniectur entweder angenommen oder verworfen haben. Wer das bei jedem einzelnen Verse zu wissen wünscht, muss andere Bücher zu Rathe ziehen. Ich habe mich vielmehr stets mit Hervorhebung desjenigen begnügt, der der Eigenthümer einer Verbesserung ist, bei Dindorf und Bergk auch meist nur dann angegeben, in welcher ihrer verschiedenen Ausgaben sie den betreffenden Vorschlag gemacht, wenn es in einer früheren geschehen ist und sie in den späteren nicht dabei geblieben sind. Eine vollständige Geschichte des Textes habe ich also nicht beabsichtigt, dagegen die testimonia veterum, dieses erste Material zur Kritik, zwar schwerlich ohne jede Ausnahme, aber doch, wie ich hoffe, nicht wenig vollständiger als bisher unter dem Texte zusammengestellt. Freilich kommt für den Werth einer von Grammatikern oder anderen Autoren bezeugten Variante immer wieder die Art und Ueberlieferungsgeschichte derjenigen Schrift in Betracht, die das Zeugniss enthält; doch sind diese Zeugnisse, wo sie vorhanden, niemals ausser Acht zu lassen. Ein Gegenstück hierzu sind Parallelstellen und offenbare Nachahmungen. Was die ersteren betrifft, so habe ich die schon von anderen verzeichneten absichtlich meist übergangen; von den letzteren ist es mir gelungen einige neue besonders aus Epistolographen hinzuzufügen.

Der erklärende Theil des Commentars enthält auch für Anfänger und für Freunde des Alterthums, die nicht gerade der philologischen Zunft angehören und beim Lesen eines alten Schriftstellers nicht erst Bücher nachschlagen wollen, die zum Verständniss unentbehrlichen und erreichbaren Nachweise, daneben über einige in der attischen Komödie viel vorkommende Persönlichkeiten längere Ausführungen, deren Inhalt Kennern des Aristophanes geläufig ist. Ich bemerke dies, um dem Vorwurf zu begegnen, dass ich bekanntes vorbringe. Ein erklärender Commentar wird für wissende überhaupt nie geschrieben, und so habe auch ich bei diesem Theil meiner Arbeit hauptsächlich an Leser gedacht, die die attische Komödie erst kennen lernen oder eine früher gewonnene Kenntniss derselben wieder auffrischen wollen. Daher denn auch die Uebersetzung; sie ist aus anhaltender Beschäftigung mit dem Dichter hervorgegangen und zeigt wenigstens von treuem Bemühen, bei möglichst genauer Nachbildung der antiken Versmasze das griechisch gedachte in gutem Deutsch wiederzugeben. Wie es mir gelungen, darüber haben andere zu urtheilen. Für überflüssig werden diese Arbeit nur etwa diejenigen halten, die nach einem erst kürzlich zu Tage getretenen Beispiel von der steilen Höhe philosophischen Standpunkts herab wegen der Angriffe auf Sokrates in Aristophanes nichts als einen 'flachen Komödiendichter' zu sehen vermögen.

Erwähnen muss ich noch, dass ich (wie auch Donner gethan) es vorgezogen habe, den Megarer und Boeoter gleich den andern Personen unverfälschtes Hochdeutsch sprechen zu lassen, statt ihnen irgend welchen anderen existirenden oder nicht existirenden Dialekt in den Mund zu legen. Ich halte die Versuche, die in dieser Beziehnng mit schwäbischer und Gott weiss was für Mundarten gemacht worden, für verfehlt, weil die charakteristischen Eigenheiten des Megarischen und Boeotischen, auf deren Nachbildung es doch ankommen würde, sich in deutschen Mundarten nicht wiederfinden. Dagegen habe ich Eigennamen, deren sich jene bedienen, in der von ihnen gebrauchten Form stehen lassen, Deus statt Zeus, Theiben, Athan, Hermas, Poteidan, Aphrodita. Das ist Beibehaltung des Dialekts; und ginge es an, nach diesem Muster die Lauteigenthümlichkeiten des Megarischen und Boeotischen auf das Deutsche anzuwenden, so müsste das ein trener Uebersetzer thun, aber die Unmöglichkeit liegt freilich auf der Hand.

Im Anhang folgt eine Sammlung derjenigen Stellen im Aristophanes und den attischen Komiker-Fragmenten, welche Parodieen dramatischer Poesie enthalten. Die Acharner bieten ja des parodischen die Fülle, und so schien mir die Gelegenheit passend, eine früher angefangene Sammlung (de usu parodiae apud comicos Atheniensium. p. I continens epicorum parodias. Programm des Cölnischen Real-Gymnasiums Berl. 1861. — die Parodieen bei den attischen Komikern. II (Lyriker) Zeitschr. f. d. Gymn. XVII 5) hier zu vervollständigen. Von Nachträgen zu den ersten beiden Theilen derselben möge hier folgendes bemerkt werden. Episch. Aristoph. Equit. 1297 (Eupolis II 577 v. 8) *ὦ ἄνα* (Hom. z. B. *Γ* 351). Ran. 1017 *θυμοὺς ἑπταβοείους* (*H* 219 *σάκος . . Χάλκεον ἑπταβόειον*). Eustath. 518 41 *ὁ δὲ κωμικός, φασι, βροτολοιγὸν ἰδίως που ἔφη τὸν καὶ αἰσχρολοιχὸν λεγόμενον.* (*Lobeck* Phryn. 573.) Hermipp. 41 (II 395) 7 *δηχθεὶς αἴθωνι Κλέωνι* (Hom. *αἴθωνι σιδήρῳ*). — Lyrisch. Acharn. 360. 638. 929.

Der Raumersparniss wegen habe ich mir erlaubt, einige Namen, die öfter angeführt werden mussten, abzukürzen.

Es sind folgende. *Ahr* (Ahrens de dialectis Aeolicis. de dialecto Dorica) *B* (Bergk *B 1* Ausg. I) *Bentl* (Bentley) *Bernh* (Bernhardy) *Bl* (Blaydes) *Bo* (Bothe) *Br* (Brunck) *Burs* (Bursian Geographie von Griechenland I L. 1862) *Cob* (Cobet) *D* (W Dindorf *D 30* Ausgabe L. 1830 *38* Ausg. bei Didot Par. 1838) *Daw* (Dawes) *Dobr* (Dobree) *Dr* (Droysen) *E* (Elmsley) *Fr* (Fritzsche) *Halb* (Halbertsma prosopographia Aristophanea I Lugd. Bat. 1855) *Ham* (Hamaker) *Herm* (G Hermann) *Kl* (Klotz) *Kr* (K W Krüger) *Kü* (Küster) *Lent* (Lenting observationes criticae Zutph. 1839) *M* (Alb. Müller) *HM* (Hier. Müller) *Me* (Meineke) *N* (A Nauck) *P* (Porson) *Reis* (Reisig) *Ri* (Richter) *Ru* (Ruhnken Timaei Lexicon) *R* u. *W* (Rossbach u. Westphal Metrik) *Scal* (Scaliger) *Schoem* (Schoemann) *Valck* (Valckenaer) *W* (F A Wolf).

Die Bezeichnung der Handschriften ist die herkömmliche.

Ravennas R	saec.	XI
Parisinus 2712 A	„	XIII
„ 2717 C		
Laurentianus 31, 15 *Γ*	„	XIV
„ 31, 16 *Δ*	„	XV
Parisinus 2715 B	„	XVI
Vaticano-Palatinus P		

Um Nachsicht muss ich bitten wegen einiger Ungleichheit in der Schreibung griechischer Namen, die sich wider meinen Willen hier und da eingeschlichen hat. Die alte Verszählung, nach welcher ich natürlich an jedem andern Orte citiren würde, habe ich auf der rechten Seite des griechischen Textes beigefügt.

Es bleibt noch übrig anzugeben, an welchen Stellen ich von Meineke abgewichen bin. M. hat (nach der gewöhnlichen Verszählung):

10 ʼκεχήνη 13 Μόσχῳ 25 ἀλλήλοις περὶ τοῦ π. 52 ποιῆσαι 53 ὤνδρες 59 σίγα 60 πρυτανεύητε 68 f. παρὰ Καΰστριον ποταμὸν *fort. recte Blaydesius* 71 τἄῥ 78 φαγεῖν 95 βλέπεις; 96 ἢ 100 ἔξαρξ' ἀναπισσόναι 102 ὑμῖν 104 χρῦσο 108 οὐκ ἀλλ' 118 ὅτι ἐστὶ Κ. 133 κεχήνατε 136 *fort. totus versus ita scribendus est:* χρόνον μὲν ουκ ἔγωγ'

ἂν ἢ ν Θ. π. 139 f. *ΔΙΚ.* ὑπ' αὐτὸν . . . ἠγωνίζετο 143 ὡς ἀληθῶς *Dobraeus, quod verum videtur* 176 μήπω γε πρὶν ἂν ἔστω 178 ἔστ'; 197 μηκέτι μετρεῖν *Hamakerus, sufficere opinor* μηκέτι τηρεῖν 197. 198 *recte transponit Reiskius* 234 βαλληνάδε 247 ἔστ' ὦ 282 παῖε πᾶς τ. 292 ἴστε. μάλλ' . . . ἀκούσατ', ἀλλ' *fort. rectius Hamakerus* 301 τεμῶ τοῖσιν ἱππεῦσι 307 *an* λέγοι' ἄν? 317 λέγω 318 πάνθ' ὅσ' ἂν λέγω λ. 336 *an* ἆρ' ἀφήλικα? *veterem hunc carbonarium* 338 *forsan* ὅ τι σοι δοκεῖ τόν τε 347 ἆρα πάντως 348 ὀλ. δ' ἀπέθανον ἄ. παρνήσιοι 352 γὰρ: *scribendum* μὲν 353 ἀνδρῶν: ὑμῶν? 356 περὶ *Λ.* 392 οὐχὶ δέξεται 404 *fort. addendum* ὦ Εὐριπίδη 406 καλῶ 407 f. ἀλλ' οὐ — ὅμως *recte delere videtur Dobraeus* 411 καταβάδην· 415 τί του 425 οὐκ ἀλλὰ 434 ἰοὺ ταυτὶ λαβέ 436 *fortasse spurius* (nicht 384) 442 ὅς εἴμ' 447 ἐμπίμπλαμαι 461 *Δί*· 463 σφογγίῳ 464 ὤνθρωπ' 479 κλῆε πηκτὰ 483 *malim* πρόβαινέ νυν 508 unter dem Text 524 Μεγαράδε 528 ἀρχὴ 534 οὐρανῷ μένειν 556 ὑμῖν 569 f. εἴτε τις ἔστι ταξίαρχός τις ἢ Τειχομάχας 575 unter dem Text 580 οὐκ οἶδα. *ΛΑ.* πῶς; *Bergkius, quod verum videtur* 583 f. *malim* αὐτήν. *ΔΙ.* ἰδοὺ Κεῖται. 584 τὸ πτερόν: δὸς πτερόν? 591 οὐ γὰρ κατ' (ἰσχύν σοὔστιν?) 592 οὐ κατεψώλησας? 597 μισθαρνίδης? 604 Χαόσιν 610 ὢν ἔνῃ; 613 Χαόνας 615 πρῴην 631 *malim* ὑμῶν 633 ἀγαθῶν αἴτιος 635 *an* μηδ' — μηδ'? 640 ηὔρετο 646 οὕτως αὐτοῦ 650 *imo* τε γενέσθαι 651 κἀν τῷ 672 *scribendum* κάπτωσιν, *aut* βάπτωσιν *cum Hamakero.* ἀγροικότονον 683 γῆραι 685 ὃ δὲ νεανίαν 700 προσαλισκόμεθα 709 ἠνέσχετ' ἂν 710 μέντἂν 712 ὑπερετόξευσεν 722 unter dem Text 731 κἀθλίω 732 μᾶδδαν 733 ἄκουε δὴ πότεχέ τ' 736 τίς δ' αὖ τὼς? 739 χοίρως . . φέρεν 740 χοιρίνων? 743 λιμῷ 748 καρυξῶ. Δικαιόπολις δὲ πᾷ; 750 τί; . . ἀγορασοῦντες 751 ἀεὶ 754 ἐξεπορευόμαν? 755 τὤνδρες . . πόλι 757 ἀπηλλάξεσθε 759 *malim* παρ 761 σκόροδ' ἀμές; τῶν? 764 χοίρως 766 *an* χἠπαλά? *nisi forte recte Fritzschius* καλή, *Dicaeopolidi continuans verba* ὡς π. κ. κ. 770 τῶδε 772 θυμιτιδᾶν 775 τὺ . . ἦμεναι 777 τὺ 779 τὺ 784 ἀλλ' οὐχὶ 786 νεαρὰ 788 τράφεν 789 *probabiliter Hamakerus* χοῖρος οὗτος θατέρῳ 790 τωὐτῶ 791 αἴκα π. δ' ἀναχνοανθῇ (ἀγχνοανθῇ praef.) θ' ὕστριχι 792 θύεν 793 χοῖρός τἀφροδίτῃ 798 Ποτειδᾶν καί κ' ἄνις 801 τρώγοις ἂν ἐρεβίνθους; Lücke. *Κ.* κοῖ κοῖ. 802 f. *ΚΟΡΑ* 803 τί δαί; σῦκα τρώγοις ἂν αὐτός; *Κ.* κοῖ κοῖ unter dem Text. 809 *ΜΕΓ.* 810 ἐγὼν *scribendum.* αὐτᾶν 817 ἐμωυτῶ 819 φαίνω 821 ἀρχὰ 823 φαντάδδομαι 826 παθὼν 835 μᾶδδαν, αἴκα τις 849 *Κ.* αὖ 866 Χαιριδῆς 867 ἐπεχαρίξα μῶ 868 ἐξύπισθ' ἐμοῦς *recte Blaydesius* 870 αἴ τι *recte Blaydesius. scribendum* ἰὼν *cum Blaydesio* 880 *praestat fort.* ἐνύδρις, *cuius mediam syllabam os boeoticum recte producit.* ἐγχέλιας: *praestat fort.* ἐγχέλις 884 τεῖδε 889 ἀρίστην 894 ἐντετευτλιδωμένης 900 ὅ τι γ' ἐν Ἀθάναις 902 κέραμον. *Β.* ἀφύας 903 *aut* πὰρ *scribendum aut* περ *ex R* 905 (θιώ) unter dem Text 914 ἀδικείμενος 919 *ΔΙΚ.* νεώριον θρυαλλίς; οἴμοι· τίνι τρόπῳ; 927 *fortasse* ἐνδήσω· φέρε 944 κατεαγοίη *recte Cobetus* 947 θεῥίδδεν 948 f. *νῦν Θέριζε* 955 *probabiliter h. v. post v.* 953 *transponit Hirschigius* 957 *an ἀγαγών?* (906) 961 *αὐτῷ* 971 *εἶδες ὦ εἶδες ὦ π.* 983 *κἀνέτρεπε* 1003 *recte οὔκουν ἀνύσατε Dobraeus* 1035 *an στριβιλλικιγγ'? ποι* 1037 *ἐνηύρηκεν* 1064 unter dem Text 1081 *μου.* 1085 *ΚΗΡΥΞ* 1096 *σύγκλῃε* 1107 *τὸ λοφεῖον* 1108 *κἀμοὶ* 1109 *ἀλλ' ἢ τριχ. τοὺς λόφους που κ.* 1110 *ἀλλ' ἢ πρὸ* 1111 *ὤνθρωπε παῦσαι* 1112 *ὤνθρωπε βούλει μὴ βλέπειν* 1113 *ὤνθρ. β. μ. προσαγ.* 1114 *οὐκ ἀλλ'* 1125 *γυρόνωτον scribendum* 1142 *τὸ δεῖπνον αἶρου? praeterea nescio an locus sit mutilus* 1144 *malim ἀνομοίαν δ'* 1147 *scribendum χὤδε καθεύδειν et haec verba cum sequente versu post* 1145 *transponenda* 1150 *τὸν ξυγγραφῆ τῶν* 1158 *πάραλος: λιπαρά τ' Hamakerus, malim λιπαρὸς. τραπέζης* 1166 *πατάξειε* 1172 *βόρβορον* 1181—1188 unter dem Text (1185 *φάος τοῦτ', οὐκέτ' οὐδέν εἰμ'*) 1191 *τάδε γε κρ. an στυγερὰ κρυερὰ τάδε τὰ πάθεα?* 1195 *ἂν γένοιτο,* 1196 *Δικαιόπολις εἶ μ'* 1201 *καὶ τὸ μανδαλωτόν.* nach 1205 Lücke von einem Verse 1207 *an Λαμαχίσκιον?* 1208 f. *ΔΙΚ. τί με σὺ κυνεῖς; ΛΑ. μογερὸς ἐγώ. ΔΙΚ. τί με σὺ δάκνεις;* 1212 *παιὰν παιάν* 1213 *νυνὶ τ. παιώνια.*

Berlin im August 1864.

Woldemar Ribbeck.

Berichtigungen und Zusätze.

S. 23 ist bei der Angabe der Metra hinzuzufügen: V. 61 dim. iamb.
„ 37 V. 4 Eust. 1211 28 ὁ δὲ κωμικὸς καὶ χαιρηδόνα . . φησὶ τὴν χαράν.
„ 39 V. 24 (42. 805) Eust. 885 14 τούτου δὲ ῥήματος προῆκται καὶ το ὠστίζεσθαι, ὃ καὶ παρὰ τῷ κωμικῷ κεῖται.
„ 40 V. 31 Eust. 1257 64 ὁ δὲ παρὰ τῷ κωμικῷ τιλμὸς καὶ τὸ ἐκτίλλειν καὶ παρατίλλειν, ἐξ οὗπερ αὐτὸς γίνεται, σκῶμμα ἔχει παικτικόν.
„ 50 V. 113 Eust. ad Dion. Per. 1056 καὶ μέγας διὰ τοῦτο ἐλέγετο βασιλεὺς ὁ τῶν Περσῶν, ὡς καὶ ὁ κωμικὸς δηλοῖ.
„ 62 V. 208 l. ἐτῶν st. ἐπῶν.
„ 62 „ 210 indirectes Zeugniss schol. Vesp. 1206 εἴρηται περὶ Φαΰλλου ἐν τοῖς Ἀχαρνεῦσιν.
„ 65 V. 234 Eust. 1163 41 ὁ μέντοι παρ' Ἀριστοφάνει ἐλατὴρ πόπανόν, φασιν, ἦν πλατύ.
„ 79 Z. 4 v. u. (Text) l. Sclave st. Sclaven.
„ 95 V. 500 vgl. schol. Ald. Ran. 1302 καὶ αὖθις, νόμους ἐτίθει ὥσπερ σκολιὰ γεγραμμένους.
„ 95 V. 504 schol. Pac. 502 διὰ τὴν ἁρπαγὴν τῶν πορνῶν Ἀσπασίας (495) καὶ τὴν ἐπὶ τούτοις ὀργὴν Περικλέους (498) καὶ τὸ ψήφισμα, ὥς ἐν Ἀχαρνεῦσί φησιν.
„ 111 V. 646 Eust. 1330 11 (1527 63) ἐν δὲ ἰδέᾳ σκώμματος βλασφημοῦνται οἱ πάνυ γέροντες Κρόνοι . . Τιθωνοὶ (Acharn. 653) . . . . παρεξηβλημένοι.
„ 117 V. 690 l. Athan st. Athen.
„ 134 sind von V. 800 an die Zahlen um einen Vers herabzurücken.
„ 139 V. 843 Eust. 1231 33 φαίνεται δὲ καὶ διὰ τοῦ εως ἀττικῶς ἔχειν τὴν κλίσιν ἡ παροξυτόνως ἐγχέλυς ἢ ἄλλως ἔγχελυς προπαροξυτόνως. καὶ δηλοῦται τοῦτο παρὰ τῷ κωμικῷ ἐν τῷ ἐγχέλεων (N 559) καὶ ἐγχέλεις.
„ 140 V. 858 l. πωλεῖς st. πολεῖς.
„ 170 „ 1061 Eust. 1271 30 λοφεῖον ἡ τοῦ λόφου θήκη παρὰ τῷ κωμικῷ.

S. 192 V. 18 add. Eust. 1113 61.
„ 197 „ 78 add. Eust. 1143 45.
„ 211 „ 261 *ῥοφήσεις* vor *E.*
„ 212 „ 276 *λέγε δὴ σὺ* vulg. *λ. σύ μοι* R *μοί συ Herm.*
„ 219 „ 380 vgl. Eust. 950 10. 1208 40. 1612 11. 1714 49.
„ 224 „ 459 *νῦν* vor *E.*
„ 224 „ 463 *εἶα νῦν* vor *Br.*
„ 228 „ 534 l. *ὦ βλέπων Herm. ἰὼ βλ.* vulg.
„ 231 „ 577 *ἀμηγέπη* A *ἀμηγέπου* R *ἀμηγέπου* (η) ΒΓ *ἁμηγέπῃ Bekker.*
„ 245 Z. 26 l. 685 statt 684.
„ 246 V. 724 *ἀγλίθας* vulg. *ἀγλῖθας Kü ἄγλιθας D.*
„ 247 „ 736 *εἶμεναι* ABCRΓΔ.
„ 247 „ 755 *γε* vor *Br.*
„ 251 „ 828 *νὴ* vor *Br. νεῖ* A (866).
„ 252 „ 844 *Κωπαΐδων* vor *E.*
„ 253 „ 856 *πᾶ* vulg. *παῖ* ABR *πᾷ E.*
„ 254 Z. 13 l. 881 st. 891.
„ 255 V. 905 *κατωκάρα* vor *D (M).*
„ 256 „ 921 *Κωπαΐδ'* vor *E.*
„ 256 „ 922 *ὁποῖος* vor *E.*
„ 263 Z. 8 l. 1117 st. 1118.

EINLEITUNG.

Das alte Athen war Ol. 87 4 mit Perikles zu Grabe gegangen. Seine Person und sein Regiment, der äussere Höhenpunkt der attischen Geschichte, war noch die Frucht der ganzen früheren Zeit, die neue, durch ihn vorbereitet, lediglich ein rascher Verfall. Man kann die Veränderungen, die mit Perikles Tode im Staate Platz griffen, nicht treffender bezeichnen, als es Thukydides gethan hat (II 65). Kein Zweifel, dass Perikles mit seiner Besonnenheit, mit der Macht, die er über das Volk besass, dem Kriege, zu dem er selbst gerathen, einen andern Ausgang gesichert haben würde, als er unter den ihm folgenden Staatslenkern nehmen musste. Er glaubte bei den imposanten Mitteln, die Athen zu Gebote standen, mit gutem Rechte, die Anstrengungen der Feinde ruhig ansehen zu können, sobald er sich im wesentlichen defensiv verhielt und die ganze Volkskraft zur Vertheidigung zusammennehmend den Ueberschuss an Mitteln nicht an lockende, aber gefahrvolle Unternehmungen nach aussen verwandte, die wenn sie glückten, immer nur einzelnen, die an der Spitze standen, Ehre und Gewinn bringen konnten, wenn sie fehlschlugen, den ganzen Staat ins Verderben stürzen mussten. Er wollte nicht seine Person verherrlichen, sondern das Vaterland auf derjenigen Stufe der Macht erhalten, auf welche die Thaten der Vorfahren und seine eigne Politik es in glänzender Entwickelung aller Kräfte desselben erhoben hatten. Nicht er wurde vom Volke geleitet, wie es dem Namen nach scheinen konnte, sondern das Volk von ihm, und er wusste es nicht weniger im Zügel zu halten, wenn der Uebermuth desselben zur Unzeit in Schaum spritzenden Wogen ging, als es aufzurichten, wenn es kleinmüthig verzagen wollte. Das aber wurde nun alles anders, sagt Thukydides. Es gab fürder nicht mehr einen solchen Mann, der einen so guten und so energischen Willen hatte, dass sich kein schlechter Wille neben ihm breit machen konnte, sondern nun kamen die Nachtheile der freilich von Perikles gezeitigten ultrademokratischen Verfassung zu Tage. Die Einheit der Staatsleitung ging verloren, es kam eine Vielheit von Volksführern, die alle (abgesehen von dem erst später zur Geltung gelangenden Alkibiades) in gleicher Mittelmässigkeit einen Wettlauf um den ersten Platz begannen. Viele selbstsüchtige Bestrebungen gingen von nun an neben einander, die, indem sie sich gegenseitig den Rang streitig machten, das Ganze zu Grunde richteten. Wir sehen ein Volk, das der Leitung gewöhnt und bedürftig war, und zu allem guten hätte geleitet werden können, aber Führer, die entweder nicht die Kraft besassen, ihre Einsicht von dem, was dem Staate frommte, zur Geltung zu bringen, oder in Parteileidenschaft befangen bei übrigens untadligem Streben die Stimme der Einsicht überhörten, oder endlich weil ihr persönlicher Vortheil den einzigen Gesichtspunkt ihres Handelns ausmachte, das wahre Beste des Staats gar nicht in Betracht zogen, dafür aber im eignen Interesse dem Volke zu schmeicheln nicht müde wurden. Und im Gefolge dieser letzten Art von Demagogen fand sich das zahllose Gesindel der Sykophanten ein, die Verbrechen- und Tyrannenriecher, die dem ersten besten unschuldigen Bürger einen aus der Luft gegriffenen Process wegen Majestätsbeleidigung an den Hals warfen.

In diese Zeit war Aristophanes gestellt, ein Mann, der seinem ganzen Dichten und Trachten nach in Alt-Athen gehörte, recht eigentlich ein *laudator temporis acti*, aber ein sehr geistreicher, der nur aus tiefer Vaterlandsliebe in die Opposition gegen seine Umgebung getrieben wurde. Er sah mit Trauer das Schwinden der alten Herrlichkeit, fremd war ihm die Objectivität, in der Verwandlung aller Zustände eine geschichtliche Nothwendigkeit zu erkennen, die man nicht beklagen dürfe, weil eben das alte sich erschöpft habe und nicht mehr lebensfähig sei. Er lebte in der Beschränktheit, dass er gegen den 'Schritt der Zeit', wie Euripides sich ausdrückte, noch ankämpfen zu können meinte. Die Gegenwart zeigte ihm fast in allem das Widerspiel von dem, was er an der grossen Vergangenheit bewunderte; so musste er sie kritisiren, und zum Organ seiner Kritik wählte er die komische Bühne.

Die Wurzel alles Uebels glaubte er in der neumodischen Jugendbildung zu erkennen, die durch die Sophisten eingeführt war, Weisheitslehrer, die im Gegensatz gegen die früheren Systeme, aber als nothwendiges Moment in der Entwickelung der griechischen Philosophie, den Schwerpunkt der Betrachtung von der Natur als dem aus sich nicht erkennbaren Object auf das Subject, das denkende Ich, verlegten, und so sehr auch einzelne von ihnen die Tugend zu preisen sich angelegen sein liessen und an ihrem Theil ausübten, das Evangelium der Selbstsucht predigten. Ihre Lehre war theoretisch und praktisch zu gleicher Zeit, denn indem sie das individuelle Subject zur bestimmenden Macht im Denken erhoben, unterwarfen sie auch das Handeln seinem freien Ermessen. Von entgegengesetzten Standpunkten der früheren Systeme gingen sie aus und kamen zu demselben Resultat, der Lehre von der berechtigten Willkür des einzelnen. Zeno, der Schüler des Parmenides, hatte alle Bewegung geleugnet, denn das viele, in dem sie zur Erscheinung komme, habe keine andre Existenz, als in der menschlichen Vorstellung oder dem subjectiven Denken, und hatte dagegen das Denken als das eine Sein hingestellt. Aber — sagte Gorgias der Sophist von Leontinoi — ist das eine oder seiende dasjenige, das nicht erscheint, d. h. eine wesenlose Abstraction, so bleibt nichts übrig, was wirklich existirte, als das denkende oder vorstellende Subject. Es gibt also nicht bloss keine Bewegung oder kein Werden, sondern auch kein Sein, oder — wenn etwas ist, so ist es doch nicht erkennbar — wenn erkennbar, doch nicht mittheilbar. Und wenn auf der andern Seite Heraklit das ewige Werden (oder die ewige Bewegung) behauptete, dieses aber an sich als unveränderliches Object der Betrachtung festhielt, so fasste hier Protagoras von Abdera Fuss und stellte von hier aus die Möglichkeit des Erkennens in Abrede, indem er fragte, wie das denkende oder wissende Subject von dem Fluss der Dinge oder der beständigen Veränderung ausgenommen sein könne. Es könne nicht davon ausgenommen werden, also sei alles Erkennen und

Wissen ein zufälliges und veränderliches, rein individuelles, der einzelne Mensch das Mass aller Dinge. Moralisch angewendet heisst das aber nichts anderes, als ein jeder sei berechtigt dem nachzugehen, was ihm als Glückseligkeit erscheine. Gibt es überhaupt nichts absolutes, so gibt es auch kein absolutes Recht, das jeden zu binden vermöchte, und was die Menschen Gesetz nennen, ist nur als eine Veranstaltung der schwächeren zum Schutz gegen die stärkeren zu betrachten. Achtung kann dem Gesetz also auch nur derjenige bezeigen, der von der Rechtmässigkeit desselben überzeugt ist, aber von allgemeiner Verpflichtung zu sittlich genanntem Wandel kann nicht die Rede sein, und so erklärt Thrasymachos in Platons Staat das Recht nur für den Vortheil des stärkeren.

Diese Lehren, deren Grundgedanke freilich nichts war als die nothwendige Vorstufe zur späteren positiven Philosophie, trugen die Sophisten von Land zu Land, von Stadt zu Stadt — denn auch das ist etwas charakteristisches in ihrem Wesen und existirte vorher noch nicht, dass sie gleich Virtuosen ein Wanderleben führten und für Geld Unterricht ertheilten. Sie machten sich anheischig, die Jünglinge zum Denken, Sprechen und Handeln auszubilden (vgl. Isocr. Epist. VIII 7 *ἀλλὰ τοῖς προῃρημένοις λέγειν ἀγαθόν τι περὶ ὑμῶν καὶ τῶν ἄλλων συμμάχων φανείην ἂν καὶ σύμβουλος καὶ ἀγωνιστὴς γεγενημένος*), und da die Uebung in der freien Rede zumal für einen Athener das unerlässliche Erforderniss war, um im öffentlichen Leben etwas zu bedeuten, so fanden sie überall ein grosses Publicum, und genossen ein unglaubliches Ansehen. Dass sie aber nicht sehr vortheilhaft auf das allgemeine sittliche Bewusstsein wirkten, können wir einem Platon schon glauben, wenn auch *Grote* sie gegen jede dergleichen Verdächtigung auf das nachdrücklichste in Schutz nimmt. Es ist wahr, die meisten von ihnen liessen es sich angelegen sein, in Reden und zum Theil auch in Thaten die Tugend als das höchste zu preisen, das konnte aber den verderblichen Einfluss nicht beeinträchtigen, den ihre ins praktische übersetzten Lehren auf das heranwachsende Geschlecht ausüben mussten. Die sittlichen Bande wurden gelockert, die den Menschen an seine Pflichten im Privat- und öffentlichen Leben weisen; das Recht des stärkeren, öffentlich und insgeheim ausgeübt, wurde immer mehr zum Princip, wonach der einzelne, wonach der Staat handelte. Und dass es hiernach nicht bloss mit dem alten Göttergiauben, an dessen Erhaltung am Ende weniger lag, sondern überhaupt mit dem Glauben an etwas göttliches vorbei war, ergibt sich von selbst. Die Eleaten und Heraklit hatten doch etwas ewiges, das Naturgesetz und die Natursubstanz bestehen lassen, bei den Sophisten fallen auch diese fort; sie konnten überall bloss negiren und nichts an die Stelle des niedergerissenen setzen. Protagoras sagte: 'von den Göttern weiss ich nichts, weder ob sie sind noch ob sie nicht sind;' ein anderer nannte Religion die Erfindung eines klugen Mannes, den Gesetzen Achtung zu verschaffen.

Mit solcher Speise also wurde die Jugend gross gezogen. Sie glaubte sich berufen in allen Dingen mitzusprechen, und wer nur über ein beliebiges Thema tüchtig reden konnte, der hielt sich für einen grossen Mann. Die heilige Sitte der Vorfahren, ausgedrückt auch im Respect vor dem Alter, schwand immer mehr, und mehr als in Rechtschaffenheit und Tapferkeit suchte man es in Zungenfertigkeit einander zuvor zu thun. Sokrates, der diesem Auflösungsprocess in seiner Weise entgegen trat, wurde von Aristophanes für den schlimmsten Sophisten gehalten und später persönlich für die angeblich von ihm ausgehende Jugendverderbniss verantwortlich gemacht. Aber ehe unser Dichter von ihm Kenntniss hatte, schrieb er eine Komödie gegen die vorhin bezeichnete Bildung überhaupt, das erste Stück, das er auf die Bühne brachte, die Δαιταλῆς Ol. 88 1. Ein Vater von zwei Söhnen hatte den einen davon selbst auf dem Lande erzogen, den andern auf die hohe Schule in die Stadt geschickt, fand aber bei einer Prüfung, was dieser denn dort gelernt habe, nicht seine Rechnung. Erstlich wusste der junge Herr im Homer schlecht Bescheid, und wenn er dafür im attischen Recht und im Sprachgebrauch der Solonischen Gesetze, so wie in rhetorischen Künsten besser beschlagen war, so fehlte ihm doch die Hauptsache, Pietät gegen den Vater, denn er wollte sich durchaus keinen Tadel von ihm gefallen lassen, indem er sagte, dieser stehe schon mit einem Fuss im Grabe. (Nub. 528 f.)

Das Stück des folgenden Jahres, die Βαβυλώνιοι, sollte dagegen den Athenern eine Lection für ihre Politik ertheilen und beschäftigte sich hauptsächlich mit ihrem Verhältniss zu den Bundesgenossen, denn das wichtigste Ereigniss des vorigen Jahres war der Abfall von Lesbos gewesen, eine Folge der von Kleon und seines gleichen immer noch gesteigerten Schreckensherrschaft, welche auf den Bundesgenossen lag. 1) Es war wahrlich nicht die Absicht der letzteren, als sie Ol. 75 4 statt der gebieterischen und unthätigen Spartaner die damals humanen, von Gemeingeist für ganz Hellas durchdrungenen und um die nationale Freiheit unendlich verdienten Athener als Hegemonen gegen die Barbaren anerkannten, sich als tributpflichtige Unterthanen von ihnen beherrschen zu lassen. Sie wollten vor wiederholten Plünderungen und Verwüstungen, vor neuer Knechtung seitens der Asiaten geschützt sein und nach dem glorreich beendigten Defensivkriege gegen den König die Offensive ergriffen sehen; und da sie hierfür die Hegemonie der Athener, aus deren Mitte ein Miltiades, Themistokles und Aristides aufgestanden waren, für zweckmässiger hielten, als die der Spartaner, deren König Pausanias die unverkennbarsten Beweise davon gab, dass er sich selbst mit Hülfe des Landesfeindes zum Gewaltherrn auf-

1) Die Mytilenäer selbst hatten noch keine Unbill von Athen erfahren, waren im Gegentheil bisher mit besonderer Rücksicht behandelt worden, wie ihre Gesandten in der Rede vor den Peloponnesiern zu Olympia bei Thukydides III 9 ff. zugeben. Dessenungeachtet ist es nicht falsch, in ihrem Abfall mit eine Folge der Bedrückungen zu sehen, welche die Athener den übrigen Bundesgenossen zu Theil werden liessen, denn sie mussten fürchten früher oder später in ähnlicher Weise behandelt zu werden. Wegen des Urtheils, das auf Kleons Antrag zuerst über die Stadt verhängt wurde, und das derselbe, als die Reue eine abermalige Berathung herbeiführte, zum zweitenmal durchzusetzen versuchte, hat *Grote* in seiner griechischen Geschichte den Mann in Schutz genommen. Die beschlossene Hinrichtung der ganzen waffenfähigen Bevölkerung nennt er nur eine Anwendung der bestehenden Kriegsgesetze. Dazu will doch nicht recht stimmen, wenn derselbe Geschichtschreiber nachher bemerkt, dass derjenige, welcher durch die Ausführung des Beschlusses in der verdientesten Weise das meiste würde zu leiden gehabt haben, Kleon sei. Ueberhaupt kann der grosse Brite bei seiner Apologie dieses Volksfreundes, so sehr er die Glaubwürdigkeit des Thukydides und Aristophanes über ihn bemängelt, doch nicht umhin, bei jedem wichtigeren Schritte seines Clienten zu gestehen, dass Perikles wahrscheinlich anders gehandelt haben würde.

zuwerfen gedenke, so übertrugen sie den Athenern die Leitung der gemeinsamen Angelegenheit. Eine Zeit lang schienen sich diese auch für nichts anderes anzusehen, als für die Bevollmächtigten einer ihnen ebenbürtigen und gleichberechtigten Genossenschaft, aber bald regte sich in ihnen dieselbe Herrschsucht, die die spartanische Führerschaft unerträglich gemacht hatte; sie wollten Athen an der Spitze von Hellas sehen, nicht damit die übrigen Hellenen unter seinem Schutze der Freiheit genössen und sich derselben Güter wie die Athener erfreuten, sondern damit sie ihre Sclaven wären. Und unverständiger Weise boten die Bundesgenossen selbst die Hand dazu, sich der Widerstandsmittel gegen die Vormacht zu berauben. Es wurde ihnen unbequem, ihr Contingent an Schiffen und Mannschaft zu stellen, und sie nahmen den Vorschlag der Athener an, sich in Geld ihrer Verpflichtungen zu entledigen. So wurden sie unkriegerisch, gewöhnten sich an ein träges Leben und sahen zu spät ein, dass sie sich statt eines harten Herrn einen härteren gesetzt hatten, gegen den ihnen kein Mittel der Vertheidigung übrig war. Ihre Geldleistungen zur Unterhaltung der Kriegsflotte wurden zu Steuern, die nicht mehr in eine Bundeskasse nach Delos, sondern in die Staatskasse zu Athen flossen. Hier kam dadurch äusserlich alles herrliche zur Blüthe, was sich in dem attischen Volkscharakter angelegt fand, ein freies geistiges Leben, das in dem ungehinderten Verkehr aller mit allen seinen Mittelpunkt und sein Bestehen hatte. Aber leider ist die Blume dem Verwelken bestimmt, und wenn sich ein Volksgeist recht herrlich entfaltet hat, so ist der Verfall vor der Thür, ja dieselben Elemente, die die Blüthe gezeitigt hatten, werden die Ursache der Verwesung. Und diesen Verfall den Athenern zu verkünden war das traurige Amt des Aristophanes. In den Babyloniern hatte er sie gewarnt, sie möchten den Schmeichlern nicht glauben und durch unmenschliche Härte sich nicht um alle Theilnahme bringen. Siehe Acharn. 350 ff.

Nun währte der Krieg schon über fünf Jahre, von dem Thukydides vorausgesehen hatte, dass er sich zum grössten und folgenreichsten gestalten werde, der noch je über Griechenland gekommen. Von der Unversöhnlichkeit, mit welcher man ihn führen würde, legte gleich die Eröffnung desselben ein sprechendes Zeugniss ab. Eine Schaar Thebaner drang bei Nacht in die Stadt Plataeae ein, die befreundete Oligarchen ihr geöffnet hatten. Mit anbrechendem Morgen wurden sie von den Einwohnern überwältigt, da eine Verstärkung nicht eintraf. Wenige entkamen, die meisten flohen in ein offen stehendes grosses Gebäude in der Mauer, das sie für ein Thor hielten, und wurden sämmtlich getödtet, hundert und achtzig nach Thukydides (II 5 4), obwohl ein thebanisches Heer, das zur Hülfe herangezogen war, im Vertrauen auf mildere Gesinnung der Plataeer auf Grund von Unterhandlungen sich aller Feindseligkeiten enthielt und selbst das Gebiet räumte. Anfang des Jahres Ol. 87 2 erfolgte dann der erste Einfall der Spartaner in Attica unter König Archidamos. Auf Perikles Anweisung (Thuc. II 13. 14) hatte sich die Bevölkerung mit allem, was sie retten wollte, in die Stadt begeben (nur das Vieh war nach Euboea und andern Inseln gebracht), um hier das Abziehen der Feinde zu erwarten, während die Flotte eine Expedition gegen die peloponnesische Küste unternahm. So konnte am Leben und beweglichen Eigenthum der Bürger den Athenern kein bedeutender Schade zugefügt werden; desto schlimmer erging es der unbeweglichen Habe. Nach Verwüstung von Eleusis und dem thriasischen Gefilde wurde A c h a r n a e, sechzig Stadien von der Stadt entfernt, der bedeutendste der attischen Demen (Lysistr. 62), der dreitausend Hopliten gestellt hatte (Thuc. II 20), von Archidamos zum Hauptquartier erwählt, und das Land weit und breit verheert. Hierdurch, dachte der feindliche Heerführer, würde das Volk sich zum Ausrücken und zu einer Schlacht bewegen lassen; aber so gross der Unwille, namentlich der Acharner war, die mit Trauer an die Vernichtung ihrer Weingärten dachten,[2] Perikles blieb unerschütterlich und achtete nicht der Anklagen, die gegen sein Stillsitzen laut wurden. Zwar machte sich am Ende das persönliche Schmerzgefühl der einzelnen in einer dem Olympier auferlegten Geldstrafe Luft; aber das hinderte nicht, dass jeder, mochte er als Privatmann das Ungemach des

2) Scherzhaft vergleicht Synesios das Ausfallen seines Haares mit dem, was damals den Acharnern widerfuhr. Encom. Calv. 1 *τότε δή, τότε χαλεπώτερα πάσχειν ᾤμην ἢ ὑπ' Ἀρχιδάμου τοὺς Ἀθηναίους ἐπὶ τῇ δενδροτομίᾳ τῶν Ἀχαρνῶν.*

Krieges schwer genug empfinden, sobald er sich als Bürger, als Glied des grossen Ganzen dachte, dessen Existenz die Spartaner bedrohten, den Rath des ersten Mannes, der von demokratischen Formen umkleidet in der That die Herrschaft führte, als den weisesten anerkannten, der sich geben liess (Thuc. II 65). Allein die Einfälle wiederholten sich bis Ol. 88 2 dreimal, in dem eben bezeichneten Jahre war die Verwüstung wieder sehr gross; war es da ein Wunder, dass, als Perikles gestorben war, sich eine immer wachsende Sehnsucht nach Frieden zeigte? Unsere Acharner, aufgeführt an dem Lenaeenfeste (im Gamelion oder Januar) Ol. 88 3[3]) — sind die erste Probe von dieser Stimmung, die freilich damals noch auf eine sehr heftige Opposition stiess. Der Hass gegen Sparta wurzelte allerdings sehr tief im Volke und hatte durch die immer erneuten Raubzüge gegen das Land keine Abschwächung erfahren können. Der Friede lag nicht im Interesse der Demagogen, die unruhiger Zeiten bedurften, um sich in ihrem Einfluss zu behaupten, und daher alles anwandten, dass der Krieg nicht so bald zu Ende ginge. Ausserdem gab es eine Masse unruhiger junger Leute, deren Abenteuerdurst Befriedigung verlangte, und die in kriegerischen Unternehmungen neben dem Ruhm auch wohl etwas Beute zu erwerben hofften. So war die Majorität unzweifelhaft dem Frieden abgeneigt, und es gehörte ein grosser Muth dazu, öffentlich für denselben zu plaidiren. Doch war dies nicht der einzige Zweck, den Aristophanes bei unserer Komödie verfolgte, nicht einmal der Hauptzweck, vielmehr nur die Form, in welche er seine Absicht einkleidete, und diese bestand ganz einfach in einer freien Kritik des ganzen damaligen Zustandes aller öffentlichen Dinge, die uns in raschem Wech-

3) V. 252 ἕκτῳ σ᾽ ἔτει προσεῖπον ἐς τὸν δῆμον ἐλθὼν ἄσμενος. Der erste Einfall der Lakedämonier war Ol. 87 2. — 350 αὐτὸς δ᾽ ἐμαυτὸν ὑπὸ Κλέωνος ἅπαθον Ἐπίσταμαι διὰ τὴν πέρυσι κωμῳδίαν, nämlich wegen der Babylonier. Phot. und Suid. Σαμίων δῆμος· — τοὺς δὲ Βαβυλωνίους ἐδίδαξε διὰ Καλλιστράτου Ἀριστοφάνης ἔτεσι πρὸ τοῦ Εὐκλείδου (Ol. 94 2) κδ᾽ (Emendation von Corsini und Clinton statt καὶ) ἐπὶ Εὐκλέους (Ol. 88 2). — 472 αὐτοὶ γάρ ἐσμεν οὑπὶ Ληναίῳ τ᾽ ἀγών. — 850 σκέψασθε παῖδες τὴν κρατίστην ἔγχελυν Ἥκουσαν ἕκτῳ μόλις ἔτει ποθουμένην. Der Krieg dauerte seit Ol. 87 2. — Argum. Acharn. ἐδιδάχθη ἐπὶ Εὐθυδήμου κτλ.

sel der buntesten und bei aller Naivetät der Mittel erfindungsreichsten Scenen vorgeführt wird. Die hohe Politik ist nicht mehr und nicht weniger Gegenstand seiner Bemerkungen, als das Privatleben der Athener, (denn dieses ist eben auch etwas öffentliches) bestimmter Individuen sowohl als ganzer Klassen von Leuten, und dann wieder der Charakter des Volkes im allgemeinen, wie er sich namentlich in dem jüngeren Geschlecht ausprägte, zuletzt aber, weil die Poesie in Athen der ideale Gesammtausdruck des nationalen Denkens und Empfindens war, der Zustand der Tragödie.

Die Stadt krankte nach der Ueberzeugung des Aristophanes an einem grossen Hang zum Schein und Blendwerk, an einem Phrasenthum, das sich auf allen Gebieten in verschiedener Gestalt zu erkennen gab, ganz im Gegensatz zu früher, da noch auf Thaten allein Werth gelegt wurde. Das Reich des Gedankens, das von Anaxagoras eigentlich begründet eben recht in Blüthe war, wollte ihm durchaus nicht ein, er sah davon nur neben sehr verbreiteter Auflösung religiöser Gefühle und zunehmender Unsittlichkeit des Lebens Ueberhebung der Jugend, Schwinden der Ehrfurcht und Dankbarkeit gegen die Männer der Vorzeit, deren Faust doch allein das perikleische Zeitalter möglich gemacht hatte, prahlerisches Bramarbasiren und Jagen nach materiellem Gewinn und Genuss unter dem Schein, dem Vaterlande zu dienen, in der Poesie Verflachung und Alltäglichkeit, Abfall von den Kunstidealen der Vorzeit und Einführung trivialster Prosa und nebelhafter Reflexion, Verwandlung der Bühne in den Markt. Diesen ganzen Gegensatz von Alt- und Neu-Athen will der Dichter in den Acharnern zum Ausdruck bringen. Zu dem Zwecke stellt er der Hauptfigur des ganzen Stückes, einem Bürger aus der guten alten Schule, der auch den entsprechenden Namen *Δικαιόπολις* führt, in der Person des Lamachos[4]) einen

4) Lamachos, aus der sicilischen Expedition als wackerer Feldherr bekannt, wird von Aristophanes nur in den Acharnern und im Frieden angegriffen, weil er für Krieg um jeden Preis war. So sagt der Chor Pac. 304 *ἡμέρα γὰρ ἐξέλαμψεν ἥδε μισολάμαχος*, und 473 fingirt Trygaeos, L. sei dem Heraufziehen des Eirene-Bildes hinderlich: *ὦ Λάμαχ' ἀδικεῖς ἐμποδὼν καθήμενος. Οὐδὲν δεόμεθ' ὤνθρωπε τῆς σῆς μορμόνος.*

Vertreter der neuen Richtung auf dem praktischen Gebiete, in Euripides dagegen den Inbegriff des reformirten geistigen Lebens gegenüber. Wir haben im folgenden nur noch den Plan des Stückes nach der Reihenfolge der Scenen kurz darzulegen.

I. Prologos 1—203. Auf der Pnyx, dem Local der Volksversammlung, sieht man Dikaeopolis allein, der schon seit Tagesanbruch mit Ungeduld den Beginn der letzteren erwartet. Er äussert lebhaft seine Unzufriedenheit mit den Bürgern, die auf dem Markte schwatzen, anstatt hier ihre Schuldigkeit zu thun. Inzwischen bekennt er seinen Vorsatz, jeden Redner zu unterbrechen, der von etwas anderem, als vom Frieden sprechen wolle. Endlich in der Mittagsstunde kommt alles mit grossem Gedränge und Gepolter den Prytanen nachgestürzt, denn jeder will in der ersten Reihe sitzen. Auf des Herolds Aufforderung meldet sich ein Amphitheos zum Wort, der sich der Abstammung von Demeter und Triptolemos selbst und der Unsterblichkeit rühmt: ihm, sagt er, hätten die Götter das Privilegium ertheilt,

---

Gegen Ende des Stückes werden zwei Knaben von Trygaeos aufgefordert einen Festgesang anzustimmen. Der eine singt von lauter Waffen und Schlachtgetümmel und bezeichnet auf eine Anfrage Lamachos als seinen Vater, woranf Tryg. erwidert 1292: *ἦ γὰρ ἐγὼ θαύμαζον ἀκούων, εἰ σὺ μὴ εἴης Ἀνδρὸς βουλομάχου καὶ κλαυσιμάχου τινὸς υἱός.* (s. auch *Bergk* zu holc. fr. 20. agricol. 16.) Wenn er Ach. 564 ff. der Habsucht beschuldigt wird, so nennt ihn anderseits Aelian var. hist. II 43 unter den *ἄριστοι τῶν Ἑλλήνων*, welche ihr Leben lang *πενέστατοι* gewesen seien. Dies bestätigt Plutarch. Alcib. 21, der ihn anch nicht als so hochfahrend kennt, wie die Karrikatnr in den Acharnern erscheint. *ὁ γὰρ Λ. ἦν μὲν πολεμικὸς καὶ ἀνδρώδης, ἀξίωμα δ' οὐ προσῆν οὐδ' ὄγκος αὐτῷ διὰ πενίαν.* Nic. 12 *πρὸς τὴν Ἀλκιβιάδου τόλμαν καὶ τὴν Λαμάχου πρᾳότητα.* ibid. 15 *ὁ δὲ Λ. ἦν μὲν ἀνδρώδης καὶ δίκαιος ἀνὴρ καὶ τῇ χειρὶ χρώμενος ἀφειδῶς κατὰ τὰς μάχας, πένης δὲ τοσοῦτον καὶ λιτός, ὥστε καθ' ἑκάστην στρατηγίαν ἀπολογίζεσθαι τοῖς Ἀθηναίοις μικρὸν ἀργύριον εἰς ἐσθῆτα καὶ κρηπῖδας ἑαυτῷ.* Später hat ihm anch Aristophanes nicht die Anerkennung versagt. Thesm. 841 ist er sehr entrüstet, dass die Mutter des Hyperbolos in weissen Festgewändern neben der des Lamachos sitze: *τῷ γὰρ εἰκὸς ὦ πόλις Τὴν Ὑπερβόλου καθῆσθαι μητέρ' ἠμφιεσμένην Λευκὰ καὶ κόμας καθεῖσαν πλησίον τῆς Λαμάχου* — und in den Fröschen wird er von Aeschylos als einer der aus Homers Schule hervorgegangenen Helden genannt: 1039 *ἀλλ' ἄλλους τοι πολλοὺς ἀγαθούς, ὧν ἦν καὶ Λάμαχος ἥρως.*

Versöhnung zwischen Athen und Sparta zu stiften, doch wollten ihm trotz seiner erhabenen Geburt die Prytanen leider nicht das Reisegeld dazu geben. Statt ihn anzuhören droht man ihm mit der Polizei zum grossen Leidwesen des Dikaeopolis, dessen Protest ebenfalls in den Wind geschlagen wird, und ruft die Gesandten auf, die vom Könige aus Asien zurückgekommen sind in Begleitung eines seltsam ausstaffirten Hofbeamten des letzteren, das Auge des Königs genannt, der aber den bedenklichen Namen Pseudartabas führt. Sie haben Subsidien vom König erbitten sollen, statt dessen aber nur schweres Geld als Diäten geschluckt und nicht etwa bloss die Zeit unterwegs und am Ziel so lange wie möglich hingezogen, sondern sie sind vielmehr gar nicht dort gewesen, denn Dikaeopolis erkennt in den beiden Eunuchen, die den Pseudartabas begleiten, ehrliche Athener, und die ganze Gesandtschaft ist nichts als Schwindel.[5]) Dessenungeachtet wird das 'Auge des Königs' vom Rath in das Prytaneum geladen und dort auf das herrlichste bewirthet. Das kann Dikaeopolis nicht ruhig mit ansehen. Er gibt dem Amphitheos acht Drachmen Reisegeld, bestellt sich auf eigne Hand Friede mit den Lakedaemoniern, und gedenkt nun die andern mit ihrem Gesandtschaftströdel auszulachen. Unterdess tritt in der Versammlung ein anderer Diplomat auf, der bei dem thrakischen Fürsten Sitalkes[6]) gewesen ist und von ihm fürs erste eine auserlesene Schaar odomantischer Hülfstruppen mitgebracht hat. Sie sind so wohlgezogen, dass sie dem armen Dikaeopolis seinen ganzen Vorrath

5) s. die Anmerknng zu V. 61.

6) Mit dieser Gesandtschaft hat es dagegen mehr seine Richtigkeit, nur ist nicht gerade Theoros der Ambassadeur gewesen. Thukydides II 7 berichtet, die Spartaner hätten zu den Persern nnd sonst zn den Barbaren Gesandte geschickt, die Athener nach Kerkyra, Kephallenia, Zakynthos und zn den Akarnanen. Ausserdem aber erzählt er II 29, die Athener hätten Ol. 87 2 den Nymphodoros von Abdera, Schwager des Sitalkes, zum Proxenos gemacht und in ihre Stadt eingeladen, weil sie den Sitalkes, König der Odryser, znm Bundesgenossen haben wollten. Nymphodoros brachte das Bündniss auch zn Stande und bewirkte dann, dass die Athener dem Prinzen Sadokos, dem Sohne des Sitalkes, das Bürgerrecht gaben. Der Scholiast zn II 7 zieht beides gleich zusammen: *οἱ μὲν Λακεδαιμόνιοι πρὸς τοὺς Πέρσας, οἱ δ' Ἀθηναῖοι πρὸς τοὺς Θρᾷκας.*

Knoblauch plündern, worauf dieser unter Wehgeschrei ein weiteres Fortsetzen der Berathung, ob man die edlen Krieger in Dienst nehmen solle, für unzulässig erklärt, da er so eben einen Tropfen auf der Nase gespürt habe. Glücklicher Weise lösen die Prytanen die Versammlung auf, nachdem sie die Thraker auf einen andern Termin wieder bestellt haben, und Dikaeopolis wird für seinen Verlust durch den zurückkehrenden Amphitheos getröstet, der ihm in Form von Weinproben verschiedene Sorten Frieden überbringt. Der fünf- und zehnjährige schmecken ihm beide nicht, aber der dreissigjährige zu Lande und zu Wasser ist nach seinem Sinn und wird jubelnd acceptirt. Da ihn nun der Krieg nicht weiter angeht, so schickt er sich an, mit den Seinen in feierlichem Zuge die Stadt zu verlassen und nach so langer Unterbrechung (im sechsten Jahre) zum erstenmal wieder ungestört das ländliche Dionysosfest[7]) zu begehen. Amphitheos aber macht, dass er davon kommt, denn ihn verfolgen die biderben Kohlenbrenner von Acharnae, Kerle wie von Eichenholz, die echten Marathonskämpfer, die keinen Spass verstehen. (Etym. M. 288 15 *Δρυαχαρνεῦ: δρύινε Ἀχαρνεῦ, ἀναίσθητε. ἐκωμῳδοῦντο γὰρ οἱ Ἀχαρνεῖς ὡς ἄγριοι καὶ σκληροί.* Suid. *Δρυαχαρνεῦ.* Hesych. Zon. I 569.) Sie haben den Frieden gewittert, den er eingeschmuggelt hat, Frieden mit den Lakedaemoniern, den Verwüstern ihrer Weingärten, in der Empörung ihre Kohlenkörbe voll Steine geladen, und wollen diese über ihn ausleeren.

II. Parodos 204—322. Racheschnaubend, und zwar mit einem höchst charakteristischen Versmass, betritt also jetzt der Chor die Orchestra, indem er sein schon beginnendes Alter beklagt, das ihn an rascherer Verfolgung des Uebelthäters hindere; doch hofft er ihn noch zu erreichen. Da erschallt der feierliche Ruf des Dikaeopolis, der nach geordnetem Festzuge selbst das Phalloslied anstimmt, unter dessen Klängen er sich auf das Land hinaus begeben will. Sogleich erkennt der Chor in ihm den Verbrecher, den er sucht, und macht sich ohne viele Umstände daran, ihn zu steinigen. Vergebens ist sein Bemühen, sich Gehör zu verschaffen, und er weiss endlich kein anderes

7) Im Poseideon, sechsten Monat des attischen Jahres, etwa dem December gleich, gefeiert. *Schoemann* griech. Alterth. II 432.

Mittel der Rettung, als dass er eine furchtbare Drohung gegen seine Bedränger ausstösst: er habe Geiseln von ihnen in Händen, die er auf der Stelle schlachten werde, wenn sie ihn nicht sich vertheidigen liessen. Und mit Entsetzen bemerken sie einen ihrer Kohlenkörbe, den er ergriffen, und der seiner Rache zum Opfer fallen soll. Nun ist es an ihnen, Dikaeopolis zu beschwichtigen. Von beiden Seiten kommt man endlich überein, die Waffen nieder zu legen, um so mehr, da sich Dikaeopolis sogar aus freien Stücken dazu verstanden hat, seine Vertheidigung mit dem Kopf auf dem Block zu führen, so dass man ihn ohne weiteres tödten könne, wenn er schlecht bestehe.

III. Erstes Epeisodion 323—594. Die Sache kommt dem Dikaeopolis nun aber doch bedenklich vor, es graut ihm vor den verurtheilungssüchtigen Alten, und er sieht ein, dass er erst noch einer Ausrüstung bedarf, um das Mitleid seiner Richter zu gewinnen. Darum begiebt er sich zum Euripides, der erstlich als grosser Redekünstler und zweitens als ein Meister des Mitleidens bekannt war, denn seine Helden befanden sich meist in so beklagenswerthen Situationen und wussten so zu jammern, dass ein Stein sich hätte erbarmen mögen. Euripides ist zwar beschäftigt, doch lässt er sich auf wiederholtes Andringen des Dikaeopolis mit seinem Studirzimmer auf das Theater befördern und fragt vom Oberstock herab nach seinem Begehr. Dikaeopolis bittet um ein recht zerlumptes Bettelcostüm aus einem seiner alten Dramen. Euripides schlägt ihm vier verschiedene vor, aber keines ist bettelhaft genug, bis er endlich das richtige trifft, das des Telephos, der unter ganz ähnlichen Umständen wie Dikaeopolis zu den Acharnern, zu den Fürsten der Achaeer zu reden hatte. Er war von Achill verwundet worden, und Apoll erklärte, er könne nur durch den geheilt werden, der ihn verwundet habe, worauf Telephos sich in das Lager der Griechen begab, den kleinen Orest aus der Wiege riss, und ihn zu tödten drohte, wenn man ihn selbst nicht gesund mache (s. zu V. 302). Dikaeopolis freut sich, da er die Fetzen erhält, wie er die Richter damit rühren wird, bittet aber noch um andere Armuths-Utensilien, jedesmal hoch betheuernd, es sei das letzte, dessen er bedürfe, so dass Euripides ihn anfährt, er schleppe ihm ja die ganze Tragödie davon. Endlich da er schon gehen will, fällt ihm noch ein, dass er die Hauptsache vergessen hat: er beschwört den Euripides, er möge ihm doch etwas Kerbel von seiner Mutter (der Hökerin) geben. Jetzt reisst diesem die Geduld, und er befiehlt das Haus zu schliessen. So muss sich denn Dikaeopolis ohne Kerbel auf den Weg machen und beginnt sodann den Kopf auf dem Block seine Rede. Er hasse auch die Lakedaemonier und wünsche, dass die Erde sie verschlinge, für diesen Krieg aber könne man sie nicht verantwortlich machen. Ein Paar junge Leute seien im Rausch nach Megara gegangen und hätten da ein Weibstück entführt, worauf die Megarer wieder sich an zwei Mädchen der Aspasia vergriffen hätten. Nun aber sei Perikles ergrimmt, hätte geblitzt und gedonnert und ganz Hellas in Bewegung gesetzt, die Megarer seien förmlich in die Acht erklärt, und da sie nun, dem Hungertode nahe, die Lakedaemonier gebeten hätten, ein gutes Wort für sie einzulegen, so habe der Waffenlärm angefangen. Der Chor ist getheilter Meinung: die eine Hälfte ist durch Dikaeopolis überzeugt, die andere ruft den tapfern Degen Lamachos zu Hülfe. Dikaeopolis gibt dem letzteren unzweideutig zu verstehen, dass er von seiner und seines gleichen Bürgertugend nicht viel halte. Er habe es nur mit Schmerz ansehen können, wie die ehrlichen alten Kernleute fortwährend als gemeine Soldaten dienen müssten, während junge adlige Gecken zu Strategen gemacht würden und alle Vortheile vom Staat genössen. Hiermit hat er den Chor völlig auf seine Seite gebracht, und es folgt nun

IV. Die Parabasis 595—679. Der Dichter habe noch nie von sich selbst gesprochen, nun aber, da er angefeindet und verleumdet sei, müsse er sich vertheidigen. Er habe dem Volke viel gutes erwiesen, da er es auf die Gefahren aufmerksam gemacht, denen es sich aussetze, wenn es sich durch Schmeicheleien fangen lasse, und es zu grösserer Milde gegen die Bundesgenossen ermahnt. Darum begehrten diese auch heftig, ihn kennen zu lernen, und der Perserkönig habe die Spartaner gefragt, welcher von beiden Parteien er viel schlimmes nachsage, denn der sei gut berathen, der diesen Dichter zum Tadler habe. Und deshalb wollten die Spartaner auch Aegina haben, um ihn den Athenern zu entführen, aber sie möchten ihn ja nicht aufgeben. Er werde unbeirrt seinen Weg weiter gehen und sich durch

Kleon nicht schrecken lassen, der dem Staate nur zum Verderben gereiche. — Nach einem Anruf an die Muse folgt dann eine Klage über die üble Behandlung, die man jetzt in Athen den alten ums Vaterland verdienten Männern angedeihen lasse. Sie würden um Lappalien in Processe verwickelt und von jungen Leuten, die in ihren Redeschulen die Advocatenkniffe gelernt, vor Gericht überschrieen und jedesmal verurtheilt. Was sei es für ein Schauspiel gewesen, den würdigen Thukydides vor Gericht gestellt zu sehen auf die Klage eines Euathlos! Künftig möge man doch wenigstens, um die Waffen gleich zu machen, alte Leute von alten, und junge Leute von jungen vor Gericht ziehen lassen.

V. Zweites Epeisodion 680—796. Unter dem Schutze seines Specialfriedens eröffnet Dikaeopolis einen Markt, an dem er alle Peloponnesier, Megarer und Boeoter, aber nicht den Lamachos Theil nehmen lassen will. Drei Peitschenriemen werden als Marktpolizei constituirt, und kein Sykophant soll sich blicken lassen. Während Dikaeopolis ins Haus geht, um die Stele zu holen, auf die er den Frieden eingegraben hat, kommt ein Megarer mit seinen beiden Töchtern, der lebhaft nach dem Markte verlangt. Er fragt die Kinder, ob sie lieber hungern oder verkauft werden wollen. Da sie einstimmig das letztere erwählen, beschliesst er sie als junge Schweinchen loszuschlagen, sie müssen Rüssel und Klauen anlegen und in seinen Sack kriechen. Dikaeopolis ist zwar etwas ungläubig und will die Schweinchen nicht recht anerkennen, lässt sich aber durch ihr herzhaftes Quieken, nachdem er sie mit trocknen Feigen gefüttert, bestimmen sie gegen etwas Knoblauch und Salz einzutauschen. Ein Sykophant, der sie als Contrebande in Beschlag nehmen und den Schweinehändler selbst vor Gericht ziehen will, wird auf nachdrückliche Weise entfernt.

VI. Erstes Chorikon 797—820. Der Chor preist das Glück des Dikaeopolis, dem vermöge seines Friedens niemand etwas anhaben könne. In vier gleich gebauten Strophen werden Uebelgesinnte hervorgehoben und lächerlich gemacht, vor deren Angriffen jener nun ganz sicher sei.

VII. Drittes Epeisodion 821—929. Dem Megarer folgt ein Boeoter mit reichhaltigem Waarenvorrath. Die lange Aufzählung der Artikel schliesst mit Aalen aus dem Kopais-See. Schon sechs Jahre waren diese in Athen nicht gesehen, voller Freude bittet also Dikaeopolis den Fremden, ihm einen zu zeigen, und da jener ein Prachtexemplar hervorholt, bittet er sich dasselbe sogleich als Marktabgabe aus, indem er den ganzen übrigen Kram ihm abkaufen zu wollen erklärt. Der Boeoter aber möchte gegen seine Waaren eintauschen, was in Athen zu haben und bei ihm zu Hause nicht zu finden ist. Da schlägt ihm Dikaeopolis vor, er solle doch einen Sykophanten mitnehmen, und der andre verspricht sich grossen Gewinn davon, einen solchen gleich einem Affen voll drolliger Einfälle mit sich herum zu führen: Zu guter Stunde kommt eben Nikarchos des Weges, ein kleines Männchen, aber dafür auch vom Wirbel bis zur Zehe ein ganzer Sykophant, der wieder im Namen des Gesetzes Beschlag auf den Kram des Fremden legt: es seien Lampendochte darunter, und wie leicht könne einer von diesen die Flotte in Brand stecken! Er wird wie Töpferwaare eingepackt, und der Boeoter zieht mit ihm davon. Hierauf erscheint ein Diener des inzwischen neidisch gewordenen Lamachos mit dem Auftrage, zu dem bevorstehenden Kannenfest [8]) für eine Drachme Krammetsvögel und für drei Drachmen einen Kopais-Aal von Dikaeopolis zu kaufen, wird aber auf das höhnischste von diesem heimgeschickt.

VIII. Zweites Chorikon. 930—955. Abermaliger Lobgesang auf Dikaeopolis, der jetzt allgemeinen Neid erregt, Verwünschung des Krieges und heisseste Sehnsucht nach Frieden.

IX. Viertes Epeisodion. 956—1094. Ein Herold leitet die Choen ein, indem er zum Trinken um die Wette auffordert, wie es Sitte dabei war, und dem Sieger einen Schlauch als Belohnung verheisst. Die Festesfreude wird von einem Bauer unterbrochen, der gern ein bischen von Dikaeopolis Frieden abhaben möchte, wenn es auch nur fünf Jahre wären. Die Boeoter haben ihm seine beiden Stiere genommen, und er hat sich blind darüber geweint. Nun bittet er, Dikaeopolis möchte ihm doch die Augen mit seinem Frieden bestreichen, damit er sein liebes Acker-

8) So springt die Handlung plötzlich um zwei Monate, denn die Anthesterien, deren zweiter Tag die Choen waren, fielen in den Anthesterion oder Februar. *Schoemann* a. a. O. 437 f.

vieh suchen könne, es wird ihm aber rund abgeschlagen. Ebenso ergeht es einem Brautführer, der vom Bräutigam mit etwas Fleisch von der Hochzeitstafel an Dikaeopolis geschickt diesen um eine kleine Portion Frieden ersucht, damit der junge Ehemann nicht gleich zu Felde zu ziehen brauche. Bessere Geschäfte macht die Freundin der Braut, die im Namen der letzteren dem Dikaeopolis etwas ins Ohr sagt; er gibt ihr, so viel sie haben will, nebst Gebrauchsanweisung für den Fall, dass wieder Soldaten ausgehoben werden. Auf einmal pocht ein Unglücksbote an des Lamachos Haus, der diesem den Befehl der Strategen zum Auszuge bringt, denn es sei sichere Nachricht da, dass die Boeoter zum Fest der Choen und Chytren einen Einfall machen wollten. Alles Lamentiren hilft ihm nichts, er wird von Dikaeopolis noch ausgehöhnt, an den eine Botschaft vom Priester des Dionysos eintrifft, er solle schleunigst mit allen seinen Beiträgen zum Festmahle kommen, denn alles warte auf ihn. Während nun Lamachos sich zum Abmarsch rüstet, neckt ihn Dikaeopolis damit, dass er jeden seiner Befehle an den Sclaven ihm nachspricht, nur immer statt des von Lamachos geforderten seine eignen Desiderien an die Stelle setzend.

X. Zweite Parabase. 1095—1117. Nach einer kurzen Betrachtung über die Verschiedenheit der Wege des Lamachos und Dikaeopolis folgt eine Verwünschung des Antimachos, der als Choreg sich feindselig gegen die Komödie gezeigt hatte.

XI. Exodos. Nicht lange währt es, so kommt der Diener des Lamachos zurück und befiehlt ein Bad nebst allem zum Verbande nöthigen zuzurichten, denn sein Herr sei beim Ueberspringen eines Grabens gefallen und habe sich nicht allein den Knöchel ausgerenkt, sondern auch an einem Steine den Kopf zerschlagen. Und wie der ärmste hereingebracht wird, erscheint von der andern Seite der taumelnde Dikaeopolis von zwei Hetären geführt, und es erhebt sich zum Schluss wiederum ein Wettgesang des wehklagenden *miles gloriosus* und des vor Wonne jauchzenden Friedenshelden.

Es ist noch übrig, ein Wort über die scenische Einrichtung zu sagen. Hierbei handelt es sich darum, ob man sich das ganze Stück hindurch die gleiche Decoration oder im Verlauf der Handlung einen doppelten Wechsel derselben zu denken hat. Bis zur Parodos des Chores V. 204 haben wir unstreitig einen und denselben Schauplatz, die durch einige Bänke angedeutete Pnyx. Mit der Parodos aber, nahm *Droysen* in seiner Uebersetzung an, trete eine Verwandlung ein, und zwar soll die Scene jetzt das ländliche Gehöft des Dikaeopolis darstellen.[9]) Der Beweis dafür wird erstlich in der beabsichtigten Feier der ländlichen Dionysien gefunden, und zweitens in der ausdrücklichen Bemerkung des Dikaeopolis 252: ἐς τὸν δῆμον ἐλθὼν ἄσμενος. Allein ich zweifle, ob sich hieraus mit Nothwendigkeit eine Veränderung der Decoration ergibt, sowohl wegen des vorangehenden als auch wegen des nachfolgenden.

Der Chor nämlich ist durchaus eine handelnde Person in den Acharnern, und muss als solche mit in Rechnung kommen. Er setzt von seinem Demos aus dem in die Stadt sich begebenden Amphitheos nach, welcher, athemlos auf der Pnyx angelangt, dem Dikaeopolis mittheilt, die alten Acharner seien ihm auf den Fersen, und nachdem er ihm den Friedenswein übergeben, seine Flucht noch weiter fortsetzt. Hiernach ist es doch wohl das wahrscheinlichste, dass auch die Verfolger bereits einen beträchtlichen Weg zurückgelegt haben und dass der Schauplatz des auftretenden Chores nicht mehr der Demos, sondern gleichfalls die

9) Dass dieses Gehöft in Acharnae liegt, hat schon *F. A. Wolf* richtig erkannt. 'im Demos Chollidä' *Dr* S. 173. S. m. Anm. 376. — Nach *Alb. Müller* geschieht die Verwandlung erst bei V. 237 (der gewöhnl. Zählung), also nachdem der Chor bereits seinen Einzug in die Orchestra gehalten hat, denn zu jenem Verse bemerkt der genannte Herausgeber: *Inde ab hoc versu usque ad 625 fabula in pago Dicaeopolidis agitur. Parietes versatiles circumacti sunt et repraesentant loca domus rusticae vicina.* Dass dies aber ganz undenkbar ist, ergibt die einfachste Betrachtung des Zusammenhangs. Der Chor kann den Uebelthäter nicht bis in die Stadt verfolgen und plötzlich auf dem durch Decorationswechsel bezeichneten Lande finden.

Stadt ist. Denn waren die alten Leute so langsam, dass Amphitheos schon die Pnyx erreicht hatte, ehe sie noch über die Gränzen ihres Gaues waren, dann musste jener wohl unterwegs inne werden, dass er keine so dringende Veranlassung habe sich zu beeilen.

Zweitens aber wie passen die folgenden Scenen vor den Bauernhof des Dikaeopolis? Soll dieser bis zur Parabase der Schauplatz bleiben, und nicht etwa noch zweimal eine Verwandlung vor sich gehen (nämlich Zurückversetzung erst in die Stadt und dann aufs Land), so wohnt nicht bloss Lamachos auch in dem Demos Acharnae, sondern auch Euripides, dessen Haus Dikaeopolis mit zwei Schritten erreicht. Hier wird man nun sagen, bei der bekannten Einfachheit und Sparsamkeit in den scenischen Mitteln des Alterthums war es durchaus keine Störung der Illusion, wenn in Wirklichkeit ganz auseinander liegende Localitäten auf derselben Decoration vereinigt wurden, und so ist nicht der geringste Anstoss zu nehmen weder daran, dass Lamachos den Hülferuf der Acharner vernimmt, obwohl seine Anwesenheit in dem Demos gar nicht motivirt ist, noch daran, dass Dikaeopolis, nachdem er eben in Acharnae mit dem Chor gesprochen, sofort vor dem Hause des Euripides steht.

Gewiss ist diese Erwägung vollkommen sachgemäss und richtig, allein ich glaube, wir müssen ihr nur noch eine etwas weitere Anwendung geben. Wird einmal ein Scenenwechsel vorgenommen, so dürfen nicht Unwahrscheinlichkeiten übrig bleiben, die nach unsern Begriffen aller Illusion ein Ende machen, wie der in die Stadt gekommene Chor, der dann doch wieder seinen Demos gar nicht verlassen haben soll. Viel besser, wir lassen uns (mit Ausnahme etwa vorkommender Anwendung des Enkyklema) dieselbe Scene durchgängig gefallen und suchen uns mit den sich ergebenden Widersprüchen abzufinden so gut es geht. Unausgeglichen bleibt der Widerspruch, dass Dikaeopolis auf dem Lande seine Feier begeht, und der Chor, der ihn steinigen will, in der Stadt ist. Er wird aber verschlimmert, wenn wir ihn uns noch mit einem Decorationswechsel verbunden denken. Stellt dasselbe Haus zuerst die Wohnung des Dikaeopolis in der Stadt und dann seine Landwohnung vor, so ist die Mitverpflanzung des Chors, die unleugbar vorhanden ist, nicht so auffallend, als wenn die ganze Umgebung sich verändert hat. Die Ankunft des Dikaeopolis auf dem Lande ist motivirt, die des Chores ganz und gar nicht, diese Unzuträglichkeit wird aber einigermassen verdeckt, sobald die Decoration dieselbe geblieben ist. Der Chor hat den Amphitheos bis in die Stadt verfolgt, kehrt auch nicht um, da er ihn aus den Augen verloren hat, sondern erklärt die Verfolgung noch weiter fortsetzen zu wollen. Unmittelbar hierauf erscheint der Festzug des Dikaeopolis, der auf dem Lande stattfindet, und derselbe Chor bemerkt ihn. Dieser Fehler kommt auf Rechnung der einfachen scenischen Mittel, deren sich Aristophanes bediente. Die Verfolgung bis in die Stadt war nöthig zur Charakteristik der Acharner, die Entfernung des Dikaeopolis aus der Stadt war ebenso nöthig wegen der ländlichen Dionysien, das Zusammentreffen des Chors mit Dikaeopolis war wiederum nöthig, und statt nun eine umständliche Rückkehr der Acharner wegen erfolglosen Suchens zu dichten, machte sich Aristophanes die Freiheit der komischen Bühne so weit zu Nutze, dass er der sachlichen Richtigkeit wegen den Dikaeopolis sagen liess, er begehe das Fest auf dem Lande, während er nach dem Verlauf der Haupthandlung ihn gar nicht aus der Stadt entfernte und zunächst den Steinwürfen der erbitterten Alten preisgeben musste. Diese augenblickliche Praesumtion, Dikaeopolis sei auf dem Lande, während er in Wirklichkeit aus seinem Hause in der Stadt heraus kommt, würde heut zu Tage unmöglich sein, scheint mir aber hier ein geringerer Uebelstand, als wenn Amphitheos athemlos in Athen ankommt, weil er sich von Leuten verfolgt glaubt, die mit Schneckengeschwindigkeit einherschreiten, und für die komische Bühne kaum ein schlimmerer Widerspruch, als wenn im Verlauf einer und derselben Handlung, die höchstens über einen Tag ausgespannt werden kann, aus dem Monat Poseideon in den Anthesterion gesprungen wird.

Der Hintergrund also, der von Anfang bis zu Ende des Stücks derselbe blieb, zeigte die drei Häuser des Dikaeopolis, Euripides und Lamachos, oder vielleicht nur zwei, da dasjenige, in welchem der nur in einer Scene auftretende Euripides wohnt, nachher füglich für das des Lamachos gelten konnte. Die Bänke, welche in den ersten Scenen zur Bezeichnung der Pnyx dienten, wurden nach dem Schluss der Volksversammlung wohl bei Seite gebracht. Wie im übrigen die scenische Einrichtung gewesen sei, namentlich wie der herausgedrehte Arbeitsraum des Euripides ausgesehen, in welcher Stellung sich Euripides nach der Absicht des Aristophanes befunden habe, ob und in welcher Weise das Braten und alle die andern culinarischen Verrichtungen in und nach der einundzwanzigsten Scene (V. 959 ff.) zur sichtbaren Darstellung kamen, über diese und ähnliche Fragen lässt sich nichts mit Bestimmtheit behaupten. Besonders ist das durch nichts begründet, wenn *Droysen* in der letzten Scene sich das Haus des Dionysos-Priesters öffnen lässt, wo man den Dikaeopolis in seiner lustigen Gesellschaft sitzen sehen soll. Der Contrast möchte vielleicht noch schärfer, die ganze Sache einfacher sein, wenn man sich denkt, dass Dikaeopolis gleich nachdem der geschlagene und blamirte Lamachos hereingetragen ist, Dikaeopolis von der andern Seite wie Don Juan mit einem Mädchen an jedem Arm auf die Bühne gehüpft kam.

Was endlich die Vertheilung der Rollen betrifft, so hat *Beer* (Ueber die Zahl der Schauspieler bei Aristophanes Lp. 1844 Weidm.) S. 56 ff. bereits nachgewiesen, dass sie mit wenigen Ausnahmen sich alle von drei Schauspielern darstellen liessen. Er nimmt den Herold in der Volksversammlung, den Pseudartabas, die Mädchen des Megarers, und den Nikarchos aus. Diese vier Rollen also wären sogenannte Parachoregemata (Poll. IV 110).

a. Der Herold bleibt auf der Bühne während der ganzen Volksversammlung, Dikaeopolis desgleichen, und für die übrigen in derselben vorkommenden Personen reicht ein Schauspieler nicht aus. Denn zwischen dem ersten Abtreten des Amphitheos V. 55 und dem Erscheinen des von den Persern zurückgekehrten Gesandten V. 64 ist die Zeit zu kurz, als dass der Darsteller des ersteren das Kostüm des letzteren anlegen könnte. Diesen Grund führt *Beer* nicht an, sondern er findet die Zeit zwischen dem Abtreten des Gesandten 125 und dem Wiederauftreten des Amphitheos 129 zu kurz. Doch ist dies von geringerer Bedeutung, der Gesandte kann allenfalls schon mit V. 110 abtreten. — Ebenso wenig kann Theoros von dem Darsteller des Amphitheos gegeben werden, denn der letztere geht erst V. 132 ab, der erstere erscheint schon 134. — Sollte aber der Herold etwa von einem der drei gewöhnlichen Schauspieler dargestellt sein, so würde sich die Nothwendigkeit ergeben, entweder den Gesandten (64—110) und Theoros (134—166), oder Amphitheos (45—55. 129—132. 176—204) und Pseudartabas (94—125) einem vierten zuzuweisen, was deswegen nicht gut angeht, weil es in der Natur der Sache liegt, dass nur die unbedeutendsten Rollen Parachoregeme waren. Der Gesandte, Theoros und Amphitheos sind alle drei hervorragender als der Herold.

b. Nicht so evident ist die Sache bei dem Pseudartabas, diese Rolle könnte vielmehr allenfalls noch dem Darsteller des Amphitheos gehören. Zwar liegen zwischen der Einladung des Pseud. in das Prytaneum V. 125 und dem Wiedererscheinen des Amph. 129 abermals nur vier Verse, doch lässt sich wohl denken, dass das Kostüm des Königsauges in einem leicht abzuwerfenden weiten Mantel bestand, unter welchem der Schauspieler das des Amphitheos einfach anbehalten konnte, so dass der Rollenwechsel hier keine grossen Umstände machte.

c. d. Von den Töchtern des Megarers und dem kleinen Nikarchos (*μικκός γα μᾶκος οὖτος* 870) versteht es sich von selbst, dass sie Parachoregeme waren.

Zwischen den Deuteragonisten und den Tritagonisten lassen sich die Rollen noch anders vertheilen, als es *Beer* gethan hat, doch würde es keinen grossen Nutzen haben, hierauf des weiteren einzugehen.

Metra.

I. Prolog. 203 Trimeter (nur V. 123 monom. iamb. hypercatal.)

II. Parodos. a)	4 trochäische Tetrameter	Strophe 204—212
	2 × 3 dim. cret.	
	pentam. cret.	Gegenstr. 213—221
	2 × 2 dim. cret.	

Die Responsionen sind genau, nur V. 221 steht ein creticus für einen paeon, 220 fehlt ein paeon I

209. 218 – ⏑ ⏑ ⏑ – ⏑ ⏑ ⏑ | – ⏑ ⏑ ⏑ – ⏑ – | – ⏑ – – ⏑ ⏓
210. 219 – ⏑ – – ⏑ – – ⏑ – – ⏑ – – ⏑̇ –
211. 220 – ⏑ ⏑ ⏑ – ⏑ ⏑ ⏑ | – ⏑ ⏑ ⏑ – ⏑ ⏑ ⏑
212. 221 – ⏑ ⏑ ⏑ – ⏑ ⏑ ⏑ | – ⏑ ⏕ – ⏑ ⏓

Hermann El. doctr. metr. 203 wollte von 208. 217 an lauter dimetri, nur einen monom. -λως ἂν ὁ 210. εμπαγῶ 219. *Rossbach* u. *Westphal* griech. Metrik 545. 548.

b) 2 × 3 trochäische Tetrameter, nach je 3 εὐφημεῖτε εὐφημεῖτε 222—229

c) 21 Trimeter 230—250

d) iambisches Phallophorienlied 251—262
3 Dimeter (der letzte katalektisch) in einem System
2 Tetrameter
Dimeter
3 Trimeter
Tetrameter
Monometer
3 Trimeter

Rossbach und *Westphal* 208 nehmen von ἔκτῳ σ' ἔτει 252 bis Φαλῆς Φαλῆς 259 ein System von sechs Tetrametern an.

e) 2 trochäische Dimeter
Ditrochaeus + Choriamb
dimeter cret.

f) trochäischer Tetrameter — Strophe 267—278
anapaestische Pentapodie (*Rossb.* u. *Westph.* 549)
troch. Tetram. — Gegenstr. 311—322
3 cretici + paeon I (Gegenstrophe verdorben)
2 paeonn. + 2 crett. (Gegenstr. 2 pae. 1 cret. 1 pae.)
3 paeonn. + cret. (Gegenstr. 2 pae. 2 crett.)
troch. Tetram.
pentam. cret. (in der Mitte 2 paeonn., Gegenstr. nur 1 pae.) vgl. 210. 219
troch. Tetram.
2 crett. + 2 paeonn. (Gegenstr. 3 crett. 1 pae.)
cret. + 3 paeonn.
pae. + 3 crett. (Gegenstr. 2 pae. 2 crett.)

Hermann El. d. m. 201.

g) 32 trochäische Tetrameter 279—310

Reisig coniect. 210 zerlegte das Ganze ausser der trochäischen μεσῳδός in vier Strophen und Gegenstrophen, von denen die zweite bei ihm mit einem trochäischen Tetrameter schloss: σπεισάμενος ἔπειτα δύνασαι νῦν πρὸς ἔμεγ' ἀποβλέπειν (272) und κατατεμῶ 'γὼ τοῖσιν ἱππεῦσίν ποτ' ἐς καττύματα (278), in folgender Ordnung:

στρ. α Ἡράκλεις — γεραίτατοι 267—269
„ β τοῦτ' — ἀποβλέπειν 270—272
„ γ ἀντὶ δ' — ὤγαθοί 273—275
ἀντ. β οὐκ ἀνασχήσομαι — καττύματα 276—278
„ α ὡς ἀποκτενῶ — ἠκούσατε 311—313
στρ. δ ἀλλὰ νῦν τοι — προδώσω ποτέ 314—316
ἀντ. γ τοὺς μὲν οὖν — λίθοι 317—319
ἀντ. δ ἐκσέσεισται — γίγνεται 320—322

III. Erstes Epeisodion

a) Trimeter 323—333. 339—357

b) Dochmisches System } Strophe 334—338 / Gegenstr. 358—362
trim. ⏑ – – ⏑ – | ⏑ – – ⏑ – | ⏑ – – ⏑ –
dim. ⏑ ⏖ – ⏑ ⏖ | ⏑ ⏖ – ⏑ –
dim. ⏑ ⏖ ⏖ ⏑ ⏖ | ⏑ ⏖ – ⏑ –
2 iamb. Trimeter

c) Trimeter 363—458 (Dim. 374 Mon. 377)

d) 2 × 2 dimetri dochmiaci, dazwischen 2 iamb. Trimeter 459—464

e) Trimeter 465—533

f) 5 dimetri dochm., dazwischen (537) monom. dochm. + dim. iamb. 534—539

g) Trimeter 540—594

IV. Parabase (*Hermann* El. d. m. 720. epit. 277)

a) 33 anapaestische Tetrameter, deren zwei erste das fehlende κομμάτιον vertreten. 595—627

b) μακρόν oder πνῖγος, mit dem Paroemiacus geschlossen 628—633

c) e) Strophe 634—640. Gegenstr. 657—663
cret. + 4 paeonn. I + cret.

⏑́ ⏑ – – ⏑ ⏑ ⏑ | – ⏑ ⏑ ⏑ – ⏑ ⏑ ⏑ | – ⏑ ⏑ ⏑ – ⏑ –

trim. cret.
3 paeonn. + 2 crett.
2 × 3 paeonn. + cret.
2 crett. + 4 paeonn.
1 pae. + 2 crett.

(Seit *Dindorf* bilden auch 635 f. οἷον — ῥιπίδι und 658 f. πολλὰ — πολύν einen Vers.)

d) f) ἐπίρρημα 641—656. ἀντεπίρρημα 664—679
je 16 trochäische Tetrameter.

V. Zweites Epeisodion

Trimeter 680—796, ausgen. πεπρᾶσθαι πεπρᾶσθαι 696 und κοῖ κοῖ 741.

VI. Erstes Chorikon

Eine viermal wiederholte iambische Strophe 797—820, bestehend aus

2 tetram. iamb. catal.
3 dim. iamb.
prosodiacus logaoed. catal. ⏑̄ – ⏑ ⏑ – ⏑̄ (*Hermann* El. d. m. 555. epit. 201. *Rossb.* u. *Westph.* 494.)

Die Responsionen sind nicht ganz genau (804. 810). *Rossbach* u. *Westphal* 207. 209.

VII. Drittes Epeisodion

a) Trimeter 821—888

b) iambische Strophe und Gegenstrophe 889—899. 900—910, bestehend aus drei gleichen Systemen von je zwei Dimetern, einem Monometer, einem katal. Dimeter — das dritte von dem zweiten durch zwei katalektische Dimeter getrennt. (895 f. 906 f.) 908 ist verdorben.

Rossbach u. *Westphal* 208. *Reisig* coni. 15 nannte 889—894 στρ. ἀντίστρ. α, 895. 896 στρ. ἀντ. β, 897—899 μεσῳδός, 900—905 στρ. ἀντ. γ, 906. 907 στρ. ἀντ. δ, 908—910 ἐπῳδός.

c) Trimeter 911—929

VIII. **Zweites Chorikon**

Cretisch-paeonische Strophe und Gegenstrophe 930—942. 943—955.

2 pentam.

3 × 1 paeon + 1 cret.

9 tetram., in der letzten Stelle immer cret. 941 2 paeonn. + 2 crett.

trochäischer Tetrameter

Hermann El. d. m. 509. *Rossbach* u. *Westphal* 545. 548.

IX. **Viertes Epeisodion**

a) Trimeter 956—963. 972—990

b) iambische Strophe und Gegenstrophe 964—971. 991—998, bestehend aus je zwei Systemen von 2 akatalektischen und einem katalektischen Dimeter, dazwischen zweimal einem akatal. und einem katal. Dimeter

Rossb. u. *Westph.* 208.

c) Trimeter 999—1094

X. **Zweite Parabase**

a) Kommation 1095—1101, bestehend aus 4 dim. anapaest., einem monom., einem dim. und einem paroemiacus

b) Strophe und Gegenstrophe 1102—1109. 1110—1117

– ⏑ ⏑ – – ⏑ ⏑ – – ⏑ ⏑ – | – ⏑ ⏑ – ⏑ – ⏒

trim. choriamb. + Pherecrateus I

Rossb. u. *Westph.* 498 ff. 493

– ⏑ ⏑ – ⏑ – ⏑ – | – ⏑ ⏑ – ⏑ – ⏒

Priapeus I (choriambic. polyschemat.)

R. u. *W.* 503. *Herm.* El. d. m. 584

– ⏑ ⏑ – – ⏑ ⏑ – – ⏑ ⏑ – | – ⏑ ⏑ – ⏑ – ⏒

2 ⏒ ⏕ ⏑ ⏕ | ⏒ – ⏑ ⏓

trim. iamb.

⏑ – | ⏒ – ⏑ – | ⏒ – ⏑ – | ⏒ – ⏑ –

– ⏑ – ⏑ – ⏒

Richter prolegg. Pac. 50, nach *Dind.*

⏑ – – | – ⏑ – | ⏒ – ⏑ – ⏒ – ⏑ – | – ⏑ – ⏑ – ⏒

XI. **Exodos**

a) Trimeter 1118—1133

b) iambische Strophen 1134—1166

α – ⏑ – – ⏑ – 1134—1140
⏑ ⏕́ ⏑ ⏕́ | ⏑ ⏕́ ⏑ ⏕́
⏑ – ⏑ – | ⏑ – ⏑ –
⏑ ⏕́ ⏑ ⏕́ | ⏑ – ⏑ –
⏑ – ⏑ – | – ⏑ – ⏑ – ⏑ –
⏑ – ⏑ ⏕́ | – ⏑ – ⏑ – ⏑ ⏑̽
⏒ – ⏑ – | – ⏑ – ⏑ – ⏑

vgl. *Rossb.* u. *Westph.* 266.

β – ⏑ – – ⏑ – 1141—1145
⏒ – ⏑ – | ⏒ – ⏑ – | ⏑ – ⏑ ⏑̽
⏑ – ⏑ – | ⏑ – ⏑ – | ⏒ – ⏑ –
⏑ ⏕́ ⏑ – | ⏒ – ⏑ – | ⏑ – ⏑
⏒ – ⏑ – | – ⏑ – ⏑ | – ⏑

γ ⏒ – ⏑ – | ⏑ – ⏑ – ́ | ⏑ – ⏑ – 1146—1154
2 ⏑ – ⏑ – | – ⏑ – ⏑ – ⏑ ⏑̽
2 ⏑ ⏕́ ⏑ – | ⏑ ⏕́ ⏑ –
⏑ – ⏑ – | – ⏑ – ⏑ – ⏒
⏒ – ⏑ – | ⏒ – ⏑ – | ⏑ – ⏑ ⏑̽
⏑ – ⏑ – | ⏑ – ⏑ –
⏒ – ⏑ – | ⏑ – ⏑ – | ⏑ – ⏑ ⏑̽

δ ⏑ – ⏑ – | ⏒ – ⏑ – | ⏒ – ⏑ – 1155 f. = 1157 f.
– ⏑ – – ⏑ –

ε ⏒ – ⏑ – | ⏒ – ⏑ – | ⏒ – ⏑ ⏑̽ 1159 f. = 1161 f.
⏒ ⏕́ – ⏑ –

ζ ⏒ – ⏑ – | ⏒ ⏕́ ⏑ – | ⏒ ⏕́ ⏑ – 1163 f. = 1165 f.
⏑ ⏕́ ⏑ – | ⏑ – ⏑

c) katalekt. iamb. Tetrameter 1167—1174, der vorletzte Vers ein Dimeter.

ΑΡΙΣΤΟΦΑΝΟΥΣ
Α Χ Α Ρ Ν Η Σ

DIE ACHARNER

DES

ARISTOPHANES.

ΥΠΟΘΕΣΕΙΣ

I.

Ἐκκλησία (19) *ὑφέστηκεν Ἀθήνησιν ἐν τῷ φανερῷ, καθ' ἣν πολεμοποιοῦντας τοὺς ῥήτορας* (38) *καὶ προφανῶς τὸν δῆμον ἐξαπατῶντας* (114) *Δικαιόπολίς τις τῶν αὐτουργῶν ἐξελέγχων παρεισάγεται. τούτου δὲ διά τινος, Ἀμφιθέου καλουμένου, σπεισαμένου* (199) *κατ' ἰδίαν τοῖς Λάκωσιν ἀχαρνικοὶ γέροντες* (180) *πεπυσμένοι τὸ πρᾶγμα προσέρχονται διώκοντες* (185) *ἐν χοροῦ σχήματι· καὶ μετὰ ταῦτα θύοντα* (228) *τὸν Δικαιόπολιν ὁρῶντες ὡς ἐσπεισμένον* (280) *τοῖς πολεμιωτάτοις καταλεύσειν* (268) *ὁρμῶσιν. ὃ δὲ ὑποσχόμενος ὑπὲρ ἐπιξήνου τὴν κεφαλὴν ἔχων* (294) *ἀπολογήσεσθαι ἐφ' ᾧτ' ἂν μὴ πείσῃ τὰ δίκαια λέγων* (293) *τὸν τράχηλον ἀποκοπήσεσθαι, ἐλθὼν ὡς Εὐριπίδην αἰτεῖ πτωχικὴν* (418) *στολήν. καὶ στολισθεὶς τοῖς Τηλέφου ῥακώμασι* (402) *παρῳδεῖ τὸν ἐκείνου λόγον, οὐκ ἀχαρίτως καθαπτόμενος Περικλέους περὶ τοῦ μεγαρικοῦ ψηφίσματος* (504). *παροξυνθέντων δέ τινων ἐξ αὐτῶν ἐπὶ τῷ δοκεῖν συνηγορεῖν τοῖς πολεμίοις, εἶτα ἐπιφερομένων, ἐνισταμένων δὲ ἑτέρων ὡς τὰ δίκαια* (529) *αὐτοῦ εἰρηκότος, ἐπιφανεὶς* (535) *Λάμαχος θορυβεῖν πειρᾶται. εἶτα γενομένου διελκυσμοῦ κατενεχθεὶς (κατελεγχθεὶς Bl Me) ὁ χορὸς ἀπολύει τὸν Δικαιόπολιν καὶ πρὸς τοὺς δικαστὰς διαλέγεται περὶ τῆς τοῦ ποιητοῦ* (602) *ἀρετῆς καὶ ἄλλων τινῶν. τοῦ δὲ Δικαιοπόλιδος ἄγοντος καθ' ἑαυτὸν εἰρήνην τὸ μὲν πρῶτον Μεγαρικός τις παιδία ἑαυτοῦ διεσκευασμένα* (700. *παρεσκευασμένα* A) *εἰς χοιρίδια*

(700. 767) φέρων ἐν σάκκῳ (706) πράσιμα παραγίνεται· μετὰ τοῦτον ἐκ Βοιωτῶν ἕτερος ἐγχέλεις (841) τε καὶ παντοδαπῶν ὀρνίθων γόνον ἀνατιθέμενος εἰς τὴν ἀγοράν (838). οἷς ἐπιφανέντων τινῶν συκοφαντῶν συλλαβόμενός (887) τινα ἐξ αὐτῶν ὁ Δικαιόπολις καὶ βαλὼν εἰς σάκκον τοῦτον τῷ Βοιωτῷ ἀντίφορτον (860) ἐξάγειν (865) ἐκ τῶν Ἀθηνῶν παραδίδωσι, καὶ προσαγόντων αὐτῷ πλειόνων καὶ δεομένων μεταδοῦναι (992) τῶν σπονδῶν καθυπερηφανεῖ. παροικοῦντος δὲ αὐτῷ Λαμάχου καὶ ἐνεστηκυίας τῆς τῶν χοῶν (956) ἑορτῆς τοῦτον μὲν ἄγγελος παρὰ τῶν στρατηγῶν (1025) ἥκων κελεύει ἐξελθόντα μετὰ τῶν ὅπλων τὰς εἰσβολὰς τηρεῖν (1027)· τὸν δὲ Δικαιόπολιν παρὰ τοῦ Διονύσου ἱερέως (1039) τις καλῶν ἐπὶ δεῖπνον (1037) ἔρχεται. καὶ μετ' ὀλίγον ὃ μὲν τραυματίας (1147) καὶ κακῶς ἀπαλλάττων ἐπανήκει, ὁ δὲ Δικαιόπολις δεδειπνηκὼς καὶ μεθ' ἑταίρας ἀναλύων. τὸ δὲ δρᾶμα τῶν εὖ σφόδρα πεποιημένων καὶ ἐκ παντὸς τρόπου τὴν εἰρήνην προκαλούμενον. ἐδιδάχθη ἐπὶ Εὐθυδήμου *) ἄρχοντος ἐν Ληναίοις διὰ Καλλιστράτου. καὶ πρῶτος ἦν, δεύτερος Κρατῖνος Χειμαζομένοις· οὐ σῴζονται· τρίτος Εὔπολις Νουμηνίαις.

II.

ΑΡΙΣΤΟΦΑΝΟΥΣ ΓΡΑΜΜΑΤΙΚΟΥ.

Ἐκκλησίας οὔσης παραγίνονταί τινες
πρέσβεις παρὰ Περσῶν καὶ παρὰ Σιτάλκους πάλιν,
οἳ μὲν στρατιὰν (149) ἄγοντες, οἳ δὲ χρυσίον (102)·
παρὰ τῶν Λακεδαιμονίων δὲ μετὰ τούτους τινὲς
σπονδὰς φέροντες, οὓς Ἀχαρνεῖς οὐδαμῶς
εἴασαν, ἀλλ' ἐξέβαλον, ὧν καθάπτεται
σκληρῶς ὁ ποιητής. [αὐτὸ τὸ ψήφισμά τε

*) So *D* statt Εὐθυμένους, entstanden aus V. 67, nach Diod. XII 58 Ath. V 218 B (217 B, wie *E* auch anführt, ist der Archon von Ol. 87 2 gemeint). Εὐθύνου *Dübner* nach vit. Thuc. p. 202 79 Westermann.

μεγαρικὸν ἱκανῶς φησι, καὶ τὸν Περικλέα
οὐκ τῶν Λακώνων τῶνδε πάντων αἴτιον (285 f.),
σπονδὰς λύσιν τε τῶν ἐφεστώτων κακῶν.]

Die eingeklammerten Worte geben keinen Sinn und fehlen im R. — 9 *κοὐ τὸν Λάκωνα . . .* 10 *σπονδάς τε λύσειν A. Nauck* Aristoph. Byz. p. 260. *κοὐ τὸν Λάκωνα . . . Σπ. λύσιν δὲ B. οὐ τὸν Λάκωνα, τῶνδε πάντων αἴτιον . . . Σπ. λύσιν τε κτλ. Me.*

ΤΑ ΤΟΥ ΔΡΑΜΑΤΟΣ ΠΡΟΣΩΠΑ

ΔΙΚΑΙΟΠΟΛΙΣ
ΚΗΡΥΞ
ΑΜΦΙΘΕΟΣ
ΠΡΕΣΒΕΙΣ *Ἀθηναίων παρὰ βασιλέως ἥκοντες*
ΨΕΥΔΑΡΤΑΒΑΣ
ΘΕΩΡΟΣ
ΧΟΡΟΣ ΑΧΑΡΝΕΩΝ
ΘΥΓΑΤΗΡ *Δικαιοπόλιδος*
ΘΕΡΑΠΩΝ *Εὐριπίδου*
ΕΥΡΙΠΙΔΗΣ
ΛΑΜΑΧΟΣ
ΜΕΓΑΡΕΥΣ
ΚΟΡΑ *θυγατέρε τοῦ Μεγαρέως*
ΣΥΚΟΦΑΝΤΗΣ
ΒΟΙΩΤΟΣ
ΝΙΚΑΡΧΟΣ
ΘΕΡΑΠΩΝ *Λαμάχου*
ΓΕΩΡΓΟΣ
ΠΑΡΑΝΥΜΦΟΣ
ΑΓΓΕΛΟΣ

Personen.

Dikaeopolis.
Ein Herold (43. 956. 1023).
Amphitheos.
Ein aus Persien heimgekehrter Gesandter.
Scheinartabas.
Theoros.
Chor der Acharner.
Tochter des Dikaeopolis.
Ein Diener des Euripides.
Euripides.
Lamachos.
Ein Megarer.
Dessen zwei kleine Töchter.
Ein Sykophant.
Ein Boeoter.
Nikarchos.
Ein Diener des Lamachos (918. 1118).
Ein Landmann.
Ein Brautführer.
Ein Bote (1037).

Stumme Personen.

Prytanen. Bürger. Begleiter des Gesandten. Zwei Eunuchen. Eine Schaar Odomanter. Mehrere Knechte und Mägde. Frau des Dikaeopolis. Thebanische Musikanten. Eine Brautführerin. Zwei Hetären.

ΑΧΑΡΝΗΣ

ΔΙΚΑΙΟΠΟΛΙΣ

Ὅσα δὴ δέδηγμαι τὴν ἐμαυτοῦ καρδίαν,
ἥσθην δὲ βαιά, πάνυ δὲ βαιά, τέτταρα·
ἃ δ' ὠδυνήθην, ψαμμακοσιογάργαρα.
φέρ' ἴδω, τί δ' ἥσθην ἄξιον χαιρηδόνος;
ἐγᾦδ' ἐφ' ᾧ γε τὸ κέαρ ηὐφράνθην ἰδών,
τοῖς πέντε ταλάντοις, οἷς Κλέων ἐξήμεσεν.
ταῦθ' ὡς ἐγανώθην, καὶ φιλῶ τοὺς ἱππέας
διὰ τοῦτο τοὔργον· ἄξιον γὰρ Ἑλλάδι.

1—16 Gregor. Corinth. bei Walz rhet. Gr. VII 1345: τὸ τοῦ Δικαιοπόλιδος πρόσωπον· φησὶ γὰρ οὗτος· ὅσα δὴ . . . τέσσαρα . . . ψαμμακοσ. Φέρε δ' ἴδω, τί δ' ἥ. ἄ. χαιρηδόνος; . . . . . χαίρειν οὖν ἔφη, ὅτι ὁ Κλέων εἰσήχθη ἀπαιτούμενος παρὰ τῶν στρατιωτῶν πέντε τάλαντα, ἅπερ ἀφείλετο ἀπὸ τῶν νησιωτῶν, ἵνα πείσῃ τοὺς Ἀθηναίους ἐπικουφίσαι τούτοις τοὺς φόρους· λελύπηται δέ, ὅτι προσδοκήσαντος αὐτοῦ εἰσαχθῆναι τραγῳδὸν τὸν Αἰσχύλον Θέογνις παρεισήχθη ποιητὴς τραγῳδίας πάνυ ψυχρός· ἡσθῆναι δὲ αὖθις, ἡνίκα μετὰ τὸν Μόσχον — ἦν δὲ οὗτος φαῦλος κιθαρῳδὸς ᾄδων ἀπνευστὶ πολλά — Δεξίθεός τις εἰσῆλθεν ἄριστος κιθαρῳδὸς καὶ πυθιονίκης ᾀσόμενος τὸ βοιώτιον· ἀλλ' ἀντίρροπος αὖθις τῇ εὐθυμίᾳ λύπη τούτῳ ἐγένετο, ὅτε δὴ παρέκυψε Χαῖρις ἐπὶ τὸν ὄρθιον· ἦν δὲ Χ. κιθαρῳδὸς κτλ. — 1 f. Hermogenes περὶ μεθόδου δεινότητος 36 (Spengel rhet. Gr. II 455 18): κωμῳδίας δὲ πλοκὴ πικρὰ καὶ γελοία . . . . . οὐχ ἥκιστα δὲ ἐν τοῖς Ἀχαρνεῦσιν ὁ Ἀριστοφάνης δηλοῖ λέγων οὕτως, ὅσα δὴ δέδηγμαι τὴν ἐμαυτοῦ καρδίαν τὸ πικρόν, ἥσθην δὲ βαιά, λέγων γελοῖον πάθος. Philemon lex. techn. 87 130 ὅσα. Suidas ὅσα . . . ὅσα δὴ δέδηγμαι τὴν καρδίαν. — δέδηγμαι τὴν καρδίαν. ἠνίαμαι, λελύπημαι. (Zon. I 487.) — 3 Hesych. ψαμμακοσιογάργαρα. πολλὰ ἀναρίθμητα, ἀπὸ τῆς ψάμμου καὶ τῶν γαργάρων. Suid. ψαμμακοσιογάργαρα. ἀπὸ λέξεων τὸ σύνθετον ἐγένετο δηλου-

DIE ACHARNER.

Erste Scene. Dikaeopolis (allein).

Dikaeopolis.

Wie frass am Herzen mir von je das Ungemach!
An Freuden arm, ja blutarm — höchstens sind es vier —
hab' ich der Qual ein Riesensandgebirg' auf mir.
Lass sehn — wann war ich wohl zuletzt so recht vergnügt?
Eins weiss ich, dabei sprang das Herz im Leibe mir,
als seine fünf Talente Kleon von sich gab.
Wie freute das mich, und wie lieb für das Verdienst
hab' ich die Ritter! so verlangt's Hellenenart.

σῶν πολλά. σύγκειται γὰρ ἀπὸ τοῦ τῆς ψάμμου τὸν ἀριθμὸν εἰδέναι κτλ. (dagegen vv. καρκαίρω und κόσσια — ζήτει ἐν τῷ ψαμμοκοσιογάργαρα.) Eustath. 986 52 καὶ ὅτι γάργαρα διὰ τοῦτο ἁπλῶς ποιητικώτερον τὰ πολλά, ὅθεν καὶ ψαμμακοσιογάργαρα ὁ κωμικὸς τὰ πάνυ πολλὰ ἔφη, δηλοῦσιν οἱ παλαιοί. Macrob. Sat. V 20 13 Aristophanes antem comicus conposito nomiue ox arena et Gargaris innumerabilem, ut eius lepos est, numerum conatur exprimere. in fabula enim Ἀχαρνεῦσιν ait: ἅδ' ὠδυνήθην ψαμμακοσιογάργαρα. — 4 Hesych. χαιρηδόνα. τὴν χαράν. Suid. χαιρηδόνος. χαρᾶς. — 5. 6 Westermann Βιογράφοι 156 21 καὶ αἴτιος αὐτῷ γέγονε ζημίας ε' ταλάντων, ἃ ὑπὸ τῶν ἱππέων κατεδικάσθη, ὥς φησιν ἐν Ἀχαρνεῦσιν· ἐγῷδ' ἐφ' ᾧ γε τὸ κέαρ ηὐφράνθην ἰδών, Τοῖς πέντε ταλάντοις, οἷς Κλέων ἐξήμεσεν. schol. τὸ κέαρ ηὐφράνθην: — νῦν φησιν, ἐφ' ᾧ τὸ κέαρ εὐφράνθην. Suid. κέαρ. τὴν καρδίαν φησὶν Ἀριστοφάνης· ἐφ' ᾧ γε τὸ κέαρ εὐφράνθην· (Zon. II 1191 Cramer anecd. Par. IV 146 23 εὐφράνθη.) — 7. 8 Suid. ἐγανώθην. ἐχάρην, εὐφράνθην. ἀπὸ τοῦ γάνυμαι. schol. 300 καὶ φιλῶ τοὺς ἱππέας Διὰ τοῦτο τοὔργον. — 8 Suid. παρῳδούμενος. λεγόμενος. καὶ παρῳδία. οὕτω λέγεται, ὅταν ἐκ τραγῳδίας μετενεχθῇ λόγος εἰς κωμῳδίαν· οἷόν ἐστι τὸ ἄξιον γὰρ Ἑλλάδι, παρ' Εὐριπίδῃ καὶ παρ' Ἀριστοφάνει εἰρημένον.

ἀλλ᾽ ὠδυνήθην ἕτερον αὖ τραγῳδικόν,
ὅτε δὴ κεχήνη προσδοκῶν τὸν Αἰσχύλον,
ὁ δ᾽ ἀνεῖπεν, εἴσαγ᾽ ὦ Θέογνι τὸν χορόν.
πῶς τοῦτ᾽ ἔσεισέ μου δοκεῖς τὴν καρδίαν;
ἀλλ᾽ ἕτερον ἥσθην, ἡνίκ᾽ ἐπὶ μόσχῳ ποτὲ
Δεξίθεος εἰσῆλθ᾽ ᾀσόμενος βοιώτιον.
τῆτες δ᾽ ἀπέθανον καὶ διεστράφην ἰδών,
ὅτε δὴ παρέκυψε Χαῖρις ἐπὶ τὸν ὄρθιον.
ἀλλ᾽ οὐδεπώποτ᾽ ἐξ ὅτου ᾽γὼ ῥύπτομαι,
οὕτως ἐδήχθην ὑπὸ κονίας τὰς ὀφρῦς
ὡς νῦν, ὁπότ᾽ οὔσης κυρίας ἐκκλησίας
ἑωθινῆς ἔρημος ἡ πνὺξ αὑτηί·
οἱ δ᾽ ἐν ἀγορᾷ λαλοῦσι, κἄνω καὶ κάτω
τὸ σχοινίον φεύγουσι τὸ μεμιλτωμένον.
οὐδ᾽ οἱ πρυτάνεις ἥκουσιν, ἀλλ᾽ ἀωρίαν
ἥκοντες εἶτα δ᾽ ὠστιοῦνται πῶς δοκεῖς,
ἐλθόντες ἀλλήλοισι περὶ πρώτου ξύλου,
ἄθροι καταρρέοντες· εἰρήνη δ᾽ ὅπως

---

9 Suid. *τραγῳδικόν.* ἐμπαθές, ἐπείπερ καὶ ἡ τραγῳδία ἐμπαθῶν πραγμάτων ἀπαγγελτική· ἢ ἐπειδὴ περὶ τραγῳδίας μέλλει λέγειν. — 10 Herodian. in Hort. Adon. fol. 198 πεποίηκα ἐπεποιήκην. ὅθεν τὸ *ἐκεχήνην ἐγώ* διὰ τοῦ η παρὰ Ἀριστοφάνει, οἷον *ὅτε διεκεχήνην π. τ. Α.* Etym. M. 386 30 ἰστέον δὲ ὅτι τὸ διαλυθὲν ἐκ τοῦ ἰωνικοῦ συναιροῦσιν οἱ Ἀθηναῖοι καὶ ποιοῦσιν εἰς η, πεποιήκη λέγοντες· ὅθεν παρὰ Ἀριστοφάνει· *ἐκεχήνη προσδοκῶν τὸν Αἰσχύλον.* Cramer anecd. Ox. IV 417 12 ὅθεν καὶ τὸ *ἐκεχήνη ἐγώ* παρὰ Ἀριστοφάνει ἐν Ἀχαρνεῦσι· *ὅτε δὴ ἐκεχήνη πρ. τ. Α.* anecd. Paris. IV 133 ὅθεν καὶ τὸ *ἐκεχήνην ἐγώ* διὰ τοῦ η παρὰ Ἀριστοφάνει, *ὅτε δὴ ἐκεχήνην πρ. τ. Α.* Phavorinus (G. Dindorfii grammatici Gr. I 213) τὸ ἐκεχήνεα ἐκεχήνη λέγουσιν Ἀθηναῖοι κιρνῶντες τὸ ε καὶ α εἰς η, ὡς Ἀριστοφάνης· *ἐκεχήνη προσδοκῶν τ. Α.* — 11 schol. ὁ δ᾽ ἀνεῖπ᾽ εἴσαγε. Suid. ἀνεῖπεν. ἀνεκήρυξεν, ἀνηγόρευσεν. (Bekker anecd. 396 17 vgl. Hesych.) Ἀριστοφάνης· *ὁ δ᾽ ἀνεῖπεν, εἴσαγ᾽ ὦ Θέογνι τὸν χορόν.* — Θέογνις. τραγῳδοποιητὴς πάνυ ψυχρός κτλ. (cf. εἰ μὴ κατένιψε. ψυχροῦ βίου.) — 12 Phrynichus bei Bekker anecd. 41 12 *ἔσεισέ μου τὴν καρδίαν.* οἷον ἐκίνησε καὶ ἐτάραξεν. Suid. *ἔσεισέ μου τ. κ.* ἀντὶ τοῦ ἐλύπησεν κτλ. — 13 schol. BLV Hom. I 77 τίς ἂν τάδε· οὐ λείπει τὸ ὁρῶν, ἀλλ᾽ ἔστι παλαιὰ συνήθεια· *ἀλλ᾽ ἕτερον ἥσθην.* — Μόσχῳ schol. — 16 schol. 866 Χαῖρις δὲ αὐλητὴς Θηβαῖος ἄμουσος, οὗ μέμνηται ἐν ἀρχῇ τοῦ δράματος· *ὅτε δὴ παρέκυψε Χαῖρις ἐπὶ τὸν ὄρθιον.* (Paroemiogr. I 462 21 Χαῖρις ᾄδων ὀρ-

Dafür traf im Theater mich ein harter Schlag,
als auf ein Stück des Aeschylos ich mich gespitzt,
und man nun rief: Theognis bringe deinen Chor!
Denkt euch, wie schneidend tief mir das zu Herzen ging!
Zwar ein Genuss war's wieder, als Dexitheos kam,
das Kalb davon zu tragen im Boeoter-Lied;
doch dies Jahr starb ich an verrenktem Halse fast,
als Chaeris ich zum Orthios sich schlängeln sah.
Allein so lang' ich mir die Nase putze, nie
hat so die Lauge meinen Augen zugesetzt,
wie heut. Früh Morgens soll zur Hauptversammlung sich
das Volk einfinden — aber leer ist hier die Pnyx.
Am Markte steht man lieber und schwatzt, und auf und ab
spaziert man wohl sich hütend vor dem rothen Tau;
selbst die Prytanen fehlen. Kommt man endlich dann
zu spät, dann giebt's ein Drängen, ja man glaubt es kaum,
und um die Wette stürzen nach der ersten Bank
die hellen Haufen — aber wie uns Friede je

θιον.) — 17 ff. Suid. ῥύπτει. ἀποκλύζει, σμήχει. καὶ ῥύπτομαι ἀντὶ τοῦ σμήχομαι. Ἀριστοφάνης· ἀλλ' οὐδεπώποτ' ἐξ ὅτου 'γὼ ῥύπτομαι, Οὕτως ἐδήχθην ὑπὸ κονίας τὰς ὀφρῦς Ὡς νῦν. (Moeris 208 27 ed. Bekker ῥύπτεσθαι ῥύμμα Ἀττικοί. σμήχεσθαι σμῆγμα Ἕλληνες. Phot. 492 16 Thom. M. 322 4.) — 21 Bekker anecd. 412 4 ἄνω καὶ κάτω. — 22 Suid. σχοινίον μεμιλτωμένον. εἰ βραδύνοιεν ἐπὶ τὴν ἐκκλησίαν, οἱ δημόται σχοινίον μιλτοῦντες συνήλαυνον καὶ τὰ πρατήρια διέκλειον. καὶ παροιμία, τὸ σχοινίον φεύγουσι τὸ μεμιλτωμένον κτλ. cf. μεμιλτωμένον. (Hesych. σχοινίον τὸ μεμιλτωμένον.) — 23 f. Suid. ἀωρίᾳ. ἀντὶ τοῦ ἀκαίρως καὶ παρὰ τὸν δέοντα καιρόν. — Ἀριστοφάνης· οἱ δὲ πρυτάνεις ἥκουσιν, ἀλλ' ἀωρίᾳ. cf. Phrynichus Bekk. an. 4 22 (ibid. 476 10 *Osann* Philem. 291) ἀωρίᾳ. (cod. ἀωρίαν ἥκειν)· οἷον παρὰ τὴν δέουσαν ὥραν κτλ. — 24 f. Hesych. ὠστιοῦνται. ὠσθήσονται. Suid. ὠστίας — Ἀριστοφάνης — ἐν Ἀχαρνεῦσιν· οἶδ' ὠστιοῦνται πῶς δοκεῖς περὶ τοῦ πρώτου ξύλου. — 25 schol. Vesp. 90 καὶ ἐν Ἀχαρνεῦσιν· ἐλθόντες ἀλλήλοισι περὶ πρώτου ξ. cf. Poll. VIII 133 IV 121 Phot. 310 19. 469 10. — 26 schol. ἄθροοι καταρρέοντες. Suid. ἄθροι καταρρέοντες. ἀντὶ τοῦ ὁμοῦ. προπαροξύνειν δὲ δεῖ τὸ ὄνομα καὶ δασύνειν τὴν πρώτην συλλαβὴν ἀττικῶς. Phavorinus 53 29 ed. Basil. (1538) ἀθρόοι. ἀντὶ τοῦ ὁμοῦ. καὶ ἀντὶ τοῦ αἰφνίδιοι καὶ ἀπροσδόκητοι. καὶ ἀθρόοι καταρρέοντες.

ἔσται, προτιμῶσ' οὐδέν. ὦ πόλις πόλις.
ἐγὼ δ' ἀεὶ πρώτιστος εἰς ἐκκλησίαν
νοστῶν κάθημαι· κᾆτ' ἐπειδὰν ὦ μόνος,
στένω κέχηνα σκορδινῶμαι πέρδομαι
ἀπορῶ γράφω παρατίλλομαι λογίζομαι
ἀποβλέπων ἐς τὸν ἀγρόν, εἰρήνης ἐρῶν,
στυγῶν μὲν ἄστυ, τὸν δ' ἐμὸν δῆμον ποθῶν,
ὃς οὐδεπώποτ' εἶπεν, ἄνθρακας πρίω,
οὐκ ὄξος, οὐκ ἔλαιον, οὐδ' ᾔδη πρίω,
ἀλλ' αὐτὸς ἔφερε πάντα, χὠ πρίων ἀπῆν.
νῦν οὖν ἀτεχνῶς ἥκω παρεσκευασμένος
βοᾶν ὑποκρούειν λοιδορεῖν τοὺς ῥήτορας,
ἐάν τις ἄλλο πλὴν περὶ εἰρήνης λέγῃ.

ἀλλ' οἱ πρυτάνεις γὰρ οὑτοιὶ μεσημβρινοί.
οὐκ ἠγόρευον; τοῦτ' ἐκεῖν' οὑγὼ 'λεγον·
ἐς τὴν προεδρίαν πᾶς ἀνὴρ ὠστίζεται.

ΚΗΡΥΞ

πάριτ' ἐς τὸ πρόσθεν.
πάριθ', ὡς ἂν ἐντὸς ἦτε τοῦ καθάρματος.

ΑΜΦΙΘΕΟΣ

ἤδη τις εἶπε;

ΚΗΡΥΞ

τίς ἀγορεύειν βούλεται;

ΑΜΦΙΘΕΟΣ

ἐγώ.

ΚΗΡΥΞ

τίς ὤν;

---

27 Phot. 464 14 προτιμᾶν. τὸ φροντίζειν. καὶ Δημοσθένης — καὶ Ἀριστοφάνης. (Phryn. Bekk. an. 60 2.) — 30 Suid. κέχηνα. ἐν ἴσῳ τῷ προσδέχομαι ἢ δέομαι. cf. σκορδινῶμαι. Erotian. exp. voc. Hippocr. κορδίνημα. σκορδίνημα. Galen. σκορδινᾶσθαι. Moer. 209 9. Hesych. Phot. σκορδινᾶσθαι. — 31 f. Suid. ἀπορῶ γράφω παρατίλλομαι λογίζομαι Ἀποβλέπων εἰς τὸν ἀγρόν. cf. γραφή. παρατίλλεται. Hesych. λογίζομαι. τῇ χειρὶ ψηφίζω. — 32—36 Stobaeus flo-

soll werden, danach fragt man nicht; o Stadt o Stadt!
Ich bin der erste jedesmal auf meinem Platz
zur Volksversammlung. Sitz' ich nun so ganz allein,
dann seufz' ich, gähne, recke mich, mache sonst mir Luft,
thu' gar nichts, mal' im Sande, rechne, rupfe mich
auf's Land hinblickend friedensdurstig, übersatt
des Lebens hier, voll Sehnsucht ganz nach meinem Dorf.
Da hiess es nicht: kauft Kohlen, Oel! kauft Essig, kauft!
es war kein Kaufen, denn das Land bracht' alles selbst,
und Kaufgeschrei zersägte mir die Ohren nicht.
Drum kam ich mit dem festen Vorsatz heut hierher,
zu schrei'n, zu stören, ja die Redner selbst zu schmäh'n,
wenn einer von was andrem als vom Frieden spricht.

Da kommen die Prytanen ja — zur Mittagszeit.
Sagt ich's euch nicht? da seht ihr's, wie ich prophezeit;
um vorn zu sitzen, drängt und stösst sich jedermann.

Zweite Scene. Von der rechten Seite kommen die Bürger in grossem Gedränge und füllen die Sitze, voran die Prytanen. Herold. Amphitheos. Wache.

Herold.

Heran noch näher!
heran, dass in des Opferbluts Bereich ihr seid!

Amphitheos.

Hat einer schon gesprochen?

Herold.

Wer verlangt das Wort?

Amphitheos.

Ich!

Herold.

Deinen Namen!

---

ril. LVI 8. — 32 Suid. εἰς τὸν ἀγρὸν ἀποβλέπων. Paroem. I 400 34. — 35 f. Hesych. πρίων. ἀγοράζων. Suid. πρίων .... ὁ πρίων ἀπῆν, οὐδ' ᾔδειν πρίω. Ἀριστοφάνης· ἀντὶ τοῦ οὐδὲ ἐγίνωσκον τὸ πρίω ῥῆμα κτλ. (also erste Person). — 38 Phryn. Bekk. 68 10 ὑποκρούειν τοὺς ῥήτορας. Suid. ὑποκρούειν. ἀντιφθέγγεσθαι, ἀντιλέγειν ἁπλῶς κτλ.

ΑΜΦΙΘΕΟΣ

Ἀμφίθεος.

ΚΗΡΥΞ

οὐκ ἄνθρωπος;

ΑΜΦΙΘΕΟΣ

οὔ·
ἀλλ' ἀθάνατος. ὁ γὰρ Ἀμφίθεος Δήμητρος ἦν
καὶ Τριπτολέμου, τούτου δὲ Κελεὸς γίγνεται·
γαμεῖ δὲ Κελεὸς Φαιναρέτην τήθην ἐμήν,
ἐξ ἧς Λυκῖνος ἐγένετ'· ἐκ τούτου δ' ἐγὼ
ἀθάνατός εἰμ'· ἐμοὶ δ' ἐπέτρεψαν οἱ θεοὶ
σπονδὰς ποιεῖσθαι πρὸς Λακεδαιμονίους μόνῳ.
ἀλλ' ἀθάνατος ὢν ἄνδρες ἐφόδι' οὐκ ἔχω·
οὐ γὰρ διδόασιν οἱ πρυτάνεις.

ΚΗΡΥΞ

οἱ τοξόται!

ΑΜΦΙΘΕΟΣ

ὦ Τριπτόλεμε καὶ Κελεὲ περιόψεσθέ με;

ΔΙΚΑΙΟΠΟΛΙΣ

ὦνδρες πρυτάνεις ἀδικεῖτε τὴν ἐκκλησίαν
τὸν ἄνδρ' ἀπάγοντες, ὅστις ἡμῖν ἤθελε
σπονδὰς ποιῆσαι καὶ κρεμάσαι τὰς ἀσπίδας.

ΚΗΡΥΞ

κάθησο σῖγα.

ΔΙΚΑΙΟΠΟΛΙΣ

μὰ τὸν Ἀπόλλω 'γὼ μὲν οὔ,
ἢν μὴ περὶ εἰρήνης γε πρυτανεύσητέ μοι.

ΚΗΡΥΞ

οἱ πρέσβεις οἱ παρὰ βασιλέως.

---

57 Phryn. Bekk. 45 4 Ἀριστοφάνης· ὅστις ἡμῖν ἤθελε Σπονδὰς ποιῆσαι καὶ κρεμάσαι τὰς ἀσπίδας. Suid. ἀπάγειν ... καὶ ἀπάγοντες ... τὸν ἄνδρ' ἀπάγοντες. — 58 Suid. κρεμόω. κρε-

Amphitheos.

Amphitheos.

Herold.

Menschlich gar nicht?

Amphitheos.

Nein.
Unsterblich, denn Amphitheos war Demeters Sohn
und des Triptolemos, dieser zeugte Keleos d'rauf,
Phaenarete meine Grossmama nahm der zur Frau,
und ihr Sohn hiess Lykinos. Dessen Spross bin ich,
unsterblich, und die Götter gaben mir allein
zum Friedensschlusse Vollmacht mit der Sparter Volk.
Das Reisegeld nur fehlt mir dem unsterblichen,
denn die Prytanen geben nichts.

Herold.

Schutzmänner her!

Amphitheos.

Triptolemos und o Keleos, lasst ihr mich im Stich?

(Die Wache führt Amphitheos ab.)

Dikaeopolis.

Ihr Herrn Prytanen, ihr verletzt die Majestät
des Volkes, führt ihr diesen weg, der Frieden uns
verschaffen und die Schild' in Ruhstand setzen will.

Herold.

Sitz still und schweige!

Dikaeopolis.

Nein bei Apoll! das will ich nicht,
stellt ihr mir nicht den Frieden zur Verhandlung jetzt.

Herold.

Die Gesandtschaft, die bei'm König war!

μάσω. κρεμάσαι τὴν ἀσπίδα. — 60 schol. εἰρήνης πρυτανεύσητε. Suid. πρυτανεύσητε. σκέψησθε πράξητε κτλ.

ΔΙΚΑΙΟΠΟΛΙΣ

ποίου βασιλέως; ἄχθομαι ᾿γὼ πρέσβεσιν
καὶ τοῖς ταὧσι τοῖς τ᾿ ἀλαζονεύμασιν.

ΚΗΡΥΞ

σίγα.

ΔΙΚΑΙΟΠΟΛΙΣ

βαβαιάξ, ὦκβάτανα τοῦ σχήματος.

ΠΡΕΣΒΕΥΤΗΣ

ἐπέμψαθ᾿ ἡμᾶς ὡς βασιλέα τὸν μέγαν
μισθὸν φέροντας δύο δραχμὰς τῆς ἡμέρας
ἐπ᾿ Εὐθυμένους ἄρχοντος.

ΔΙΚΑΙΟΠΟΛΙΣ

οἴμοι τῶν δραχμῶν.

ΠΡΕΣΒΕΥΤΗΣ

καὶ δῆτ᾿ ἐτρυχόμεσθα παρὰ καΰστριον
πεδίον ὁδοιπλανοῦντες ἐσκηνημένοι,
ἐφ᾿ ἁρμαμαξῶν μαλθακῶς κατακείμενοι,
ἀπολλύμενοι.

ΔΙΚΑΙΟΠΟΛΙΣ

σφόδρα γὰρ ἐσωζόμην ἐγὼ
παρὰ τὴν ἔπαλξιν ἐν φορυτῷ κατακείμενος.

ΠΡΕΣΒΕΥΤΗΣ

ξενιζόμενοι δὲ πρὸς βίαν ἐπίνομεν
ἐξ ὑαλίνων ἐκπωμάτων καὶ χρυσίδων
ἄκρατον οἶνον ἡδύν.

---

62 f. Suid. ἄχθομαι. βαροῦμαι, ἀγανακτῶ. Ἀριστοφάνης· ἄχθομαι τοῖς ταὧσι τοῖς τ᾿ ἀλαζονεύμασιν. — 64 Theodosius gramm. 79 11 τὸ βαβαιάξ, ὦκ, βάτανα, τοῦ φρονήματος. Suid. ἐποποῖ . . . βαβαιάξ, ὦκβάτανα τοῦ φορήματος. (φρονήματος BVE.) — 65 f. Suid. Phot. 644 19 φέρειν. λαμβάνειν. Ἀριστοφάνης Ἀχαρνεῦσιν· ἐπέμψαθ᾿ (ἐπέμψεθ᾿ AVE Phot.) ἡμᾶς ὡς βασιλέα τὸν μέγαν Μισθὸν φέροντας δύο (οὐ *ABVE Med. Phot.) δραχμὰς τῆς ἡμέρας. — 67 Suid. Εὐθυμένης ὄνομα κύριον κτλ. — 68 schol. διὰ τῶν καϋστρίων. — 71 schol. ἐσωζόμην ἄρα ἐγώ. —

Dikaeopolis.

Bei welchem König? Die Gesandten lieb' ich nicht,
auch keine Pfaue, keine Spiegelfechterei.

Herold.

Still!

Dritte Scene. Die Vorigen. Der Gesandte mit zahlreichem prächtig ausstaffirtem Gefolge.

Dikaeopolis.

Donnerwetter! tausend welch ein Aufzug das!

Gesandter.

Zum grossen König habt ihr Männer uns geschickt,
als Archon noch Euthymenes war, und gabt dafür
zwei Drachmen uns Diäten.

Dikaeopolis.

Ach das schöne Geld!

Gesandter.

Doch schlimm erging's uns, als wir das kaystrische
Gefilde nun durchzogen in des Zeltes Schutz
auf unsern Wagen ganz behaglich ausgestreckt —
zum Sterben war's.

Dikaeopolis.

Wie ging es mir dagegen gut,
am Wall als Schildwach in dem Kehricht ausgestreckt!

Gesandter.

Wir mussten uns bewirthen lassen und mit Gewalt
aus Glas- und Gold-Pokalen lautern süssen Wein
vertilgen helfen.

---

74 Pollux X 68 *ἐν δὲ Ἀχαρνεῦσιν Ἀριστοφάνους ἐξ ὑαλίνων ἐκπωμάτων καὶ χρυσίδων.* VI 100 *Ἀριστοφάνης δέ που ἔφη ἐπίνομεν Ἐξ ὑ. ἐ.* grammaticus apud Montefalc. bibl. Coisl. p. 476 (Bachmann anecd. Gr. I 393 1 Phot. 614 2 cf. 445 25) *καὶ ὑάλινον. Ἀριστοφάνης Ἀχαρνεῦσιν ἐξ ὑαλίνων ποτηρίων καὶ χρ.* dagegen Thom. M. 155 3 *ποτήριον οὐδεὶς τῶν δοκίμων εἶπεν, ἀλλὰ ἔκπωμα κτλ.* vgl. *Osann* Philem. 171. — 75 Hesych. *Κραναὴν πόλιν τὰς Ἀθήνας ἀπὸ Κραναοῦ.* vgl. Av. 123.

ΔΙΚΑΙΟΠΟΛΙΣ

ὦ Κραναὰ πόλις,
ἆρ' αἰσθάνει τὸν κατάγελων τῶν πρέσβεων;

ΠΡΕΣΒΕΥΤΗΣ

οἱ βάρβαροι γὰρ ἄνδρας ἡγοῦνται μόνους
τοὺς πλεῖστα δυναμένους καταφαγεῖν τε καὶ πιεῖν.

ΔΙΚΑΙΟΠΟΛΙΣ

ἡμεῖς δὲ λαικαστάς τε καὶ καταπύγονας.

ΠΡΕΣΒΕΥΤΗΣ

ἔτει τετάρτῳ δ' ἐς τὰ βασίλει' ἤλθομεν·
ἀλλ' εἰς ἀπόπατον ᾤχετο στρατιὰν λαβὼν
κἄχεζεν ὀκτὼ μῆνας ἐπὶ χρυσῶν ὀρῶν.

ΔΙΚΑΙΟΠΟΛΙΣ

πόσου δὲ τὸν πρωκτὸν χρόνου ξυνήγαγεν;

ΠΡΕΣΒΕΥΤΗΣ

τῇ πανσελήνῳ· κᾆτ' ἀπῆλθεν οἴκαδε.
εἶτ' ἐξένιζε παρετίθει θ' ἡμῖν ὅλους
ἐκ κριβάνου βοῦς.

ΔΙΚΑΙΟΠΟΛΙΣ

καὶ τίς εἶδε πώποτε
βοῦς κριβανίτας; τῶν ἀλαζονευμάτων.

ΠΡΕΣΒΕΥΤΗΣ

καὶ ναὶ μὰ Δί' ὄρνιν τριπλάσιον Κλεωνύμου
παρέθηκεν ἡμῖν· ὄνομα δ' ἦν αὐτῷ φέναξ.

ΔΙΚΑΙΟΠΟΛΙΣ

ταῦτ' ἄρ' ἐφενάκιζες σὺ δύο δραχμὰς φέρων.

---

78 Phot. 144 8 *καταφαγεῖν. ἀντὶ τοῦ φαγεῖν.* — 79 Suid. *λαικαστής. ὁ πόρνος. Ἀριστοφάνης λαικαστάς τε καὶ καταπύγονας.* — 81—84 Suid. *ἀποπάτημα . . . καὶ Ἀριστοφάνης περὶ Κλεωνύμου φησίν· ἀλλ' εἰς ἀπόπατον ᾤχετο στρατιὰν λαβών, Κἄχεζεν ὀκτὼ μῆνας ἐπὶ χρυσῶν ὀρῶν. Πόσου δὲ τὸν πρωκτὸν χρόνου ξυνήγαγε; Τῇ πανσελήνῳ.* — 82 Suid. *κἄχεζεν. Ἀριστοφάνης ἀντὶ τοῦ καὶ ἀπεπάτει.* schol. *ἐπὶ χρυσῶν ὀρῶν . . . ἢ διὰ τὰ ἐν Περσίδι χρυσοῦ μέταλλα.* — 83 f. Suid. *ξυνήγαγε. συνήρμοσεν. Ἀριστοφάνης Ἀχαρνεῦσι πόσου τὸν πρωκτὸν συνήγαγε; περὶ Κλεωνύμου.* — *πανσελήνῳ. Ἀριστ. φησὶ περὶ Κλεωνύμου· πόσου (πῶς σου vor

Dikaeopolis.

Armer Staat der Kranaer!
merkst du den Hohn, den die Gesandtschaft mit dir treibt?

Gesandter.

Denn die Barbaren achten den als Mann allein,
der nicht im Essen und Trinken sich besiegen lässt.

Dikaeopolis.

Und wir, wer's Huren und Knabenschänden gut versteht.

Gesandter.

Im vierten Jahr erreichten wir des Königs Schloss.
Er aber war auf dem Abtritt grade mit dem Heer
und macht' auf goldnen Bergen was acht Monat lang.

Dikaeopolis.

Und wann zog er den allerwerth'sten wieder ein?

Gesandter.

Mit vollem Mond. Nach Hause kehrt' er dann zurück,
bewirthet' uns und tischt' uns ganze Ochsen auf,
frisch aus dem Ofen.

Dikaeopolis.

Wem kam das schon jemals vor?
im Ofen gebrat'ne Ochsen! o Aufschneiderei!

Gesandter.

Und einen Vogel, ich schwör's euch, wie Kleonymos
dreimal im Umfang — Windehals ward er genannt.

Dikaeopolis.

Ja lauter Wind für deine Drachmen machst du uns.

Küster) τὸν πρ. συνήγαγε; καί φησι τῇ πανσελήνῳ. — 85—89 Athenaeus IV 130 F ὁ Ἀριστ. δ' ἐν Ἀχαρν. καὶ αὐτὸς τῶν βαρβάρων ἐμφανίζων τὴν μεγαλειότητά φησιν εἶτ' ἐξένιζε κτλ. bis αὐτῷ φέναξ. Suid. κρίβανον . . . καὶ Ἀριστ. εἶτα ἐξένιζε, παρετίθει δ' ἡμῖν Βοῦς [καὶ Med. BE] κριβανίτας. (ὀπτοὺς Ἐκ κριβάνου βοῦς E marg.) — 86 f. Demetrius περὶ ἑρμηνείας (rhett. Gr. ed. Spengel III 298 11) 161 πᾶσα δὲ ὑπερβολὴ ἀδύνατος, ὡς Ἀ. ἐπὶ τῆς ἀπληστίας τῶν Περσῶν φησιν, ὅτι ὤπτουν βοῦς κριβανίτας ἀντὶ ἄρτων. Poll. X 110 καὶ βόες κριβανῖται ἐν Ἀριστοφάνους Ἀχαρνεῦσιν. — 89 Hesych. Suid. φέναξ.

ΠΡΕΣΒΕΥΤΗΣ

καὶ νῦν ἄγοντες ἥκομεν Ψευδαρτάβαν,
τὸν βασιλέως ὀφθαλμόν.

ΔΙΚΑΙΟΠΟΛΙΣ

ἐκκόψειέ γε
κόραξ πατάξας τόν τε σὸν τοῦ πρέσβεως.

ΚΗΡΥΞ

ὁ βασιλέως ὀφθαλμός.

ΔΙΚΑΙΟΠΟΛΙΣ

ὦναξ Ἡράκλεις.
πρὸς τῶν θεῶν ἄνθρωπε ναύφρακτον βλέπεις·
ἢ περὶ ἄκραν κάμπτων νεώσοικον σκοπεῖς;
ἄσκωμ' ἔχεις που περὶ τὸν ὀφθαλμὸν κάτω.

ΠΡΕΣΒΕΥΤΗΣ

ἄγε δὴ σὺ βασιλεὺς ἅττα σ' ἀπέπεμψεν φράσον
λέξοντ' Ἀθηναίοισιν ὦ Ψευδαρτάβα.

ΨΕΥΔΑΡΤΑΒΑΣ

ἰαρταμὰν ἔξαρξας ἀπισσόνα σάτρα.

ΠΡΕΣΒΕΥΤΗΣ

ξυνήκαθ' ὃ λέγει;

ΔΙΚΑΙΟΠΟΛΙΣ

μὰ τὸν Ἀπόλλω 'γὼ μὲν οὔ.

ΠΡΕΣΒΕΥΤΗΣ

πέμψειν βασιλέα φησὶν ἡμῖν χρυσίον.

λέγε δὴ σὺ μεῖζον καὶ σαφῶς τὸ χρυσίον.

ΨΕΥΔΑΡΤΑΒΑΣ

οὐ λῆψι χρυσὰ χαυνόπρωκτ' Ἰαοναῦ.

---

95 Phot. *ναύφαρκτον βλέπειν. φησὶν ἐπὶ τοῦ περιαθροῦντος καὶ σεμνῶς ἰόντος· πρὸς τῶν θ. ἄ. ναύφαρκτον β.* Suid. *ναύφρακτον βλέπεις. Ἀριστοφάνης· πρὸς τῶν θεῶν ἄνθρωπε ναύφρακτον* (*ναύλην* ABVE) *βλέπεις.* cf. *ναύσταθμον.* Hesych. Paroem. I 436 2. —

Gesandter.

Nun haben wir Scheinartabas euch mitgebracht,
des Königs Auge.

Dikaeopolis.

Wollt' es ihm die Krähe doch
aushacken samt dem deinen, des Gesandten hier!

Herold.

Des Königs Auge!

Vierte Scene. Die Vorigen. Scheinartabas von zwei Eunuchen u. a. begleitet, in abenteuerlichem Kostüm. Später Amphitheos.

Dikaeopolis.

Herakles, nun steh' uns bei!
Du siehst ja, Kerl, mit einem wahren Ruderloch;
um Klippen steuernd spähst du nach dem Hafen wohl?
was hängt dir für ein Leder im Gesicht herum?

Gesandter.

Wohlan, vom König richte deine Botschaft aus
an die Gemeinde von Athen, Scheinartabas!

Scheinartabas.

Gesandter.

Versteht ihr seine Worte?

Dikaeopolis.

Bei Apollo, nein.

Gesandter.

Sein Herr der König, sagt er, schickt uns nächstens Gold.
(zu Scheinartabas)
Ich bitte, lauter wiederhol' und deutlich Gold.

Scheinartabas.

Kei Gol bekomme, Schlappschwanz von Iaonau.

---

104 schol. χρυσοχαυνόπρωκτοι — ὡς βάρβαρος δὲ τὸ αὖ ἔφη, δωρικὸν (βαρβαρικὸν *O. Schneider*) ἀντὶ ἑλληνιζομένου. — τὸ δὲ αὖ ἀντὶ τοῦ οὐ βαρβαρίζων ἔφη.

ΔΙΚΑΙΟΠΟΛΙΣ

οἴμοι κακοδαίμων ὡς σαφῶς.

ΠΡΕΣΒΕΥΤΗΣ

τί δαὶ λέγει;

ΔΙΚΑΙΟΠΟΛΙΣ

ὅ τι; χαυνοπρώκτους τοὺς Ἰάονας λέγει,
εἰ προσδοκῶσι χρυσίον ἐκ τῶν βαρβάρων.

ΠΡΕΣΒΕΥΤΗΣ

οὔκ, ἄλλ' ἀχάνας ὅδε γε χρυσίου λέγει.

ΔΙΚΑΙΟΠΟΛΙΣ

ποίας ἀχάνας; σὺ μὲν ἀλαζὼν εἶ μέγας.
ἀλλ' ἄπιθ'· ἐγὼ δὲ βασανιῶ τοῦτον μόνος.
ἄγε δὴ σὺ φράσον ἐμοὶ σαφῶς πρὸς τουτουί,
ἵνα μή σε βάψω βάμμα σαρδιανικόν·
βασιλεὺς ὁ μέγας ἡμῖν ἀποπέμψει χρυσίον;

ἄλλως ἄρ' ἐξαπατώμεθ' ὑπὸ τῶν πρέσβεων;

ἑλληνικόν γ' ἐπένευσαν ἄνδρες οὑτοιί,
κοὐκ ἔσθ' ὅπως οὐκ εἰσὶν ἐνθένδ' αὐτόθεν.
καὶ τοῖν μὲν εὐνούχοιν τὸν ἕτερον τουτονὶ
ἐγᾦδ' ὅς ἐστι· Κλεισθένης ὁ Σιβυρτίου.
ὦ θερμόβουλον πρωκτὸν ἐξυρημένε,
τοιόνδε δ' ὦ πίθηκε τὸν πώγων' ἔχων
εὐνοῦχος ἡμῖν ἦλθες ἐσκευασμένος;
ὁδὶ δὲ τίς ποτ' ἐστίν; οὐ δήπου Στράτων;

---

106 schol. ὅτι χαυνοπρώκτους. — 108 Poll. X 164 καὶ ὅταν μὲν ἐν Ἀχαρνεῦσιν εἴπῃ Ἀριστοφάνης ἀχάνας χρυσίου. Bekker an. 473 32 (Bachm. I 174) ἀχάνη. μέτρον βοιώτιον πολλῶν τινων μεδίμνων. οὕτως Ἀριστοφάνης. Hesych. ἀχάνας. — 112 Clemens Alex. paed. II 10 108 βάμμα γοῦν σαρδηνιακόν. Suid. βάμμα κυζικηνικόν ... καὶ ἑτέρα παροιμία, βάμμα σαρδιανικόν (Hesych.) — ἵνα μή σε βάψω βάμμα σαρδινιακόν (Paroem. II 325 5), τουτέστιν ἵνα μή σε ἐρυθρὸν ποιήσω κτλ. cf. Σαρδώ. — 114 Etym. M. 68 37 ἄλλως. σημαίνει τὸ ματαίως· ἄλλως ἄρ' ἠπατήμεθ' ὑπὸ τῶν πρέσβεων Ἀριστοφάνης. Gud. 38

Dikaeopolis.

Das ist infam verständlich.

Gesandter.

Nun was sagt er denn?

Dikaeopolis.

Du fragst? Schlappschwänzig nennt er uns Ionier,
wenn wir uns Hoffnung machen auf Barbarengold.

Gesandter.

Falsch. Tonnen Goldes meint er, überschwappend voll.

Dikaeopolis.

Ja der und Tonnen! du hast fürwahr ein grosses Maul.
Mach dass du fortkommst! ich will jetzt ihn ganz allein
ergründen. (zu Scheinartabas) Sag mir deutlich und nimm dich in Acht,
damit ich nicht dich sardisch roth erst färben muss,
ob wirklich Gold der König uns zu schicken denkt.

(Scheinart. schüttelt den Kopf.)

So haben die Gesandten uns zum Narren bloss?

(Scheinart. und die Eunuchen nicken.)

Auf gut hellenisch haben die Männer hier genickt;
ich will drauf wetten, sie sind ganz gewiss von hier.
Von den Eunuchen ist der eine mir bekannt;
Sibyrtios Sohn ist's, und er nennt sich Klisthenes.
Du hinten glatt geschorner mit dem heissen Blut,
du Affe mit dem wohlbekannten starken Bart,
vor uns zu treten wagst du im Eunuchenkleid?
Und dieser hier? das ist ja Straton offenbar.

---

35 ἆ. ἆρα ἐξηπατούμεθα ὑ. τ. πρεσβυτέρων. schol. ἆ. ἆρ' ἐξηπατώμεθα. — 115 Suid. Zon. I 684 ἑλληνικόν γ' ἐπένευσαν ἄνδρες ουτυιί. Ἀριστοφάνης. — 116 Suid. αὐτόθεν. ἀντὶ τοῦ ἐντεῦθεν. οὐκ ἔσθ' ὅπως οὐκ εἰσὶν ἐνθάδ' αὐτόθεν. Ἀριστοφάνης Ἀχαρνεῦσι. — 119—122 Suid. Κλεισθένην ὁρῶ .... ὦ θερμόβουλον πρωκτὸν ἐξυρημένε, Τοιόνδε δὴ πίθηκε κτλ. bis Στράτων; — Στράτων .... Ἀριστοφάνης· ὦ θερμόβουλον ... Τοιόνδε δ' ὦ πίθηκε ... Εὐνοῦχος ἤ. ἦ. ἐξυρημένος; κτλ. bis Στράτων; — 120 schol. τοιόνδ' ὦ πίθηκε.

ΚΗΡΥΞ

σίγα κάθιζε.
τὸν βασιλέως ὀφθαλμὸν ἡ βουλὴ καλεῖ
ἐς τὸ πρυτανεῖον.

ΔΙΚΑΙΟΠΟΛΙΣ

ταῦτα δῆτ' οὐκ ἀγχόνη;
κἄπειτ' ἐγὼ δῆτ' ἐνθαδὶ στραγγεύομαι;
τοὺς δὲ ξενίζειν οὐδέποτέ γ' ἴσχει θύρα.
ἀλλ' ἐργάσομαί τι δεινὸν ἔργον καὶ μέγα.
ἀλλ' Ἀμφίθεός μοι ποῦ 'στιν;

ΑΜΦΙΘΕΟΣ

οὑτοσὶ πάρα.

ΔΙΚΑΙΟΠΟΛΙΣ

ἐμοὶ σὺ ταυτασὶ λαβὼν ὀκτὼ δραχμὰς
σπονδὰς ποίησον πρὸς Λακεδαιμονίους μόνῳ
καὶ τοῖσι παιδίοισι καὶ τῇ πλάτιδι.

ὑμεῖς δὲ πρεσβεύεσθε καὶ κεχήνετε.

ΚΗΡΥΞ

προσίτω Θέωρος ὁ παρὰ Σιτάλκους.

ΘΕΩΡΟΣ

ὁδί.

ΔΙΚΑΙΟΠΟΛΙΣ

ἕτερος ἀλαζὼν οὗτος ἐσκηρύττεται.

ΘΕΩΡΟΣ

χρόνον μὲν οὐκ ἂν ἦμεν ἐν Θρᾴκῃ πολύν,

---

125 Phavorinus 30 24 ἀγχόνη. (Hesych.) . . . ὡς Ἀριστοφάνης· ταῦτα δῆτ' οὐκ ἀγχόνη. — 126 Hesych. στρατεύομαι ('*imo* στραγγεύομαι' *M. Schmidt*). διατρίβω. Suid. στραγγεύει . . . καὶ στραγγεύομαι. ἀναβάλλομαι, διατρίβω. — 127 schol. τούσδε — οὐδέποτ' ἴσχει ἡ θύρα (Paroem. II 126). Suid. ἴσχειν — Ἀριστοφάνης φησὶ τοὺς δὲ ξ. οὐδέποτ' ἴσχει γ' ἡ θ. — 132 Suid. πλᾶτις — Ἀριστοφάνης

Herold.

Jetzt schweig' und setz dich!
Zu Tisch entbieten lässt der Rath des Königs Aug'
in's Prytaneum.

(Scheinart. und die Eunuchen ab.)

Dikaeopolis.

Ist das nicht zum Hängen gleich?
sollt' ich noch ferner nutzlos hier die Zeit verthun?
und offne Tafel halten stets die Herrn vom Rath!
Nein, furchtbar werd' ich mich rächen; passt nur auf, ihr Herrn!
Wo nur Amphitheos stecken mag?

Amphitheos.

Hier ist er schon.

Dikaeopolis.

Da nimm acht Drachmen, und für mich, Freund, ganz allein
erwirk' in Sparta Frieden — hörst du? nur für mich,
versteht sich für die Kinder auch und meine Frau.

(Amphitheos ab.)

Ihr aber spielt Gesandte weiter und lasst euch narr'n!

Fünfte Seene. Die Vorigen. Theoros.

Herold.

Tritt vor, Theoros, Bote bei Sitalkes!

Theoros.

Hier!

Dikaeopolis.

Der kündigt gar noch einen Lügenschmied uns an.

Theoros.

Wir hätten wohl in Thrake nicht so lang verweilt —

Ἀχαρνεῦσι καὶ τοῖσι παιδίοισι καὶ τῇ πλάτιδι. — 133 Herodian. apud Choerob. in Theodos. 559 (Bekker an. 1287) *ὅτι εὑρίσκεται χρῆσις τῆς διὰ τοῦ ε γραφῆς, ὡς παρ' Ἀριστοφάνει ἐν Ὄρνισι* (sic) *ὑμεῖς δὲ πρεσβεύετε καὶ κεχήνετε ἀντὶ τοῦ κεχήνατε.* Suid. *κεχήνατε. ἐξαπατᾶσθε, ἔννεοί ἐστε.* (*Cobet* var. lect. 83.) — 135 Suid. *εἰσκηρύττεται. καλεῖται ὑπὸ τοῦ κήρυκος.*

ΔΙΚΑΙΟΠΟΛΙΣ

μὰ Δί' οὐκ ἄν, εἰ μισθόν γε μὴ 'φερες πολύν.

ΘΕΩΡΟΣ

εἰ μὴ κατένιψε χιόνι τὴν Θρᾴκην ὅλην
καὶ τοὺς ποταμοὺς ἔπηξ' ὑπ' αὐτὸν τὸν χρόνον,
ὅτ' ἐνθαδὶ Θέογνις ἠγωνίζετο.
τοῦτον μετὰ Σιτάλκους ἔπινον τὸν χρόνον.
καὶ δῆτα φιλαθήναιος ἦν ὑπερφυῶς
ὑμῶν τ' ἐραστὴς ἦν ἀληθῶς, ὥστε καὶ
ἐν τοῖσι τοίχοις ἔγραφ', Ἀθηναῖοι καλοί.
ὁ δ' υἱός, ὃν Ἀθηναῖον ἐπεποιήμεθα,
ἤρα φαγεῖν ἀλλᾶντας ἐξ ἀπατουρίων,
καὶ τὸν πατέρ' ἠντεβόλει βοηθεῖν τῇ πάτρᾳ·
ὃ δ' ὤμοσε σπένδων βοηθήσειν, ἔχων
στρατιὰν τοσαύτην, ὥστ' Ἀθηναίους ἐρεῖν,
ὅσον τὸ χρῆμα παρνόπων προσέρχεται.

ΔΙΚΑΙΟΠΟΛΙΣ

κάκιστ' ἀπολοίμην, εἴ τι τούτων πείθομαι
ὧν εἶπας ἐνταυθὶ σὺ πλὴν τῶν παρνόπων.

ΘΕΩΡΟΣ

καὶ νῦν ὅπερ μαχιμώτατον Θρᾳκῶν ἔθνος
ἔπεμψεν ὑμῖν.

ΔΙΚΑΙΟΠΟΛΙΣ

τοῦτο μέν γ' ἤδη σαφές.

ΚΗΡΥΞ

οἱ Θρᾷκες ἴτε δεῦρ', οὓς Θέωρος ἤγαγεν.

ΔΙΚΑΙΟΠΟΛΙΣ

τουτὶ τί ἐστι τὸ κακόν;

---

137 schol. ἄν γ' εἰ μισθόν γε. — 138—140 Suid. εἰ μὴ κατένιψε τὴν Θρᾴκην χιόνι πολλῇ Καὶ τοὺς π. ἔ. ὑπ' α. τ. χρόνον, Ἡνίκα Θ. ἠγωνίζετο. — ψυχροῦ βίου.... Ἀριστοφάνης Πλούτῳ ... καὶ αὖθις· ἡνίκα Θ. ἠγωνίζετο, κατένιψε τὴν Θ. χιόνι πολλῇ καὶ τοὺς π. ἔπηξεν ὑπ' α. τ. χ. — 144 schol. ἐν τοῖς τοίχοις. Suid. καλοί. Ἀριστοφάνης ἐν τοῖσι τοίχοις ἔγραφον· Ἀθη-

Dikaeopolis.

Gewiss, hätt'st du nicht so viel Geld dabei erschnappt.

Theoros.

wär' nicht ringsum das ganze Land tief eingeschneit,
die Flüsse zugefroren grade dazumal,
als hier Theognis seine traurigen Stücke gab.
Da sass ich mit Sitalkes bei der Flasche fest.
Ich lernt' ihn kennen als den wärmsten Freund Athens
und so für euch begeistert, dass er, wo er stand,
'die Athener lieb' ich' an des Hauses Wände schrieb.
Sein Sohn, den wir zum Bürger dieser Stadt gemacht,
nach Wurst vom Apaturienfest verlangt' er sehr,
und bat den Vater: hilf doch meinem Vaterland!
Und dieser schwor Wein spendend mit so grosser Macht
euch beizuspringen, dass in Athen es heissen soll:
was für ein Schwarm Heuschrecken naht dort unsrer Stadt!

Dikaeopolis.

Hol' mich der Henker, glaub' ich dir von alle dem
den Schwarm Heuschrecken ausgenommen nur ein Wort.

Theoros.

Und jetzt hat er den bravsten Stamm des Thrakervolks
euch zugesandt.

Dikaeopolis.

Ja das versteht sich, ganz gewiss.

Herold.

Die Thraker, die Theoros mitgebracht, heran!

(Eine Anzahl Odomanter mit kleinen Schilden in sehr erbärmlichem Aufzuge.)

Dikaeopolis.

Was ist das für Gesindel?

ναῖοι καλοί. (καλός E. Ἀθηναίοις καλός ABV.) — 146 Eustath. 300 18 τὸν μέντοι παρὰ τῷ κωμικῷ ἀλλᾶντα προπερισπᾷ ἐκεῖνος (sc. Herodianus). Suid. ἀλλαντοπώλης ... Ἀριστοφάνης· ἤρα φαγεῖν ἀλλᾶντας ἐξ ἀπατουρίων. cf. ἀπατούρια. — 150 Suid. πάρνοψ ... Ἀριστοφάνης ... καὶ αὖθις ὅσον τὸ χρῆμα παρνόπων προσέρχεται.

ΘΕΩΡΟΣ

'Οδομάντων στρατός.

ΔΙΚΑΙΟΠΟΛΙΣ

ποίων 'Οδομάντων; εἰπέ μοι τουτὶ τί ἦν;
τίς τῶν 'Οδομάντων τὸ πέος ἀποτεθρίακεν;

ΘΕΩΡΟΣ

τούτοις ἐάν τις δύο δραχμὰς μισθὸν διδῷ,
καταπελτάσονται τὴν Βοιωτίαν ὅλην.

ΔΙΚΑΙΟΠΟΛΙΣ

τοισδὶ δύο δραχμὰς τοῖς ἀπεψωλημένοις;

ὑποστένοι μέντἂν ὁ θρανίτης λεὼς
ὁ σωσίπολις.
οἴμοι τάλας ἀπόλλυμαι
ὑπὸ τῶν 'Οδομάντων τὰ σκόροδα πορθούμενος.
οὐ καταβαλεῖτε τὰ σκόροδ';

ΘΕΩΡΟΣ

ὦ μοχθηρὲ σύ,
οὐ μὴ πρόσει τούτοισιν ἐσκοροδισμένοις.

ΔΙΚΑΙΟΠΟΛΙΣ

ταυτὶ περιείδεθ' οἱ πρυτάνεις πάσχοντά με
ἐν τῇ πατρίδι καὶ ταῦθ' ὑπ' ἀνδρῶν βαρβάρων;
ἀλλ' ἀπαγορεύω μὴ ποιεῖν ἐκκλησίαν
τοῖς Θρᾳξὶ περὶ μισθοῦ· λέγω δ' ὑμῖν ὅτι
διοσημία 'στί, καὶ ῥανὶς βέβληκέ με.

ΚΗΡΥΞ

τοὺς Θρᾷκας ἀπιέναι, παρεῖναι δ' εἰς ἔνην·
οἱ γὰρ πρυτάνεις λύουσι τὴν ἐκκλησίαν.

---

158 schol. ἀποτέθρακεν. Suid. ἀποτεθρίακεν. (Hesych. Bekker anecd. 437 7) 'Οδόμαντες. πέος (AB*VE Med. ohne τίς. — ἀποτεθρίακε). Zonaras I 272. schol. Ald. Equ. 1010 τίς τὸ πέος ἀποτεθρίακεν; — 160 Hesych. Phot. 135 7 καταπελτάσονται. καταδραμοῦνται. Suid. καταπέλτης . . . καὶ καταπελτάσουσιν ἀντὶ τοῦ ἀκοντίσουσι, καταπολεμήσουσι. — 162 Suid. θρανίτης λεώς. — 163 f. Suid. σκοροδίοις . . . . καὶ αὖθις ἀπόλλυμαι τὰ σκόροδα πορθούμενος. — 166 Hesych. ἐσκοροδισμένος. σκόροδα βεβρωκώς.

Theoros.

Der Odomanter Heer.

Dikaeopolis.

Ach was Odomanter! sag mir doch, ich bitte dich,
wer hat den Schwanz den Odomantern so gestutzt?

Theoros.

Zwei Drachmen Sold gebt ihnen, und unter ihrem Schild
sinkt ganz Boeotien, ich versichr' euch, in den Staub.

Dikaeopolis.

Zwei Drachmen diesem abgehäuteten Pack! o hört!
(die Barbaren bestehlen ihm seinen Vorrathssack.)
Das würden wohl die Ruderer nicht zufrieden sein,
die Vaterlandserretter.
Ich geschlag'ner Mann!
den Knoblauch haben die Odomanter mir geraubt.
Gebt ihr den Knoblauch gleich heraus?

Theoros.

Narr, hüte dich,
komm ihnen ja zu nahe nicht nach dem Genuss.

Dikaeopolis.

Und ihr Prytanen lasst mich solche Greuelthat
hier in Athen erdulden von Barbarenhand?
Ich thue Einspruch, hier darf nicht die Rede sein
von Sold für diese Thraker; ich erkläre laut,
der Himmel will's nicht, einen Tropfen fühl' ich schon.

Herold.

Die Thraker sind entlassen bis zum dritten Tag;
denn die Prytanen heben die Versammlung auf.
(Alle ab ausser Dikaeopolis.)

Ἀριστοφάνης ἐν Ἀχαρνεῦσι παίζει κτλ. Phot. 19 20. Phavorin. 766 22 (Equ. 494). Suid. ἐσκοροδισμένοις. Ἀριστοφάνης οὐ μὴ πρόσει (προσείσει BE) τούτοισιν ἐσκοροδισμένοις. — 171—173 Suid. διοσημεία . . . Ἀριστοφάνης διοσημία ἐστί· καὶ ῥανὶς βέβληκέ με. Τοὺς Θρ. ἀπιέναι, παρ. δ' εἰς ἕνην· Οἱ κτλ. bis ἐκκλησίαν. — 171 schol. διοσημί' ἐστί. — 172 Suid. ἕνη. παρεῖναι δ' εἰς ἕνην, οἷον εἰς τρίτην. Hesych. εἰς ἕνην.

ΔΙΚΑΙΟΠΟΛΙΣ

οἴμοι τάλας μυττωτὸν ὅσον ἀπώλεσα.
ἀλλ' ἐκ Λακεδαίμονος γὰρ Ἀμφίθεος ὁδί.
χαῖρ' Ἀμφίθεε.

ΑΜΦΙΘΕΟΣ

μήπω πρίν ἄν γε στῶ τρέχων.
δεῖ γάρ με φεύγοντ' ἐκφυγεῖν Ἀχαρνέας.

ΔΙΚΑΙΟΠΟΛΙΣ

τί δ' ἔστιν;

ΑΜΦΙΘΕΟΣ

ἐγὼ μὲν δεῦρό σοι σπονδὰς φέρων
ἔσπευδον, οἱ δ' ὤσφροντο πρεσβῦταί τινες
Ἀχαρνικοὶ στιπτοὶ γέροντες πρίνινοι
ἀτεράμονες μαραθωνομάχαι σφενδάμνινοι.
ἔπειτ' ἀνέκραγον πάντες· ὦ μιαρώτατε
σπονδὰς φέρεις τῶν ἀμπέλων τετμημένων;
κἀς τοὺς τρίβωνας ξυνελέγοντο τῶν λίθων,
ἐγὼ δ' ἔφευγον, οἱ δ' ἐδίωκον κἀβόων.

ΔΙΚΑΙΟΠΟΛΙΣ

οἱ δ' οὖν βοώντων. ἀλλὰ τὰς σπονδὰς φέρεις;

ΑΜΦΙΘΕΟΣ

ἔγωγέ φημι· τρία γε ταυτὶ γεύματα.
αὗται μέν εἰσι πεντέτεις· γεῦσαι λαβών.

ΔΙΚΑΙΟΠΟΛΙΣ

αἰβοῖ.

---

174 Suid. μυττωτόν .... οἴμοι τάλας μυττωτὸν ὅσον ἀπώλεσα. Hesych. — 179 Hesych. ὠσφρῶντο. — 180 f. Erotian. p. 332 στερίφνους. πυκνούς. καὶ Ἀριστ. ἐν Ἀχ. φησί· στεριφνοὶ γέροντες περίνινοι ἀτέραμνοι μαραθωνομάχαι καὶ σφενδάμνινοι. Phrynichus Bekkeri anecd. 8 16 ἀτεράμων ἄνθρωπος καὶ πρίνινος καὶ στιπτὸς καὶ σφενδάμνινος. 22 τούτοις προσῆπται Ἀριστοφάνης καὶ τὸ μαραθωνομάχος. Et. M. 714 2 σιπτοί. πυκνοὶ καὶ στερροί. Ἀριστοφάνης. 163 11 ἀτεράμων. ὁ σκληρός. Ἀριστοφάνης· Ἀχαρνικοὶ στιπτοὶ γέρ. ἀτεράμονες. Hes. στιπτός. πυκνὸς ἢ στερεός κτλ. Suid. στιπτοί.

Sechste Scene. Dikaeopolis. Amphitheos kommt von der linken Seite mit Weinkrügen, athemlos.

Dikaeopolis.

Ich ärmster! ach mein schöner Knoblauchsbrei ist hin!
Doch sieh, da kommt Amphitheos schon von Sparta her.
Sei mir gegrüsst!

Amphitheos.

Nicht eh' ich mich verpusten kann,
denn laufen muss ich vor den Acharnern pfeilgeschwind.

Dikaeopolis.

Aus welchem Grunde?

Amphitheos.

Dir zu bringen den Friedenswein
beeilt' ich mich, doch leider rochen ihn sogleich
die Alten von Acharnae, fest wie Eichenholz
und Stein, die hahnebüchnen Helden Marathons.
Einstimmig riefen alle: du verruchtester,
führst Frieden ein, da uns die Weinstöck' umgehau'n?
und füllten sich die Kittel ganz mit Steinen an.
Ich lief davon, doch sie mit lautem Schrei mir nach.

Dikaeopolis.

So lass sie schreien! bringst du wirklich Frieden mit?

Amphitheos.

Nun freilich, ja! drei Proben hast du gleich zur Wahl.
Der hier ist auf fünf Jahre; nimm und kost' ihn nur!

Dikaeopolis.

Pfui Teufel!

ἀντὶ τοῦ πυκνοί. — 181 Suid. ἀτέραμνον .... ἀτεράμονες, οὐχὶ ἀτέραμνοι .... Ἀριστοφ. Ἀχαρνεῦσι .... ἀτεράμονες μαραθωνομάχοι (αι BE) σφενδάμνινοι (σφενδάμνιοι E). Zon. I 330. — σφενδάμνινοι. Poll. X 35 Ἀρ. γὰρ ἐν Ἀχ. εἴρηκε σφενδάμνινοι. Phot. 560 1 σφενδαμνίνους. τοὺς σκληρούς. Ἀριστοφάνης. Bekker anecd. 459 3 ἀτεράμονες .... ἀτερ. μαραθωνομάχαι σφ. Eustath. 1398 23 καὶ τὸ σφενδάμνιναι, οὐ ἀρσενικὸν παρὰ τῷ κωμικῷ ἐν τῷ ἄνδρες μαραθωνομάχοι σφ. *Ruhnken* ad Timae. p. 238. 156.

ΑΜΦΙΘΕΟΣ

τί ἔστιν;

ΔΙΚΑΙΟΠΟΛΙΣ

οὐκ ἀρέσκουσίν μ', ὅτι
ὄζουσι πίττης καὶ παρασκευῆς νεῶν.

ΑΜΦΙΘΕΟΣ

σὺ δ' ἀλλὰ τασδὶ τὰς δεκέτεις γεῦσαι λαβών.

ΔΙΚΑΙΟΠΟΛΙΣ

ὄζουσι χαὖται πρέσβεων ἐς τὰς πόλεις
ὀξύτατον ὥσπερ διατριβῆς τῶν ξυμμάχων.

ΑΜΦΙΘΕΟΣ

ἀλλ' αὑταιί τοί σοι τριακοντούτιδες
κατὰ γῆν τε καὶ θάλατταν.

ΔΙΚΑΙΟΠΟΛΙΣ

ὦ Διονύσια,
αὗται μὲν ὄζουσ' ἀμβροσίας καὶ νέκταρος
καὶ μὴ 'πιτηρεῖν σιτί' ἡμερῶν τριῶν,
κἀν τῷ στόματι λέγουσι, βαῖν' ὅποι θέλεις.
ταύτας δέχομαι καὶ σπένδομαι κἀκπίομαι
χαίρειν κελεύων πολλὰ τοὺς Ἀχαρνέας.
[ἐγὼ δὲ πολέμου καὶ κακῶν ἀπαλλαγεὶς
ἄξω τὰ κατ' ἀγροὺς εἰσιὼν Διονύσια.]

ΑΜΦΙΘΕΟΣ

ἐγὼ δὲ φεύξομαί γε τοὺς Ἀχαρνέας.

---

194 Phot. 600 5 τριακοντούτης — καὶ παρὰ Θουκυδίδῃ (I 23 4) αἱ τριακοντούτεις σπονδαὶ εἴρηται. καὶ Ἀριστοφάνης. Eustath. 340 35 εἰ καὶ εὕρηται παρὰ τοῖς ὕστερον Ἀττικοῖς θηλυκὸν σύνθεμα ἐκ τοῦ ἔτους εἰς ι λῆγον καὶ διὰ τοῦ δος κλινόμενον, ὡς δηλοῦσι καὶ αἱ τριακοντούτιδες σπονδαί. schol. Aristid. III 268 7 τριακοντούτισι. —

Amphitheos.

Nun? was giebt es?

Dikaeopolis.

Den um keinen Preis!
er schmeckt nach Pech und Flottenrüstung mir zu sehr.

Amphitheos.

So nimm und koste diesen, der zehn Jahre währt.

Dikaeopolis.

Auch der schmeckt herb nach Diplomatenschickerei
und so nach pflichtvergessner Bundsgenossenschaft.

Amphitheos.

Nun denn, zuletzt ist hier der dreissigjährige
Vertrag zu Land und Wasser.

Dikaeopolis.

O Dionysosfest!
der schmeckt fürwahr nach Nektar und Ambrosia,
nicht nach Verproviantirung bis zum dritten Tag,
und auf der Zunge hat er: geh wohin du willst!
Den nehm' ich, davon spend' ich, und ich trink' ihn aus,
und scher' mich um die Acharner im geringsten nicht.
So aller Kriegsnoth ledig denk' ich nun für mich
allein zu feiern Gott Dionysos ländlich Fest.

(geht in sein Haus.)

Amphitheos.

Ich aber will mich retten vor der Acharner Wuth.

(rechts ab.)

---

195 f. Suid. *Διονύσια* .... *ὦ Διονύσια· Αὗται μὲν ὄ. ἀ κ. ν.* — *ὄζουσιν* ... *αὗται μὲν ὄ. ἀμβροσίης* (Hom. ι 359) *κ. ν.* — 198 schol. *ἄπιθι ὅπου θέλεις.* — 202 schol. *ἄξω* (*αὔξω* Ald.) *κατ' ἀγρούς.* — 203 schol. 1 *ὧν τελευταῖος ἐγὼ δὲ φεύξομαί γε τοὺς Ἀχαρνέας.*

ΧΟΡΟΣ (ΣΤΡΟΦΗ)

τῇδε πᾶς ἕπου δίωκε καὶ τὸν ἄνδρα πυνθάνου
τῶν ὁδοιπόρων ἁπάντων· τῇ πόλει γὰρ ἄξιον
ξυλλαβεῖν τὸν ἄνδρα τοῦτον. ἀλλά μοι μηνύσατε,
εἴ τις οἶδ', ὅποι τέτραπται γῆς ὁ τὰς σπονδὰς φέρων.
ἐκπέφευγ', οἴχεται φροῦδος· οἴμοι τάλας τῶν ἐπῶν τῶν ἐμῶν.
οὐκ ἂν ἐπ' ἐμῆς γε νεότητος, ὅτ' ἐγὼ φέρων ἀνθράκων φορτίον
ἠκολούθουν Φαΰλλῳ τρέχων, ὧδε φαύλως ἂν ὁ
σπονδοφόρος οὗτος ὑπ' ἐμοῦ τότε διωκόμενος
ἐξέφυγεν οὐδ' ἂν ἐλαφρῶς ἂν ἀπεπλίξατο.

(ΑΝΤΙΣΤΡΟΦΗ)

νῦν δ' ἐπειδὴ στερρὸν ἤδη τοὐμὸν ἀντικνήμιον,
καὶ παλαιῷ Λακρατείδῃ τὸ σκέλος βαρύνεται,
οἴχεται. διωκτέος δέ· μὴ γὰρ ἐγχάνοι ποτὲ
μηδέπερ γέροντας ὄντας ἐκφυγὼν Ἀχαρνέας,
ὅστις — ὦ Ζεῦ πάτερ καὶ θεοί — τοῖσιν ἐχθροῖσιν ἐσπείσατο,
οἷσι παρ' ἐμοῦ πόλεμος ἐχθοδοπὸς αὔξεται τῶν ἐμῶν χωρίων·

---

204 Suid. τῇ.... ἔστι δὲ καὶ τοπικὸν ἐπίρρημα. τῇ (τῇ δὲ V) πᾶς ἕπου. — 206 Suid. ξυλλαβεῖν.... ἐὰν μὲν γὰρ πρὸς αἰτιατικὴν ἡ σύνταξις ᾖ, ἔχθραν καὶ δυσμένειαν παρίστησι τοῦ συλλαμβάνοντος, κακουργίαν δὲ τοῦ συλλαμβανομένου, ὡς νῦν· ξυλλαβεῖν τὸν ἄνδρα. — 208—212 Suid. Φάυλλος.... Ἀρ. Ἀχ. οἴμοι τάλας τῶν ἐτῶν ἐμῶν· (τῶν ἐμῶν BE*V. τῶν ἐμῶν ἐτῶν Med.) Οὐκ ἂν ἐπ' ἐμῆς (ἂν ἐμῆς BE*V) γε...... ὧδε φαῦλος ὢν (φαύλως ἂν V) ὁ Σπονδ. κτλ. bis ἐλαφρῶς ὧδ' ἀπεπλίξατο. — 209 schol. ἐπ' ἐμῆς νεότητος. — 212 Suid. ἀπεπλίξατο. Ἀρ. Ἀχ. οὐκ ἂν ἐλαφρῶς ἀπεπλίξατο.

Parodos. Siebente Scene. Die Acharner betreten in grosser Bewegung die Orchestra von der rechten Seite her, Steine in den Gewändern.

Chor. (Strophe.)

Folge jeder im Geschwindschritt; jeden, der des Weges kommt,
fraget nach dem Manne sorglich, denn der Staat ist in Gefahr,
fängt er ihn nicht, diesen Frevler. Saget ihr uns, wenn ihr's wisst,
welchen Weg er eingeschlagen, der den Frieden hergebracht.
Fort ist er, weit hinweg schon entfloh'n. Ha verwünscht, wär' ich nicht schon so alt!
Nicht, da ich ein Jüngling war und mit Ausdauer noch einen Berg Kohlen trug
und dabei gleichen Schritt mit Phayll laufend hielt, wär'er so
leichten Kaufes über alle Berge mir entkommen, dieser
Friedenskrämer, mir zum Aerger, hätt' ich damals ihn gejagt.

(Gegenstrophe.)

Aber nun, da schon das Schienbein steif zu werden mir beginnt,
und dem alten Lakratides schwer der Schenkel sich bewegt,
konnt' er flieh'n. Doch nachgesetzt, dass er sich nicht berühmen darf,
uns Acharnern, selbst den alten, glücklich noch entwischt zu sein.
Denn er hat, Zeus und du Götterkreis, sich versöhnt mit dem Erzfeind der Stadt,
den fürwahr aus allen Kräften täglich mehr ich hassen muss, weil er mein Land verheert.

(Zonaras I 281) Etym. M. 395 14 Ἀριστοφάνης ἀπεπλίξατο Ἀχαρνεῦσιν. Gregor. Cor. dial. Ion. 157 τὸ ἀπεπλίξατο ἀντὶ τοῦ ἀπέφυγε. Eustath. 1564 50 καὶ ἀπεπλίξατο, τὸ ἀπέβη, παρὰ τῷ κωμικῷ ἐν Ἀχαρνεῦσι. — 213 Suid. στερρὸν ἀντικνήμιον φησὶν Ἀρ. περὶ Λακρατίδου. — 214 Hesych. Λακρατίδης. Ἀρ. φησὶ παλαιὸν Λακρατίδην κτλ. Suid. Λακρατίδης .... Ἀριστοφάνης παλαιῷ Λακρατίδῃ τὸ σκέλος βαρύνεται. Phot. 205 1 Λακρατίδας. τὰ κατεψυγμένα κτλ.

κοὐκ ἀνήσω πρὶν ἂν σχοῖνος αὐτοῖσιν ἀντεμπαγῶ
ὀξὺς ὀδυνηρὸς ἐπίκωπος, ἵνα
μήποτε πατῶσιν ἔτι τὰς ἐμὰς ἀμπέλους.

ἀλλὰ δεῖ ζητεῖν τὸν ἄνδρα καὶ βλέπειν Βαλλήναδε
καὶ διώκειν γῆν πρὸ γῆς, ἕως ἂν εὑρεθῇ ποτε·
ὡς ἐγὼ βάλλων ἐκεῖνον οὐκ ἂν ἐμπλήμην λίθοις.

ΔΙΚΑΙΟΠΟΛΙΣ

εὐφημεῖτε εὐφημεῖτε.

ΧΟΡΟΣ

σῖγα πᾶς! ἠκούσατ' ἄνδρες ἆρα τῆς εὐφημίας;
οὗτος αὐτός ἐστιν ὃν ζητοῦμεν· ἀλλὰ δεῦρο πᾶς
ἐκποδών! θύσων γὰρ ἀνὴρ ὡς ἔοικ' ἐξέρχεται.

ΔΙΚΑΙΟΠΟΛΙΣ

εὐφημεῖτε εὐφημεῖτε.
πρόιθ' ὡς τὸ πρόσθεν ὀλίγον, ἡ κανηφόρος.
ὁ Ξανθίας τὸν φαλλὸν ὀρθὸν στησάτω.
κατάθου τὸ κανοῦν ὦ θύγατερ, ἵν' ἀπαρξώμεθα.

ΘΥΓΑΤΗΡ

ὦ μῆτερ ἀνάδος δεῦρο τὴν ἐτνήρυσιν,
ἵν' ἔτνος καταχέω τοὐλατῆρος τουτουί.

ΔΙΚΑΙΟΠΟΛΙΣ

καὶ μὴν καλόν γ' ἔστ'. ὦ Διόνυσε δέσποτα,
κεχαρισμένως σοι τήνδε τὴν πομπὴν ἐμὲ
πέμψαντα καὶ θύσαντα μετὰ τῶν οἰκετῶν

---

219 Suid. *σχοῖνος* ... *Ἀριστοφάνης Ἀχ. πρὶν ἂν σχοῖνος αὐτοῖσιν ἀντεμπαγῶ, τουτέστιν κτλ.* — *σκόλοψ αὐτοῖς καὶ σχοῖνος ἀντεμπαγῶ. παροιμία* .... *ἵνα μηκέτι πατῶσι τὰς ἀμπέλους τὰς ἐμάς.* — 220 Suid. *ἐπίκωπος. ξιφήρης.* — 221 schol. *ἵνα μήποτε πατῶσιν*, nachher *ἵ. μηκέτι πατῶσι τὰς ἐ. ἀ.* — 222 schol. *Παλλήναδε*, nachher *νῦν δὲ διὰ τοῦ β γραπτέον.* Suid. *Παλληνικὸν βλέπειν.* — 224 Suid. (Zon. I 709) *ἐμπλείμην. ἀντὶ τοῦ κορεσθείην. Ἀρ. Ἀχ. βάλλων ἐκεῖνον οὐκ ἂν ἐμπλείμην λ.* (schol.) — 226 *σίγα* schol. —

Eher nicht will ich ruh'n, bis ich als scharfer Dorn diesem Feind
tief in's Fleisch mich gebohrt, dass er d'ran
denkt und nimmermehr auf's neue mir den Weinstock zertritt.

Doch nun gilt's, den Mann zu suchen und ballenisch drein zu schau'n
und von Ort zu Ort zu eilen, bis wir auf der Spur ihm sind.
Denn nach ihm mit Steinen werfen, davon hätt' ich nie genug.

Achte Scene. Chor. Dikaeopolis tritt an der Spitze eines feierlichen Zuges mit einem Opfergefäss in der Hand aus seinem Hause. In dem Zuge dessen Frau, Tochter und Sclaven.

Dikaeopolis.

Still in Andacht! still in Andacht!

Chor.

Schweige jeder! Habt ihr Männer wohl den Andachtsruf gehört?
Der ist's selber, den wir suchen. Doch bei Seite lasst uns schnell
hierher treten, denn er geht, so scheint es, jetzt zum Opfer aus.
(zieht sich an die Wand zwischen Orchestra und Proscenium zurück.)

Dikaeopolis.

Still in Andacht! still in Andacht!
Mehr vor ein wenig komme du, Korbträgerin!
den Phallos richte, Xanthias, grad' in die Höh'!
Den Korb nun senke, Tochter; 's ist zum Opfern Zeit.

Tochter.

Den grossen Löffel, liebe Mutter, reiche mir,
dass ich den Brei jetzt auf den Kuchen füllen kann.

Dikaeopolis.

So ist's in Ordnung. Nun denn, Gott Dionysos, sieh
mit Wohlgefallen auf unsern Zug, den wieder ich
mit meinen Leuten zu deinem Dienst antreten will,

---

227 f. Suid. ἐκποδών .... Ἀριστοφάνης οὗτος αὐτός ἐ. κτλ. bis ἐκποδών. — 230 Etym. M. 489 23 (von *Gaisford* nicht aufgenommen) *κανηφόρος. παρθένος τὰ κανᾶ μετὰ τῶν λοιβῶν φέρουσα ἐν ταῖς θυσίαις. παρὰ Ἀριστοφάνει. — 233 Etym. M. 387 5 ἐτνήρυσις. λέγεται καὶ ζωμήρυσις. Ἀριστοφάνης Ἀχαρνεῦσιν· ὦ μῆτερ ἀνάδος δεῦρο τὴν ἐτνήρυσιν (Phot. 26 14). Hesych. ἐτνήρυσις. ἔπαιξεν Ἀριστοφάνης, ἀντὶ τοῦ φάναι τὴν σανίδα (*Naeke* ἀμίδα) τὴν ἐτνήρυσιν εἰπών κτλ. hatte nicht diese Stelle im Auge. fr. inc. CLXVI.

ἀγαγεῖν τυχηρῶς τὰ κατ' ἀγροὺς Διονύσια,
στρατιᾶς ἀπαλλαχθέντα, τὰς σπονδὰς δέ μοι
καλῶς ξυνενεγκεῖν τὰς τριακοντούτιδας.

ἄγ' ὦ θύγατερ ὅπως τὸ κανοῦν καλὴ καλῶς
οἴσεις βλέπουσα θυμβροφάγον. ὡς μακάριος,
ὅστις σ' ὀπύσει κἀκποιήσεται γαλᾶς
σοῦ μηδὲν ἧττους βδεῖν, ἐπειδὰν ὄρθρος ᾖ.
πρόβαινε, κἀν τὤχλῳ φυλάττεσθαι σφόδρα,
μή τις λαθών σου περιτράγῃ τὰ χρυσία.
ὦ Ξανθία, σφῷν δ' ἐστὶν ὀρθὸς ἑκτέος
ὁ φαλλὸς ἐξόπισθε τῆς κανηφόρου.
ἐγὼ δ' ἀκολουθῶν ᾄσομαι τὸ φαλλικόν·
σὺ δ' ὦ γύναι θεῶ μ' ἀπὸ τοῦ τέγους. πρόβα.
Φαλῆς ἑταῖρε Βακχίου ξύγκωμε νυκτοπεριπλάνητε μοιχὲ παιδεραστά,
ἕκτῳ σ' ἔτει προσεῖπον ἐς τὸν δῆμον ἐλθὼν ἄσμενος,
σπονδὰς ποιησάμενος ἐμαυτῷ, πραγμάτων τε καὶ μαχῶν
καὶ Λαμάχων ἀπαλλαγείς.
πολλῷ γάρ ἐσθ' ἥδιον, ὦ Φαλῆς Φαλῆς,
κλέπτουσαν εὑρόνθ' ὡρικὴν ὑληφόρον
τὴν Στρυμοδώρου Θρᾷτταν ἐκ τοῦ φελλέως
μέσην λαβόντ' ἄραντα καταβαλόντα καταγιγαρτίσαι.
Φαλῆς Φαλῆς,
ἐὰν μεθ' ἡμῶν ξυμπίῃς, ἐκ κραιπάλης
ἕωθεν εἰρήνης ῥοφήσει τρύβλιον·
ἡ δ' ἀσπὶς ἐν τῷ φεψάλῳ κρεμήσεται.

---

239 Phot. *στρᾶιτάν. συστέλλοντες τὴν δευτέραν συλλαβὴν οὐ μόνον τὸ στράτευμα λέγουσιν, ἀλλὰ καὶ αὐτὴν τὴν στράτευσιν. οὕτως Ἀριστοφάνης.* — 241 Poll. X 91 *Ἀριστοφάνης δ' ἐν Ἀχαρνεῦσι κανοῦν.* — 242 Phryn. Bekk. an. 43 5 *θυμβροφάγον βλέπειν.* (Hesych. Phot. 96 25 Zon. I 1058.) Suid. *θυμβρεπιδείπνου .... θυμβροφάγον δὲ ἤτοι ἀγροικικὸν καὶ ἐλευθέριον κτλ.* — 245 f. Suid. *πρόβαινε. τοῦτο ὡς ἐπὶ ὄχλου πομπευόντων τινά.* — *περιτράγῃ ... Ἀριστοφάνης ἐν τ' ὄχλῳ (ἐν τὤχλω* Med. *κἀν τὤχλωι* AV), *φυλάττ. σφόδρα, Μή τις κτλ.* bis *χρυσία.* — 249 Hesych. *φαλλικόν.* — 251 Suid. *νυκτιλόχοι ... καὶ νυκτοπεριπλάνητος παρὰ Ἀριστοφάνει.* — 252 schol. Pac. 990 *τὸ χ, ὅτι οὐ συμφωνεῖ τοῖς χρόνοις, ἃ λέγει. καὶ ἐν τοῖς Ἀχαρνεῦσι φησί· ἕκτῳ σ' ἔτει προσεῖπον εἰς τὰ χωρία.* Suid. *δῆμος. παρὰ*

dass ohne Störung ich dein ländlich Fest begeh'
erlöst vom Kriegesjammer, und dass mein Vertrag
auf dreissig Jahre mir zu wahrem Heile sei.

(zur Tochter gewandt)

Mein schönes Kind, nun trage mir den Korb recht schön
und mach' ein Bitterkleegesicht. Glückselig der,
der dich einst freit und Wieselchen mit dir erzielt,
die in der Früh nicht minder duften als du selbst.
Jetzt vorwärts, und im Gedränge pass nur tüchtig auf,
dass keiner heimlich dir vom Goldschmuck etwa nascht!
Du Xanthias, ihr beide tragt den Phallos ja
hübsch aufrecht und dem Mädchen auf dem Fusse nach!
Euch folgend stimm' ich selber an das Phalloslied,
und du Frau kannst vom Dach uns nachseh'n. Vorwärts marsch!
O Phales, bakchischer Gesell, Nachtjubels Schwarmgenoss und
Freund von schönen Frau'n und Knaben,
sehnsüchtig ruf' im sechsten Jahr auf's Land gekommen ich zu dir,
da Frieden ich für mich gewann, das Schwitzen und Todtmachen los
und die Lamachereien bin.
Denn Phales Phales, viel charmanter ist es doch,
man trifft im kühlen Wald die schlanke Thrakerin
des Strymodoros unbefugt Holz raffend an,
hebt um die Taille sie gefasst, wirft nieder und entblättert sie.
Wenn du mit uns,
o Phales Phales, heute zechst, so schlürfest du
ein Gläschen Frieden morgen, ist der Kopf dir frei;
im Rauchfang aber wird der Schild hübsch aufgehängt.

Ἀριστοφάνει ἡ κώμη ... ἕκτῳ σ' ἔ. πρ. ἐς τὸν δῆμον ἐλθών. — 253—255 Suid. Λαμάχων ... Ἀριστοφάνης· σπονδὰς κτλ. bis ἥδιον. — πραγμάτων· πραγμάτων τε καὶ (πρ. καὶ AVE Med.) μαχῶν Καὶ Λαμάχων ἀπαλλαγείς. — 256 ff. Suid. Θρᾶττα ... Ἀριστοφάνης Στρυμνοδώρου (Στρομν. V) Θρᾶτταν. — Φελλέα ... Ἀριστοφάνης ... καὶ αὖθις τοῦ Στρυμοδώρου Θρ. ἐκ τ. Φ. Κλέπτουσαν. — ὡρικῶς ... Ἀριστοφάνης εὑρόνθ' (εὗρον A εὗρον θ' Med.) ὡρικὴν ὑλοφόρον (ὑληφόρον A) Μέσην λαβόντ' ἄραντα καταλαβόντα (καταβαλόντα A) καταγιγαρτᾶν. cf. καταγιγαρτίσαι. — 258 Phot. 135 6 καταγιγαρτίσαι. συνουσιάσαι. — 262 Suid. φεψάλῳ .... Ἀριστοφάνης ἡ δ' ἀσπὶς (ἀψὶς A ἀψὶς V) ἐν τῷ φεψάλῳ κρεμήσεται. — 260 Phryn. Bekk. an. 45 13 κραιπάλη. Hesych. Ammon. p. 85. Suid.

ΧΟΡΟΣ

οὗτος αὐτός ἐστιν, οὗτος·
βάλλε βάλλε βάλλε βάλλε,
παῖε παῖε τὸν μιαρόν·
οὐ βαλεῖς; οὐ βαλεῖς;

ΔΙΚΑΙΟΠΟΛΙΣ (στροφη)

Ἡράκλεις τουτὶ τί ἐστι; τὴν χύτραν συντρίψετε.

ΧΟΡΟΣ

σὲ μὲν οὖν καταλεύσομεν ὦ μιαρὰ κεφαλή.

ΔΙΚΑΙΟΠΟΛΙΣ

ἀντὶ ποίας αἰτίας ὦχαρνέων γεραίτατοι;

ΧΟΡΟΣ

τοῦτ' ἐρωτᾷς; ἀναίσχυντος εἶ καὶ βδελυρός,
ὦ προδότα τῆς πατρίδος, ὅστις ἡμῶν μόνος
σπεισάμενος εἶτα δύνασαι πρὸς ἔμ' ἀποβλέπειν.

ΔΙΚΑΙΟΠΟΛΙΣ

αντὶ δ' ὧν ἐσπεισάμην οὐκ ἴστε μ'· ἀλλ' ἀκούσατε.

ΧΟΡΟΣ

σοῦ γ' ἀκούσωμεν; ἀπολεῖ. κατά σε χώσομεν τοῖς λίθοις.

ΔΙΚΑΙΟΠΟΛΙΣ

μηδαμῶς πρὶν ἄν γ' ἀκούσητ'· ἀλλ' ἀνάσχεσθ' ὦγαθοί.

ΧΟΡΟΣ

οὐκ ἀνασχήσομαι· μηδὲ λέγε μοι σὺ λόγον·
ὡς μεμίσηκά σε Κλέωνος ἔτι μᾶλλον, ὃν ἐ-
γὼ κατατεμῶ ποθ' ἱππεῦσι καττύματα.
σοῦ δ' ἐγὼ λόγους λέγοντος οὐκ ἀκούσομαι μακρούς,
ὅστις ἐσπείσω Λάκωσιν, ἀλλὰ τιμωρήσομαι.

---

368 Suid. μιαρὰ κεφαλή. — 269 schol. 284 ἕπεται δὲ τοῖς δυσὶ κώλοις στίχος τροχαῖος ὅδε, ἀντὶ ποίας αἰτίας. — 272 schol. 300 ὃν ἐγὼ κατατεμῶ· ἐνταῦθα πάλιν περιττεύει τὸ ποτέ διὰ τὴν μετροποιίαν (nämlich nach ἱππεῦσιν). — ὡς οὖν ἄνω τὸ νῦν περιττεύει, οὕτως ἐνταῦθα τὸ ποτέ. ἔστι γὰρ τοῦ αὐτοῦ μέτρου τὸ κῶλον. — 275 schol.

Neunte Scene. Der Chor eilt aus der Orchestra auf das Proscenium zu und wirft mit Steinen nach Dikaeopolis. Dessen Tochter und Sclaven ergreifen die Flucht.

Chor.

Dieser ist es, ja er ist es;
werft mit Steinen, werft ihn, werfet,
schlagt ihn, schlagt zu Boden den Schelm;
werft die Hirnschal' ihm ein!

Dikaeopolis. (Strophe.)

Herakles! was soll das heissen? ihr zerschlagt mir noch den Topf.

Chor.

Ja dich selber, du Schurke, zu steinigen haben wir vor.

Dikaeopolis.

Und für welch Verbrechen, bitt' ich, sagt, Acharnaes Aelteste.

Chor.

Hört! er fragt noch, der Schuft. Hochverrath übst du ganz
sonder Scham offen aus. Du verträgst mit dem Feind
dich allein und unterfängst dich, mir in's Antlitz noch zu schau'n!

Dikaeopolis.

Doch warum ich Frieden machte, wisst ihr nicht; so hört mich an!

Chor.

Dich noch anhören? sei verflucht! du wirst gesteinigt hier auf dem Fleck.

Dikaeopolis.

Nur nicht, eh' ihr mir Gehör gebt; habt ein wenig doch Geduld!

Chor.

Nein, Geduld kenn' ich nicht, und ich will nicht, dass du redest.
Denn noch mehr hass' ich dich als Kleon, den ich noch einmal
ganz zu Schuhsohlen für die Ritter klein zerschneiden will.
Keine langen Reden will ich von dir hören, sag' ich dir,
der du den Lakonen Freund bist, sondern dich zur Strafe zieh'n.

μηδαμῶς, πρίν γ' ἀκούσητε. — 276 Suid. οὐκ ἀνασχήσομαι. — 277 f. Suid. κατατεμῶ σε τοῖς ἱππεῦσιν ἐς καττύματα. — κάττυμα ... Ἀριστοφάνης· ὃν ἐγὼ κατατεμῶ τοῖς ἱππεῦσίν ποτε ἐς (ἱππεῦσιν ἐς BV ἱππεῦσιν εἰς AE) κ. — 279 Suid. μακρούς. σοῦ δ' ἐγὼ κτλ. bis μακρούς.

ΔΙΚΑΙΟΠΟΛΙΣ

ὠγαθοὶ τοὺς μὲν Λάκωνας ἐκποδὼν ἐάσατε·
τῶν δ' ἐμῶν σπονδῶν ἀκούσατ', εἰ καλῶς ἐσπεισάμην.

ΧΟΡΟΣ

πῶς δ' ἔτ' ἂν καλῶς λέγοις ἄν, εἴπερ ἐσπείσω γ' ἅπαξ
οἶσιν οὔτε βωμὸς οὔτε πίστις οὔθ' ὅρκος μένει;

ΔΙΚΑΙΟΠΟΛΙΣ

οἶδ' ἐγὼ καὶ τοὺς Λάκωνας, οἷς ἄγαν ἐγκείμεθα,
οὐχ ἁπάντων ὄντας ἡμῖν αἰτίους τῶν πραγμάτων.

ΧΟΡΟΣ

οὐχ ἁπάντων ὦ πανοῦργε; ταῦτα δὴ τολμᾷς λέγειν
ἐμφανῶς ἤδη πρὸς ἡμᾶς; εἶτ' ἐγώ σου φείσομαι;

ΔΙΚΑΙΟΠΟΛΙΣ

οὐχ ἁπάντων, οὐχ ἁπάντων· ἀλλ' ἐγὼ λέγων ὁδὶ
πόλλ' ἂν ἀποφήναιμ' ἐκείνους ἔσθ' ἃ κἀδικουμένους.

ΧΟΡΟΣ

τοῦτο τοὔπος δεινὸν ἤδη καὶ ταραξικάρδιον,
εἰ σὺ τολμήσεις ὑπὲρ τῶν πολεμίων ἡμῖν λέγειν.

ΔΙΚΑΙΟΠΟΛΙΣ

κἂν γε μὴ λέξω δίκαια, μηδὲ τῷ πλήθει δοκῶ,
ὑπὲρ ἐπιξήνου θελήσω τὴν κεφαλὴν ἔχων λέγειν.

ΧΟΡΟΣ

εἰπέ μοι τί φειδόμεσθα τῶν λίθων ὦ δημόται,
μὴ οὐ καταξαίνειν τὸν ἄνδρα τοῦτον ἐς φοινικίδα;

ΔΙΚΑΙΟΠΟΛΙΣ

οἷον αὖ μέλας τις ὑμῖν θυμάλωψ ἐπέζεσεν·
οὐκ ἀκούσεσθ', οὐκ ἀκούσεσθ' ἐτεὸν ὠχαρνηίδαι;

---

285 f. Bekker an. 334 32 (Bachm. I 19 19) *ἄγαν ἐγκεῖσθαι τῷδε ... Ἀριστοφάνης ἐν Ἀχαρνεῦσιν οἶδ' ἐγὼ κτλ.* bis *πραγμάτων.* — 291. Suid. *ταραξικάρδιον ... τοῦτο τοὔπος κτλ.* — 293 f. Suid. *ὑπὲρ ἐπιξήνου θελήσω τὴν κεφαλὴν ἔχων λέγειν. ἐὰν μὴ λέγω, φησί, δίκαια, τῆς κεφαλῆς ἀφαιρεθείην. — ἐπίξηνος.* Et. M. 362 23 *ἐπίξηνον ... παρὰ Ἀριστοφάνει καὶ Δημοσθένει.* — 295—297 Suid. *φοινικίδα. τί φειδόμεσθα* (*φειδόμεθα* V Med.) *τῶν λίθων ὦ* (*οἱ* ΔΕ*V)

Dikaeopolis.

Lasst doch die Lakonen, Beste, seid so gut, hier aus dem Spiel,
und von meinem Frieden höret, ob ich wider Recht ihn schloss.

Chor.

Was hast du von Recht zu sprechen, der mit Menschen sich vertrug,
denen nicht Altar und Treue heilig ist und nicht der Eid?

Dikaeopolis.

Weiss ich doch, dass die Lakonen, die uns allzu sehr verhasst,
nicht an allem Elend schuld sind, das uns jetzo niederdrückt.

Chor.

Nicht an allem, Schurke? das zu sagen unterfängst du dich
grad' heraus vor aller Ohren, und dann hoffst du Schonung noch?

Dikaeopolis.

Nicht an allem, nein wahrhaftig! vieles, lasst ihr mich zum Wort,
nenn' ich, was sie nicht verschuldet, ja wo sie beleidigt sind.

Chor.

Beispiellos ist deine Kühnheit und empört mein Innerstes,
dass das Wort den Landesfeinden du vor uns zu reden wagst.

Dikaeopolis.

Sag' ich ungerechtes und gewinne mir die Mehrheit nicht,
Nun so leg' ich auf den Hackblock hier den Kopf und spreche so.

Chor.

Weshalb sparen wir die Steine, Gaugenossen, immer noch,
um die Schultern ihm zu hängen den verdienten Purpurrock?

Dikaeopolis.

Welchen Schauer Kohlenfunken sprüht ihr nun schon wieder aus!
seid ihr denn, Acharnersöhne, wirklich völlig taub und blind?

δημόται, Μὴ οὐ καταξαίνειν (*καταβαίνειν* *V) *τοῦτον ἐς φοινικίδα; Οἷος* (*οἷς* Med.) *αὖ μέλας τις ὑμῖν θαυμάλωψ ἐπέζεσεν* (*ἐπέζεσε θαυμάλωψ* *V). — 296 Suid. *καταξαίνειν εἰς φοινικίδα.* vgl. Phot. 22 22 *ἐς φοινικίδας καταξάναι.* — 297 Hesych. *θυμάλωψ. ἡ λιγνυώδης τοῦ πυρὸς ἀναφορά.* vgl. Phot. 96 21 *θυμάλωψ. δαίμων τις οὕτω καλεῖται.*

ΧΟΡΟΣ

οὐκ ἀκουσόμεσθα δῆτα.

ΔΙΚΑΙΟΠΟΛΙΣ

δεινά τἄρα πείσομαι.

ΧΟΡΟΣ

ἐξολοίμην, ἢν ἀκούσω.

ΔΙΚΑΙΟΠΟΛΙΣ

μηδαμῶς ὦχαρνικοί.

ΧΟΡΟΣ

ὡς τεθνήξων ἴσθι νυνί.

ΔΙΚΑΙΟΠΟΛΙΣ

δήξομἄρ' ὑμᾶς ἐγώ.
ἀνταποκτενῶ γὰρ ὑμῶν τῶν φίλων τοὺς φιλτάτους·
ὡς ἔχω γ' ὑμῶν ὁμήρους, οὓς ἀποσφάξω λαβών.

ΧΟΡΟΣ

εἰπέ μοι τί τοῦτ' ἀπειλεῖ τοὔπος, ἄνδρες δημόται,
τοῖς Ἀχαρνικοῖσιν ἡμῖν; μῶν ἔχει του παιδίον
τῶν παρόντων ἔνδον εἵρξας; ἢ 'πὶ τῷ θρασύνεται;

ΔΙΚΑΙΟΠΟΛΙΣ

βάλλετ', εἰ βούλεσθ'· ἐγὼ γὰρ τουτονὶ διαφθερῶ·
εἴσομαι δ' ὑμῶν τάχ' ὅστις ἀνθράκων τι κήδεται.

ΧΟΡΟΣ

ὡς ἀπωλόμεσθ'· ὁ λάρκος δημότης ὅδ' ἐστ' ἐμός.
ἀλλὰ μὴ δράσῃς ὃ μέλλεις, μηδαμῶς ὦ μηδαμῶς.

ΔΙΚΑΙΟΠΟΛΙΣ (ΑΝΤΙΣΤΡΟΦΗ)

ὡς ἀποκτενῶ· κέκραχθ'· ἐγὼ γὰρ οὐκ ἀκούσομαι.

ΧΟΡΟΣ

ἀπολεῖς ἄρ' ὁμήλικα τόνδε φιλανθρακέα;

ΔΙΚΑΙΟΠΟΛΙΣ

οὐδ' ἐμοῦ λέγοντος ὑμεῖς ἀρτίως ἠκούσατε.

---

309 Phot. 208 20. Hesych. Suid. λάρκος. ὁ λάρκος δημότης ὅδ' ἐστ' ἐμός. Harpocratio 119 5 λάρκος ... κέχρηνται τῷ ὀνόματι ἄλλοι τε καὶ Ἀριστοφάνης Ἀχαρνεῦσιν. — 310 Suid. ὦ μηδαμῶς. — 311

Chor.

Ja, wir wollen nichts mehr hören.

Dikaeopolis.

Ach dann wird mir's schlimm ergeh'n!

Chor.

Hör' ich dich, so will ich sterben.

Dikaeopolis.

Haltet ein, Acharner, noch!

Chor.

Dies ist deine Todesstunde.

Dikaeopolis.

Nun so räch' ich mich an euch;
eurer Lieben Liebste denk' ich umzubringen zum Entgelt,
denn zum Glück noch hab' ich Geiseln, die ich schlachte, glaubt es mir!

Chor.

Welches seltsam Drohwort, liebe Gaugenossen, stiess er aus
gegen nns Acharner? hat er etwa gar von einem hier
drinnen eingesperrt ein Kindlein? oder worauf trotzt er so?

Dikaeopolis.

(ergreift einen Kohlenkorb und droht mit einem Schwerte ihn zu durchbohren.)

Werft nnn, wenn ihr Lust habt! dieser stirbt vor euren Augen dann.
Bald werd' ich erkennen, wer von euch den Kohlen zugethan.

Chor.

Weh' uns! ach verloren sind wir, seht den Korb von unserm Gau!
Thue nicht, was du uns drohtest, ach um Himmels willen nicht!

Dikaeopolis. (Gegenstrophe.)

Doch, ich tödt' ihn; schreit nnr immer, kein Erbarmen kenn' ich mehr.

Chor.

Ach ermorde mir nicht den Gefährten, den Kohlen so traut!

Dikaeopolis.

Eben habt auch ihr mir nicht Gehör gegeben, da ich bat.

---

schol. 336 ὡς ἀποκτενῶ κέκραχθε. — 312 schol. ἀπολεῖς ἄρα τὸν ἥλικα (auch zu 284).

ΧΟΡΟΣ

ἀλλὰ νυνὶ λέγ', εἴ σοι δοκεῖ, τόν τε Λακε-
δαιμόνιον αὐτὸν ὅτι τῷ τρόπῳ σοὔστὶ φίλος·
ὡς τόδε τὸ λαρκίδιον οὐ προδώσω ποτέ.

ΔΙΚΑΙΟΠΟΛΙΣ

τοὺς λίθους νύν μοι χαμᾶζε πρῶτον ἐξεράσατε.

ΧΟΡΟΣ

οὑτοιί σοι χαμαί· καὶ σὺ κατάθου πάλιν τὸ ξίφος.

ΔΙΚΑΙΟΠΟΛΙΣ

ἀλλ' ὅπως μὴ 'ν τοῖς τρίβωσιν ἐγκάθηνταί που λίθοι.

ΧΟΡΟΣ

ἐκσέσεισται χαμᾶζ'. οὐχ ὁρᾷς σειόμενον;
ἀλλὰ μή μοι πρόφασιν, ἀλλὰ κατάθου τὸ βέλος·
ὡς ὅδε γε σειστὸς ἅμα τῇ στροφῇ γίγνεται.

---

316 schol. 336 τέλος δὲ τῆς πρώτης· οὐ προδώσω ποτέ. Poll. X 111 τάχα δὲ καὶ λάρκους (309) τούτοις προσονομαστέον καὶ λαρκία καὶ λαρκίδια τὰ ἀγγεῖα τῶν ἀνθράκων, Ἀριστοφάνους εἰπόντος ἐν Ἀχαρνεῦσιν. — 317 Suid. ἐξεράσατε τοὺς λίθους. — 318 schol. 284 οὑτοιί

Chor.

Nun so sprich, was du willst, sei es auch, dass von Lake-
daemons Volk Art und Sitte dir besonders wohl gefällt;
denn das liebe Kohlenkörbchen lass' ich um keinen Preis.

Dikaeopolis.

Erst müsst ihr der Kieselsteine sämtlich euch entledigen.

Chor.

So, da werfen wir sie hin; doch nun lege du das Schwert gleichfalls ab!

Dikaeopolis.

Blieben auch nicht in den Kitteln etwa Steine noch zurück?

Chor.

Alle sind völlig leer. Schau' uns an, wie wir schütteln!
Weigre nun dich nicht länger, sondern leg die Waffe fort;
denn du siehst uns im Tanz hier uns schütteln allzumal.

σοι χαμαί. — 319 Suid. *ἐγκάθετος . . . μὴ τοῖς τρίβωσιν ἐγκάθηνταί που λίθοι.* — 322 schol. 336 *τῇ στροφῇ γίνεται.* hier *γράφεται καὶ στρόφιγγι.*

ΔΙΚΑΙΟΠΟΛΙΣ

ἐμέλλετ᾽ ἄρ᾽ ἅπαντες ἀνήσειν τῆς βοῆς.
ὀλίγου γ᾽ ἀπέθανον ἄνθρακες παρνήθιοι,
καὶ ταῦτα διὰ τὴν ἀτοπίαν τῶν δημοτῶν.
ὑπὸ τοῦ δέους δὲ τῆς μαρίλης μοι συχνὴν
ὁ λάρκος ἐνετίλησεν ὥσπερ σηπία.
δεινὸν γὰρ οὕτως ὀμφακίαν πεφυκέναι
τὸν θυμὸν ἀνδρῶν, ὥστε βάλλειν καὶ βοᾶν
ἐθέλειν τ᾽ ἀκοῦσαι μηδὲν ἴσον ἴσῳ φέρον,
ἐμοῦ θέλοντος ὑπὲρ ἐπιξήνου λέγειν
ὑπὲρ Λακεδαιμονίων ἅπανθ᾽ ὅσ᾽ ἂν λέγω·
καίτοι φιλῶ γε τὴν ἐμὴν ψυχὴν ἐγώ.

ΧΟΡΟΣ (στροφη)

τί οὖν οὐ λέγεις ἐπίξηνον ἐξενεγκὼν θύραζ᾽,
ὅ τι ποτ᾽ ὦ σχέτλιε τὸ μέγα τοῦτ᾽ ἔχεις;
πάνυ γὰρ ἔμεγε πόθος ὅ τι φρονεῖς ἔχει.
ἀλλ᾽ ᾗπερ αὐτὸς τὴν δίκην διωρίσω,
θεὶς δεῦρο τοὐπίξηνον ἐγχείρει λέγειν.

ΔΙΚΑΙΟΠΟΛΙΣ

ἰδοὺ θέασαι· τὸ μὲν ἐπίξηνον τοδί,
ὁ δ᾽ ἀνὴρ ὁ λέξων οὑτοσὶ τυννουτοσί.
ἀμέλει μὰ τὸν Δί᾽ οὐκ ἐνασπιδώσομαι,

---

323 schol. ἐμέλλετ᾽ ἄρα. — 324 schol. ἄνθρακες παρνάσσιοι. Suid. παρνάσσιοι. ἀντὶ τοῦ μεγάλοι .... Ἀρ. Ἀχ. ὀλίγου (ὀλίγον BE) τ᾽ ἀπέθανον ἄνθρακες (ἄνθρακος *V) παρνάσσιοι. — 326 f. Erotian. p. 254 μαριλῆνοι — ὡς καὶ Ἀριστοφάνης ἐν Ἀχαρνεῦσί φησιν, ὑπὸ τοῦ δ. δ. τ. μ. ἁλοσύχνην Ὁ λ. ἐνετίλησεν ὥ. σ. vgl. Poll. X 111. Phot. 247 19. Zon. I 830 ἐπετίλησεν ... Ἀρ. ἐπετίλησε συχνήν. schol. ὑπὸ τοῦ δέους τῆς μαρίλης. Suid. ἐπετίλησεν ... Ἀριστοφάνης ὃ δὲ τῆς μαρίλης μοι συχνὴν Ὡς ἐπετίλησεν ὥσπερ σηπία (σηπίαν Med.) — λάρκος ... ὑπὸ τοῦ δέους δὲ τ. μ. σ. Ὁ

Dikaeopolis.

So hab' ich endlich euch zum Schweigen denn gebracht.
Fast war es um des Parnes Kohlen schon gescheh'n,
und eure Thorheit trug allein die Schnld davon.
In seiner Todesangst hat gleich dem Tintenfisch
der Korb mit schwarzem Stanbe reichlich mich beglückt.
Ist's doch ein Graus, wenn Leute so bärbeissig sind,
mit Steinen gleich zu werfen und vor Wuthgeschrei
gar nicht zu hören, was der andre billig spricht,
selbst dann noch, als ich mich erboten auf dem Block
zu reden, was sich zn Spartas Gunsten sagen lässt!
und doch hab' ich mein Leben wahrlich lieb genug.

Chor. (Strophe.)

Weshalb holst du nun den Block nicht und sagst, du seltsamer Mensch,
was so von Wichtigkeit du vorzutragen hast?
nach Anfklärung steht mir lebhaft der Sinn.
Drum wie du des Gerichtes Form dir selbst erwählt,
setz' hier den Block her nnd versuche dann dein Glück!

Dikaeopolis.

(den Block herausbringend)

So seht denn! dies ist also hier der Hackeblock,
der Redner aber ist meine kleine Wenigkeit.
Ausflüchte, glaubt mir, such' ich nicht — bei'm grossen Zeus!

λάρκος ἐπετίλησεν ὦ. σ. ebenso unter μαρίλη (ἀπὸ A). — 328—330 Suid. δεινόν ... Ἀριστοφάνης· δεινὸν μὲν γὰρ οὕτως κτλ. bis φέρον. — ὀμφακίαν ... δ. γὰρ ο. ὁ. πεφυκέναι (πεποιθέναι C) Τὸν θ. ἀ. ὦ. β. κ. β. Ἐθέλειν δ' (τ' AC) ἀ. μ. ἴ. ἴ. φέρον. (φέρων C Med) — 337 f. Suid. (Zon. I 1002) ἦπερ. ἀντὶ τοῦ ὥσπερ. ἀλλ' ἦπερ α. τ. δ. διωρίσω, Θὲς δεῦρο τ. ἐ. λέγειν. Ἀριστοφάνης. — 339 schol. ἰδοὺ θεᾶσθε. — 341 Hesych. οὐκ ἐνασπιδώσομαι. οὐ καθοπλισθήσομαι.

λέξω δ᾽ ὑπὲρ Λακεδαιμονίων, ἅ μοι δοκεῖ.
καίτοι δέδοικα πολλά· τούς τε γὰρ τρόπους
τοὺς τῶν ἀγροίκων οἶδα χαίροντας σφόδρα,
ἐάν τις αὐτοὺς εὐλογῇ καὶ τὴν πόλιν
ἀνὴρ ἀλαζὼν καὶ δίκαια κἄδικα·
κἀνταῦθα λανθάνουσ᾽ ἀπεμπολώμενοι·
τῶν τ᾽ αὖ γερόντων οἶδα τὰς ψυχάς, ὅτι
οὐδὲν βλέπουσιν ἄλλο πλὴν ψήφῳ δακεῖν.
αὐτός τ᾽ ἐμαυτὸν ὑπὸ Κλέωνος ἅπαθον
ἐπίσταμαι διὰ τὴν πέρυσι κωμῳδίαν.
εἰσελκύσας γάρ μ᾽ ἐς τὸ βουλευτήριον
διέβαλλε καὶ ψευδῆ κατεγλώττιζέ μου
κἀκυκλοβόρει κἄπλυνεν, ὥστ᾽ ὀλίγου πάνυ
ἀπωλόμην μολυνοπραγμονούμενος.
νῦν οὖν με πρῶτον πρὶν λέγειν ἐάσατε
[ἐνσκευάσασθαί μ᾽ οἷον ἀθλιώτατον].

ΧΟΡΟΣ (ΑΝΤΙΣΤΡΟΦΗ)

τί ταῦτα στρέφει, τεχνάζεις τε καὶ πορίζεις τριβάς;
λαβὲ δ᾽ ἐμοῦ γ᾽ ἕνεκα παρ᾽ Ἱερωνύμου
σκοτοδασυπυκνότριχά τιν᾽ Ἄϊδος κυνῆν.
ἀλλ᾽ ἐξάνοιγε μηχανὰς τὰς Σισύφου,
ὡς σκῆψιν ἀγὼν οὗτος οὐκ ἐσδέξεται.

ΔΙΚΑΙΟΠΟΛΙΣ

ὥρα ᾽στὶν ἄρα μοι καρτερὰν ψυχὴν λαβεῖν,
καί μοι βαδιστέ᾽ ἐστὶν ὡς Εὐριπίδην.

παῖ παῖ.

---

348 Hesych. *ὀμφακίας. πάροξυς.* — 350 f. Westermann *Βιογράφοι* 157 37 *ὅθεν φησίν, αὐτὸς δ᾽ ἐμαυτὸν ὑπὸ Κλ. ἅττ᾽ ἔπαθον Ἐπίσταμαι δὴ καὶ τὰ ἑξῆς.* — 353 Hesych. *κατεγλώττιζε.* Suid. Phot. *καταγλωττίζειν. τὸ βλασφημεῖν, ὡς ἐν Ἀχαρνεῦσι· ψευδῆ κατεγλώττιζέ μου.* — 358 schol. 358 *ἔχει γὰρ καὶ ἀντίστροφον τὴν τί ταῦτα στρέφεις.* (hier *στρέφει.*) — 359 f. Suid. *Ἄϊδος κυνῆ. Ἀριστοφάνης· λάβε*

für die Spartaner sag' ich einfach, was mir scheint.
Doch fang' ich an zu fürchten, denn wer wüsste nicht? —
so sind die Bauern, sie haben's leider gar zu gern,
wenn jeder Schwindler sie und ihre Stadt recht lobt
— ob's Recht, ob Unrecht, darauf kommt es gar nicht an —,
und unversehens hat er alle sie im Sack.
Dann weiss ich auch, der alte Athener schwärmt für nichts,
als wie er ein Unglück stiften kann durch Richterspruch.
Und noch im Gedächtniss hab' ich, was für Marter mir
für meine Komödie Kleon vor'ges Jahr gethan.
Er schleppte mich vor den hohen Rath in voller Wuth,
verleumdete mich, liess seiner Zunge freien Lauf
mit Lügen, schäumt' und rast' und zauste mich, dass ich
in diesem schmutzigen Handel fast den kürzern zog.
Vor Anfang meiner Rede lasst, ich bitte sehr,
mich ein Kostüm erst wählen recht elendiglich!

Chor. (Gegenstrophe.)

Was drehst du dich noch und brauchst List auf List und suchst nur Verzug?
So leih' dir meinetwegen von Hieronymos
des Hades Zottelmütze, die unsichtbar macht,
und brauche dann die ganze Kunst des Sisyphos,
denn Schwindelei entscheidet diesen Handel nicht.

Dikaeopolis.

Jetzt heisst es also, muthig die Gefahr besteh'n,
und schnell muss ich zum Hause des Euripides.
(geht auf ein Haus zu.)

Zehnte Seene. Dikaeopolis. Sclaven des Euripides.

Dikaeopolis.
(ruft vor dem Hause des Euripides.)

He Bursch!

δ' ἐμοῦ γ' ἕνεκα π. Ἰ. Σκοτοδασυπυκνότριχα (*σκυτοδ.* vor *Bernhardy*) *τὴν Ἄ. κ.* (Paroem. I 15. 186 19. 352 8 II 4 7. 56 10. 104 9. 132 16. 139 23. 261 21.) — 360 Et. M. 719 36 **σκοτοδασυπυκνόθριξ.* 361—363 Suid. *Σίσυφος. ὄνομα κύριον. Ἀριστοφάνης· ἀλλ' ἐξάν. μ. τ. Σ., Ὡς σκῆψιν ἂν ἀγὼν* (*σκῆψιν ἀγὼν* ABVE Med.) *ο. οὐ προσδέξεται, Ὥρα ἐστὶν ἤδη καρτερὰν ψ. λ.*

ΘΕΡΑΠΩΝ

τίς οὗτος;

ΔΙΚΑΙΟΠΟΛΙΣ

ἔνδον ἔστ' Εὐριπίδης;

ΘΕΡΑΠΩΝ

οὐκ ἔνδον ἔνδον ἐστίν, εἰ γνώμην ἔχεις.

ΔΙΚΑΙΟΠΟΛΙΣ

πῶς ἔνδον, εἶτ' οὐκ ἔνδον;

ΘΕΡΑΠΩΝ

ὀρθῶς ὦ γέρον.
ὁ νοῦς μὲν ἔξω ξυλλέγων ἐπύλλια
οὐκ ἔνδον· αὐτὸς δ' ἔνδον ἀναβάδην ποιεῖ
τραγῳδίαν.

ΔΙΚΑΙΟΠΟΛΙΣ

ὦ τρισμακάρι' Εὐριπίδη,
ὅθ' ὁ δοῦλος οὑτωσὶ σοφῶς ὑποκρίνεται.
ἐκκάλεσον αὐτόν.

ΘΕΡΑΠΩΝ

ἀλλ' ἀδύνατον.

ΔΙΚΑΙΟΠΟΛΙΣ

ἀλλ' ὅμως,
οὐ γὰρ ἂν ἀπέλθοιμ'· ἀλλὰ κόψω τὴν θύραν.

Εὐριπίδη Εὐριπίδιον
ὑπάκουσον, εἴπερ πώποτ' ἀνθρώπων τινί.
Δικαιόπολις καλεῖ σ' ὁ Χολλείδης, ἐγώ.

367—370 Suid. ἀναβάδην ... Ἀριστοφάνης ... καὶ αὖθις πῶς ἔνδον, εἶτ' οὐκ ἔνδον; Ὁ νοῦς μ. ἔ. συλλέγων ἐ. Οὐκ ἔνδον· αὐτὸς δ' ἔ. ἀ. π. Τραγῳδίαν. — αὐτός ... καὶ Ἀριστοφάνης· ὁ νοῦς μὲν ἔξω. αὐτὸς δ' ἔνδον ἀναβάδην ποιεῖ Τραγῳδίας (τραγῳδίαν AC). — cf. ἐπύλλια ξυλλέγω. — 368 συλλέγον schol. — 370 schol.

Sklave.
(aus der Thür sehend.)

Wer ist da?

Dikaeopolis.

Ist Euripides daheim?

Sklave.

Er ist daheim und nicht daheim; versteh' nur recht!

Dikaeopolis.

Wie so daheim und doch nicht?

Sklave.

Ganz natürlich, Freund!
Sein Geist, der auswärts Verschen nachgeht, ist nicht daheim,
er selbst daheim, sitzt oben und schreibt mit grossem Fleiss
an einer Tragödie.

Dikaeopolis.

Dreifach sel'ger Euripides,
wenn solche Weisheit schon dein Sklav im Munde führt!
Ruf' ihn heraus!

Sklave.

Das ist unmöglich.

Dikaeopolis.

Dennoch thu's!
Fort geh' ich nicht. So klopf' ich selbst denn an die Thür.

Elfte Scene. Dikaeopolis. Euripides. Ein Sklave desselben.

Dikaeopolis.
(klopft an die Thür.)

Euripides, Herzens-Euripides, o hör mich an,
wenn jemals einen Sterblichen du so hoch beglückt!
Ich, Dikaeopolis ruft dich vom Chollidengau.

τρυγῳδίαν δὲ εἶπεν ἀντὶ τοῦ κωμῳδίαν. — 371 schol. οὑτοσί. — 374 Suid. Εὐριπίδη Εὐριπίδιον. — 375 Suid. εἴπερ. ὑπάκουσον, εἴπερ πότ' ἀνθρώπων τινί. λείπει τὸ ὑπήκουσας. — 376 schol. Χολλίδης.

ΕΤΡΙΠΙΔΗΣ

ἀλλ᾽ οὐ σχολή.

ΔΙΚΑΙΟΠΟΛΙΣ

ἀλλ᾽ ἐκκυκλήθητ᾽.

ΕΤΡΙΠΙΔΗΣ

ἀλλ᾽ ἀδύνατον.

ΔΙΚΑΙΟΠΟΛΙΣ

ἀλλ᾽ ὅμως.

ΕΤΡΙΠΙΔΗΣ

ἀλλ᾽ ἐκκυκλήσομαι· καταβαίνειν δ᾽ οὐ σχολή.

ΔΙΚΑΙΟΠΟΛΙΣ

Εὐριπίδη.

ΕΤΡΙΠΙΔΗΣ

τί λέλακας;

ΔΙΚΑΙΟΠΟΛΙΣ

ἀναβάδην ποιεῖς,
ἐξὸν καταβάδην; οὐκ ἐτὸς χωλοὺς ποιεῖς.
ἀτὰρ τί τὰ ῥάκι᾽ ἐκ τραγῳδίας ἔχεις,
ἐσθῆτ᾽ ἐλεινήν; οὐκ ἐτὸς πτωχοὺς ποιεῖς.
ἀλλ᾽ ἀντιβολῶ πρὸς τῶν γονάτων σ᾽ Εὐριπίδη,
δός μοι ῥάκιόν τι τοῦ παλαιοῦ δράματος.
δεῖ γάρ με λέξαι τῷ χορῷ ῥῆσιν μακράν·
αὕτη δὲ θάνατον, ἢν κακῶς λέξω, φέρει.

ΕΤΡΙΠΙΔΗΣ

τὰ ποῖα τρύχη; μῶν ἐν οἷς Οἰνεὺς ὁδὶ
ὁ δύσποτμος γεραιὸς ἠγωνίζετο;

ΔΙΚΑΙΟΠΟΛΙΣ

οὐκ Οἰνέως ἦν, ἀλλ᾽ ἔτ᾽ ἀθλιωτέρου.

378 Suid. ἐγκυκλήθητι. — 380 Suid. λέλακας. — 386 Phot. ῥῆσις μακρά. διεξοδικὸς λόγος μακρός. — ῥῆσις. δημηγορία καὶ συμ-

Euripides.
(inwendig.)

Hab' keine Zeit.

Dikaeopolis.

Lass dich herausdreh'n!

Euripides.

Ist unmöglich.

Dikaeopolis.

Dennoch thu's!

Euripides.

Nun meinetwegen, aber herunter komm' ich nicht.

(Enkyklema. Man sieht im Oberstock Euripides, in zerrissene Kleider gehüllt, eifrig studieren, umgeben von Büchern, Garderobestücken und sonstigem tragischem Apparat.)

Dikaeopolis.

Euripides —

Euripides.

Was kündest du?

Dikaeopolis.

Oben dichtest du
statt unten? da sind natürlich deine Helden lahm.
Und selbst bist du mit tragischen Lumpen angethan,
dem Jammerkleid? kein Wunder, dass sie betteln geh'n.
Ich fleh', Euripides, und umfasse deine Knie,
gib einen Fetzen aus jenem alten Drama mir!
denn declamiren soll ich dem Chor ein langes Stück,
und mach' ich's schlecht, so ist's um meinen Hals gescheh'n.

Euripides.

Ja was für Lumpen? die, in denen Oeneus da
einst aufgetreten, der beklagenswerthe Greis?

Dikaeopolis.

Des Oeneus nicht, nein eines noch leidvolleren.

βουλή· καὶ ὅλος ὁ τοῦ ῥήτορος λόγος. οὕτως Ἀριστοφάνης. Ruhnk. Timae. 228.

ΕΥΡΙΠΙΔΗΣ

τὰ τοῦ τυφλοῦ Φοίνικος;

ΔΙΚΑΙΟΠΟΛΙΣ

οὐ Φοίνικος, οὔ·
ἀλλ' ἕτερος ἦν Φοίνικος ἀθλιώτερος.

ΕΥΡΙΠΙΔΗΣ

ποίας ποθ' ἁνὴρ λακίδας αἰτεῖται πέπλων;
ἀλλ' ἦ Φιλοκτήτου τὰ τοῦ πτωχοῦ λέγεις;

ΔΙΚΑΙΟΠΟΛΙΣ

οὔκ, ἀλλὰ τούτου πολὺ πολὺ πτωχιστέρου.

ΕΥΡΙΠΙΔΗΣ

ἀλλ' ἦ τὰ δυσπινῆ θέλεις πεπλώματα,
ἃ Βελλεροφόντης εἶχ' ὁ χωλὸς οὑτοσί;

ΔΙΚΑΙΟΠΟΛΙΣ

οὐ Βελλεροφόντης· ἀλλὰ κἀκεῖνος μὲν ἦν
χωλός, προσαιτῶν στωμύλος δεινὸς λέγειν.

ΕΥΡΙΠΙΔΗΣ

οἶδ' ἄνδρα Μυσὸν Τήλεφον.

ΔΙΚΑΙΟΠΟΛΙΣ

ναὶ Τήλεφον.
τούτου δὸς ἀντιβολῶ σέ μοι τὰ σπάργανα.

ΕΥΡΙΠΙΔΗΣ

ὦ παῖ δὸς αὐτῷ Τηλέφου ῥακώματα·
κεῖται δ' ἄνωθεν τῶν Θυεστείων ῥακῶν
μεταξὺ τῶν Ἰνοῦς. ἰδοὺ ταυτί, λαβέ.

ΔΙΚΑΙΟΠΟΛΙΣ

ὦ Ζεῦ διόπτα καὶ κατόπτα πανταχῇ,

---

391 Grammat. in append. Etym. Gud. 638 14 φοίνικος κήρυκος. Ἀριστοφάνης τὰ τυφλοῦ φοίνικος, οὐ φοίνικος· οὔ. — 393 Suid. λακίδας πεπλωμάτων (vgl. 396). τὰ διερρωγότα ἱμάτια. παρὰ Ἀριστοφάνει. — 395 Suid. πτωχίστερος. — 396 Suid. δυσπινῆ . . . Ἀριστοφάνης· ἀλλ' ἢ (ἤδη BC*V Zon. I 582) τὰ δυσπινῆ θέλεις πεπλώματα; — 401 Hesych. σπάργανα. δεσμά, ῥάκη. — 405 f. Suid.

Euripides.

Etwa des blinden Phoenix?

Dikaeopolis.

Nicht des Phoenix, nein;
ein andrer war's, erbarmenswerther als Phoenix selbst.

Euripides.

Welch ein zerriss'nes Kleid der Mensch nur haben will!
Du meinst den Kittel des Bettlers Philoktet gewiss.

Dikaeopolis.

Nein nein; von einem, der viel viel bettelhafter noch.

Euripides.

Die schmutzigen Gewänder hast du wohl im Sinn,
die mein Bellerophontes hier der lahme trug?

Dikaeopolis.

Auch die nicht. Den ich meine, lahmen that er auch,
er war zudringlich, schwatzhaft und in Worten gross.

Euripides.

Jetzt weiss ich's; der Myser Telephos?

Dikaeopolis.

Ja Telephos!
von dem, ich bitte, gib die alten Lappen mir.

Euripides.

So reich' ihm, Bursch, des Telephos zerlumpten Rock;
er liegt da oben über den Fetzen des Thyest,
bei Ino's traurigem Kostüm. (der Diener holt das verlangte hervor.)
Da, nimm sie hin!

Dikaeopolis.

(indem er das Kleid gegen das Licht hält.)

Durchschauer Zeus und Ueberschauer du der Welt,

διόπτης. ὦ Ζεῦ διόπτα καὶ κατόπτα πανταχῇ (Zon. I 508). Eust. 817 53 ἐκ τούτου δὲ καὶ Ζεὺς διόπτης, ὡς δηλοῖ τὸ ὦ Ζεῦ δ. κ. κ. π. Gregor. Cor. dial. 132 καὶ τὰ προστακτικὰ δὲ παρ' αὐτοῖς λείπει. ὡς παρ' Ἀριστοφάνει ἐν Ἀχαρνεῦσιν· ὦ Ζεῦ δ. κ. κ. π., Ἐνσκευάσασθαί μ' οἷον ἀθλιώτατον.

ἐνσκευάσασθαί μ' οἷον ἀθλιώτατον.

Εὐριπίδη, 'πειδήπερ ἐχαρίσω ταδί,
κἀκεῖνά μοι δὸς τἀκόλουθα τῶν ῥακῶν,
τὸ πιλίδιον περὶ τὴν κεφαλὴν τὸ μύσιον.
δεῖ γάρ με δόξαι πτωχὸν εἶναι τήμερον,
εἶναι μὲν ὅσπερ εἰμί, φαίνεσθαι δὲ μή·
τοὺς μὲν θεατὰς εἰδέναι μ' ὅς εἰμ' ἐγώ,
τοὺς δ' αὖ χορευτὰς ἠλιθίους παρεστάναι,
ὅπως ἂν αὐτοὺς ῥηματίοις σκιμαλίσω.

ΕΥΡΙΠΙΔΗΣ

δώσω· πυκνῇ γὰρ λεπτὰ μηχανᾷ φρενί.

ΔΙΚΑΙΟΠΟΛΙΣ

εὖ σοι γένοιτο, Τηλέφῳ δ' ἁγὼ φρονῶ.
εὖ γ' οἷον ἤδη ῥηματίων ἐμπίπλαμαι.
ἀτὰρ δέομαί γε πτωχικοῦ βακτηρίου.

ΕΥΡΙΠΙΔΗΣ

τουτὶ λαβὼν ἄπελθε λαΐνων σταθμῶν.

ΔΙΚΑΙΟΠΟΛΙΣ

ὦ θύμ'· ὁρᾷς γὰρ ὡς ἀπωθοῦμαι δόμων
πολλῶν δεόμενος σκευαρίων· νῦν δὴ γενοῦ
γλίσχρος προσαιτῶν λιπαρῶν τ'. Εὐριπίδη,
δός μοι σπυρίδιον διακεκαυμένον λύχνῳ.

ΕΥΡΙΠΙΔΗΣ

τί δ' ὦ τάλας σε τοῦδ' ἔχει πλέκους χρέος;

ΔΙΚΑΙΟΠΟΛΙΣ

χρέος μὲν οὐδέν, βούλομαι δ' ὅμως λαβεῖν.

ΕΥΡΙΠΙΔΗΣ

λυπηρὸς ἴσθ' ὢν κἀποχώρησον δόμων.

---

411 Suid. εἶναι. ὑπάρχειν. εἶναι μὲν ὅσπερ κτλ. — φαινόμενα ... καὶ Ἀριστοφάνης· εἶναι μὲν ὥσπερ (ὅσπερ E Med.) εἰμί, φαίνεσθαι δὲ μή. — 414 Suid. σκιμαλίσω. — 416 schol. εὐδαιμονοίης. — 418 Poll. X 173 καὶ ὡς ἐν Γήρᾳ πτωχικοῦ βακτηρίου. (*Bergk* bei Mein. com. II 999.) — 421 f. Suid. γλίσχρος .... γενοῦ Γλίσχρος προσαιτῶν λιπαρῶν τ' Εὐριπίδη. — λιπαρεῖ ... γλίσχρως

lass mich recht jämmerlich scheinen nnd beklagenswerth!
(legt sich das Kostüm an.)
Euripides, da du dieses mir gewähret hast,
so gib mir nun das Znbehör der Lnmpen anch,
das kleine Hütchen für den Kopf, das mysische.
Denn aufzntreten hab' ich heut als Bettelmann,
zn sein zwar, der ich wirklich bin, zn scheinen nicht;
das Publicnm mag immer wissen, wer ich bin,
der Chor mnss aber dabei steh'n als ein dnmmer Hans,
dass ich ihn mit Wortgeklingel nasenstübern kann.

Euripides.

Es sei! denn Feinem strebst du nach mit tücht'gem Sinn.

Dikaeopolis.

Sei mir gesegnet! doch dem Telephos will ich —
Bravo! die Phrasen geh'n mir schon wie Wasser ab.
Doch nun bedarf ich auch noch eines Bettelstabs.

Euripides.

Hier! aber jetzt verlasse diese Mauern schnell.

Dikaeopolis.

Mein Herz! du siehst, so grausam weist man mir die Thür,
und ich bedarf noch viele Kleinigkeiten. Jetzt
sei zähe, dreist und nnverschämt. Euripides,
das Körbchen gib mir, wo das Licht ein Loch gebrannt.

Euripides.

Zu welchem Zweck, Elender, willst dn das Geflecht?

Dikaeopolis.

's hat keinen Zweck, besitzen möcht' ich's aber doch.

Euripides.

Du wirst mir lästig, wisse; lass mich jetzt allein.

(γλίσχρος BVE Med.) πρ. λ. τ' Εὐριπίδην. (Εὐριπίδης E Med.) — 423 ff. Poll. X 92 ἐν δὲ Ἀχαρνεῦσι σπυρίδιον, ὃ καὶ πλέκος εἴρηκε παρατραγῳδῶν. Suid. διακεκαυμένον ... Ἀριστοφάνης· δός μοι σπυρίδιον (σπυρίδα CE σπυρίδι Med.) διακεκαυμένον λύχνῳ. (λύχνον Med.) Τί δ' ὦ τάλας γε τοῦδ' (τάλας τοῦδ' ABVE Med.) ἔχει (ἔχῃ τοῦ AVE Med. ἔχθη C*V) πλέκους χρέος; Χρέος κτλ. bis λαβεῖν.

ΔΙΚΑΙΟΠΟΛΙΣ

φεῦ.
εὐδαιμονοίης ὥσπερ ἡ μήτηρ ποτέ.

ΕΥΡΙΠΙΔΗΣ

ἄπελθε νῦν μοι.

ΔΙΚΑΙΟΠΟΛΙΣ

μᾶλλά μοι δὸς ἓν μόνον
κοτυλίσκιον τὸ χεῖλος ἀποκεκρουμένον.

ΕΥΡΙΠΙΔΗΣ

φθείρου λαβὼν τόδ'· ἴσθ' ὀχληρὸς ὢν δόμοις.

ΔΙΚΑΙΟΠΟΛΙΣ

οὔπω μὰ Δί' οἶσθ' οἷ' αὐτὸς ἐργάζει κακά.
ἀλλ' ὦ γλυκύτατ' Εὐριπίδη τουτὶ μόνον
δός μοι χυτρίδιον σπογγίῳ βεβυσμένον.

ΕΥΡΙΠΙΔΗΣ

ἄνθρωπ' ἀφαιρήσει με τὴν τραγῳδίαν.
ἄπελθε ταυτηνὶ λαβών.

ΔΙΚΑΙΟΠΟΛΙΣ

ἀπέρχομαι.
καίτοι τί δράσω; δεῖ γὰρ ἑνός, οὗ μὴ τυχὼν
ἀπόλωλ'. ἄκουσον ὦ γλυκύτατ' Εὐριπίδη·
τουτὶ λαβὼν ἄπειμι κοὐ πρόσειμ' ἔτι·
ἐς τὸ σπυρίδιον ἰσχνά μοι φυλλεῖα δός.

ΕΥΡΙΠΙΔΗΣ

ἀπολεῖς μ'. ἰδού σοι. φροῦδά μοι τὰ δράματα.

ΔΙΚΑΙΟΠΟΛΙΣ

ἀλλ' οὐκέτ', ἀλλ' ἄπειμι· καὶ γάρ εἰμ' ἄγαν
ὀχληρὸς οὐ δοκῶν με κοιράνους στυγεῖν.

---

429 schol. *κυλίσκιον δὲ ποτήριον. γράφεται δὲ κυλίκειον. ἀποκεκρουσμένον δὲ ἀποκεκλασμένον.* Ath. XI 479 B *Ἀριστοφάνης ἐν Ἀχαρνεῦσι· κοτυλίσκιον τὸ χεῖλος ἀποκεκρουμένον.* (*ἀποκεκομμένον* (PVL *ἀποκεκρουσμένον* epit.) Suid. *κύλιξ . . . λέγεται δὲ καὶ κυλίκιον* (*κυλίκειον* A) *χεῖλος ἀποκεκρουσμένον. — ἀποκεκρουσμένον . . . δός μοι Κυλίκιον* (*κυλίσκιον* ABEC Zonaras I 264) *τὸ χεῖλος* (*κυλ. χεῖλος* AC Zon.) *ἀποκεκρουσμένον.* Bekker an. 429 9 (Bachm. I 126 3) *κυλίσκιον τ. χ. ἀποκεκρουμένον. οὕτως Ἀριστοφ.*

Dikaeopolis.

Weh!
mög' es, wie deiner Mutter einst, dir wohl ergeh'n!

Euripides.

Mach dass du fortkommst!

Dikaeopolis.

Nur um eins noch bitt' ich dich,
um jenes Näpfchen mit dem ausgebroch'nen Rand.

Euripides.

So nimm's, zum Henker! doch nun, wisse, bin ich's satt.

Dikaeopolis.

Fürwahr du weisst nicht, was du selbst für Uebel thust.
Euripides mein süssester, nur dieses noch:
um jenes Töpfchen bitt' ich mit dem Schwamm darin!

Euripides.

Mensch Mensch! die ganze Tragödie schleppst du mir ja fort.
Auch das noch nimm und lauf dann!

Dikaeopolis.

Ja ich gehe schon.
Und doch was thu' ich? eines fehlt mir, ohne das
ist's aus mit mir. Euripides, süsser, höre mich!
bekomm' ich das noch, geh' ich und kehre nicht zurück:
in's Körbchen gib ein wenig trocknes Grünzeug mir.

Euripides.

Du bringst mich um! da, ausgeplündert ist mein Kram.

Dikaeopolis.

Fertig! ich gehe — denn ich bin wohl lange schon
hier lästig, unbekümmert um der Mächt'gen Hass.

Ἀχαρν. Eustath. 1922 59 κοτυλίσκιον, οὗ μνεία παρὰ Ἀριστοφάνει ἐν τῷ κοτυλίσκιον τ. χ. ἀποκεκρουσμένον. — 433 Suid. σπογγιά ... καὶ αὖθις Ἀριστοφάνης· σπογγίᾳ (σπογγίῳ *V) βεβυσμένον. — βεβυσμένα ... καὶ βεβυσμένον ... Ἀριστοφάνης· δός μοι χυτρίδιον σπογγίῳ β. — 439 Suid. φυλλεῖα ... Ἀριστ. εἰς τὸ σπυρίδιον ἰσχνά μοι φυλλεῖα δός (δὸς φυλλεία *V). Hesych. — 442 schol. δοκῶν μὲν κοιράνους.

οἴμοι κακοδαίμων ὡς ἀπόλωλ'. ἐπελαθόμην
ἐν ᾧπέρ ἐστι πάντα μοι τὰ πράγματα.
Εὐριπίδιον ὦ γλυκύτατον καὶ φίλτατον,
κάκιστ' ἀπολοίμην, εἴ τί σ' αἰτήσαιμ' ἔτι
πλὴν ἓν μόνον, τουτὶ μόνον τουτὶ μόνον·
σκάνδικά μοι δὸς μητρόθεν δεδεγμένος.

ΕΥΡΙΠΙΔΗΣ

ἀνὴρ ὑβρίζει. κλεῖε πακτὰ δωμάτων.

ΔΙΚΑΙΟΠΟΛΙΣ

ὦ θύμ', ἄνευ σκάνδικος ἐμπορευτέα.
ἆρ' οἶσθ' ὅσον τὸν ἀγῶν' ἀγωνιεῖ τάχα
μέλλων ὑπὲρ Λακεδαιμονίων ἀνδρῶν λέγειν;
πρόβαινε νῦν ὦ θυμέ· γραμμὴ δ' αὑτηί.
ἕστηκας; οὐκ εἶ καταπιὼν Εὐριπίδην;
ἐπῄνεσ'· ἄγε νυν ὦ τάλαινα καρδία,
ἄπελθ' ἐκεῖσε κᾆτα τὴν κεφαλὴν ἐκεῖ
παράσχες εἰποῦσ' ἅττ' ἂν αὐτῇ σοι δοκῇ.
τόλμησον, ἴθι χώρησον· ἄγαμαι καρδίας.

ΧΟΡΟΣ

τί δράσεις; τί φήσεις; ἀλλ' ἴσθι νυν
ἀναίσχυντος ὢν σιδηροῦς τ' ἀνήρ·
ὅστις παρασχὼν τῇ πόλει τὸν αὐχένα
ἅπασι μέλλεις εἷς λέγειν τἀναντία.
ἀνὴρ οὐ τρέμει τὸ πρᾶγμ'. εἶά νυν
ἐπειδήπερ αὐτὸς αἱρεῖ, λέγε.

---

445 Suid. φιλτάτιον. ὦ Εὐριπίδιον γλυκύτατον, ὦ φιλτάτιον. (γλυκ. φιλτ. A*V Ox.) — 448 Suid. διασκανδικίσῃς ... καὶ ἀλλαχοῦ σκάνδικά (σκάνδιδα ABEC*V) μοι δὸς μητρόθεν δεδεγμένος. cf. σκάνδιξ. (Hesych. Bekker anecd. 305 19.) — 449 schol. πηκτὰ δωμάτων. Suid. κλεῖε πηκτὰ δωμάτων (σωμάτων BE). —

Weh mir, ich unglückseliger! denn das wichtigste
hab' ich vergessen, worauf mein ganzes Heil beruht.
O liebster allersüssester Herzens-Euripides,
ich will verdammt sein, fordr' ich das geringste noch,
als dieses eine ganz allein, dies ganz allein:
von deiner Mutter ein bischen Kerbel schenke mir!

Euripides.

Der Mensch verhöhnt mich; (zu dem Diener) schliess des Hauses festen Bau. (verschwindet.)

Dikaeopolis.

So muss ich, liebe Seele, ohne Kerbel fort!
Weisst du, welch schlimmen Kampf du nun zu kämpfen hast,
da für Lakedaemons Männer du jetzt sprechen sollst?
Nur muthig in die Schranken tritt! du stehst am Strich.
Besinnst du dich, und hast Euripides doch im Kopf?
So recht! wohlan nun, du mein viel geprüftes Herz,
mach' auf den Weg dich, und das Haupt leg' unverzagt
dorthin und sage tapfer, was dir selber scheint.
Auf, frisch gewagt, mach vorwärts! o du braves Herz!
(legt den Kopf auf den Block.)

Zwölfte Scene. Der Chor. Dikaeopolis.

Chor.

Was thust du, was sagst du? Mensch, bist du ganz
verstockt denn und eisern, ganz ohne Scham?
Den eignen Nacken bietest du der Vaterstadt
und widerstrebst der ganzen Bürgerschaft allein?
Er scheut wirklich nicht das Wagstück; nun gut,
da du selbst es willst, so sprich; fang nur an!

---

453 Suid. *γραμμή . . . Ἀριστοφάνης· γραμμὴ δ' αὑτηί.* Zon. I 452 *γραμμή . . . Ἀρ. πρόβαινε δὴ νῦν ὦ θυμέ, γρ. δ' αὑτηί.* — 458 Suid. *ἄγαμαι καρδίας.* Zon. I 34. — 460 Suid. *ἀναίσχυντος καὶ σιδηροῦς ἄνθρωπος.* — 464 Suid. *αἱρῇ. βούλει. ἐπείπερ αὐτὸς* (*καὐτὸς* E) *αἱρῇ λέγειν.* Zon. I 93.

ΔΙΚΑΙΟΠΟΛΙΣ

μή μοι φθονήσητ' ἄνδρες οἱ θεώμενοι,
εἰ πτωχὸς ὢν ἔπειτ' ἐν Ἀθηναίοις λέγειν
μέλλω περὶ τῆς πόλεως, τρυγῳδίαν ποιῶν·
τὸ γὰρ δίκαιον οἶδε καὶ τρυγῳδία.
ἐγὼ δὲ λέξω δεινὰ μέν, δίκαια δέ.
οὐ γάρ με νῦν γε διαβαλεῖ Κλέων, ὅτι
ξένων παρόντων τὴν πόλιν κακῶς λέγω.
αὐτοὶ γάρ ἐσμεν οὑπὶ ληναίῳ τ' ἀγών,
κοὔπω ξένοι πάρεισιν· οὔτε γὰρ φόροι
ἥκουσιν οὔτ' ἐκ τῶν πόλεων οἱ ξύμμαχοι·
ἀλλ' ἐσμὲν αὐτοὶ νῦν γε περιεπτισμένοι·
τοὺς γὰρ μετοίκους ἄχυρα τῶν ἀστῶν λέγω.
ἐγὼ δὲ μισῶ μὲν Λακεδαιμονίους σφόδρα,
καὐτοῖς ὁ Ποσειδῶν οὑπὶ Ταινάρῳ θεὸς
σείσας ἅπασιν ἐμβάλοι τὰς οἰκίας·
κἀμοὶ γάρ ἐστι τἀμπέλια κεκομμένα·
ἀτὰρ — φίλοι γὰρ οἱ παρόντες ἐν λόγῳ —
τί ταῦτα τοὺς Λάκωνας αἰτιώμεθα;
ἡμῶν γὰρ ἄνδρες — οὐχὶ τὴν πόλιν λέγω·
μέμνησθε τοῦθ', ὅτι οὐχὶ τὴν πόλιν λέγω·
ἀλλ' ἀνδράρια μοχθηρὰ παρακεκομμένα
ἄτιμα καὶ παράσημα καὶ παράξενα
ἐσυκοφάντει Μεγαρέων τὰ χλανίσκια·
κεἴ που σίκυον ἴδοιεν ἢ λαγῴδιον
ἢ χοιρίδιον ἢ σκόροδον ἢ χόνδρους ἅλας,
ταῦτ' ἦν μεγαρικὰ κἀπέπρατ' αὐθημερόν.
καὶ ταῦτα μὲν δὴ σμικρὰ κἀπιχώρια·

---

465 vgl. Gregor. Cor. dial. 140 *οἱ θεώμενοι ἀντὶ τοῦ θεαταί.* — 467 f. Suid. *τρυγῳδία.* — 471 Plut. Mor. p. 71 D *Ἀριστοφάνης δὲ καὶ τὸν Κλέωνα τοῦτο ἐγκαλεῖν φησιν, ὅτι ξένων παρόντων τὴν πόλιν κακῶς λέγει.* — 472 Hesych. *ἐπὶ ληναίῳ ἀγών.* Suid. *ἐπὶ ληναίῳ.* — 475 Poll. VII 24 *καὶ τὸ παρ' Ἀριστοφάνει δὲ ἐν Ἀχαρνεῦσι περιεπτισμένοι ἀπὸ τούτου ἂν εἴη εἰρημένον· ἀλλ' ἐσμὲν κτλ.* Suid. *περιεπτισμένοι ... Ἀριστοφάνης· ἀλλ' ἐσμὲν* (*οἱ μὲν* A *εἶμεν* *V) *αὐτοὶ* (*αὐτοὶ ἐσμὲν* Med.) *νῦν γε π.* — 476 Suid. *μέτοικοι ... Ἀριστοφάνης· τοὺς γὰρ μετοίκους ἄχυρα τῶν ἀστῶν* (*κριθῶν* V) *λέγω.* — 478 f. Suid. *Ταίναρον ... Ἀριστοφάνης· αὐτοῖς ὁ Πο-*

Dikaeopolis.

Sei nicht beleidigt, hochgeehrtes Pnblicum,
wenn ich als Bettler unter Athenern von dem Staat
zn reden wag', und in der Komödie noch dazn —
denn was gerecht ist, weiss auch die Komödie —;
zwar schlimm wird meine Rede, doch gerecht nur sein.
Nicht soll mich Kleon wiederum verleumden, dass
ich vor den Fremden übles spreche von dem Staat,
denn unter uns ja sind wir, im Lenaeenspiel;
die Fremden fehlen, da jetzt weder Gelder noch
Gesandte der Verbündeten gekommen sind;
ja hent sitzt im Theater nnr enthülstes Korn,
wenn die Metoeken man Spreu der Bürger nennen kann.
Das Volk der Sparter, gründlich ist es mir verhasst:
Poseidon der Gott von Taenaron begrabe sie,
so wünsch' ich, in ihrer Häuser Schutt mit einem Stoss —
anch mir sind ja die Rebenstöckchen abgehau'n —;
allein da Freunde meiner Worte Zeugen sind,
was geben wir diese Dinge den Lakonen schuld?
Nein Männer in unsrer Mitte — nicht das Volk etwa,
bemerkt es wohl, ich meine nicht das ganze Volk —
elende Wichte, Menschen von gemeinem Schlag,
ehrlos, unecht Gesindel zweifelhaften Stamms,
die spürten den wollnen Mänteln nach von Megara,
nnd wo sie ein Häslein oder eine Gurke sah'n,
ein Schweinchen oder Knoblauch oder ein Körnchen Salz,
megarisch war's und ward verkauft denselben Tag.
Das war nur unbedeutend und schon hergebracht;

σειδῶν οὑπὶ Ταινάρου (Ταινάρῳ A) θεὸς Σείσας κτλ. — 480 Suid. παρακεκομμένα. κἀμοὶ γάρ ἐστιν ἀμπέλια παρακεκομμένα. — 485 f. Suid. παρακεκομμένα . . . ἀνδράρια μοχθηρὰ παρακ. Ἄτιμα καὶ π. κ. π. Hesych. παρακεκομμένον. ἄνανδρον. — 488 schol. Pac. 1001 ὡς καὶ τῶν σικύων δὲ πολλῶν ὄντων ἐν Μεγαρίδι καὶ φερομένων ἐκεῖθεν εἰς τὴν Ἀττικήν, ὡς καὶ αὐτὸς ἐν Ἀχαρνεῦσί φησιν. Suid. σίκυον . . . Ἀριστοφάνης· κεἴ που σίκυον ἴδοιεν ἢ λαγώδιον. — 491 Hesych. ἐπιχώρια. συκοφαντικά. εἰς τοῦτο γὰρ Ἀθηναῖοι κωμῳδοῦνται. Suid. συκοφαντεῖν . . . Ἀριστοφάνης· καὶ ταῦτα μὲν δὴ κτλ.

πόρνην δὲ Σιμαίθαν ἰόντες Μέγαράδε
νεανίαι κλέπτουσι μεθυσοκότταβοι·
κᾆθ' οἱ Μεγαρῆς ὀδύναις πεφυσιγγωμένοι
ἀντεξέκλεψαν Ἀσπασίας πόρνα δύο·
κἀκεῖθεν ἀρχὴ τοῦ πολέμου κατερράγη
Ἕλλησι πᾶσιν ἐκ τριῶν λαικαστριῶν.
ἐντεῦθεν ὀργῇ Περικλέης οὑλύμπιος
ἤστραπτ' ἐβρόντα ξυνεκύκα τὴν Ἑλλάδα,
ἐτίθει νόμους ὥσπερ σκόλια γεγραμμένους,
ὡς χρὴ Μεγαρέας μήτε γῇ μήτ' ἐν ἀγορᾷ
μήτ' ἐν θαλάττῃ μήτ' ἐν ἠπείρῳ μένειν.
ἐντεῦθεν οἱ Μεγαρῆς, ὅτε δὴ 'πείνων βάδην,
Λακεδαιμονίων ἐδέοντο, τὸ ψήφισμ' ὅπως
μεταστραφείη τὸ διὰ τὰς λαικαστρίας.
οὐκ ἠθέλομεν δ' ἡμεῖς δεομένων πολλάκις·

492—495 Plut. Per. 30 *Μεγαρεῖς δὲ τὸν Ἀνθεμοκρίτου φόνον ἀπαρνούμενοι τὰς αἰτίας εἰς Ἀσπασίαν καὶ Περικλέα τρέπουσι χρώμενοι τοῖς περιβοήτοις καὶ δημώδεσι τούτοις ἐκ τῶν Ἀχαρνέων στίχοις· πόρνην δὲ κτλ.* bis *πόρνας δύο.* schol. Pac. 502 *αἰτίαν εἶχον οἱ Μεγαρεῖς ὡς ἀρχηγοὶ γενέσθαι τοῦ πολέμου διὰ τὴν ἁρπαγὴν τῶν πορνῶν Ἀσπασίας καὶ τὴν ἐπὶ τούτοις ὀργὴν Περικλέους καὶ τὸ ψήφισμα, ὡς ἐν Ἀχαρνεῦσί φησιν.* — 492—497 Ath. XIII 570 A *ὡς καὶ ὁ χαρίεις Ἀριστοφάνης παρασημαίνεται, ὅτι Περικλῆς διὰ τὸν Ἀσπασίας ἔρωτα καὶ τὰς ἁρπασθείσας ἀπ' αὐτῆς θεραπαίνας ὑπὸ Μεγαρέων τὸ δεινὸν ἀνερρίπισε· πόρνην δὲ ... μεθυσοκότταβοι. Κᾆθ'* (*εἶθ'* PVL) *οἱ ... πόρνας δύο* (*δύω* A)· *Κἀκεῖθεν* (*κἀντεῦθεν* L) *ἀρχὴ κτλ.* bis *λαικαστριῶν.* — 492 Phot. Hesych. Suid. *Σιμαίθα.* — 493 Suid. *μεθυσοκότταβοι.* (cf. *κότταβος.* Paroem. II 521 11.) — 494 f. Suid. *πεφυσιγγωμένοι ... Ἀριστοφάνης· κᾆθ' οἱ Μεγαρεῖς ὀδ. πεφ. Ἀντεξέκλεψαν Ἀσπασίας.* Phot. 427 17. Hesych. — 495 Harpocr. 37 13 *δοκεῖ δὲ* (Aspasia) *δυοῖν πολέμων αἰτία γεγονέναι, τοῦ τε σαμιακοῦ καὶ τοῦ πελοποννησιακοῦ, ὡς ἔστι μαθεῖν — καὶ ἐκ τῶν Ἀριστοφάνους Ἀχαρνέων.* (Suid. *Ἀσπασία.*) vgl. Plut. Mor. 855 F *ὥσπερ οἱ κωμικοὶ τὸν πόλεμον ὑπὸ τοῦ Περικλέους ἐκκεκαῦσθαι δι' Ἀσπασίαν ἢ διὰ Φειδίαν ἀποφαίνοντες.* — 497 (505) schol. Equ. 167 *λαικάσεις — ὅθεν καὶ λαικάστρια ἡ πόρνη.* Chocrobosc. in Cramer. anecd. Ox. II 178 16 *λεκάστρια. σημαίνει δὲ τὴν πόρνην.* (Theognost. ibid. 98 25. Eustath. 741 26. Suid. *λαικαστής.* Hesych. in marg. Zon. II 1287.) — 498 f. Diod. Sic. XII 40 *καὶ πάλιν ἐν ἄλλοις* [*Εὔπολις ὁ ποιητὴς*] *Περικλέης οὑλύμπιος Ἤστραπτ' ἐβρόντα συνεκύκα τὴν Ἑλλάδα.* — 499 Plut.

doch einmal raubten junge Leute, vom Kottabos
erhitzt, ein Weibstück, Simaetha genannt, aus Megara:
die Megarer drauf, vor Schmerz gehetzten Hähnen gleich,
entführten wieder zwei Menscher der Aspasia,
und so brach von drei liederlichen Dirnen bloss
über alle Griechen dieser schwere Krieg herein.
Da blitzt' und donnerte Perikles der Olympier
in seinem Zorn, und Hellas regt' er auf zum Sturm,
und liess dann ein Gesetz ergeh'n im Skolienstil,
von Land und Markt sei jeder Megarer abzuthun
und nicht zu dulden auf dem Festland und der See.
Da nun den Megarern allgemach der Hunger kam,
so lagen sie den Spartanern an, dass der Beschluss
doch aufgehoben würde wegen des Hurenpacks;
so viel sie aber baten, abgeschlagen ward's,

Per. VIII 2 *αἱ μέντοι κωμῳδίαι τῶν τότε διδασκάλων — ἐπὶ τῷ λόγῳ μάλιστα τὴν προσωνυμίαν* (Olympii) *γενέσθαι δηλοῦσι, βροντᾶν μὲν αὐτὸν καὶ ἀστράπτειν, ὅτε δημηγοροίη κτλ.* Aristid. II 137 4 *νῦν δὲ πῶς ἔνεστι κατηγορεῖν δειλίαν, οὗ τἀναντία ἤδη τινὲς ᾐτιάσαντο; ἃ γοῦν τῆς Ἀριστοφάνους κωμῳδίας παρεθέμεθα ἀρτίως ἐκείνως ἔχοντα, λέγω τὸ ἤστραπτεν ἐβρ. συνεκύκα τ. Ἑλλάδα, Ἐτίθει ν. ὥ. σ. γ., Ὡς χρὴ Μεγαρέας.* Iulian. epist. 2 (p. 374 A) *ζηλοῦντα τὸν Περικλέα κατὰ τοὺς λόγους ἔξω τοῦ συνταράττειν καὶ συγκυκᾶν τὴν Ἑλλάδα.* Georg. Cedren. I 336 B *ὁ δὲ τούτου τροφεὺς Ἀντίοχος κατὰ τὴν κώμῳδίαν ἤστραπτεν ἐβρόντα συνεκύκα τ. Ἑ.* Suid. *Σαλμωνεύς ... ὃς ἀσεβὴς γεγονὼς διὰ μηχανῆς ἤστραπτεν ἐβρόντα συνεκύκα τὰς τῶν ὑπηκόων ψυχάς.* Cic. or. IX 29 qui si tenui genere uteretur, numquam ab Aristophane poeta fulgere tonare permiscere Graeciam dictus esset. Plin. epist. I 20 adde quae de eodem Pericle comicus alter, *ἤστραπτ' ἐβρόντα συνεκύκα τ. Ἑ.* non enim amputata oratio et abscisa, sed lata et magnifica et excelsa tonat fulgurat, omnia denique perturbat ac miscet. Quinctil. XII 10 65 hanc vim et celeritatem in Pericle miratur Eupolis, hanc fulminibus Aristophanes comparat. — 500 Suid. *σκολιόν ... καὶ αὖθις· νόμους ἐτίθει ὥσπερ σκολιὰ γεγραμμένους.* — 501 f. Paroem. II 740 66° *ὡς χρὴ Μεγαρέας μήτ' ἐν γῇ μήτ' ἐν ἀγορᾷ Μήτ' ἐν θ. μ. ἐν ἠ. μένειν. Ἀριστοφάνους Ἀχαρνέων.* — 503 f. Suid. *βάδην ... Ἀριστοφάνης· Μεγαρεῖς, ὅτ' ἐπείνων βάδην, Λακεδαιμονίων ἐδέοντο.*

κἀντεῦθεν ἤδη πάταγος ἦν τῶν ἀσπίδων.
ἐρεῖ τις, οὐ χρῆν· ἀλλὰ τί ἐχρῆν εἴπατε.
φέρ' εἰ Λακεδαιμονίων τις ἐκπλεύσας σκάφει
ἀπέδοτο φήνας κυνίδιον Σεριφίων,
καθῆσθ' ἂν ἐν δόμοισιν; ἢ πολλοῦ γε δεῖ.
καὶ κάρτα μένταν εὐθέως καθείλκετε
τριακοσίας ναῦς· ἦν δ' ἂν ἡ πόλις πλέα
θορύβου στρατιωτῶν, περὶ τριηράρχου βοῆς,
μισθοῦ διδομένου, παλλαδίων χρυσουμένων,
στοᾶς στεναχούσης, σιτίων μετρουμένων,
ἀσκῶν, τροπωτήρων, κάδους ὠνουμένων,
σκορόδων, ἐλαῶν, κρομμύων ἐν δικτύοις,
στεφάνων τριχίδων αὐλητρίδων ὑπωπίων·
τὸ νεώριον δ' αὖ κωπέων πλατουμένων,
τύλων ψοφούντων, θαλαμιῶν τροπουμένων,
αὐλῶν κελευστῶν, νιγλάρων, συριγμάτων.
ταῦτ' οἶδ' ὅτι ἂν ἐδρᾶτε· τὸν δὲ Τήλεφον
οὐκ οἰόμεσθα; νοῦς ἄρ' ἡμῖν οὐκ ἔνι.

ΗΜΙΧΟΡΙΟΝ Α

ἄληθες ὦπίτριπτε καὶ μιαρώτατε;
ταυτὶ σὺ τολμᾷς πτωχὸς ὢν ἡμᾶς λέγειν;
καὶ συκοφάντης εἴ τις ἦν, ὠνείδισας;

ΗΜΙΧΟΡΙΟΝ Β

νὴ τὸν Ποσειδῶ, καὶ λέγει γ' ἅπερ λέγει
δίκαια πάντα, κοὐδὲν αὐτῶν ψεύδεται.

ΗΜΙΧΟΡΙΟΝ Α

εἶτ' εἰ δίκαια, τοῦτον εἰπεῖν αὔτ' ἐχρῆν;
ἀλλ' οὔτι χαίρων ταῦτα τολμήσει λέγειν.

ΗΜΙΧΟΡΙΟΝ Β

οὗτος σὺ ποῖ θεῖς; οὐ μενεῖς; ὡς εἰ θενεῖς
τὸν ἄνδρα τοῦτον, αὐτὸς ἀρθήσει τάχα.

---

509 schol. φέρ' εἰ καὶ Λ. — 510 Suid. φήνας. — 511 Suid. ἢ πολλοῦ γε δεῖ. — 512 ff. schol. ABL Hom. B 153 ἀυτὴ δ' οὐρανὸν ἵκεν· μεγαλοφυῶς ἡ λέξις ηὔξησε τὴν ταραχήν, ἣν κατελεπτολόγησεν Ἀρ. ἐν Ἀχαρνεῦσιν. — 515 Suid. παλλαδίων χρυσουμένων. — 518

und daraus nun entstand der tolle Waffenlärm.
Man spricht: das war nicht nöthig; aber was denn sonst?
Gesetzt ein Sparter, kreuzend auf der See, verkauft
ein Hündchen von Seriphos, das er aufgebracht;
bliebt ihr dann etwa ruhig heim? o weit gefehlt!
Ihr zögt gewiss dreihundert Schiffe gleich in's Meer,
mit Kriegsgeschrei erfüllte sich die Stadt sofort,
von nichts als von Trierenrüstung spräche man,
von Löhnung, auszubessernden Palladien,
gefüllten Speichern, abgemess'nem Proviant,
von Schläuchen, Ruderriemen, wer Gefässe kauft,
von Knoblauch, von Oliven, Zwiebeln in dem Netz,
von Kränzen, Sprotten, Flötenmädchen, Beulen auch,
und auf den Werften würden Ruder zugehau'n,
Nägel gehämmert und die Ruder eingehängt,
von Flöten-Kommando, Pfeifen, Blasen dröhnt' es dort.
Das alles, weiss ich, thätet ihr: und Telephos —
dem sollt's verwehrt sein? o Verblendung ohne Mass!

Erster Halbchor.

Ist's möglich? ha nichtswürd'ger und verruchter Mensch!
als Bettler wagst du solche Worte hier zu uns,
und das Geschäft der Sykophanten lästerst du?

Zweiter Halbchor.

Ja bei Poseidon! und was er gesprochen hat,
ist alles richtig; Unwahrheiten sagt er nicht.

Erster Halbchor.

Und wenn es richtig, muss er's deshalb öffentlich
auch sagen? schlecht bekommt ihm die Verwegenheit.
(eilt auf Dikaeopolis zu.)

Zweiter Halbchor.
(dem ersten entgegen tretend.)

Wohin so schnell, Freund? bleibe steh'n! denn schlägst du mir
den Patrioten, dann sieh du dich selber vor.

Suid. σκοροδίοις . . . καὶ παροιμία σκόροδον ἐν δικτύοις. — 521 Hesych. τύλον. schol. θαλαμίων δὲ τῶν ναυτῶν. — 522 Phot. Suid. νίγλαροι. — 532 Phot. 436 25 ποῖ θεῖς.

ΗΜΙΧΟΡΙΟΝ Α

ἰὼ Λάμαχ᾽ ὦ βλέπων ἀστραπάς,
βοήθησον ὦ γοργολόφα φανείς·
ἰὼ Λάμαχ᾽ ὦ φίλ᾽ ὦ φυλέτα.
εἴτε τις ἔστι ταξίαρχος ἢ στρατηγὸς ἢ
τειχομάχας ἀνήρ, βοηθησάτω
τις ἀνύσας· ἐγὼ γὰρ ἔχομαι μέσος.

ΛΑΜΑΧΟΣ

πόθεν βοῆς ἤκουσα πολεμιστηρίας;
ποῖ χρὴ βοηθεῖν, ποῖ κυδοιμὸν ἐμβαλεῖν;
τίς Γοργόν᾽ ἐξήγειρεν ἐκ τοῦ σάγματος;

ΔΙΚΑΙΟΠΟΛΙΣ

ὦ Λάμαχ᾽ ἥρως, τῶν λόφων καὶ τῶν λόχων.

ΗΜΙΧΟΡΙΟΝ Α

ὦ Λάμαχ᾽, οὐ γὰρ οὗτος ἄνθρωπος πάλαι
ἅπασαν ἡμῶν τὴν πόλιν κακορροθεῖ;

[ΛΑΜΑΧΟΣ

οὗτος σὺ τολμᾷς πτωχὸς ὢν λέγειν τάδε;]

ΔΙΚΑΙΟΠΟΛΙΣ

ὦ Λάμαχ᾽ ἥρως, ἀλλὰ συγγνώμην ἔχε,
εἰ πτωχὸς ὢν εἶπόν τι κἀστωμυλάμην.

ΛΑΜΑΧΟΣ

τί δ᾽ εἶπας ἡμᾶς; οὐκ ἐρεῖς;

ΔΙΚΑΙΟΠΟΛΙΣ

οὐκ οἶδά πω·

---

535 Hesych. *γοργολόφας. ἀπὸ τοῦ λόφου τῆς περικεφαλαίας καὶ τῆς ἀσπίδος. Γοργόνα [δὲ λέγει], ἣν ἐπ᾽ αὐτῆς εἶχεν ὁ Λάμαχος, ἵνα τὸν Λάμαχον εἴπῃ.* — 539 Suid. *μέσον . . . ἐγὼ δ᾽ ἔχομαι μέσος* (*μέσως* BE). — 542 Poll. VII 157 *καὶ λοφοπωλεῖον δὲ ὁ αὐτὸς εἴρηκεν, καὶ σάγμα τὸ ἔλυτρον τὸ τῆς ἀσπίδος.* (Hesych. Phot. 495 26.) Suid.

Erster Halbchor.

Herbei Lamachos, den Blitz in dem Aug'!
o hilf uns, mit deinem Gorgonenhelm!
herbei, Stammgenosse, Freund Lamachos!
Heran, Rottenführer, und wer Kriegeshauptmann heisst,
wer Burgstürmer ist, zum Schutz nah' er mir!
Ach ich erliege. Weh! man packt schon mich an.

Dreizehnte Scene. Die Vorigen. Lamachos kommt in voller Rüstung aus seinem Hause.

Lamachos.

Von wo vernahm ich kriegerischen Waffenruf?
wo soll ich helfen, wo mit Schlachtgetümmel nah'n?
wer hat die Gorgo aus dem Ueberzug geweckt?

Dikaeopolis.

Husch husch! wie schön, Held Lamachos, steht dir der Busch!

Erster Halbchor.

O Lamachos, der Mensch hier — stelle dir nur vor —
er schmäht den ganzen Staat Athens schon lange Zeit.

Lamachos.

Du Bettler unterfängst dich solcher Lästerung?

Dikaeopolis.

Held Lamachos, Verzeihung meiner Dreistigkeit,
wenn ich als Bettler was zu schwatzen mir erlaubt!

Lamachos.

Was war's denn? nur heraus damit!

Dikaeopolis.

Ich weiss es nicht;

σάγμα . . . Ἀριστοφάνης Ἀχαρνεῦσι τίς Γοργόν' ἐξήγειρεν ἐκ τοῦ σάγματος; Et. M. 707 22 *σάγμα παρὰ Ἀριστοφάνει ἀποθήκη τῶν ὅπλων. — 545 Suid. κακορροθεῖ . . . Ἀριστοφάνης ἅπασαν ἡμῶν τὴν πόλιν κ. Hesych. — 547 f. Suid. ἐστωμυλάμην (Zon. I 886) . . ., Ἀριστοφάνης συγγνώμην ἔχε, Εἰ πτωχὸς ὢν εἰπόν τι κἀστ. —

ὑπὸ τοῦ δέους γὰρ τῶν ὅπλων εἰλιγγιῶ.
ἀλλ' ἀντιβολῶ σ' ἀπένεγκέ μου τὴν μορμόνα.

ΛΑΜΑΧΟΣ

ἰδού.

ΔΙΚΑΙΟΠΟΛΙΣ

παράθες νυν ὑπτίαν αὐτὴν ἐμοί.

ΛΑΜΑΧΟΣ

κεῖται.

ΔΙΚΑΙΟΠΟΛΙΣ

φέρε νυν ἀπὸ τοῦ κράνους μοι τὸ πτερόν.

ΛΑΜΑΧΟΣ

τουτὶ πτίλον σοι.

ΔΙΚΑΙΟΠΟΛΙΣ

τῆς κεφαλῆς νύν μου λαβοῦ,
ἵν' ἐξεμέσω· βδελύττομαι γὰρ τοὺς λόφους.

ΛΑΜΑΧΟΣ

οὗτος τί δράσεις; τῷ πτίλῳ μέλλεις ἐμεῖν;
πτίλον γάρ ἐστιν —

ΔΙΚΑΙΟΠΟΛΙΣ

εἰπέ μοι τίνος ποτὲ
ὄρνιθός ἐστιν; ἆρα κομπολακύθου;

ΛΑΜΑΧΟΣ

οἴμ' ὡς τεθνήξεις.

ΔΙΚΑΙΟΠΟΛΙΣ

μηδαμῶς ὦ Λάμαχε.
ἀλλ' οὐ κατ' ἰσχύν ἐστιν· εἰ δ' ἰσχυρὸς εἶ,
τί μ' οὐκ ἀπεψώλησας; εὔοπλος γὰρ εἶ.

---

550 schol. ἰλιγγιῶ, nachher φασὶ δ' ὅτι τὸ μὲν ῥῆμα διφθογγογραφεῖται, τὸ δ' ὄνομα διὰ τοῦ ἰῶτα ἴλιγγος. Suid· εἰλιγγιῶ (Zon. I 645) ... ὑπὸ τοῦ δέους γὰρ εἰλιγγιῶ. vgl. ἰλιγγιᾷ. Hesych. εἰλιγγιᾶν. εἰλιγγιῶν. ἰλιγγιᾶν. — 551 Suid. μορμώ ... Ἀριστοφάνης ἀντιβολῶ σ' ἀπένεγκέ μου (ἀπένεγκαί μου Med.) τὴν μορμόνα. — 553 Suid.

die Furcht vor deiner Rüstung hat mich ganz verwirrt.
Lass dich erbitten, ach entferne das Gespenst!

Lamachos.
(legt den Schild ab.)

Ist's gut so?

Dikaeopolis.

Auf den Rücken, bitt' ich, leg' es hin.

Lamachos.

Auch das!

Dikaeopolis.

Nun gib ein Federchen mir von deinem Helm.

Lamachos.

Hier nimm den Flaum.

Dikaeopolis.

Hält'st du mir jetzt vielleicht den Kopf,
damit ich breche? von dem Helmbusch wird mir schlimm.

Lamachos.

Mensch, bist du toll? zum Brechen wolltest du den Flaum?
Das ist ein Flaum —

Dikaeopolis.

Von welchem Vogel, sage mir,
ist er genommen? wohl vom Prahlhahn, hab' ich Recht?

Lamachos.

Das soll'st du büssen, Schlingel.

Dikaeopolis.

Gnade, Lamachos!
unwürdig wär' es deiner. Doch bist du so stark,
mach' einen Streifzug gegen mich, gewappneter!

φέρε νῦν ἀπὸ τοῦ κράνους μοι τὸ πτερόν. — 558 Suid. κομπολακύθου. Etym. M. 526 41 *κομπολακύθης. ὄνομα ὀρνέου παρὰ Ἀριστοφάνει. — 559 schol. οἶμ' ὡς τεθνήσει: τὸ τέλειόν ἐστιν οἶμαι. Suid. τεθνήσῃ . . . οἴμ' ὡς τεθνήσῃ.

ΛΑΜΑΧΟΣ

ταυτὶ λέγεις σὺ τὸν στρατηγὸν πτωχὸς ὤν;

ΔΙΚΑΙΟΠΟΛΙΣ

ἐγὼ γάρ εἰμι πτωχός;

ΛΑΜΑΧΟΣ

ἀλλὰ τίς γὰρ εἶ;

ΔΙΚΑΙΟΠΟΛΙΣ

ὅστις; πολίτης χρηστός, οὐ σπουδαρχίδης,
ἀλλ' ἐξ ὅτου περ ὁ πόλεμος, στρατωνίδης,
σὺ δ', ἐξ ὅτου περ ὁ πόλεμος, μισθαρχίδης.

ΛΑΜΑΧΟΣ

ἐχειροτόνησαν γάρ με.

ΔΙΚΑΙΟΠΟΛΙΣ

κόκκυγές γε τρεῖς.
ταῦτ' οὖν ἐγὼ βδελυττόμενος ἐσπεισάμην,
ὁρῶν πολιοὺς μὲν ἄνδρας ἐν ταῖς τάξεσιν,
νεανίας δ' οἷος σὺ διαδεδρακότας
τοὺς μὲν ἐπὶ Θρᾴκης μισθοφοροῦντας τρεῖς δραχμάς,
Τισαμενοφαινίππους Πανουργιππαρχίδας,
ἑτέρους δὲ παρὰ Χάρητι, τοὺς δ' ἐν Χάοσιν,
Γερητοθεοδώρους Διομειαλαζόνας,
τοὺς δ' ἐν Καμαρίνῃ κἀν Γέλᾳ κἀν Καταγέλᾳ.

ΛΑΜΑΧΟΣ

ἐχειροτονήθησαν γάρ.

ΔΙΚΑΙΟΠΟΛΙΣ

αἴτιον δὲ τί,
ὑμᾶς μὲν ἀεὶ μισθοφορεῖν ἁμηγέπῃ,
τωνδὶ δὲ μηδέν'; ἐτεὸν ὦ Μαριλάδη,
ἤδη πεπρέσβευκας σὺ πολιὸς ὤν; ἔνη;

---

564 Phrynichus Bekk. an. 63 18 *σπουδαρχίδης*. σημαίνει τὸν σπεύδοντα ἐπὶ τὰς ἀρχάς. Suid. σπουδαρχιάσας . . . καὶ *σπουδαρχίδης*. — 566 Hesych. Phot. 271 22 *μισθαρχίδης*. — 567 Hesych. *κόκκυγες* [γ' add. *L. Dindorf*]. ἐπὶ ὑπονοηθέντων πλειόνων εἶναι, καὶ ὀλίγων ὄντων. — 572 Suid. *Τισαμενοφαινίππους*. — πανοῦργος . . . καὶ *Πανουργιππαρχίδας*. Et. M. 760 4 * *Τισαμενοφαινίππους*. εἶπεν Ἀριστοφάνης. — 574 Suid. *Διόμεια* . . . Ἀριστοφάνης . . . καὶ

Lamachos.

Das sagst du mir dem Feldherrn, Bettler, von Athen?

Dikaeopolis.

Seit wann bin ich denn Bettler?

Lamachos.

Nun was bist du denn?

Dikaeopolis.

Ein guter Bürger, und nicht ein Stellenjägersmann,
vielmehr von Anbeginn des Kriegs ein Landwehrmann,
doch du von Anbeginn des Kriegs ein Söldnersmann.

Lamachos.

Es wählte mich die Stimme.

Dikaeopolis.

Von drei Gimpeln wohl.
Darüber eben mich ärgernd macht' ich meinen Pact,
da ich ergraute Männer mit der Pike sah,
und junge Leute, wie du, entwischt — wer weiss wohin,
nach Thrake für drei Drachmen, einen Tisamenos,
so einen Phaenippos und Gauner wie Hipparchides,
und andre zum Chares oder zu den Chaonern,
Geres, Theodoros, von Diomeia Schwindlervolk,
nach Kamarina, Gela und nach Hohngelach.

Lamachos.

Das Volk hat sie erwählet.

Dikaeopolis.

Aber wie kommt es denn,
dass i h r fortwährend irgendwo Solddienste thut,
von diesen niemals einer? (wendet sich an den Chor.) Sprich Marilades,
warst du bei deinen Jahren schon Gesandter wo?

Διομειαλαζόνας λέγει. — *πανοῦργος . . . καὶ τὸν γέροντα καὶ τὸν φαλακρόν, καὶ τὸν Θεόδωρον. Διομειαλαζόνας δὲ κτλ.* vgl. Et. M. 277 21. — 577 schol. *ἀμηγέπου.* Suid. *ἀμηγέπη . . . Ἀριστοφάνης ὑμᾶς μὲν αἰεὶ* (*ἀεὶ Bernh.*) *μισθ. ἀμηγέποι.* — 578 Suid. *Μαριλάδης.* — 579 Suid. *ἐνή . . . Ἀριστοφάνης Ἀχαρνεῦσιν ἤδη πεπρέσβευκας σὺ πολιὸς ὢν ἔνη;* (*ἓν ἡ* AV Med.)

ἀνένευσε· καίτοι γ᾽ ἐστὶ σώφρων κἀργάτης.
τί δαὶ Δράκυλλος ἢ Εὐφορίδης ἢ Πρινίδης;
εἶδέν τις ὑμῶν τἀκβάταν᾽ ἢ τοὺς Χάονας;
οὔ φασιν· ἀλλ᾽ ὁ Κοισύρας καὶ Λάμαχος,
οἷς ὑπ᾽ ἐράνου τε καὶ χρεῶν πρώην ποτὲ
ὥσπερ ἀπόνιπτρον ἐκχέοντες ἑσπέρας
ἅπαντες ἐξίστω παρῄνουν οἱ φίλοι.

ΛΑΜΑΧΟΣ

ὦ δημοκρατία ταῦτα δῆτ᾽ ἀνασχετά;

ΔΙΚΑΙΟΠΟΛΙΣ

οὐ δῆτ᾽ ἐὰν μὴ μισθοφορῇ γε Λάμαχος.

ΛΑΜΑΧΟΣ

ἀλλ᾽ οὖν ἐγὼ μὲν πᾶσι Πελοποννησίοις
ἀεὶ πολεμήσω καὶ ταράξω πανταχῇ
καὶ ναυσὶ καὶ πεζοῖσι κατὰ τὸ καρτερόν.

ΔΙΚΑΙΟΠΟΛΙΣ

ἐγὼ δὲ κηρύττω γε Πελοποννησίοις
ἅπασι καὶ Μεγαρεῦσι καὶ Βοιωτίοις
πωλεῖν ἀγοράζειν πρὸς ἐμέ, Λαμάχῳ δὲ μή.

---

583 Suid. *Κοισύρα . . . Λάμαχος.* — 584 schol. *οἷς ὑπὲρ ἐράνου.* vgl. 617 *ὑπό τε ἐράνων καὶ ὀφλημάτων.* — 585 Poll. VII 40 *τὸ δὲ τῶν ποδῶν νίπτρον νίπτρα μὲν Αἰσχύλος, Ἀριστοφάνης δὲ ἀπόνιπτρον.* Phryn. 193 Lob. *νίμμα ὁ πολὺς λέγει, ἡμεῖς ἀπόνιπτρον λέγομεν, ὡς Ἀριστοφάνης καὶ οἱ ἀμφ᾽ αὐτόν.* (Thom. M. 3 16.) Ath. IX 409 F *Ἀριστοφάνης· ὥσπερ ἀ. ἐγχέοντες ἑ.* Suid. *ἀπόνιπτρον . . . Ἀριστοφ.*

'Nein', und verständig ist er doch und arbeitsam.
Drakyllos, sag', Euphorides und Prinides,
habt ihr Ekbatana und Chaonien wohl geseh'n?
Sie sagen nein! doch Koesyra's Sohn und Lamachos,
sie kennen's, denen auf Anlass unbezahlter Schuld,
wie wenn man spät das Becken auf die Strasse leert,
noch jüngst die Freund' entgegen riefen: nicht zu nah'!

Lamachos.

O Demokratie, ganz unerträglich ist ja das!

Dikaeopolis.

Wie immer, wenn Lamachos nicht Geld verdienen kann.

Lamachos.

Ich werde stets mit allen Peloponnesiern
Krieg führen, und mit allen Kräften tüchtig sie
in Athem setzen, sei's zu Lande, sei's zur See.

Dikaeopolis.

Ich aber verkünde jetzt den Peloponnesiern
allinsgesamt, Boeotern auch und Megarern
mit mir die Handelsfreiheit, Lamachos schliess' ich aus.

(beide ab.)

ὥσπερ ἀ. ἐκχέοντες ἑ. (Hesych.) Eustath. 1867 26 ποδάνιπτρα δὲ ἢ αὐτὴν λέγει τὴν νίψιν τῶν ποδῶν ἢ τὸ ὕδωρ, ᾧ πόδας νίπτονται, ὃ καὶ ἀπόνιπτρον ἔλεγον, ὡς καὶ ὁ κωμικὸς ἐν Ἀχαρνεῦσι δηλοῖ. — 586 schol. ἅπαντες ἐξίστων, nachher παίζει οὖν πρὸς τὸ ἐξίστω ὄνομα. — 591 Suid. κατὰ τὸ καρτερόν . . . Ἀριστοφάνης καὶ ναυσὶ κτλ.

ΧΟΡΟΣ

ἀνὴρ νικᾷ τοῖσι λόγοισιν καὶ τὸν δῆμον μεταπείθει
περὶ τῶν σπονδῶν. ἀλλ' ἀποδύντες τοῖς ἀναπαίστοις ἐπίωμεν.
ἐξ οὗ γε χοροῖσιν ἐφέστηκεν τρυγικοῖς ὁ διδάσκαλος ἡμῶν,
οὔπω παρέβη πρὸς τὸ θέατρον λέξων ὡς δεξιός ἐστιν·
διαβαλλόμενος δ' ὑπὸ τῶν ἐχθρῶν ἐν Ἀθηναίοις ταχυβούλοις,
ὡς κωμῳδεῖ τὴν πόλιν ἡμῶν καὶ τὸν δῆμον καθυβρίζει,
ἀποκρίνεσθαι δεῖται νυνὶ πρὸς Ἀθηναίους μεταβούλους.
φησὶν δ' εἶναι πολλῶν ἀγαθῶν ἄξιος ὑμῖν ὁ ποιητὴς
παύσας ὑμᾶς ξενικοῖσι λόγοις μὴ λίαν ἐξαπατᾶσθαι,
μήθ' ἥδεσθαι θωπευομένους μήτ' εἶναι χαυνοπολίτας.
πρότερον δ' ὑμᾶς ἀπὸ τῶν πόλεων οἱ πρέσβεις ἐξαπατῶντες
πρῶτον μὲν ἰοστεφάνους ἐκάλουν· κἀπειδὴ τοῦτό τις εἴποι,
εὐθὺς διὰ τοὺς στεφάνους ἐπ' ἄκρων τῶν πυγιδίων ἐκάθησθε·

---

595 schol. ἀνὴρ νικᾷ. — 596 Suid. ἀποδύντες . . . Ἀριστοφάνης ἀλλ' ἀπ. τ. ἀ. ἐ. — 599 Suid. ταχυβούλοις. — 603 Suid. ξενικοῖς . . . Ἀριστοφάνης παύσας ἡμῖν (ὑμᾶς A ἡμᾶς V) ξενικοῖσι λόγοισι μ. λ. ἐ. — 604 Suid. χαυνοπολίτας. — 606 f. Phryn. Bekk. an. 39 32 ἐπ'

Parabasis.

Chor.

Der Mann dringt durch mit der Schärfe des Worts, und stimmt das Volk sich geneigter
und seinem Vertrag. Die Mäntel jetzt ab! wir beginnen die Chor-Anapaeste.
Unser Meister, seitdem mit trygischem Chor er hier die Bühne betreten,
noch nie an's Publicum hat er das Wort in eigener Sache gerichtet;
doch da ihn die Feinde gehässig verklagt bei Athens schnell fertigem Volke,
dass er über den Staat sich lustig gemacht und die Bürgerschaft kühnlich beleidigt,
so muss er hiermit sich erklären darauf vor Athens reumüthigem Volke.
Es glaubt sich der Dichter zu reichlichem Dank aus eurer Mitte berechtigt,
denn er hat sich bemüht, dass weniger leicht ihr den fremden Betrügern euch preis gebt,
auch nicht der schmeichelnden Reden euch freut und nicht so eitel euch blähet.
Sonst kamen aus anderen Städten hierher die Gesandten und redeten trüglich
von dem veilchenbekränzten Athen euch zuerst, und hattet ihr das nur vernommen,
da schwebtet ihr wegen der Kränze sogleich auf der äussersten Spitze des Sitztheils,

---

ἄκρων. κάθησθε τῶν πυγιδίων. Suid. πυγιδίων . . . Ἀριστοφάνης εἰ γάρ τις εἴποι ἰοστεφάνους, εὐθὺς ἐπ' ἄκρων πυγιδίων κάθησθε.

εἰ δέ τις ὑμᾶς ὑποθωπεύσας λιπαρὰς καλέσειεν Ἀθήνας,
εὕρετο πᾶν ἂν διὰ τὰς λιπαρὰς ἀφύων τιμὴν περιάψας.
ταῦτα ποιήσας πολλῶν ἀγαθῶν αἴτιος ὑμῖν γεγένηται
καὶ τοὺς δήμους ἐν ταῖς πόλεσιν δείξας ὡς δημοκρατοῦνται.
τοιγάρτοι νῦν ἐκ τῶν πόλεων τὸν φόρον ὑμῖν ἀπάγοντες
ἥξουσιν ἰδεῖν ἐπιθυμοῦντες τὸν ποιητὴν τὸν ἄριστον,
ὅστις παρεκινδύνευσ' εἰπεῖν ἐν Ἀθηναίοις τὰ δίκαια.
οὕτω δ' αὐτοῦ περὶ τῆς τόλμης ἤδη πόρρω κλέος ἥκει,
ὅτε καὶ βασιλεὺς Λακεδαιμονίων τὴν πρεσβείαν βασανίζων
ἠρώτησεν πρῶτα μὲν αὐτοὺς, πότεροι ταῖς ναυσὶ κρατοῦσιν,
εἶτα δὲ τοῦτον τὸν ποιητήν, ποτέρους εἴποι κακὰ πολλά·
τούτους γὰρ ἔφη τοὺς ἀνθρώπους πολὺ βελτίους γεγενῆσθαι
καὶ τῷ πολέμῳ πολὺ νικήσειν, τοῦτον ξύμβουλον ἔχοντας.
διὰ ταῦθ' ὑμᾶς Λακεδαιμόνιοι τὴν εἰρήνην προκαλοῦνται
καὶ τὴν Αἴγιναν ἀπαιτοῦσιν· καὶ τῆς νήσου μὲν ἐκείνης
οὐ φροντίζουσ', ἀλλ' ἵνα τοῦτον τὸν ποιητὴν ἀφέλωνται.
ἀλλ' ὑμεῖς τοι μήποτ' ἀφῆθ', ὡς κωμῳδήσει τὰ δίκαια.
φησὶν δ' ὑμᾶς πολλὰ διδάξειν ἀγάθ', ὥστ' εὐδαίμονας εἶναι,

608 f. Suid. θωπεύει ... καὶ Ἀριστοφάνης εἰ δέ τις ὑμᾶς ὑ. λ. κ. Ἀ., Εὕρε τὸ πᾶν ἂν δ. τ. λ. ἀφύων (ἀφύας E m. sec.) τ. π. — λιπαρά ... Ἀριστ. εἰ δέ τις (εἴ τις ABVE Med.) ἡμᾶς (ὑμᾶς AE) ὑ. λ. καλέσειεν (καλέσειε τὰς ABVE Med.) Ἀ., Εὕρε τὸ πᾶν ἂν ἀφύων

und nannten die Schmeichler darauf euch gar das fette Athen und das reiche,
so erlangten mit dem Wort jegliches sie, mit Sardellenbutter euch salbend.
Da er dieses gethan, hat er sicherlich euch sehr viel des Guten erwiesen,
und da er gezeigt, wie die Demokratie die Bundesstädte beglücke.
Und kommen die fremden Gesandten nun her, den Tribut zu entrichten der Städte,
da werden sie alle den Dichter zu seh'n den trefflichen eifrig begehren,
der vor den Athenern für Wahrheit und Recht zu sprechen den Muth sich genommen.
So weit ist der Ruf seiner Kühnheit schon zu den andern Völkern gedrungen;
hat doch der König der Perser sogar wohl prüfend der Sparter Gesandtschaft
zuerst zwar gefragt, ob sie oder wir zur See die mächtigsten wären,
dann aber nach unserem Dichter geforscht, ob Sparta, ob euch er jetzt tadle;
denn viel besser, so meint' er, muss ja das Volk, das ihn hört, allezeit werden,
und im Kriege den Sieg erringen mit Macht, da es dieser so weislich berathe.
Und darum verlangt auch Sparta so sehr, glaubt uns, nach Frieden und Ruhe,
und fordert Aegina wieder von euch, nicht weil ihm so viel an der Insel
gelegen ist, unseres Dichters Person nur möcht' es für sich wohl gewinnen.
Doch gebt ihn ja nicht heraus! er wird hier stets das Gerechte nur sagen
und gedenkt euch Gutes von vielerlei Art noch zu weisen zu euerem Glücke

---

τ. π. — 609 schol. εὗρε τὸ π. Suid. ἀφύα . . . Ἀριστοφάνης εὗρε τὸ πᾶν διὰ (πᾶν ευ δίω ABE) τὰς λ. ἀφύων (ἀφύας E Med.) τ. π. Hesych. ἀφύων τιμή. Paroem. I 187 2 II 321 3. — 621 schol. διὰ τοῦθ' ὑμᾶς (ἡμᾶς R) Λακεδαιμονίους.

οὐ θωπεύων οὐδ' ὑποτείνων μισθοὺς οὐδ' ἐξαπατύλλων

οὐδὲ πανουργῶν οὐδὲ κατάρδων, ἀλλὰ τὰ βέλτιστα διδάσκων.

πρὸς ταῦτα Κλέων καὶ παλαμάσθω
καὶ πᾶν ἐπ' ἐμοὶ τεκταινέσθω·
τὸ γὰρ εὖ μετ' ἐμοῦ, καὶ τὸ δίκαιον
ξύμμαχον ἔσται· κοὐ μήποθ' ἁλῶ
περὶ τὴν πόλιν ὢν ὥσπερ ἐκεῖνος
δειλὸς καὶ λακαταπύγων.

ΣΤΡΟΦΗ

δεῦρο μοῦσ' ἐλθὲ φλεγυρά, πυρὸς ἔχουσα μένος, ἔντονος ἀχαρνική.
οἷον ἐξ ἀνθράκων πρινίνων
φέψαλος ἀνήλατ' ἐρεθιζόμενος οὐρίᾳ ῥιπίδι,
ἡνίκ' ἂν ἐπανθρακίδες ὦσι παρακείμεναι,
οἱ δὲ θασίαν ἀνακυκῶσι λιπαράμπυκα,
οἱ δὲ μάττωσιν· οὕτω σοβαρὸν ἐλθὲ μέλος εὔτονον ἀγροικότερον
ὡς ἐμὲ λαβοῦσα τὸν δημότην.

οἱ γέροντες οἱ παλαιοὶ μεμφόμεσθα τῇ πόλει.
οὐ γὰρ ἀξίως ἐκείνων, ὧν ἐναυμαχήσαμεν,
γηροβοσκούμεσθ' ὑφ' ὑμῶν, ἀλλὰ δεινὰ πάσχομεν·
οἵτινες γέροντας ἄνδρας ἐμβαλόντες ἐς γραφὰς
ὑπὸ νεανίσκων ἐᾶτε καταγελᾶσθαι ῥητόρων
οὐδὲν ὄντας, ἀλλὰ κωφοὺς καὶ παρεξηυλημένους,

οἷς Ποσειδῶν ἀσφάλειός ἐστιν ἡ βακτηρία.

---

626 schol. οὔθ' ὑποτίνων. Suid. ὑποτείνων ... οὐ θωπεύων οὐδ' ὑ. μ. οὐδ' ἐξαπατύλλων (ἐξαπατύλλοις *V). — 627 schol. οὔτε κατάρδων. Suid. κατάρδων ... Ἀριστοφάνης ... οὔτε κατ. ἀλλὰ τ. β. δ. — 633 Phot. 203 5 καὶ λακκαταπύγων, ὁ ἄγαν καταπύγων. — 634 Suid. φλεγυρά ... Ἀριστοφάνης δεῦρο μοῦσ' ἐ. φ. προσέχουσα (πυρὸς ἔχουσα B Ox.) μένος. Hesych. — 636 Suid. οὐρίᾳ ῥιπίδι ἀνήλατο φέψαλος ἐρεθιζόμενος. — 637 Poll. VI 55

nicht mit Schmeicheln, auch mit Versprechungen nicht, und nicht mit falschem Gerede,
mit Intriguen und heuchelnder Süssigkeit nicht, vielmehr mit bester Ermahnung.

Da wehre sich Kleon, so viel er nur will,
und verfolge mich immer mit allerlei List:
Mitstreiterin soll die Gerechtigkeit
und die Tugend mir sein; nie wird es gescheh'n,
dass wie jener ich feig im Dienste des Staats
und als schuftigen Kerl mich erweise.

Strophe.

Nahe dich, Muse, voll des flammenden Feuergeistes, festen Schritts, Acharnerin;
wie man aus Eichenkohlen Dampfgewölk
funkensprühend wallen sieht, von des Blasebalges Hauch angefacht,
wenn zum Rösten Fische man gelegt hat auf den Kohlenherd,
schön im Topf die Sauce wird dazu gequirlt die thasische,
und gestippt dann mit Lust, so ein hurtig Liedchen bringe, recht im derben Bauerton
fest erklingend deinem Landsmanne her.

Uns den Greisen, hochbetagten, giebt die Stadt zur Klage Grund,
denn nicht unsrer Thaten würdig in den Schlachten auf der See
pflegt ihr uns im hohen Alter, sondern ihr misshandelt uns,
da ihr uns mit weissen Haaren vor Gericht noch ziehen lasst,
dass wir dort blutjungen Rednern zum Gespött und Hohne sind,
nichts als Schatten, stumpf und kraftlos, pfeifend auf dem letzten Loch,
deren schützender Poseidon einzig ihre Krücke ist.

ἐπανθρακίδας δὲ τὰ ἐπηνθρακωμένα ἰχθύδια. (Hesych.) Suid. ἀνθρακιά ... καὶ ἀνθρακίδες. — 638 schol. ἀνακυκλῶσιν. Suid. Θασίαν κυκῶσι λιπαράμπυκα. — 639 schol. ἀγροικότονον. — 646 Suid. παρεξηυλημένον νοῦν ... Ἀριστοφάνης οὐδὲν ὄντας, ἀλλὰ κ. κ. π. Phot. 396 1. vgl. Hesych. παρεξηυλημένος. Paroem. I 146 18 294 2 II 600 14 Zon. I 780 ἐξηυλημένα καὶ παρηυλημένα.

τονθορύζοντες δὲ γήρᾳ τῷ λίθῳ προσέσταμεν,
οὐχ ὁρῶντες οὐδέν, εἰ μὴ τῆς δίκης τὴν ἠλύγην·
ὁ δὲ νεανίας ἑαυτῷ σπουδάσας ξυνηγορεῖν
ἐς τάχος παίει, ξυνάπτων στρογγύλοις τοῖς ῥήμασιν·
κᾆτ' ἀνελκύσας ἐρωτᾷ, σκανδάληθρ' ἱστὰς ἐπῶν,
ἄνδρα Τιθωνὸν σπαράττων καὶ ταράττων καὶ κυκῶν·
ὃ δ' ὑπὸ γήρως μασταρύζει κᾆτ' ὀφλὼν ἀπέρχεται,
εἶτ' ἀλύει καὶ δακρύει καὶ λέγει πρὸς τοὺς φίλους·

οὗ μ' ἐχρῆν σορὸν πρίασθαι, τοῦτ' ὀφλὼν ἀπέρχομαι.

ΑΝΤΙΣΤΡΟΦΗ

ταῦτα πῶς εἰκότα, γέροντ' ἀπολέσαι πολιὸν ἄνδρα περὶ
κλεψύδραν,
πολλὰ δὴ ξυμπονήσαντα καὶ
θερμὸν ἀπομορξάμενον ἀνδρικὸν ἱδρῶτα δὴ καὶ πολύν,

ἄνδρ' ἀγαθὸν ὄντα Μαραθῶνι περὶ τὴν πόλιν;
εἶτα Μαραθῶνι μὲν ὅτ' ἦμεν, ἐδιώκομεν·
νῦν δ' ὑπ' ἄνδρῶν πονηρῶν σφόδρα διωκόμεθα κᾆτα πρὸς
ἁλισκόμεθα.
πρὸς τάδε τίς ἀντερεῖ Μαρψίας;

τῷ γὰρ εἰκὸς ἄνδρα κυφὸν ἥλικον Θουκυδίδην
ἐξολέσθαι συμπλακέντα τῇ Σκυθῶν ἐρημίᾳ
τῷδε τῷ Κηφισοδήμῳ τῷ λάλῳ ξυνηγόρῳ;

---

648 Suid. λίθῳ ... Ἀριστοφάνης τονθορύζοντες δὲ γήρᾳ (τῷ γ. ABVE Med.) τ. λ. π. vgl. Et. M. 762 1 Phot. 569 1. 594 26 Thom. M. 352 17. — 649 Suid. ἠλύγη ... Ἀριστ. Ἀχαρνεῦσιν οὐδὲν ὁρῶντες εἰ μὴ τ. δ. τ. ἠ. vgl. Hesych. Phot. 67 9 Arcad. 105 7 τὸ ἀλέγη (l. ἠλύγη) ἡ σκιά. — 650 f. Suid. παίειν ... Ἀριστ. Ἀχαρνεῦσιν ὁ δὲ νεανίας ἐς τάχος παίει στρογγύλοις τ. ῥήμασι. — 651 Suid. ἐς τάχος γράφει ... καὶ ἐς τάχος παίει. — στρογγύλοις ... Ἀριστοφάνης ἐς τάχος παίει ξ. στρ. τ. ῥήμασι. — 652 schol. τὸ δὲ ὑπερβατὸν οὕτως, κᾆτ' ἀνελκύσας σκανδαληθριστὰς ἐρωτᾷ ἡμᾶς. — διχῶς ἀναγινώσκεται· ὑφ' ἕν, ἵν' ᾖ σκανδαληθριστάς, ἢ ἀπόστροφος ἐν τῷ ρ κτλ. Suid. σκανδάληθρα ... Ἀριστοφάνης κᾆτ' ἀνελκύσας ἐρωτᾷ σκ. ἱ. ἐ. Phot. 516 1 σκανδάληθρ' ἱστὰς ἐπῶν. Κρατῖνος. Hesych. σκανδάληθρ' ἱστάς. vgl. Etym. M. 715 45. Zon. II 1654. — 653 Phot. Τιθωνόν ... Ἀριστοφάνης ἄν. Τ. ταράττων κ. σπαράτ-

Murmelnd in den Bart vor Alter steh'n wir dort am Rednerstein,
nichts erkennend mit den Augen, als des Rechts Verfinsterung;
doch der junge Herr Verkläger, der die Rede wohl studirt,
im Geschwindtakt schlägt er zu und dringt gemess'nen Wortes vor,
hetzt uns hin und her mit Fragen, stellt uns Fallen rechts und links,
zerrt den wankenden Tithonos, quälet und verwirrt ihn ganz,
bis den altersgrauen Stammler er zum Zahlen sieht verdammt.
Der bringt schluchzend dann und weinend vor die Seinen den Bericht:
'was zum Sarg ich sparen müsste, bin zu zahlen ich verdammt.'

Gegenstrophe.

Ist das wohl billig, bei der Wasseruhr altersschwachen Männern so mitzuspielen,
die sich's haben Mühe kosten lassen und
bei der Arbeit vielen sauren Schweiss sich oft von der Stirn abgewischt,
Männern, die bei Marathon kämpften für die Vaterstadt?
Ja als wir bei Marathon stritten, da verfolgten wir,
aber jetzt werden wir von Taugenichtsen hart verfolgt und gefangen obenein.
Spricht für uns denn kein Wort ein Marpsias?

Sprecht, wie ziemt sich's, dass gebückte Greise wie Thukydides
schwer bedrängt zum Opfer fallen skythischer Verlassenheit,
diesem Schuft Kephisodemos, der so gern den Kläger macht?

των κ. κ. Suid. ἄνδρα Τιθωνὸν σπ. καὶ ταρ. κ. κ. — Τιθωνοῦ γῆρας ... Ἀριστοφάνης ἄνδρα Τιθ. κτλ. Et. M. 758 28 Τιθωνός ... σημαίνει καὶ τὸν γέροντα παρὰ Ἀριστοφάνει. Eust. 825 63 ἡ δὲ παροιμία ἐπὶ δυστυχῶν γερόντων τίθησι τὸ τοῦ Τιθωνοῦ ὄνομα, ὡς δηλοῖ ὁ εἰπὼν γέροντα ἄνδρα Τ. σπαρ. κ. ταρ. κ. κ. — 654 Suid. μασταρύζει ... Ἀριστ. ὃ δ' ὑπὸ γήρως μ. Phot. 248 16. — 655 schol. λύζει· ἐὰν μὲν διὰ τοῦ ζ, ὀλολύζει· ἐὰν δὲ χωρὶς τοῦ ζ. ἀλύει, τουτέστιν ἀδημονεῖ. Suid. λύζει ... εἶτα λύζει καὶ δακρ. κ. λ. π. τ. φ. (vgl. Galen. expl. voc. Hippocr. ἀλύζει.) — 656 Suid. ὄφλων ... οὔ μ' ἐχρῆν σορὸν πρ., τ. ὄφλων ἀπ. (schol.) — 662 Suid. (schol.) προσαλισκόμεθα ... κᾆτα προσαλισκόμεθα (προσαλισκόμεσθα A). — 663 Suid. Μαρψίας ... Ἀριστοφάνης πρὸς τάδε τίς ἀντερεῖ Μαρψίας; Eudocia p. 301. — 664 Hesych. κυφόν. καμπύλον, κυρτόν. διὰ γῆρας ἐπικεκυρτωμένον.

ὥστ' ἐγὼ μὲν ἠλέησα κἀπεμορξάμην ἰδὼν
ἄνδρα πρεσβύτην ὑπ' ἀνδρὸς τοξότου κυκώμενον·
ὃς μὰ τὴν Δήμητρ', ἐκεῖνος ἡνίκ' ἦν Θουκυδίδης,
οὐδ' ἂν αὐτὴν τὴν Ἀχαίαν ῥᾳδίως ἠνέσχετο,
ἀλλὰ κατεπάλαισε μέν γ' ἂν πρῶτον Εὐάθλους δέκα,
κατεβόησε δ' ἂν κεκραγὼς τοξότας τρισχιλίους,
περιετόξευσεν δ' ἂν αὐτοῦ τοῦ πατρὸς τοὺς ξυγγενεῖς.
ἀλλ' ἐπειδὴ τοὺς γέροντας οὐκ ἐᾶθ' ὕπνου τυχεῖν,
ψηφίσασθε χωρὶς εἶναι τὰς γραφάς, ὅπως ἂν ᾖ
τῷ γέροντι μὲν γέρων καὶ νωδὸς ὁ ξυνήγορος,
τοῖς νέοισι δ' εὐρύπρωκτος καὶ λάλος χὠ Κλεινίου.
κἀξελαύνειν χρὴ τὸ λοιπόν, κἂν φύγῃ τις, ζημιοῦν
τὸν γέροντα τῷ γέροντι, τὸν νέον δὲ τῷ νέῳ.

667 f. Hesych. ἀπεμορξάμην. ἐδάκρυσα. Suid. ἀπεμορξάμην . . . ὥστ' ἐγὼ κτλ. bis τοξότου κοιμώμενον (κυκώμενον Vat. ABCE). — 668 schol. ἐπ' ἀνδρὸς τοξότου. — 670 schol. Ἀχαιὰν. Suid. Ἀχαία . . . Ἀριστοφάνης οὐδ' (οὐκ CV) ἂν τὴν Ἀχαίαν (Ἀρχαίαν *V) κατεδέξατο . . . . ὁ δὲ νοῦς, οὐκ ἠνέσχετο ἂν οὐδὲ τὴν Ἀχαίαν αὐτήν. Bekker anecd. 473 (Bachm. I 174 24) Ἀχαία. ἐπίθετον Δήμητρος . . .

Das ging mir zu Herzen, und ich musste weinen, da ich sah,
wie der Schelm von einem Schützen diesen Greis misshandelte,
der wahrhaftig bei Demeter, als er noch Thukydides,
solches nicht sich hätte bieten lassen von Achaea selbst,
sondern er hätte zehn Euathlos gleich zu Anfang niedergeboxt,
hätte mit mächt'ger Stimme dann dreitausend Schützen überschrie'n,
niedergeschossen noch die ganze Vatersippe solcher Kerls.
Aber da ihr uns den Greisen nicht des Schlafs Erquickung gönnt,
o so lasst doch unsre Händel von den andern abgetrennt,
dass wer zahnlos ist, ein Greis nur, einen Greis verklagen darf,
doch die Jungen die unverschämten Schwätzer, so ein Klinias-Sohn;
und so ängst'ge denn in Zukunft und bestrafe nöth'genfalls
jedesmal ein Greis den Greisen, junge Leute Jugendkraft.

Ἀριστ. ἐν Ἀχαρνεῦσιν οὐδ' ἂν α. τ. Ἀ. ῥ. ἠνέσχετο. Et. M. 180 36 οὐδ' ἂν . . . ἠνέσχετ' ἄν. Etym. Orion. 18 22 Ἀχαΐα. ἡ Δημήτηρ· μέμνηται τοῦ ὀνόματος Ἀριστοφάνης. (vgl. append. 186 1. Etym. Gud. 98 55. Hesych.) — 671 schol. Vesp. 592 Εὔαθλος ῥήτωρ συκοφάντης, οὗ μνημονεύει καὶ ἐν Ἀχαρνεῦσι.

ΔΙΚΑΙΟΠΟΛΙΣ

ὅροι μὲν ἀγορᾶς εἰσιν οἵδε τῆς ἐμῆς.
ἐνταῦθ' ἀγοράζειν πᾶσι Πελοποννησίοις
ἔξεστι καὶ Μεγαρεῦσι καὶ Βοιωτίοις,
ἐφ' ᾧτε πωλεῖν πρὸς ἐμέ, Λαμάχῳ δὲ μή.
ἀγορανόμους δὲ τῆς ἀγορᾶς καθίσταμαι
τρεῖς τοὺς λαχόντας τούσδ' ἱμάντας ἐκ Λεπρῶν.
ἐνταῦθα μήτε συκοφάντης εἰσίτω ,
μήτ' ἄλλος, ὅστις φασιανός ἐστ' ἀνήρ.
ἐγὼ δὲ τὴν στήλην, καθ' ἣν ἐσπεισάμην,
μέτειμ', ἵνα στήσω φανερὰν ἐν τἀγορᾷ.

ΜΕΓΑΡΕΥΣ

ἀγορὰ 'ν Ἀθάναις χαῖρε Μεγαρεῦσιν φίλα·
ἐπόθουν τυ ναὶ τὸν φίλιον ᾇπερ ματέρα.

ἀλλ ὦ πονηρὰ κόρια κἀθλίου πατρός,
ἄμβατε ποττὰν μάδδαν, αἴ χ' εὕρητέ πᾳ.
ἀκούετον δή, ποτέχετ' ἐμὶν τὰν γαστέρα.
πότερα πεπρᾶσθαι χρῄδδετ' ἢ πεινῆν κακῶς;

ΚΟΡΑ

πεπρᾶσθαι πεπρᾶσθαι.

ΜΕΓΑΡΕΥΣ

ἐγώνγα καὐτός φαμι. τίς δ' οὕτως ἄνους,

---

684 f. schol. Vesp. 1407 πρὸς τοὺς ἀγορανόμους· τοὺς ἐπισκοποῦντας τὰ τῆς πόλεως ὤνια καὶ διοικοῦντας αὐτά, ὡς ἐν Ἀχαρνεῦσιν. Suid. ἀγορανομίας . . . Ἀριστ. Ἀχαρν. ἀγορανόμους δὲ τῆς κτλ. bis τοὺς δ' ἱμ. ἐκ Λ. — 685 schol. τοὺς δ' ἱμ. ἐκ λεπρῶν. — 687 Phot. 642 5

Vierzehnte Scene. Dikaeopolis tritt auf und steckt den Raum seines Marktes ab.

Dikaeopolis.

Seht her! dies sind die Grenzen meines Marktgebiets.
An diesem Platz ist allen Peloponnesiern
erlaubt zu handeln, auch Boeotern und Megarern,
wenn sie an mich verkaufen; Lamachos schliess' ich aus.
Zu Marktaufsehern aber setz' ich hiermit drei
vom Loos getroff'ne Riemen ein aus Gerberau.
Doch nimmer darf ein Sykophant dem Orte nah'n
noch sonst ein Mitglied von der Schnüffelcompagnie.
Nun will ich aber die Säule, wo der Vertrag drauf steht,
erst holen, dass sie auf offnem Markt zu sehen ist.

(geht ins Haus.)

Fünfzehnte Scene. Auf der linken Seite der Orchestra erscheint ein **Megarer** mit zwei kleinen Töchtern, und spricht:

Markt in Athen, den Megarern freundlich, sei gegrüsst!
wie nach der Mutter sehnt' ich mich nach dir, bei Gott.

(steigt zum Prosenium hinauf, die Kinder ihm nach.)

Nun Schmerzenskinder ihr des armen Vaters, kommt
und schnappt nach Brod, wenn was zu finden euch gelingt.
Hört, was ich sage; zeigt mal euren Bauch mir her!
Wollt ihr verkauft sein oder zieht ihr's Hungern vor?

Mädchen.

Verkauft sein! verkauft sein!

Megarer.

Das war auch meine Meinung; aber wer ist so dumm,

φασιανός. συκοφάντης, παρὰ τὴν φάσιν ἢ τὸ φαίνειν. — 693 schol. ἀμβᾶτε, nachher ἐμβᾶτε. Suid. μάδδαν. — 694 schol. ἀκούετον δή ποτ'. — 697 Eust. 695 27 Δωριεῖς μέντοι καὶ ἄλλως τὸ ἐγώ σὺν τῷ ν προφέρονται, ὡς δῆλον ἐκ τοῦ ἔγωνγα, ἤγουν ἔγωγε.

ὅς ὑμέ κα πρίαιτο φανερὰν ζαμίαν;
ἀλλ' ἔστι γάρ μοι μεγαρικά τις μαχανά·
χοίρους γὰρ ὑμὲ σκευάσας φασῶ φέρειν.
περίθεσθε τάσδε τὰς ὁπλὰς τῶν χοιρίων.
ὅπως δὲ δοξεῖτ' ἦμεν ἐξ ἀγαθᾶς ὑός·
ὡς ναὶ τὸν Ἑρμᾶν αἴπερ ἵξεῖτ' οἴκαδις,
τὰ πρᾶτα πειρασεῖσθε τᾶς λιμοῦ κακῶς.
ἀλλ' ἀμφίθεσθε καὶ ταδὶ τὰ ῥυγχία,
κἤπειτεν ἐς τὸν σάκκον ὧδ' ἐσβαίνετε.
ὅπως δὲ γρυλλιξεῖτε καὶ κοΐξετε
χήσεῖτε φωνὰν χοιρίων μυστηρικῶν.
ἐγὼν δὲ καρυξῶ Δικαιόπολιν ὅπᾳ.
Δικαιόπολι ἦ λῇς πρίασθαι χοιρία;

ΔΙΚΑΙΟΠΟΛΙΣ

τί ἀνὴρ μεγαρικός;

ΜΕΓΑΡΕΥΣ

ἀγοράσοντες ἵκομες.

ΔΙΚΑΙΟΠΟΛΙΣ

πῶς ἔχετε;

ΜΕΓΑΡΕΥΣ

διαπεινᾶμες αἰεὶ ποττὸ πῦρ.

ΔΙΚΑΙΟΠΟΛΙΣ

ἀλλ' ἡδύ τοι νὴ τὸν Δί', ἢν αὐλὸς παρῇ.
τί δ' ἄλλο πράττεθ' οἱ Μεγαρῆς νῦν;

ΜΕΓΑΡΕΥΣ

οἷα δή.
ὅκα μὲν ἐγὼν τηνῶθεν ἐμπορευόμαν,

---

698 Hesych. ζαμία. βλάβη. ζημία. — 699 schol. μηχανά. Suid. ἀλλ' ἔστιν ἡμῖν μεγαρική τις μηχανή. — μεγαρικαὶ Σφίγγες. — 701 Suid. ὁπλή ... Ἀριστοφάνης δὲ ἐπὶ τῶν χοιρίων ὁπλὴν εἴρηκε. — 702 Suid. ὗς ... ὅπως δὲ δόξητ' ἦμεν (δόξη τῇ μὲν V) ἀγαθὰ συός. vgl. σῦς. — 703 schol. εἴπερ ἵξετ' οἴκαδες. — 704 Grammaticus in cod. Paris. 346, von Bekker bekannt gemacht, zu Etym. M. 566 10 (παρὰ δὲ τοῖς Δωριεῦσι θηλυκῶς ἡ λιμός): ἠπειράσασθε δὲ τᾶς λι-

sich euch zu kaufen zu Kreuz und Pein ganz offenbar?
Da weiss ich einen herrlichen Kniff von Megara:
als Schweinchen costümir' ich euch und biet' euch aus.
Da, zieht die Ferkelklauen über die Fingerchen!
Doch zeigt euch ja als Kinder einer tücht'gen Sau;
denn — das weiss Hermas — kommt nach Haus' ihr wiederum,
kriegt ihr zu kosten des Hungers allerhöchstes Mass.
Die kleinen Rüssel legt euch auch hübsch an den Mund
und steigt geschwind mir hier in diesen Sack hinein.
Und grunzt und quickt mir ordentlich, bitt' ich mir aus,
und macht in allem nur den Opferferkeln nach.
Doch jetzt will ich den Dikaeopolis rufen. He!
Dikaeopolis, hast du Schweinchen zu kaufen etwa Lust?

Sechzehnte Scene. Die Vorigen. Dikaeopolis (aus dem Hause tretend).

Dikaeopolis.

Was will der Megarer?

Megarer.

Nun, zum Handeln kam ich her.

Dikaeopolis.

Wie lebt ihr denn?

Megarer.

Ei uns kneift der Magen beim Feuerschein.

Dikaeopolis.

Ihr kneipt? ein hübsches Leben, fehlt nicht Flötenklang.
Im übrigen aber, was macht ihr Megarer jetzt?

Megarer.

Nun denn,
grad' als von Haus' ich auf den Weg mich her begab,

μοῖ κακᾶς. — 705 schol. ἄμεινον δὲ ἀντὶ τοῦ γράφειν ταδί, τὰ δή. δωρίζει γάρ. — 706 (vgl. 783) Phryn. 257 Lob. σάκκος. Δωριεῖς διὰ τῶν δύο κκ, Ἀττικοὶ δὲ δι' ἑνός. Moer. 209 27 Phot. 497 10 Thom. M. 344 14 Eust. 940 18. — 707 vgl. Phryn. 101 Thom. M. 74 4 Hesych. κοΐζειν. τὰ χοιρίδια μιμητικῶς λέγεται. — 708 Suid. χοιρίων μυστηρικῶν. — 711 schol. ἀγοράσοντες ἥκομες. — 712 Suid. διαπεινῶμεν ἀεὶ πρὸς τὸ πῦρ.

ἄνδρες πρόβουλοι τοῦτ' ἔπρασσον τᾷ πόλει,
ὅπως τάχιστα καὶ κάκιστ' ἀπολοίμεθα.

ΔΙΚΑΙΟΠΟΛΙΣ

αὐτίκ' ἄρ' ἀπαλλάξεσθε πραγμάτων.

ΜΕΓΑΡΕΥΣ

σά μάν;

ΔΙΚΑΙΟΠΟΛΙΣ

τί δ' ἄλλο Μεγαροῖ; πῶς ὁ σῖτος ὤνιος;

ΜΕΓΑΡΕΥΣ

παρ' ἁμὲ πολυτίματος ᾇπερ τοὶ θεοί.

ΔΙΚΑΙΟΠΟΛΙΣ

ἅλας οὖν φέρεις;

ΜΕΓΑΡΕΥΣ

οὐχ ὑμὲς αὐτῶν ἄρχετε;

ΔΙΚΑΙΟΠΟΛΙΣ

οὐδὲ σκόροδα;

ΜΕΓΑΡΕΥΣ

ποῖα σκόροδ', ὑμὲς τῶν ἀεί,
ὄκκ' ἐσβάλητε, τὼς ἀρωραῖοι μύες
πάσσακι τὰς ἄγλιθας ἐξορύσσετε;

ΔΙΚΑΙΟΠΟΛΙΣ

τί δαὶ φέρεις;

ΜΕΓΑΡΕΥΣ

χοίρους ἐγώνγα μυστικάς.

---

718 (745) Gregor. Cor. dial. Dor. 236 (vgl. 212) **τὸ τί μήν σαμάν λέγουσι.** (nach Herodian ist aber *σά* gleich *τίνα.* Et. M. 157 48. Eust. 148 38. 813 41. *Ahrens* Dor. 277.) — 719 Suid. **τί δ' ἄλλο Μεγαροῖ;** — 720 Gregor. Cor. dial. 237 **καὶ τὸ παρ' ἡμᾶς παρ' ἁμέ φασιν.** — 721 f. Gregor. Cor. 238 **ἀντὶ τοῦ ὑμεῖς ὑμές ἐκφέρουσι.** — 722–724 Gregor. Cor. 243 **τὸ ὡς τώς λέγουσιν, ὡς παρ' Ἀριστοφάνει ἐν Ἀχαρνεῦσιν ὑμὲς ὤν ἀεί, Ὄκκ' ἐσβάλητε, τ. ἀρωραῖοι μ. Π. τ. ἀγλῖθας ἐ.** — 723 schol. **ὄκκ' ἐσβαλεῖτε.** Suid. **εἰσβαλεῖτε . . . Ἀριστ. οὐκ εἰσβαλεῖτε (εἰ καὶ ἐκβ. E).** Gregor. Cor. 242 **τῷ ὄκκα ἀντὶ τοῦ ὁπηνίκα — χρῶνται.** — 723 f. Hesych. **ἀρουραῖοι, οἱ κατ' ἀγροι-**

berieth die wicht'ge Frage unser Magistrat,
wie wir am schnellsten und sichersten könnten zu Grunde geh'n.

Dikaeopolis.

Dann wärt ihr freilich die Noth auf einmal los.

Megarer.

Nicht wahr?

Dikaeopolis.

Wie steht es sonst in Megara? der Preis des Korns?

Megarer.

So wie die Götter ist es hoch geschätzt bei uns.

Dikaeopolis.

Was bringst du? Salz?

Megarer.

Das habt ja ihr jetzt in Besitz.

Dikaeopolis.

Auch Knoblauch nicht?

Megarer.

Ja Knoblauch, wenn ihr jedesmal
Feldmäusen gleich, so oft ihr einfallt in das Land,
die Köpfe sämtlich mit Pfählen weit und breit zerstecht!

Dikaeopolis.

Was bringst du denn aber?

Megarer.

Ferkélchen für die Mysterien.

κίαν μύες. Suid. ἄγλιθες ... Ἀριστ. ὡς ἀρουραῖοι μύες ὀρύσσετε πασσάλῳ τὰς ἄγλιθας. (Zonaras I 24 Cramer. anecd. Par. IV 88 20.) — 724 Gregor. Cor. 239 πάσσακα τὸν πάσσαλον λέγουσι. Eustath. 540 22 ὡς δὲ καὶ πάσσαξ ὁ πάσσαλος λέγεται καθ' ὑποκορισμόν, ἡ κωμῳδία οἶδε. 1349 65 ἄλλως δὲ καθ' ὑποκορισμὸν ὁ παρὰ τῷ κωμικῷ πάσσαξ, οὗ γενικὴ πάσσακος. (vgl. Hes. Phot. πασσαλίω.) — Greg. Cor. dial. 243 ἀγλῖθας λέγουσι τὰς κεφαλὰς τῶν σκορόδων. (vgl. Galen. explic. voc. Hippocr. ἀγγλιθές. Choerob. in Theodos. 353 11 σεσημειωμένου τοῦ ἀγλίς ἀγλῖθος. Phavorin. 14 14. 22 5.) — 725 ἐγώγα schol.

ΔΙΚΑΙΟΠΟΛΙΣ

καλῶς λέγεις. ἐπίδειξον.

ΜΕΓΑΡΕΥΣ

ἀλλὰ μὰν καλαί.
ἄντεινον, αἰ λῇς· ὡς παχεῖα καὶ καλά.

ΔΙΚΑΙΟΠΟΛΙΣ

τουτὶ τί ἦν τὸ πρᾶγμα;

ΜΕΓΑΡΕΥΣ

χοῖρος ναὶ Δία.

ΔΙΚΑΙΟΠΟΛΙΣ

τί λέγεις σύ; ποδαπὴ χοῖρος ἥδε;

ΜΕΓΑΡΕΥΣ

μεγαρικά.
ἢ οὐ χοιρός ἐσθ' ἅδ';

ΔΙΚΑΙΟΠΟΛΙΣ

οὐκ ἔμοιγε φαίνεται.

ΜΕΓΑΡΕΥΣ

οὐ δεινά; θᾶσθε τοῦδε τὰς ἀπιστίας·
οὔ φατι τάνδε χοῖρον ἦμεν. ἀλλὰ μὰν
αἰ λῇς, περίδου μοι περὶ θυματιδᾶν ἁλῶν,
αἰ μή 'στιν οὗτος χοῖρος Ἑλλάνων νόμῳ.

ΔΙΚΑΙΟΠΟΛΙΣ

ἀλλ' ἔστιν ἀνθρώπου γε.

ΜΕΓΑΡΕΥΣ

ναὶ τὸν Διοκλέα
ἐμά γα· σὺ δέ νιν εἶμεναι τίνος δοκεῖς;
ἢ λῇς ἀκοῦσαι φθεγγομένας;

---

727 Gregor. Cor. 251 τὸ λῇς ἀντὶ τοῦ θέλεις . . . καὶ Ἀριστοφάνης ἄντεινον κτλ. — 731 Gregor. Cor. 222 (vgl. 262) τὸ θεᾶσθε θᾶσθε λέγουσι. — 732 Gregor. Cor. 247 τὸ τ ἀντὶ τοῦ σ χρῶνται, τὸ φησί φατί λέγοντες. — 733 schol. περιδοῦ μοι . . . περὶ θυμιτιδᾶν ἁλῶν, nachher π. θυμητιδῶν ἁ. schol. Ald. Equ. 791 καὶ αὖθις, εἰ βούλει περίδου μοι περὶ θυμίτιδος ἁλῶν. Suid. θυμιτίδων ἁλῶν . . . Ἀριστ. περίδου μοι περὶ θυμιτῶν (θυμιτιτῶν A θυμιτίδων E θυμίτων

Dikaeopolis.

Schön! lass mal sehen!

Megarer.

Ich sag dir, die sind exquisit,
Da heb mal hoch und sieh, wie fett und schön das ist!

Dikaeopolis.

Was ist denn das hier?

Megarer.

Nun bei'm Zeus, ein Ferkel doch!

Dikaeopolis.

Wie sagst du? Woher ist das Ferkel?

Megarer.

Von Megara.
Ist's etwa nicht ein Ferkel?

Dikaeopolis.

Mir scheint's freilich nicht.

Megarer.

Das muss ich sagen! schaut mir den Unglauben an!
er gibt nicht zu, dies sei ein Ferkel! Weisst du was?
willst du, so wett' ich gleich mit dir um Thymiansalz,
wenn das kein richt'ges Ferkel auf gut griechisch ist.

Dikaeopolis.

Ganz recht, 's ist eins von Menschenfleisch.

Megarer.

Ja bei Diokles,
und zwar mein eigen; von wem denn glaubst du, dass es sei?
Willst du's auch schreien hören?

Med.) *ἀλῶν*. — *περίδου . . . καὶ αὖθις εἰ βούλει, περίδου μ. π. θυμητίδων* (*θυμίτιδος* A in der Erklärung) *ἀ*. Etym. M. 663 50 *περιδώμεθα. καὶ Ἀριστοφάνης περιδοῦ νῦν ἐμοί* bezieht sich auf Nub. 644. — 734 Gregor. Cor. 226 *τὸ μή ἐστι μή 'στι λέγουσι . . . ὡς Ἀριστ. αἰ μή 'στιν οὗτος χοῖρος*. — 736 Gregor. Cor. 227 *τὸ εἶναι εἶμεναι λέγουσι*.

ΔΙΚΑΙΟΠΟΛΙΣ

νὴ τοὺς θεοὺς
ἔγωγε.

ΜΕΓΑΡΕΥΣ

φώνει δὴ σὺ ταχέως χοιρίον.
οὐ χρῆσθα σιγῆν ὦ κάκιστ' ἀπολουμένα·
πάλιν τυ ἀποισῶ ναὶ τὸν Ἑρμᾶν οἴκαδις.

ΚΟΡΗ

κοῒ κοΐ.

ΜΕΓΑΡΕΥΣ

αὔτα 'στὶ χοῖρος;

ΔΙΚΑΙΟΠΟΛΙΣ

νῦν γε χοῖρος φαίνεται·
ἀτὰρ ἐκτραφείς γε κύσθος ἔσται.

ΜΕΓΑΡΕΥΣ

πέντ' ἐτῶν,
σάφ' ἴσθι, ποττὰν ματέρ' εἰκασθήσεται.

ΔΙΚΑΙΟΠΟΛΙΣ

ἀλλ' οὐδὲ θύσιμός ἐστιν αὑτηγί.

ΜΕΓΑΡΕΥΣ

σά μάν;
πᾷ δ οὐχὶ θύσιμός ἐστι;

ΔΙΚΑΙΟΠΟΛΙΣ

κέρκον οὐκ ἔχει.

ΜΕΓΑΡΕΥΣ

νέα γάρ ἐστιν· ἀλλὰ δελφακουμένα

739 schol. οὐ χρῆσθα σιγᾶς, in der Erkl. οὐ χ. σιγᾶν. Greg. Cor. 228 τὸ χρῆ χρῆσθα, καὶ τὸ σιγᾷν σιγῆν λέγουσιν. ὡς παρ' Ἀριστοφάνει οὐ χρῆσθα σιγῆν ἀντὶ τοῦ οὐ χρὴ σιγᾷν. — 740 schol. τύ γ' ἀποισῶ. Gregor. Cor. 231 τὸ τύ ἀντὶ τοῦ σύ καὶ σέ λέγουσι. ὡς τὸ πάλιν τύ γ' ἀποισῶ. — 741 Suid. κοῒ κοΐ. Etym. M. 607 25 καὶ κοΐ. ἔστι δὲ μίμημα φωνῆς χοίρων. ἐχρήσατο Ἀριστοφάνης τῇ λέξει. (Cramer. anecd. Ox. I 294 2.) — 744 schol. ποττὰν μητέρα. Gregor. Cor. 233 ποττὰν ματέρα φησὶν Ἀριστοφάνης εἰκασθήσεται. —

Dikaeopolis.

Bei den Göttern, ja
Das möcht' ich.

Megarer.

Zeig schnell deine Stimme, mein Ferkelchen!
Du willst nicht? hältst den Mund jetzt? du verfluchter Balg,
weiss Hermas, ich trag dich augenblicklich wieder heim.

Mädchen.

Qui qui qui qui!

Megarer.

Ist das kein Ferkel?

Dikaeopolis.

Ja als Ferkel zeigt sich's jetzt,
erwachsen nennt man's Mutterschwein.

Megarer.

Fünf Jahre noch,
glaub mir, und seiner Alten sieht's zum Verwechseln gleich.

Dikaeopolis.

Zum Opfern aber kann ich's nicht brauchen.

Megarer.

Warum nicht?
weshalb denn nicht zum Opfern?

Dikaeopolis.

Weil der Schwanz ihm fehlt.

Megarer.

's ist halt zu jung noch. Wird das Ferkel erst zum Schwein,

---

745 f. Suid. κόλουρα . . . Ἀριστοφάνης ἀλλ' οὐδὲ θύσιμός ἐστιν αὐτὴν κέρκον οὐκ ἔχων (ἔχει BE). — 747 ff. schol. 73) ἐν γοῦν τοῖς ἑξῆς φησι νεαρὰ γάρ ἐστιν, ἀλλὰ δελφακουμένα Ἕξει μεγάλα. Ath. IX 374 F καὶ ἐν Ἀχαρνεῦσιν νέα γάρ ἐστιν . . Ἕξει μεγάλην τε . . καλά. Suid. δέλφακας . . . νέα γάρ ἐστιν, ἀλλὰ δελφακουμένη Ἕξει (ἥξει *V) μεγάλην τε καὶ παχεῖαν κέρκον. Etym. M. 255 7 δελφακοῦσθαι. τελειοῦσθαι τὰς ὗς. Διογενιανός. (Hesych.)

ἐξεῖ μεγάλαν τε καὶ παχεῖαν κἠρυθράν.
ἀλλ' αἰ τράφειν λῇς, ἅδε τοι χοῖρος καλά.

ΔΙΚΑΙΟΠΟΛΙΣ

ὡς ξυγγενὴς ὁ κύσθος αὐτῆς θατέρᾳ.

ΜΕΓΑΡΕΥΣ

ὁμοματρία γάρ ἐστι κὴκ τωὐτοῦ πατρός.
ἀλλ' ἂν παχυνθῇ κἀναχνοιανθῇ τριχί,
κάλλιστος ἔσται χοῖρος Ἀφροδίτᾳ θύειν.

ΔΙΚΑΙΟΠΟΛΙΣ

ἀλλ' οὐχὶ χοῖρος τἀφροδίτῃ θύεται.

ΜΕΓΑΡΕΥΣ

οὐ χοῖρος Ἀφροδίτᾳ; μόνᾳ γα δαιμόνων.
καὶ γίνεταί γα τᾶνδε τᾶν χοίρων τὸ κρῆς
ἅδιστον ἂν τὸν ὀδελὸν ἀμπεπαρμένον.

ΔΙΚΑΙΟΠΟΛΙΣ

ἤδη δ' ἄνευ τῆς μητρὸς ἐσθίοιεν ἄν;

ΜΕΓΑΡΕΥΣ

ναὶ τὸν Ποτειδᾶ κἂν ἄνευ γα τῶ πατρός.

ΔΙΚΑΙΟΠΟΛΙΣ

τί δ' ἐσθίει μάλιστα;

ΜΕΓΑΡΕΥΣ

πάνθ' ἅ κα διδῷς.
αὐτὸς δ' ἐρώτη.

ΔΙΚΑΙΟΠΟΛΙΣ

χοῖρε χοῖρε.

ΚΟΡΑ

κοΐ κοΐ.

ΔΙΚΑΙΟΠΟΛΙΣ

τρώγοις ἐρεβίνθους; εἰπέ μοι.

---

751 Gregor. Cor. 234 τὸ καὶ ἐκ τοῦ αὐτοῦ κὴκ τοῦ αὔτου φασιν. 235 τοῦ αὐτοῦ τωὐτοῦ λέγουσι. — 752 schol. κἀναχνοανθῇ. — 753 schol. κάλλιστός ἐστι. — 755 schol. μόνᾳ γε. — 756 Gregor. Cor. 247 τὸ γε γα λέγουσιν, ὡς παρ' Ἀριστοφάνει καὶ γίνεταί γα. 235 τὸ κρέας κρῆς ὀνομάζουσι. — 757 schol. ἐμπεπαρμένον. Gregor. Cor. 235

dann steht ein langer, dicker und rother ihm zu Dienst.
Was meinst du? willst du sie aufzieh'n? sieh das schöne Paar!

Dikaeopolis.

Merkwürdig, wie das Ding bei beiden sich ähnlich ist.

Megarer.

Weil aus einer Mutter derselbe Vater sie gezeugt.
Sind sie erst fleischig, und wächst dem Fell der zarte Flaum,
kein schön'res Thierchen gibt's für Aphrodita dann.

Dikaeopolis.

Der Aphrodite werden Ferkel doch nicht geweiht.

Megarer.

Aphrodita nicht? allein von allen Göttern ihr!
Und prachtvoll, sag' ich dir, wird das zuckersüsse Fleisch
der Ferkelchen dir munden, steckst du's an den Spiess.

Dikaeopolis.

Ob sie das Fressen wohl ohne Mutter schon versteh'n?

Megarer.

Ja bei Poteidan! sie brauchen auch den Vater nicht.

Dikaeopolis.

Was fressen sie wohl am liebsten?

Megarer.

Was du ihnen gibst.
Frag sie nur selber.

Dikaeopolis.

Komm, mein Thierchen!

Mädchen.

Qui qui qui.

Dikaeopolis.

Magst du wohl Kichererbsen?

τὸ ὀβελός ὀδελός λέγουσι. — 759 schol. Ποτείδαν. — 760 schol. ἃ δίδως. — 761 f. schol. Clem. Alex. IV p. 109 χοῖρος δὲ γυναικεῖον αἰδοῖον, ὡς μαρτυρεῖ καὶ Ἀριστοφάνης ἐν Ἀχαρνεῦσι λέγων· Δικ. χοῖρε χοῖρε. Κο. κοῒ κοῒ. Δικ. τρώγοις ἂν ἐρεβίνθους; εἰπέ μοι. Κο. κοῒ κοῒ. — 762 schol. τρώγοις ἐρεβίνθους.

ΚΟΡΑ

κοῒ κοΐ.

ΔΙΚΑΙΟΠΟΛΙΣ

τί δαί; φιβάλεως ἰσχάδας;

ΚΟΡΗ

κοῒ κοΐ.

ΔΙΚΑΙΟΠΟΛΙΣ

τί δέ; καὶ σὺ τρώγοις ἄν;

ΚΟΡΗ

κοῒ κοῒ κοΐ.

ΔΙΚΑΙΟΠΟΛΙΣ

ὡς ὀξὺ πρὸς τὰς ἰσχάδας κεκράγατε.
ἐνεγκάτω τις ἔνδοθεν τῶν ἰσχάδων
τοῖς χοιριδίοισιν. ἆρα τρώξονται; βαβαὶ

οἷον ῥοθιάζουσ', ὦ πολυτίμηθ' Ἡράκλεις.
ποδαπὰ τὰ χοιρί'; ὡς τραγασαῖα φαίνεται.
ἀλλ' οὔτι πάσας κατέτραγον τὰς ἰσχάδας.

ΜΕΓΑΡΕΥΣ

ἐγὼ γὰρ αὐτῶν τάνδε μίαν ἀνειλόμαν.

ΔΙΚΑΙΟΠΟΛΙΣ

νὴ τὸν Δί' ἀστείω γε τὼ βοσκήματε.
πόσου πρίωμαί σοι τὰ χοιρίδια; λέγε.

ΜΕΓΑΡΕΥΣ

τὸ μὲν ἅτερον τοῦτο σκορόδων τροπαλίδος,
τὸ δ' ἅτερον αἰ λῇς, χοίνικος μόνας ἁλῶν.

---

763. 765 schol. Pac. 628 κορώνεως ὡς φιβάλεως. ἔστι δὲ εἶδος συκῆς. καὶ ἐν Ἀχαρνεῦσι. Suid. φίβαλις . . . Ἀριστοφάνης τί δαί; φιβ. ἰσχάδας; κοῒ κοΐ. Ὡς ὀξὺ π. τ. ἰ. κ. — 766 f. Suid. τρώξονται . . . Ἀριστοφάνης ἐνεγκάτω τ. ἔ. τ. ἰσχάδων. Ἆρα τρώξονται; — 768 f. Suid. ῥοθιάζουσιν . . . Ἀριστ. οἷον ῥοθιάζουσιν, ὦ π. Ἡ., Ὡς τραγασέα (τραγασαῖα AB*V) τὰ χοιρία. (χοίρεια Med.) Steph. Byz. 630 Τραγασαί . . . ὁ οἰκήτωρ Τραγασαῖος. Ἀριστοφάνης Ἀχαρ-

Mädchen.

Qui qui qui qui qui.

Dikaeopolis.

(zu dem einen Mädchen.)

Wie ist's mit trocknen Feigen?

Mädchen.

Qui qui qui qui qui.

Dikaeopolis.

(zu dem andern.)

Und du? frisst du sie gerne?

Mädchen.

Qui qui qui qui qui.

Dikaeopolis.

Bei den Feigen schreit ihr ja recht vernehmlich, das ist wahr.
Bring' einer doch etwas Feigen aus dem Hause schnell
für die Schweinchen! (es geschieht.) Ob sie wohl fressen werden?
Tausend ja,
die haben's eilig. Herakles du grosser Gott!
Wo sind die Ferkel geboren? sicher im Essener Land.
Doch alle Feigen haben sie wohl nicht vertilgt?

Megarer.

Die eine nahm ich hier für mich, wenn du's erlaubst.

Dikaeopolis.

Bei'm Zeus spasshafte Thierchen, sie gefallen mir.
Was soll ich für das Ferkelpaar dir geben? sprich!

Megarer.

Für das eine hier ein gutes Bündel Knoblauch nur,
und für das andre, wenn du willst, ein Mässchen Salz.

νεῦσι (vgl. 814). — 771 schol. τὰν δὲ μ. ἀνειλόμην. — 773 ff. Suid. πόσου πρίωμαί (πρίομαι A*V) σοι τ. χ. λ. Τὸ μ. ἕτερον τούτων σκ. τροφαλλίδος· Τὸ δ' ἅτερον χοίνικος μόνας (μόνης AE Med. μον[ς] *V) ἁ. — 774 schol. τροπαλλίδος. Zonaras II 1747 τροπηλίς ... Ἀριστοφάνης Ἀχαρνεῦσι σκορόδων τροπαλίδος. vgl. Et. M. τροπηλίς. Hesych. τριοπηλίς.

ΔΙΚΑΙΟΠΟΛΙΣ

ὠνήσομαί σοι· περίμεν' αὐτοῦ.

ΜΕΓΑΡΕΥΣ

ταῦτα δή.
Ἑρμᾶ 'μπολαῖε τὰν γυναῖκα τὰν ἐμὰν
οὕτω μ' ἀποδόσθαι τάν τ' ἐμαυτοῦ ματέρα.

ΣΥΚΟΦΑΝΤΗΣ

ὤνθρωπε ποδαπός;

ΜΕΓΑΡΕΥΣ

χοιροπώλας μεγαρικός.

ΣΥΚΟΦΑΝΤΗΣ

τὰ χοιρίδια τοίνυν ἐγὼ φανῶ ταδὶ
πολέμια καὶ σέ.

ΜΕΓΑΡΕΥΣ

τοῦτ' ἐκεῖν', ἵκει πάλιν
ὅθενπερ ἀρχὰ τῶν κακῶν ἁμῖν ἔφυ.

ΣΥΚΟΦΑΝΤΗΣ

κλάων μεγαριεῖς. οὐκ ἀφήσεις τὸν σάκον;

ΜΕΓΑΡΕΥΣ

Δικαιόπολι Δικαιόπολι φαντάζομαι.

ΔΙΚΑΙΟΠΟΛΙΣ

ὑπὸ τοῦ; τίς ὁ φαίνων σ' ἐστίν; ἀγορανόμοι,
τοὺς συκοφάντας οὐ θύραζ' ἐξείρξετε;

τί δὴ μαθὼν φαίνεις ἄνευ θρυαλλίδος;

ΣΥΚΟΦΑΝΤΗΣ

οὐ γὰρ φανῶ τοὺς πολεμίους;

ΔΙΚΑΙΟΠΟΛΙΣ

κλάων γε σύ,
εἰ μὴ 'τέρωσε συκοφαντήσεις τρέχων.

---

777 schol. Ἕρμ' ἐμπολαῖε. Hesych. ἐμπολαῖος. ὁ κερδῷος Ἑρμῆς. — 784 Phot. 639 8. Suid. φαντάζομαι. συκοφαντοῦμαι. οὕτως Ἀρι-

Dikaeopolis.

Ich will sie kaufen, wart' ein wenig hier. (ab.)

Megarer.

Schon recht.
O Hermas, Gott des Handels, könnt' ich doch mein Weib
auch so verkaufen und meine Frau Mama dazu!

Siebzehnte Scene. Die Vorigen. Ein Sykophant, nachher Dikaeopolis.

Sykophant.

Wer bist du, Mensch?

Megarer.

Ein Schweinehändler aus Megara.

Sykophant.

So zeig' ich gleich als Feindesgut die Ferkel an
und dich daneben.

Megarer.

Wieder die alte Schererei,
aus der die ganze liebe Noth entstanden ist!

Sykophant.

Denkst du, dein Megarern hilft dir? Gleich den Sack mir her!

Megarer.

Zu Hülfe! man confiscirt mich, Dikaeopolis!

Dikaeopolis.
(eilt aus dem Hause.)

Wer untersteht sich? Marktaufseher, an eure Pflicht!
werft mir das Sykophantenpack zur Thür hinaus!
(greift nach der Peitsche.)
Was plagt dich, dass du hier ohne Fahne fahnden gehst?

Sykophant.

Soll ich Feinden nicht nachspüren?

Dikaeopolis.

Schlecht bekommt es dir,
wenn du nicht gleich wo anders dein Gewerbe treibst.

στοφάνης. (Hesych.)

ΜΕΓΑΡΕΥΣ

οἷον τὸ κακὸν ἐν ταῖς Ἀθάναις τοῦτ' ἔνι.

ΔΙΚΑΙΟΠΟΛΙΣ

θάρρει Μεγαρίκ'· ἀλλ' ἧς τὰ χοιρίδι' ἀπέδου
τιμῆς, λαβὲ ταυτὶ τὰ σκόροδα καὶ τοὺς ἅλας,
καὶ χαῖρε πόλλ'.

ΜΕΓΑΡΕΥΣ

ἀλλ' ἁμὶν οὐκ ἐπιχώριον.

ΔΙΚΑΙΟΠΟΛΙΣ

πολυπραγμοσύνη νυν ἐς κεφαλὴν τράποιτ' ἐμοί.

ΜΕΓΑΡΕΥΣ

ὦ χοιρίδια πειρῆσθε κἄνις τῶ πατρὸς
παίειν ἐφ' ἀλὶ τὰν μάδδαν, αἴ κά τις διδῷ.

---

793 schol. ἀλλὰ μὴν οὐκ. — 794 schol. πολυπραγμοσύνῃσιν . . . λείπει δὲ τὸ ἕνεκα, ἵνα ᾖ ἕνεκα τῆς πολυπραγμοσύνης, nachher εἰς κε-

Megarer.

Das ist ja ein wahres Elend hier in dem Athan.

Dikaeopolis.

Lass gut sein, Megarer! nimm den Preis, wofür an mich
die Schweinchen du verkauftest, Knoblauch und hier das Salz,
und lebe recht wohl!

Megarer.

Das gibt's bei uns zu Lande nicht.

Dikaeopolis.

So komm' es für meinen Vorwitz auf mein eignes Haupt!

Megarer.

Versucht nun, Schweinchen, ohne den Vater euer Brod
mit Salz zu essen, wenn euch einer was geben will.
(nach links ab.)

φαλὴν τρέποιτο. — 796 schol. μάζαν.

XOPOΣ

εὐδαιμονεῖ γ' ἄνθρωπος. οὐκ ἤκουσας οἷ προβαίνει
τὸ πρᾶγμα τοῦ βουλεύματος; καρπώσεται γὰρ ἀνὴρ
ἐν τἀγορᾷ καθήμενος·
κἂν εἰσίῃ τις Κτησίας
ἢ συκοφάντης ἄλλος, οἰ-
μώζων καθεδεῖται.
οὐδ' ἄλλος ἀνθρώπων ὑποψωνῶν σε πημανεῖ τι,
οὐδ' ἐναπομόρξεται Πρέπις τὴν εὐρυπρωκτίαν σοι,
οὐδ' ὠστιεῖ Κλεωνύμῳ·
χλαῖναν δ' ἔχων φανὴν δίει,
κοὐ ξυντυχών σ' Ὑπέρβολος
δικῶν ἀναπλήσει.
οὐδ' ἐντυχὼν ἐν τἀγορᾷ πρόσεισί σοι βαδίζων
Κρατῖνος ἀεὶ κεκαρμένος μοιχὸν μιᾷ μαχαίρᾳ,
ὁ περιπόνηρος Ἀρτέμων,
ὁ ταχὺς ἄγαν τὴν μουσικήν,
ὄζων κακὸν τῶν μασχαλῶν
πατρὸς τραγασαίου.
οὐδ' αὖθις αὖ σε σκώψεται Παύσων ὁ παμπόνηρος,
Λυσίστρατός τ' ἐν τἀγορᾷ, Χολαργέων ὄνειδος,
ὁ περιαλουργὸς τοῖς κακοῖς,
ῥιγῶν τε ταὶ πεινῶν ἀεὶ
πλεῖν ἢ τριάκονθ' ἡμέρας
τοῦ μηνὸς ἑκάστου.

---

797 schol. ἄνθρωπος. — 799 schol. τῇ 'γορᾷ ... ἔν τισιν εὑρέθη ἐν τἀγορᾷ κ. — 800—803 Suid. πημανεῖ. Ἀριστοφάνης οὐδὲ Κτησίας ὁ συκοφάντης πημανεῖ. — 804 Suid. (Zon. I 741) ἐναπομόρξεται Πρέμις τὴν εὐρυπρωκτίαν σοι ... Ἀριστοφάνης φησίν. Zonaras I 911 εὐρυπρωκτίαν. μαλακίαν. Ἀριστοφάνης τὴν εὐρυπρωκτίαν σοι ἐναποψήσεται, ὅ ἐστιν ἀπομάξει. (Mingarelli Catal. codd. Naniano-rum Graec. p. 494.) — 807 f. Suid. Ὑπέρβολον ... Ἀριστ. κοὐ ξυντυχών σ' Ὑ. (ξ. Ὑ. V) Δικῶν ἀναπλήσει. (ἂν πλήσει V ἂν πλήσσει *V Ox.) — 810 Suid. μοιχός ... Ἀριστοφάνης Κρατῖνος ἀ. κεκαρμένος (κεχαρμένος BE) μ. μ. μ. Phot. 269 15 μίαν μάχαιραν. τὴν ψαλίδα Ἀριστοφάνης. (vgl. Poll. II 32 ἔλεγον δέ τι οἱ κωμῳδοὶ καὶ

Chor.

Wie glücklich ist der Mann zu preisen! Hörtet ihr, wie trefflich
das Unternehmen von statten geht? er sitzt hier auf dem Markte
und kann sich seines Lebens freu'n.
Und schleicht heran ein Ktesias,
und kommt ein andrer Sykophant,
mit Heulen entweicht er.
Auch kann kein andrer Mensch dich ärgern, der die Sachen aufkauft,
noch wird dich Prepis hier mit seinem weiten Steiss beglücken.
Hier stösst dich nicht Kleonymos,
in reinem Kleid gehst du einher,
geborgen vor Hyperbolos
mit seinen Processen.
Und auf dem Markt begegnet dir Kratinos nicht der Bummler,
der gar zu gern galant rasirt das Pflaster tritt mit Grazie,
der Artemon von üblem Ruf,
der allzu fixe Dichterling,
dem nach Parfüm von Bockenheim
so duften die Achseln.
Auch Pauson nicht der schlechte Kerl kann dich mit Glossen ärgern,
Lysistratos nicht auf dem Markt, der Schandfleck von Cholargos,
der mannshoch in der Tinte sitzt,
von Frost und ew'ger Hungersnoth
in jedem Monat länger als drei-
ssig Tage gepeinigt.

κείρεσθαι μιᾷ μαχαίρᾳ. ἐπὶ τῶν καλλωπιζομένων. — X 140 καὶ ψαλὶς δὲ τῶν κουρέως σκευῶν, ἣν καὶ μίαν μάχαιραν καλοῦσιν.) — 811 ff. Suid. ὄζων κἀκ τῶν μασχαλῶν πατρὸς τραγασαίου. Ἀριστοφάνης οὐδ' ὁ περιπόνηρος Ἀρτ., Ὁ τ. ἄ. τ. μ., Ὄζων κἀκ τ. μ. Π. τ. Hesych. περιπόνηρος Ἀρτέμων. — 811 schol. οὐδ' ὁ περιπόνηρος. — 816 schol. Vesp. 787 Λυσίστρατός τ' ἐν ἀγορᾷ, Χολαργέων ὄνειδος. Suid. χηναλώπηξ. εἶδος ὀρνέου. οὕτω δὲ ἐλέγετο καὶ Λυσίστρατος . . . ἐν ἀγορᾷ Χολαργέων. — 817 ff. Suid. περιαλουργός. Ἀριστ. περὶ Λυσιστράτου· περιαλουργὸς κακοῖς, Ῥ. τε κ. π. ἀ. Πλεῖν (πλὴν ältere edd. πλεῖν ἢ *V) τριάκονθ' (λθ' B λ' E) ἡ. Τ. μ. ἑκάστου.

ΒΟΙΩΤΟΣ

ἴττω Ἡρακλῆς ἔκαμόν γα τὰν τύλαν κακῶς.
κατάθου τὺ τὰν γλάχων' ἀτρέμας Ἰσμηνία·
ὑμὲς δ' ὅσοι Θείβαθεν αὐληταὶ πάρα,
τοῖς ὀστίνοις φυσῆτε τὸν πρωκτὸν κυνός.

ΔΙΚΑΙΟΠΟΛΙΣ

παῦ' ἐς κόρακας· οἱ σφῆκες οὐκ ἀπὸ τῶν θυρῶν;
πόθεν προσέπτανθ' οἱ κακῶς ἀπολούμενοι
ἐπὶ τὴν θύραν μοι Χαιριδεῖς βομβαύλιοι;

ΒΟΙΩΤΟΣ

νεὶ τὸν Ἰόλαον ἐπιχαρίττω γ' ὦ ξένε·
Θείβαθε γὰρ φυσᾶντες ἐξόπισθέ μου
τἄνθεια τᾶς γλάχωνος ἀπέκιξαν χαμαί.
ἀλλ' εἴ τι βούλει, πρίασο τῶν ἐγὼ φέρω,
τῶν ὀρταλίχων ἢ τῶν τετραπτερυλλίδων.

ΔΙΚΑΙΟΠΟΛΙΣ

ὦ χαῖρε κολλικοφάγε Βοιωτίδιον.
τί φέρεις;

---

821 Suid. τύλα . . . Ἀριστοφάνης Ἀχαρνεῦσιν ἴστω γ' Ἡρακλῆς, ἔκαμον τὰν τύλαν κακῶς. Phot. 609 18 τύλη· τὸ ἐπὶ τῶν τενόντων φῦμα. Ἀριστοφάνης. Phavorinus 962 39 ἴττω Ἡρακλῆς, παρὰ τῷ Ἀριστοφάνει, ἀντὶ τοῦ ἴστω. ἔκαμον τὸν ὦμον βαστάζων. (Etym. M. 479 46 *ἴττω, ἀντὶ τοῦ ἴστω, βοιωτικῶς.) — 822 schol. 954 ὃν δὲ εἶπεν ἄνω Ἰσμηνίαν, νῦν Ἰσμήνιχον κτλ. — 824 Phot. 353 11 ὅστινον, οὐκ ὀστέινον, Ἀριστοφάνης Ἀχαρνεῦσι. Antiatticista Bekk. anecd. 110 27 ὅστινα, τὰ ὀστέινα, Ἀριστοφάνης. Suid. ὀστίνοις . . . Ἀριστοφάνης τοῖς ὀστίνοις φ. τ. π. κ. — πρωκτός . . . Ἀριστ. Ἀχαρνεῦσι τοῖς ὀστ. φυσᾶτε (φυσάωντε BE φυσᾶντε Med.) τ. π. κ. — 827 schol. Χαιριδεῖς. Hesych. βομβαύλιος. ὁ αὐλητής, ἀπὸ τοῦ βομβεῖν. Suid.

Achtzehnte Scene. Ein Boeoter, mit den von ihm angegebenen Waaren beladen, nebst einem gleichfalls bepackten Sklaven; hinter ihm einige pfeifende Musikanten.

Boeoter.

Weiss Herakles! die Schulter thut mir schmählich weh.
Setz nur den Polei ruhig ab, Ismenias.
Doch ihr Flötisten von Theiben, die ihr mit mir gingt,
blast auf den Knochen ganz geschwind den Hundsfottmarsch.

Dikaeopolis.

Hört auf, zum Geier! wollt ihr Wespen wohl hier fort?
Woher kommt ihr verwünschtes Volk vor meine Thür
geflogen, infame Summer aus Chaeris' Pfeifanstalt?

Boeoter.

Bei'm Iolaos, Fremdling, du verpflichtest mich!
Den ganzen Weg von Theiben bliesen sie hinter mir
und pusteten mir die Poleiblüthen sämtlich ab.
Brauchst du von meinen Waaren nicht vielleicht etwas,
hier von den Hühnern oder dem Viergeflügel da?

Dikaeopolis.

Ei Pumpernickel schlingendes Boeoterchen!
Guten Tag! was bringst du?

Χαιριδεῖς. — *βομβαύλιοι.* (vgl. Erotian. p. 104 *βομβυλίου. ἔστι μὲν τὸ βομβύλιον, εἶδος μελίσσης· σημαίνει δὲ καὶ τὸν αὐλητήν κτλ.*) — 828 schol. *νὴ . . . ἐπιχαρίτως.* — 830 Hesych. *ἀπέκειξαν. ἀποπεσεῖν φυσῶντες ἐποίησαν.* Bekker anecd. 420 25 *ἀπέκιξαν. Ἴωνες, ἀποπεσεῖν ἐποίησαν.* — 832 Suid. *ὀρταλίχων.* — *τετραπτερυλλίδων* (vgl. *πτερυλλίδων.*) — 833 Ath. III 112 F *Ἀριστοφάνης δ' ἐν Ἀχαρνεῦσιν ὦ χαῖρε κολλ. Β.* Steph. Byz. 174 5 *καὶ Βοιωτίδιον ἐκ Βοιώτιος. Ἀρ. Ἀχαρνεῦσιν ὦ χ. κ. Β.* Erotian. 202 *κόλλικες. ἀρτίσκων εἶδος ὡς πλακούντων, ὧν καὶ Ἀριστοφάνης ἐν Ἀχαρνεῦσι μέμνηται, λέγων ὦ χαῖρε κολλικοφάγε.* Galen. expl. voc. Hippocr. *κόλλικας. τοὺς τροχίσκους. καὶ τὸ ἐν Ἀχαρν. κολλικοφάγε Βοιώτιε ἐπὶ τῶν σμικρῶν ἀρτίσκων εἴρηται.*

ΒΟΙΩΤΟΣ

ὅσ' ἐστὶν ἀγαθὰ Βοιωτοῖς ἁπλῶς,
ὀρίγανον γλαχὼ ψιάθως θρυαλλίδας
νάσσας κολοιὼς ἀτταγᾶς φαλαρίδας
τροχίλως κολύμβως.

ΔΙΚΑΙΟΠΟΛΙΣ

ὡσπερεὶ χειμὼν ἄρα
ὀρνιθίας ἐς τὴν ἀγορὰν ἐλήλυθας.

ΒΟΙΩΤΟΣ

καὶ μὰν φέρω χᾶνας λαγὼς ἀλώπεκας
σκάλοπας ἐχίνως αἰελούρως πικτίδας
ἰκτίδας ἐνύδριας, ἐγχέλεις κωπαΐδας.

ΔΙΚΑΙΟΠΟΛΙΣ

ὦ τερπνότατον σὺ τέμαχος ἀνθρώποις φέρων,
δός μοι προσειπεῖν, εἰ φέρεις τὰς ἐγχέλεις.

ΒΟΙΩΤΟΣ

πρέσβειρα πεντήκοντα κωπᾴδων κορᾶν,
ἔκβαθι τῷδε κἠπιχάριτται τῷ ξένῳ.

ΔΙΚΑΙΟΠΟΛΙΣ

ὦ φιλτάτη σὺ καὶ πάλαι ποθουμένη,
ἦλθες ποθεινὴ μὲν τρυγῳδικοῖς χοροῖς,
φίλη δὲ Μορύχῳ. δμῶες ἐξενέγκατε
τὴν ἐσχάραν μοι δεῦρο καὶ τὴν ῥιπίδα.

---

835 schol. ψιάθως. — 836 f. Ath. IX 388 B über ἀτταγᾶς: καὶ Ἀριστοφάνης ἐν Ὄρνισιν, ἐν δ' Ἀχαρνεῦσι καὶ ὡς πλεοναζόντων αὐτῶν ἐν τῇ Μεγαρικῇ. ('dicendum erat Βοιωτικῇ' *Casaub.*) 395 E τῆς δὲ νήττης καὶ κολυμβάδος — μνημονεύει μετὰ καὶ ἄλλων λιμναίων πολλῶν Ἀριστ. ἐν Ἀχαρν. διὰ τούτων· νάσσας κολοιοὺς ἀ. φ. Τροχίλους κολύμβους. (Hesych. κόλυμβοι.) — 837 f. schol. Pac. 1003 ὅτι ὀρνιθοτρόφος ἡ Βοιωτία, καὶ ἐν Ἀχαρνεῦσί φησιν, ὡσπερεὶ χειμὼν ἦλθες ὀρνιθίας εἰς τὴν ἀγορὰν φέρων. Phryn. Bekk. an. 55 25 ὀρνιθίας χειμὼν . . . Ἀριστοφάνης ὡσπερεὶ κτλ. his ἐλήλυθας. (vgl. Paroem. I 463 4 II 226 13. 722 18.) Suid. ὀρνιθίας χειμὼν παρὰ Ἀριστοφάνει ὁ σφοδρὸς χειμών, ἐν ᾧ καὶ τὰ ὄρνεα διαφθείρεται. — χειμὼν ὀρνιθίας. — 840 Suid. σκάλοπας. Etym. M. 715 28 καὶ λέγει Νικοκλῆς σκάλοπας, ὡς παρ' Ἀριστοφάνει κτλ. — 841 schol. ἐνύδρεις.

Boeoter.

Was Boeotien gutes hat,
Origanon Polei Lampendochte Binsengeflecht
Rebhühner Dohlen Enten, Wasserhühner auch,
Strandläufer Taucher.

Dikaeopolis.

Ei du kommst ja wie ein Sturm,
der allerhand Geflügel auf den Markt uns weht.

Boeoter.

Noch mehr! auch Gänse Hasen Füchse hab' ich feil,
Maulwürf' und Igel, Biber und Katzen mit dabei,
und Wiesel Ottern, Aale vom Kopaissee.

Dikaeopolis.

Mann, der den leckersten Bissen uns hierher geführt,
zeig mir die Aale, dass ich sie begrüssen kann.

Boeoter.

So komm denn vor und mach dem Herrn dein Compliment,
von fünfzig Kopaiskindern allerprächtigstes!

Dikaeopolis.

O liebster, schon mit Sehnsucht nur zu lang vermisst,
erwünscht bist du gekommen unserm Trygödenchor,
und lieb dem Morychos. Sklaven, bringt zur Stelle mir
den Kochherd augenblicklich und den Blasebalg.

---

schol. Ald. *ἴκτιδας*. Suid. *ἴκτις*. Arcad. 35 6 *ἴκτις ζῷον*. aber Eustath. 809 63 *εἰ δὲ καὶ ταὐτὸν ἴκτις αὕτη βαρυτόνως καὶ ἰκτίς ὀξυτόνως ἡ παρὰ τῷ κωμικῷ κτλ.* — 844 schol. *πρέσβειραν*. schol. Pac. 1005 *ὡς καὶ ἐν Ἀχαρνεῦσί φησι πρέσβειρα πεντήκοντα κωπαΐδων κορᾶν.* — 845 schol. *κἠπιχάριττα· ἀντὶ τοῦ ἐπιχαρίτως ἔκβηθι τῷ ξένῳ.* Etym. M. 367 19 **ἐπιχάριττα. ἀντὶ τοῦ ἐπιχαρίζου, βοιωτικῶς, παρὰ Ἀριστοφάνει.* — 846. 848 Suid. *Μόρυχος ... καὶ Ἀριστοφάνης ὦ φιλτάτη σὺ καὶ πάλαι ποθουμένη, Φίλη Μορύχῳ.* — 848 schol. Pac. 1008 *Μορύχῳ Τελέᾳ· καὶ τούτους ἀεὶ ἀπεῖναι βούλεται τῶν ὄψων, διὰ τοῦτο αὐτοὺς κολάζων ὡς γαστριμάργους, ὥς φησιν ἐν τοῖς Ἀχαρνεῦσιν.* — 849 Poll. X 94 *εἰ δὲ ἐπὶ ταῖς ἑστιάσεσιν ἕν τι τῶν ἀναγκαίων καὶ ἡ ῥιπίς, εἴρηται μὲν ἐπὶ τῆς ῥιπιζούσης τοὺς ἄνθρακας ἐν Ἀχαρνεῦσιν Ἀριστοφάνους· τὴν ἐσχάραν μοι δεῦρο καὶ τὴν ῥιπίδα.*

σκέψασθε παῖδες τὴν κρατίστην ἔγχελυν
ἥκουσαν ἕκτῳ μόλις ἔτει ποθουμένην.

προσείπατ' αὐτὴν ὦ τέκν'· ἄνθρακας δ' ἐγὼ
ὑμῖν παρέξω τῇσδε τῆς ξένης χάριν.
ἀλλ' ἔσφερ' αὐτήν. μηδὲ γὰρ θανών ποτε
σοῦ χωρὶς εἴην ἐντετευτλανωμένης.

ΒΟΙΩΤΟΣ

ἐμοὶ δὲ τιμὰ τᾶσδε πᾷ γενήσεται;

ΔΙΚΑΙΟΠΟΛΙΣ

ἀγορᾶς τέλος ταύτην γέ που δώσεις ἐμοί.
ἀλλ' εἴ τι πολεῖς τῶνδε τῶν ἄλλων, λέγε.

ΒΟΙΩΤΟΣ

ἰώνγα ταῦτα πάντα.

ΔΙΚΑΙΟΠΟΛΙΣ

φέρε πόσου λέγεις;
ἢ φορτί' ἕτερ' ἐνθένδ' ἐκεῖσ' ἄξεις;

ΒΟΙΩΤΟΣ

ἰών,
ὅ τι γ' ἔστ' Ἀθάνασ', ἐν Βοιωτοῖσιν δὲ μή.

ΔΙΚΑΙΟΠΟΛΙΣ

ἀφύας ἄρ' ἄξεις πριάμενος φαληρικὰς
ἢ κέραμον;

ΒΟΙΩΤΟΣ

ἀφύας ἢ κέραμον; ἀλλ' ἔντ' ἐκεῖ·
ἀλλ' ὅ τι παρ' ἁμῖν μή 'στι, τᾷδε δ' αὖ πολύ.

---

850 schol. ἐγχέλυν· ἀττικῶς ἔγχελυν, Βοιωτοὶ ἔγχελιν. Ath. VII 299 B ὁ γοῦν Ἀριστοφάνης ἐν μὲν Ἀχαρνεῦσι *σκέψασθέ* φησι *παῖδες τὴν κρατίστην ἔγχελυν*. Grammaticus Hermanni (de emendanda rat. graecae gramm.) 321 Ἀριστοφάνης οὖν ἐν Ἀχαρνεῦσί φησι *σκέψασθε π. τ. κρατίστην ἔ.* (Cramer anecd. Paris. IV 246 20.) Eustath. 1240 18 λεῖος ὥσπερ ἔγχελυς (Aristoph. fr. 215 II 1039)· οὐ αἰτιατική *σκέψασθε π. τ. κρατίστην ἔ.* — 854 f. schol. Pac. 1007 καὶ ἐν

Schaut, Kinder, euch den wundervollen Aal nur an,
der endlich im sechsten Jahre mein Verlangen stillt!
(die Angehörigen und Sklaven des Dik. haben sich um ihn gesammelt.)
O Kinderchen, grüsst ihn! Kohlen geb' ich euch sogleich
zu Ehren dieses Gastes, der uns heut genaht.
Bring' ihn hinein! Denn auch im Tode möcht' ich nicht
von dir mich trennen, Aal mit Mangold angemacht.

Boeoter.

Wie komm' ich aber zu meinem Gelde für den Fisch?

Dikaeopolis.

Den gibst du als Marktsteuer mir, mein lieber Freund.
Doch sprich, was von dem andern du verkaufen willst.

Boeoter.

Das will ich alles.

Dikaeopolis.

Gut denn, und für welchen Preis?
oder willst du andre Waaren dafür eintauschen?

Boeoter.

Ja wohl!
was hier in Athan zu haben, in Boeotien nicht.

Dikaeopolis.

Nimmst du Sardellen also von Phaleron mit
oder hübsche Vasen?

Boeoter.

Das haben wir beides auch daheim.
Nein, was uns abgeht und bei euch sehr häufig ist.

Ἀχαρνεῦσί φησι μηδὲ γὰρ θανών σου χωρὶς εἴην ποτέ. Suid. ἐντετευτλανωμένης . . . Ἀριστοφάνης μηδὲ γὰρ θανών ποτε Σοῦ χωρὶς εἴην (χωρισθείην BVE Med. Zon. I 751) ἐντετευτλανωμένης (-ου BE). — 859 schol. ἰῶγα. Hesych. ἰώγα. ἔγωγε, Βοιωτοί. — 860 schol. ἄξεις ἰών· γράφεται καὶ ἰώ ἀντὶ τοῦ ἐγώ, καὶ δύο στιγμαὶ ἐν τῷ ἄξεις, εἶτα τὸ ἰώ. — 861 schol. Ἀθάνας.

ΔΙΚΑΙΟΠΟΛΙΣ

ἐγῷδα τοίνυν· συκοφάντην ἔξαγε
ὥσπερ κέραμον ἐνδησάμενος.

ΒΟΙΩΤΟΣ

νεὶ τὼ σιώ.
λάβοιμι μένταν κέρδος ἀγαγὼν καὶ πολύ,
ᾆπερ πίθακον ἀλιτρίας πολλᾶς πλέων.

ΔΙΚΑΙΟΠΟΛΙΣ

καὶ μὴν ὁδὶ Νίκαρχος ἔρχεται φανῶν.

ΒΟΙΩΤΟΣ

μικκός γα μᾶκος οὗτος.

ΔΙΚΑΙΟΠΟΛΙΣ

ἀλλ' ἅπαν κακόν.

ΝΙΚΑΡΧΟΣ

ταυτὶ τίνος τὰ φορτί' ἐστί;

ΒΟΙΩΤΟΣ

τῶδ' ἐμὰ
Θείβαθεν ἴττω Δεύς.

ΝΙΚΑΡΧΟΣ

ἐγὼ τοίνυν ὁδὶ
φαίνω πολέμια ταῦτα.

ΒΟΙΩΤΟΣ

τί δὲ κακὸν παθὼν
ὀρναπετίοισι πόλεμον ἦρα καὶ μάχαν;

ΝΙΚΑΡΧΟΣ

καὶ σέ γε φανῶ πρὸς τοῖσδε.

ΒΟΙΩΤΟΣ

τί ἀδικειμένος;

---

866 vgl. Eust. 631 42 *σιοῦ μὲν τοῦ θεοῦ παρὰ Πελοποννησίους καλουμένου, ὡς καὶ ὁ κωμικὸς δηλοῖ.* — 867 schol. *μέν τ' ἂν κέρδος.* — 868 schol. *ἅπερ.* Suid. *ἀλιτρία. ἀντὶ τοῦ ἁμαρτία. Ἀριστοφάνης.* (Bekker an. 377 6 Bachm. I 67 30.) — 869 f. Suid. *μικρός γε μῆ-*

Dikaeopolis.

Da weiss ich was gutes: führ' einen Sykophanten aus,
als Thon verpackt.

Boeoter.

Ja bei den Göttern, da hast du Recht.
Viel Geld könnt' ich verdienen, wenn ich solchen Kerl
als Affen mit mir nähme voll Verschlagenheit.

Dikaeopolis.

Da kommt ja schon Nikarchos an, der Arbeit sucht.

Boeoter.

Das kleine Männlein!

Dikaeopolis.

Aber jeder Zoll ein Schuft.

Neunzehnte Scene. Die Vorigen. Nikarchos.

Nikarchos.

Sagt, wessen sind die Waaren?

Boeoter.

Die gehören mir,
und ich bin von Theiben, lieber Deus!

Nikarchos.

Beschlag muss ich
auf alles legen als Feindesgut.

Boeoter.

Was fällt dir ein?
führst du mit Vögeln solchen unbarmherz'gen Krieg?

Nikarchos.

Dich zeig' ich auch an.

Boeoter.

Aber was hab' ich dir gethan?

κος οὗτος. ἀλλὰ πᾶν κακόν. τὸν Νίκαρχόν φησιν Ἀριστοφάνης· καὶ μὴν ὅδε (ὁδὶ AV Ox.) Νίκαρχος ἔ. φ. — φανῶν ... Ἀριστοφάνης μικρός γε μῆκος οὗτος. ἀλλ' ἅπαν κ. vgl. μίκκος. ὁ μικρός· — 873 schol. τι δαὶ παθών.

ΝΙΚΑΡΧΟΣ

ἐγὼ φράσω σοι τῶν περιεστώτων χάριν·
ἐκ τῶν πολεμίων εἰσάγεις θρυαλλίδα.

ΔΙΚΑΙΟΠΟΛΙΣ

ἔπειτα φαίνεις δῆτα διὰ θρυαλλίδα;

ΝΙΚΑΡΧΟΣ

αὕτη γὰρ ἐμπρήσειεν ἂν τὸ νεώριον.

ΔΙΚΑΙΟΠΟΛΙΣ

νεώριον θρυαλλίς;

ΝΙΚΑΡΧΟΣ

οἶμαι.

ΔΙΚΑΙΟΠΟΛΙΣ

τίνι τρόπῳ;

ΝΙΚΑΡΧΟΣ

ἐνθεὶς ἂν ἐς τίφην ἀνὴρ βοιώτιος,
ἅψας ἂν ἐσπέμψειεν ἐς τὸ νεώριον
δι' ὑδρορρόας, βορέαν ἐπιτηρήσας μέγαν·
κεἴπερ λάβοιτο τῶν νεῶν τὸ πῦρ ἅπαξ,
σελαγοῖντ' ἄν.

ΔΙΚΑΙΟΠΟΛΙΣ

αἱ νῆς, ὦ κάκιστ' ἀπολούμενε,
σελαγοῖντ' ἂν ὑπὸ τίφης τε καὶ θρυαλλίδος;

ΝΙΚΑΡΧΟΣ

μαρτύρομαι.

ΔΙΚΑΙΟΠΟΛΙΣ

ξυλλάμβαν' αὐτοῦ τὸ στόμα.

δός μοι φορυτόν, ἵν' αὐτὸν ἐνδήσας φέρω.

---

877 Suid. θρυαλλίς. ἐκ τῶν πολεμίων εἰσάγεις θρυαλλίδα. — 879 ff. Suid. νεώρια ... ἐμπρήσαιεν ἂν τὸ νεώριον. Ἐνθεὶς ἂν ἐς τίφην ἀ. β. Ἅψας ἂν ἐσπέμψειεν (ἐσπέμψοι E) ἐς τὸ ν. — θρυαλλίς ... τίνι τρόπῳ; Αὕτη γ. ἐμπρήσειε τὸ νεώριον; Ἐνθεὶς ἂν εἰς σίλφην (ἐς VE Med. τίφην ABVE) ἀ. β. Ἅ. ἂν εἰσπέμψειεν (ἐσπέσειεν V εἰσπέσειεν *V) εἰς τὸ ν. Δι' ὑδρορρόας, βο-

Nikarchos.

Der Zeugen wegen, die hier steh'n, antwort' ich dir:
aus Feindes Land führst du hier Lampendochte ein.

Dikaeopolis.

Sind Lampendochte solch ein Dorn im Auge dir?

Nikarchos.

Leicht stecken sie das ganze Schiffswerft uns in Brand.

Dikaeopolis.

Ein Docht das Schiffswerft?

Nikarchos.

Allerdings.

Dikaeopolis.

Wie so denn das?

Nikarchos.

Der Boeoter thut ihn auf ein kleines Fahrzeug nur,
dann steckt er ihn an uud durch den Rinnstein sendet er
ihn nach dem Werft uns, wenn so rechter Nordwind geht;
und hat das Feuer die Schiffe nur einmal gefasst,
so steh'n sie gleich in Flammen.

Dikaeopolis.

Wart', Hallunke du!
die Schiff' in Flammen durch einen Docht vom Rinnstein her?
(schlägt auf ihn los und wirft ihn zu Boden.)

Nikarchos.

Ihr Männer, seid mir Zeugen!

Dikaeopolis.
(zu dem Boeoter)

Halt den Mund ihm zu!
(zu dem Sklaven)
gib etwas Spreu her, dass ich ihn gut verpacken kann.

ρέαν δ' ἐπιτηρήσας (β. ἐπ. ABVE Med.) μ. — 883. 1130 Suid. ὑδρορρόα. — 885 schol. ἐὰν ἅψηταί φησι μόνον, εὐθὺς καίονται. — 888 Suid. φορυτός. Ἀριστοφάνης δός μοι φ. ἵν' α. ἐνδήσας (ἐνδύσας BVE δήσας Med.) φ., nachher noch einmal δός μ. φ. ἵ. α. ἐνδήσας (δήσας BE φορυτόν, ἐνδήσας V) φ. Ὥσπερ κέραμον, ἵνα μὴ καταγῇ φορούμενος. Hesych. φορυτόν. ἄχυρα, φρύγανα.

ΧΟΡΟΣ (ΣΤΡΟΦΗ)

ἔνδησον ὦ βέλτιστε τῷ ξένῳ καλῶς τὴν ἐμπολὴν
οὕτως ὅπως
ἂν μὴ φέρων κατάξῃ.

ΔΙΚΑΙΟΠΟΛΙΣ

ἐμοὶ μελήσει ταῦτ᾽, ἐπεί τοι καὶ ψοφεῖ λάλον τι καὶ
πυρορραγὲς
κἄλλως θεοῖσιν ἐχθρόν.

ΧΟΡΟΣ

τί χρήσεταί ποτ᾽ αὐτῷ;

ΔΙΚΑΙΟΠΟΛΙΣ

πάγχρηστον ἄγγος ἔσται
κρατὴρ κακῶν, τριπτὴρ δικῶν, φαίνειν ὑπευθύνους λυχνοῦ-
χος καὶ κύλιξ . . . .
καὶ πράγματ᾽ ἐγκυκᾶσθαι.

ΧΟΡΟΣ (ΑΝΤΙΣΤΡΟΦΗ)

πῶς δ᾽ ἂν πεποιθοίη τις ἀγγείῳ τοιούτῳ χρώμενος
κατ᾽ οἰκίαν
τοσόνδ᾽ ἀεὶ ψοφοῦντι;

ΔΙΚΑΙΟΠΟΛΙΣ

ἰσχυρόν ἐστιν ὠγάθ᾽ ὥστ᾽ οὐκ ἂν καταγείη ποτ᾽, εἴ-
περ ἐκ ποδῶν
κάτω κάρα κρέμαιτο.

ΧΟΡΟΣ

ἤδη καλῶς ἔχει σοι.

ΒΟΙΩΤΟΣ

μέλλω γέ τοι θερίδδειν.

ΧΟΡΟΣ

ἀλλ᾽ ὦ ξένων βέλτιστε συνθέριζε καὶ τοῦτον λαβὼν

---

889 schol. ἔνδησον ὦ λῷστε. — 889 ff. Moeris 196 30 ἐμπολή· τὰ φορτία Ἀττικοί, ὡς Ἀριστοφάνης τὴν ἐμπολὴν ὅπως μὴ καὶ φέρων κατάξῃ. — 892 f. Poll. VII 164 ἐπεὶ καὶ Ἀριστ. ἐν Ἀχαρνεῦσιν εἴρηκε ψοφεῖ λάλον τι καὶ πυριρραγές. (Phot. πυριρραγής 476 18 περιρραγές hier ΒΔ) Suid πυρορραγής. — ψόφον πλέως . . . καὶ ψοφεῖ λάλον τι καὶ πυρορραγές. (Etym. M. 697 23 *.) — 897 Suid. κρατήρ . . . καὶ παροιμία κρατὴρ δικῶν ἀντὶ τοῦ δοχεῖον κακῶν.

Chor.

Ja schnüre nur, vortrefflichster, die Waare gut dem Fremden ein,
auf dass er nicht
im Tragen sie zerbreche.

Dikaeopolis.

Lass mich nur sorgen! dröhnt er doch geschwätzig gleich dem Topfe, der
im Feuer barst,
den Göttern gar ein Greuel.

Chor.

Wozu kann er ihn brauchen?

Dikaeopolis.

Sehr nützlich ist ein solch Gefäss,
Processterrine, Bosheitskrug, Latern', um zur Verantwortung
zu zieh'n, und Napf,
die Dinge durchzurühren.

Chor.

Doch wer entschliesst sich wohl dazu, in seinem Haus' ein solch Gefäss
zu brauchen, das
so laut stets tobt und klappert?

Dikaeopolis.

Dick sind die Wände, liebster, und entzwei geht's nicht, wenn man es nur
Kopf unten frei
an beiden Beinen aufhängt. (hebt den eingepackten an den Beinen auf.)

Chor.

Der wird nicht Schaden nehmen.

Boeoter.

Ich denk' ihn wohl zu nützen.

Chor.

Ja guter Fremdling, nütz' ihn nur: jetzt pack' ihn auf und nimm ihn fort

---

Poll. X 116 ὡς Ἀριστ. ἐν Ἀχαρνεῦσιν ἔφη φαίνειν ὑπευθύνους λυχνοῦχος. — 903 ff. Suid. κατωκάρα (schol.) ... Ἀριστ. εἴπερ ἐκ ποδῶν κατωκάρα κρέμαιτο. (κρέματο BE Med.) vgl. schol. Pac. 153 Gregor. Cor. dial. 124 Eustath. 1960 39. Phot. 151 4 κάτω κάρα· κάτω τὴν κεφαλὴν ἔχοντα. — 907 Suid. θερίζειν ... Ἀριστ. μέλλω γέ τοι θερίζειν.

πρόσβαλλ' ὅποι βούλει φέρων
πρὸς πάντα συκοφάντην.

ΔΙΚΑΙΟΠΟΛΙΣ

μόλις γ' ἐνέδησα τὸν κακῶς ἀπολούμενον.
αἴρου λαβὼν τὸν κέραμον ὦ Βοιώτιε.

ΒΟΙΩΤΟΣ

ὑπόκυπτε τὰν τύλαν ἰὼν Ἰσμήνιχε.

ΔΙΚΑΙΟΠΟΛΙΣ

χὤπως κατοίσεις αὐτὸν εὐλαβούμενος·
πάντως μὲν οἴσεις οὐδὲν ὑγιές, ἀλλ' ὅμως.
κἂν τοῦτο κερδάνῃς ἄγων τὸ φορτίον,
εὐδαιμονήσεις συκοφαντῶν γ' οὕνεκα.

ΘΕΡΑΠΩΝ ΛΑΜΑΧΟΥ

Δικαιόπολι.

ΔΙΚΑΙΟΠΟΛΙΣ

τί ἔστι; τί με βωστρεῖς;

ΘΕΡΑΠΩΝ ΛΑΜΑΧΟΥ

ὅ τι;
ἐκέλευε Λάμαχός σε ταυτησὶ δραχμῆς
ἐς τοὺς χόας αὐτῷ μεταδοῦναι τῶν κιχλῶν,
τριῶν δραχμῶν δ' ἐκέλευε κωπᾷδ' ἔγχελυν.

ΔΙΚΑΙΟΠΟΛΙΣ

ὁ ποῖος οὗτος Λάμαχος τὴν ἔγχελυν;

ΘΕΡΑΠΩΝ ΛΑΜΑΧΟΥ

ὁ δεινός, ὁ ταλαύρινος, ὃς τὴν Γοργόνα
πάλλει κραδαίνων τρεῖς κατασκίους λόφους.

ΔΙΚΑΙΟΠΟΛΙΣ

οὐκ ἂν μὰ Δί' εἰ δοίη γέ μοι τὴν ἀσπίδα·

---

924 schol. *κατασκίοις λόφοις· δυναμένοις σκιάν τινα ποιῆσαι.*

nnd wirf ihn ab, wohin dn willst,
den Schuft von Sykophanten.

Dikaeopolis.

So wär' der Kerl denn endlich mühsam eingepackt.
Nimm deinen Töpferkram nun auf, Boeotier!

Boeoter.

Bück dich und reich die Schulter her, Ismenichos!
(der Sack wird dem Sklaven übergehängt.)

Dikaeopolis.

Doch trag' ihn auch behutsam und fein säuberlich.
Zwar ist's nur Unrath, was du forttrâgst; dennoch thu's!
Und wenn du sicher dies Paket von hier entfernt,
so können dir die Sykophanten nichts mehr thun.
(Boeoter mit dem Sklaven ab.)

Zwanzigste Scene. Dikaeopolis. Ein Diener des Lamachos.

Diener des Lamachos.

Dikaeopolis!

Dikaeopolis.

Was gibt's? was willst du von mir?

Diener des Lamachos.

Hör' an!
Herr Lamachos lässt dir sagen, du möcht'st zum Kannenfest
Kramtsvögel ihm verkaufen für die Drachme hier,
auch verlangt er für drei Drachmen einen Kopaisaal.

Dikaeopolis.

Was ist das für ein Lamachos, der den Aal verlangt?

Diener des Lamachos.

Der gewalt'ge, der Aresgleiche, der der Gorgo Bild
hoch hält, und dem drei schattige Büsche das Haupt umweh'n.

Dikaeopolis.

Bei'm Zeus ich weigr' es, gäb' er mir auch seinen Schild;

ἀντὶ τοῦ ἐπιμήκεις, μεγάλους. — 925 schol. οὐκ ἂν μὰ Δί' οὐ δοίην.

ἀλλ' ἐπὶ ταρίχει τοὺς λόφους κραδαινέτω.
ἢν δ' ἀπολιγαίνῃ, τοὺς ἀγορανόμους καλῶ.
ἐγὼ δ' ἐμαυτῷ τόδε λαβὼν τὸ φορτίον
εἴσειμ' ὑπαὶ πτερύγων κιχλᾶν καὶ κοψίχων.

---

926 schol. ἐπὶ ταρίχῃ. — 927 schol. ἂν δ' ἀπολ. Suid. ἀπολιγαί-

und seine Büsche, zum Pökelfleisch lass' er sie nur weh'n.
Und macht er Lärm, ruf' ich sogleich die Polizei.
Ich brauche meine Sachen hier für mich allein
und geh' in's Haus in Drossel- und Amselflügelschutz.

ab. (beide in die verschiedenen Häuser.)

νει . . . Ἀριστ. ἦν δ' ἀπολιγαίνῃ, τ. ἀ. κ.

ΧΟΡΟΣ (ΣΤΡΟΦΗ)

εἶδες ὦ πᾶσα πόλι τὸν φρόνιμον ἄνδρα τὸν ὑπέρσοφον,
οἷ' ἔχει σπεισάμενος ἐμπορικὰ χρήματα διεμπολᾶν,
ὧν τὰ μὲν ἐν οἰκίᾳ χρήσιμα, τὰ δ' αὖ πρέπει χλιαρὰ κατεσθίειν.
αὐτόματα πάντ' ἀγαθὰ τῷδέ γε πορίζεται.
οὐδέποτ' ἐγὼ Πόλεμον οἴκαδ' ὑποδέξομαι,
οὐδὲ παρ' ἐμοί ποτε τὸν Ἁρμόδιον ᾄσεται
ξυγκατακλινείς, ὅτι παροινικὸς ἀνὴρ ἔφυ·
ὅστις ἐπὶ πάντ' ἀγάθ' ἔχοντας ἐπικωμάσας
εἰργάσατο πάντα κακὰ κἀνέτραπε κἀξέχει
κἀμάχετο καὶ προσέτι πολλὰ προκαλουμένου,
πῖνε κατάκεισο λαβὲ τήνδε φιλοτησίαν,
τὰς χάρακας ἧπτε πολὺ μᾶλλον ἐν τῷ πυρὶ
ἐξέχει θ' ἡμῶν βίᾳ τὸν οἶνον ἐκ τῶν ἀμπέλων.

(ΑΝΤΙΣΤΡΟΦΗ)

* * ταί τ' ἐπὶ τὸ δεῖπνον ἅμα καὶ μεγάλα δὴ φρονεῖ,
τοῦ βίου δ' ἐξέβαλε δεῖγμα τάδε τὰ πτερὰ πρὸ τῶν θυρῶν.
ὦ Κύπριδι τῇ καλῇ καὶ Χάρισι ταῖς φίλαις ξύντροφε Διαλλαγή,

---

930 ff. Suid. ἀνθηρά . . . Ἀριστοφάνης Ἀχαρνεῦσιν εἶδες ὦ πᾶσα πόλι τὸν φρ. ἄ. τ. ὑ., Οἷον ἔχει κτλ. bis κατεσθίειν. — 931 Suid. διεμπολᾶν. Zon. I 545. — 934 ff. Suid. οὐδέποτ' ἐγὼ τοῦτον ὑποδέξομαι· Οὐδὲ παρ' ἐμοί ποτε τ. Ἁ. ᾄσεται, παροίνιος (ὅτι παρ. Λ) ἀνὴρ ἔφυ. — πάροινος. μέθυσος. Ἀριστοφάνης οὐδέποτ' ἐγὼ τοῦτον εἰσδέξομαι· Οὐδὲ π. ἐ. π. τ. Ἁ. ᾄ., Ὅτι πάροινος ἔφυ (π. ἀνὴρ ἔ. AV). — 935 schol. 1093 ὅπερ ἀνωτέρω ἔφη· Ἁρμοδίου μέλος ᾄσεται. vgl. Moeris 189 17 ᾄσεται Ἀττικοί, ᾄσει Ἕλληνες. —

Chor. (Strophe.)

Sah't ihr wohl, Bürger unsrer ganzen Stadt, den klugen hochverständ'gen Mann,
welche schönen Waaren er vom Ausland kraft des Friedens sich erhandelt da,
in der Wirthschaft zum Theil nützlich und zum andern Theil Leckerbissen für den Tisch?
Ganz von selbst fliegt alles gute diesem Glückskind in den Mund.
Nimmermehr duld' ich unter meinem Dach den Krieg fortan,
und er soll an meinem Herde nimmer den Harmodios
hingestreckt mir singen, denn er ist ein arger Trunkenbold.
Schwärmend kam er vor die Thüren uns in unserm Ueberfluss,
richtet Unheil an die Menge, kehrt das ganze Haus uns um
säbelrasselnd, und je mehr wir freundlich bittend uns ihm nah'n:
'trinke Freund und leg dich nieder, diesen Becher bring' ich dir',
toller noch rast er, steckt die Pfähle gar uns in Brand
und verschüttet ohn' Erbarmen aus den Reben unsern Wein.

(Gegenstrophe.)

Jener aber denkt des Mahls sich zu freu'n, und uns andre lacht er aus,
wirft zum Kennzeichen seines Schwelgens diese Federn noch vor die Thür.
Freundin du der schönen Kypris, und der trauten Chariten Mitgenossin, o Versöhnung!

---

936 schol. *παροίνιος δὲ μέθυσος καὶ ὑβριστής.* — 940 schol. *λέγοντος, πῖνε κἀνάκεισο ἥσυχος.* — 942 schol. *ἐξέχει θ' ὑμῶν β.* — 943 schol. *τὰ δ' ἐπὶ τὸ δεῖπνον· ἐπείγει, σπεύδει. — ὁ δὲ λόγος, Δικαιόπολις σπουδάζει περὶ τὸ δεῖπνον.* — 944 Suid. *δεῖγμα ... Ἀριστοφάνης τοῦ βίου δ' ἐξέβαλλε δεῖγμα πρὸ τῶν θυρῶν πτερά.* — 945 Suid. *διαλλαγή ... ὦ Κύπριδι τ. κ. κ. Χάρισι* (*χάριτι* A) *τ. φ. ξ. δ.* — *Χάρισι καὶ Ἀφροδίτῃ ξύντροφος ἡ διαλλαγή.*

ὡς καλὸν ἔχουσα τὸ πρόσωπον ἄρ' ἐλάνθανες.
πῶς ἂν ἐμὲ καὶ σέ τις Ἔρως ξυναγάγοι λαβών,
ὥσπερ ὁ γεγραμμένος ἔχων στέφανον ἀνθέμων;
ἢ πάνυ γερόντιον ἴσως νενόμικάς με σύ;
ἀλλά σε λαβὼν τρία δοκῶ γ' ἂν ἔτι προσβαλεῖν·
πρῶτα μὲν ἂν ἀμπελίδος ὄρχον ἐλάσαι μακρόν,
εἶτα παρὰ τόνδε νέα μοσχίδια συκίδων,
καὶ τὸ τρίτον ἡμερίδος ὄρχον ὁ γέρων ὁδί,
καὶ περὶ τὸ χωρίον ἐλᾳδας ἅπαν ἐν κύκλῳ,
ὥστ' ἀλείφεσθαί σ' ἀπ' αὐτῶν κἀμὲ ταῖς νουμηνίαις.

---

947 f. Suid. ἀνθέμων ... Ἀριστ. πῶς ἂν ἐμὲ καὶ σέ τις Ἔ. ξυναγάγῃ (ξυναγάγοι AE) λαβών, Ὥ. ὁ γ. φησί, καὶ αὖθις, ἔχων στ. ἀ. — 952 Hesych. μοσχίδια. — 953 schol. ἡμερίδος κλάδου. — 954

ach warum hab' ich dein schönes Antlitz früher nicht erkannt!
Wollte doch ein guter Eros mich und dich einigen,
gleich dem Gott in unserm Bilde mit dem Blumenkranz geschmückt!
Oder glaubst du mich ganz schon vertrocknet, altersschwach?
Kann ich dich bekommen, leist' ich sicher noch dreierlei.
Erstens pflanz' ich gleich mit Reben einen grossen Garten voll
und dazwischen von dem Feigenbaume Wurzelschösslinge;
drittens zieh' ich edle Weinranken, ich alter Mann,
und zuletzt rings Oliven um den ganzen Fleck herum,
so dass mir und dir am Neumond nicht zum Salben fehlt das Oel.

Suid. ἐλαΐδας. ἐλαίας δένδρα. — 955 Suid. νουμηνία . . . Ἀριστοφάνης . . . ἀλείφεσθαί σ' ἀπ' αὐτῶν κ. τ. ν. — ἀλείψας . . . καὶ Ἀριστοφάνης ἀλείψασθ' ἀπ' αὐτῶν ταῖς ν.

ΚΗΡΥΞ

ἀκούετε λεῴ· κατὰ τὰ πάτρια τοὺς χόας
πίνειν ὑπὸ τῆς σάλπιγγος· ὃς δ' ἂν ἐκπίῃ
πρώτιστος, ἀσκὸν Κτησιφῶντος λήψεται.

ΔΙΚΑΙΟΠΟΛΙΣ

ὦ παῖδες ὦ γυναῖκες οὐκ ἠκούσατε;
τί δρᾶτε; τοῦ κήρυκος οὐκ ἀκούετε;
ἀναβράττετ' ἐξοπτᾶτε τρέπετ' ἀφέλκετε
τὰ λαγῷα ταχέως, τοὺς στεφάνους ἀνείρετε.
φέρε τοὺς ὀβελίσκους, ἵν' ἀναπείρω τὰς κίχλας.

ΧΟΡΟΣ (στροφη)

ζηλῶ σε τῆς εὐβουλίας, μᾶλλον δὲ τῆς εὐωχίας
ἄνθρωπε τῆς παρούσης.

ΔΙΚΑΙΟΠΟΛΙΣ

τί δῆτ' ἐπειδὰν τὰς κίχλας
ὀπτωμένας ἴδητε;

ΧΟΡΟΣ

οἶμαί σε καὶ τοῦτ' εὖ λέγειν.

ΔΙΚΑΙΟΠΟΛΙΣ

τὸ πῦρ ὑποσκάλευε.

---

956 ff. Ammonius 148 Valck. χόας συνεσταλμένως τὴν ἑορτήν. Ἀριστοφάνης Ἀχαρνεῦσιν ἀκούετε λεῴς κατὰ τὰ πάτρια τοὺς χόας. Suid. ἀσκὸς Κτησιφῶντος. Ἀριστοφάνης κατὰ τὰ πάτρια τὰς χοὰς (τοὺς χόας ACV) Πίνειν ὑ. τ. σάλπιγγος (Τ. χ. πίνειν ὑ. τ. σάλπ. κατὰ τὰ πάτρια *V) ὃς δ' ἂν κτλ. bis λήψεται. — 958 Poll. X 71 ἐκ δὲ τῶν οἰνοφόρων ἀγγείων ἀσκὸς καὶ ἀσκίδιον, ὡς ἐν Ἀχαρ-

Einundzwanzigste Scene. Ein Herold. Dikaeopolis. Einige Athener.

Herold.

Hört alle zu! Die Kannen nach der Väter Brauch
trinkt aus bei'm Schalle der Trompete; wer zuerst
die seine leer hat, kriegt den Schlauch des Ktesiphon.

Dikaeopolis.

Nun junge Bursch' und Weibsen, habt ihr nicht gehört?
Nur flink an's Werk! vernahmt ihr nicht des Herolds Ruf?
Jetzt gilt es kochen braten wenden, den Hasen schnell
vom Spiesse ziehen, Kränze flechten zum Feiertag.
Bring mir die Stäbe! das Geflügel steck' ich dran.

(Man sieht in der Küche die Befehle ausführen, Dikaeopolis selbst geschäftig am Herde.)

Chor. (Strophe.)

Ich muss um deine Weisheit dich, noch mehr um eine Mahlzeit dich
beneiden, Mann, wie diese.

Dikaeopolis.

Was sagt ihr dann erst, wenn ihr die
gebrat'nen Drosseln sehet?

Chor.

Ja leider hast du völlig Recht.

Dikaeopolis.

Das Feuer angeschüret!

νεῦσιν Ἀριστοφάνης ἔφη (Eccl. 307). — 963 Suid. ἀναπείρατε ... Ἀριστοφάνης φέρε (φέρετε BCE Med.) τοὺς ὀβελίσκους, ἵν' ἀναπ. τ. κ. (Zon. I 204.) Poll. X 95 ὡς Ἀριστ. ἐν Ἀχαρν. φέρε τ. ὀ., ἵνα πήξω τ. κ. — 964 f. Suid. ζηλῶ ... Ἀριστοφάνης ζηλῶ σε τῆς κτλ. bis παρούσης. Hesych. ζηλῶ σε. μακαρίζω σε. μιμοῦμαί σε. — 969 Suid. ὑποσκάλευε ... Ἀριστ. τὸ πῦρ ὑποσκ.

ΧΟΡΟΣ

ἤκουσας ὡς μαγειρικῶς, κομψῶς τε καὶ δειπνητικῶς
αὑτῷ διακονεῖται;

ΓΕΩΡΓΟΣ

οἴμοι τάλας.

ΔΙΚΑΙΟΠΟΛΙΣ

ὦ Ἡράκλεις τίς οὑτοσί;

ΓΕΩΡΓΟΣ

ἀνὴρ κακοδαίμων.

ΔΙΚΑΙΟΠΟΛΙΣ

κατὰ σεαυτόν νυν τρέπου.

ΓΕΩΡΓΟΣ

ὦ φίλτατε, σπονδαὶ γάρ εἰσι σοὶ μόνῳ,
μέτρησον εἰρήνης τί μοι, κἂν πέντ' ἔτη.

ΔΙΚΑΙΟΠΟΛΙΣ

τί δ' ἔπαθες;

ΓΕΩΡΓΟΣ

ἐπετρίβην ἀπολέσας τὼ βόε.

ΔΙΚΑΙΟΠΟΛΙΣ

πόθεν;

ΓΕΩΡΓΟΣ

ἀπὸ Φυλῆς ἔλαβον οἱ Βοιώτιοι.

ΔΙΚΑΙΟΠΟΛΙΣ

ὦ τρισκακόδαιμον εἶτα λευκὸν ἀμπέχει;

ΓΕΩΡΓΟΣ

καὶ ταῦτα μέντοι νὴ Δί' ὥπερ μ' ἐτρεφέτην
ἐν πᾶσι βολίτοις.

---

973 schol. νῦν. — 974 schol. σπονδαὶ γάρ εἰσί μοι μόνῳ· ἐπεὶ αὐτὸς ἐσπείσατο πρὸς Λακεδαιμονίους. — 977 Steph. Byz. 674 3 Φυλή... δῆμος Οἰνηίδος φυλῆς. Ἀριστοφάνης Ἀχαρνεῦσι πόθεν; ἀπὸ Φ. ἔ. οἱ Β. — 978 Eust. 725 23 τοιαῦτα δὲ καὶ ἕτερα οὐκ ὀλίγα, ἐν οἷς καὶ ὁ παρὰ τῷ κωμικῷ τρισκακοδαίμων. schol. ἀμπέχῃ. Suid. ἀμπεχό-

Chor.

Siehst du, wie küchenmeisterlich, geschickt und speisenkünstlerisch er selbst sich da bedienet?

Zweiundzwanzigste Scene. Die Vorigen. Ein Bauer.

Bauer.

Ach weh mir Armem!

Dikaeopolis.

Herakles, wer bist du Mensch?

Bauer.

Ein Unglücksel'ger.

Dikaeopolis.

Mich lass' ungeschoren dann.

Bauer.

Ach liebster! du hast ja Friedensvorrath ganz allein;
gib mir doch ab ein bischen auf fünf Jahre bloss!

Dikaeopolis.

Was fehlt dir?

Bauer.

Ich bin ruinirt, ich verlor mein Ochsenpaar.

Dikaeopolis.

Wodurch?

Bauer.

Von Phyle nahmen's die Boeoter weg.

Dikaeopolis.

Das ist ja traurig; und dabei gehst du noch weiss?

Bauer.

Die Ochsen waren mein ganzes Hab und Gut, bei'm Zeus!
ich schwelgt' in lauter Dünger.

μενος . . . καὶ ἀμπέχῃ . . . ὦ κακόδαιμον, ε. λ. ἀμπέχῃ; — 979 f. Suid. βόλιτος . . . Ἀριστοφάνης ἐτρεφέτην Ἐν π. β. — 980 Moer. 192 25 βολίτοις Ἀττικοί, βολβίτοις Ἕλληνες. Phryn. 357 Lob. Gregor. Cor. dial. 133. Thom. M. 55 14.

ΔΙΚΑΙΟΠΟΛΙΣ

εἶτα νυνὶ τοῦ δέει;

ΓΕΩΡΓΟΣ

ἀπόλωλα τὠφθαλμὼ δακρύων τὼ βόε.
ἀλλ' εἴ τι κήδει Δερκέτου Φυλασίου,
ὑπάλειψον εἰρήνῃ με τὠφθαλμὼ ταχύ.

ΔΙΚΑΙΟΠΟΛΙΣ

ἀλλ' ὦ πονήρ' οὐ δημοσιεύων τυγχάνω.

ΓΕΩΡΓΟΣ

ἴθ' ἀντιβολῶ σ', ἤν πως κομίσωμαι τὼ βόε.

ΔΙΚΑΙΟΠΟΛΙΣ

οὐκ ἔστιν· ἀλλὰ κλᾶε πρὸς τοὺς Πιττάλου.

ΓΕΩΡΓΟΣ

σὺ δ' ἀλλά μοι σταλαγμὸν εἰρήνης ἕνα
ἐς τὸν καλαμίσκον ἐνστάλαξον τουτονί.

ΔΙΚΑΙΟΠΟΛΙΣ

οὐδ' ἂν στριβιλικίγξ· ἀλλ' ἀπιὼν οἴμωζέ που.

ΓΕΩΡΓΟΣ

οἴμοι κακοδαίμων τοῖν γεωργοῖν βοιδίοιν.

ΧΟΡΟΣ (ΑΝΤΙΣΤΡΟΦΗ)

ἁνὴρ ἀνεύρηκέν τι ταῖς σπονδαῖσιν ἡδὺ κοὐκ ἔοι-
κεν οὐδενὶ μεταδώσειν.

ΔΙΚΑΙΟΠΟΛΙΣ

κατάχει σὺ τῆς χορδῆς τὸ μέλι·
τὰς σηπίας στάθευε.

984 Suid. (Zon. I 503) δημοσιεύων . . . Ἀριστοφάνης ἀλλ' ὦ πόνηρ', οὐ δ. τυγχάνω. (ἐργάζομαι E pr.) — 986 ff. Suid. Σπίτταλος . . . Ἀριστ. ἄπελθε πρὸς τοῦ Σπιττάλου. (τοὺς πιττάλου VOx.) Σὺ δ' ἀλλά μοι στ. εἰρήνης Ἐνστάλαξον τουτονί. Etym. M. 673 35 *Πίτταλος. ὄνομα ἰατροῦ. παρὰ Ἀριστοφάνει. — 986 schol. πρὸς Πιττάλου. — 987 f. Poll. X 168 καλαμίσκος, ὡς ὅταν φῇ Ἀριστ. ἐν Ἀχαρν. σὺ δ' ἀλλά μοι κτλ. bis τουτονί. Phot. σταλαγμόν . . . Ἀριστοφάνης

Dikaeopolis.

Und was willst du nun?

Bauer.

Die Augen hab' ich mir um die Ochsen ausgeweint.
Geht dir der Phylasier Derketes nun ein bischen nah,
so streiche mir etwas Frieden in die Augen schnell.

Dikaeopolis.

Seltsamer Mensch! ich bin ja kein Landarmenarzt.

Bauer.

Komm, ich beschwör dich! ich finde doch vielleicht mein Vieh!

Dikaeopolis.

Unmöglich! klage den Pittalosjüngern deine Noth.

Bauer.

Ach wolltest du doch einen einz'gen Tropfen nur
vom Frieden mir einträufeln in dieses kleine Rohr!

Dikaeopolis.

Auch nicht die Spur; mach fort und heule anderswo.

Bauer.

Ich armer Mann! ach um mein liebes Ackervieh! (ab.)

Dreiundzwanzigste Scene. Die Vorigen.

Chor. (Gegenstrophe.)

Wie herrlich hat er sich bedacht mit seinem Frieden! und er scheint davon nichts abzugeben.

Dikaeopolis.

Den Honig giess mir über die Wurst,
die Sepien stell' an's Feuer!

Ἀχαρνεῦσι σὺ δ' κτλ. bis *ἕνα.* — 989 Suid. *ἐποποποῖ . . . στριβιλικίγξ.* (491 4 Bernh.) vgl. Theodos. 79 12. — 990 Phryn. 86 Lob. *βοΐδιον καὶ βοΐδιον.* — 991 schol. *ἀνὴρ ἀνεύρηκε.* — 993 f. Phot. 534 6 (cf. 21 12) *σταθεῦσαι. Ἀχαρνεῦσι τῆς χορδῆς τὸ μέλι· τὰς σηπίας στάθευε.* schol. Lys. 376 *καὶ ἐν Ἀχαρνεῦσι τὰς σ. σταθεύσω.* Suid. *στάθευε . . . Ἀριστ. τὰς σ. στάθευε.*

ΧΟΡΟΣ

ἤκουσας ὀρθιασμάτων;

ΔΙΚΑΙΟΠΟΛΙΣ

ὀπτᾶτε τἀγχέλεια.

ΧΟΡΟΣ

ἀποκτενεῖς λιμῷ 'μὲ καὶ τοὺς γείτονας, κνίσῃ τε καὶ
φωνῇ τοιαῦτα λάσκων.

ΔΙΚΑΙΟΠΟΛΙΣ

ὀπτᾶτε ταυτὶ καὶ καλῶς ξανθίζετε.

ΠΑΡΑΝΥΜΦΟΣ

Δικαιόπολι Δικαιόπολι.

ΔΙΚΑΙΟΠΟΛΙΣ

τίς οὑτοσί;

ΠΑΡΑΝΥΜΦΟΣ

ἔπεμψέ τίς σοι νυμφίος ταυτὶ κρέα
ἐκ τῶν γάμων.

ΔΙΚΑΙΟΠΟΛΙΣ

καλῶς γε ποιῶν ὅστις ἦν.

ΠΑΡΑΝΥΜΦΟΣ

ἐκέλευε δ' ἐγχέαι σε τῶν κρεῶν χάριν,
ἵνα μὴ στρατεύοιτ', ἀλλὰ βινοίη μένων,
ἐς τὸν ἀλάβαστον κύαθον εἰρήνης ἕνα.

ΔΙΚΑΙΟΠΟΛΙΣ

ἀπόφερ' ἀπόφερε τὰ κρέα καὶ μή μοι δίδου·
ὡς οὐκ ἂν ἐγχέαιμι χιλιῶν δραχμῶν.
ἀλλ' αὑτηὶ τίς ἐστιν;

ΠΑΡΑΝΥΜΦΟΣ

ἡ νυμφεύτρια
δεῖται παρὰ τῆς νύμφης τι σοὶ λέξαι μόνῳ.

995 Suid. ὀρθιασμάτων. — 999 Suid. ξανθίζετε. — 1005 schol. ἀλάβαστρον, auch 1063. (Thom. M. 41 14.) Suid. ἀλαβαστοθήκας ... Ἀριστ. ἐς τὸν ἀλάβαστον (τὸ ἀλάβαστρον B) κ. ε. ξ. — 1007 schol.

Chor.

Hört ihr sein lautes Rufen wohl?

Dikaeopolis.

Die Aale jetzt ans Feuer!

Chor.

Ich und die Nachbarn müssen schier zerplatzen, sprichst du uns so viel
von Bratenduft und Essen.

Dikaeopolis.

Nun bratet alles und seht auch, dass es hübsch sich bräunt!

Vierundzwanzigste Scene. Die Vorigen. Ein Brautführer, bald darauf eine Brautführerin.

Brautführer.

Dikaeopolis! Dikaeopolis!

Dikaeopolis.

Wer ruft mich da?

Brautführer.

Ein neu vermählter schickt vom Hochzeitsschmause dir
dies Fleisch hier.

Dikaeopolis.

Schön! ich dank' ihm, wer's auch immer sei.

Brautführer.

Doch lässt er bitten, ob du ihm nicht für das Fleisch,
damit er nicht zu Felde braucht und lieben kann,
ein Mässchen Frieden in dies Büchschen füllen willst.

Dikaeopolis.

Mach dass du fortkommst mit dem Fleisch, ich mag es nicht.
Für tausend Drachmen geb' ich ihm nichts vom Frieden ab.
Wer ist das Weib da?

Brautführer.

's ist die Freundin unsrer Braut.
Sie hat von ihr einen Auftrag, aber nur für dich.

(Equ. 660) χιλιῶν περισπῶσιν Ἀττικοί. γρ. καὶ χιλίων (cf. Ioann. Alex. accent. 18 6). Suid. χιλιῶν δραχμῶν. — 1008 Hesych. u. a. Lexica νυμφεύτρια.

ΔΙΚΑΙΟΠΟΛΙΣ

φέρε δὴ τί σὺ λέγεις;
ὡς γελοῖον ὦ θεοὶ
τὸ δέημα τῆς νύμφης, ὃ δεῖταί μου σφόδρα,
ὅπως ἂν οἰκουρῇ τὸ πέος τοῦ νυμφίου.
φέρε δεῦρο τὰς σπονδάς, ἵν' αὐτῇ δῶ μόνῃ,
ὁτιὴ γυνή 'στι τοῦ πολέμου τ' οὐκ αἰτία.
ὕπεχ' ὧδε δεῦρο τοὐξάλειπτρον ὦ γύναι.
οἶσθ' ὡς ποιεῖτε τοῦτο; τῇ νύμφῃ φράσον,
ὅταν στρατιώτας καταλέγωσι, τουτῳὶ
νύκτωρ ἀλειφέτω τὸ πέος τοῦ νυμφίου.

ἀπόφερε τὰς σπονδάς. φέρε τὴν οἰνήρυσιν,
ἵν' οἶνον ἐγχέω λαβὼν ἐς τοὺς χόας.

ΧΟΡΟΣ

καὶ μὴν ὁδί τις τὰς ὀφρῦς ἀνεσπακὼς
ὥσπερ τι δεινὸν ἀγγελῶν ἐπείγεται.

ΚΗΡΥΞ

ἰὼ πόνοι τε καὶ μάχαι καὶ Λάμαχοι.

ΛΑΜΑΧΟΣ

τίς ἀμφὶ χαλκοφάλαρα δώματα κτυπεῖ;

ΚΗΡΥΞ

ἰέναι σ' ἐκέλευον οἱ στρατηγοὶ τήμερον
ταχέως λαβόντα τοὺς λόχους καὶ τοὺς λόφους
κἄπειτα τηρεῖν νιφόμενον τὰς ἐσβολάς·
ὑπὸ τοὺς χόας γὰρ καὶ χύτρους αὐτοῖσί τις
ἤγγειλε λῃστὰς ἐμβαλεῖν βοιωτίους.

1010 f. Suid. δέημα. ὡς γελοῖον ὦ θ. Τὸ δ. τῆς νύμφης (τῇ νύμφῃ E), ὃ δ. μ. σ. Hesych. — 1012 schol. Ald. Equ. 1011 ὡς καὶ ἀλλαχοῦ, ὅπως ἂν οἰκ. τ. π. τ. ν. Suid. πέος ... Ἀριστοφάνης ... καὶ αὖθις ὅπως ἂν κτλ. — 1015 Poll. X 121 τὸ δὲ ἀγγεῖον, εἰς ὃ ἐξεχεῖτο τὸ μύρον, ἐξάλειπτρον ἐκαλεῖτο, ὡς Ἀριστοφάνης ἐν Ἀχαρνεῦσιν. Antiatt. Bekk. an. 97 17 ἐξάλειπτρον. φιάλῃ τι ὅμοιον. Ἀριστ.

Dikaeopolis.

Heraus damit! was willst du? (nachdem sie ihm ins Ohr geflüstert.) Wahrlich ein prächt'ger Spass,
die Bitte dieses Weibchens. Helfen soll ich ihr,
dass hübsch in Ehbetts Banu der Schatz zu Hause bleibt.
Gib mir die Flasche! Sie allein bekommt davon,
weil sie ein Weib ist und nicht Theil am Kriege hat.
Komm Weib, halt deine Kapsel unter! Wisst ihr auch
damit umzugeh'n? Sag deiner jungen Freuudin nur,
wenn man Soldaten aushebt, soll sie mit diesem Saft
bei Nacht bestreichen ihres lieben Männcheus Glied.

(Brautführer und Brautführerin ab.)

(zu einem Sklaven.)

Trag fort die Flasche. Jetzt die Kelle zum Schöpfen her,
dass ich zum Fest die Kannen fülle mit edlem Wein!

Fünfundzwanzigste Scene. Die Vorigen. Ein Herold, gleich darauf Lamachos.

Chor.

Seht dort den Mann mit düstern Wolken auf der Stirn!
er hat es eilig und scheint ein Schreckensbote mir.

Herold.

Weh! Mord und Todtschlag! Lamachos, mach schnell mir auf!

Lamachos.

Wess Stimme dröhnt hier um des Feldherrn Panzerhaus?

Herold.

Der Kriegsrath will, dass du mit Sack und Pack noch heut
samt deiner ganzen Mannschaft schnell zu Felde ziehst,
die Pässe zu bewachen, ob's auch friert und schneit.
Denn um das Kannen- und Topffest — also hörten sie —
hat eine Bande Boeoter einen Raubzug vor.

Ἀχαρνεῦσιν. — 1019 f. Suid. *οἰνήρυσις ... Ἀριστ. φέρε τὴν οἰνήρυσιν, Ἵν' οἶνον ἐγχέω.* (Phot. 320 19. Hesych.) — 1021 f. Suid. *τὰς ὀφρῦς ἀνεσπ. Ὦ. τι δ. ἀ. ἐπ.* — 1024 schol. *ἀμφιχαλκοφάλαρα* (Etym. M. 95 15*). Suid. *τίς ἀμφὶ χαλκοφ. δώμ. κτυπεῖ;* — 1028 schol. *ὑπὸ τοῦ χάους γάρ.*

ΛΑΜΑΧΟΣ

ἰὼ στρατηγοὶ πλείονες ἢ βελτίονες.
οὐ δεινὰ μὴ 'ξεῖναί με μηδ' ἑορτάσαι;

ΔΙΚΑΙΟΠΟΛΙΣ

ἰὼ στράτευμα πολεμολαμαχαϊκόν.

ΛΑΜΑΧΟΣ

οἴμοι κακοδαίμων, καταγελᾷς ἤδη σύ μου;

ΔΙΚΑΙΟΠΟΛΙΣ

βούλει μάχεσθαι Γηρυόνῃ τετραπτίλῳ;

ΛΑΜΑΧΟΣ

αἰαῖ
οἵαν ὁ κῆρυξ ἀγγελίαν ἤγγειλέ μοι.

ΔΙΚΑΙΟΠΟΛΙΣ

αἰαῖ τίνα δ' αὖ μοι προστρέχει τις ἀγγελῶν;

ΑΓΓΕΛΟΣ

Δικαιόπολι.

ΔΙΚΑΙΟΠΟΛΙΣ

τί ἔστιν;

ΑΓΓΕΛΟΣ

ἐπὶ δεῖπνον ταχὺ
βάδιζε τὴν κίστην λαβὼν καὶ τὸν χόα·
ὁ τοῦ Διονύσου γάρ σ' ἱερεὺς μεταπέμπεται.
ἀλλ' ἐγκόνει· δειπνεῖν κατακωλύεις πάλαι,
τὰ δ' ἄλλα πάντ' ἐστὶν παρεσκευασμένα,
κλῖναι τράπεζαι προσκεφάλαια στρώματα
στέφανοι μύρον τραγήμαθ', αἱ πόρναι πάρα,
ἄμυλοι πλακοῦντες σησαμοῦντες ἴτρια

1031 schol. ὁ *Δικαιόπολις οὐ δεινόν, φησι, μὴ ἐξουσίαν ἔχειν με ἑορτάσαι;* — 1034 Suid. *βούλει διαμάχεσθαι Γηρυόνι τετραπίλῳ;* (*τετραπτίλῳ* *V.) — *Γηρυόνης . . . Ἀριστ. β. διαμάχεσθαι Γηρυόνῃ τετραπτίλῳ;* — 1036 schol. *αἲ αἶ τίνα δ' αὖ μὴ πρ.* — 1037 f. schol. 961 *ἐπὶ δεῖπνον ταχὺ Βάδιζε τὴν κίστιν* (so auch hier das Lemma, nachher *κίστην*) *λαβών*. Suid. *χοᾶ . . . Ἀριστοφάνης ἐπὶ δ. τ. Β. τ. κίστιν λ. κ. τ. χοᾶ.* — 1038 (1050) Poll. X 136 *κίσται καὶ κιστίδες.*

Lamachos.

Verwünschter Kriegsrath, stärker an Zahl als an Verstand!
Lässt man mich auch die Feiertage nicht in Ruh!

Dikaeopolis.

Verwünschter Krieg und lamachäischer Heereszug!

Lamachos.

Ich Unglücksel'ger! höhnst du mich noch obenein?

Dikaeopolis.

Nimmst du es auf mit dem viergeflügelten Geryon?

Lamachos.

Weh mir!
welch düstre Botschaft hat der Herold mir gebracht!

Dikaeopolis.

Weh mir! welch neue Botschaft der nun mir wohl bringt!

Sechsundzwanzigste Scene. Die Vorigen. Ein Bote.

Bote.

Dikaeopolis!

Dikaeopolis.

Was gibt es?

Bote.

Rasch zum Mahle sollst
du kommen; nimm den Kober mit und auch den Krug.
Des Dionysos Priester schickt mich her zu dir.
Doch spute dich! man wartet mit dem Essen längst
auf dich, und alles ist in schönster Ordnung da:
die Polster Tische Kissen, das Gedeck dazu,
auch Kränze Myrrhen Nachtisch Mädchen sind bereit,
dann Kuchen und Torte, Sesamstollen Honigbrod

ὡς ἐν Ἀχαρνεῦσιν Ἀριστοφάνης. — 1040 Suid. ἐγκόνει ... δειπνεῖν κατακωλύεις πάλαι. — 1041 ff. Suid. ἰτρία (Zon. II 1131) ... τὰ δ' ἄλλ' ἐστὶ παρεσκευασμένα, Τράπεζαι προσκεφάλαια στρ. Στέφος μ. τρ. αἱ π. π. Ἄ. πλ. ἰτρία Ὀρχηστρίδες. ἀλλ' ὡς τάχος (τάχα AV) σπεῦδε. — 1044 Ath. XIV 646 D Ἀριστοφ. Ἀχαρνεῦσι πλακοῦντες σησαμοῦντες ἴτρια.

ὀρχηστρίδες, τὰ φίλταθ' Ἁρμοδίου, καλαί.
ἀλλ' ὡς τάχιστα σπεῦδε.

ΛΑΜΑΧΟΣ

κακοδαίμων ἐγώ.

ΔΙΚΑΙΟΠΟΛΙΣ

καὶ γὰρ σὺ μεγάλην ἐπεγράφου τὴν Γοργόνα.
σύγκλειε, καὶ δεῖπνόν τις ἐνσκευαζέτω.

ΛΑΜΑΧΟΣ

παῖ παῖ φέρ' ἔξω δεῦρο τὸν γύλιον ἐμοί.

ΔΙΚΑΙΟΠΟΛΙΣ

παῖ παῖ φέρ' ἔξω δεῦρο τὴν κίστην ἐμοί.

ΛΑΜΑΧΟΣ

ἅλας θυμίτας οἶσε παῖ καὶ κρόμμυα.

ΔΙΚΑΙΟΠΟΛΙΣ

ἐμοὶ δὲ τεμάχη, κρομμύοις γὰρ ἄχθομαι.

ΛΑΜΑΧΟΣ

θρῖον ταρίχους οἶσε δεῦρο παῖ σαπροῦ.

ΔΙΚΑΙΟΠΟΛΙΣ

κἀμοὶ σὺ δημοῦ θρῖον· ὀπτήσω δ' ἐκεῖ.

ΛΑΜΑΧΟΣ

ἔνεγκε δεῦρο τὼ πτερὼ τὼ 'κ τοῦ κράνους.

ΔΙΚΑΙΟΠΟΛΙΣ

ἐμοὶ δὲ τὰς φάττας γε φέρε καὶ τὰς κίχλας.

ΛΑΜΑΧΟΣ

καλόν γε καὶ λευκὸν τὸ τῆς στρούθου πτερόν.

ΔΙΚΑΙΟΠΟΛΙΣ

καλόν γε καὶ ξανθὸν τὸ τῆς φάττης κρέας.

ΛΑΜΑΧΟΣ

ὤνθρωπε παῦσαι καταγελῶν μου τῶν ὅπλων.

1047 Suid. (Zon. I 825) ἐπεγράφου ... Ἀριστοφάνης καὶ γὰρ σὺ μ. ἐπεγράφου (ἀπεγρ. A) τ. Γ. — 1049 schol. τὸν γύλιον· γυλιός. — 1051 schol. 772 (Suid. περίδου) ἅλας θυμίτας δοὺς ἐμοὶ κ. κ. Suid. ἅλας θυμίτας. — 1052 Suid. ἄχθομαι ... Ἀριστοφάνης κρομμύοις

und Tänzerinnen, des lieben Harmodios bester Theil.
Nun aber so schnell du kannst! (ab.)

Lamachos.

Ich Unglückseliger!

Dikaeopolis.

Hast zur Patronin du die grosse Gorgo doch.
Die Thür geschlossen! richtet mir die Speisen an.

Siebenundzwanzigste Scene. Die Vorigen. Zwei Sklaven laufen hin und wieder.

Lamachos.

Mach Bursche, bring mir meinen Tornister schnell heraus.

Dikaeopolis.

Mach Bursche, bring mir meinen Kober schnell heraus.

Lamachos.

Und Salz mit Thymian hole gleich und Zwiebeln, Bursch.

Dikaeopolis.

Seefische mir, denn Zwiebeln — die vertrag' ich nicht.

Lamachos.

Auch etwas altes Pökelfleisch mit Feigenblatt.

Dikaeopolis.

Auch mir ein Feigenblatt mit Fett! zum Braten soll's.

Lamachos.

Von meinem Helm die beiden Federn bringe her.

Dikaeopolis.

Und mir holst du die Tauben und die Drosseln jetzt.

Lamachos.

Wie schön die weisse Straussenfeder doch sich macht!

Dikaeopolis.

Wie schön das braune Fleisch der Tauben doch sich macht!

Lamachos.

Mensch, hör mit deinem Hohn auf meine Waffen auf!

γὰρ ἅ. Eust. 867 53 τὸ ὀψάριον, καθάπερ καὶ τέμαχος, ὡς καὶ ὁ κωμικὸς δηλοῖ, ἐπὶ μόνων τμημάτων ἰχθυηρῶν παρὰ τοῖς παλαιοῖς ἰδιάζεται (842). — 1053 Suid. θρῖα . . . θρῖον ταρίχους οἶσε δεῦρο παῖ (οἶσε παῖ A) σαπροῦ Ἀριστοφάνης. — 1054 schol. λείπει τὸ ἰχθύων.

ΔΙΚΑΙΟΠΟΛΙΣ

ὤνθρωπε βούλει μὴ βλέπειν ἐς τὰς κίχλας;

ΛΑΜΑΧΟΣ

τὸ λοφεῖον ἐξένεγκε τῶν τριῶν λόφων.

ΔΙΚΑΙΟΠΟΛΙΣ

κἀμοὶ λεκάνιον τῶν λαγῴων δὸς κρεῶν.

ΛΑΜΑΧΟΣ

ἀλλ' ἦ τριχόβρωτες τοὺς λόφους μου κατέφαγον.

ΔΙΚΑΙΟΠΟΛΙΣ

ἀλλ' ἦ πρὸ δείπνου τὴν μίμαρκυν κατέδομαι.

ΛΑΜΑΧΟΣ

ὤνθρωπε βούλει μὴ προσαγορεύειν ἐμέ;

ΔΙΚΑΙΟΠΟΛΙΣ

οὔκ, ἀλλ' ἐγὼ χὡ παῖς ἐρίζομεν πάλαι.
βούλει περιδόσθαι κἀπιτρέψαι Λαμάχῳ,
πότερον ἀκρίδες ἥδιόν ἐστιν ἢ κίχλαι;

ΛΑΜΑΧΟΣ

οἴμ' ὡς ὑβρίζεις.

ΔΙΚΑΙΟΠΟΛΙΣ

τὰς ἀκρίδας κρίνει πολύ.

ΛΑΜΑΧΟΣ

παῖ παῖ καθελών μοι τὸ δόρυ δεῦρ' ἔξω φέρε.

ΔΙΚΑΙΟΠΟΛΙΣ

παῖ παῖ σὺ δ' ἀφελὼν δεῦρο τὴν χορδὴν φέρε.

ΛΑΜΑΧΟΣ

φέρε τοῦ δόρατος ἀφελκύσωμαι τοὔλυτρον.
ἔχ' ἀντέχου παῖ.

1061 schol. *τὸ λοφίον ... ἐὰν δὲ διὰ τῆς ει διφθόγγου κτλ.* Hesych. *λόφιον ... ἢ περικεφαλαίας ἔλυτρον, θήκη τοῦ λόφου.* Eust. 949 64 *ἀπὸ δὲ τοῦ λόφου καὶ λοφεῖον οὐ μόνον παρὰ τῷ κωμικῷ κτλ.* — 1062 Poll. VI 86 *Ἀριστοφάνης δὲ λεκανίσκην, ἀλλαχοῦ δὲ λεκάνην, καὶ ἄλλοθι καί μοι λεκάνιον τῶν λ. δ. κ.* Suid. *λεκάνια ... καί μοι λεκάνιον τῶν λαγ. δὸς* (*δὸς τῶν λ.* AVE Med.) *κρεῶν.* Phot. (Moer. 202 22) *λαγῷα· τὰ λάγεια κρέα ὀνομάζουσιν. οὕτως Ἀριστοφάνης.* — *λεκάνη ... λεκάνιον δὲ καὶ λεκανίδα ἀγγεῖα ὦτα ἔχοντα πρὸς ὑποδοχὴν*

Dikaeopolis.

Mensch, sieh doch nicht beständig auf die Drosseln hin!

Lamachos.

Den dreifachen Haarbusch in der Kapsel will ich jetzt.

Dikaeopolis.

Und mir gib jetzt die Schüssel mit dem Hasenfleisch.

Lamachos.

Bei Gott, die Haarvertilger waren drüber her.

Dikaeopolis.

Bei Gott, ich esse vor Tische noch das Hasenklein.

Lamachos.

Mensch, ich verbiete, dass du ferner zu mir sprichst.

Dikaeopolis.

Schon gut! ich streite mich ja nur mit deinem Knecht.
Ich möchte wetten und stell' es Lamachos anheim:
Kramtsvögel oder Grillen, was am besten schmeckt.

Lamachos.

Verwünschter Hohn!

Dikaeopolis.

Die Grillen zieht er bei weitem vor.

Lamachos.

Die Lanze nimm jetzt, Sklav, herab und bring sie her.

Dikaeopolis.

Die Wurst jetzt, Sklave, nimmst du ab und bringst sie mir.

Lamachos.

So! aus dem Futterale muss die Lanze nun.
Fass an, Bursch, halte!

ὄψων καὶ τοιούτων τινῶν. οὕτως Ἀριστοφάνης. Eust. 812 1 ἐκ δὲ τοῦ τοιούτου λαγώς καὶ κρέα λαγῷα παρὰ τῷ κωμικῷ (962). — 1063 Plut. Mor. 853 C ἀλλ' αἱ τριχόβρωτες τὸν λόφον μ. κ. schol. τριχόβρωτες ... καὶ προπερισπωμένως δὲ λέγεται τριχοβρῶτες. Poll. II 24 Suid. τριχοβρῶτες. Hesych. τριχόβρως. θηρίον κατεσθίον τοὺς λόφους τῶν περικεφαλαίων. Phot. 606 6. Etym. M. 768 49. — 1064 schol. κυρίως μὲν μίμαρκις κτλ. Hesych. μίμαρκυς ... μάλιστα δὲ καὶ ἐπὶ λαγωῶν αὐτῇ ἐχρῆντο. Poll. VI 56 Phot. 270 21 Suid. μίμαρις. — 1065 schol. ἄνθρωπε.

ΔΙΚΑΙΟΠΟΛΙΣ

καὶ σὺ παῖ τοῦδ' ἀντέχου.

ΛΑΜΑΧΟΣ

τοὺς κιλλίβαντας οἶσε παῖ τῆς ἀσπίδος.

ΔΙΚΑΙΟΠΟΛΙΣ

καὶ τῆς ἐμῆς τοὺς κριβανίτας ἔκφερε.

ΛΑΜΑΧΟΣ

φέρε δεῦρο γοργόνωτον ἀσπίδος κύκλον.

ΔΙΚΑΙΟΠΟΛΙΣ

κἀμοὶ πλακοῦντος τυρόνωτον δὸς κύκλον.

ΛΑΜΑΧΟΣ

ταῦτ' οὐ κατάγελώς ἐστιν ἀνθρώποις πλατύς;

ΔΙΚΑΙΟΠΟΛΙΣ

ταῦτ' οὐ πλακοῦς δῆτ' ἐστὶν ἀνθρώποις γλυκύς;

ΛΑΜΑΧΟΣ

κατάχει σὺ παῖ τοὔλαιον. ἐν τῷ χαλκίῳ
ἐνορῶ γέροντα δειλίας φευξούμενον.

ΔΙΚΑΙΟΠΟΛΙΣ

κατάχει σὺ τὸ μέλι. κἀνθάδ' ἔνδηλος γέρων
κλάειν κελεύων Λάμαχον τὸν Γοργάσου.

ΛΑΜΑΧΟΣ

φέρε δεῦρο παῖ θώρακα πολεμιστήριον.

ΔΙΚΑΙΟΠΟΛΙΣ

ἔξαιρε παῖ θώρακα κἀμοὶ τὸν χόα.

ΛΑΜΑΧΟΣ

ἐν τῷδε πρὸς τοὺς πολεμίους θωρήξομαι.

ΔΙΚΑΙΟΠΟΛΙΣ

ἐν τῷδε πρὸς τοὺς συμπότας θωρήξομαι.

1074 Poll. X 146 Ἀριστοφάνους εἰπόντος τοὺς κιλλίβ. κτλ. Suid. κιλλίβαντες . . . Ἀριστοφάνης τοὺς κιλλίβαντας οἶσε (καλλ. οἶσα *V) π. τ. ἀ. Hesych. — 1076 f. Plut. Mor. 853 C φέρε δεῦρο . . . γυρόνωτον δὸς κύκλον. — 1076 Suid. γοργόνωτον. — 1078 Suid. κατάγελως. ταῦτ' οὐ κατάγελώς ἐστιν ἀ. πλατύς; vgl. Herodian. bei Lobeck Phryn. 471 (Thom. M. 293 4) γέλως πλατύς, οὐχὶ πολύς

Dikaeopolis.

Du fass hier, Bursch, uud halt fest.

Lamachos.

Der Bock zu meinem Schilde kommt jetzt an die Reih.

Dikaeopolis.

Für den hier brauch' ich zur Erquickuug Weizenbrod.

Lamachos.

Des Schildes Rundung mit dem Gorgorücken her!

Dikaeopolis.

Des Kucheus Ruuduug mit dem Käserücken mir!

Lamachos.

Solch Witzeln scheint der ganzen Welt wohl lächerlich.

Dikaeopolis.

Solch Kucheu schmeckt der ganzen Welt wohl prächtiglich.

Lamachos.

Giess Oel zum Putzeu mir auf den Schild. Im Erze seh'
ich einen Alteu, der Feigheit nächstens angeklagt.

Dikaeopolis.

Giess Houig über! Auch ich seh deutlich einen Greis,
der sich um Lamachos Eisenfresser den Teufel schert.

Lamachos.

Jetzt meineu vielerprobteu Kriegespanzer, Bursch!

Dikaeopolis.

Auch meinen Panzer hole mir, die Kanne, Bursch.

Lamachos.

Iu diesem denk' ich dem Feinde meineu Mann zu steh'n.

Dikaeopolis.

Mit dieser denk' ich den Zechern meinen Mann zu steh'n.

ἱερεῖς. — 1080 Poll. X 92 καὶ Ἀριστ. δ' ἐν Ἀχαρν. ἔφη κατάχει σὺ παῖ τ. ἐκ τοῦ χαλκίου. Suid. κατάχει τοὔλαιον ἐν τῷ χαλκείῳ Ἀριστοφάνης. — 1087 Etym. M. 460 37 ὡς παρ' Ἀριστοφάνει πρὸς τοὺς συμπότας θωράξομαι. schol. Vesp. 1195 ὅθεν καὶ τὸ θωρήξασθαι, ὡς ἐν Ἀχαρνεῦσιν εἴρηται, οὐ μόνον τὸ καθοπλισθῆναι, ἀλλὰ καὶ τὸ μεθυσθῆναι σημαίνει. Suid. θωρήξασθαι.

ΛΑΜΑΧΟΣ

τὰ στρώματ' ὦ παῖ δῆσον ἐκ τῆς ἀσπίδος.

ΔΙΚΑΙΟΠΟΛΙΣ

τὸ δεῖπνον ὦ παῖ δῆσον ἐκ τῆς κιστίδος.

ΛΑΜΑΧΟΣ

ἐγὼ δ' ἐμαυτῷ τὸν γύλιον οἴσω λαβών.

ΔΙΚΑΙΟΠΟΛΙΣ

ἐγὼ δὲ θοἰμάτιον λαβὼν ἐξέρχομαι.

ΛΑΜΑΧΟΣ

τὴν ἀσπίδ' αἶρου καὶ βάδιζ' ὦ παῖ λαβών.
νίφει. βαβαιὰξ χειμέρια τὰ πράγματα.

ΔΙΚΑΙΟΠΟΛΙΣ

αἶρου τὸ δεῖπνον· συμποτικὰ τὰ πράγματα.

1089 schol. κίστιδος. Poll. X 136 κίσται καὶ κιστίδες, ὡς ἐν Ἀχαρνεῦσιν Ἀριστοφάνης. Suid. κίστις . . . κιστίς δὲ ὀξυτόνως, κιστίδος

Lamachos.

Die Decken binde mir unter dem Schilde noch hübsch fest.

Dikaeopolis.

Die Speisen binde mir im Kober noch hübsch fest.

Lamachos.

Ich schnalle meinen Tornister an und mach mich auf.

Dikaeopolis.

Ich nehm den Mantel und mach mich gleichfalls auf den Weg.

Lamachos.

Jetzt nimm den Schild auf, und nun vorwärts, Bursche, marsch!
Es schneit abscheulich! ja man merkt, 's ist Winterszeit.

Dikaeopolis.

Da nimm den Korb und folge mir, 's ist Trinkenszeit.

(beide nach verschiedenen Seiten ab.)

παρὰ Ἀριστοφάνει. (Phot. 167 16 *κίστη καὶ κοίτης*, l. *κιστίς*.)

ΧΟΡΟΣ

ἴτε δὴ χαίροντες ἐπὶ στρατιάν.
ὡς ἀνομοίαν ἔρχεσθον ὁδόν·
τῷ μὲν πίνειν στεφανωσαμένῳ,
σοὶ δὲ ῥιγῶν καὶ προφυλάττειν,
τῷ δὲ καθεύδειν
μετὰ παιδίσκης ὡραιοτάτης
ἀνατριβομένῳ τε τὸ δεῖνα.

(ΣΤΡΟΦΗ)

Ἀντίμαχον τὸν Ψακάδος τὸν μέλεον τῶν μελέων ποιητὴν

ὡς μὲν ἁπλῷ λόγῳ κακῶς ἐξολέσειεν ὁ Ζεύς·
ὅς γ' ἐμὲ τὸν τλήμονα λήναια χορηγῶν ἀπέλυσ' ἄδειπνον·

ὃν ἔτ' ἐπίδοιμι τευθίδος
δεόμενον, ἡ δ' ὠπτημένη
σίζουσα πάραλος ἐπὶ τραπέζῃ κειμένη
ὀκέλλοι· κᾆτα μέλλοντος λαβεῖν αὐτοῦ κύων
ἁρπάσασα φεύγοι.

1101 schol. 1143 ἀνατριβομένῳ τε τὸ δεῖνα. Suid. εὐθυρρήμων ... ὅτε λέγει Ἀριστοφάνης τὸ δεῖνα, τὸ ῥηθησόμενον ἀηδὲς ἐκφεύγει εὐθέως λέγειν, ἵνα μὴ εὐθυρρημονήσῃ. — 1102 ff. Suid. τευθίδες ... καί φησιν Ἀριστοφάνης περὶ Ἀντιμάχου Ἀντίμαχον (Ἀντέμαχον A Ἀντίμαχον (ον) *V für beide Wörter) τὸν Ψεκάδα (ψεκα A), Ὡς μ. ἁπλῶς (ἁπλῷ BE) λ. κ. ἀπολέσειεν ὁ Ζ. Ὅς γ' ἐμὲ τ. τλήμονα ἄδειπνον ἀπέλυσεν· Ὃν ἔτ' ἴδοιμι τ. Δ., ἣ (δ') δ' ὠ. Σ. π. ἐ. τραπέζης κειμένη Ὀκέλλοι· (ὀκέλλει A pr. *V Ox. E) κ. μ. λ. α. κ. Ἁρπάσας φάγοι. Τοῦτο μὲν αὐτῷ κακὸν ἕν. — Ἀντίμαχος ὁ Ψεκάς. (ψεκάδος ABE Med.)

Zweite Parabasis.

Chor.

In Gottes Namen zieht hin in den Krieg!
Unähnlich sind eure Strassen fürwahr:
denn zum Trinken geht dieser mit Blumen im Haar,
der andre zum Frieren und Lauern im Frei'n;
in des rosigen Mägd-
leins Armen indess ruht jener so sanft,
von weichen Fingern geliebkost.

Strophe.

Wollte doch Zeus — kurz sei's gesagt — spuckender Antimachos,
dich verderben —
dich, der sich selbst wohl Dichter nennt, plärrender Bänkelsänger!
der als Choreg kläglich den Chor hungrig entliess bei dem Le-
naeenfeste.
O säh' ich nach einem leckern Fisch
dich gieren, der bratend und prutzelnd noch
mit vollen Segeln an Tisches Rand gelandet gleich
dem Staatsschiff; strecktest du die Finger aus, dann müsst' ein Hund
ihn im Maul entwischen.

Paroem. I 319 7 II 92 13. 227 5. 731 11. (Moer. 214 3 ψακάς Ἀττικοί, ψεκάς Ἕλληνες.) — 1104 schol. ἀπέλυσεν ἄδειπνον. — ἀπέκλεισε δείπνων. — 1105 ff. Suid. ψεκάς ... περὶ τούτου τοῦ Ἀντιμάχου φησὶν ὁ Ἀριστοφάνης ὃν ἔτ' ἐπίδοιμι τ. Δ., ἣ δ' ὠπτημένη (ὀπτημένη C) Σ. π. ἐ. τραπέζης κειμένη Ὀκέλλοι· (ὀκέλλει C ὀκέλλει[οι] E) κ. μ. λ. α. κ. Ἁρπάσας φάγοι. Τ. μ. α. κ. ἔν. — 1106 f. Suid. σίζουσα ... Ἀριστοφάνης ἣ δ' ὠπτ. Σ. πάραλος. — 1108 Suid. ὀκέλλει ... καὶ ὀκέλλοι προσορμίζοι.

(ΑΝΤΙΣΤΡΟΦΗ)

τοῦτο μὲν αὐτῷ κακὸν ἕν, κᾆθ' ἕτερον νυκτερινὸν γένοιτο·

ἠπιαλῶν γὰρ οἴκαδ' ἐξ ἱππασίας βαδίζων,
εἶτα κατάξειέ τις αὐτοῦ μεθύων τὴν κεφαλὴν Ὀρέστης

μαινόμενος· ὃ δὲ λίθον λαβεῖν
βουλόμενος ἐν σκότῳ λάβοι
τῇ χειρὶ πέλεθον ἀρτίως κεχεσμένον,
ἐπᾴξειεν δ' ἔχων τὸν μάρμαρον κᾆπειθ' ἁμαρ-
τὼν βάλοι Κρατῖνον.

1111 Suid. *ἠπίαλος . . . καὶ ἠπιαλῶν μετοχή. Ἀριστοφάνης ἠπιαλῶν γὰρ οἴκαδ' ἐξ ἱππασίας βαδίζει.* (*βαδίζων* ABVE Ox.) Hesych. *ἠπιαλῶν.* — 1112 f. schol. *τῆς κεφαλῆς.* Suid. *Ὀρέστης . . . Ἀριστοφάνης εἶτα κατάξειέ* (*κατεάξειε* ABEC) *τις αὐτὸν τῆς κεφαλῆς Ὀ. Μαινόμενος.* — 1114 f. schol. Eccl. 595 *καὶ ἀλλαχοῦ κατεάξαι*

Gegenstrophe.

Dieses zuerst gönnt' ich dem Wicht; aber bei Nacht treff' ihn ein andres Pech noch!
Fiebernd vom Pferderennen soll er sich nach Hause schleichen;
mög' ihm ein Loch dann in den Kopf trunken Orest hau'n, der verrückte Räuber;
und greift er im Zorn nach einem Stein,
so mög' er im Finstern mit der Hand
in ein eben gesetztes Häufchen fahren, wünsch' ich ihm:
dem Strolch nachsetzend muss er mit dem Kloss dann fehlen und —
Freund Kratinos treffen.

βουλόμενος ἐν σκ. λ. Τῇ χ. σπέλεθον ἀ. κ. Suid. σπέλεθος (σπέλεθρος BE). Ἀριστοφάνης κατεάξαι βουλ. ἐν σ. λ. Τ. χ. σπέλεθον (σπέλεθρον BE) ἀ. κ. (Moer. 207 3 πέλεθος Ἀττικοί, σπέλεθος Ἕλληνες.) — 1115 schol. πελεθόν.

ΘΕΡΑΠΩΝ

ὦ δμῶες οἳ κατ' οἶκόν ἐστε Λαμάχου,
ὕδωρ ὕδωρ ἐν χυτριδίῳ θερμαίνετε,
ὀθόνια κηρωτὴν παρασκευάζετε,
ἔρι' οἰσυπηρὰ λαμπάδιον περὶ τὸ σφυρόν.
ἀνὴρ τέτρωται χάρακι διαπηδῶν τάφρον
καὶ τὸ σφυρὸν παλίνορρον ἐξεκόκκισεν
καὶ τῆς κεφαλῆς κατέαγε περὶ λίθον πεσών,
καὶ Γοργόν' ἐξήγειρεν ἐκ τῆς ἀσπίδος.
πτίλον δὲ τὸ μέγα κομπολακύθου πεσὸν
πρὸς ταῖς πέτραισι δεινὸν ἐξηύδα μέλος·
ὦ κλεινὸν ὄμμα, νῦν πανύστατόν σ' ἰδὼν
λείπω φάος γε τοὐμόν· οὐκέτ' εἴμ' ἐγώ.
[τοσαῦτα λέξας εἰς ὑδρορρόαν πεσὼν
ἀνίσταταί τε καὶ ξυναντᾷ δραπέταις,
λῃστὰς ἐλαύνων καὶ κατασπέρχων δορί.]
ὁδὶ δὲ καὐτός· ἀλλ' ἄνοιγε τὴν θύραν.

ΛΑΜΑΧΟΣ

ἀτταταῖ ἀτταταῖ
στυγερὰ τάδε τὰ κρυερὰ πάθεα.

1120 Poll. IV 183 καὶ κηρωτὴν δ' ἂν εἴποις ἐπὶ τῶν ἰατρικῶν, Ἀριστοφάνους εἰπόντος ὀθόνια κηρωτὴν παρασκευάζεται. Hesych. ὀθόνια. — 1121 f. Poll. VII 28 ἔρια οἰσυπηρὰ Ἀριστοφάνης. Phot. 205 23 λαμπάδιον. Suid. οἰσυπηρός. (vgl. Erotian. 282 οἰσύπη αἰγός Herodot. diction. voc. Hippocr. 612 Moer. 205 23 Phot. 324 9 Hesych.) — λαμπάδιον περὶ τὸ σφυρόν . . . Ἀριστοφάνης λαμπάδια (λαμπάδα ABVE) π. τ. σφυρόν· Ἀνὴρ τέτρωται (ἀνήρτηται τέτρωκε V ἴσως ἀνήρτηται A marg.) χ. δ. τ. Hesych. λαμπάδιον. τὴν λεπτὴν

Achtundzwanzigste Scene. Ein **Diener** des Lamachos.

Ihr Knechte, die ihr im Hause seid des Lamachos,
nur schnell warm Wasser! setzt einen Topf mit Wasser auf!
Wundfäden zupft, Heftpflaster haltet euch bereit,
auch frische Woll', und macht einen Fussverband zurecht.
Einen Graben überspringend hat sich der Herr verletzt
an einem Pfahl und sich den Knöchel umgekippt,
auch den Kopf zerschlagen, denn er fiel auf ein[en] Stein,
und pflanzte die Gorgo aus dem Schild sich auf [die] Stirn.
Und da der wallende Federbusch vom Prahlerhahn
zum Felsgrund sank, da rief er klagend himmelan:
'o herrlich Aug des Tages, nun zum letzten mal
dich sehend scheid' ich von dieser Welt, ich bin dahin.'
Dies auf den Lippen stürzt' er in einen Kanal hinab,
stand auf und kämpfte mit dem flüchtigen Räubervolk,
zurück sie drängend und niedermachend mit dem Speer.
Da ist er selbst schon; macht die Thür dem Feldherrn auf!

Neunundzwanzigste Scene. Lamachos auf einer Bahre hereingetragen. Dikaeopolis zwischen zwei Mädchen, einen Pokal in der Hand.

Lamachos.

Ach Gott, ach Gott!
unerträglicher Schmerz durchwühlt mein Gebein.

κειρίαν, ἐν ᾗ ἐπιδιδέασιν. — 1123 schol. παλίνορον. Suid. παλίνωρον (Hesych.) . . . Ἀριστοφάνης τὸ σφυρὸν παλίνωρον ἐξεκόκκισε. — ἐξεκόκκισεν. (Zon. I 770) vgl. Etym. M. 322 25 *ἐκκοκκίζειν . . . μεταφορικῶς δὲ εἶπεν Ἀριστοφάνης ἐκκοκκίσας ἀντὶ τοῦ πέρσας. — 1125 Suid. Γοργόνη. Ἀριστοφάνης καὶ Γοργόν' ἐξήγειρεν ἐκ τῆς ἀσπίδος. vgl. 542. — 1132 Phot. 142 19 Suid. κατασπέρχων. — 1134. 1141 schol. ἀτταπαττᾶ. Suid. ἐποποῖ . . . ἀτταταταταί (ἀτταταττаταί *V) 491 9.

τάλας ἐγὼ διόλλυμαι
δορὸς ὑπὸ πολεμίου τυπείς.
ἐκεῖνο δ' αἰακτὸν ἂν γένοιτό μοι,
Δικαιόπολις ἄν μ' ἴδοι τετρωμένον
κᾆτ' ἐγχάνοι ταῖς ἐμαῖς τύχαισιν.

ΔΙΚΑΙΟΠΟΛΙΣ

ἀτταταῖ ἀτταταῖ
τῶν τιτθίων, ὡς σκληρὰ καὶ κυδώνια.
φιλήσατόν με μαλθακῶς ὦ χρυσίω
τὸ περιπεταστὸν κἀπιμανδαλωτόν·
τὸν γὰρ χόα πρῶτος ἐκπέπωκα.

ΛΑΜΑΧΟΣ

ὦ συμφορὰ τάλαινα τῶν ἐμῶν κακῶν.
ἰὼ ἰὼ τραυμάτων ἐπωδύνων.

ΔΙΚΑΙΟΠΟΛΙΣ

ἰὴ ἰὴ χαῖρε Λαμαχίππιον.

ΛΑΜΑΧΟΣ

στυγερὸς ἐγώ.

ΔΙΚΑΙΟΠΟΛΙΣ

μογερὸς ἐγώ.

ΛΑΜΑΧΟΣ

τί με σὺ κυνεῖς;

ΔΙΚΑΙΟΠΟΛΙΣ

τί με σὺ δάκνεις;

ΛΑΜΑΧΟΣ

τάλας ἐγὼ ξυμβολῆς βαρείας.

ΔΙΚΑΙΟΠΟΛΙΣ

τοῖς χουσὶ γάρ τις ξυμβολὰς ἐπράττετο;

ΛΑΜΑΧΟΣ

ἰὼ ἰὼ Παιὰν Παιάν.

1142 Poll. VI 47 *κυδώνια μῆλα, ὡς Ἀριστοφάνης.* — 1144 schol. *ἄλλως. μανδαλωτόν.* Suid. *περιπεταστὸν κἀπιμανδαλωτόν.* vgl. Phot. 245 22 Hesych. *μανδαλωτόν.* — 1146 f. Suid. *συμφορά ... καὶ αὖθις ὦ συμφορὰ τάλαινα τῶν ἐμῶν κακῶν. Ἰὼ ἰὼ τρ. ἐπ.* — *ἰώ ... καὶ αὖθις ἰὼ ἰὼ τραυμάτων ἐπωδύνων.* (Zon. II 1140 *ἰὼ*

Ich bin verloren, ich armer Mann,
getroffen von feindlicher Lanze Stoss.
Nun fehlte noch, voll zu machen meine Qual,
dass so mich hier erblickte Dikaeopolis;
o welchen Hohn fände dann mein Unglück!

Dikaeopolis.

Hop heisa juchhe!
Die Tittchen, wie fest sie sind kydonischen Quitten gleich!
Gebt beide, Goldchen, mir mal einen weichen Schmatz
so einen zuckersüssen mit der Zunge!
Zuerst war ich fertig mit der Kanne.

Lamachos.

O Missgeschick, o du entsetzlich Jammerloos!
o weh o weh! schmerzen meine Wunden mich!

Dikaeopolis.

Sieh da, sieh da! süsser Ritter Lamachos!

Lamachos.

Zu beklagen bin ich.

Dikaeopolis.

Zu bejammern bin ich.

Lamachos.

Was küssest du mich?

Dikaeopolis.

Was beissest du mich?

Lamachos.

Weh mir! ich selbst muss die Zeche zahlen.

Dikaeopolis.

Am Kannenfest hat einer Zeche von dir verlangt?

Lamachos.

O weh! dich Paean ruf' ich an.

τρ. ἐπ.) — 1149 f. schol. ἔνιοι ἓν βούλονται εἶναι, ἵνα ᾖ ὁ Λάμαχος λέγων πρὸς τὸν Δικαιόπολιν τὸ τί με σὺ κυνεῖς, τί με σὺ δάκνεις; ἵνα ᾖ τὸ κινεῖν ἀντὶ τοῦ σαίνειν (κινεῖς ἀντὶ τοῦ σαίνεις R⌒ — 1153 schol. 1213 Παιᾶνά, φησιν, ἐπικαλῇ.

ΔΙΚΑΙΟΠΟΛΙΣ

ἀλλ' οὐχὶ νῦν γε τήμερον Παιώνια.

ΛΑΜΑΧΟΣ

λάβεσθέ μου λάβεσθε τοῦ σκέλους παπαῖ·
προσλάβεσθ' ὦ φίλοι.

ΔΙΚΑΙΟΠΟΛΙΣ

ἐμοῦ δέ γε σφὼ τοῦ πέους ἄμφω μέσου
προσλάβεσθ' ὦ φίλαι.

ΛΑΜΑΧΟΣ

εἰλιγγιῶ κάρα λίθῳ πεπληγμένος
καὶ σκοτοδινιῶ.

ΔΙΚΑΙΟΠΟΛΙΣ

κἀγὼ καθεύδειν βούλομαι καὶ στύομαι
καὶ σκοτοβινιῶ.

ΛΑΜΑΧΟΣ

θύραζέ μ' ἐξενέγκατ' ἐς τοῦ Πιττάλου
παιωνίαισι χερσίν.

ΔΙΚΑΙΟΠΟΛΙΣ

ὡς τοὺς κριτάς μ' ἐκφέρετε. ποῦ 'στιν ὁ βασιλεύς;
ἀπόδοτέ μοι τὸν ἀσκόν.

ΛΑΜΑΧΟΣ

λόγχη τις ἐμπέπηγέ μοι δι' ὀστέων ὀδυρτά.

ΔΙΚΑΙΟΠΟΛΙΣ

ὁρᾶτε τουτονὶ κενόν. τήνελλα καλλίνικος.

ΧΟΡΟΣ

τήνελλα δῆτ', εἴπερ κρατεῖς γ' ὦ πρέσβυ, καλλίνικος.

ΔΙΚΑΙΟΠΟΛΙΣ

καὶ πρός γ' ἄκρατον ἐγχέας ἄμυστιν ἐξέλαψα.

1159 f. schol. *ἰλιγγιῶ.* Zonaras I 645 *εἰλιγγιῶ. σκοτοδινιῶ.* (vgl. Hesych.) — 1164 schol. 1213 *παιωνίαισι χερσί.* — 1167 schol. *ὀδύρτα· κατὰ ἐναλλαγὴν τοῦ σ ὀδύρσα, τουτέστι θρᾳκική. ἢ ἀπὸ τοῦ ὀδύρεσθαι κτλ.* Suid. *ὀδυρτική . . . Ἀριστοφάνης λόγχη τις ἐμπέπηγέ μοι δι' ὀστέων ὀδυρτή.* vgl. schol. Pac. 1204 *τὴν δὲ καταστολὴν τοῦ δράμα-*

Dikaeopolis.

Heut ist doch aber nimmermehr der Paeonstag.

Lamachos.

Ach haltet mich, hier hier am Schenkel — o der Schmerz!
Freunde, fasst mich doch an!

Dikaeopolis.

Und ihr greift beide mitten hier mir an das Ding.
Mädchen, fasst mich doch an!

Lamachos.

Ich fall' in Ohnmacht, ganz zerschmettert ist mein Kopf;
die Sinne schwinden mir.

Dikaeopolis.

Auch mich verlangt es nach dem Bett und Liebeslust;
die Sinne schwelgen mir.

Lamachos.

Nicht mehr ertrag' ich's. Bringt mich fort zu Pittalos
vorsichtig Hand anlegend.

Dikaeopolis.

Mich bringt zu den Richtern. Zeigt den König mir geschwind;
mir muss der Schlauch nun werden.

Lamachos.

Eine Lanze bohrte zu grausigem Schmerz sich tief mir in die Knochen. (wird fortgetragen.)

Dikaeopolis.

Da seht die leere Kanne mein! Heil Heil ruft mir dem Sieger!

Chor.

Heil, Alter, Heil ruf ich mit dir aus vollem Hals dem Sieger.

Dikaeopolis.

Und noch dazu mit lautrem Wein leert' ich die Kann' auf einmal.

τος ἐποίησεν ὁμοίαν τοῖς Ἀχαρνεῦσιν, ἐπεὶ κἀκεῖ τῷ μὲν πρυτανεύσαντι τὴν εἰρήνην (Ach. 60) *δῶρα δίδοται παρὰ πάντων ὡς εἰπεῖν τῶν Ἑλλήνων, τῷ δὲ Λαμάχῳ οὐδέν.* — 1170 Suid. *ἀμυστὶ πιεῖν . . . καὶ Ἀριστοφάνης ἄμυστιν ἐξέλαψα.*

ΧΟΡΟΣ

τήνελλά νυν ὦ γεννάδα· χώρει λαβὼν τὸν ἀσκόν.

ΔΙΚΑΙΟΠΟΛΙΣ

ἕπεσθέ νυν ᾄδοντες ὦ τήνελλα καλλίνικος.

ΧΟΡΟΣ

ἀλλ' ἑψόμεσθα σὴν χάριν
τήνελλα καλλίνικον ᾄδοντες σὲ καὶ τὸν ἀσκόν.

Chor.

Heil Heil dir, würd'ger Zecher! nimm den Schlauch und geh' in Frieden.

Dikaeopolis.

So folget mir und stimmet ein: Heil Heil mir, Heil dem Sieger!

Chor.

Wir folgen gern dir alle nach,
Heil dir und deinem Schlauche singend — Heil dir, Heil dem Sieger!

COMMENTAR.

1—3 Iulian. or. VIII 243 C *εἰκότως δάκνυμαί τε καὶ δέδηγμαι τὴν ἐμαυτοῦ καρδίαν.* (248 D *δάκνοντος αὐτὴν ἔσω τὴν καρδίαν ἡμῶν.*) Synesius epist. 7 *πῶς δοκεῖτε δέδηγμαι τὴν καρδίαν.* encom. calv. 63 B *ἐγὼ μὲν οὖν καὶ ὁπηνίκα τὸ δεινὸν ἤρχετο καὶ θρὶξ ἀπερρύη, μέσην αὐτὴν δέδηγμαι τ. κ.* (de regno I 2 *ἀπειλοῦσι δήξεσθαι τὴν καρδίαν οὐκ ἐν χρῷ μόνον.*) vgl. Plat. symp. 218 A. — Phalar. epist. 4 *οὔτε μᾶλλον ἀνιαθεὶς ἐν τῷ ζῆν ἐμαυτῷ σύνοιδα . . . οὔτε πλέον ἡσθεὶς . . . ἠνιάθην μὲν οὖν ἐκείνην την ἡμέραν . . . ἥσθην δὲ ὅτε κτλ.*

3 *ψαμμοκοσιογάργαρα* vor *E.* Die Form mit *α*, von *Bernh.* auch bei Suidas aus dem cod. Parisin. A hergestellt, und bei Hesychios und Eustathios überliefert (vgl. Eupolis II 543 *ἀριθμεῖν θεατὰς ψαμμακοσίους* Ath. VI 230 C *ὀνόμασι δὲ χρώμενον ψαμμακοσίοις* XV 671 A *ὅτι δ' ἡμεῖς ψαμμακόσιοί ἐσμεν δῆλον*), entspricht der Analogie von *διακόσιοι πεντακόσιοι* cet. *Fr* (de Acharn. Ar. comment. Rost. 1831) erklärt sich für die Vulgata (die auch *B* wieder aufgenommen), indem er sich auf *χιλιοπλάσιος* neben *πολλαπλάσιος* beruft. *Lobeck* Phryn. 663 '*adiectiva definiti numeri communem in compositione rationem sequuntur: χιλιοπλάσιος μυριοπλάσιος, quo etiam ludicrum illud πολλοδεκάκις* (Pac. 243) *inclinat.*' Und dieses *πολλοδεκάκις* kann hier gar nicht angeführt werden, weil *δεκάκις* ein selbständiges Wort ist, was bei *κόσιοι* nicht zutrifft. Auch die Länge des *α* in *διακόσιοι* und *τριακόσιοι* konnte die Komiker nicht zur Bildung von *ψαμμοκόσιοι* veranlassen, da dieses *α* nach einem Consonanten für kurz gilt (*πεντακόσιοι*). Der dritte Bestandtheil des Wortes ist *τὰ γάργαρα* der Haufe, wofür die Grammatiker ein Beispiel aus den *Βοηθοί* des Aristomenes anführen (Me. com. II 730): *ἔνδον γὰρ ἡμῖν ἐστιν ἀνδρῶν γάργαρα* — ferner aus der *Κωμῳδοτραγῳδία* des Alkaeos (ibid. 830): *ὁρῶ δ' ἄνωθεν γάργαρ' ἀνθρώπων κύκλῳ* — und aus einem Tragiker (Nauck fr. trag. adesp. 362): *χρημάτων τε γάργαρα.* Dagegen scheint *W* an *Γάργαρον* das Vorgebirge des Ida zu denken, auf dem die Stadt *Γάργαρα* lag (Strab. XIII 583. 606. 610 Steph. Byz. 199 5 *καὶ Γάργαρα ἄκρα· Ἐπαφρόδιτος δέ φησιν, ὅτι ἡ μὲν πόλις θηλυκῶς λέγεται, τὸ δ' ἀκρωτήριον οὐδετέρως*). Er über-

setzt 'sandeshundertdünenmal' und fügt hinzu: 'gleichzeitige Komiker wie Eupolis sagten von einer unzählbaren Menge sandmal; der unsrige übertrumpft sie mit dem Zusatz eines berühmten Hügels'.

4 Die einzige Stelle im Aristophanes, wo sich die Coniunction *δέ* nach *φέρ' ἴδω* findet, ist Av. 812 *φέρ' ἴδω, τί δ' ἡμῖν τοὔνομ' ἔσται τῇ πόλει*; sonst ist das Asyndeton üblich, z. B. Nub. 21 *φέρ' ἴδω, τί ὀφείλω*; Daher wollte *E* auch hier *τί ἥσθην*, später *τί ἄρ' ἥ*. (Equ. 119 *φ. ἴ. τί ἄρ' ἔνεστιν*. vgl. 1214 *φ. ἴ. τί οὖν ἔνεστιν*;) Das hier und in der Stelle der Vögel überlieferte *δέ* zu halten, reicht hin Nub. 787 Thesm. 630 *φ. ἴ. τί μέντοι πρῶτον ἦν*; Bei Epicharm Diog. L. III 14 liest *Cob. φ. ἴ. τίς αὐλητάς* statt *τί δ' α.*

5 *εὐφράνθην* vulg. *ηὐφράνθην E.* — *κέαρ* Nachahmung des tragischen Stils hier und Eupolis 90 II 457 *τοὐμὸν ἀλγυνεῖ κέαρ.*

7 ff. Nach Theopomp beim schol. (fr. 101 Müller) war Kleon von den Bundesgenossen mit fünf Talenten bestochen worden, damit er ihnen eine Erleichterung des Tributs verschaffe. Die Ritter hatten aber Kunde davon bekommen, und er musste auf ihre Klage das Geld herausgeben. (Oder andere stellten die Klage an, und die Ritter unterstützten sie.) *Dr* Einl. Ritt. 292 f.

8 Aristides I 543 11 *ἄξιον γὰρ Ἑλλάδι ἀνακαλέσαι.* — Die Worte *ἄξιον γὰρ Ἑλλάδι* (vgl. *τῇ πόλει γὰρ ἄξιον* 205) sind aus dem Telephos des Euripides. Der ganze Vers wird vom schol. so angegeben: *κακῶς ὄλοιτ' ἄν· ἄξιον γ. Ἑ.* Mit Sicherheit lässt sich zur Deutung desselben nichts behaupten. *Geel* de Telepho Euripidis commentatio (1827) 25 erblickt darin eine Verwünschung des Tel. durch Achill; vgl. *O. Jahn* Telephos u. Troilos (Kiel 1841) 31. *Nauck* trag. 718. — Nicolaus com. IV 579 v. 18 *τί τῶν ἐν τῷ βίῳ Ξυνῆκας; εἶπον, ἄξιον γὰρ εἰδέναι.*

10 Ueberliefert ist *κεχήνη* (*κεχήνει* R), und so schreibt *D.* vgl. Phot. 160 6 *κεχήνη. κεχηνὼς ἤμην κτλ.* Suid. *κεχήνη. ἡ συναίρεσις τοῦ κεχήνη ἀττική. E* u. a. nach *Bentl. δὴ 'κεχήνη.* Der Spiritus zur Bezeichnung der Aphaeresis existirte bei den Alten nicht. Da das Augment im Plusquamperfectum bisweilen fortgelassen wurde, ist er hier vollständig überflüssig. Eur. Iph. A. 404 *οὐχὶ κεκτήμην τάλας.*

11 Unter *ὁ δέ* ist ein Herold zu verstehen. Thuc. II 2 4 *καὶ ἀνεῖπεν ὁ κῆρυξ.*

12 Aeschylos war bereits seit Ol. 81 todt. Aber wie er selbst in den Fröschen unseres Dichters sagt (868 vgl. Ath. VIII 347 E), seine Poesie war nicht mit ihm gestorben, da die Athener den Beschluss fassten, auch ferner zur Aufführung seiner Werke den Chor zu bewilligen. D. sah sich auf das bitterste getäuscht, denn die Stücke des Theognis standen dem Gefrierpunkt nahe, so dass er sich des Spitznamens *Χιών* erfreute; daher der Spass 138 ff. und das Wort des Mnesilochos in den Thesmophoriazusen, der auf Agathons Bemerkung, der Mensch müsse alle Dinge seiner Natur gemäss verrichten, zur Kritik einiger Tragiker bemerkt: 168 *ταῦτ' ἄρ' ὁ Φιλοκλέης αἰσχρὸς ὢν αἰσχρῶς ποιεῖ, Ὁ δὲ Ξενοκλέης ὢν κακὸς κακῶς ποιεῖ, Ὁ δ' αὖ Θέογνις ψυχρὸς ὢν ψυχρὸς ποιεῖ.* Nach dem

Scholien ist dieser Th. derselbe, der von Xen. Hell. II 3 2 unter den dreissig Tyrannen aufgezählt wird. Lys. XII 6. 13 ff. Harpocr. Θέογνις. — Zu πῶς δοκεῖς (24) vgl. Eccl. 399 ὁ δῆμος ἀναβοᾷ πόσον δοκεῖς. Araros 13 III 275 Theophilus 2 III 627. Iulian. epist. 1 ἥσθην πῶς δοκεῖς. (40 417 C τί με δεῖ λέγειν ὅπως ηὐφράνθην;) Synes. epist. 7 (s. zu 1).

13 f. Von Dexitheos wissen wir nur aus unserer Stelle. Er heisst in den Schol. ein ἄριστος κιθαρῳδὸς καὶ πυθιονίκης, doch wird hinzugefügt: οἱ δὲ ψυχρὸν αὐτὸν εἶναί φασιν. Hat das letztere seine Richtigkeit, so ist diese Freude des Dik. nur eine ironische. Zu βοιώτιον ist μέλος zu denken oder νόμον. Unter der 'boeotischen Weise' verstehen die Scholien ein Lied im Stile des Terpander, des lesbischen Sängers: τὸ δὲ β. μέλος, ὅπερ εὗρε Τέρπανδρος, ὥσπερ καὶ τὸ φρύγιον, eine Notiz, die *Bernh.* griech. Litt. I 300 unverständlich nennt; doch verweist er auch auf Plut. mus. 1132: οἱ δὲ τῆς κιθαρῳδίας νόμοι πρότερον πολλῷ χρόνῳ τῶν αὐλῳδικῶν κατεστάθησαν ἐπὶ Τερπάνδρου· ἐκεῖνος γοῦν τοὺς κιθαρῳδικοὺς πρότερον ὠνόμασε, βοιώτιόν τινα καὶ αἰόλιον κτλ. — Ob 13 Μόσχῳ oder μόσχῳ zu schreiben, darüber waren schon die alten Erklärer getheilter Meinung. Die das erste thaten, wollten von einem schlechten Kitharoden Moschos von Akragas wissen, der beim Singen mit dem Athem nicht oekonomisch umgegangen sei (πολλὰ ἀπνευστὶ ᾄδων); nach diesem sei Dexitheos aufgetreten und habe ihn besiegt. Andre sprachen aber von einem Kalbe als Kampfpreis in den kitharodischen Spielen: τινὲς οὕτως, ὅτι ὁ νικήσας ἆθλον ἐλάμβανε μόσχον. So bekanntlich auch *Bentl.* (Phal. 326 meiner deutschen Uebers. L. 1857 Teubner). *Welcker*, der den Bock als Kampfpreis der Tragödie nicht gelten lassen will, duldet auch hier das Kalb nicht in diesem Sinne. Er sagt (Nachtr. z. Aeschyl. Trilogie 241): 'ein Einfall des Ar. Ach. 13, welcher anspielend auf die Wortbedeutung von Böotisch mit dem νόμος *B.* ein Kalb in scherzhafter Erdichtung verbindet, veranlasst einen Grammatiker uns das Kalb als Preis der Kitharöden aufzutischen.' Wenn aber das Kalb gar keine Beziehung zu dem *ν. β.* hatte, so sieht man nicht, wie irgend ein Zuhörer sich bei diesem ἐπὶ μόσχῳ etwas denken konnte; denn deswegen, weil ein Kalb ein kleines Rind ist, hat der Satz doch noch keinen Sinn: sie sangen ein ochsenländisches Lied bei einem Kalbe. (oder zu einem Kalbe, oder wie?)

15 f. Der νόμος ὄρθιος hatte einen schwungvollen, majestätischen Charakter. Eustath. 826 65. (*Bernh.* griech. Litt. II 220. freilich nennt ihn *Dr* 'eine ziemlich vulgäre Gesangsweise.') Der Thebaner Chaeris aber, dessen Musik Ar. in unserm Drama noch einmal (827) nicht sehr schmeichelhaft behandelt, war nicht der Mann dazu, sich in diesem Stile zu bewegen. Er war eigentlich Kitharode, wandte sich aber später den Blasinstrumenten zu (schol. Av. 858), und erwarb auf beiden Feldern gleich wenig Ruhm. Bei Pherekrates in den Wilden machte ihm nur Meles den untersten Rang in der Musik streitig: 8 II 257 φέρ' ἴδω κιθαρῳδὸς τίς κάκιστος ἐγένετο; *B.* Ὁ Πεισίου Μέλης [γε]. *A.*

μετὰ Μέλητα [δ'] ἦν; *B.* Ἔχ' ἀτρέμ', ἐγῷδα, Χαῖρις. Das Wort παρέκυψε in unserer Stelle deutet spasshaft an, wie ungeschickt er sich bei seiner Aufgabe benahm, und da es eigentlich eine körperliche Bewegung bezeichnet, so wird die Wirkung auf den Zuhörer analog durch διεστρ. ἰδών ausgedrückt: ich musste mir den Hals ausrenken oder auch die Augen verdrehen, um seinen Bewegungen zu folgen. (Weniger wahrscheinlich dürfte die Erklärung von *HM* sein, welcher sich denkt, D. hätte, weil ihm der Anblick des Ch. gar zu widerwärtig gewesen, beständig hinter sich geblickt. Den Ch. nicht zu sehen konnte er jedenfalls ohne diese Poenitenz erreichen.) — Vermögen erwarb Ch. nicht mit seiner Kunst; er suchte sich gern einzudrängen, wo er etwas gutes zu essen finden konnte, daher im Frieden des Ar. der Chor den Rath gibt, das Opfer zu beeilen, damit nicht der flötende Chaeris komme, und man ihm etwas abgeben müsse (950). vgl. Av. 858. Auch in der Nemesis des Kratin wurde ein Flötenspieler dieses Namens verspottet, der aber nach dem schol. Av. ein anderer sein soll (II 85 fr. XII), während zu der Stelle im Fri. ein κιθαρῳδός und ein αὐλητής gesondert werden. Daraus, dass Arions Sterbelied nach Herod. I 24 ein νόμος ὄρθιος gewesen, folgt noch nicht (*Halb.* 11), dass dieser immer Kitharbegleitung gehabt hätte. An unserer Stelle sagt der schol. ὁ δὲ ὄρθιος αὐλητικὸς νόμος. vgl. *Fr* Ran. 1264 *Kock* Equ. 1279.

17 vgl. Av. 322 ὦ μέγιστον ἐξαμαρτὼν ἐξ ὅτου 'τράφην ἐγώ. Equ. 644 f.

18 κονία, d. h. Lauge, die man auch zum Waschen der Augen brauchte, und ὀφρῦς stehen παρ' ὑπόνοιαν statt des Aergers und Gemüthes. 'Ich ärgere mich, dass ich so früh aufgestanden bin.' schol. δέον γὰρ εἰπεῖν, ὑπὸ λύπης τὴν καρδίαν κτλ. Philostr. epist. 40 οὐ γὰρ κονιᾷς τὸ πρόσωπον. Eust. 501 2 κονία δὲ καὶ κόνις παρὰ μὲν τῷ ποιητῇ ταὐτὰ δύνανται, ὡς καὶ ὁ κονίσσαλος. παρὰ δὲ τοῖς ὕστερον ἡ μὲν κονία καὶ ἄλλο τι σημαίνει, ὡς ἡ ἀπ' αὐτῆς σύνθετος ἐλαιοκονία δηλοῖ (382 36).

19 Der Rath in Athen bestand aus 500 Mitgliedern, 50 aus jeder Phyle. Die Repraesentanten jeder Phyle waren einmal im Jahre nach einer durchs Loos bestimmten Reihenfolge Prytanen und besorgten als solche die Regierungsgeschäfte. Während der Amtsdauer von jeder dieser Abtheilungen war in der älteren Zeit eine regelmässige Volksversammlung, und diese hiess κυρία ἐκκλησία (Poll. VIII 95), andere auf besondere Veranlassung berufene σύγκλητοι. Wie die Quellen ergeben (Harpocrat. Phot. 190 22), stieg die Zahl der ordentlichen nachher auf vier in jeder Prytanie. Alle diese vier hiessen νόμιμοι ἐκκλησίαι, der Name κυρία blieb geraume Zeit der ersten eigenthümlich, doch scheint er Ol. 88 schon auf die drei andern ausgedehnt gewesen zu sein. Wenigstens passen die hier folgenden Verhandlungen nach den Worten des Pollux auf die dritte, von der er sagt: ἡ δὲ τρίτη κήρυξι καὶ πρέσβεσιν ἀξιοῖ χρηματίζειν, während in der ersten τὰς ἀρχὰς ἐπιχειροτονοῦσιν, εἴπερ καλῶς ἄρχουσιν, ἢ ἀποχειροτονοῦσιν. Sollte also unter κυρία hier wirklich die erste zu verstehen

sein, so müsste die Vertheilung der Geschäfte in der von dem Grammatiker angegebenen Art nicht immer genau inne gehalten sein. In starkem Widerspruch mit diesen Thatsachen befindet sich die Angabe der Scholien (Phot. 191 8), welche drei κύριαι in jedem Monat setzt, und zwar am ersten, zehnten und dreissigsten Tage desselben: εἰσὶ δὲ νόμιμοι ἐκκλησίαι αἱ λεγόμεναι κύριαι τρεῖς τοῦ μηνὸς Ἀθήνησιν, ἡ πρώτη καὶ ἡ δεκάτη καὶ ἡ τριακάς. Das bezieht sich auf die Zeit nach Ol. 118, wo die zehn Stämme des Klisthenes um zwei vermehrt waren, und jede Prytanie einem Monat gleich kam. *Schoem* de comitiis Ath. 29 ff. 43. Griech. Alterthümer I 381 (erster Ausg.).

21 f. Die Volksversammlungen fanden bis in das Zeitalter des Demosthenes auf der Pnyx statt, nach welcher aus der Agora eine Strasse führte. (Ueber die Lage derselben s. jetzt *E. Curtius* attische Studien Gött. 1862 S. 33. 49 ff. Dagegen *Bu* im Lit. Centralblatt 1863 n. 30 vgl. *Bursian* Geogr. v. Griech. I 277.) Um das allzulange Herumstehen und Schwatzen auf dem Markte, über welches D. Klage führt, abzukürzen, hatten die Lexiarchen (Poll. VIII 104), wenn es nöthig schien, den Platz mittelst eines roth gestrichenen Seiles nach jener Strasse hin zu räumen. So lange es irgend möglich war, suchte man sich einen Standpunkt, auf dem man zunächst noch sicher zu sein glaubte. Wer sich vom Seile treffen liess, trug das Zeichen der Saumseligkeit, wurde ausgelacht und ging vielleicht der Marke verlustig, die ihn zum Empfang des μισθὸς ἐκκλησιαστικὸς berechtigte (*Schoem* de comit. 63. gr. Alt. I 383). vgl. Eccl. 378 ff.

Zwischen 23 und 24 oder nach ἥκοντες 24 scheint eine Lücke zu sein, wenn nicht in ἥκοντες eine Corruptel steckt. Abgesehen von dem Satzbau, welcher *Dobr* veranlasste, διωστιοῦνται statt δ' ὠστ. zu schreiben (schol. διωθήσονται), vermisst man nach ἀλλά ein neues Praedicat zu πρυτάνεις, woraus zu ersehen wäre, was sie zur Unzeit thun. Denn dass sie auf dem Markte die Zeit todt schlagen und sich nachher drängen werden, ist unstatthaft, da sie sich unmöglich περὶ πρώτου ξύλου stossen können. Für den Leser lässt sich durch eine starke Interpunction nach ἥκουσιν 23 helfen.

25 Man sass nicht, wie es nach dem Worte ξύλου scheinen könnte, auf Holzbänken in der Volksversammlung, wenigstens nicht ausschliesslich, sondern zum grossen Theil unmittelbar auf dem Stein des Felsbodens. 'Kleon' sagt der Wursthändler zum Demos Pyknites Equ. 783, ἐπὶ ταῖσι πέτραις οὐ φροντίζει σκληρῶς σε καθήμενον οὕτως, und zeigt ihm dann das Kissen, das er für ihn bereitet hat. So ist ξύλον hier nur in der Bedeutung Sitzreihe gebraucht, übertragen von andern Localen, wo man wirklich auf hölzernen Bänken sass. Zum Beweise, dass es auch auf der Pnyx dergleichen gegeben habe, kann man nicht Vesp. 90 anführen, wo Xanthias von seinem Herrn sagt, er sei unglücklich, ἢν μὴ 'πὶ τοῦ πρώτου καθίζηται ξύλου, denn dort ist von Gerichtsverhandlungen die Rede, die für gewöhnlich nicht auf der Pnyx statt fanden.

26 ἀθρόοι vulg. ἄθροι *W* ἄθροοι *E* ἄθροι *Me* nach fr. 650 II 1194

ἑστῶτας ὥσπερ τοὺς ὀρεωκόμους ἄθρους bei Eustath. 1387 5, der auch noch anführt ἄθρους ἐπελθὼν ὁ στρατηγός, οἷον σὺν ὅλῳ τῷ στρατεύματι. Für die nicht contrahirte Form vgl. *Lehrs* de Aristarchi stud. Hom. 346 (schol. A Hom. Ξ 38).

26 f. vgl. Phalar. epist. IX 49 ὅπως δὲ αὐτὸς ἀπονοστήσῃς ἀπαθὴς ἐξ Ἀλαίσης εἰς Ἱμέραν, οὐδὲν φροντίζεις.

27 Eupolis 214 II 510 ὦ πόλις πόλις, Ὡς εὐτυχὴς εἶ μᾶλλον ἢ καλῶς φρονεῖς.

33 'στυγῶ . . . ποθῶ *Stob. recte, si legas in v. priore ἀποβλέπων δ'* ' *P.* — schol. ὁ στίχος ἐκ τραγῳδίας. Nauck adesp. 25.

35 ᾔδ' εἰ R ᾔδη BΔ ᾔδει vulg. '*Stobaei libri partim* οὐχ ἡ δὴ *partim* οὐχὶ δεῖ *D* ᾔδη *Br* ᾔδην *E* ᾔδειν *D 38.* — Ueber ᾔδη als erste und dritte Person s. Etym. M. 419 21. *Daw* Miscell. crit. 410 ff. ed. Kidd *Ellendt* lex. Soph. II 286 *Cobet* novae lectiones 213. — Alexis 169 (III 465) 3 οὐκ ἔχων δὲ τυγχάνω Οὐκ ὄξος, οὐκ ἄνηθον, οὐκ ὀρίγανον, Οὐ θρῖον, οὐκ ἔλαιον, οὐκ ἀμυγδάλας. Menander 295 (IV 156) 4 ὄξους ἐλαίου.

36 Von dem Imperativ πρίω bildet der Dichter scherzhaft das Participium πρίων, d. h. der πρίω rufende, spielt aber damit gewiss zugleich auf πρίων der sägende an. Der Quantitätsunterschied kommt bei diesem Wortspiel gar nicht in Betracht.

37 Equ. 1152 ἐγὼ μέντοι παρεσκευασμένος Τρίπαλαι κάθημαι, βουλόμενός σ' εὐεργετεῖν.

41 (781) Eccl. 78 τοῦτ' ἔστ' ἐκεῖνο τῶν σκυτάλων Nub. 1052 ταῦτ' ἔστι ταῦτ' ἐκεῖνα Pac. 289 νῦν τοῦτ' ἐκεῖν' ἥκει Amphis 9 com. III 303 τοῦτ' ἐκεῖν' ἔστιν σαφῶς Hippocrates epist. 12 τοῦτο ἐκεῖνο Δημάγητε ὅπερ εἰκάζομεν. noch Eustath. 804 21 (K 266) Ἀμύντωρ δὲ Ὀρμενίδης ὁμώνυμος τῷ πατρὶ τοῦ Φοίνικος. τινὲς δὲ τοῦτον αὐτὸν ἐκεῖνον εἶναι ἐνόμισαν.

42 Aristid. II 95 15 οὐδὲ εἰς τὴν προεδρίαν ὠθίζονται.

44 Jede öffentliche Verhandlung, zumal die Volksversammlung, musste durch ein Reinigungsopfer (περίστια, κάθαρμα, bei Aeschines I 23 καθάρσιον) eingeleitet werden. Durch den περιστίαρχος wurde ein Ferkel geschlachtet (Eccl. 128 parodisch γαλῆ), auf dem Platze herumgetragen, und dieser, so weit es ging, mit dem Blute desselben besprengt. Hierauf folgten die πάτριοι εὐχαί, die ein Herold zu sprechen hatte, und dann fing die Verhandlung an. Die letztere hat Ar. hier und in den Ekklesiazusen übergangen, ebenso wie das übrige, was der Aufforderung zu sprechen vorausgehen musste. *Schoem* de comit. 91 (eigentlich 107). 95. 103. Griech. Alt. I 384.

46 Der Herold versteht ἀμφίθεος als Adiectiv, von beiden Seiten, d. h. ganz und gar göttlich.

47 Da die erste Sylbe von ἀθάνατος durchgehends lang gebraucht wird (vgl. auch Av. 1224 ἀλλ' ἀθάνατός εἰμι) und in Iamben nur dann in der Thesis steht, wenn diese eine Länge sein kann (merkwürdiger Weise

sagt *E* '*corripit*', wo er '*producit*' sagen will), so kommt hier ein Tribrachys vor einen Anapaest zu stehen (◡ – ◡ ◡́ ◡ | ◡ ◡ –). Dies, so wie das Zusammenstossen eines Dactylus mit einem Anapaest (– ◡́ ◡ ◡ ◡ –) hat zuerst *Daw* misc. crit. 253 als unstatthaft bezeichnet, freilich ohne dabei unsrer Stelle zu gedenken. Daher glaubte *E* emendiren zu müssen und setzte: *ἀλλ' ἀθανατός γ'· ὁ γὰρ κτλ. Fr ἀλλ' ἀθάνατος γὰρ 'Αμφ.* Auch *Herm* hielt ehemals eine Aenderung für nöthig (*Reis* coniect. 14 f.), und zwar ὁ δ' *'Αμφ.* mit Zerstörung des ganzen Sinnes. Doch hat er nachher für den vorliegenden Fall den Grund der Zulassung von Tribrachys vor Anapaest erkannt. Wenn nämlich nach der ersten Dipodie eine Interpunction steht, so lässt sich durchaus nicht mehr der trochaeische Rhythmus auf den Vers anwenden (◡ | – ◡ –, ◡ | –), und man kann bei Auflösung der zweiten Arsis vor zweisylbiger Thesis des dritten Fusses (◡ | – ◡ ◡́ ◡, ◡ ◡ | –) nicht mehr nach H's Terminologie von einem Proceleusmaticus, der für einen Trochaeus stehe, sprechen; vielmehr fängt mit der dritten Thesis eine neue Reihe an, und diese kann mit zweisylbiger Anakruse beginnen. Von derselben Art ist wenigstens noch Eccl. 315 *καὶ θοἰμάτιον· ὅτε δὴ δ' ἐκεῖνο κτλ.*, wo aber freilich *Me* auch ändert: *ὅτε δέ γ' ἐκεῖνο.* An unserer Stelle sagt dieser: '*vitium loci latet potius in 'Αμφίθεος*'. vgl. *Enger* praef. Lysistr. XV *Rossb* u. *Westph* griech. Metrik 193. — Dass Amphith. seinen hochadligen Stammbaum auseinander setzt, ist komische Nachahmung der Prologenmanier des Euripides. Bacch. *ἥκω Διὸς παῖς τήνδε Θηβαίων χθόνα Διόνυσος, ὃν τίκτει ποθ' ἡ Κάδμου κόρη Σεμέλη κτλ.* Hec. 1 Hel. 16 Herc. fur. 1 I. T. 1 Ion. 1 Orest. 4. 11. 16 Phoen. 5. Aeol. fr. 14 *"Ελλην γάρ, ὡς λέγουσι, γίγνεται Διός, Τοῦ δ' Αἴολος παῖς, Αἰόλου δὲ Σίσυφος 'Αθάμας τε Κρηθεύς θ', ὅς τ' ἐπ' 'Αλφειοῦ ῥοαῖς Θεοῦ μανεὶς ἔρριψε Σαλμωνεὺς φλόγα.* Melea. 519 3 Tel. 697 Phrix. 816. Auf Rechnung der komischen Absicht kommt auch der Fehler, dass Triptolemos hier zum Grossvater des Keleos gemacht wird, während er sonst für dessen Sohn gilt.

52 *σπονδὰς ποιεῖσθαι* wird sonst von den Frieden oder Bündniss schliessenden Parteien gesagt (253 Av. 1599 Lys. 154. 951. 1006), das Activ von den Vermittlern (so 58, wo nur R *ποιεῖσθαι* hat; vgl. Thuc. II 29 4 *Σιτάλκην οἱ 'Αθηναῖοι ξύμμαχον ἐποιήσαντο*, und ὁ *Νυμφόδωρος τήν τε τοῦ Σιτάλκου ξυμμαχίαν ἐποίησε*). Daher will *E* auch hier *ποιῆσαι*, 131 *ποίησον* (statt *ποίησαι*). Das Activum würde für den Amphitheos sehr wohl passen, und scheint mir 58 und 131, wo *ἡμῖν* und *ἐμοὶ μόνῳ* dabei steht, nothwendig. vgl. *ποιησάμενος ἐμαυτῷ* 253. Er sagt ja ganz offenbar, die Götter hätten ihm allein die Vollmacht gegeben, Frieden mit den Lakedaemoniern zu machen — doch nicht etwa für sich allein? Und so wird er denn nachher von Dikaeopolis als Vermittler gebraucht, da die Prytanen nichts von ihm wissen wollen. Er selbst geniesst gar nichts von dem Frieden, den er bringt, sondern verschwindet, nachdem er seinen Auftrag ausgeführt. Ebenso heisst es von Trygaeos Pac. 1198: *ὅσ' ἡμᾶς τἀγαθὰ Δέδρακας εἰρήνην ποιήσας.* Dessenungeachtet wird man hier 52 wohl das Medium stehen lassen können, da A.

doch immer mit zu denjenigen gehört, für die der von ihm beabsichtigte Friede ist, und hier kein dativ. commodi hinzugesetzt ist.

54 In dem cod. B ist vor den Worten *οἱ τοξόται* die Bezeichnung *κῆρυξ* in *πρύτανις* corrigirt, und die Scholien geben dazu eine Bestätigung; *τοῦτό φησιν εἷς τῶν πρυτάνεων κτλ.* Das hat *Br* in seiner Ausgabe befolgt, ausserdem aber noch aus eigner Coniectur v. 46 *τίς ὤν*; und *οὐκ ἄνθρωπος*; 59 *κάθησο σῖγα* dem Prytanen gegeben, *W* nur 54. *Beer* Zahl d. Schausp. bei A. 54: 'Hätte der Dichter aber wirklich einen der Prytanen reden lassen, so würde dies nicht bloss an jenen drei Stellen, sondern auch im weitern Verlaufe der Versammlung geschehen sein, was nicht der Fall ist. Die Einführung eines redenden Prytanen war auch eine nutzlose; denn dessen Befehle mussten ohnehin durch den Mund des Herolds laut verkündet werden, es genügte also, wenn der Pr. dieselben leise gab oder sich stellte, als ob er deren gebe.' Am passendsten wäre noch der Prytan 46 anzubringen. — Erregte einer durch Reden das Missfallen der Volksversammlung, so wurde er entweder durch Lachen und Toben zum Abtreten genöthigt, oder die Prytanen beorderten die Polizei, ihn zum Schweigen zu bringen. Equ. 665 Th. 930 f. Plat. Prot. 319 C.

58 s. zu 52.

61 Die Gesandtschaft ist nur poetische Fiction des Aristophanes, vielleicht weil in jener Zeit die Frage ernsthaft besprochen war, ob man nicht mit dem Grosskönig in directe Verbindung treten sollte, um ihn von dem Bündniss mit den Spartanern abzuziehen. Die Scholien haben hier die Bemerkung: *πρέσβεις δὲ οὗτοί εἰσιν οἱ περὶ τὸν Μόρυχον ἐμπλησθέντες τρυφῆς.* Morychos ist ein bekannter Schlemmer, in den Acharnern auch 848 erwähnt, und die angeführten Worte wollen sagen, dass der Dichter bei dieser Gesandtschaft Leute wie M. und seines gleichen vor Augen gehabt habe. Dadurch muss man sich aber nicht (nach *B* zu Aristoph. Babyl. bei Mc II 970) zu dem Glauben verführen lassen, M. sei wirklich als Gesandter nach Persien geschickt worden. vgl. schol. Vesp. 506 nach *Me*'s Emendation (Telecl. 13 Addend. zu II 366): *πρὸς τὸν τοὺς Ἀψευδεῖς ποιήσαντα, ὅτι τὸν Μόρυχον τῶν πολιτικῶν πεποίηκε μετέχοντα πραγμάτων, ἀγνοήσας ὅτι τρυφερὸς καὶ ἡδύβιος κωμῳδεῖται.*

63 *ταῶσι* vulg. *ταῷσι E ταὧσι W* (Ath. IX 397 E. *A. v. Velsen* Tryphonis gramm. Alex. fr. 8). Ein Pfau war noch zu Eubulos Zeiten (nach Suid. Ol. 101. *Me* hist. crit. 355) eine Seltenheit in Athen. 113 III 259 *καὶ γὰρ ὁ ταὼς διὰ τὸ σπάνιον θαυμάζεται.*

66 vgl. 159. Zwei Drachmen sind etwa ein halber Thaler. *Hultsch* griech. u. röm. Metrologie Berl. 1862. — Archippus 24 II 722 *ἐπτ' ὀβολοὺς μισθὸν φέρων.*

67 Euthymenes war Archon Ol. 85 4 — mithin haben die Gesandten sich angeblich 11 Jahre in Asien aufgehalten. Der Krieg, um dessentwillen eine solche Gesandtschaft hätte abgeschickt werden können, dauerte aber erst seit 87 2. Der Grund, warum Arist. gerade dies Jahr gewählt hat, ist vielleicht darin zu suchen, dass unter Euthymenes das Decret

aufgeboben war, wodurch man die Freiheit der Komödie einzuschränken versucht hatte. *Me* hist. crit. 40.

68 f. διὰ (παρὰ R) τῶν Καϋστρίων Πεδίων vulg. ἑτρ. τῶν *E* παρὰ *K*. *Fr* παρὰ Καΰστριον Πεδίον *D* π. *K*. Ποταμὸν *Bl* nach Herod. V 100 πορευόμενοι δὲ παρὰ ποταμὸν Καΰστριον. διὰ Καϋστρίων Πεδίων *B*.

71 γ᾽ ἄρ᾽ *Br* τἄρ᾽ *Mehler*. vielleicht σφόδρ᾽ ἄρα γ᾽ ἐσ.

72 'längs der Zinne hin — indem man sich die regelmässig fortlaufenden Zinnen als ein Ganzes dachte.' *Kr.* zu Thuc. II 13 5 τῶν παρ᾽ ἔπαλξιν.

75 Kranaos galt für einen uralten König von Athen (παῖδες Κραναοῦ Aesch. Eum. 993), wie die Attiker selbst ehemals Κραναοί geheissen haben sollen. Herod. VIII 44 Ἀθηναῖοι δὲ ἐπὶ μὲν Πελασγῶν ἐχόντων τὴν νῦν Ἑλλάδα καλεομένην ἔσαν Πελασγοί, οὐνομαζόμενοι Κραναοί, ἐπὶ δὲ Κέκροπος βασιλέος ἐπεκλήθησαν Κεκροπίδαι κτλ. (Av. 123 ἔπειτα μείζω τῶν Κραναῶν ζητεῖς πόλιν;) Indem also D. die Stadt mit ihrem ältesten Namen nennt (Lys. 480 ὅτι βουλόμεναί ποτε τὴν Κραναὰν κατέλαβον), weist er auf die besseren Zeiten hin, wo solche Spiegelfechtereien nicht möglich waren, wie sie jetzt zur Tagesordnung gehörten, und neckt die Athener mit ihrer Eitelkeit auf ihr ahnenreiches Geschlecht. κραναός heisst auch rauh und felsig (stehendes Beiwort von Ithaka), und weil Attika diese Beschaffenheit hatte, darum hatten seine Bewohner in den ältesten Zeiten jenen Namen. *E. Curtius* attische Studien 16. Κραναὰ πόλις bedeutet hiernach die rauhe, übertragen ehemals einfache und schlichte Stadt; eine Anspielung auf 'Hartköpfigkeit' der Athener ist aber mit *Wieland* und *W* wohl nicht darin zu finden.

78 δυναμένους καταφαγεῖν τε καὶ (◡ ‒ ◡ ◡ ◡́ ◡ | ‒ ◡́ ◡) vulg. auch *Reis* coni. 57. *Rossb* u. *Westph* Metrik 193. δυν. κατ. καὶ π. *Br* aus B. δ. φαγεῖν τε κ. π. *Morellus* ad Liban. decl. VII (Theophilus 3 com. III 627 ἀνδρῶν ἁπάντων πλεῖστα δυναμένους φαγεῖν). δυνατοὺς καταφαγεῖν τε κ. π. *E* (*Herm* el. doctr. metr. 129), weil der Scholiast ausdrücklich sagt: καταφαγεῖν· ἐμφαντικῶς ἢ κατά ὥσπερ καὶ τὸ ἐμφαγεῖν. '*conieci* τοὺς πλεῖστ᾽ ἐθέλοντας κατ.' *B*. vgl. Eustath. 229 14 τὸ δὲ κατήσθιε . . . διαφέρει τοῦ ἁπλῶς ἐσθίειν, ὡς καὶ τὸ καταφαγεῖν τοῦ ἁπλῶς φαγεῖν.

81 εἰς ἀπόπατον steht παρὰ προσδοκίαν für εἰς πόλεμον, wie nachher πρωκτόν für στρατόν.

82 ὀρῶν schon in der ed. Leidensis 1625 statt der überlieferten Verschreibungen ὁρῶν, ὅρων, ὅρρων, ὄρων.

84 τῇ πανσελήνῳ; gab *E* dem Dikaeopolis als Fortsetzung seiner Frage. '*animadvertendum est Legatum uno tenore orationem suam prosequi, et omnia quae a Dicaeopolide contumeliose dicuntur*, διὰ μέσου *esse*.' Der Komödie ist es aber eben nicht unangemessen, dass der Gesandte selbst die Frage beantwortet. Im Munde des D. müssten die beiden Worte einen besonderen, hier aber gar nicht zu ergründenden Witz enthalten. — Der wechselnde Mond spielte eine grosse Rolle bei den Griechen, wo es auf ein wichtiges Unternehmen ankam, besonders in Sparta.

Die Schlacht bei Marathon (Ol. 72 3) ist aber doch wohl zu lange her, als dass der Dichter hier das Benehmen der Spartaner bei dieser Gelegenheit speciell im Auge haben sollte.

85 ff. ἐξ. καὶ παρετίθετ' ὀπτοὺς (ohne ἡμῖν ὅλους) R παρετίθει δ' die übrigen codd. π. θ' D. — Herodot berichtet wirklich, dass die reichen Perser sich an ihrem Geburtstage ganze gebratene Rinder, Pferde, Kamele, Esel auftragen liessen. I 133 ἐν τῇ οἱ εὐδαίμονες αὐτῶν βοῦν καὶ ἵππον καὶ κάμηλον καὶ ὄνον προτιθέαται ὅλους ὀπτοὺς ἐν καμίνοισι. Der Athener kannte dagegen nur ἄρτους κριβανίτας (hier 1075). Ath. III 109 F. daher die Verwunderung des Dikaeopolis.

86 Nausicrates (com. IV 578) 3 ἐν τῇ γὰρ Ἀττικῇ τίς εἶδε πώποτε λέοντας ἢ τοιοῦτον ἕτερον θηρίον;

88 Kleonymos gehörte zu den einflussreichsten Demagogen der damaligen Zeit (schol. Equ. 149), und Aristophanes wird nicht müde, ihn zu verfolgen. Der Handhaben zum Angriff bot er genug. Man hat ihn mit Sir John Falstaff verglichen (*Kock* Equ. 958), doch wenn er auch ein Klumpen Fett war und in Feigheit brillirte (Av. 1476 δένδρον ... χρήσιμον μὲν οὐδέν, ἄλ-λως δὲ δειλὸν καὶ μέγα), so fehlt ihm deswegen noch viel, um diese Ehre zu verdienen, vor allem die gute Laune. Er war nichts als ein ungeschlachter Tölpel, der zwar ausserordentlich wenig Geld, aber stets sehr viel Hunger hatte. Mit seines Leibes Grösse und Dicke, wodurch er den Leuten oft unbequem wurde (805), vereinigte er ein seltenes Talent zum Prahlen und Aufschneiden, muss aber dem Volke dadurch sehr imponirt haben (κολακώνυμος Vesp. 592), sonst würde Aristophanes nicht immer wieder auf ihn zurück kommen. Wie lieblich seine äussere Gestalt gewesen, sieht man z. B. aus Vesp. 822. Philokleon ist ganz einverstanden mit der neuen Einrichtung, dass er fortan zu Hause seine Gerichtssitzungen für sich allein halten soll. Der Hahn ist schon gebracht, der ihn wecken soll, wenn er bei einer Vertheidigungsrede einschläft, er wünscht sich nur noch ein Lykosbild, da das bei keinem Gerichtslocale fehlte. Auch dafür hat der Sohn gesorgt: es wird hereingebracht, und bei seinem Anblick spricht der Alte: ὦ δέσποθ' ἥρως, ὡς χαλεπὸς ἄρ' ἦσθ' ἰδεῖν. darauf Bdelykleon: οἷόσπερ ἡμῖν φαίνεται Κλεώνυμος. 'auch darin' setzt der andre hinzu 'ist er ihm ähnlich, dass er, obwohl ein Heros, keine Waffen trägt' οὔκουν ἔχει γοῦν αὐτὸς ἥρως ὢν ὅπλα. Denn Kl., obwohl sein Vater vielleicht ein tapferer Mann (Pac. 675 ψυχήν γ' ἄριστος πλήν γ' ὅτι Οὐκ ἦν ἄρ' οὔπέρ φησιν εἶναι τοῦ πατρός. 1301 κατῄσχυνας δὲ τοκῆας), war 'daheim zwar ein Löwe, in der Schlacht aber ein Fuchs' (Pac. 1189). So sehr er in der Stadt renommirte und mit dem Degen rasselte, weil ein Friedensschluss nicht zu seinem Vortheil passte (vgl. Pac. 450; nur für seine eigne Person heisst er der Eirene εὐνούστατος 673), so heillos war seine Angst, wenn es wirklich in den Krieg gehen sollte. 'Künftig' heisst es in den Rittern 1309 'wird kein Hoplit, der einmal eingeschrieben ist, zurückgestellt werden'; — 'das wird dem Kl. seinen Degen locker machen' sagt dazu der Wursthändler, τοῦτ' ἔδακε τὸν πόρπακα τὸν Κλεωνύμου. Ein

Gefecht, scheint es, hatte er mitgemacht, aber in demselben den Schild von sich geworfen. Darum als Sokrates sagt, die Wolken nähmen immer die Gestalt desjenigen an, den sie erblickten, bemerkt Strepsiades: *ταῦτ' ἄρα ταῦτα Κλεώνυμον αὗται τὸν ῥίψασπιν χθὲς ἰδοῦσαι, Ὅτι δειλότατον τοῦτον ἑώρων, ἔλαφοι διὰ τοῦτ' ἐγένοντο* (Nub. 353). vgl. Vesp. 19. 592 (*ἀσπιδαποβλής*). Thesm. 829. *Κλεωνύμη* Nub. 680. Und Trygaeos, da ihm das Kind des Lamachos von nichts als Waffen vorgesungen, ruft nach dem Söhnchen des Kl. — *σὺ γὰρ εὖ οἶδ' ὅτι Οὐ πράγματ' ᾄσει· σώφρονος γὰρ εἶ πατρός* (Pac. 1295). Auch zu den Meineidigen wird er gerechnet, die Zeus schon längst müsste geschlagen haben, wenn er sich überhaupt um die Menschen kümmerte. Nub. 399. Seine Gefrässigkeit (Equ. 958. *κατωφαγᾶς* Av. 289) bei der bittersten Armuth (vgl. Nub. 675) zeigt die Stelle Equ. 1292 ff. *καὶ διεζήτηχ', ὁπόθεν ποτὲ φαύλως ἐσθίει Κλεώνυμος κτλ.* — Dass dieser Kl. der Gatte derjenigen Frau sei, die Thesm. 605 spricht: *ἔμ' ἥτις εἴμ' ἤρου; Κλεωνύμου γυνή* — ist nur Einbildung von *Fr.* Es kommt dort bloss auf einen beliebigen Namen an ohne jede persönliche Beziehung. Die Frauen sollen sich alle über ihre Männer ausweisen, und da wird beispielsweise eine nach dem ihrigen gefragt. Darin liegt nicht, dass diese als das Weib des feigen Kl. für einen Mann angesehen werde.

90 *ταῦτα* für *διὰ ταῦτα.* Nub. 319. 335. 394. 525 Pac. 414 u. a.

92 Ausser den 'Augen des Königs' (Herod. I 114) gab es bekanntlich auch dergleichen Ohren. Xen. Cyr. VIII 2 10 *κατεμάθομεν δέ, ὡς καὶ τοὺς βασιλέως καλουμένους ὀφθαλμοὺς καὶ τὰ β. ὦτα οὐκ ἄλλως ἐκτήσατο ἢ τῷ δωρεῖσθαί τε καὶ τιμᾶν.* Bei andern Königen werden ihre Geschäfte also wohl von weniger wohlthätiger Art gewesen sein.

93 *τόν γε* vulg. *τόν τε E.* — *τοῦ πρέσβεως*, nämlich des athenischen. Av. 1612 *ὁ κόραξ παρελθὼν τοὐπιορκοῦντος λάθρα Προσπτάμενος ἐκκόψει τὸν ὀφθαλμὸν θενών.*

95 *ναύφρακτον* ist Neutrum des Adiectivum *ναύφρακτος.* Aesch. Pers. 926 *Ἰάνων ναύφρακτος Ἄρης.* 998 *ναύφρακτον ὅμιλον.* Eur. I. A. 1259 *στράτευμα ναύφρακτον.* Equ. 567 *ναυφράκτῳ στρατῷ.* Das würde also heissen: 'du siehst ja ganz nach Art einer Kriegsflotte oder eines Kriegsschiffes aus', ohne dass man darum des von den Grammatikern gemachten Substantivs *ὁ ναύφρακτος* = *classis* bedürfte. Was erweckt aber dem D. beim Anblick des Persers die Vorstellung des Kriegsschiffes? Diese Frage beantwortet der schol. so. Seinem Namen entsprecheud trug der Darsteller dieser Rolle eine wunderliche Maske, auf der ein einziges grosses Auge gemalt war. *ἔξεισι τερατώδης τις γελοίως ἐσκευασμένος καὶ ὀφθαλμὸν ἔχων ἕνα ἐπὶ παντὸς τοῦ προσώπου.* Dazu trug er einen gewaltigen Bart. (nach dem schol. ein grosses Stück Leder an der Stelle des Bartes. *ἐσκευασμένος δὲ ἦν ὁ Πέρσης, δέρμα ἔχων καθειμένον εἰς τόπον τοῦ τε πώγωνος καὶ τοῦ στόματος ὡς ἂν προσωπεῖον.* 97 *ὡς δέρματος ἐξηρτημένου τοῦ μύστακος αὐτοῦ καὶ τῆς ῥινός κτλ.* Unter diesem *δέρμα* sich einen Phallos zu denken, wie neuerdings geschehen, liegt nicht die geringste Veranlassung vor.) Das grosse doch wahrschein-

lich schwarze Auge mit dem herabhängenden kohlschwarzen Barte kommt nun D. vor wie ein mit schwarzem Leder ausgeschlagenes Ruderloch, an welchem das Ruder vermittelst eines Riemens befestigt ist. Die andre Erklärung: 'du siehst ja so befehlshaberisch aus', weil sich nämlich der Perser umsehe wie ein Admiral in seiner Flotte (*ὡς περιβλέποντος ἐν κύκλῳ τοῦ πρεσβευτοῦ καὶ ἀξιωματικῶς εἰσιόντος* schol. *ἐπὶ τοῦ περιαθροῦντος καὶ σεμνῶς ἰόντος* Phot.) hätte keinem einzigen Zuhörer einfallen können. Eher wäre noch die dritte zulässig: 'du führst ja eine ganze Kriegsflotte in deinem Blick' (*οἷον οὖν στρατιὰν βλέπεις ὅλην*), obwohl ich glaube, dass nur das abenteuerliche des Aufzuges ausgedrückt ist ohne irgend welche Nebenbeziehung auf ein Drohen, das man in demselben finden könnte. — Wie man diesen Vers als Frage auffassen kann, ist mir unverständlich. Dagegen ist der folgende Vers eine Frage, angeknüpft an die Bemerkung: 'du siehst ja wie ein Schiff aus'. (*ἦ* vulg. *ἦ Hotibius*.)

96 und 97 haben wohl die Plätze getauscht. 97 schliesst sich dem Sinne nach genau an 95. Das grosse Auge und der ungeheure Bart erwecken die Vorstellung des Ruderlochs mit dem Lederzeug.

100 (104) *ἐξάρξαν ἀπίσσονα σάτρα* AC *ἐξαρξὰν ἀπίσσομαι σ.* BΔ *ἔξαρξας πισόναστρα* R *ἐξαρξὰν ἀπισσονασάτρα Ald.* *ἔξαρξ' ἀναπισσόναι σάτρα Br* *ἔξαρξας ἀπισσόνα σ. B* *ἰάρτα τὰν 'Εξάρξ' ἀναπισσόναι σ. Fr* *ὁ 'Αρταξέρξ' ἔξαρξ'* oder *ἔξαρξεν 'Αρταξέρξ'* (oder *'Αρταξάρξ'*) *ἀναπισσοῦν αὖ σατρά Bl.* — Schon *W* berichtet von Versuchen, diese Laute als gutes Persisch zu erklären, und dass Aristophanes, wenn er auch selbst natürlich kein Persisch verstand, doch irgend einen hätte auftreiben können, der ihm die paar Worte in dem barbarischen idiom niederschrieb, ist an sich nicht widersinnig. Jedenfalls nicht so widersinnig, als wenn man mit *Süvern* die Aeusserung des angeblichen Würdenträgers für corrumpirtes Griechisch hält und von Erklärungen träumt wie *ἦ κάρτα μὰν* (das Radebrechen des Persers sollte wohl eher ionisch klingen) *'Αρταξέρξην ἀναπεῖσαι σαθρόν.* (soll heissen *difficile erat!*) Das corrumpirte Griechisch, die Uebersetzung kommt ja nachher 104, also hat man wohl nur die Wahl zwischen der Annahme, dass Ar. hier ein sinnloses Gezwitscher fingirt hat, weil ihm das Persische gänzlich unzugänglich war, und der Untersuchung des überlieferten auf wirkliches Persisch. Herr P. de Lagarde hat auf meine Bitte, mir sein Urtheil über diesen Punkt mitzutheilen, die Herren *Fr. Brockhaus* und *H. Spiegel* befragt, und diese haben die Güte gehabt, einiges darüber aufzusetzen, was mit ihrer Erlaubniss hier abgedruckt werden soll. Vorher aber muss ich bemerken, dass ich selbst in keiner Weise damit einverstanden bin, dass der Pseud. eine positive Verheissung von Subsidien geben müsse, und dass demgemäss *οὐ λῆψι* 104 nicht *οὐ λήψει* bedeuten könne. Aristophanes ist der Meinung, dass die Perser sehr weit davon entfernt sind, den Atheuern ihren Geldbeutel öffnen zu wollen. Wenn nun auch das 'Auge des Königs' der Fiction nach gar kein wirklicher Perser, sondern ein Athener ist von derjenigen Partei, die die Fortsetzung des Krieges will

und zu diesem Zweck dem Volke fortwährend Vorspiegelungen von auswärtiger Hülfe macht, so thut es doch in der Komödie dem guten Sinn gar keinen Eintrag, wenn der Dichter eben diesen angeblichen Perser die Wahrheit sagen lässt, die aber zum Jubel des Dikaeopolis trotz aller Deutlichkeit das Volk gar nicht versteht, indem es sich von dem dolmetschenden Gesandten übertölpeln lässt und schon zufrieden ist, da es von Gold gehört hat. Also die Negation, glaube ich, muss auch in den persischen Worten (*si dis placet*) enthalten sein.

Hr *Brockhaus* äussert sich folgendermassen: 'Wir kennen das Altpersische bekanntlich nur aus einer kleinen Zahl von Inschriften. Diese sind von den Achaemenidischen Königen in Stein eingegraben worden, und gewiss haben die grössten Gelehrten am königlichen Hofe allen Fleiss darauf verwendet, das Persische dort in seiner höchsten grammatischen Reinheit darzustellen. Eine solche Correctheit der Sprache dürfen wir natürlich nicht in diesen Aristophanischen Worten erwarten, da gewiss der Perser, der sie niederschrieb, sich der gewöhnlichen Mundart bediente, die von jener Classicität wesentlich abwich. Diese Abweichung musste noch grösser sein, wenn ein Grieche, der Persisch verstand, die Worte dem Dichter mittheilte. Das rasche Sinken der grammatischen Correctheit des Altpersischen ist ja übrigens eine monumental beglaubigte Sache, da die einzige uns erhaltene Inschrift des Artaxerxes, also des Zeitgenossen des Aristophanes, schon sehr nachtheilig gegen die Sprache des Darius und Xerxes absticht. — Ferner hat Ar. gewiss nicht mit der Aengstlichkeit eines heutigen Linguisten das Persische in griechischer Schrift wiedergegeben, sondern sich mit der allgemeinen Lautwiedergabe begnügt. Und zuletzt ist es fast dritthalbtausend Jahre her, dass diese Zeilen geschrieben worden sind; wie viel die unverständlichen Worte unter den Händen der Abschreiber gelitten haben mögen, lässt sich denken.'

Die einzelnen Wörter stellt nun Hr *Brockh.* so her:

ιαρτα μανε ξαρξα ναπισσομαι σαρ τα

und erklärt:

'ιαρτα. Dies Wort fängt mit der Lautverbindung ια an, die wie ich glaube im Persischen unmöglich ist. Dürfte man eine Correctur sich erlauben, so würde ich lesen μαρτα. Dies wäre der Endung τα nach eine 3. pers. s. imperf. oder aor. II med. von einem Verbum, das dem Zendischen *mrû* entspräche, und in der Form *mraot* (er sprach) häufig im Zendavesta vorkommt. μανε halte ich für das altpers. *mana*, den Genetiv des pron. 1. pers. Der Gen. wird im Zend bekanntlich sehr häufig für den Dativ gebraucht bei den verbis dicendi. ξαρξα nehme ich als Nominativ, entsprechend dem altpers. *khshyârsâ*. Dies ist freilich eigentlich ein nom. propr. Xerxes, es könnte aber wohl sein, dass dieser Name für den Begriff 'König' ganz allgemein gebraucht würde, oder es ist nom. propr. und steht für Artaxerxes. ναπισσομαι. In diesem Worte vermuthe ich der Form nach eine 1. pers. s. fut. med. Die Charaktersylbe des pers. Fut. *ishya* ist wiedergegeben durch ισσο, und μαι ist ganz genau die Form *mê* der 1. pers. med. Man könnte vielleicht auch ναπισσοναι lesen, es wäre das eine 1. pers. s. imperat. oder des sogenannten Volitivus (ich will schicken), der im Zend auf *âni* oder *ânê* endigt. Aber welches die Wurzel dieses Verbums ist, kann ich nicht sagen. In dem letzten Worte *σατρα* muss nun das Object Gold stecken und die Person, an welche es geschickt werden soll. Ich habe mir daher eine kleine Veränderung erlaubt, und lese *σαρ τα* in zwei Wörtern.' [Klein ist nun freilich die Aenderung wohl nicht, denn sie zerstört den Vers.] 'In *σαρ* vermuthe ich das persische *zar* Gold, im Zend *zairi*. Der mangelnde Accusativ-Charakter darf wohl hier nicht befremden, finden wir doch selbst im Zendavesta häufig den Nominativ oder das Thema für den Accus. angewendet. In *τα* vermuthe ich die enklitische Form des Gen. des pron. 2. pers., im Altpers. *taiy*, im Zend *tê* oder *tôi*.'

'Doch ich glaube, der Pseud. redet noch eine Zeile Persisch. Die herkömmliche Art, wie man V. 104 versteht, scheint mir ganz unstatthaft zu sein. Der angebliche Gesandte ist ja doch mit in die Intrigue eingeweiht und wird nun nicht so plump verrathen, dass das ganze Gerede von dem Golde des Königs lauter humbug sei. Sicher würde Dik. dies gleich aufgreifen und den Betrüger entlarven, während er sich nur über einen obscenen Ausdruck, den er gehört zu haben glaubt, empört.' [D. lässt es auch wirklich, so viel an ihm liegt, an der Entlarvung gar nicht fehlen; eine weitere Folge aber, etwa grosse Aufregung im Volke über den schmählichen Betrug und Rache an den Betrügern, kann seine Entdeckung nicht haben, da er eben der allein vernünftige in der Versammlung ist und das Volk genasenstübert werden soll. Die 'Plumpheit' ist hier nicht stärker als nachher beim Kopfschütteln und Nicken nach 113 und 114.] 'Ich analysire nun V. 104 so: *ου* das pers. *u* und, und zwar: altpers. *uta*. *ληψι* 2. pers. s. praes. oder vielleicht fut. von einem Stamme *labh* erhalten. *χρυσο-χαυνο*. In dem letzteren Worte *χαυνο* vermuthe ich das von dem Gesandten gebrauchte *αχανα*. *χρυσο* ist das griechische Wort statt des persischen. Möglich, dass in dem Handelsverkehr sich ein solches griechisch-persisches Wort bildete (vgl. Pfund Sterling). *πρωκτ'* etwa *prokta* genannt, berühmt. (*ukta*, *ukhta* ist im Zend unendlich häufig.) *ιαοναυ*. altpers. heisst Grieche *yâunâ*.

Die ganze Rede des Persers wäre demnach: Es sagte mir der König: Ich werde dir Gold schicken, und zwar Tonnen Goldes, o weitberühmter Ionier.'

Hr *Spiegel* dagegen erklärt sich dahin: 'Sie haben Recht, rein persisch kann der Satz, wie er da steht, nicht gut sein, allein ganz erfunden scheint er mir nicht. Die Worte πέμψει ὁ βασιλεὺς ὑμῖν χρυσίον (102) sind selbst bei unsrer geringen Kenntniss des altpers. Wortschatzes nicht so schwierig einigermassen zu übertragen. Für schicken findet sich in den Keilinschriften oft genug *ish* + *fra*, König heisst *khshâyathiya*, für ὑμῖν liesse sich nach Analogie des enklit. gen. dat. des pron. 3. pers. *sâm* ein enklit. *vâm* setzen. Für Gold kommt in den Keilinschriften kein Ausdruck vor; er kann, wie neupers. *zar* zeigt, nicht sehr verschieden vom altbaktrischen gewesen sein. Dort gebraucht man *zarenem*, für golden *zairi*, was ein *zare* voraussetzen lässt; vielleicht dass auch *zairita* gelb für golden gebraucht werden darf. Der Satz würde also allenfalls altpers. gelautet haben können: *zaritam vàm khshàyathiya fraisayàtiy*. Den Conj. praes. würde man wie gewöhnlich statt des Futurs, welches zu fehlen scheint, gesetzt haben, doch würde es auch möglich seiu, dass man das Fut. mit einem Worte, welches können dürfen heisst, und dem infin. umschrieben hätte. Wenden wir dies auf die Textesworte an, so müsste *ἰαρταμάν* dem *zaritam vàm* entsprechen, *ἔξαρξ* dem *khshayàthiya*, in *ἀναπισσόναι* scheint mir ein inf. von *is* + *abiy* zu stecken (es würde im Altpers. *istanaiy* gelautet haben), *σάτρα* müsste ein Wort wie könnend vermögend sein.'

Beide Autoritäten gehen also davon aus, dass V. 102 die genaue Uebersetzung von 100 enthalte, dem steht aber das *οὐ* in V. 104 entgegen, den für Persisch zu halten ich mich einstweilen noch nicht entschliessen kann. Der Gesandte kann den Botschafter des Königs nicht auffordern, sich lauter und deutlicher noch einmal in persischer Sprache zu erklären, das würde den Athenern um nichts verständlicher sein; er soll vielmehr, so gut es geht, was er erst gesagt, auf Griechisch wiederholen und auf das Wort Gold einen besondern Nachdruck legen, und bedient sich dabei solcher Formen, wie wir sie auch sonst bei Ar. im Munde von griechisch stammelnden Barbaren finden.

101 Av. 945 *ξύνες ὅ τοι λέγω.*

102 In den Rittern lenkt der Wursthändler die Aufmerksamkeit des Kleon dadurch von seinem Vorrathskasten ab, dass er ihm sagt, er sehe Gesandte mit Geldbeuteln sich nähern. Equ. 1197 *πρέσβεις ἔχοντες ἀργυρίου βαλλάντια.*

104 *χρῦσο* vulg. *χρυσὸ E χρῦσα von Velsen* Rhein. Mus. XVIII 127. *α* ist vorzuziehen, weil der Gesandte 108 dem Pseud. *ἀχάνας* in den Mund legt. Des Accents wegen vgl. *πρωκτό* Thesm. 1119 u. a. *Ἰᾶον, αὖ B. D* vergleicht *βασιλιναῦ* im Munde des Triballers Av. 1678. (*κικκαβαῦ* Av. 261.) — *χαυνόπρωκτος* vertritt hier das gewöhnlichere *εὐρύπρωκτος*. Das letztere kann man einigermassen anständig mit 'Grossmaul' übersetzeu; das erstere drückt dasselbe aus, aber mit der Nebenbeziehung auf die eitlen Hoffnungen, namentlich auswärtiger Subsidien, die sich die Athener zu machen pflegten. *χαυνοπολίτας* 604. — Ionier liessen sich die Athener nicht gern nennen. Herod. I 143. vgl. Thuc. VII 5 3. Es war übrigens bei den Asiaten die allgemeine Bezeichnung der Griechen.

105 *τί δ' αὖ* vor *E.*

106 *ὅτι χαυν.* vor *Reiske.*

108 *ὁδί γε* vor *Bentl. (W)*

109 *μὴν Br μέν γ' Fr*, beides falsch, denn die Mittelsylbe von *ἀχάνας* correspoudirt mit *χαυ* 104.

111 *τουτουί Reiske* '*ego te adiuro per hunc ἱμάντα, quem simul ostendit, per hanc scuticam*' *τουτονί* vulg.

112 In Sardes waren Purpurfärbereien; auch in Kyzikos, daher *βάμμα κυζικηνικόν* Pac. 1176.

115 ἄνδρες vulg. ἄ'νδρες *E* ἄνδρες *D*.

118 ὅστις ἐστί R, also vielleicht οἶδ' ὅστις ἐστί· (ἐγῴδ' ὅτι ἐστὶ *K. Me.*) — Dieser Klisthenes war ein allbekannter Wüstling (Lys. 1092 Ran. 48. 57). Mit grosser Sorgfalt tilgte er jedes Haar an seinem Leibe da, wo er es nicht haben wollte (Ran. 422). Deshalb wird er hier zum Eunuchen gestempelt. Bei Kratin (193 II 125) sagte vielleicht die Komödie zu dem Dichter, er solle in einem Nachwort den Kl. abmalen: *γράφ' αὐτὸν Ἐν ἐπεισοδίῳ· γελοῖος ἔσται Κλεισθένης κυβεύων Ἐν τῇδε τῇ κάλλους ἀκμῇ.* und Pherekrates (133 II 322) verglich ihn mit einem Täubchen: *ἀλλ' ὦ περιστέριον ὅμοιον Κλεισθένει Πέτου, κόμισον δέ μ' ἐς Κύθηρα καὶ Κύπρον.* Die Wolken nehmen bei seinem Anblick Weibergestalt an. Nub. 355 *καὶ νῦν γ' ὅτι Κλεισθένη εἶδον, ὁρᾷς; διὰ τοῦτ' ἐγένοντο γυναῖκες.* Euelpides (Av. 831) will nicht Pallas zur Stadtgöttin von Nephelokokkygia, weil man an Athen sehen könne, wie schlimm es mit einer Stadt bestellt sei, wo ein Weib die Waffen und — nicht die Männer, sondern — Klisthenes die Spindel in Händen habe. In der Lysistrata 619 erscheint er des Conspirirens mit den Spartanern verdächtig. Der von Euripides glatt rasirte Mnesilochos in den Thesmophoriazusen antwortet auf die Frage, ob er im Spiegel sich erblicke, 235 *οὐ μὰ Δί' ἀλλὰ Κλεισθένην.* Nachher kommt Kl. selbst, vom Chor für ein Weib gehalten, und verräth die Anwesenheit des M., macht auch selbst den Inquisitor an ihm. 571 *καὶ γὰρ γυνή τις ἡμῖν Ἐσπουδακυῖα προστρέχει.* 574 *K. φίλαι γυναῖκες* (Eur. Hel. 255) *ξυγγενεῖς τοὐμοῦ τρόπου κτλ.* Sohn des Sibyrtios heisst er nur hier (schol. Lys. 1092 *οὗτος Σιβυρτίου παῖς*); es muss dahingestellt bleiben, ob sein Vater wirklich so hiess, oder ob *E* das richtige gesehen, der vermuthete, Aristophanes habe scherzhafter Weise diesen Weiebling als Sohn des *παιδοτρίβης* bezeichnet, dessen Palaestra Plutarch im Alkibiades (3) erwähnt. Ueber Vesp. 1187 *ὡς ξυνεθεώρεις Ἀνδροκλεῖ καὶ Κλεισθένει* s. mein Programm de usu parodiae ap. com. Ath. (Berl. 1861) p. 11. Ob der Klistheues, von welchem Lysias (XXV 25) erzählt, er habe nach Beseitigung der Aristokratie Ol. 92 2 sich durch Bestechlichkeit und Vermögensconfiscationen aus einem armen zum reichen Manne gemacht, mit unserem identisch ist, darüber wissen wir nichts (*Kock* Equ. 1374). — Mit Straton wie hier (122) wird er öfter verbunden. In den Rittern 1373 sagt der bekehrte Demos, von nun an solle kein unbärtiger mehr auf dem Markte sich sehen lassen: *οὐδ' ἀγοράσει γ' ἀγένειος οὐδείς* ‒ ⏑ ‒ (*v. Velsen* Rh. M. XVIII 126) *A. ποῦ δῆτα Κλεισθένης ἀγοράσει καὶ Στράτων;* Holc. 405 II 1121 *παῖδες ἀγένειοι Στράτων* [*Καὶ Κλεισθένης B*]. Ein anderer Straton Av. 942. Z. f. Gymn. XVII 337.

119 *ἐξευρημένε* codd., schon früh verbessert.

119 und 120 sind beide parodisch. *ὦ θερμόβουλον σπλάγχνον* hatte Euripides 'eine Person, die er wegen angeborener Wärme des Herzens preisen wollte' (*W*) angeredet (fr. 852 N) — und bei Archilochos lautete ein Vers *τοιήνδε δ' ὦ πίθηκε τὴν πυγὴν ἔχων* (fr. 89 p. 557 Bergk). Soll Dik. in den Eunuchen Klisthenes und Straton erkennen, so müssen die betreffenden Schauspieler Masken tragen, die sich dem Publicum so-

gleich als Porträts dieser Menschen kund geben. Der Bart passt aber weder zu der Persönlichkeit des Kl. noch zu seiner Eigenschaft als Eunuch. Man nimmt an, der Schauspieler hätte sich des Spasses halber einen grossen Bart vorgebunden. Aber wie kann er mit einem Bart aufgetreten sein und doch als Eunuch habe gelten wollen? Das ist kein Spass mehr, sondern Unsinn. Wir haben also in v. 120 weiter gar nichts als eine Ironie gegen Klisthenes zu erkennen, der keinen Bart hatte und eben deshalb hier mit dem angedichteten, aber keineswegs sichtbaren, aufgezogen wird.

122 Av. 67 *ὁδὶ δὲ δὴ τίς ἐστιν ὄρνις; οὐκ ἐρεῖς;*

124 Equ. 1404 *καί σ' ἀντὶ τούτων ἐς τὸ πρυτανεῖον καλῶ.* vgl. 167. 535. 709. 766.

126 *στρατεύομαι* vor *Kü* *στραγεύομαι* R.

127 'die Thür ist nicht ein Hinderniss der Bewirthung' ist sprüchwörtlicher Ausdruck in Beziehung auf sehr gastfreie Leute. Eupolis 273 II 535.

128 Pac. 403 *καί σοι φράσω τι πρᾶγμα δεινὸν καὶ μέγα.* Thesm. 580 *μὴ καὶ προσπέσῃ Ὑμῖν ἀφράκτοις πρ. δ. κ. μ.* vgl. Pherecrates 175 II 347 *ὕβριστον ἔργον καὶ κόβαλον εἰργάσω.* Lys. 23 *τί τὸ πρᾶγμα; πηλίκον τι; Α. μέγα. Κ. μῶν καὶ παχύ;* (Eccl. 1048 *μεγάλην ἀποδώσω καὶ παχεῖάν σοι χάριν.*) Synes. epist. 110 *μέγα τι καὶ γενναῖον ἔργον ἐπιδείξασθαι.* Aelian. epist. 15 *τάχα πού τι καὶ θερμὸν δράσεις καὶ νεανικὸν ἔργον.* (Plut. 415.)

129 *ὁ δ' Ἀμφίθεός μοι?*

130 vgl. 53 f.

131 s. zu 52.

133 *κεχήνατε* vulg. *κεχήνετε E.*

134 *ὅδε. ΚΗ. Θέωρ'.* vor *Bentl.* — Dieser Theoros erfährt von Aristophanes noch mehr Auszeichnungen. Dem Sosias träumte, auf der Pnyx sei ein Volk von Schafen versammelt, dem ein widerwärtiges Ungethüm von Walfisch einen Vortrag halte. Der Erzählung davon setzt er hinzu: Vesp. 43 *ἐδόκει δέ μοι Θέωρος αὐτῆς πλησίον Χαμαὶ καθῆσθαι τὴν κεφαλὴν κόρακος ἔχων. Εἶτ' Ἀλκιβιάδης εἶπε πρός με τραυλίσας· Ὀλᾷς; Θέωλος τὴν κεφαλὴν κόλακος ἔχει.* (vgl. 1236 ff.) und 50 *οὔκουν ἐναργὲς τοῦτο συμβαλεῖν, ὅτι Ἀρθεὶς ἀφ' ἡμῶν ἐς κόρακας οἰχήσεται;* Der Schmeichler war also auch ein habgieriger Rabe (schol. 43 *καὶ ὡς ἅρπαγα αὐτὸν σκώπτων ἐπένεγκε τὸ κόρακος κ. ἑ.*). Den Göttern ist er verhasst; so bricht der Chor in seiner Entrüstung über des Bdelykleon Majestätsverbrechen und über die Nichtswürdigkeit mancher Volksführer, die den Zorn der Götter herbeigezogen, in die Worte aus: 416 *ταῦτα δῆτ' οὐ δεινὰ καὶ τυραννίς ἐστιν ἐμφανής; Ὦ πόλις καὶ Θεώρου θεοισεχθρία, Κεἴ τις ἄλλος προέστηκεν ἡμῶν κόλαξ.* Auch Sokrates kennt ihn als eidbrüchig; dennoch war er beim Volke ganz ausserordentlich beliebt, da er ihm auf das niederträchtigste schmeichelte, um es desto sicherer zu beherrschen. Philokleon rühmt seine Schuhputzerdienste. Ein anderer Th. scheint aber derjenige zu sein, von dem in den Rittern 608

die Rede ist. Der Chor preist dort die Tugend seiner Rosse, die in dem korinthischen Kriege Ol. 88 3 (Thuc. IV 42—45) sich statt anderes Futters mit Krebsen begnügt hätten; und da habe Theoros erzählt, wie ein korinthischer Krebs (oder der Korinther *Καρκίνος*?) sich über die Unentrinnbarkeit der Ritter zu Lande und zu Wasser beklagt habe. Die Scholien reden hier von einem Dichter Th., der sich vielleicht der weiblichen demi-monde wegen in Korinth aufgehalten und mit jenem Spasse den Herren Rittern habe schmeicheln wollen. *ὁ ποιητὴς Θέωρος ἔφη εἰπεῖν τινα καρκίνον* (*Καρκίνον Duebner*) *κορίνθιον ταῦτα.* — *ὁ Θ. ἔγραψε καρκίνον λέγοντα πρὸς τὸν Ποσειδῶνα καὶ ἀποδυσπετοῦντα.* — *προσκρούει εἴς τινα Καρκίνον.* [*διὰ τοῦτο γὰρ καὶ τοὺς ἱππέας καὶ οὐχ ἱππεῖς.* Diese Worte sind hier nicht an ihrer richtigen Stelle. Der wunderliche Grammatiker will sagen, die Form *ἱππέας* diene zum Beweise, dass Aristophanes einen Dichterausspruch anführe, weil *ἱππεῖς* nur in der Prosa vorkomme.] *ὡς μοιχὸς δὲ κωμῳδεῖται ὁ Θ. καὶ ἰχθυοφάγος καὶ πονηρός. περὶ Κόρινθον οὖν διέτριβεν, ἴσως διὰ τὰς ἐκεῖ πόρνας. ἦν δὲ καὶ κόλαξ.* (Verwechselung mit dem andern.) *ταῦτα οὖν λέγει ἴσως κολακεύων τοὺς ἱππέας.*

136 *ἧμεν*, weil der Gesandte doch nicht ohne Begleitung zu denken ist.

139 f. Die Worte *ὑπ' αὐτὸν* bis *ἠγωνίζετο* hat *Me* nach *A. Nauck*'s Vorschlag dem Dikaeopolis zugetheilt. Doch ist das in der Komödie wohl zu ertragen, auch an sich gar nicht undenkbar, dass Theoros über das während seiner Abwesenheit in Athen vorgegangene unterrichtet scheint.

140 vgl. zu 12. Suidas dürfte gelesen haben: *ἡνίκα Θέογνις ἐνθάδ' ἠγωνίζετο.*

146 Av. 76 *τοτὲ μὲν ἐρᾷ φαγεῖν ἀφύας φαληρικάς.* Th. 558 *τὰ κρέ' ἐξ ἀπατουρίων.* — Im Monat Pyanepsion (October) wurde zu Athen das Fest der Apaturien abgehalten, und zwar von den Phratrien, deren Existenz man eben in diesem Feste feierte. Es dauerte drei Tage, an deren erstem (*δορπία* Poll. VI 102) des Abends ein Schmaus der Phratoren statt fand, am zweiten (*ἀνάρρυσις*) die hauptsächlichsten Opfer, während am dritten (*κουρεῶτις*) die seit dem letzten Termin geborenen legitimen Kinder in das Phratrion gebracht und hier in das Register eingetragen wurden. Man erklärte hiervon das Fest als *ἀπατόρια* oder *ὁμοπατόρια* (*Schoem* griech. Alterth. II 485 *A. Mommsen* Heortologie. L. 1864). Alle neuen Bürger mussten natürlich gleichfalls einer Phratrie beigeordnet werden, und so auch der Sohn des Sitalkes. Aristophanes schliesst sich aber hier nicht der eben angegebenen Etymologie des Wortes an, sondern der dem Volksverstande näher liegenden von *ἀπάτη*, weil er in dem thrakischen Bündniss nichts als Lug und Trug erblickte. Zu der Wortableitung dachte man sich eine Geschichte aus, wovon das Fest den Namen haben sollte. Krieg zwischen Athenern und Boeotern. Der Boeoter Xanthos fordert den König von Athen zum Zweikampf, für diesen tritt ein Messenier Melanthos ein. Während des Kampfes glaubt M. hinter dem X. eine Gestalt mit einem schwarzen Ziegenfell zu sehen und beklagt sich

über die unerlaubte Hülfe; da sich aber der andere nach dem angeblichen Beistand umsieht, erschlägt er ihn. Zu deutlicherem Hinweis auf diesen Sinn könnte man verbinden ἐξαπατουρίων.

147 ἠντιβόλει vulg. ἠντεβόλει *Cob.*

150 Pac. 1192 ὅσον τὸ χρῆμ' ἐπὶ δεῖπνον ἦλθ' ἐς τοὺς γάμους.

151 f. 'ich glaube nur, dass Heuschrecken unser Land verwüsten', d. h. die betrügerischen Gesandten, die dem Volke immer Hülfe von auswärts vorspiegeln und Geld dafür schlucken.

152 ἐνταυθοῖ vulg. ἐνταῦθα R ἐνταυθὶ *E.*

154 Ironisch: 'ja das versteht sich, dass er uns die tapfersten geschickt hat'. Zu Gesicht bekommt sie D. erst nachher, also kann es nicht heissen: 'das sieht man ihnen an'.

156 Vesp. 1136.

157 s. zu 728.

158 ἀποτέθρακεν AR ἀποτέθρωκεν *Γ* ἀποτέθρακε; τίς; C. ἀποτεθρίακεν *Kü* ἀποτεθράκικεν *Herm.* (ἂν)

162 θρανῖται hiessen die auf den obersten Ruderbänken der Trieren sassen, also die längsten Ruder und die schwerste Arbeit hatten, dafür aber keinen höheren Lohn als die andern empfingen. In der Mitte sassen die ζυγῖται, zu unterst die θαλαμῖται oder θαλάμιοι. schol. Thuc. VI 31 3.

164 ff. D. hat sich für die Volksversammlung, wie nicht ungewöhnlich war (Eccl. 306), mit Proviant versehen. Die tapfern Krieger sind bereits im Verzehren ihres Raubes begriffen, so dass sie schon mit Hähnen verglichen werden können, denen man durch Knoblauch besondere Kampflust beizubringen pflegt.

167 f. Vesp. 439 περιορᾷς οὕτω μ' ὑπ' ἀνδρῶν βαρβάρων χειρούμενον;

171 διοσημί' ἐστὶ vor *E.* — Nicht bloss bei einbrechendem Regen wurde die Volksversammlung aufgehoben, sondern auch bei jedem ungewöhnlichen Zeichen am Himmel oder sonst in der Natur konnte der Antrag darauf gestellt werden. Es lässt sich denken, dass dergleichen den Leuten oft sehr gelegen kam. *Schoem* de comit. Ath. 147 f.

172 ἕνην *B.* s. *G. Curtius* griech. Etymologie I 274. *Schoem* com. 46.

174 μυττωτός ist eine Speise aus Knoblauch, Käse und Eiern. schol. ἀπὸ τοῦ παντὸς οὖν κατασκευάσματος τὸ μέρος ἐδήλωσε, τουτέστι τὰ σκόροδα.

175 Die aus der Fremde kommenden steigen auf der linken Seite des Theaters aus der Orchestra auf die Bühne, hier also auch Amphitheos, der von Sparta kommt. Poll. IV 126 τῶν μέντοι παρόδων ἡ μὲν δεξιὰ ἀγρόθεν ἢ ἐκ λιμένος ἢ ἐκ πόλεως ἄγει, οἱ δὲ ἀλλαχόθεν πεζοὶ ἀφικνούμενοι κατὰ τὴν ἑτέραν εἰσίασιν. εἰσελθόντες δὲ κατὰ τὴν ὀρχήστραν ἐπὶ τὴν σκηνὴν ἀναβαίνουσι διὰ κλιμάκων.

176 vgl. 219. 275. γε πρὶν ἂν στῶ vor *Br* μήπω γε πρὶν ἂν ἑστῶ *Me.*

180 f. Iulian. Misopogon. 350 D οἵ σε ἐπαιδοτρίβησαν καθ' ἡμῶν πρίνινον σφενδάμνινον, οὐκέτι μέντοι καὶ μαραθωνομάχην, ἀλλ' Ἀχαρνέα μὲν ἐξ ἡμισείας, ἀηδῆ δ' ἄνδρα παντάπασιν καὶ ἄνθρωπον ἄχαριν.

181 Aristaenetus II 20 p. 189 *ὡς φιλόνεικος . . . καὶ λίαν γυνή, ὡς ἀτεράμων ὦ γῆ καὶ θεοί.* Synes. epist. 56 *τοῦ λοιποῦ σφενδαμνίνῳ μοι καὶ ἀκλινεστέρῳ συνέσεσθε.* Eust. 1043 2 *πέτραις ὅμοιος εἰ τὴν σκληρότητα ὡς ἀτεράμων κτλ.* (1154 14.)

183 Die Friedensgöttin nennt der Chor Pac. 308 *τὴν θεῶν πασῶν μεγίστην καὶ φιλαμπελωτάτην.*

188. 191. 194 Mit *πεντέτεις, δεκέτεις, τριακοντούτιδες* ist neben der Dauer des zu schliessenden Friedens vielleicht auch das angebliche Alter des dargereichten Weins bezeichnet.

194 *αὑταιὶ σπονδαὶ τρ.* vulg. *αὗταί σοι σπ.* R *αὑταιὶ δή σοι*, nachher *α. γάρ σοι τρ.* *E* *α. τοί σοι* *Dobr.* '*fort. αἵδε σοι σπ. τρ.*' *B I.* *αὑταιί σοι δὴ τρ.* *Enger* (Jahn's Jahrb. LXVIII 262). — Equ. 1388 macht der Wursthändler dem Demos mit dem dreissigjährigen Vertrag eine besondere Freude: *ἐπειδὰν τὰς τριακοντούτιδας Σπονδὰς παραδῶ σοι. δεῦρ' ἴθ' αἱ Σπονδαὶ ταχύ.*

195 *ὦ Διονύσια* ist der höchste Ausdruck der Zufriedenheit, da Dik. bei dem dreissigjährigen Vertrage die Möglichkeit sieht, das ländliche Dionysosfest wieder zu begehen.

196 Hermipp. 62 II 410 v. 10 *ἀμβροσία καὶ νέκταρ ὁμοῦ τοῦτ' ἔστι τὸ νέκταρ* (wo man indessen statt des letzten Wortes wohl *πῶμα* zu lesen hat. Eur. I. T. 952 *δαιτὸς γενοίμην πώματός τ' αὐτῶν δίχα*).

197 Pac. 312 *οὐ γὰρ ἦν ἔχοντας ἥκειν σιτί' ἡμερῶν τριῶν.* Beim Ausmarsch musste jeder Soldat sich auf drei Tage verproviantiren. Mit komischer Anwendung des Ausdrucks *ἥκειν ἔχοντα τριῶν ἡμερῶν σιτία* sagt in den Wespen 243 der Chor, der zum Gericht ausgezogen ist, Kleon habe befohlen, sich mit Zorn auf drei Tage zu versehen: *χθὲς οὖν Κλέων ὁ κηδεμὼν ἡμῖν ἐφεῖτ' ἐν ὥρᾳ Ἥκειν ἔχοντας ἡμερῶν ὀργὴν τριῶν πονηράν.*

198 Mit *ἐν τῷ στόματι λέγουσι* vgl. das homerische *ἐν ὀφθαλμοῖσιν ὁρᾶσθαι* z. B. *Γ* 306.

200—203 ist in Bezug auf die Personenvertheilung eine grosse Verwirrung in den Mss. Die herkömmliche Art ist durch *Br* eingeführt. *ἐγὼ δέ* 201 ist auffallend, da nichts vorhergeht, wozu es den Gegensatz bilden könnte; daher wollte *Dobr.* *ἤδη δὲ π.*, *E* eine Umstellung: 200. 203. 201 (vgl. Ran. 572—575), während *B* einen Ausfall zweier Verse des Amphitheos nach 200 annimmt. Noch seltsamer ist *εἰσιών* 202, da Dik. zur Feier der ländlichen Dionysien aus der Stadt h i n a u s gehen muss, daher *ἑστιῶν* *van Gent.* Aber die beiden Verse scheinen Interpolation aus 238 f. *ἀγαγεῖν τυχηρῶς τὰ κατ' ἀγροὺς Διονύσια Στρατιᾶς ἀπαλλαχθέντα* und 253 f. *πραγμάτων τε καὶ μαχῶν καὶ Λαμάχων ἀπαλλαγείς.* *Ham* hat an Stelle von 201 f. die Verse 260 — 262 mit der Aenderung *σὺ δ' ἦν μεθ' ἡμῶν* zu setzen vorgeschlagen. '*transpositio incerta, at versus illi sane non sunt Aristophanis.*' *Me.*

200. 1083. Equ. 433 *κλάειν σε μακρὰ κελεύσας.*

203 fr. trag. adesp. 71 *ἐγὼ δὲ φεύξομαι ἐλεύθερος γεγώς*, vielleicht *ἐγὼ δ' ἐλεύθερος γεγὼς πεφεύξομαι.* (*ἐ. δὲ φεύξομαί γ' ἐλ. γ.* *Nauck* nach *Schweighaeuser.*)

205 vgl. zu V. 8.

207 Pac. 20 *ὑμῶν δέ γ' εἴ τις οἶδ', ἐμοὶ κατειπάτω.*

208 ff. Aehnlich beklagt in den Wespen der Chor seine Schwerfälligkeit. 230 *χώρει πρόβαιν' ἐρρωμένως. ὦ Κωμία βραδύνεις; Μὰ τὸν Δί' οὐ μέντοι πρὸ τοῦ γ', ἀλλ' ἦσθ' ἱμὰς κύνειος.* 235 *πάρεσθ', ὃ δὴ λοιπόν γ' ἔτ' ἐστὶν ἀππαπαῖ παπαιὰξ Ἥβης ἐκείνης, ἡνίκ' ἐν Βυζαντίῳ ξυνῆμεν.*

210 Phayllos war ein Athlet von Kroton, der in der Schlacht bei Salamis den Griechen mit einem von ihm selbst ausgerüsteten Schiffe beistand. Herod. VIII 47 Paus. X 9 2. Nach den Scholien gehörte er zu den Olympia-Siegern, doch kennen die beiden genannten Schriftsteller nur pythische Siege von ihm. Ueber seine Fertigkeit im Springen und Diskoswerfen geben die Scholien das Epigramm: *πέντ' ἐπὶ πεντήκοντα πόδας πήδησε Φάυλλος, δίσκευσεν δ' ἑκατὸν πέντ' ἀπολειπομένων* (anth. Pal. II 851 n. 297). Bei Aristophanes kommt der Name Ph. noch Vesp. 1206 vor. Philokleon, aufgefordert einen rechten Jungenstreich von sich zu erzählen, sagt; *ἐγᾦδα τοίνυν τό γε νεανικώτατον· Ὅτε τὸν δρομέα Φάυλλον ὢν βούπαις ἔτι εἷλον διώκων λοιδορίας ψήφοιν δυοῖν.* Es ist schwer einzusehen, wie Phil. dazu gekommen sein soll, den Krotoniaten Ph. wegen Schimpfens zu belangen. Wahrscheinlich ist eine andre Persönlichkeit hier gemeint, das Wort *δρομέα* nur scherzhaft wegen *εἷλον διώκων* gesetzt (*Ri*). Bei Alexis 44 (III 403) 4 wird über einen Phayll geklagt, der den ganzen Fischmarkt auszukaufen pflege.

212 *ἐξέφυγεν* hat *Bentl.* als ein Glossem ausgeworfen, weil die Gegenstrophe (— *τῶσιν ἔτι τὰς ἐμὰς ἀμπέλους*) einen Fuss weniger enthält. Aber *φαύλως* und *ἐλαφρῶς*, wenn sie auch Synonyma sind (schol. *ὧδε φαύλως ἄν· ἀντὶ τοῦ εὐχερῶς καὶ μετὰ ῥᾳστώνης*) verlangen doch wohl beide ihr besonderes Verbum. *σπονδοφόρος ὑπ' ἐμοῦ διωκόμενος ἐξ. Br* gegen das Metrum. *οὗτος ὁ διωκόμενος ἐξ. Hirschig. D* nimmt eine Lücke in der Gegenstrophe an. '*expunge ἐλαφρῶς*' *P* (vgl. *Reis* 114. 187).

214 *Λακρατίδῃ* vulg. *Λακρατείδῃ Bentl.* — Der Chor nennt sich selbst den alten Lakratides. Zur Erläuterung erzählen die Schol., es habe zu den Zeiten des Dareos einen Archon dieses Namens gegeben, und unter diesem habe ein gewaltiger Frost und Schneefall stattgefunden, so dass man sprüchwörtlich alles erstarrte und kalte als *Λακρατίδου* bezeichnet hätte.

215 f. *ἐγχάνῃ* vulg. *ἐγχάνοι Br.* — Vesp. 1007 *κοὐκ ἐγχανεῖταί σ' ἐξαπατῶν Ὑπέρβολος.*

216 *γέροντας ὄντας* wahrscheinlich beabsichtigte *παρήχησις. Me* Xenarch. 4 (III 617) 14. *γέρων ὤν* Vesp. 1192. 1384 Pac. 698 Av. 1256 Eccl. 323 Philetaerus 7 (III 295) 1. — Aelian. epist. 11 *ἐγὼ δὲ* [l. *μὲν*] *αὐτὸν* [add. *οὐχ*] *ὑποδέδοικα καίτοι παρόντα ὄντα.*

220 Vor *ἐπίκωπος* nimmt *D* eine Lücke an, *Herm* vor *ὀξύς. καὶ σκόλοψ* (Suid.) *ὀξὺς Kl ὀδυνηρὸς ἐπίω τ' ἄν* (oder *θ' ἅμ'*) *B*, da die Schol. sagen: *ἀντὶ τοῦ διὰ νεὼς καὶ ναυτικὸς ὢν ἐπίω αὐτοῖς.* — *ὀδυν. ἀνιαρὸς ἐπίκ. Bl.*

222 In dem Demos Pallene war zwischen Pisistratos und dem Volke zum Nachtheil des erstern ein Treffen gewesen; daher bedeutete *παλληνικὸν βλέπειν* so viel als *γενναῖον βλ.* Dies hat der Chor auch im Sinne, da er sich die Tyrannei nicht gefallen lassen will, dass wider seinen Willen Friede geschlossen werde; da er aber zugleich an den Steinigungstod denkt, mit dem er den Friedensüberbringer zu strafen beabsichtigt, so bringt er das Werfen (*βάλλειν*) mit hinein.

223 Alciphr. II 2 3 *γῆν πρὸ γῆς φεύξομαι.*

225 der dem Opfer vorausgehende Andachtsruf.

227 Pac. 301 *δεῦρο πᾶς χώρει προθύμως.* Av. 1186 *χώρει δεῦρο πᾶς ὑπηρέτης.* vgl. Vesp. 422 f.

228 *ἀνὴρ* codd. *ὡ 'νὴρ Br ἁ 'νὴρ E ἁνὴρ W.*

232 wurde früher in den Ausgaben (wie im R), 241—246 auch in Mss., der Frau des Dikaeopolis zuertheilt, und so noch von *D* (die letzteren auch von *B I*). *E* hat diese Person getilgt. In den Scholien zu 1228 steht merkwürdiger Weise, zu Aufang des Dramas habe sich Dik. im Gespräch mit seiner Frau selbst als Greis bezeichnet: *ἑαυτὸν γὰρ ὑπετίθετο πρέσβυν πρὸς τὴν γυναῖκα διαλεγόμενος ἐν ἀρχῇ τοῦ δράματος.* Das einzige, was er in unserm Text zu der Frau spricht, ist 250 *σὺ δ' ὦ γύναι θεῶ μ' ἀπὸ τοῦ τέγους.* Das folgende *πρόβα* ist an die Tochter gerichtet. *Beer* 55 glaubt, es könne eine Stelle ausgefallen sein, in welcher das vom schol. bemerkte vorkam, und hat deshalb Bedenken getragen, die Frau aus dem Verzeichniss der redenden Personen auszuschliessen.

236 ff. (172) acc. c. inf. zum Ausdruck des Wunsches. *Kr* Gramm. 55 1 4. Hom. z. B. *B* 413 *ρ* 354. Rau. 387 *καί μ' ἀσφαλῶς πανήμερον Παῖσαί τε καὶ χορεῦσαι κτλ.* Vesp. 879.

241 vgl. 914.

242 *θύμβρα satureia* ist ein bitteres würziges Küchenkraut. Wenn das Mädchen so aussehen soll, als hätte sie davon gegessen, so heisst das nur: 'mach' ein ernsthaftes Gesicht, nimm eine Amtsmiene an'.

243 f. *γαλῆς Σὲ Br* statt des überl. *γαλᾶς Σοῦ μηδὲν ἧττον βδεῖν.* Das erstere soll heissen: *efficiet ut tu nihilo minus oleas quam mustella*, das andere (nach *W*): *ut mustellae nihilo minus quam tu oleant.* Das letztere gäbe einen etwas verdrehten Sinn, das erstere einen guten; doch ist der Gebrauch von *ἐκποιεῖσθαι* für bewirken mit dem acc. c. inf. nicht nachzuweisen, obwohl bei *ποιεῖν* ganz gewöhnlich. *E* schliesst sich an die Erklärung der Schol. an, wonach *ἐκποιήσεται* bedeutet *procreabit*, und *γαλᾶς liberos: ἀντὶ τοῦ παῖδας δριμυτάτους. τοῦτο δὲ τὸ σχῆμα καλεῖται παρὰ προσδοκίαν. ἔδει γὰρ ἐκφάναι* (l. *φάναι*), *ἐκποιήσεται παῖδας νεανίας.* vgl. Pac. 707. Das folgende würde dann abhängen von einem zu ergänzenden *δυνατὰς* oder *ἐπισταμένας*, oder vielmehr es muss *ἧττους* geschrieben werden (*σοῦ μηδὲν ἧττους = δριμυτάτους* schol.), und so hat *E.* Auf männliche Kinder ist aber *γαλᾶς* natürlich nicht zu deuten. *P* wollte zwischen *γαλᾶς* und *σοῦ* einschieben: *οἵας, ὅταν ποτ' ὦσιν ὡραῖαι γάμων.*

246 *χρυσία* Schmucksachen, dergleichen die attischen Jungfrauen viel trugen.

247 ist ausser X. noch zu einem andern Sklaven gesprochen; entweder haben sie beide zusammen oder abwechselnd den Phallos zu tragen. (*Reis* 237.)

251 *βακχείου* vor *Scal.*

253 f. (718. 1023) Pac. 352 *ἀπαλλαγέντα πραγμάτων.* vgl. 191 *ἐραστὴς πραγμάτων.* 1297. 1345 Av. 128.

255 ff. Aelian. epist. 9 *ἐμέλλησα δ' ἂν τὴν κάκιστα ἀπολουμένην Θηβαΐδα αὐλουμένην πρός με ἀράμενος μέσην, εἶτα ῥίψας εἰς τὸ κλινίδιον ἔχεσθαι τῆς σπουδῆς.*

255 Pac. 1140 *οὐ γάρ ἐσθ' ἥδιον κτλ.* Anaxilas 23 III 351 *καίτοι πολύ γ' ἔσθ' ἥδιον.*

257 *Στρυμόδωρος* ein in Athen nicht ungewöhnlicher Name. Vesp. 233 Lys. 259. Aber weder über den Mann noch über seine Sklavin ist etwas bekannt. Das Appellativum *φελλεύς* bedeutet eine Gegend, wo der Boden Fels und nur mit dünner Erdschicht bedeckt, daher nur zur Weide für Ziegen und Schafe geeignet ist. Nub. 71 Alciphr. III 21 2 *Χιόνην γὰρ τὴν καλλιστεύουσαν τῶν αἰγῶν ἐκ τοῦ φελλέως ἁρπάσας οἴχεται.* *Burs* 256. vgl. *Ru* Tim. 270.

258 (539) Equ. 1391 *ἔξεστιν αὐτῶν (αὐτὰς?) κατατριακοντουτίσαι*; Euphemismus, wie Eustath. 237 21 einen andern bemerkt: *τὸ δὲ τοιοῦτον οἱ σεμνῶς παίξαντες κ α τ ε λ ά σ α ι εἶπον.* (1475 9; s. *H. Stephani* Thesaur.)

260 Pac. 1156 *ὡς ἂν ἐμπίῃ μεθ' ἡμῶν.*

264 f. Der Verf. des Rhesos scheint diese Stelle nachgeahmt zu haben. vgl. Rh. 675. 685 (auch 204. 227 und Rh. 680). Equ. 247 *παῖε παῖε τὸν πανοῦργον* Nub. 1508 *δίωκε βάλλε παῖε* Vesp. 456 *παῖε παῖ' ὦ Ξανθία* Pac. 1119 *παῖε παῖε τὸν Βάκιν.* vgl. Equ. 251 Av. 365.

267 Eine *χύτρα* (gewöhnlich mit Hülsenfrüchten) findet sich sonst bei denjenigen Opfern, die zur schleunigen Errichtung von Statuen, Altären u. dgl. angestellt werden, daher *χύτραις ἱδρύειν* (schol. Pac. 923). So führen Rathefreund und Hoffegut für die Gründung ihrer neuen Stadt eine dergleichen mit sich (Av. 43). — schol. *πάνυ δὲ κινεῖ γέλωτα τῆς μὲν κεφαλῆς αὑτοῦ ἀφροντιστῶν, τῆς δὲ χύτρας προνοούμενος, ἐν ᾗ τὸ ἔτνος ἦν.* 'da griff ich erst nach meiner Pfeife und dann nach meinem Fuss.'

269 vgl. Phalar. epist. XV 80 *ἀντὶ ποίας ἀδικίας . . . εἰς ὑμᾶς ἐξ ἐμοῦ γενομένης;*

271 Thesm. 544 *ἥτις μόνη τέτληκας Ὑπὲρ ἀνδρὸς ἀντειπεῖν.*

272 *ἔπειτα δύνασαι νῦν* ACR (*ἔπειτα* auch *Γ* und als v. l. B). So *Reis* mit *πρὸς ἔμεγ'*, also trochäisch. Der Vers der Gegenstr. ist 316. *σπεισάμενος εἶτα δύνασαι πρὸς ἐ μ ὲ ν ῦ ν βλέπειν?*

273 *ἴσατ'* R *ἴστετ' Γ ἴστ' ἔτ' E οἴδατ' D* (Phryn. Bekk. an. 53 15) *ἴστε μ' Dobr. ἀκούσατ' Ham. ἴστε. μάλλ' Mc.*

273. 281 f. Vesp. 415 *ὠγαθοὶ τὸ πρᾶγμ' ἀκούσατ', ἀλλὰ μὴ κεκράγετε.*

274 *ἀκούσομεν* R*Γ* *ἀκούσομαι Δ ἀκούσομ'* vulg. *ἀκούσωμεν E.* — Vesp. 474 *σοὶ λόγους ὦ μισόδημε;* Plat. Gorg. 512 B *καίτοι εἰ βού-*

λοιτο λέγειν ὦ Καλλίκλεις, ἅπερ ἡμεῖς, σεμνύνων τὸ πρᾶγμα, καταχώσειεν ἂν ὑμᾶς τοῖς λόγοις.

275 *πρίν γ' ἂν ἀκούσητ'* AR *πρὶν ἂν ἀκούσητε* CΓ *γε πρὶν ἂν ἀ.* Br *πρὶν ἄν γ' ἀ.* Bentl.

276. 279 Vesp. 1320 *καὶ προσέτι λόγους λέγων.*

277 f. In der Gegenstr. ist 322 die gute Ueberlieferung: *ὡς ὅδε γε σειστὸς ἅμα τῇ στροφῇ γίγνεται*, also ein richtiger Tetrameter; hier ist ein überflüssiges *ποτέ* in den mss. und schol. (s. zu 272), das dagegen die besten Handschriften des Suidas ignoriren. *τεμῶ τοῖσιν* (*τοῖς* nur Δ) *ἱππεῦσί ποτε* (*ποτ'* AC) *ἐς καττ.* vulg. *ἱππεῦσίν ποτ' ἐς* RΓBr *ἱππεῦσι ποτὲ* BΔ, in ersterem mit übergeschr. *ἐς* von anderer Hand. Im Anfang haben aber die mss. *ὃν ἐγὼ κατατεμῶ·* hiernach *ὃν ἐ-γὼ κατατεμῶ ποθ' ἱππεῦσι καττύματα* W *ὃν Κατατεμῶ 'γὼ τοῖσιν ἱππεῦσίν ποτ' ἐς κ.* Reis trochäisch. *ὃν Κατατεμῶ τοῖσιν ἱππεῦσι κ.* D *ὃν ἐ-γὼ τεμῶ τοῖσιν ἱππεῦσι κ.* Me *ὃν ἐ-γὼ κατατεμῶ τοῖσιν ἱππεῦσί ποτε κ.* E gegen das Metrum. — Dem ausdrücklichen Zeugniss der Schol. gegenüber ist das *ποτέ* doch wohl nicht zu umgehen, der Artikel dagegen eher zu entbehren. — vgl. 6 f. Der Hass gegen Kleon kommt hier nur auf Rechnung des Dichters, da die Acharner ja ebenso sehr vor Kriegslust brannten wie Kleon selbst. Warum sie ihn in Riemen zerschneiden wollen, verfehlt der schol. nicht zu bemerken: *βυρσοδέψης γὰρ οὗτος*, d. h. er war Lederfabrikant. Man hat übrigens mit Recht hier eine Andeutung der für das nächste Jahr beabsichtigten und damals schon im Werke befindlichen Equites gefunden.

278 Equ. 314 *οἶδ' ἐγὼ τὸ πρᾶγμα τοὖθ' ὅθεν πάλαι καττύεται. Α. εἰ δὲ μὴ σύ γ' οἶσθα κάττυμ', οὐδ' ἐγὼ χορδεύματα κτλ.* 768 *κατατμηθείην τε λέπαδνα.*

283 *δ' ἔτ'* E statt des überl. *δέ γ'* 'conieci *π. δέ γ' ἂν καλῶς, Λάκωσιν εἴπερ'* B *καλῶς δοκοίης* Ham '*an λέγοι' ἄν'?* Mc. oder etwa *γένοιτ' ἄν?*

284 Den Unterschied von *βωμός*, *πίστις* und *ὅρκος* erklärt der schol. so: *αἱ γὰρ συνθῆκαι διὰ τριῶν τελοῦνται, λόγων ἔργων χειρῶν· λόγων μὲν οἷον δι' ὅρκου, ἔργων δὲ διὰ τῶν ἐν βωμοῖς θυσιῶν, χειρῶν δὲ ἐπειδὴ αἱ πίστεις διὰ τῶν δεξιῶν γίνονται.* P Med. 21.

293 f. Bei Euripides im Telephus kam es zu einem lebhaften Streite unter den Häuptern der Griechen, der nichts geringeres als den ganzen Feldzug in Frage stellte. Agamemnon hatte keine Neigung, zu der schon geopferten Iphigenia noch den Orest daran zu geben, welchen Telephos als Pfand ergriffen hatte. Menelaos aber sah in dem Erhören des T. einen Freundschaftsdienst gegen Troia, dem jener verbündet war. Ihm oder seinem Anwalt gehört das unserer Stelle verwandte fr. 706: *'Αγάμεμνον, οὐδ' εἰ πέλεκυν ἐν χεροῖν ἔχων Μέλλοι τις εἰς τράχηλον ἐμβαλεῖν ἐμόν, Σιγήσομαι δίκαιά γ' ἀντειπεῖν ἔχων.*

294 Der Vers enthält einen metrischen Fehler in dem Dactylus *τὴν κεφα*, der aber in allen mss. und im Suidas gleichmässig überliefert ist. *τὴν δέρην* Br *τὸν λάρυγγ' ἔ. λ.* oder *θέλω λέγειν ἔχων τὸν αὐχένα* E

τὸν Κέφαλον *P* (vgl. Plato com. II 681 fr. V c) τήνδ' ἔχων ἐγὼ λ. *D* τήνδ' ἔχων οὕτω λ. *Bl* (πάντα τήνδ' ἔχων λ. Add.) τ. ἔ. ὑμῖν λ. *B* τὴν σφαγὴν ἔ. λ. *Geel* πάνθ' ὅσ' ἂν λέγω λ. *Me* (vgl. 331 f.) τήν γε κεφαλὴν σχὼν λ. *M* nach *Hansing*. Ein anderes Auskunftsmittel hat *Ham* gefunden, der diesen Vers (als Interpolation aus 331 f.) und damit auch 292 auswirft, so dass der Chor den Dik. seinen Satz gar nicht zu Ende bringen lässt. — 'Sage ich ungerechtes und gewinne ich die Mehrheit nicht, so will ich auf dem Hackblock sprechen', d. h. ich will auf d. H. spr., damit ihr mich tödten könnt, falls ich u. s. w. — Vgl. auch Cratin. 114 II 84 ἐν τῷ κύφωνι τὸν αὐχέν' ἔχων.

295 f. Aehnliches Bild wie 112. vgl. Hom. *Γ* 57 λάινον ἕσσο χιτῶνα. — μὴ οὐ, weil in φειδόμεσθα eine Negation liegt.

299 γ' ἆρα codd. τἄρα *E* τἆρα *D*.

300—303 ordnet *Ham*. so:

X. ἐξολοίμην, ἢν ἀκούσω. *Δ.* δήξομἄρ' ὑμᾶς ἐγώ.
ἀνταποκτενῶ γὰρ ὑμῶν τῶν φίλων τοὺς φιλτάτους.
X. ὡς τεθνήξων ἴσθι νυνί. *Δ.* μηδαμῶς ὠχαρνικοί.
ὡς ἔχω γ' κτλ.

Und allerdings passt μηδαμῶς ὠχαρνικοί 300 nicht recht auf ἐξολοίμην, ἢν ἀκούσω. Es ist aber schon geholfen, wenn man die beiden ersten Hälften von 300 und 301 umstellt:

X. ὡς τεθνήξων ἴσθι νυνί. *Δ.* μηδαμῶς ὠχαρνικοί.
X. ἐξολοίμην, ἢν ἀκούσω. *Δ.* δήξομἄρ' κτλ.

301 δήξομαι γὰρ A δήξομαί γ' ἆρ' B δείξομ' ὑμᾶς ἆρ' R δήξομ' ἆρ' ὑμᾶς *Daw* δήξομἄρ' *D* δήξομαί γ' ὑ. *P*.

302 Das Mittel, wodurch sich D. von den Acharnern befreit, ist dem Aeschylos nachgebildet, bei welchem Telephos den kleinen Orest aus der Wiege riss und zu tödten drohte, ἵνα τύχῃ παρὰ τοῖς Ἕλλησι σωτηρίας. schol. 332. Nauck trag. 60. 456. Die Vermuthung von *Vater*, der Scholiast habe eigentlich κατὰ τὸν τραγῳδοποιὸν Ε ὐ ρ ι π ί δ η ν statt *Αἰσχύλον* schreiben wollen, hat wenig wahrscheinliches, da nachher so vieles als aus dem Tel. des Euripides parodirt angegeben wird. Die Verwechselung in diesem einen Falle wäre nicht recht erklärlich. Ich sehe an der Sache nichts, was des Aeschylos unwürdig wäre. Euripides konnte recht gut den Zug von ihm entlehnt haben.

306 ἔνδον in seinem Hause, nicht wie *Bl* übersetzt, *in corbem*. Den Korb ergreift D. erst jetzt mit den Worten βάλλετ' εἰ κτλ.

309 Von dem Redner Aristogiton, der im Zeitalter des Demosthenes das Gewerbe der Sykophanten wieder auffrischte (*Niebuhr* Vorl. ü. alte Gesch. III 122) sagte bei Alexis im *Σπονδοφόρος* 203 III 478 einer: *Ἀριστογείτονα Τὸν ῥήτορ' εἶδον λάρκον ἠμφιεσμένον Τῶν ἀνθρακηρῶν*. Es ist eigenthümlich, dass der Titel der Komödie zugleich mit dem angeblich (in einer Rede?) von Arist. angewendeten λάρκος an unsere Acharner erinnert. Nach Demosth. epist. III 1478 16 wurde Ar. einmal ins Gefängniss gesetzt; der Bestechung durch Harpalos war er angeklagt, aber frei gesprochen (ebend. 1483 37. 1485 42).

311 '*particula* ὡς *eodem sensu usurpatur* Nub. 209 Lys. 32. 499. *Auget et confirmat quae prius dicta sunt*'. *E.* Wenn nicht das ὡς vielmehr zum Imperativ gehört, und zu schreiben ist: ὡς κέκραχθ'· ἀποκτενῶ γὰρ τοῦτον οὐδ' ἀκούσομαι.

312 ἄρα τὸν ἥλικα codd. (θ' ἥλικα *Δ*) σὺ τὸν *Bentl.* δὲ τὸν *E* ῥα τὸν *D* ἄρ' ὁμήλικα *Reis.* — Es muss hier gefragt werden, wer mit τόνδε gemeint ist, und wer die beiden sind, deren Lebensalter gleich genannt wird. Der Scholiast ist im Zweifel: ἤτοι τὸν λάρκον ἢ ἐμὲ τὸν σοῦ αὐτοῦ ἥλικα. *Schütz* erklärt: *ridicule corbem* (τόνδε) *aequalem uum dicit, quoniam diu eo usus fuerat*, und dem schliesst sich *Dr* an, wenn er übersetzt: 'den Kam'raden vernichten mir willst du, den Köhlerfreund?' Erst *Bl* hat das andere vorgezogen: *perdes ergo hunc (se ipsum intelligit) aequalem vestrum* (?) *carbonarium.* Was kommt aber darauf an, dass der Chor mit Dik. in gleichem Alter steht? Dadurch wird sich dieser am allerwenigsten von seinem Vorhaben abbringen lassen, nachdem seine Altersgenossen ihn eben selbst haben tödten wollen. Viel rührender ist die Bitte des Chors, den Korb nicht zu schlachten, mit dem ihn so lange Gewohnheit und gleiche Liebe zu den Kohlen so eng verbinde.

314 f. Die Ueberl. ἀλλὰ νῦν (νυνὶ *E*) λέγ', εἴ σοι (εἴ τοι σοὶ R) δοκεῖ, τόν τε Λακεδαιμόνιον αὐτὸν ὅτι τῷ τρόπῳ σοὐστὶ φίλος ist fehlerhaft und noch nicht überzeugend emendirt. Ich vermuthe ἀλλὰ νυνὶ λέγ', εἴ τοι δοκεῖ σοί γ', ὁ Λακεδαιμόνιος αὐτὸς ὅτι τῷ τρ. σοὐστὶ φίλος.

315 Synesius epist. 131 ἐμοὶ δὴ σὲ μὲν ὁ τρόπος ἐποίησε φίλον.

317 νῦν μοι λίθους codd. τοὺς λ. νύν μοι *Br* λ. νῦν μοι *D* τοὺς μὲν οὖν λ. *E.*

320 Subiect von ἐκσέσεισται ist ὁ τρίβων.

322 Unter στροφή ist ein Tanz nach der Thymele zu verstehen. schol. χορεύουσιν ἅμα καὶ κόρδακα ἐνδείκνυνται.

323 ἄρα πάντες ἀνασείειν βοῆς vulg. ἄρ' ἅπαντες CR ἄρ' ἅπ. *E* βοήν R. Mit ἀνασείειν lässt sich hier nichts anfangen. Der Schol. erklärt es intransitiv und meint, die Kohlen würden angeredet, sie brächen nämlich mit grossem Gekrach aus dem Korb hervor: ἠθικώτατα καὶ ἥδιστα πρὸς τοὺς ἐν τῷ λάρκῳ ἄνθρακας διαλέγεται λέγων, ὅτι ἐμέλλετε μετὰ βοῆς ἀνασείειν, ὡς τῆς τοῦ λάρκου ῥήξεως μετὰ βοῆς μελλούσης γίνεσθαι. Aber erstens kann ἀνασείειν nicht intransitiv sein, zweitens würde es auch dann nur 'in die Höhe fahren' bedeuten können, und drittens ist nicht daran zu denken, dass die Kohlen die angeredeten wären. Soll ferner von den Acharnern gesagt sein: ἐμέλλετε πάντες ἀνασείειν βοήν 'liesset ihr mich jetzt nicht sprechen, so würdet ihr alle ein lautes Geschrei erheben, da ich nämlich dann den Korb abgeschlachtet hätte' ('ἀνασείειν βοήν *dictum ut* ἱστάναι β.' *D*) — so ist das ein äusserst matter und nichtssagender Gedanke, denn geschrieen haben sie vorher schon genug; der Eindruck, den die Ausführung von Dikaeopolis Drohung auf sie gemacht haben würde, müsste also anders specificirt werden. Vielmehr wie Dionysos, als er die koaxenden Frösche durch Nachahmung ihres eignen Geschreis zum Schweigen gebracht, ihnen zuruft: ἔμελλον

ἆρα παύσειν ποθ' ὑμᾶς τοῦ κοάξ (Ran. 268), so sagt hier Dik. zu den eben noch so rabbiaten Kohlenbrennern: 'so habt ihr doch endlich einmal aufgehört mit eurem Geschrei'. Aus Pac. 318 *εἰ μὴ τῆς βοῆς ἀνήσετε* ergibt sich das treffende der Emendation von *Dobr* (*ἆρα πάντως* [*πάντες ποτ' Cob*] *ἀνήσειν τῆς βοῆς*). Doch reicht auch wohl die geringere Aenderung aus *ἄρ' ἅπαντες ἀνήσειν τῆς β.*, wo die Caesur nach der ersten Kürze des Anapaest bei dem engen Zusammenhange mit dem folgenden Worte nichts anstössiges haben dürfte. s. *E* 178 *Herm* epit. doctr. metr. 55. — Synesius epist. 4 *ἐμέλλομεν δὲ ἆρα ποθήσειν γαλήνην.*

324 *ὀλίγου τ'* vulg. *γ' E. Παρνήθιοι Bentl.* statt *Παρνάσσιοι. Παρνήσιοι E.* — *ἄνθρακες* der Inhalt des Korbes hätte mit dran glauben müssen. vgl. 308. Der Parnes ist ein waldreiches Gebirge im Norden Attikas (*Burs.* 252), an welchem der Gau der Acharner Antheil gehabt haben muss. Das Adiectiv davon heisst nach Steph. Byz. *παρνήθιος*. Die Form *παρνάσσιοι* erklärt der schol. als einen Spass, ein Wortspiel mit *Παρνασσός*: *ἔπαιξεν οὖν παρνασσίους εἰπὼν ὡς ἀπὸ τόπου Παρνασσοῦ τὴν λέξιν παραγαγών, ἵνα ὑποδηλώσῃ τοὺς ἱερούς. ὁ γὰρ Παρνασσὸς ὄρος Φωκίας ἐστὶ ἱερὸν Ἀπόλλωνος καὶ Διονύσου.* Der Spass wäre sehr frostig.

326. 550 Pac. 933.

327 schol. *θηρώμεναι γὰρ αἱ σηπίαι ἐπαφιᾶσιν ἐκ τοῦ προσόντος αὐταῖς μέλανος ταράττειν βουλόμεναι τὸν παρ' αὐταῖς τόπον, ἵνα μὴ καταφανεῖς ὦσι τοῖς θηρῶσιν.* Nach Strattis 47 II 781 nannten die Thebaner den Fisch *ὀπισθοτίλα*.

328 *δεινόν γ' ἄρ' E δεινὸν μὲν Mc.* vielleicht *δ. μὲν ἄρ' οὕτως.* — *ὄμφακες* sind unreife saure Trauben, davon heisst *ὀμφακίας* eigentlich der aus solchen bereitete Wein.

330 *ἴσον ἴσῳ φέρον* ist noch unter dem Bilde des Weines gesprochen. War er zu gleichen Theilen mit Wasser gemischt, so hiess er *ἴσον ἴσῳ φέρων*. Cratin. 185 II 118 *τὸν δ' ἴσον ἴσῳ φέροντ' ἔγωγ' ἐκτήκομαι.*

339 Vesp. 1170 *ἰδοὺ θεῶ τὸ σχῆμα.*

341 schol. *βούλεται δὲ εἰπεῖν, ὅτι οὐ παρασκευάσομαι ἐπιπολύ.*

347 Vesp. 516 *καταγελώμενος μὲν οὖν Οὐκ ἐπαΐεις.*

350 ff. vgl. Equ. 520 *τοῦτο μὲν εἰδὼς ἅπαθε Μάγνης* 715 *ἐπίσταμαι γὰρ αὐτὸν οἷς ψωμίζεται.* — Wie 277 durch den Mund des Chors, so spricht hier der Dichter von seiner eigenen Person durch den Mund des Dikaeopolis; ebenso 470 ff. Ol. 88 2 an den grossen oder städtischen Dionysien im Monat Elaphebolion (März) hatte er die 'Babylonier' aufgeführt, freilich unter dem Namen des Kallistratos. Zu diesem Feste pflegten die Bundesgenossen nach Athen zu kommen und den Tribut zu bringen. Ueber den Inhalt der Komödie sagt der schol. zu unserer Stelle: *ἐκωμῴδησε γὰρ τάς τε κληρωτὰς καὶ χειροτονητὰς ἀρχὰς καὶ Κλέωνα παρόντων τῶν ξένων.* Es waren also die Staatsbeamten in derselben angegriffen worden und ihnen Pflichtwidrigkeiten zum Vorwurf gemacht. Doch war dies nicht der wichtigere Theil, vielmehr die Politik der Athener, die in der Person des Kleon ihren Hauptrepraesentanten hatte, der Hauptgegenstand des Dramas, und zwar einerseits ihr Verhalten zu auswärtigen Völ-

kern, anderseits und ganz besonders die Art, wie sie mit den Bundesgenossen umgingen. Dass dies aber eben in Gegenwart der Bundesgenossen selbst vorgenommen wurde, ergriff Kleon als Anklagepunkt, wie wir Ach. 470 lesen. Was die Bundesgenossen zu hören bekamen, ersehen wir ebenfalls aus unserm Stück, und zwar in der Parabase, wo sich der Dichter auf jene Anklagen vor dem ganzen Publicum verantwortet. V. 602 ff. 610 f. werden gewiss mit Recht auf die Babylonier bezogen, die ja das vorjährige Stück des Dichters waren, um welches er hatte Anfechtungen erleiden müssen. Wir sehen daraus zweierlei, erstens dass er die Athener wegen ihrer Leichtgläubigkeit und Bestechlichkeit fremden Gesandten gegenüber aufgezogen, und zweitens dass er die Art ihrer Herrschaft über die Bundesgenossen gemissbilligt hatte. Von dem ersten Punkt hatten sie eben wieder eine Probe abgelegt, da der berühmte Redekünstler Gorgias als Abgesandter seiner Vaterstadt Leontinoi sie zur Hülfleistung mit zwanzig Trieren gegen Syrakus vermocht hatte. Thuc. III 86 Diod. XII 53. Die Behandlung aber, welche sie den Bundesgenossen angedeihen liessen, hatte zum Abfall der Insel Lesbos geführt, dessen grausame Bestrafung dem Diodotos nur mit Mühe und Noth zu mildern gelang. — Auf Grund dieses Stückes also wurde sein Verfasser von Kleon beim Senate wegen Majestätsbeleidigung verklagt, wie A. selbst angibt Ach. 600. (vgl. Vesp. 1284 ff.) Damit aber war noch eine Klage wegen angemassten Bürgerrechts verbunden, da erst der Vater des A. in Athen eingewandert zu sein scheint. schol. zu unserer Stelle: *καὶ διὰ τοῦτο ὀργισθεὶς ὁ Κλέων ἐγράψατο αὐτὸν ἀδικίας εἰς τοὺς πολίτας, ὡς εἰς ὕβριν τοῦ δήμου καὶ τῆς βουλῆς ταῦτα πεποιηκότα. καὶ ξενίας δὲ αὐτὸν ἐγράψατο καὶ εἰς ἀγῶνα ἐνέβαλεν.* Kleon bot alle Mittel auf, um den verhassten und gefährlichen Gegner noch im Anfang seiner Laufbahn zu beseitigen (denn wäre diesem das Bürgerrecht abgesprochen, hätte er auf weitere Wirksamkeit verzichten müssen), und dadurch überhaupt der Komödie Zaum und Zügel anzulegen — doch erreichte er seinen Zweck nicht, Aristophanes wurde frei gesprochen, obgleich er seine athenische Herkunft mit nichts weiter zu erhärten bemüht gewesen sein soll, als mit dem Citat aus der Odyssee *α* 215: *μήτηρ μέν τέ μέ φησι τοῦ ἔμμεναι, αὐτὰρ ἔγωγε Οὐκ οἶδ', οὐ γάρ πώ τις ἑὸν γόνον αὐτὸς ἀνέγνω.* Dass aber die Klage wirklich gegen die Person des Aristophanes gerichtet war und nicht gegen den nominellen Autor Kallistratos, dürfte wohl kaum einem Zweifel unterliegen (obwohl schol. Vesp. 1284 entgegengesetzter Meinung ist). Die Babylonier waren bereits das zweite Stück, das A. unter fremdem Namen über die Bühne gehen liess, und schon die *Δαιταλῆς* (Ol. 88 1), in denen er die neumodische Erziehung und Unterweisung der Jugend angegriffen, hatten solches Aufsehen gemacht, dass man gewiss bald dahinter kam, wie weder Philonides noch Kallistratos als Urheber angesehen werden durften, und dass man bei den nächsten Stücken über den Autor schon vor der Darstellung derselben unterrichtet war. Aber selbst wenn man bei der Aufführung der Babylonier wirklich noch nichts von Aristophanes wusste, so konnte doch sicherlich der daran sich knüpfende Process nicht geführt werden, ohne dass der wahre Sachverhalt zum Vorschein kam. Weder ist von A. anzunehmen, dass er dem K. die Zumuthung gestellt hätte, statt seiner die Klage über sich ergehen zu lassen, noch bei K. die Bereitwilligkeit vorauszusetzen, auf dergleichen einzugehen. Wenn also hier Kallistratos als angeblicher Autor (nach *Ranke* auch als Protagonist) von dem spricht, was er um der vorjährigen Komödie willen von Kleon habe erleiden müssen, so wusste jeder Zuhörer, von wem er das eigentlich zu verstehen habe, 'vermöge einer feinen, nur beim ersten Blick seltsamen Convention' (*Bernh* Litt. II 2 551). Sowohl der *διδάσκαλος* 597, als auch der *ποιητής* 602 ist Aristophanes.

352 Vor den Senat und nicht gleich vor ein Gericht kam die Sache, weil keine bestimmten Gesetze über das dem A. zur Last gelegte Verbrechen existirten. Poll. VIII 51 *περὶ ὧν οὐκ εἰσὶ νόμοι, ἀδικῶν δέ τις ἁλίσκεται ἢ ἄρχων ἢ ῥήτωρ, εἰς τὴν βουλὴν εἰσαγγελία δίδοται κατ' αὐτοῦ, κἂν μὲν μέτρια ἀδικεῖν δοκῇ, ἡ βουλὴ ποιεῖται ζημίας ἐπιβολήν, ἂν δὲ μείζω, παραδίδωσι δικαστηρίῳ· τὸ δὲ τίμημα [τιμᾷ], ὅτι χρὴ παθεῖν ἢ ἀποτῖσαι.* (Plat. legg. X 907 E *τιμάτω τὸ δικαστήριον τίμημα.*)

352 ff. Equ. 485 *θεύσει γὰρ ᾄξας ἐς τὸ βουλευτήριον, Ὡς οὗτος ἐσπεσὼν ἐκεῖσε διαβαλεῖ Ἡμᾶς ἅπαντας καὶ κράγον κεκράξεται.*

354 *κυκλοβορεῖν* ist von *Κυκλοβόρος* gebildet, dem Namen eines zur nassen Jahreszeit reissenden und tobenden Giessbaches in Attika. (*Burs* 257.) Mit dem Getöse dieses Wassers wird die Stimme des Kleon auch Equ. 137 verglichen: *ἅρπαξ κεκράκτης Κυκλοβόρου φωνὴν ἔχων.* s. auch fr. 657 II 1196. — *ἔπλυνε* wusch mir den Kopf, noch unter dem Bilde des vorigen Wortes; doch hat *πλύνειν* auch für sich allein die Bedeutung *λοιδορεῖν*. vgl. Plut. 1061.

357 Der Vers, 406 an seiner Stelle, scheint hier nicht recht zu passen, was zuerst *Valck* Hipp. 1029 bemerkt hat. D. kann nicht gut in solcher Nähe den Vers zweimal gebrauchen, es sei denn, dass derselbe von Euripides herrührte, und dieser damit verhöhnt werden sollte — eine Annahme von *Kl*, die aber nicht erwiesen ist. *E* will emendiren *γ' οἷον*, erkennt den Vers aber doch nicht für echt an. Es war vielleicht schon ehemals eine Lücke, die einer aufs Gerathewohl ausgefüllt hat.

359 f. Hieronymos, der Sohn des Xenophantos, erfreute sich eines reichlichen Haarwuchses, den er nicht unter der Scheere hielt, so dass man vor lauter Haar ihn selbst nicht sehen konnte. Derselbe ist Nub. 349 gemeint, wo Sokrates sagt, die Wolken verwandelten sich, wenn sie einen von den Behaarten sähen, wie den Sohn des X., in Kentauren: *κἂτ' ἢν μὲν ἴδωσι κομήτην, Ἄγριόν τινα τῶν λασίων τούτων, οἷόνπερ τὸν Ξενοφάντου, Σκώπτουσαι τὴν μανίαν αὐτοῦ Κενταύροις εἴκασαν αὑτάς* — wobei aber noch das andere zu Grunde liegt, dass er (schol.) *περὶ παῖδας ἄγαν ἐπτόητο*, und man solche Leute, weil sie in der *ἀκρασία ἔρωτος* sich mit den Kentauren verwandt zeigten, *λασίους* und *ἀγρίους* nannte wie die Kentauren. (Andere wollten freilich wissen, der gemeinte *κομήτης* sei ein *Κλεῖτος, ὃς ἦν ἐπὶ κόμῃ σκωπτόμενος*, oder ein *Ἱερομνήμων*, selbst Gegenstand eines *αἰσχρὸς ἔρως*.) H. war übrigens Dich-

ter, nach schol. Nub. ein Dithyrambiker, nach schol. Ach. μελῶν ποιητὴς καὶ τραγῳδοποιὸς ἀνώμαλος καὶ ἀνοικονόμητος διὰ τὸ ἄγαν ἐμπαθῶς γράφειν ὑποθέσεις καὶ φοβεροῖς προσωπείοις χρῆσθαι. Daher mag wohl *Bl* Recht haben, wenn er in dem Worte σκοτοδ. eine Nachahmung der dithyrambischen Diction erblickt. Eccl. 201 wird ein Dummkopf H. ironisch weise genannt: Ἀργεῖος ἀμαθής, ἀλλ' Ἱερώνυμος σοφός.

361 εἶτ' ἐξάν. vulg. ἀλλ' ἐξ. *E.* — Sisyphos ist zwar selbst als Schwindler bekannt, und insofern dürfte die Kunst desselben dem D. eigentlich auch nichts helfen, doch ist hier der Scharfsinn überhaupt gemeint.

362 ἀγὼν RΓ ἂν ἀγὼν vulg. ἀγὼν *P.*

362. 451 Vesp. 532 ὁρᾷς γὰρ ὡς Σοὶ μέγας ἐστὶν ἀγών.

363 ff. Nub. 131 ἰτητέον. τί ταῦτ' ἔχων στραγγεύομαι, Ἀλλ' οὐχὶ κόπτω τὴν θύραν; παῖ παιδίον.

365 Der Diener trägt in den Scholien den Namen des Kephisophon, des Schauspielers und (wie einige glaubten) Mitarbeiters von Euripides (Ran. 944. 1408 fr. 574 II 1177). *E* hat ihn mit Recht in einen namenlosen verwandelt, wenn auch nicht mit *Halb.*'s Billigung. In den Rittern ist die Bezeichnung der Sklaven als Demosthenes und Nikias jetzt auch verschwunden, weil die alten Grammatiker sie nicht kannten. — Thesm. 881 (Eur. Hel. 465).

366 κοὐκ ἔνδον *E* mit *Invernizi* κοὐκ ἔνδον ἔνδον τ' ἐστίν *Reis* οὐκ ἔνδον ὢν ἔστ' ἔνδον *Cob.* Aus der folgenden Frage des Dikaeopolis: πῶς ἔνδον, εἶτ' οὐκ ἔνδον; scheint hervorzugehen, dass die Negation zu dem zweiten ἔνδον gehört. Vielleicht hat es also geheissen: ἔνδον τε κοὐκ ἔστ' ἔνδον oder ἐστίν τε κοὐκ ἔστ' ἔνδον. — Der Portier des Euripides zeigt in rhetorischen Spitzfindigkeiten, dass er mit Nutzen bei ihm gedient hat. Alc. 521 ἔστιν τε κοὐκέτ' ἔστιν. *Valck* Hippol. 1037. vgl. Eur. Hel. 467 πότερον ἐκτὸς ἢ 'ν δόμοις; Γ. Οὐκ ἔνδον. — Thesm. 39 ff. wird auch Agathon von seinem Diener copirt.

368 f. Eur. Ion. 251 οἶκοι δὲ τὸν νοῦν ἔσχον ἐνθάδ' οὖσά περ.

372 (378) Pac. 1018 σφάξεις τὸν οἶν. Τ. ἀλλ' οὐ θέμις. Ο. τιὴ τί δή; Av. 80 τὸν δεσπότην Ἡμῖν κάλεσον. Τ. ἀλλ' ἀρτίως νὴ τὸν Δία Εὕδει. Thesm. 65 Ἀγάθωνά μοι δεῦρ' ἐκκάλεσον πάσῃ τέχνῃ.

376 σ' ο *Br* statt der vulg. σε. Χολλίδης vulg. Χολλείδης *E.* — Der Vers dient zum unbestreitbaren Beweise, dass Ar. den D. als einen Cholliden gedacht wissen will. Was ihn dazu veranlasst hat, lässt sich unmöglich angeben, denn die Bemerkung des schol. (der übrigens Χωλείδης gelesen zu haben scheint), es sei das eine Fiction und nichts als eine Anspielung auf die lahmen Helden des Euripides (ἢ παίζει διὰ τὸ χωλοὺς εἰσάγειν. vgl. 381), ist ein arges Verkennen Aristophanischen Witzes (vgl. Lys. 852 Παιονίδης Κινησίας schol. παίζει πρὸς τὸ πέος). *E* möchte vermuthen, D. bezeichne sich hier als Cholliden, weil Euripides diesem Demos angehört habe, doch widerspricht dem die Ueberlieferung, die ihn nach Phlya setzt (Harpocr. v. Φλυέα). Hr Geh. Rath *Böckh*, mit dem ich über die Sache gesprochen, meinte, es möchte vielleicht wirklich ein Mann des Namens Dikaeopolis vom Demos der Cholliden existirt haben,

Nun aber wie stimmt dieser Vers zu 34, wo D. nicht, wie unerklärlicher Weise im lit. Centralbl. *Bu*, ein Recensent von Alb. Müller behauptet, den eignen Demos in einen Gegensatz zu Acharnae stellt, sondern ausdrücklich sagt, sein Demos brauche keine Kohlen zu kaufen, er habe selbst deren genug: damit scheint aber eben Acharnae bezeichnet, und der Gegensatz ist Athen und der ländliche Demos. Wenn er sich hier nun dennoch einen Cholliden nennt, so ist der Widerspruch vielleicht nicht so gross, wie es auf den ersten Blick scheint. Die Demen sind nicht in dem Sinn eine locale Eintheilung, dass nicht einer in Acharnae einen Hof besitzen und doch einem ganz andern Demos angehören könnte. *Burs* 263. Alkibiades ist vom Demos Skambonidae, und hat Grundbesitz in Erchia. Plat. Alc. I 123 C. Midias ist Anagyrasier und hat ein Haus in Eleusis. Demosth. Mid. p. 565. Solchen Besitz in einem fremden Demos nannte man ἔγκτησις, und der Eigenthümer musste dafür an den Demarchen ein ἐγκτητικόν zahlen. *Böckh* Staatsh. d. Ath. I 319. So finden wir in einem Decret der Piraeenser bei Böckh Corp. Inscr. I 139 n. 101, dass die P. einem gewissen Kallidamas dem Cholliden wegen seiner Verdienste um ihren Demos sowohl andere Rechte als auch Befreiung vom ἐγκτητικόν ertheilt hatten: καὶ μὴ ἐγλέγειμ παρ' αὐτοῦ τὸν δήμαρχον τὸ ἐγκτητικόν. V. 34 meint also D. gar nicht seine politische Genossenschaft, sondern seinen ländlichen Wohnsitz. Man wird es freilich bedenklich finden, dass er Sehnsucht nach seinem Demos aussprechen soll, ohne dabei an denjenigen zu denken, dem er als δημότης angehört. Indessen möchte ich doch bezweifeln, ob dem Worte diese ausschliessliche Bedeutung beizulegen sein dürfte, dass es unter keinen Umständen den Sinn von ἀγρός annehmen könnte für einen bestimmten Ort, der als Gegensatz zur Stadt gedacht wird. In dieser Voraussetzung habe ich oben (Einl. 19) Acharnae als Wohnsitz des D. bezeichnet. Will man das aber durchaus nicht zugeben, und soll schon 34 der Demos Χολλεῖδαι gemeint sein, so muss angenommen werden, dass die ganz unbewiesene Vermuthung, die man bisher über die Lage dieses Demos gehabt (*Leake* d. Demen v. Att. übers. v. *Westermann* Braunschw. 1840 *Ross* u. *Meier* d. D. v. A. u. ihre Vertheilung unter d. Phylen Halle 1846), nicht richtig ist, und dass er nicht am Hymettos (söstl. von Athen), sondern auf der entgegengesetzten Seite entweder zwischen Athen und Acharnae, dem letzteren ganz nahe, oder als Enclave innerhalb des grossen Demos Acharnae gelegen hat.

377 f. 'ἀλλ' οὐ — ὅμως *recte delere videtur Dobr' Me.* Wie kann aber Eur. gleich nach dem Ruf ὑπάκουσον antworten: 'so will ich mich heraus drehen lassen'? Viel natürlicher, wenn er erst gar keine Zeit zu haben erklärt und hinterher die Concession des ἐκκυκλεῖσθαι macht.

380 λέλακας tragisch. (vgl. Hesiod. ἔργ. 207 τί λέληκας;) Dergleichen Stilproben sind hier noch τὰ ποῖα τρύχη 388 λακίδας πέπλων 393 τὰ δυσπινῆ πεπλώματα 396 ὦ Ζεῦ διόπτα καὶ κατόπτα πανταχῇ 405 πυκνῇ γὰρ λεπτὰ μηχανᾷ φρενί 415 απελθε λαΐνων σταθμῶν 419 ὦ θύμ' 420 (450. 453 Equ. 1194 Eur. Med. 1057) τί δ' ὦ τάλας σε τοῦδ' ἔχει πλέκους χρέος; 424 χρέος μὲν οὐδέν, βούλομαι δ' ὅμως λαβεῖν 425 πακτὰ

δωμάτων 449 *ἄγε νυν ὦ τάλαινα καρδία* 455. — *ἀναβάδην* (vgl. 369) bedeutet nach dem schol. *ἄνω τοὺς πόδας ἔχων, ἐπ' ὑψηλοῦ τόπου καθήμενος* d. h. man habe sich den Sitz des E. innerhalb seines Studirzimmers möglichst erhöht vorzustellen als in der Region des philosophischen Gedankens schwebend. So war es kein Wunder, wenn seine Helden aus dieser Entfernung auf dem Boden der Wirklichkeit lahm ankamen, mit gebrochenen Gliedern (Bellerophon, Telephos, Philoktet) und gebrochenem Geiste. (Andere wollen den E. mit nach oben gestreckten Beinen dichten lassen, eine etwas abenteuerliche Vorstellung.) Der Schmerz, der in ihrem Innern wühlte, manifestirte sich aber oft auch bis in Einzelheiten des Kostüms und ihrer ganzen äussern Erscheinung. Dem entsprechend ist hier E. gekleidet zu denken.

383 *ἐλεεινὴν* vulg. *ἐλεινὴν P.*

385 D. hat gleich den Telephos im Sinn, ohne sich des Namens bestimmt zu erinnern, der erst nachher durch Fragen herauskommt. Daher spricht er mit dem bestimmten Artikel *τοῦ παλ. δρ.* 'aus deinem alten Theaterstück' (*Reis* 175). E. weiss natürlich nicht, welches er meint, und schlägt ihm verschiedene vor, die aber alle abgelehnt werden, bis das rechte kommt. Schreibt man dagegen *ῥάκιόν τί του*, so steht diese Bitte um Lumpen aus einem beliebigen Stück mit dem folgenden geradezu im Widerspruch. Die Aufführung des Tel. ist übrigens schon über zwölf Jahre her (Ol. 85 2).

386 vgl. 410 Vesp. 1095 *ῥῆσιν εὖ λέξειν ἐμέλλομεν.*

388 Oeneus, König von Kalydon, wurde nach dem Tode seines Sohnes Tydeus, während Diomedes mit den andern Epigonen Theben belagerte, durch seinen Bruder Agrios des Thrones beraubt und musste in seinem hohen Alter betteln gehn, bis Diomedes nach Thebens Einnahme zufälliger Weise nach Kalydon kam, den Grossvater in seinem Elend traf, und nachdem es zur Erkennung gekommen, den bösen Bruder tödtete und jenen wieder einsetzte.

391 Phoenix war der Sohn des Amyntor, dessen Kebse Phthia, weil sie ihn nicht zur Liebe zwingen konnte, ihn beim Vater anklagte, sie verführt zu haben. Darauf Blendung und Einkerkerung des Ph., als aber die Wahrheit an den Tag gekommen, Selbstmord des Am. und der *παλλακή.* Den Phoenix schickte dann Peleus zum Chiron, der ihm die Augen zurück gab, und machte ihn zum König der Doloper. Dieser Inhalt der Euripideischen Tragödie weicht bedeutend von dem Homerischen Mythos ab, wonach Ph. auf Anstiften seiner Mutter die Sklavin wirklich verführt hatte und durch einen väterlichen Fluch nur zur Kinderlosigkeit verurtheilt war. (*K* 447 ff.)

393 *ποτ' ἀνὴρ* vor *Bentl.* Eur. Tro. 496 *τρυχηρὰ περὶ τρυχηρὸν εἱμένην χρόα Πέπλων λακίσματα.*

394 Philoktet bettelte also bei Euripides 'an den Thüren der Lemnier' (*Dr*). Diese Tragödie war Ol. 87 1 mit der Medea aufgeführt.

397 Bellerophon konnte, da er die Ungerechtigkeit auf der Welt herrschen sah, nicht an Götter glauben (Eur. fr. 288). Um sich durch den

Augenschein von ihrem Sein oder Nichtsein zu überzeugen, trat er auf dem Pegasos eine Reise zum Olymp an. Zeus aber dachte mit Horaz, dass Himmelanstreben dem Menschen nicht gebühre, und schickte eine Bremse, deren Stich das Flügelross wild machte, so dass der Reiter in jähem Sturz auf Lykiens Ebene statt auf dem Olymp ankam mit der Ueberzeugung, dass es für den Menschen das beste sei, gar nicht geboren zu werden (fr. 287), und als lahmer Bettler in zerlumptem Kleide umherirrte. — Bei οὑτοσί muss E. auf eine Puppe oder irgend eine bildliche Darstellung des B. zeigen, nicht auf eine Rolle mit der Tragödie.

400 *Nauck* Eur. fr. 703.

404 Die Geschichte der Ino hatte E. folgendermassen gestaltet. Ino verliess in bakchischer Raserei ihren Gemahl Athamas, der sie für todt haltend sich mit Themisto vermählte und von derselben zwei Söhne bekam. Später erfuhr er, dass Ino sich auf dem Parnass aufhalte, liess sie holen, verbarg es aber vor Themisto. Als diese von der Sache hörte, beschloss sie Inos Kinder zu tödten, machte sich aber dadurch zur Mörderin ihrer eignen Söhne, da sie die Ino, welche sie für eine Gefangene hielt, ins Geheimniss gezogen und als Helferin hatte gebrauchen wollen. Themisto tödtete sich nachher selbst, Athamas in Raserei auf der Jagd seinen älteren Sohn Learch, und Ino stürzte sich mit Melikertes von der Klippe. Die Maske des Schauspielers, der die Ino darstellte, trug in der letzten Scene schon eine leichenhafte Färbung, daher Philokleon den blassen Chaerephon mit der Ino des Euripides vergleicht: Vesp. 1414 γυναικὶ κλητεύων ἔοικας θαψίνῃ Ἰνοῖ κρεμαμένῃ. — Die Worte ἰδοὺ ταυτὶ λαβέ werden in den Büchern dem Kephisophon zuertheilt. Doch ist sehr die Frage, ob der eben angeredete παῖς derselbe ist, der dem D. vorher auf seine Frage nach Euripides geantwortet hat. Der Portier kann nicht gut auch hier zum Heraussuchen der Garderobestücke verwandt werden. *Beer* hat nun (147) ἰδού, ταυτί dem Dikaeopolis gegeben: 'sieh da, d i e s e sind's', und λαβέ dem Euripides, *B* alle drei Worte dem Euripides. Dass sie diesem gehören, scheint auch die Bemerkung des Schol. anzudeuten: ἐ ξ ή γ α γ ε ν ὁ θεράπων τὰ ῥάκη. Es muss aber hinter ταυτί interpungirt werden. Th. 759 τουτί. λαβέ.

405 Die durchlöcherten und zerfetzten Lumpen bringen den D. auf die Anrufung des alles durchblickenden Zeus, der ihm zur ferneren Ausstattung behülflich sein möge. Der Vers ist vielleicht aus Euripides.

406 wollte *Br* hier streichen statt 357. Dann würden die beiden Vocative ὦ Ζεῦ und Εὐριπίδη dicht hinter einander kommen, zum ersten gehört aber nothwendig ein Satz, der die Anrufung des Zeus motivirt.

407 ἐχαρίσω μοι τ. mit Proceleusmaticus im vierten Fusse vor *Bentl.*, von *Reis* festgehalten 55, ebenso von *R* und *W* 194.

409 Von den angekündigten ἀκόλουθα ist das πιλίδιον das erste Stück; die andern folgen von 418 an.

410 f. Eur. fr. 699. Um allen Anfechtungen zu entgehen, machte Tel. als Bettler die Reise (Ennius Tel. 287 *caedem caveo hoc cum vestitu squalida saeptus stola*).

411 ὥσπερ vor *Br* (sonst *B*).

412 ff. 'Das Publicum wird gleich erkennen, dass was ich nachher über die Entstehung des Kriegs sagen werde, nur Scherz ist, was ich in Wahrheit von den Lakedaemoniern halte, und warum ich für den Frieden bin; hier im Theater aber kann ich doch nicht sprechen wie in der Volksversammlung, den Choreuten muss ich ein Märchen erzählen.' Der schol. findet hier eine Kritik der Euripideischen Chorgesänge, die sich immer mit allerhand nicht zur Sache gehörigem beschäftigten und ganz ausserhalb der Handlung ständen. *καὶ διὰ τούτων τὸν Εὐριπίδην διασύρει. οὗτος γὰρ εἰσάγει τοὺς χοροὺς οὔτε τὰ ἀκόλουθα φθεγγομένους τῇ ὑποθέσει, ἀλλὰ ἱστορίας τινὰς ἀπαγγέλλοντας — οὔτε ἐμπαθῶς ἀντιλαμβανομένους τῶν ἀδικηθέντων, ἀλλὰ μεταξὺ ἀντιπίπτοντας.*

414. 417 Equ. 216 *ὑπογλυκαίνων ῥηματίοις μαγειρικοῖς* Nub. 943 *ῥηματίοισιν καινοῖς αὐτὸν Καὶ διανοίαις κατατοξεύσω* Pac. 534 *οὐ γὰρ ἥδεται Αὕτη ποιητῇ ῥηματίων δικανικῶν.*

415 Nub. 1496 *διαλεπτολογοῦμαι.*

416 Eur. fr. 702. Welchen Sinn die Worte *Τηλέφῳ δ' ἁ. φρ.* hier haben sollen, ist nicht ersichtlich. Die Schol. geben als Euripideisch die Worte *καλῶς ἔχοιμι· Τηλέφῳ δ' ἁγὼ φρονῶ.* Ath. V 186 C erzählt eine Anekdote von Arkesilaos, der bei einem Gastmahle, da sein Lagergenoss, ein Mensch mit Namen Telephos, mit entsetzlichem Appetit alles verschlungen, was in seine Nähe kam, gar nichts zu essen bekommen habe, bis einer der andern Gäste ihm etwas gereicht; da habe er ausgerufen: *εὖ σοι γένοιτο· Τ. δ' ἁ. νοῶ*, wo aber *σοι* Aenderung des Arkesilaos für *μοι* sein kann. Diese Worte bei Ath. hat *Br* hierher gesetzt, *Me* nur *εὖ σοι γένοιτο.* Die mss. haben statt dessen *εὐδαιμονοίης.* vgl. 427. Das *εὐδαιμονοίης* zu ändern lag eine Veranlassung vor, wenn bei Euripides der Sinn mit diesem Verse nicht abgeschlossen war.

423 *σπυρίδιον* ein Korbgeflecht, in dem zur Noth ein Licht getragen werden kann. Diog. La. VI 87 erzählt nach Antisthenes vom Krates, dass er sich der kynischen Philosophie zugewendet habe, als er *ἔν τινι τραγῳδίᾳ Τήλεφον σπυρίδιον ἔχοντα καὶ τἄλλα λυπρὸν* gesehen.

424 Eur. fr. 714. — *πλεκτὴ σχοῖνος* hatte nach Pollux unser Dichter im Amphiaraos eine *σπυρίς* genannt. fr. 33 II 958.

427 *μήτηρ* die Gemüsehändlerin Klito. vgl. 439. 448 Equ. 17—19 Thesm. 387. 455 f. 910 Ran. 840. 946 f.

428 *μὴ ἀλλὰ* vor *D 30.*

429 *κυλίσκιον* vor *Br* *ἀποκεκρουσμένον* vor *D 30.*

430 (426) Eur. Hcl. 452 *ὀχληρὸς ἴσθ' ὤν· καὶ τάχ' ὠσθήσει βίᾳ.*

431 schol. *οἷον οὐκ οἶδα* (l. *οἶσθα*) *ὅπως βαρὺς εἶ ἐν τοῖς δράμασι καὶ ἀποκναίεις τοὺς θεατάς.* 'du willst jetzt schon ärgerlich sein; dann weisst du noch gar nicht, wie du selbst mit solchen Tändeleien die vernünftigen Leute quälst.'

433 mit dem Schwamme verstopft, d. h. gefüllt; der Schwamm ist die Hauptsache, das *χ.* nur der Behälter. Telephos braucht ihn zum Abwaschen des Staubes und Schweisses auf der Reise.

435 schol. ταυτηνί, τὴν χύτραν δηλονότι. Av. 948 ἄπελθε τουτονὶ λαβών. Π. ἀπέρχομαι.

440 (434) Theognetus 1 com. IV 549 ἄνθρωπ' ἀπολεῖς με.

442 schol. τοῦτο πεπαρῴδηται ἀσήμως ἐξ Οἰνέως Εὐριπίδου. ὁ δὲ Σύμμαχος καὶ ἐκ Τηλέφου φησὶν αὐτό. fr. 572. Wahrscheinlich kam Oeneus bittend in das Haus des Agrios und wurde hier schlecht behandelt.

444 vgl. Aristid. I 16 16 τὸ τῆς Ἀθηνᾶς μέρος ἢ τῶν θεῶν ἀγορὰ πάντ' ἐστὶ τὰ πράγματα.

445 *Εὐρ.* γλυκύτατον ὦ (dafür καὶ R) φιλτάτιον vor *E.*

447 Equ. 578 καὶ πρὸς οὐκ αἰτοῦμεν οὐδὲν πλὴν τοσουτονὶ μόνον Plut. 199 πλὴν ἓν μόνον δέδοικα Aristaenetus I 24 p. 109 πλὴν τουτί σε μόνον αἰτοῦμεν.

448 Im Anfang der Ritter denken die beiden Sklaven des Demos über eln Mittel zur Erlösung nach. Der eine sagt: 'wie soll ich es fein Euripideisch ausdrücken' (κομψευριπικῶς)? darauf der andere 17: μή μοί γε, μή μοι, μὴ διασκανδικίσῃς. Euripides selbst scheint bei den Komikern σκανδικοπώλης geheissen zu haben. Hesych. σκάνδιξ. λάχανον ἄγριον, παρ' ὃ καὶ σκανδικοπώλην τὸν Εὐριπίδην λέγουσιν, ἐπειδὴ λαχανοπωλητρίας υἱὸν αὐτὸν εἶναί φασι. (Phot. 516 3 Paroem. I 308 II 643 10). — Der Schluss des Verses ist nach Aesch. Cho. 737 gebildet, wo die Amme von Orest sagt: ὃν ἐξέθρεψα μητρόθεν δεδεγμένη.

449 Poll. X 27 ὡς ἔφη Εὐριπίδης (fr. 991), λῦε πακτὰ δωμάτων. (Hesych. πακτά. ἡρμοσμένα, πεπηγμένα.) Ist dort das α richtig überliefert, so muss es mit *Scal.* auch hier bewahrt werden, denn es kommt eben auf die tragische Farbe an. πακτοῦν Lys. 265 (vgl. κιχλᾶν 929). — Eustath. 483 26. 742 43.

451 Demosth. epist. II 5 τὸν ὑπὲρ τῆς τῶν Ἑλλήνων ἐλευθερίας ἀγῶνα, ὃν ὑμεῖς ἠγωνίσασθε.

453 Sopater ap. Ath. IV 160 C θάρσει θυμέ. — γραμμή wegen des vorangegangenen ἀγῶν' ἀγωνιεῖς. Er sieht sich als einen Wettläufer an. Eur. El. 955 f. fr. 169. An die Striche in der Orchestra (Eust. 772 7) ist hier nicht zu denken. *HM* übersetzt: 'es ruft dein Buchstab dich'. So soll nämlich Dikaeopolis seine Richter nennen, weil die zehn Gerichtshöfe in Athen nach den zehn ersten Buchstaben des Alphabets unterschieden wurden. Plut. 277 ἐν τῷ σορῷ νυνὶ λαχὸν τὸ γράμμα σου δικάζειν. Wäre der Chor der Acharner einer dieser Gerichtshöfe gewesen, so wäre diese Bezeichnung möglich. Da sie aber nur einen improvisirten Gerichtshof bilden, so konnte kein Meusch den Aristophanes verstehen, falls er hier den Gedanken seines Uebersetzers hatte. Ueberdies sagt er γραμμή, und nicht γράμμα.

454 vgl. 417.

455 Eur. I. T. 344 ὦ καρδία τάλαινα Med. 1244 ἄγ' ὦ τάλαινα χεὶρ ἐμή.

457 δοκεῖ vulg. δοκῇ *Dav.* λέξον παρασχοῦσ' oder παράσχες εἰπέ θ' *Bl.*

459 ἀλλ' erst von *Herm* zugesetzt.

462 Vesp. 546 περὶ τῆς πάσης μέλλων βασιλείας ἀντιλογήσειν Τῆς ἡμετέρας.

465 f. (548) Eur. Tel. fr. 701 μή μοι φθονήσητ' ἄνδρες Ἑλλήνων ἄκροι, Εἰ πτωχὸς ὢν τέτληκ' ἐν ἐσθλοῖσιν λέγειν. Den ersten Vers brauchte auch Alexis 64 (III 410) 7. μὴ φθονεῖτε Equ. 580. — Die ganze Rede des Tel. vor den Griechen war mit rhetorischen Feinheiten voll gepfropft. Mit Beziehung hierauf sagt Nub. 910 der δίκαιος λόγος zum ἄδικος, dieser sei früher als Telephos betteln gegangen: καίτοι πρότερόν γ' ἐπτώχευες Τήλεφος εἶναι Μυσὸς φάσκων.

469 ist bei *HM* gänzlich weggefallen.

470 vgl. zu 350 ff.

472 ff. Thesm. 472 αὐταὶ γάρ ἐσμεν κοὐδεμί' ἔκφορος λόγου. Τί ταῦτ' ἔχουσαι κεῖνον αἰτιώμεθα; κτλ. (Plat. legg. 836 B heisst αὐτοὶ γάρ ἐσμεν 'wir haben unsern Sinn für uns'.) — Aristid. II 417 16 πάντως δὲ οὔτε πανήγυρις τὸ νῦν εἶναι οὔτε παρουσία τοσαύτη ξένων, ἐν οἷς ἐξελεγχόμενοι δυσχερῶς οἴσεσθε — λέγω γὰρ οὖν ὡς πρὸς παρόντας τοὺς ἄνδρας — ἀλλ' ἐν ἐλάττοσιν ἢ ἐπὶ ληναίῳ τὰ τῆς παρρησίας ἔσται.

472 Das Lenaeon war ein Heiligthum des Dionysos ἐν λίμναις südlich von der Akropolis. Hier wurde im siebenten Monat des attischen Jahres, dem Gamelion (früher Ληναιών, etwa dem Januar gleich), das Kelterfest τὰ λήναια gefeiert (ληνός), gleichsam eine Wiederholung der ländlichen Dionysien (im vorangehenden Monat Posideon) für die Stadt. *Schoem* Alterth. II 436.

476 Der Vers enthält eine Schwierigkeit, die mit den vorhandenen Mitteln der Interpretation nicht gelöst werden kann. 'Bei den grossen Dionysien im vorigen Jahre waren wir Bürger mit Fremden gemischt, gleichsam das Korn mit den Hülsen oder der Spreu; jetzt sind wir aber περιεπτισμένοι', d. h. (schol.) ξένων ἀπηλλαγμένοι καὶ καθαροὶ ἀστοί. Also statt μετοίκους sollte man ξένους erwarten, denn es werden wohl die Metoeken, d. h. die in Athen gegen eine Steuer lebenden Fremden, oft ξένοι genannt, nie aber Bundesgenossen μέτοικοι, wenn sie eben nicht in der Stadt ihren Wohnsitz hatten. Der Dichter kann nicht sagen: 'ich fürchte mich jetzt vor Kleon nicht, weil die M e t o e k e n nicht zugegen sind', sondern er meint: 'weil die F r e m d e n aus den unterworfenen Städten fehlen, deren Anwesenheit ich damals, wie er sagte, hätte scheuen sollen'. Ist nun hier dennoch von den ersteren statt der letzteren die Rede, so würde folgen, dass auch sie, als im weiteren Sinne unter den Fremden mit einbegriffen, an der Lenaeenfeier keinen Antheil hatten. Dem steht aber eine ausdrückliche Notiz des schol. Plut. 953 entgegen, der zwar *Hemsterhuis* keinen Glauben schenkt, die indessen nicht zu widerlegen ist. Hiernach durften sich an den Dionysien keine Metoeken unter den Choreuten befinden, dagegen war es ihnen an den Lenaeen gestattet: οὐκ ἐξῆν δὲ ξένον χορεύειν ἐν τῷ ἀστικῷ χορῷ — ἐν δὲ τῷ ληναίῳ ἐξῆν· ἐπεὶ καὶ μέτοικοι ἐχορήγουν. Was hätte es also für einen

Sinn gehabt, sie von den Zuschauern auszuschliessen? Und überhaupt war ja die Abwesenheit der Fremden am Lenaeenfeste kein Gesetz, sondern eine Folge der Jahreszeit. Waren zufällig dennoch einige gerade in Athen, so ist wohl kaum zu bezweifeln, dass ihnen zum Theater der Zutritt nicht verweigert wurde; warum also den immer in der Stadt lebenden? Der Vers würde daher nur dann einen richtigen Sinn geben, wenn er hiesse entweder: 'die Fremden, die Bundesgenossen vergleiche ich hier nämlich mit der Spreu', oder: 'die Metoeken nämlich, die etwa mit anwesend sind, rechne ich hier mit zu den Bürgern'. Da aber beides unmöglich ist, so hat *Valck* den Vers ausgeworfen.

477 Eur. Or. 518 ἐγὼ δὲ μισῶ μὲν γυναῖκας ἀνοσίους.

478 f. 'Möge sie Poseidon mit einem Erdbeben strafen'. Ol. 77 4 hatte ein gewaltiges Erdbeben Lakonika heimgesucht, ὥστε οἰκίαν μηδεμίαν τῶν ἐν Λακεδαίμονι ἀντισχεῖν (Paus. VII 25 Aristoph. Lys. 1141 ἡ δὲ Μεσσήνη τότε Ὑμῖν ἐπέκειτο χὠ θεὸς σείων ἅμα), und man führte dasselbe allgemein auf den Zorn des Gottes von Taenaron zurück, weil man flüchtige Heloten, die in dem Heiligthum desselben Schutz gesucht, unter Versprechungen der Schonung es zu verlassen überredet und dennoch getödtet hatte (Thuc. I 128). Kürzlich waren wieder Vorboten dieser Erscheinung in ganz Griechenland beobachtet (Thuc. III 87 ἐγένοντο δὲ καὶ οἱ πολλοὶ τότε σεισμοὶ τῆς γῆς, ἔν τε Ἀθήναις καὶ κτλ.), die sich Ol. 88 3 wiederholten und einen neuen Einfall der Lakedaemonier in Attika unter Agis verhinderten (Thuc. III 89 σεισμῶν δὲ γενομένων πολλῶν ἀπετράποντο πάλιν καὶ οὐκ ἐγένετο ἐσβολή).

481 vgl. Vesp. 334 λέξον· πρὸς εὔνους γὰρ φράσεις.

482 Aristid. II 241 7 εἰ δὲ εἰκὸς ἦν τι καὶ ἄλλο ἡμαρτῆσθαι πρότερον, τί ταῦτα τοὺς Λάκωνας αἰτιώμεθα;

485 Synesius epist. 104 ἀνδράρια πονηρά. — παρακόπτειν heisst falschmünzen. Ausgeführter ist das Bild Ran. 718 ff., wo geradezu die Hauptlenker der attischen Politik dem neuen schlechten Gelde von gestern gleich gestellt werden. Plut. 862 (957) ἔοικε δ' εἶναι τοῦ πονηροῦ κόμματος.

486 Themistius XXI p. 255 D οὐχ οἱ παράξενοι οὗτοι καὶ παράσημοι. — Verdacht ausländischer Herkunft findet sich sehr oft in der Komödie ausgesprochen.

487 Megara, früher zur athenischen Bundesgenossenschaft gehörig, war (nach Diod. XII 5 Ol. 83 1 — nach Thuc. I 114 gleichzeitig mit dem Einfall des Plistonax in Attika, d. h. τέσσαρσι καὶ δέκα ἔτεσιν II 21 vor dem peloponnesischen Kriege) ohne allen Grund plötzlich abgefallen, und hatte unter Ermordung der athenischen Besatzung die Spartaner herbeigerufen. Die Athener behielten zunächst noch die Häfen der Stadt, die sie selbst gebaut hatten (Thuc. I 103) in Händen, traten aber dann auch diese in dem dreissigjährigen Waffenstillstand an die Peloponnesier ab. Da indess gerade der Besitz von Megara grosse Wichtigkeit für sie hatte, so wurde der Verkehr mit dieser Stadt allmählich abgebrochen, und der athenische Markt den Megarern thatsächlich verschlossen, später aber auf

Volksbeschluss ein förmliches Interdict gegen sie ausgesprochen. Und so beklagten sie sich auf der durch die Korinther zur Anklage Athens nach Sparta berufenen Versammlung der Peloponnesier: *λιμένων τε εἴργεσθαι τῶν ἐν τῇ Ἀθηναίων ἀρχῇ καὶ τῆς ἀττικῆς ἀγορᾶς παρὰ τὰς σπονδάς* (Thuc. I 67). Plut. Per. 30 erzählt, Perikles habe die Megarer beschuldigt, sie hätten von dem der Demeter und Persephone geweihten Grenzlande zwischen ihrem und der Athener Gebiet ein Stück sich angeeignet und bebaut (Thuc. I 139); von Athen habe man dann einen Herold nach Megara geschickt, darüber Vorstellungen zu machen; derselbe habe auch in Sparta Klgae führen sollen, sei aber, wie man geglaubt, von den Megarern getödtet, worauf denn auf Antrag des Charinos eine *ἄσπονδος καὶ ἀκήρυκτος ἔχθρα* mit ihnen proclamirt worden, jedem Megarer, der sich in Attika blicken liesse, der Tod gedroht, und den jedesmaligen Strategen der Zusatzartikel zu ihrem Eide auferlegt sei, *ὅτι καὶ δὶς ἀνὰ πᾶν ἔτος εἰς τὴν Μεγαρικὴν ἐμβαλοῦσι.* vgl. Thuc. IV 66 II 31. Dies ist das *ψήφισμα*, dessen Aufhebung die Spartaner nachher zu einer der Bedingungen für die Erhaltung des Friedens machten (Thuc. I 139). — D. sagt also, die Störenfriede hätten auf megarische Handelsartikel gefahndet, da sei die Feindschaft gegen Megara immer erbitterter geworden und habe allmählich zum peloponnesischen Kriege geführt.

489 *ἁλός* vor *E* *χονδρὰς ἅλας* R. (Choerob. in Theod. 269 1 *χόνδρος ἅλς, χόνδρου ἁλός, χόνδροι ἅλες.*)

493 Ueber das Kottabosspiel s. *Becker* Charikles II 295 ff.

496 *κἀντεῦθεν* codd. *κἀκεῖθεν* *Me.* — Eust. 386 36 *μέγαν εὐθὺς ἐλπίζει πόλεμον συρραγῆναι.*

498 f. Lucian. Demosth. 20 *ἱκανή γ' ἄν σοι οὐδ' ἡ Περικλέους* (sc. *ῥητορεία*)· *ἐκείνου μέν γε τὰς ἀστραπὰς καὶ βροντάς . . . ἀλλ' αὐτήν γε οὐχ ὁρῶμεν* Quinct. II 16 19 *ut non loqui et orare, sed quod Pericli contigit, fulgurare ac tonare videaris.* — Wie hier der Olympier, so wird Perikles sonst bei Komikern Zeus genannt. Cratin. 71 II 61 *ὁ σχινοκέφαλος Ζεὺς ὁδὶ Προσέρχεται τῴδεῖον ἐπὶ τοῦ κρανίου Ἔχων, ἐπειδὴ τοὔστρακον παροίχεται* 116 II 85 *μόλ' ὦ Ζεῦ ξένιε καὶ καραῖε* (capitoline). Sohn des Kronos und der *Στάσις* 230 II 147 (de usu parod. apud com. Ath. 17). vgl. 396 II 214 *ἀνελκταῖς ὀφρύσι σεμνόν.* Hermipp. 44 II 399. Seine Beredsamkeit (worin ihn einige Komiker für einen Schüler der Aspasia ausgaben: Callias 18 II 740 schol. Acharn.) Cratin. 276 II 173 *μεγίστη γλῶττα τῶν ἑλληνίδων* Eup. 94 II 458 *κράτιστος οὗτος ἐγένετ' ἀνθρώπων λέγειν . . . πρὸς δέ γ' αὐτοῦ τῷ τάχει Πειθώ τις ἐπεκάθιζεν ἐπὶ τοῖς χείλεσιν. Οὕτως ἐκήλει, καὶ μόνος τῶν ῥητόρων Τὸ κέντρον ἐγκατέλειπε τοῖς ἀκροωμένοις.* — Mit Aspasia wird auch sonst bei den Komikern nicht eben säuberlich umgegangen. Ist Perikles Zeus, so ist sie Hera, aber ihre Mutter die Unkeuschheit. Cratin. 231 II 148 *Ἥραν τέ οἱ Ἀσπασίαν τίκτει Καταπυγοσύνη Παλλακὴν κυνώπιδα.* so auch bei Eupolis, der ihr deswegen das Epitheton *βοῶπις* gab (382 II 571). In den *Δήμοις* nannte sie derselbe kurzweg *πόρνη.* Der aus dem Hades zurückgekehrte Perikles fragte hier den Myronides nach seinem und der A. Sohne,

der kurz vor des Vaters Tode in die Phratrie eingeschrieben war (Plut. Per. 37 *συνεχώρησαν ἀπογράψασθαι τὸν νόθον εἰς τοὺς φράτορας ὄνομα θέμενον τὸ αὑτοῦ*), und bekam die Antwort: 'der wäre schon längst ein Mann, wenn ihm nicht das Gewerbe seiner Mutter im Sinn läge' (97 II 461). Andere Benennungen *Ὀμφάλη νέα*, *Δηιάνειρα* (anon. 351), *τύραννος* (Eup. 275 II 535), *τυραννοδαίμων* (anon. 197), *Ἑλένη* (Eup. 250 II 524). Ueberhaupt beschäftigten sich die Komiker viel mit ihr (Clem. Alex. strom. IV 619), auch ausserhalb der Bühne, wie Hermippos, der sie nach Plut. Per. 32 mit einer *δίκη ἀσεβείας* verfolgte (*Me* hist. crit. 91), *ὡς Περικλεῖ γυναῖκας ἐλευθέρας εἰς τὸ αὐτὸ φοιτώσας ὑποδέχοιτο*. Nur Perikles Thränen retteten sie davon. Als P. starb, lebte sie mit einem Schafhändler Lysikles, der dadurch zu hohen Ehren kam. Plut. Per. 24 schol. Ar. Pac. 132 *προβατοπώλης· τὸν Καλλίαν λέγει καὶ τὴν πολιτείαν αὐτοῦ. τινὲς δὲ ὅτι Λυσικλέα λέγει, ὃς προβατοπώλης ἐλέγετο, ᾧ ἐγαμήθη Ἀσπασία*. Suid. *προβατοπώλης· ὁ Καλλίας καὶ ἡ ἐπ' αὐτοῦ πολιτεία· ἢ Λυσικλῆς, υἱὸς Ἀσπασίας*. Die letzten beiden Worte können sich nur auf Kallias beziehen. Plut. *ἦν μὲν γὰρ αὐτῷ* (näml. *τῷ Περικλεῖ*) *γυνὴ προσήκουσα μὲν κατὰ γένος, συνῳκηκυῖα δ' Ἱππονίκῳ πρότερον, ἐξ οὗ Καλλίαν ἔτεκε τὸν πλούσιον*. — Pac. 606 stellt unser Dichter den Process des Phidias als den Beweggrund zum Kriege für Perikles hin.

499 *ἤστραπτεν* vulg. *ἤστραπτ'* *E* (auct. 178). vgl. com. anon. 127 IV 631 *ἀστράψῃ διὰ πυκνός* 349 IV 677 *δεινὸν κεραυνὸν ἐν γλώττῃ φέρει*.

500 *σκολιὰ* vor *D*. — *νομοὺς δ' ἐτίθετ' ὥσπερ*?

500 ff. Timokreon hatte in einem Skolion vom Reichthum gesagt, er sei die Quelle alles Uebels und eigentlich von Land und Meer in den Tartaros zu verweisen. fr. 8 942 Bergk *ὤφελέν σ' ὦ τυφλὲ πλοῦτε μήτε γῇ μήτ' ἐν θαλάσσῃ μήτ' ἐν ἠπείρῳ φανῆμεν, Ἀλλὰ Τάρταρόν τε ναίειν κἀχέροντα· διὰ σὲ γὰρ πάντ' [ἔστ'] ἐν ἀνθρώποις κακά*.

501 *μήτ' ἐν γῇ* vor *Bentl.*

501 f. Thuc. I 139 *καὶ μάλιστά γε πάντων καὶ ἐνδηλότατα προὔλεγον τὸ περὶ Μεγαρέων ψήφισμα καθελοῦσι μὴ ἂν γίγνεσθαι πόλεμον, ἐν ᾧ εἴρητο αὐτοὺς μὴ χρῆσθαι τοῖς λιμέσι τοῖς ἐν τῇ Ἀθηναίων ἀρχῇ μηδὲ τῇ ἀττικῇ ἀγορᾷ*. Vesp. 22 *ἐν γῇ τ' ἀπέβαλεν κἀν οὐρανῷ Κἀν τῇ θαλάττῃ*, daher *Schneidewin* hier 502 *μήτ' ἐν οὐρανῷ μένειν*.

504 Pac. 609 *μεγαρικοῦ ψηφίσματος*.

506 *χοὐκ ἠθ. ἡμ.* vulg. *ἠθέλομεν δ' ἡ.* R *οὐκ ἡ. δ' ἡ. Fr.*

508 Eur. Tel. 707.

509 'Hätten die Lakedaemonier eine gleiche Handelssperre, wie ihr gegen Megara, gegen das athenische Bundesgebiet angeordnet, und hätte nur einer einen einzigen Köter von Seriphos, der erbärmlichsten von allen euern Inseln, irgendwo als verpönten Artikel aufgegriffen, und so den Handel mit Seriphos benachtheiligt, was würdet ihr für Lärm geschlagen haben!' Das Unrecht der Athener gegen Megara, aus welchem der Krieg entstand, ist nicht die Entführung der Simaetha, sondern das Verbot der Einfuhr megarischer Waaren nach Attika. Demnach kann auch die Bein-

trächtigung der Seriphler seitens der Spartaner, die hier vorausgesetzt wird, nicht von der Art sein, dass etwa das Confisciren eines lakonischen Hundes in Seriphos gemäss einem Ausfuhrverbote aus Lakonika gemeint wäre. Die Athener confiscirten nicht attische Waare in Megara, sondern megarische in Attika; soll also der Vergleich passen, so kann hier nicht Beschlagnahme spartanischer Waare auf Seriphos angenommen werden. Das Wort φήνας nöthigt uns zu der angegebenen Erklärung, denn dies enthält die Analogie mit dem Verfahren der Athener gegen Megara. Doch ist es möglich, dass gerade hierin eine Corruptel steckt, und dass der Dichter überhaupt nur eine Eigenthumsverletzung der Seriphier statuiren wollte. schol. εἴ τις τῶν Λακεδαιμονίων πλεύσας εἰς Σέριφον καὶ τὸ τυχὸν αὐτοὺς ἀδικήσας καὶ λαβὼν παρ' αὐτῶν τοῦτο ἀπέδοτο κτλ. (*Ham* vermuthet δήσας Κύθνιον ἢ Σερίφιον. κλέψας *M.*) Man sieht nicht recht ein, warum es zu jener Confiscation eines Hundes des ἐκπλεῖν σκάφει bedurfte, wenn nicht eben in dem äusserst abenteuerlichen des Falls die Absicht liegt.

511 schol. ἢ πολλοῦ γε δεῖ· καὶ τοῦτο ἐκ Τηλέφου. 710 N. Die Worte καθῆσθ' ἂν ἐν δόμοισιν; gehören wohl mit zur Parodie, denn πολλοῦ γε δεῖ sagte man sehr oft.

515 Am Kiel der Schiffe befanden sich vergoldete Pallasbilder von Holz, die von Zeit zu Zeit neu in Stand gesetzt wurden.

516 In diese von Perikles erbaute Halle am Piraeeus (τῆς λεγομένης ἀλφιτοπώλιδος schol. ἀλφίτων στοά Eust. 868. 38) wurden die zur Ausrüstung der Schiffe bestimmten Getreidevorräthe gebracht. (*Burs* 266.)

522 Die musikalischen Instrumente dienen zum Angeben des Rudertaktes.

523 schol. τὸν δὲ Τήλεφον· καὶ ταῦτα ἐκ Τηλέφου Εὐριπίδου (711) — es scheint, aus einer Debatte der Griechen über Telephos Rede. vgl. auch Thesm. 194.

524 Aristid. II 16 14 τὸν δὲ Τήλεφον οὐκ οἴει τὰ αὐτὰ ταῦτα; Plat. fr. 169 (II 674) 4 ἐν τῷ καπήλῳ νοῦς ἐνεῖναί μοι δοκεῖ Lys. 1124 Eccl. 856.

527 Wie weit *HM* sich bisweilen von seinem Original entfernt, davon hier eine Probe: und ein Duckmäuser, wie kein andrer (nämlich wagst du) uns zu schmäh'n? — Der mehrfach erwähnte Recensent der Acharner von Alb. Müller im liter. Centralblatt will diesen Vers schon um des Parallelismus willen ausmerzen. λέγει 528 soll genau dem λέγειν 526 entsprechen. Ich halte den Umstand, dass der eine Halbchor drei, der andere nur zwei Verse zu sagen hat, nicht für einen hinreichenden Grund zur Athetese.

528 f. vgl. Thesm. 436 πάντα γὰρ λέγει δίκαια Av. 1614 Lys. 463.

531 οὔτι *Bentl.* οὐδὲ vulg. vgl. 745.

532 Equ. 1354 οὗτος τί κύπτεις; οὐχὶ κατὰ χώραν μενεῖς; Vesp. 854 οὗτος σὺ ποῖ θεῖς; Eccl. 703 ποῖ θεῖς οὗτος; u. a.

534 ἰὼ Λάμ. *Herm.* ὦ Λ. vulg.

535 γοργολόφα wird Lamachos erstens wegen seines Schildes mit

der Gorgo, zweitens wegen des Helmes angeredet. Equ. 1181 heisst Athene *Γοργολόφα*.

537 *εἴτ' ἔστι τις ταξίαρχος ἢ στρατηγὸς ἢ* B u. d. meisten älteren edd. *εἴτε τις ἔστι ταξ. ἢ στρ. ἢ* ACRΓ*Br.* So scheint auch der schol. gelesen zu haben, wenn er sagt (566): *εἴσθεσις εἰς περίοδον ὀκτάκωλον, ἧς τὰ μὲν ἄλλα ἐστὶ δόχμια, ἁπλοῦν δὲ τὸ τέταρτον* — nämlich *εἴτε τίς ἐστι τα* —, *διπλοῦν δὲ τὸ ἕκτον, τὸ δὲ πέμπτον ἰαμβικὸν δίμετρον ἀκατάληκτον* — nämlich *ξίαρχος ἢ στρατηγὸς ἤ*. Den *στρατηγός* findet *E* störend, weil er gegen die Ordnung zwischen Hauptmann und Gemeinen eingeschoben, und weil Lam. auch Strateg sei. Er beseitigt ihn also und schreibt auch hier dochmisch: *εἴτέ τίς ἐστι, ταξίαρχός τις ἢ Τειχ. εἴτ' ἔστι ταξ. ἢ στρ. ἢ* als iambischen Trimeter *Bl.* Die Gründe gegen *στρατηγός* finden in der Aufregung des Chors hinreichende Widerlegung.

538 *τειχομάχος* codd. *τ. γ' E τειχομάχας Dobr.*

539 *ἔχομαι μέσος* (258) ist von der Palaestra hergenommen: 'ich werde an den Hüften angepackt und bin nahe daran, niedergeworfen zu werden'.

542 vgl. 1125.

544 *ἄνθρωπος* vor *E*.

545 schol. *κακορροθεῖ· καὶ τοῦτο ἐκ Τηλέφου* (713).

546 wird von *Valck* ausgeworfen, vgl. 526. 562 Plut. 472 Cratin. 289 II 181. Vielleicht ist zu schreiben *οὗτος σὺ τοῖα πτωχὸς ὢν τολμᾷς λέγειν;*

548 s. 466.

550 *ἰλιγγιῶ* vulg. *ἠλιγγιῶ* R *εἰλιγγιῶ D.*

551 D. bittet zuerst, Lam. möge den Schild ablegen, damit er nicht die Gorgo ansehen müsse; dann soll er ihn auf den Rücken, d. h. auf die convexe Seite legen, damit er ihm als Becken diene. — *μορμόνα* komische Variation von *Γοργόνα*. Pac. 474 wird gleichfalls zu Lamachos gesagt: *οὐδὲν δεόμεθ' ὤνθρωπε τῆς σῆς μορμόνος*, vgl. 561.

553 *totam cristam rogaverat Dicaeopolis; sed unam tantum ex illa utpote pretiosa pennam ei porrigit Lamachus. Bl.*

556 Nub. 723 *οὗτος τί ποιεῖς;* (1052 Pac. 682) Vesp. 1 *οὗτος τί πάσχεις;* u. a.

557 f. Ueberl. *πτίλον γάρ ἐστιν εἰπέ μοι τίνος ποτέ; Λ. ὄρνιθός ἐστιν. Δ. ἆρα κομπολακύθου; E* hat zuerst *τίνος ποτὲ Ὄρνιθός ἐστιν;* verbunden nach der Frage *πτίλον γάρ ἐστιν;* die letzteren Worte sind dann zuerst von *Bo* als abgebrochener Satz dem Lamachos gegeben.

559 *τεθνήξει* ABΔ *τεθνήσει* CR *τεθνήσῃ Γ τεθνήξεις E* nach *Daw.* vgl. 301.

560 Ueberl. *οὐ κατ' ἰσχύν ἐστιν. οὔ σου κ. Scal οὐ γὰρ κ. Kü οὐ σὴν κ. B οὐ γὰρ κατ' ἰσχύν σοὔστιν? Me.* Vielleicht *ἀλλ' οὐ κατ' ἰσχύν ἐστιν* oder *ὡς οὐ κ.* nach Aesch. Prom. 214 *ὡς οὐ κατ' ἰσχὺν οὐδὲ πρὸς τὸ καρτερόν*.

562 f. Vesp. 192 *πονηρὸς εἶ κτλ. Φ. ἐγὼ πονηρός;*

563 f. Av. 997 *σὺ δ' εἶ τίς ἀνδρῶν; Μ. ὅστις εἴμ' ἐγώ; Μέτων.*

564 Eustath. 199 34 (aus schol. ABC Hom. *B* 203) *σπουδαρχιδῶν ἀνδρῶν ἐν τοσούτῳ θορύβῳ καθαπτόμενος.*

567 *κόκκ. τε* vor *Reiske.*

570 *οἵους* vor *D* (jetzt noch *M*).

571 vgl. 66. 159.

572 Ueber Tisamenos, Phaenippos, Hipparchides (oder Hipparchos?) ist nichts weiter bekannt, als was die Scholien nur aus dieser Stelle bemerken. *ὁ Τισαμενὸς ὡς ξένος καὶ μαστιγίας κωμῳδεῖται. ὁ δὲ Φαίνιππος ὡς ὑώδης καὶ ἡταιρηκώς. — τούτους κωμῳδεῖ ὡς πανούργους, τόν τε Τισαμενὸν καὶ τὸν Φαίνιππον καὶ Ἱππαρχίδην κτλ.* Möglich, dass Ar. hier gar keine bestimmten Personen im Auge hatte.

573 Ein Feldherr Chares wird aus dieser Zeit nicht genannt. Aus der Bemerkung des schol. *ὁ δὲ Χ. ἐπὶ ἀμαθίᾳ διεβάλλετο* lernen wir auch nichts über die Person. 'Unter Chares wird man sich wohl irgend einen Dynasten zu denken haben' *Dr.* — *Χαόσι* vulg. *Χάονες* Strab. VII 323. 324 Steph. Byz. *Χαονία.* Diese *Χάονες* sind ein epirotisches Volk, das nach Theopomp bei Strab. VII 323 (fr. 227 Müller) ehemals über ganz Epiros geherrscht hatte. Ol. 87 3 führten sie mit den Athen verbündeten Akarnanen Krieg (Thuc. II 68) und verbanden sich darauf mit Sparta, um jene gänzlich zu unterwerfen (ebend. 80 f.), aber ohne Erfolg. Nachher müssen sie mit Athen unterhandelt haben. Vgl. auch Equ. 78.

574 Geres und Theodoros stammten nach dem schol. von Sklaven ab, liebten aber sehr ein gutes Leben. *εἰς μαλακίαν διεβάλλετο Γ. καὶ Θ., καὶ ὅτι ἐκ δούλων.* In den Ekklesiazusen (Ol. 96 4) höhnt die Junge ihre alte Nebenbuhlerin, die den Liebhaber nicht zu ihr lassen will, bevor er bei ihr selbst gewesen: 932 *σοὶ γὰρ φίλος τίς ἐστιν ἄλλος ἢ Γέρης;* schol. *φαλακρὸς οὗτος καὶ πένης.* Theodoros war eine eben so berüchtigte Persönlichkeit wie Aristodem. Hesych. *Ἀριστόδημος. Ἀριστόδημον οἱ κωμικοὶ τὸν πρωκτόν, καὶ Θεόδωρον καὶ Τιμησιάνακτα ἔλεγον, ἀπὸ τῶν ἡταιρηκότων.* vgl. *Θεόδωρος. Δημοκλεῖδαι.* Nur der letztere scheint dem Demos Diomeia angehört zu haben nach dem schol. *καὶ Θεόδωρον τὸν Διομειᾶ τῶν δήμων ὄντα.* Dass die Bewohner dieses Demos überhaupt in dem Rufe der Grossprahlerei gestanden hätten (*Burs* 275), davon finden sich sonst keine Andeutungen.

575 Ath. VII 314 F *ὁ ἐκ Γέλας, μᾶλλον δὲ Καταγέλας οὗτος ποιητής* Plaut. Stich. IV 2 50 *nunc ego nollo mi ex Gelasimo fieri te Catagelasimum.* — Hier ist Laches gemeint, der an die Spitze der Expedition für die Leontiner gestellt war (Thuc. III 86). Kamarina gehörte zu den Bundesgenossen der Leontiner; über Gela wird das gleiche sonst nicht berichtet. Ueber die Gewinnsucht des Laches vgl. Vesp. 895, wo ein kydathenischer Hund einen andern vom Demos Aexone bei Philokleon verklagt, dass er den sicilischen Käse allein verzehrt habe. Der Kydathener ist Kleon, der Aexonenser Laches (Plat. Lach. 197 C), der jenen Feldzug zu seiner Bereicherung wohl benutzt, das Schiffsvolk aber um jegliche Beute gebracht hatte und deshalb von Kleon wirklich angeklagt war.

Aristophanes stellt sich nun zwar in der Person des Bdelykleon auf seine Seite und plaidirt für seine Freisprechung, aber nicht weil er ihn für unschuldig halte, sondern wegen seiner Eigenschaften als Feldherrn: 954 *μὰ Δί' ἀλλ' ἄριστός ἐστι τῶν νυνὶ κυνῶν, Οἷός τε πολλοῖς προβατίοις ἐφεστάναι*, worin indessen wieder angedeutet ist, wie leicht die Athener sich von ihm hintergehen liessen. Einiger Mangel an Zuverlässigkeit scheint in seiner Familie erblich gewesen zu sein, wenn anders derjenige Laches sein Enkel ist, welcher nach Demosth. epist. III 1480 wegen Unterschlagung verurtheilt und auf Bitten des Alexander frei gelassen wurde. Daher erklärt es Ephippos für gleich schlimm, Dramen des Dionys zu lesen und mit Laches Thür an Thür zu wohnen. fr. 16 (III 335) 4 *Λάχητί τ' οἰκήσαιμι τὴν ἑξῆς θύραν*. In den Scholien zu den Wespen findet sich dreimal (909. 924. 963) *Χάρης* statt *Λάχης* geschrieben, vielleicht aus Vermischung mit unserer Stelle, da der erstere Name hier 573 vorkommt. — Das Wortspiel *κἂν Γέλᾳ κἂν Καταγέλᾳ* lässt sich im Deutschen nicht gut nachahmen, denn die Orthographie 'ins Ge l a c h hinein' (*Dr*) ist bedenklich. Der schol. erklärt *ἀπὸ τοῦ καταγελᾶν αὐτῶν τοὺς στρατηγούς*, denkt also an Soldaten, die im Vertrauen auf Beute sich solchen Abenteurern angeschlossen hätten und dann von ihnen jämmerlich betrogen wären (Laches). Es ist wohl vielmehr das Hohngelächter gemeint, das solche in die Fremde ziehende Söldner den armen Schluckern in der Heimath widmen.

578 *Μαριλάδης* ist ein zurecht gemachter Name für einen Kohlenbrenner; vgl. 326. 581.

579 ὢν ἓν ἢ A ἕν; ἢ B ἕν. ἢ *ΓΔ* ενη R. schol. *οὕτως ἐν τοῖς ἀκριβεστάτοις ἕνη, ἵνα λέγῃ ἐκ πολλοῦ. Ἀττικοὶ δὲ τὸ ἕνη περιττὸν ἐτίθεσαν ὡς τὸ ἔχων, ληρεῖς ἔχων. οἱ δὲ λείπειν φασὶ τὸ δύο, ἵνα ἐρωτῶν λέγῃ ἓν ἢ δύο; — ὢν; ἐνή· E ὤν; ἐνί, D* (= *ἦν, ἠνί*) *ὢν ἕνη; Bl* (*ἕνη seu ἐνή — nam de accentu non liquet — nunc non dubito quin recte verterit Schneiderus* e i n m a l. *Reddes ergo Anglice: have you ever once been on an embassy? Nisi scripsit poeta μίαν intellecto πρεσβείαν etc.* Add.) *ὢν ἕνῃ; B* nach *Herm* (*qui perendie canus eris. Herm. — acerbe Comicus dicit eum perendie, h. e. nunquam fore legatum Bernh*) *fort. γέ νυν BI. ὢν; ἐνή; M.*

581 *καὶ Εὐφορίδης* (*κεὔφορ.*) vulg. *ἢ Εὐφ. E.* zu *Πρινίδης* vgl. 180.

582 *Χαόνας* vulg. (573.)

533 Koesyra ist die Mutter des Megakles und Grossmutter des Klisthenes, welcher die Pisistratiden vertrieb. schol. Nub. 46 *ὁ πρῶτος οὖν Μεγακλῆς Κοισύρας ἦν υἱός, ἥτις ἦν ὑπερβαίνουσα γένει καὶ πλούτῳ. ἦν δὲ ἐξ Ἐρετρίας*. Daneben wird aber von einer K. gesprochen, die den Pisistratos geheirathet habe, als er nach der Tyrannis strebte. 48 *αὕτη δὲ ἐγαμήθη Πεισιστράτῳ ἐπιχειρήσαντι τυραννεῖν*. Der Name galt noch später als der Inbegriff alles weiblichen Stolzes und Hochmuths. So nennt Strepsiades seine Frau, die er unkluger Weise sich aus dem Stamm der Alkmaeoniden

genommen, *σεμνὴν τρυφῶσαν ἐγκεκοισυρωμένην* (Nub. 48 vgl. 800 *ἐκ γυναικῶν εὐπτέρων τῶν Κοισύρας*). Nach den Schol. ist an unserer Stelle ebenfalls *ὁ Μεγακλῆς* gemeint; ein junger Mann desselben Namens ist aber aus dieser Zeit nicht nachzuweisen, da der mütterliche Grossvater des Alkibiades Ol. 88 unmöglich noch ein Jüngling gewesen sein kann. An Alkibiades selbst ist auch nicht zu denken, da auf diesen das folgende nicht passt. Man muss also mit *B* (Me com. II 991 f.) annehmen, dass Aristophanes hier von einem Megakles spricht, von dem sonst nirgend die Rede ist (denn bei Leukon in den *Φράτερες* ibid. 749 braucht durchaus nicht derselbe gemeint zu sein), und dann vielleicht auch noch glauben, dass dieser M. als Gesandter nach Persien, Lamachos zu den Chaonern geschickt war (*B* ibid. 970 sq.), falls nicht vielmehr trotz des individuellen Namens *Λάμαχος* mit *ὁ Κοισύρας* auf einen beliebigen jungen 'Herrn von so und so' vom höchsten Adel gedeutet ist.

581 *ὑπὲρ ἔρ.* vor *Bentl.* — Wer auf solche Kriegsdienste und Gesandtschaften speculirt, ist in der Regel so verschuldet, dass er nicht einmal einen Kränzchenbeitrag bezahlen kann. Dann sagen ihm wohl die Freunde: 'mach, dass du fortkommst'.

587 Soph. Phil. 986 *ὦ λημνία χθὼν καὶ τὸ παγκρατὲς σέλας Ἡφαιστότευκτον, ταῦτα δῆτ' ἀνασχετά;*

592 vgl. 681.

594 (411) *Λαμάχῳ δὲ μή* wird hier und 683 allgemein als Gegensatz zu *πρὸς ἐμέ* gefasst, so dass also den Peloponnesiern verboten würde, mit L. zu handeln. (lat. Uebersetzung bei *D. Lamacho autem non.*) Die griechischen Worte können auch bedeuten (s. 919 ff.): *Λαμάχῳ δὲ κηρύττω, μὴ ἀγοράζειν πρὸς ἐμέ* oder *Λ. οὐ κηρύττω, ἀγ. πρ. ἐ.* vgl. 861 *Ἀθάνασ', ἐν Βοιωτοῖσιν δὲ μή* Nub. 1413 *πῶς γὰρ τὸ μὲν σὸν σῶμα χρὴ πληγῶν ἀθῷον εἶναι, Τοὐμὸν δὲ μή;* 457 *Ἄρει δὲ μή;* Plut. fr. 81 II 644 *ἥκεν ἄρτους πριάμενος Μὴ τῶν καθαρύλλων.*

595 Vesp. 726 *σὺ γὰρ οὖν νῦν μοι νικᾶν πολλῷ δεδόκησαι.*

597 *ἐξ οὗ* seit Ol. 88 1 (*Δαιταλῆς*).

599 ff. s. zu 350.

602 ff. Vesp. 1017 *ἀδικεῖσθαι γάρ φησιν πρότερος πόλλ' αὐτοὺς εὖ πεποιηκώς.*

604 vgl. zu 104.

605 *οἱ πρ. ἀπὸ τ. πόλ.* codd. *ἀπ. τ. π. ὑ. οἱ πρ.* *Kü* *ὑ. ἀπ. τ. π. οἱ πρ.* *Bentl.*

606 ff. Bekannt ist der Anfang eines Dithyrambos, durch welchen Pindar die Stadt der Athener so verherrlicht hatte, dass diese ihn nicht allein zu ihrem *πρόξενος* machten, sondern auch für die von Theben ihm auferlegte Geldbusse mit 1000 Drachmen entschädigten (Isocr. XV 166 Aeschin. epist. IV 3): *ὦ ταὶ λιπαραὶ καὶ ἰοστέφανοι καὶ ἀοίδιμοι, Ἑλλάδος ἔρεισμα, κλειναὶ Ἀθᾶναι, δαιμόνιον πτολίεθρον* (fr. 54 Bergk. vgl. Pyth. VII). Eine weitere Belohnung gab ihm Aristophanes, wenn er die Ritter ausrufen lässt 1329: *ὦ ταὶ λιπαραὶ καὶ ἰ. καὶ ἀριζήλωτοι Ἀθῆναι, Δείξατε τὸν τῆς Ἑλλάδος ἡμῖν καὶ τῆς γῆς τῆσδε μόναρχον.*

(1323.) vgl. auch Nub. 300 *ἔλθωμεν λιπαρὰν χθόνα Παλλάδος*. — Pac. 577 *τῆς ἰωνιᾶς τε τῆς πρὸς Τῷ φρέατι*. Fett war der Boden von Attika eigentlich keineswegs, doch war das Land trotzdem reich genug, um den Namen zu verdienen. Vielleicht hatte Gorgias eben diese Ausdrücke in seiner Rede augebracht.

609 Hesych. *ἀφύων τιμή. τὸ ἔλαιον, ἐπεὶ ἐν τούτῳ ἕψονται.*

612 f. *νῦν* — *ἥξουσιν* nach zwei Monaten zu den grossen Dionysien. Vesp. 707 *εἰσίν γε πόλεις χίλιαι, αἳ νῦν τὸν φόρον ἡμῖν ἀπάγουσιν.*

614 *παρεκινδύνευσεν Ἀθηναίοις εἰπεῖν* vulg. mit Vernachlässigung der Diaerese. *παρεκινδύνευσε λέγειν ἐν Ἀ. Br ὅστις γ' εἰπεῖν παρεκινδύνευσ' ἐν Ἀ. P ὅστις παρεκινδύνευσ' εἰπεῖν ἐν Ἀ. Herm.* (*Reis* 150.)

616 Equ. 1111 *καλήν γ' ἔχεις Ἀρχήν, ὅτε πάντες ἄνθρωποι δεδίασί σ' ὥσπερ ἄνδρα τύραννον.* — Im Anfang des peloponnesischen Krieges ging eine Gesandtschaft der Spartaner nach Asien. Thuc. II 7 (Ol. 87 1) *λελυμένων λαμπρῶς τῶν σπονδῶν οἱ Ἀθηναῖοι παρεσκευάζοντο ὡς πολεμήσοντες, παρεσκευάζοντο δὲ καὶ οἱ Λακεδαιμόνιοι καὶ οἱ ξύμμαχοι αὐτῶν, πρεσβείας τε μέλλοντες πέμπειν παρὰ βασιλέα καὶ ἄλλοσε ἐς τοὺς βαρβάρους κτλ.* schol. *οἱ μὲν Λ. πρὸς τοὺς Πέρσας, οἱ δ' Ἀθ. πρὸς τοὺς Θρᾷκας.* Das erste Stück des Aristophanes wurde aber erst Ol. 88 1 aufgeführt, der Scherz macht also keinen Anspruch auf Wahrscheinlichkeit.

619 Pl. 576 *ὅτι βελτίους αὐτοὺς ποιῶ.*

622 Aegina, die einzige dorische Seemacht, die den Athenern eine Zeit lang die Spitze bieten konnte, war um Ol. 80 gänzlich von diesen unterworfen, und das Land an attische Bürger (Kleruchen) vertheilt worden. Die Freilassung dieser Insel gehörte mit zu den Bedingungen, welche die Spartaner vor dem Ausbruch des Krieges gestellt hatten. Thuc. I 139 *ἐκέλευον καὶ Αἴγιναν αὐτόνομον ἀφιέναι.* Von welcher Art nun die Verbindung des Arist. mit Aegina gewesen, lässt sich mit Sicherheit nicht erkennen. Es wird hier einen Augenblick praesumirt, der Dichter müsse aufhören in Athen Komödie zu spielen, wenn Aegina nicht mehr den Athenern gehöre. An Kallistratos aber (schol.) können wir hier so wenig denken wie 350.

624 *ἀφήσηθ'* AB *ἀφήσετε* R *μήποτε δείσηθ'* C *ὑμεῖς μήποτε δείσηθ' Br ὑ. τοι μήποτ' ἀφῆθ' P ὑ. μήποτ' ἀφῆσθ', ὡς οὐ Herm. κωμῳδεῖ Scal.* Vielleicht *ἀλλ' οὔ τοι μή ποτ' ἀφήσεθ', ὅπως* (*ἀφήσετέ γ', ὡς*), sehr zuversichtlich gesprochen wie Ran. 508 *οὐ μή σ' ἐγὼ Περιόψομἀπελθόντα* Nub. 295 *οὐ μὴ σκώψει μηδὲ ποιήσεις.*

626 Equ. 48 *ἤκαλλ' ἐθώπευ' ἐκολάκευ' ἐξηπάτα.*

628 ff. Eur. fr. 910 *πρὸς ταῦθ' ὅ τι χρὴ καὶ παλαμάσθω — Κοὐ μήποθ' ἁλῶ κακὰ πράσσων* Cic. ad Att. VIII 8 2 *ecce subito litterae Domitii ad illum, ipsius ad consules. Fulsisse mihi videbatur τὸ καλὸν ad oculos eius et exclamasse ille vir qui esse debuit: πρὸς ταῦθ' ὅ τι χρὴ καὶ παλαμάσθων Καὶ πᾶν ἐπ' ἐμοὶ τεκταινέσθων· Τὸ γὰρ εὖ μετ'*

ἐμοῦ Clem. Alex. strom. VI 670 B πρὸς ταῦθ' ὅ. χ. κ. παλαμάσθω. Τὸ γὰρ εὖ μετ' ἐ. καὶ τὸ δίκαιον Σύμμαχον ἔσται καὶ οὐ μήποτε ἁ. κ. π.

630 Cic. ad Att. VI 1 8 τὸ γὰρ εὖ μετ' ἐμοῦ Marc. Antonin. VII 42 τ. γ. εὖ μ. ἐ. καὶ τὸ δίκαιον.

634 vgl. Cratin. 227 (II 144) 2 χαῖρε δὴ μοῦσα, χρονία μὲν ἥκεις, ὅμως δ' ἦλθες.

638 ἀνακυκλῶσι vor *Br*. — θασία (näml. ἅλμη) ist eine pikante thasische Fischsauce. *Me* Cratin. 3 II 17, wo wahrscheinlich über Archilochos gesagt wird: εἶδες τὴν θασίαν ἅλμην, οἷ' ἄττα βαΰζει; — λιπαράμπυξ 'mit glänzendem Stirnband' neunt Pindar Nem. VII 22 Mnemosyne, die Mutter der Musen. Hier steht das Wort parodisch für λιπαράν 'die fette'. Um auch für den zweiten Bestandtheil einen Sinn herauszubringen, sagt der schol., der übrigens an thasischen Wein denkt, ἄμπυξ sei überhaupt τὸ περιέχον, das was etwas andres umschliesst, und gehe hier auf τὸ πῶμα τοῦ ἀγγείου. Das letztere ist nicht richtig, weil eben nicht von Wein und dessen Gefäss, sondern von der zu quirlenden Sauce die Rede ist; also von dem Topfe, in dem sich diese befindet oder von dem sie eingefasst wird, könnte allenfalls das Beiwort mit zu erklären sein.

639 μάττωσιν vulg. *scrib.* κάπτωσιν, *aut* βάπτωσιν *cum Ham. Me.* Ath. VII 329 B τοὺς γὰρ εἰς τὸ ἀπανθρακίζειν ἐπιτηδείους ἰχθῦς εἰς ἅλμην ἀ π έ β α π τ ο ν, ἣν καὶ θασίαν ἐκάλουν ἅλμην Aristoph. fr. 412 II 1123 (Eustath. 863 36 ὡς δηλοῖ καὶ ὁ γράψας τὸ ἅ λ μ ῃ ἀ π ε β ά φ θ η!) Cratin. 139 II 95. schol. εἰς ἣν ἀπέβαπτον τὰ ἠνθρακωμένα τῶν ἰχθύων. *fort.* μυττωτόν *B*. Jede Aenderung wird überflüssig, wenn man vergleicht Anaxandr. 58 III 198 τὸ νέκταρ ἐσθίω πάνυ Μάττων. — Liban. epist. 20 βαδίζειν μετὰ σοβαροῦ τοῦ βαδίσματος οἷά τις ἀλαζὼν καὶ πάντας περιφρονῶν. (42 σεσοβημένον.)

646 Wenn die Mundstücke (γλωσσίδες) der Blasinstrumente abgenutzt waren, so nannte man die ersteren παρεξηυλημένας. — Leo Diac. V 5 p. 51 C ἐγκυλινδεῖσθαι τῷ βορβόρῳ τῶν ἡδονῶν καὶ βίον μεταδιώκειν παρεξηυλημένον καὶ ἄνετον.

647 Die gewöhnliche Form ist ἀσφάλιος. Oppian. Hal. 679 Ποσειδάων ἐρύοιτο Ἀσφάλιος ῥιζοῦχα θεμείλια νέρθε φυλάσσων. Der E r d e r s c h ü t t e r e r ist zugleich der die Erde h a l t e n d e, γαιήοχος (Eust. 919 55. 999 14).

648 λίθῳ, näml. τῷ ἐν τῇ πυκνί (Pac. 680), die bekannte Bedeutung (für βῆμα), die Thesm. 528 zu dem Wortspiel Anlass gegeben hat: ὑπὸ λίθῳ γὰρ Παντί που χρὴ Μὴ δάκῃ ῥήτωρ ἀθρεῖν nach dem Sprüchwort: ὑπὸ παντὶ λίθῳ σκορπίος (Ath. XV 695 D). Suid. ἀλλ' ἅπαν. Processe kamen bisweilen auch vor die Volksversammlung. *Schoem* Alterth. I 397 *Ri* prolegg. Vesp. 126 sq.

649 Statt dass sonst das Recht zu leuchten pflegt, wird es für uns in Nebel eingehüllt. Wie nun alte Leute überhaupt nicht mehr recht deutlich sehen können, so haben wir hier in doppeltem Sinne nur einen unklaren Schimmer vor den Augen.

650 f. *E* erklärt: ὁ δὲ (näml. der Ankläger) σπουδάσας νεανίας

(Acc. vgl. Phot. 290 26 νεανίας. τολμηρούς) ξυνηγορεῖν ἑαυτῷ 'dass Jünglinge (lieber νεανίαν) seine Klage unterstützen', und *D* 38 hat νεανίαν in den Text genommen. Offenbar wird aber der Kläger selbst als sprechend gedacht (παίει — ἀνελκύσας ἐρωτᾷ). Der Sinn scheint also vielmehr dieser zu sein: 'jener aber, der bei seiner Redegewandtheit keinen andern für sich sprechen zu lassen braucht, dringt als sein eigner Anwalt mit aller Macht (σπουδάσας ἑαυτῷ ξυνηγορεῖν) auf mich ein. Denn was *Bl* statt dessen angibt: *opera data ut ipse advocatus publicus constituatur*, könnte unmöglich durch jene griechischen Worte ausgedrückt werden weder mit ἑαυτῷ noch mit ἑαυτόν, wie er zu ändern vorschlägt, sondern höchstens durch σπ. αὐτὸς ξ. oder bloss σπουδάσας ξυνηγορεῖν. Andere Vorschläge von ihm für ἑαυτῷ sind ἀναιδής, βίαιος, γέροντα (Obiect zu παίει), ἔτ' ὢν καί, ἐπ' αὐτόν — alle gleich unwahrscheinlich. ξυνηγορῶν *Dr* ἐσάττει σπ. ξ. Κἀς τάχος π. *Ham* ἑταίρῳ σπ. *M*.

651 Nach *E* steht ἐς τάχος nicht überhaupt für ταχέως, sondern ἐς τ. παίειν wäre gebildet nach dem Ausdruck ἐς τ. γράφειν. Zum Schnellschreiben gehöre aber eine Cursivschrift στρογγύλα γράμματα im Gegensatz zu den umständlicheren Uncialen oder litterae quadratae, daher στρ. ῥήματα zu dem ἐς τάχος παίειν, und so liege auch in dem ξυνάπτων die gedrängte Kürze und Behendigkeit, das Tempo des Ausdrucks. *Bl* will davon nichts wissen und übersetzt ξυνάπτων mit *congressus*, geräth aber in einen Widerspruch, wenn er nachher construirt: ἐς τάχος παίει τοῖς ῥήμασι, ξυνάπτων (αὐτὰ) στρογγύλως. Nach meiner Ansicht drückt ξυνάπτων sowohl die Gedrungenheit als auch das feindselige Vorgehen aus.

653 Equ. 840 σείων τε καὶ ταράττων. Eustath. 219 29 πηλὸν κυκῶν καὶ ἀναταράττων.

654. 656 ὄφλων vor *E*.

655 εἶτα λύξει vulg. εἶτ' ἀλύει *Me*.

657 Nach der Wasseruhr wurde den Rednern die Zeit zugemessen.

661 (669) Lys. 666 ὅτ' ἦμεν ἔτι.

662 προσαλισκόμεθα codd. καὶ προσέθ' ἁλισκόμεθα *E*, dessen zweiter Vorschlag κᾆτα πρὸς ἁλ. von *D* 30 in den Text gesetzt ist.

663 schol. οὗτος ὁ *M*. φιλόνεικος καὶ φλύαρος καὶ θορυβώδης ῥήτωρ κωμῳδεῖται. Er wird unter den Schmarotzern des Kallias genannt. Eupolis 155 II 490. vgl. auch *H. Iacobi* Supplem. addendorum zu Plato 182 3 (com. II 681).

664 Thesm. 839 τῷ γὰρ εἰκὸς ὦ πόλις κτλ.

664 ff. Der hier genannte Thukydides ist den Schol. zufolge der Sohn des Melesias, von Alopeke. Wir kennen ihn hauptsächlich aus Plutarch als Gegner des Perikles, und zwar als Führer der aristokratischen Partei nach Kimons Tode. Lampon der Seher (berichtet Pl. Per. 6), als man dem Perikles einen Widder mit einem einzigen gewaltigen Horn mitten auf der Stirn gebracht, deutete dies Zeichen dahin: ὅτι δυεῖν ἐν τῇ πόλει δυναστειῶν, τῆς Θουκυδίδου καὶ Περικλέους, εἰς ἕνα περιστήσεται τὸ κράτος. und ibid. 8, wo er ihn einen ἀνὴρ καλὸς καὶ ἀγαθός

nennt, der πλεῖστον ἀντεπολιτεύσατο τῷ Περικλεῖ χρόνον (vgl. Ath. XI 506 B), erzählt er ein treffendes Wort von unserm Th. über die Beredsamkeit des Perikles, da er auf des Archidamos Frage, πότερον αὐτὸς ἢ Π. παλαίει βέλτιον, geantwortet habe: 'wenn ich ihn niederwerfe, er aber behauptet das Gegentheil, so überredet er die Zuschauer und trägt den Sieg davon'. Am eingehendsten von seiner Wirksamkeit spricht er aber c. 11. Als einen ἄνδρα σώφρονα καὶ κηδεστὴν Κίμωνος, heisst es dort, hätten ihn die Aristokraten für denjenigen erkannt, unter dem sie sich am besten schaaren könnten, um nicht dem Perikles allein das Feld zu überlassen, da man zwar keine kriegerischen Erfolge, dafür aber desto werthvollere Leistungen der inneren Politik sich von ihm versprochen habe (ἧττον πολεμικὸς τοῦ Κίμωνος, ἀγοραῖος δὲ καὶ πολιτικὸς μᾶλλον). Und diesen Erwartungen entsprach er wenigstens insofern, als er die Partei zu einer festen Taktik und Disciplin zu organisiren wusste, dass sie ihre Kräfte, mit denen sie allen Grund hatte sparsam umzugehen, der Menge gegenüber nicht mehr vereinzelt nach individuellem Gutdünken wirken liess, sondern stets als geschlossenes Corps auftrat, das auch äusserlich in der Volksversammlung zusammen stand — ein Verhalten, dessen Werth man freilich mit *Niebuhr* gut thun wird nicht allzu hoch anzuschlagen, da die geringe Zahl der antiperikleischen Elemente so auf das augenscheinlichste zu Tage kam und den Gegnern dessen, der unter demokratischen Formen die Alleinherrschaft ausübte, die damals noch nicht schmeichelhafte Bezeichnung der ὀλίγοι eintrug. Aufzuhalten vermochten sie denn auch nicht die sich von selbst vollziehende Entwickelung der Verhältnisse. Doch kann das persönliche Ansehen, dessen sich Th. erfreute, nicht so unbedeutend gewesen sein, wenn Aristoteles über ihn bemerkte (Plut. Nic. 2), er und Nikias und Theramenes seien die βέλτιστοι πολιτῶν gewesen καὶ πατρικὴν ἔχοντες εὔνοιαν καὶ φιλίαν πρὸς τὸν δῆμον (vgl. Plat. Menon 94 D). Auch hielt Perikles selbst den Einfluss dieses letzten Gegners für so geringfügig nicht, dass er nicht auf jede Weise hätte bemüht sein sollen, den Widerstand desselben zu beseitigen. Es kam zum Ostrakismos, Th. musste weichen, und seine ἑταιρεία war aufgelöst. So berichtet Plutarch (Per. 14 Nic. 11); vgl. schol. Vesp. 947.

Ueber den Zeitpunkt, wann dieses geschehen, spricht sich derselbe Schriftsteller Per. 16 so aus, dass er sagt, Perikles habe im Ganzen 40 Jahre an der Spitze des Staates gestanden neben einem Ephialtes, Leokrates, Myronides, Kimon, Tolmides, Thukydides — μετὰ δὲ τὴν Θουκυδίδου κατάλυσιν καὶ τὸν ὀστρακισμόν sei er nicht weniger als 15 Jahre in ununterbrochenem und unbestrittenem Besitze des Principats gewesen. Da nun Ol. 87 4 als Todesjahr des P. bekannt ist, so würde der Ostrakismos des Th. 84 1 fallen.

Hiermit steht jedoch ein anderer Umstand in auffallendem Widerspruch. Der Geschichtschreiber Thukydides nennt unsern Verbannten als Flottenführer in dem samischen Kriege, dessen Veranlassung ἕκτῳ ἔτει (I 115. 117) nach dem 30jährigen Waffenstillstande vom Frühling (d. h. vom Ende) 83 3, also zwischen Fr. 84 4 und Fr. 85 1, wahrscheinlich noch

84 4 sich zutrug (Diod. XII 27. schol. Vesp. 283 ἐπὶ Τιμοκλέους ἄρχοντος, ἐννεακαιδεκάτῳ ἔτει vor dem Winter 89 2, d. h. in dem Jahre, welches von 89 2 an gezählt das 19te war). Aus dem Leben des Sophokles (Westermann Βιογρ. 126) erfahren wir ausserdem, dass Th. gleichzeitig mit diesem Feldherr gewesen ist. Es sei nicht wahrscheinlich, sagt der Biograph, dass man den Dichter, falls sein Vater ein Handwerker gewesen wäre, gewürdigt haben sollte σὺν Περικλεῖ καὶ Θουκυδίδῃ τοῖς πρώτοις τῆς πόλεως die Stelle eines Strategen zu versehen. Sophokles soll nach demselben Autor bei Westerm. 128 Strateg gewesen sein ἐτῶν ξε´ (v. l. ξθ´) ὢν πρὸ τῶν πελοποννησιακῶν ἔτεσιν ζ´, eine Bestimmung, die mit sich selbst im Widerspruch, aber leicht zu rectificiren ist (*Lessing* VI 350). Denn da der Anfang der πελοποννησιακά, der Einfall der Thebaner in Plataeae in das Jahr des Pythodoros Ol. 87 1 fällt (Thuc. II 2 Πυθοδώρου ἔτι δύο μῆνας ἄρχοντος), so ergehen sieben Jahre vor dem Kriege (85 2) nicht das 65ste des Sophokles, der vielmehr Ol. 93 4 mit 90 oder 91 Jahren gestorben ist und 75 1 als eben Erwachsener den Reigen um die Tropäen geführt hat, mithin Ol. 85 2 vielmehr 56 (oder 57) Jahre alt war. Ist also die Bestimmung ἔτεσιν ζ´ richtig, so muss statt ξε´ geschrieben werden νς´ (oder νζ´) — oder sollen von dem Lebensalter des Soph. mindestens die Einer richtig angegeben sein (νε´), so muss es nachher ἔτεσιν η´ (oder θ´) heissen (Ol. 85 1 oder 84 4). Es lässt sich indessen mit ziemlicher Gewissheit behaupten, dass von diesen Möglichkeiten nur die letztere zulässig ist. Es berichten nämlich ausser Androtion (schol. Aristid. III 485) Strab. XIV 638 und das dem Aristophanes von Byzanz zugeschriebene Argum. Antig. übereinstimmend, dass dem Soph. jenes Kommando im samischen Kriege übertragen war. Der Biograph des Soph. sagt: ἐν τῷ πρὸς Ἀναίους oder Ἀναίαν πολέμῳ, allein auch dies kann auf nichts anderes gedeutet werden, als auf eben diesen samischen Krieg — nach Ἀναία der Samos gegenüber liegenden Stadt Ioniens, die wohl mit dabei hetheiligt war. Sind wir also über das Ende des samischen Krieges unterrichtet, so haben wir einen Zeitpunkt, nach welchem Soph. nicht Feldherr gewesen sein kann. Der Anfang des Krieges fällt, wie schon bemerkt, Ende 84 4; bis zur völligen Einschliessung von Samos geschah so vielerlei, dass sie nach diesem Datum nicht gut vor Ende des Herbstes, d. h. vor der Mitte 85 1 erfolgt sein kann (*Kr* histor. philol. Studien 211); und da nun die Belagerung sich bis in den neunten Monat hinzog, so wird das Ende etwa in den Metageitnion oder Boëdromion (zweiten oder dritten Monat) 85 2 zu setzen sein (nicht mehr 85 1, wie *Kr* annimmt; sagt schol. Vesp. ἐπὶ Τιμοκλέους καὶ ἐπὶ τοῦ ἑξῆς Μορυχίδου, so hat er insofern ein Recht dazu, als nur ein geringer Theil des dritten Jahres noch in Anspruch genommen war). Somit ergeben sich für die Strategie des S. acht oder neun Jahre vor dem Ende 87 1.

In diesen Krieg also gehört auch die Strategie des Thukydides; denn der Umstand, dass der Historiker Th. unter den Feldherrn desselben den Sophokles übergeht, beweist nicht, dass er von der Amtsgenossenschaft beider Männer nichts gewusst habe oder sie in Abrede stelle, da er auch andre Namen übergeht. Nur braucht man jenes *σὺν Θουκυδίδῃ* der vita Soph. nicht so aufzufassen, als seien Th. und Soph. innerhalb derselben 12 Monate Strategen gewesen, sondern der eine kann es im ersten, der andere im zweiten Jahre des Krieges gewesen sein. Da es im wesentlichen doch derselbe Krieg war, der von Ende 84 4 bis Anfang 85 2 dauerte, so erklärt sich die Tradition der Amtsgenossenschaft der beiden Männer auch in dem letzteren Falle. — Wie aber passt diese Strategie des Th. zu seiner Verbannung Ol. 84 1? Er kann nicht vier oder fünf Jahre nach seinem Ostrakismos plötzlich wieder als Feldherr der Athener auftauchen, da kein zwingender Grund nachweisbar ist, aus welchem die nirgends erwähnte frühe Zurückberufung aus dem zehnjährigen Exil sich erklärte. Man sagt: nachdem die Opposition einmal gebrochen war, hatte Perikles nichts dagegen, dass der Verbannte vor Ablauf der festgesetzten Zeit zurückkehrte. Allein was hinderte diesen, nach seiner Rückkehr die Sache von vorn anzufangen? Und jedenfalls würde Perikles doch wohl die Wahl desselben zum Strategen verhindert haben. — Der Widerspruch fällt übrigens sogleich in die Augen, sobald man nur erwägt, wie viel Zeit dem Th. nach Plutarchs Angabe zur Opposition gegen Perikles zu Gebot gestanden hat. Das Todesjahr des Kimon ist Ol. 82 4. Sonach hätte er höchstens fünf Jahre zu seiner politischen Wirksamkeit gehabt, ein Zeitraum, der in Anbetracht der Bedächtigkeit, durch welche sich die aristokratischen Operationen in Athen auszeichneten, und der Schwierigkeiten, die bei seinen doch nur geringen Mitteln sich ihm in den Weg stellen mussten, für Th. nicht als hinreichend erachtet werden kann, um eine dem Per. so Gefahr drohende Stellung zu gewinnen, dass dieser alles zu seiner Vertreibung aufbieten zu müssen glaubte, um so weniger als Plutarch selbst, bevor er den Ostrakismos erwähnt, sich so ausspricht, die kostspieligen Bauten des P. hätten *οἱ περὶ τὸν Θ. ῥήτορες* vorzüglich zur Anfeindung desselben benutzt (14). Fünf Jahre nach Kimons Tode war von diesen Bauten noch wenig zu Stande gebracht.

Der Fehler, auf welchem dieser Widerspruch beruht, könnte nun auf verschiedenen Seiten gefunden werden. Erstens wäre es möglich, dass der Feldherr im samischen Kriege ein ganz anderer Thukydides, nicht der Sohn des Melesias gewesen, und dass die gegentheilige Angabe des *βίος Σοφ.* nur auf ein Missverständniss der Stelle im Thukydides zurückzuführen wäre. Und diese Meinung findet sich wirklich von dem neusten englischen Geschichtschreiber der Griechen vertreten, weil in dem *βίος Θουκυδίδου* des Markellinos (28) steht: *μὴ ἀγνοῶμεν δ' ὅτι ἐγένοντο Θουκυδίδαι πολλοί.* Allein so viel Genauigkeit lässt sich dem Historiker Th. wohl zutrauen, dass er, falls der betreffende wirklich nicht der Sohn des Melesias war, eine genauere Bezeichnung nicht würde unterlassen haben, da keiner auf den Gedanken kommen konnte, in jener Zeit sei unter Thukydides schlechtweg ein anderer als dieser zu verstehen. Obwohl also schol. Ach. 703 Vesp. 947 ausser dem Thessaler (Thuc. VIII 92) ein Gargettier desselben Namens doch wahrscheinlich als Zeitgenosse des von dem Komiker gemeinten angeführt wird, so werden wir doch nicht umhin können, so lange uns nichts weiter von ihm berichtet wird, diesen Gargettier bei den Todten liegen zu lassen. Einen dritten scheinen dieselben Schol. (Vesp.) aus Theopomp (nach Ol. 100) zu kennen, wenn sie sagen: *ὁ γενόμενος ὀστρακισμὸς ἐμφαίνει τὸν Μελησίου καὶ τὸν ὀστρακισθέντα. Θεόπομπος μέντοι ὁ ἱστορικὸς τὸν Π α ν τ α ί ν ο υ φησὶν ἀντιπολιτεύσασθαι Περικλεῖ, ἀλλ' οὐκ Ἀνδροτίων, ἀλλὰ καὶ αὐτὸς τὸν Μελησίου* (Müller fr. hist. I 294 98. 376 43). Dieser Sohn des Pantainos, meine ich, den Theop. als Gegner des Per. bezeichnete, scheint auch ein Thukydides zu sein (*τὸν Πανταίνου — τὸν Μελησίου*), allein auch diesen können wir nicht ohne weiteres zum Feldherrn des samischen Krieges machen, so lange seine Existenz so zweifelhafter Natur ist und nur auf einem ungewissen Zeugniss des Theopomp beruht. Auch ein Dichter desselben Namens, den Markellinos aus Androtion (44) kennt, dürfte hier nicht hergehören. — Die z w e i t e Möglichkeit wäre die, dass ein falsches Datum in Beziehung auf den samischen Krieg vorläge, und dass er nicht allein vor Ol. 85 1, sondern selbst vor 84 1 (nach Plutarch dem Jahre der Verbannung) anzusetzen wäre. Aber wenn sich zwei Zeugnisse des Thukydides und Plutarch gegenüber stehen in einer Sache, die der erstere mit erlebt hat, so kann ein Zweifel darüber nicht obwalten, wer von beiden grösseren Glauben verdient. — Bliebe noch übrig e n t w e d e r dass an der Stelle des Plutarch eine Emendation vorzunehmen wäre, o d e r dass Pl. sich im Irrthum befände. Für das erste müssten erst bestimmte Materialien gefunden werden; das zweite hat bei einer chronologischen Frage durchaus nichts befremdendes, und so hat denn auch *Kr* (epikrit. Nachtr. 27) angenommen, die Quelle des Pl. habe zwar auch von 15 Jahren gesprochen, damit aber nicht die Zeit der Alleinherrschaft des Perikles nach der Verbannung des Thuk. gemeint, sondern angegeben, Thuk. habe 15 Jahre lang dem Per. Opposition gemacht. Wäre damit die Wahrheit getroffen, so würde die Verbannung desselben Ol. 86 3 fallen — doch kann dies in keiner Weise für ausgemacht gelten.

Acht Jahre nach diesem von *Kr* angenommenen Datum fällt unsere Klage des Aristophanes über das Schicksal des Thukydides als ein Beispiel, wie sträflich das junge Volk die Verdienste der Aelteren aus den Augen setze und sich gar nicht scheue, solche bejahrte Herren mit den ungerechtesten Processen zu verfolgen und ihre Verurtheilung durchzusetzen. Also ein a l t e r Mann war Th. zu der Zeit, als ihm diese Behandlung widerfuhr, und die Blüthe seiner Wirksamkeit muss damals schon ziemlich weit zurück gelegen haben. Dasselbe bezeugt wohl auch die Stelle Vesp. 947 (Ol. 89 2), wo Bdelykleon die Stummheit des verklagten Hundes mit dem vergleicht, was *ποτέ* dem Thuk. vor Gericht begegnet sei: *ἀπόπληκτος ἐξαίφνης ἐγένετο τὰς γνάθους*, wenn hier, wie mir nicht zweifelhaft, der Sohn des Melesias und derselbe Vorfall wie in den Acharnern zu verstehen ist. Hier haben wir einen sehr wichtigen Grund dafür, dass der von Ar. erwähnte Handel mit der Verbannung des Th. nicht identisch ist. Ar. sagt ausdrücklich, dass Th. nicht mehr im Besitz seiner Kraft war und seine Sache nicht zu führen vermochte. Hiernach scheint es mit seiner *δυναστεία* (nach Plutarchs Ausdruck) doch bereits vorbei gewesen zu sein, als ihm dieser Process gemacht wurde. Was lässt sich für ein Grund erdenken, dass Perikles auf die Verbannung eines solchen Gegners hätte hinarbeiten sollen? es konnte ja unter diesen Umständen von einem Antagonismus zwischen ihnen gar nicht die Rede sein.

B (comment. 54 sqq. 60 sq.), der hier ebenfalls zwei verschiedene Facta annimmt, hat diesen Grund nicht dafür geltend gemacht, sondern als selbstverständlich vorausgesetzt, dass niemand die Stellen des Plutarch und der Acharner auf einen und denselben Fall deuten könne, während dies doch thatsächlich früher die allgemeine Ansicht war, von der auch *Kr* (1839) noch nicht abgeht. Freilich setzt *B* bei der Gelegenheit noch mehr als factisch voraus, was sich keineswegs behaupten lässt. Wenn Plutarch sagt, *μετὰ τὴν Θουκιδίδου κατάλυσιν καὶ τὸν ὀστρακισμόν* habe Per. ununterbrochen 15 Jahre regiert, so findet er einen Unterschied gesetzt zwischen der *κατάλυσις* und dem Ostrakismos. Per. habe wahrscheinlich bewirkt, dass Th. sich einer Colonie nach Sybaris angeschlossen, und zwar nicht der von Ol. 84 1, sondern der von Diod. XII 10 bezeugten von 83 3 *ἐπ' ἄρχοντος Καλλιμάχου*. Dies sei die *κατάλυσις*; nach zwei Jahren aber sei Thuk., nach Athen zurückgekehrt, dem Ostrakismos erlegen. Einer solchen Trennung dürften aber doch gerechte Bedenken entgegen stehen. Wie könnte Pl. zwei Ereignisse, die um zwei Jahre auseinander lagen, als den einen Grenzpunkt eines Zeitraums von 15 Jahren setzen? Oder soll er etwa in ungenauerer Ausdrucksweise *μετὰ τὴν κατάλυσιν καὶ τὸν ὀστρ.* für *μετὰ τὴν κατάλ.* allein gesagt haben, so müsste doch diese *κατάλυσις*, die angebliche Entfernung des Th. nach Sybaris, den Ausgangspunkt der Berechnung bilden, und statt auf 15 hätte er die Alleinherrschaft des Per. auf 17 Jahre angeben müssen. Auch bleibt noch zu erwägen, dass durch Annahme der *B*'schen Vermuthung die 4—5 Jahre, welche dem Th. zur Gründung und Befestigung seines Einflusses zu Gebote gestanden hätten, um noch zwei vermindert würden, was doch nichts weniger als angemessen erscheint.

Die ganze Vermuthung von der Entfernung des Th. nach Sybaris gründet sich auf eine andre zum Theil treffendere Vermuthung, dass nämlich der Verf. des anonymen *βίος Θουκυδίδου* irrthümlich von dem Geschichtschreiber erzähle, was von dem Sohne des Melesias gelte, wenn er sage: *οὐκ εἴατο πλείονα χρόνον προστατεῖν τοῦ δήμου. πρῶτον μὲν γὰρ ὑπὸ τοῦ Ξενοκρίτου, ὡς Σύβαριν ἀποδημήσας, ὡς ἐπανῆλθεν εἰς Ἀθήνας, συγχύσεως δικαστηρίου φεύγων ἑάλω· ὕστερον δ' ἐξοστρακίζεται ἔτη ι'.* Dagegen hatte schon *Kr* (Leben des Th. 50) als gar nicht unwahrscheinlich nachgewiesen (von Timaeos und Plutarch bezeugt), dass der Geschichtschreiber eine Zeit lang in Italien gelebt habe. Gerade also weil jener Biograph so verworren spricht und die Dinge durcheinander wirft, kann diese Nachricht von der Reise nach Sybaris recht gut von dem Geschichtschreiber gelten, wenn auch anderes aus der Umgebung vielleicht, gewiss aber das *προστατεῖν τοῦ δήμου* und der Ostrakismos auf den Sohn des Melesias zu beziehen ist. Richtig kann nicht sein, was freilich auch Markellinos hat (24), dass der verbannte Historiker sich nach Aegina begeben habe. *Kr* hat nicht unterlassen zu bemerken, dass dies der attischen Kleruchen wegen ein sehr unsicherer Aufenthalt für ihn gewesen wäre (48). Das dritte ist die Vertheidigung eines Pyrilampes, der wegen Ermordung eines ἀνὴρ φίλος καὶ ἐρώμενος ἴδιος διὰ ζηλοτυπίας von Perikles beim Areopag verklagt, von Th. vertheidigt, und darauf frei gesprochen sein soll. Hierüber lässt sich gar nicht urtheilen, da über die Persönlichkeit des Pyr. nichts näheres bemerkt wird. Endlich sagt der Biograph, Th. sei (vor dem Ostrakismos) von Xenokritos συγχύσεως δικαστηρίου angeklagt, und verurtheilt worden. Hier legt es die Zusammenstellung mit dem Ostrakismos allerdings ziemlich nahe, dass der Sohn des Melesias gemeint sei.

Dies angenommen hätten wir also dreierlei Verurtheilungen unseres Thukydides, die erste auf Betrieb des Xenokritos, dann den Ostrakismos, und die bei Aristoph. erwähnte auf Betrieb des Kephisodemos. Ueber die Zeit, in welche jede derselben fallen würde, lässt sich bestimmtes wie gesagt nicht angeben. Ist jedoch Xenokritos der aus Diod. XII 10 neben Lampon als Gründer der Colonie in Sybaris bekannte, so wird die erste bald nach Ol. 83 3 zu setzen sein; den Ostrakismos wird man nicht gut vor dem samischen Kriege 85 1 oder 2 annehmen können, den bei Ar. erwähnten Vorfall nicht früher als zehn Jahre nach dem letzteren. Weshalb Th. noch im hohen Alter, vielleicht nach dem Tode des Perikles, durch Kephisodem vor Gericht gezogen wurde, ist uns gänzlich unbekannt, und ebenso wenig kennen wir die Strafe, zu welcher man ihn verurtheilte. Zwar bemerkt ein schol. zu der Stelle der Wespen: ὅτι δὲ ὁ Ἀθηναίων δῆμος ἀειφυγίαν αὐτοῦ καταγνοὺς ἐδήμευσε τὴν οὐσίαν, καὶ πρὸς Ἀρταξέρξην ἧκε φεύγων, σαφὲς ποιεῖ Ἰδομενεὺς διὰ τοῦ β΄ τὸν τρόπον τοῦτον· οἱ μέντοι Ἀθηναῖοι αὐτοῦ καὶ γένους ἀειφυγίαν κατέγνωσαν προδιδόντος τὴν Ἑλλάδα, καὶ αὐτοῦ ἡ οὐσία ἐδημεύθη — und auf diese Auctorität hin lehrt auch *B* unbedenklich, Th. der κυφὸς ἀνήρ sei auf Lebenszeit, ausserdem sein ganzes Geschlecht für alle Zukunft aus Athen verbannt, sein Vermögen aber dem Staat anheim gefallen. Welch ein Verbrechen musste es sein, das die Athener zu solcher Härte veranlasste! Darauf antwortet der schol. aus Idomeneus, Th. habe Verrath an Hellas begangen. Also nicht lange vor Ol. 88 3, nach Ausbruch des peloponnesischen Krieges, wäre ein Verrath an Hellas möglich gewesen? Ich glaube, die Annahme eines derartigen Versuches widerspricht in hohem Grade dem Sinn und Geist der ganzen Perikleischen Periode. Wenn Th. an Athen ein solches Verbrechen begehen konnte, so gut wie sein Namensvetter, der sogar wegen misslungener Erhaltung von Amphipolis προδοσίας belangt werden durfte, so würde er doch in der ganzen Welt keinen gefunden haben, dem er Hellas hätte verrathen können; denn der persischen Monarchie, auf deren Nutz und Frommen ein solches Unternehmen gerichtet gewesen wäre, lagen wohl so ehrgeizige Pläne wie der einer Herrschaft über Griechenland seit längerer Zeit sehr fern. Also mögen auch Ankläger von je noch so erfinderisch gewesen sein in Titeln für ihre Klagen, für einen solchen Process würden sie damals nirgend Boden gefunden haben; weder Sparta noch Athen hatte vor einer auswärtigen Macht die geringste Furcht, und derjenige, der Hellas einer solchen hätte ausliefern wollen, musste dem Arzt anstatt dem Richter übergeben werden. Und Aristophanes — würde er einen Verräther an Hellas in Schutz genommen haben? War Th. wirklich wahnsinnig genug, dergleichen Gedanken zu fassen, so hätte der Komiker seine Verurtheilung wohl lächerlich finden und verspotten können, aber er hätte sicher nicht im Ton gerechten Mitleidens und energischer Missbilligung sich seiner angenommen. Oder will man es sich als möglich denken, dass der Name der Klage eine reine Komödie war, und man es nur auf Beseitigung des Th. gleichviel unter welchem Titel abgesehen hatte, so ist erstens gar kein Grund ersichtlich, warum der altersschwache einflusslose Mann Gegenstand so heftiger Anfeindungen hätte sein können, und zweitens wäre die Sache für die Kläger doch etwas gefährlich gewesen: denn selbst Sokrates hätte nicht den Schierling zu trinken brauchen, wenn er nicht statt einer kleinen Busse sich selbst die Speisung im Prytaneion zuerkannt hätte, und so würden in so viel früherer und immerhin noch besserer Zeit die Richter sich für eine erdichtete Klage dieser Art schwerlich haben gewinnen lassen. Man mag die Sache ansehen von welcher Seite man will, man wird sich *Kr*'s Urtheil anschliessen müssen, der eine Verwechselung des Thuk. mit Themistokles bei dem schol. nicht für unmöglich hält. Idomeneus sprach von Them., und in unsern Schol. sind seine Worte auf irgend eine Weise an die Stelle über Thuk. gerathen. *Kr* hat sehr passend angeführt, dass auch Plutarch den Idom. kennt; er erwähnt ihn Per. 10, um eine Angabe von ihm als unwahrscheinlich darzustellen: so würde er auch wohl bei Thuk. seiner gedacht haben, wenn er bei ihm eine von den sonstigen Nachrichten so abweichende Darstellung gefunden hätte.

Also eine *ἀειφυγία* nebst Vermögensconfiscation ist für den alten Thuk. nicht gut denkbar. Auch enthalten die Worte des Arist. gar nichts davon, sondern nur durch *ἐξολέσθαι* wird im allgemeinen eine Verurtheilung angedeutet. Denn die Worte *συμπλακέντα τῇ Σκυθῶν ἐρημίᾳ* mit *Kr* als Umschreibung des Exils zu fassen verbietet die schon von *E* richtig erkannte Construction des Satzes. Von *συμπλακέντα* hängt zunächst ab *τῳδε τῷ K. τ. λ. ξ.*, wie Plut. Per. 11 von Thuk. sagt: *περὶ τὸ βῆμα τῷ Περικλεῖ συμπλεκόμενος*. Th. und Keph. sind die freilich in sehr ungleichem Kampfe befindlichen Parteien, *τῇ Σ. ἐ.* gleichwie *τῷ λ. ξ.* Apposition, eine Bezeichnung des K. selbst. Zur Erklärung bemerken die Schol., *Σκυθῶν ἐρημία* sei sprüchwörtlich, *συμπλ. τῇ Σ. ἐ.* sei gleich *ἔρημον ὄντα*, und in den Paroemiographen wird bestätigt: *ἐπὶ τῶν ἐρημουμένων ὑπό τινων* (append. IV 75). Der vom Alter schon gebeugte Th. befand sich im Zustande äusserster Verlassenheit, und zwar auf Veranlassung des zungenfertigen Sykophanten, daher diesem selbst der sprüchwörtliche Ausdruck als Praedicat beigelegt wird, eine Auszeichnung, deren Pointe in dem Vorwurf skythischer Herkunft für Keph. liegt, denn der ἀνὴρ τοξότης oder *Σκύθης*, der den Th. so kläglich herumgezerrt, ist niemand anders als K., auch 672 bezeichnet τοξότας Meuschen wie K., und 673 sind πατήρ und ξυγγενεῖς des K. gemeint. Euathlos, eiu Mensch desselben Schlages wie K. (671), ist der Gleichartigkeit wegen nur so dazwischen geworfen, damit er bei der Gelegenheit auch eins abbekomme. Nach Hesychios hat aber diejenige Hülflosigkeit, die man mit *Σκυθῶν ἐρημία* bezeichnet, den Charakter des plötzlichen und unvorhergesehenen; er führt in gelehrterer Weise die Entstehung des Wortes auf einen bestimmten Fall zurück, da die Skythen plötzlich aus Ephesos wären verjagt worden: *παροιμία, ἀπὸ τῶν φυγόντων ἐξ Ἐφέσου Σκυθῶν διαδοθεῖσα· φοβηθέντες γὰρ καὶ ταραχθέντες κατὰ γνώμην. Musurus* ergänzt *ἀπῆλθον*, aber vollständig erst *E οὐ κατὰ γν. ἀπῆλθον*. Hiernach würde, die Ideutität des iu den Wespen erwähnten Vorfalls mit dem unsrigen vorausgesetzt, die Lage, in welche Th. durch K. versetzt war, abgesehen von des letzteren Stammbaum noch deshalb sehr passend *Σ. ἐ.* genannt sein, weil plötzlich etwas so entsetzliches und unerwartetes wie Sprachlosigkeit über ihn gekommen war.

Vielleicht können wir aber, um dieser Aumerkung ein Ziel zu setzen, die Angabe unseres Dichters, dass Th. nicht allzu lange vor Ol. 88 3 ein *κυφὸς ἀνήρ* gewesen, zu genauerer Bestimmung des Zeitpunkts seines Ostrakismos benutzen. Als er verbannt wurde, musste er doch wohl uoch im kräftigen Mannesalter stehen und sich annähernd noch im Besitz derjenigen Kräfte befinden, die Ar. an ihm zu rühmen weiss, *ἡνίκ' ἦν Θουκυδίδης* — sonst hätte die Gegeupartei es schwerlich der Mühe werth gefunden, sich von ihm zu befreien. Denn die Annahme, dass gerade die Auhänger des Th. das Mittel des Ostrakismos zur Klärung der Lage in Anregung gebracht hätten, und dass es wider Verhoffen gegen sie ausgeschlagen wäre, entbehrt jeder Grundlage, da sie unmöglich in Zweifel über die öffentliche Meinung sein konnten. Doch selbst in diesem Falle ist es nicht wahrscheinlich, dass Th. damals viel über 60 Jahre alt war, denn er soll eben eine *δυναστεία* ausgeübt haben, die derjenigen des Perikles die Spitze zu bieten geeignet war. Nehmen wir ihn also Ol. 88 3 etwa 75jährig, so zählte er 86 3, wo *Kr* seine Verbannung setzt, 67 Jahre — und das will uns ein zu hohes Alter scheinen für eine *δυναστεία* in der Republik. Plutarch sagt, *μετὰ τὴν Θουκυδίδου κατάλυσιν καὶ τὸν ὀστρακισμόν* habe Perikles *οὐκ ἔλαττω τῶν ιε' ἐτῶν* den Staat allein regiert. *B* wollte unter der *κατάλυσις* etwas anderes verstehen als den *ὀστρακισμός* — das ist nicht möglich; aber der Ausdruck des Pl. ist freilich ein ganz sonderbarer, der sich schwerlich dürfte rechtfertigen lassen. Die beiden Wörter *κατάλυσιν* und *ὀστρακισμόν*, deren Bedeutuug sich so zu einander verhält, dass das zweite nicht etwas vou dem ersten verschiedenes angiebt, sondern eine bestimmte Art von *κατάλυσις*, können nicht durch *καί* verbunden werden. *κατάλυσις* ist der höhere Begriff, es gibt mancherlei *καταλύσεις*, eine davon ist der Ostrakismos. So wenig es also möglich ist, von einem Hungers gestorbenen zu sagen: 'nach dem Tode und nach dem Verhungern fand mau ihn da und da', oder von einem

In die Festung gesperrten: 'nach seiner Einschliessung und nach seiner Festungsstrafe war er wahnsinnig', oder wenn ich zu Schiffe irgend wohin gefahren bin: 'nach meiner Ankunft und Seefahrt' — ebenso wenig hat es mit diesem Ausdruck bei Pl. seine Richtigkeit. Er hätte sagen müssen *μετὰ τὴν Θ. διὰ τοῦ ὀστρακισμοῦ κατάλυσιν* oder *μ. τ. Θ. κατάλυσιν* oder *μ. τὸν Θ. ὀστρακισμόν*. Also glaube ich schliesslich allerdings, dass die Stelle einer Emendation bedürftig ist. Wie aber soll man emendiren? Das überlasse ich andern zu entscheiden, vermuthe indessen, dass von der *κατάλυσις* des samischen Krieges die Rede war (*μετὰ τὴν τοῦ σαμιακοῦ πολέμου κατάλυσιν καὶ τὸν Θουκυδίδου ὀστρακισμόν*?), und dass demnach die Zahl der Jahre von Perikles Alleinherrschaft nicht 15, sondern 10 betrug; *τῶν ιε´ ἐτῶν* statt *ι´* wäre aus irrthümlicher Verdoppeluug des Anfangsbuchstaben von *ἐτῶν* zu erklären. Sonach wäre Th. Ol. 85 2 mit 62, oder wenn Ar. ihn mit weniger als 75 Jahren *κυφός* genannt hat, mit etwa 60 Jahren verbannt worden.

666 Eine zweite Erwähnung des Keph. ist nach *E* in fr. 406 II 1121 enthalten: *ἔστι τις πονηρὸς ἡμῖν τοξότης συνήγορος κτλ.*

670 *Ἀχαιὰν* vor *E*. — *Ἀχαία* ist nach Hesychios ein Name der Demeter, *ἀπὸ τοῦ περὶ τὴν Κόρην ἄχους, ὅπερ ἐποιεῖτο ἀναζητοῦσα αὐτήν*. (*M. Schmidt* Didym. 80 f.) Das Wort wird mehrfach als bei Aristophanes vorkommend bezeugt, doch ist schwer ersichtlich, welchen Schimpf oder welches Ueble zu ertragen Demeter dem Thuk. habe zumuthen können, man müsste denn mit *Bl* erklären: '*similis autem accusatori Ceres in hoc, quod dea quosvis interrogabat de filia, ille reos enicat interrogando*'. Jeden einzelnen wird sie doch gewiss nicht öfter als einmal gefragt haben, und Th. wäre sehr unfreundlich gewesen, hätte er ihr darauf nicht Rede stehen wollen. Auch was sich *HM* ausgedacht hat, empfiehlt sich nicht mehr von Seiten der Wahrscheinlichkeit. Er meint, *Ἀχαία* bedeute wohl 'einen Klageaufzug, zur Erinnerung an die Klage Demeters gehalten', bei dem es sehr laut und geräuschvoll zugegangen sei, und Thukydides — wolle der Dichter sagen — habe ehemals 'sogar den lärmenden Festzug zu überschreien vermocht'. Wie passt dies e h e m a l s zu den unmittelbar folgenden Worten? 'die ganze Stelle bezieht sich ohne Zweifel auf einen wirklichen, den Zuschauern wohl bekannten Vorfall, der n i c h t l a n g e v o r A u f f ü h r u n g d e r A c h a r n e r sich zugetragen hatte'. — *Ham.* hat vermuthet: *ᾧ — οὐδ' ἂν Αὐτοκλῆς παλαίων* nach Theophilos fr. 2 III 627, wo einer wegen ausnehmender Geschicklichkeit und Grazie beim Weinmischen gerühmt, und dann hinzugefügt wird: *οὐδ' ἂν Αὐτοκλῆς Οὕτως μὰ τὴν γῆν εὐρύθμως τῇ δεξιᾷ Ἄρας ἐνώμα.* Aber wir können aus Theophilos schwerlich einen Personennamen in die Acharner hinein corrigiren, abgesehen von den Härten, die Ausdruck und Construction durch diese Lesart bekämen. vgl. *B* comment. 251 *Hoelscher* vit. Lysiae 145.

671 Ueberl. *μὲν ἂν* (R ohne *ἂν*). *κατεπάλαισεν ἂν μὲν Kü μέν γ' ἂν Bentl. μέν τ' ἂν Reiske μὲν τἂν E μέντ' ἂν P μέντἂν Bl.* — Euathlos hatte seine Redekunst bei Protagoras gelernt, und seine erste Probe

soll darin bestanden haben, dass er dem Lehrer bewies, er sei ihm keine Bezahlung schuldig, wie er nach Aristoteles sich kein Gewissen daraus machte, gegen Protagoras selbst Ankläger zu sein; s. *B* comment. 97 sqq. Seine Sykophantenkünste weiss auch Philokleon Vesp. 592 zu schätzen: ὥστ' Εὔαθλος χὠ μέγας οὗτος Κολακώνυμος (für Κλεώνυμος. s. zu 88) ἀσπιδαποβλὴς Οὐχὶ προδώσειν ὑμᾶς φασιν, περὶ τοῦ πλήθους δὲ μαχεῖσθαι. Dazu bemerkt der schol. ἦν δὲ καὶ εὐρύπρωκτος καὶ λάλος (hier 677). Cratin 84 II 67 Plat. 100 II 651.

672 f. τοξότας τρισχ. 3000 solche Menschen wie Kephisodemos, und unter πατρὸς ξυγγενεῖς sind wieder die väterlichen Verwandten des letztern, eben solche τοξόται zu verstehen. — vgl. Equ. 284 ἀποθανεῖσθον αὐτίκα μάλα. *Α.* τριπλάσιον κεκράξομαί σου. *Κ.* Καταβοήσομαι βοῶν σε. *Α.* κατακεκράξομαί σε κράζων κτέ.

673 Aristid. I 125 4 ἤδη δέ τις καὶ τελευτήσας εἰστήξει περιτοξευθεὶς ὑπὸ τῶν βαρβάρων.

676 ξυνήγορος ist der vom Volke dem Kläger gegebene Beistand. *Meier* u. *Schoem* d. att. Process 166. vgl. *Schoem* comit. 108 sqq.

677 Alkibiades kam schon in dem ersten Stück des Aristophanes (fr. 211 6 II 1033) Ol. 88 1 als einer aus der neuen Schule vor.

678 κἂν vor *E*. — φεύγειν und διώκειν sind die stehenden Ausdrücke für *in ius vocari* und *accusare*, ein φεύγων ist also ein *reus*. Anders erklärt *E* und *Bl.* φεύγειν stehe im Sinne von παραβαίνειν. *et pellere posthac oportet* (*mulctetur autem, si quis hanc legem refugerit*) *senem sene, iuvenem autem iuvene. Bl.*

679 com. anon. 322 IV 668 γέρων γέροντι γλῶσσαν ἡδίστην ἔχει.

684 τοὺς δ' vor *E*.

685 ἐκ Λεπρῶν ist eine fingirte Ortsbestimmung, anklingend an Λέπρεον in Elis (vgl. Av. 149), der aber das den Riemen zukommende Beiwort λεπρός zum Grunde liegt. Daneben ist auch die Bestimmung dieser Riemen darin ausgedrückt, nämlich das λέπειν (nach Bekker an. I 51 5 τὸ ἐκδέρειν μαστιγοῦντα). schol. οἱ μὲν ἀπὸ τοῦ λέπειν, ὅ ἐστι τύπτειν.

687 φασιανός (vgl. fr. 420 II 1125) sieht wie von Φᾶσις gebildet aus; aber nicht Leute, die vom Phasis kommen, sollen ausgeschlossen werden, sondern gleich dem συκοφάντης jeder, der eine beliebige Art von φάσις sich zum Gewerbe macht, jeder Angeber und Schnüffler.

691 schol. νὴ τὸν φίλιον Δία Menander 58 IV 85 μαρτύρομαι τὸν φίλιον ὦ Κράτων Δία u. a.

692 f. Vesp. 976 ποῦ τὰ παιδία; Ἀναβαίνετ' ὦ πονηρὰ καὶ κνυζούμενα.

693 μᾶδδαν *D*. Moeris 203 10 μᾶζαν προπερισπωμένως καὶ μακρῶς Ἀττικοί (Herod. μον. 31 19), βαρυτόνως καὶ βραχέως Ἕλληνες.

694 Zur Vermeidung des Dactylus vor dem Anapaest δὴ ποτέχετ' ἐμίν (vgl. zu 47) sind mancherlei Versuche gemacht. *aut legendum* ποτέχετον ταν γαστέρα *aut reponenda Dorica forma trisyllabi aoristi, qui Atticis est* πρόσχετε *vel potius* πρόσσχετε. *Dorienses* πότσχετε *dixisse*

minime affirmaverim E. ἀκούετε *Bentl.* πότεχ' *Reis. fort.* ἄκουε *B* ἄκουε δὴ πότεχέ τ' *Cob.* S. *R* u. *W* 194. — Nach τὸν νοῦν προσέχειν (Equ. 1014 ἄκουε δή νυν καὶ πρόσεχε τὸν νοῦν ἐμοί) ist hier παρὰ προσδοκίαν gesagt τὰν γαστέρα.

698 Alciphr. III 38 ἦν δὲ οὗτος λαμπρὰ ζημία.

699 Aus der Stellung des Wortes ἀλλ' ἔστιν ἡμῖν (hinter ἀλαστήσειεν) bei Suidas geht hervor, dass dieser gelesen hat ἀλλά 'στιν. (Vesp. 64 ἀλλ' ἔστιν ἡμῖν λογίδιον γνώμην ἔχον.) — vgl. com. anon. 460 IV 700 μηδέ ποτε μηδεὶς γένοιτο Μεγαρέων σοφώτερος 478 V p. XIII Μεγαρεῖς δὲ φεῦγε πάντας, εἰσὶ γὰρ πικροί. Megara galt für die Wiege der Komödie, doch war das Kind in derselben verwahrlost, und die Auswanderung nach Attika that ihm sehr gut. *Me* hist. crit. 20 f.

703 εἶπερ codd. αἴπερ *E.* ἴξετ' vulg. ἰξεῖτ' R ἰξεῖτ' *E.*

708 schol. ὅτι ἐν τοῖς μυστηρίοις τῆς Δήμητρος χοῖρος θύεται.

709 f. καρυξῶ γε (ohne γε R) Δικαιόπολιν. ὅπα Δικαιόπολις; (Δικαιόπολι R) vulg. γα *Br* κ. Δικαιόπολίν γα. πᾷ Δ. *E* κ. Δικαιόπολιν ὅπα *D* καρυξῶ. Δικαιόπολις δὲ πᾷ; *Ham.* — vgl. Eur. Hec. 146 κήρυσσε θεούς Hom. *B* 438.

711 ἥκομες vulg. ἥκομεν *ΓΔ* ἵκομεν R ἵκομες *E.*

712 αἰεὶ vulg. αἰὲς *Br* ἀεὶ R*ΓD.* Das letztere braucht der Megarer 722 als Iambus.

713 D. antwortet so, als hätte der M. διαπίνομεν statt διαπεινᾶμες gesagt. Plat. Rep. IV 420 E.

714 'wir machen, was wir machen.' Iulian. epist. 22 ἐκεῖνος μὲν ἦν οἷος ἦν. vgl. Hesych. οἷα δή.

716 ἔπραττον vulg. ἔπρασσον *E.* τῇ vor *Br.*

718 Polyzelos 1 (com. II 867) 2 προδόντα Τὴν ναῦν ὅπως τάχιστα τῶν κακῶν ἀπαλλαγῆναι.

721 Nikias hatte Ol. 88 1 die Insel Miuoa vor dem Hafen von Nisaea besetzt. schol. ἐν Νισαίᾳ τῆς Μεγαρίδος ἅλες πήγνυνται. ἦν δὲ ὁ τόπος ὑπήκοος τῶν Ἀθηναίων. Thuc. III 51 (vgl. II 31).

723 vgl. zu 487. — Synes. epist. 104 δίκην ἀρουραίου μυὸς ἐνεδεδύκει τῇ πέτρᾳ.

727 Der M. lässt den D. eines der Mädchen in die Höhe heben, wobei der letztere seine Entdeckung macht.

728 Vesp. 1509 τουτὶ τί ἦν τὸ προσέρπον; Ran. 438 τουτὶ τί ἦν τὸ πρᾶγμα; Plut. 1097 (Ach. 157) τουτὶ τί ἦν; Ter. Andr. IV 4 7 *quae haec est fabula?*

733 περίδου νῦν μοι περὶ θυμιτιδᾶν (θυματιδᾶν ABC*Δ* θυμητίδαν R θυμητιδᾶν *Γ*) vulg. περιδοῦ (*Γ*) μοι π. θυμιτῶν νῦν *Kü* περίδου νύν (νῦν *Bl*) μ. π. θυμιτᾶν (*Br*) *E* nach 1051 π. μ. π. θυμητιδᾶν *D* (θυματιδᾶν *38*) θυμιτίδων *M.*

735 schol. Διοκλῆς τις ἥρως ἐτιμᾶτο παρὰ Μεγαρεῦσιν, ᾧ καὶ ἀγῶνα τελοῦσι τὰ Διόκλεια. οὗ καὶ Θεόκριτος μέμνηται (id. XII 29). ὃν δὲ ἐπὶ τῷ Διοκλεῖ ἔθηκεν ἀγῶνα Ἀλκάθους ὁ Πέλοπος, ἐπιτελοῦσιν οἱ Μεγαρεῖς.

736 ἤμεναι vor *D*.

738 χοιρίδιον vor *Bentl.* τὸ χοιρίον R. τάχα τὸ χοιρίον? — Pac. 431 ἄγε δὴ σὺ ταχέως ὕπεχε τὴν φιάλην.

739 σιγῆς vor *Br*.

740 τύ γ' vulg. πάλιν τ' ἀπ. R τυ *Bl.*

746 schol. τὰ γὰρ κόλουρα ἐν ταῖς ἱερουργίαις οὐ θύεται, καὶ καθόλου ὅπερ ἂν μὴ ᾖ τέλειον ἢ ὑγιές, οὐ θύεται τοῖς θεοῖς.

749 τράφεν vulg. τρέφειν P τράφειν *M* (*Ahr* D. 117).

751 Nach diesem Verse scheint eine Lücke zu sein. — Soph. Ant. 500 ὅμαιμος ἐκ μιᾶς τε καὶ ταὐτοῦ πατρός.

752 κἀναχνοιανθῇ *B* nach *Ahr* κἀναχνοανθῇ vulg. κἀναχνωανθῇ *E*.

754 schol. πολλοὶ τῶν Ἑλλήνων οὐ θύουσι χοίρους τῇ Ἀφροδίτῃ ὡς βδελυττομένῃ διὰ τὸν Ἄδωνιν αὐτόν. vgl. dagegen Ath. III 95 F ὅτι δ' ὄντως Ἀφροδίτῃ ὗς θύεται, μαρτυρεῖ Καλλίμαχος ἢ Ζηνόδοτος κτλ., bemerkt bei Gelegenheit eines Fragments von Antiphanes, wonach in Cypern grosse Schweinezucht getrieben wurde (125 III 68). Eustath. 853 34. 1183 19.

756 f. Epicharm. ap. Ath. III 85 E ἔστι δ' ἄδιστον κρέας.

757 ἐμπεπαρμένον vor *E*.

760 ἃ καὶ δίδως vor *E*.

761 *fort.* χύρρε χύρρε. *Ael. Dionys. ap. Eust.* 1752 32 χύρρε ἐπίφθεγμα πρὸς τοὺς ὗς. *add. Hesych.* χύρρα *B*. Eust. 855 26 καὶ τὸ χύρρε συβοτικόν.

762 τρώγοις ἂν ἐρεβίνθους; *K.* κοῒ κοῒ κοΐ vulg. (κοῒ κοΐ R) τρ. ἐρεβίνθους; εἰπέ μοι. *K.* κοῒ κοΐ *Kl.* — vgl. Ran. 545 τοὐρεβίνθου 'δραττόμην. schol. τοῦ αἰδοίου.

763 Φιβάλεως *E* nach schol. τόπος Μεγαρίδος, ἄλλοι Ἀττικῆς. Doch ist φιβάλεως vielmehr acc. pl. von ἡ φιβάλεως. Ath. III 75 B τῶν δὲ καλουμένων φιβάλεων σύκων Apollophanes 5 com. II 880 τὰς φιβάλεως.

764 von *Bentl.* für unecht erklärt. τί δαὶ σῦκα (σύκα R) τρώγοις ἂν αὐτός; AΓ σὺ κατρώγοις αὐτὸς ἂν B σ. κατατρώγοις ἂν αὐτός C τί δὲ σῦκα τρ. αὐτὸς ἂν P Ald. τί δαὶ σύ; καὶ τρ. ἂν αὐτάς; *Br* τ. δ. σύ; τρ. ἄν; *K.* κοῒ κοῒ κοΐ *D* τί δαί; σὺ καὶ τρ. ἂν αὐτάς; *K.* κοῒ κοΐ *B*. '*imo δέ lege ex Ald.*' *P* — also τί δὲ σύ; κατατρώγοις ἄν; *K.* κοῒ κοῒ κοΐ. (oder τί δαὶ σύ; κατατρώγοις ἂν αὐτάς; *K.* κοῒ κοΐ?) Doch glaube ich eher, dass nach Tilgung des αὐτός zu lesen ist, wie ich oben geschrieben habe.

766 (1050) Vesp. 529 ἐνεγκάτω μοι δεῦρο τὴν κίστην τις ὡς τάχιστα Thesm. 238 Platon 9 II 617 Lysipp. 8 II 478.

769 Τραγασαί ist ein Ort in Troas bei Hamaxitos, mit Salinen. (τὸ τραγασαῖον ὁλοπήγιον Strab. XIII 605 τραγασαῖοι ἅλες Steph. Byz. s. *Me* Steph. B. 721 f.) D. denkt aber hier an τραγεῖν.

774 ἕτερον vor *Br*. τούτων vulg. τοῦτο *E*. — schol. ἀστείως δὲ ὁ Μ. ἅμα καὶ περιπαθῶς ταῦτα παρὰ τοῦ Δικαιοπόλιδος ζητεῖ, ἃ πρότερον οἱ Μεγαρεῖς ἄλλοις παρεῖχον. vgl. 721 ff.

776 *Verba* ταῦτα δή *pessime vertit Br haec quidem prospere cesserunt. subauditur* δράσω *ut Vesp. 851. eodem sensu usurpatur* ταῦτά νυν *Vesp. 1008, et* ταῦτα *nude Equ. 111 Vesp. 142 Pac. 275. E.*

777 ἔρμ᾽ (oder ἑρμ᾽) ἐμπολαῖε codd. Ἑρμᾶ᾽μπ. *Scal.* — Thesm. 1202 Ἑρμῆ δόλιε ταυτὶ μὲν ἔτι καλῶς ποιεῖς.

781 (41) Aeschin. epist. X 10 τοῦτ᾽ ἐκεῖνο, ἔφην, καταπρήσοντες ἡμᾶς πάρεισι Philostr. epist. 62 ἀπῆλθον ἔνθα σε ὄψεσθαι ᾠόμην, καὶ τοῦτο ἐκεῖνο ἐζήτουν ὡς ἡρπαγμένην.

782 Hom. *Λ* 604 κακοῦ δ᾽ ἄρα οἱ πέλεν ἀρχή. vgl. Vesp. 77 Anaxandr. 52 (III 195) 3 Athenion 23 com. IV 557.

783 *Cum magno malo tuo megaricissabis, i. e. dolose ages. Megarenses enim, ut supra dictum* (699), ἐπὶ πονηρίᾳ διεβάλλοντο. *simul etiam quod megarice loquebatur. Bl.*

785 ἀγορανόμοι ACRΓ ὦ ἀγ. BΔ ὦ ᾽γοραν. *Br* ἄγορ. *E.* — *Bl* vergleicht Eur. fr. 683 ἡ παῖς νοσεῖ σου κἀπικινδύνως ἔχει. *Α.* πρὸς τοῦ; τίς αὐτὴν πημονὴ δαμάζεται;

787 τιὴ (τίη R) codd. τί δὴ *Br* τί δαὶ *E.* — Nub. 1506 τί γὰρ μαθόντ᾽ ἐς τοὺς θεοὺς ὑβριζέτην; (*Herm.* praef. XLVI ff.) Philostr. epist. 26 τί μαθὼν σεαυτῷ πεπολέμηκας; Aelian. epist. 14 τί γὰρ μαθὼν ῥυθμίζεις με; — τί γὰρ καὶ μαθὼν ἄνθρωπός εἰμι;

793 πολλά γ᾽. *Μ.* ἀλλὰ μὲν vulg. πολλὰ ἀλλὰ μὲν *ΓΔ* π. ἀ. μὶν R πόλλ᾽. *Μ.* ἀλλ᾽ ἁμὶν *E.*

794 νῦν codd. νυν *E.*

796 μάζαν vulg. μάδδαν *Portus.*

Der Dorismus des Megarers ist nicht consequent durchgeführt; andern darf man in dieser Beziehung wohl nur in sehr beschränktem Masse. Ueberall findet sich das charakteristische α für η festgehalten: Ἀθάναις 690. 790 u. s. w. Daher darf man 739 nicht χρῆσθα σιγῆς verbinden. vgl. auch πρᾶτα 704 ἅτερον 775 (also auch 774). Von andern Laut- und Worteigenthümlichkeiten bemerke οἴκαδις 703. 740 (wovon jedoch an der ersten Stelle das Lemma der Scholien οἴκαδες lautet nach Gregor. Cor. dial. 230. 364) αἰεί 712, ἀεί (◡ –) 722 ἀρωραῖοι 723 θᾶσθε 731 κρῆς 756 κήπειτεν 706 κἠρυθράν 748 κήκ 751 τωὐτοῦ 751, ἐμωυτῷ 778 μάδδαν 693. 796 χρήδδετε 695, aber φαντάζομαι 784 ὀδελόν 757 Ποτειδᾶ 759 φατί 732 αἰ 727, 733. 734. 749. 775 (daher auch wohl αἴπερ 703) αἴ κα 693. 796, während ἄν für ἐάν 752, ὅς κα 760 (vgl. 698) τράφειν 749 ἄμβατε 693 ἄντεινον 727 ἀμπεπαρμένον 757 (codd. ἐμπεπ.) ἂν τόν 757 ποτέχετε 694 ποττάν 693. 744 ποττό 712 ὄκα für ὅτε 715 ὄκκα für ὅταν 723 τηνῶθεν 715 ἄνις 795, aber ἄνευ 759 γά 736. 755. 756. 759 πάσσακι 724. Von Declinationen τοί 720 τῶ 759. 795 ἐμωυτῶ 778, aber ἀθλίου 692 λιμοῦ 704 τοῦδε 731 τωὐτοῦ 751 χοίρους 700. 725 θυματιδᾶν 733 τᾶνδε τᾶν 756. Pronomina ἐγών 709. 715 (ἐγὼ R) ἐγώνγα 697. 725 ἐμίν 694 ἁμῖν 782 ἁμίν 793 ἁμέ 720 σύ 736. 738 τοί 749 τύ acc. 691. 740 ὑμές 721. 722 ὑμέ 698. 700 νίν 736 τῶν für ὧν 722 τώς für ὡς 723 σά μάν 718. 745. Verba ἴκομες 711 φέρειν 700 θύειν 753 παίειν 796 (daher auch wohl nicht τράφεν 749) φασῶ 700 δοξεῖτε

702 ἴξεῖτε 703 πειρασεῖσθε 704 γρυλλιξεῖτε 707 καρυξῶ 709 ἀποισῶ 740 ἕξεῖ 748, aber *κοΐξετε* 707 *ἀγοράσοντες* 711 ἐμπορευόμαν 715 πεινῆν 695 (σιγῆν 739) λῆς 710. 727. 733. 737. 749. 775 ἐρώτη 761 πειρῆσθε 795 διαπεινᾶμες 712 *ἐπόθουν* 691 ἦμεν für εἶναι 702. 732 εἵμεναι 736. (ἥμεναι Ald.)

798 Equ. 614 ἄγγειλον ἡμῖν πῶς τὸ πρᾶγμ' ἠγωνίσω Lys. 706 ἄνασσα πράγους τοῦδε καὶ βουλεύματος.

800 Von dem Sykophanten Ktesias wird nichts weiter berichtet. Die mittlere Komödie kennt einen grossen Essvirtuosen dieses Namens, von dem man sagte, er wisse wohl den Anfang, aber nie das Ende der Mahlzeit zu finden. Philetaeros 3 III 292 Anaxilas 25 (III 351) 30. 31 III 353.

803 πημανεῖται vulg. πημανεῖ τις *E* τι *D*.

804 ἐξομόρξεται codd. ἐναπομ. *E*. — schol. ἐναποψήσεται, ἐναπομάξει. ὡς καταπύγων δὲ κωμῳδεῖται ὁ Πρέπις. ἀντὶ τοῦ οὐκ ἀνέξῃ τῆς κιναιδίας Πρέπιδος. Man vergleicht Eur. Bacch. 344, wo Pentheus sagt: οὐ μὴ προσοίσεις χεῖρα, βακχεύσεις δ' ἰών, Μηδ' ἐξομόρξει μωρίαν τὴν σὴν ἐμοί; *Ru* Tim. 113.

805 s. zu 88.

807 Ueber Hyperbolos s. *Me* hist. crit. 93 sq. 137 sqq. 188 sqq. Erst nach Kleons Tode gelangte er zu Einfluss in der Politik. Zur Zeit, als die Acharner aufgeführt wurden, scheint er nur Privatleuten mit Prozessen Schaden zugefügt zu haben.

810 Den Anapaest νος ἀεὶ zu beseitigen, schreibt *E Κρ.* αὖ κεκ. ἀποκεκαρμένος *Reis* ἀνακ. *Bentl. fort.* ἐγκεκαρμένος *B* εὖ κεκ. *R* u. *W* 207. — Der hier und 1117 genannte Kratin ist nicht der Komiker, als dessen Nebenbuhler nun Aristophanes auftritt, sondern ein stutzerhafter Geck von sehr dissolutem Lebenswandel, nach den Scholien aber gleichfalls ein Dichter, und zwar μελῶν ποιητής. Wer so ängstlich wie Kratin auf die Eleganz seiner Frisur hält, zeigt dadurch an, dass er für höhere Dinge keinen Sinn hat und nur auf das Aeussere Werth legt. Von einem solchen kann man also sagen, er ist als Geck frisirt. Da aber Kr. mit seiner Flachköpfigkeit noch das Laster der μοιχεία vereinigte, so heisst er hier μοιχὸν κεκαρμένος, nicht als ob μοιχός ein εἶδος und ὄνομα κουρᾶς ἀπρεποῦς κιναιδώδους wäre, wie der Schol. behauptet, sondern weil sich in seiner Haartracht die ganze Leerheit seines innern Wesens kundgab, die sich wiederum äusserlich in seinem sittenlosen Leben abspiegelte. Pollux II 29 ff. zählt einige Wörter auf, die eine bestimmte Form des Haarschnitts bezeichnen, darunter ist aber μοιχός nicht enthalten. vgl. *Becker* Charikles III 238. So hat *M* vielleicht Recht, der hier μοιχόν παρὰ προσδοκίαν für κῆπον gesetzt nimmt, da nach Hesych. eben der κῆπος μιᾷ μαχαίρᾳ gemacht wurde. Leute wie Kratin liessen sich das Haar da, wo sie es nicht haben wollten, mit dem Messer rasiren, nicht bloss mit der Scheere kürzen, doch scheint Pollux a. a. O. 32 μιᾷ μαχαίρᾳ (im Gegensatz zu den beiden Klingen der Scheere) nicht als stehenden Kunstausdruck, sondern als Erfindung der Komiker anzusehen: ἔλεγον δέ τι οἱ κωμῳδοὶ καὶ κείρεσθαι μιᾷ μαχαίρᾳ, ἐπὶ τῶν καλλω-

πιζομένων· τὴν δὲ μάχαιραν ταύτην καὶ ψαλίδα κεκλήκασιν (Aristoph. fr. 368 1 II 1078).

811 *οὐδ' ὁ περ.* vor *Bentl.* — Artemon von Klazomenae war ein berühmter Mechaniker, dessen sich Perikles bei der Belagerung von Samos bediente. Diod. XII 28 Ephoros bei Plut. Per. 27 (fr. 117 Müller). Weil er aber lahm war, musste er sich immer in einer Sänfte tragen lassen und wurde deshalb ὁ *περιφόρητος* genannt. Von diesem ist ein anderer Artemon zu unterscheiden, der schon zu Anakreons Zeiten gelebt hatte und durch Anakreon ebenfalls zu dem Beinamen ὁ *περιφόρητος* gelangt war. Von Hause aus arm und von niederer Herkunft, gelangte er später zu grossem Reichthum, den er auch sehr zu zeigen liebte, so dass er mit goldenen Ohrgehängen und elfenbeinernem Sonnenschirm wie die Weiber in einer Staatskarosse einher zu fahren liebte. Solches erzählte von ihm in einem Spottgedicht Anakreon, dem er die geliebte Eurypyle abwendig gemacht hatte. fr. 21 p. 780 Bergk. Seinen Beinamen *περιφόρητος* erklären die Grammatiker als gleichsam 'auf den Händen getragen', nämlich von den Weibern. append. proverb. IV 32 (Paroemiogr. Gr. I 441) *ὁ π. Ἀ. ἐπὶ τῶν πάνυ ποθουμένων. φασὶ γὰρ ὅτι νεανίσκος ὁ Ἀ. ἐγένετο περιμάχητος γυναιξίν.* schol. zu unserer Stelle: *ἀπὸ τῆς παροιμίας — ταχθείσης ἐπὶ καλοῦ καὶ ἁρπαζομένου πρὸς πάντων παιδός.* s. *E Köpke* de Chamaeleonte peripatetico (Programm des Friedrichs-Gymnasiums zu Berlin 1856) 20 sq. Daneben ging jedoch die andre Auslegung, es sei damit die üppige Lebensweise des Artemon gemeint, der sich nie seiner eignen Füsse bedient, sondern, wenn er aus dem Hause herausgekommen, sich stets in einer Sänfte habe tragen lassen. Heraclid. Pont. bei Plut. l. l. Chamael. bei Ath. XII 533 E. Anakreon hatte ihn aber auch *ὁ πονηρὸς Ἀρτέμων* genannt (v. 7), und mit Anwendung dieses Ausdrucks parodirt Aristophanes hier das sprüchwörtlich gewordene *περιφόρητος Ἀ.* (Eustath. 804 49) zur Bezeichnung des Kratin, der sich ebenfalls gern als Liebling der Frauen betrachtet und ein ganz verächtliches Subiect ist.

814 (vgl. 760) schol. *τραγασαίου δὲ διὰ τὴν τῶν τράγων δυσωδίαν εἶπε.*

815 Dass der Maler Pauson (s. *Fr* Thesm. 948), 'dessen niedriger Geschmack das Fehlerhafte und Hässliche an der menschlichen Bildung am liebsten ausdrückte' (*Lessing* Laok. VI 381 Lachm.), auch eine böse Zunge hatte, sehen wir nur aus unserer Stelle. Mit Lysistratos (Zeitschr. für Gymn. XVII 333 f.) hat er das Hungern gemein, erfreute sich aber dessenungeachtet eines langen Lebens. Nicht bloss in den Thesmophoriazusen (Ol. 92 2) erscheint er wieder, wo die Weiber bemerken, dass Pauson mit ihnen zusammen fastet und Jahr aus Jahr ein sehr oft nichts zu essen hat (948 *ὅταν ὄργια σεμνὰ θεοῖν ἱεραῖς ὥραις ἀνέχωμεν, ἅπερ καὶ Παύσων σέβεται καὶ νηστεύει, Πολλάκις αὐτοῖν ἐκ τῶν ὡρῶν Ἐς τὰς ὥρας ξυνεπευχόμενος Τοιαῦτα μέλειν θάμ' ἑαυτῷ*), sondern auch im Plutos (Ol. 97 4) ist er noch der blutarme Schlucker, der Tischgenoss der *Πενία*, mit welchem die letztere aufgefordert wird sich zusammen zu thun, weil niemand sonst etwas von ihr wissen will (602 *Παύσωνα κάλει τὸν ξύσ-*

σιτον). *Halb* 95 sq. Ein anderer P. *philosophus ut videtur Pythagoreus* (*Me* hist. crit. 422) kam bei Heniochos, dem Dichter der mittleren Komödie vor. fr. 4 (III 562) 3. 9.

816 schol. δῆμος τῆς Ἀττικῆς οἱ Χολαργεῖς τῆς Ἀκαμαντίδος φυλῆς.

817 schol. ὁ κακοῖς βεβαμμένος, ἢ ὁ βαθὺς τοῖς κακοῖς. ἀπὸ τῆς βαφῆς τῆς πορφύρας, ἣ καλεῖται ἀλουργίς.

824 schol. λείπει τὸ αὐλοῖς. οστίνοις δὲ ἔφη, ἐπεὶ τὸ παλαιὸν ἀπὸ τῶν ἐλαφείων ὀστῶν κατεσκεύαζον τοὺς αὐλούς. — In den Ekklesiazusen wird der Praxagora, als man sie zur Wortführerin in der Volksversammlung gewählt, die Frage vorgelegt: 254 τί δ' ἢν Νεοκλείδης ὁ γλάμων σε λοιδορῇ; worauf sie antwortet: τούτῳ μὲν εἶπον ἐς κυνὸς πυγὴν ὁρᾶν. Also zu augenkranken oder blinden Leuten bediente man sich dieser Redensart (nach schol. zu unserer Stelle ἐς πρωκτὸν κυνὸς βλέπε), wenn man nichts mit ihnen zu thun haben wollte, wovon schol. Eccl. und die Paroemiographen (append. prov. II 25 Apostol. VI 84) noch eine Erweiterung angeben εἰς κ. π. βλέπει (ὅρα Apost.) καὶ τριῶν ἀλωπέκων. Der Sinn davon ist nicht klar, ebenso wenig hier das φυσᾶν πρωκτὸν κυνός, als wenn ein Musikstück πρωκτὸς κυνός hiesse. *Hoc autem dicit, vel quod caeci essent isti tibicines (unde patet cur ducem eum e Boeotia proficiscentem secuti essent), vel quod inflandi labore distentis genis caeci esse viderentur. Illud (?) probabilius. Bl.*

825 Nub. 1253 οὔκουν ἀνύσας τι θᾶττον ἀπολιταργιεῖς Ἀπὸ τῆς θύρας;

827 s. zu 16.

828 ἐπιχαρίτως ABCΓ ἐπιχαρίττω R ἐπιχαρίττως *E*, was (wie ἴττω = ἴστω) für ἐπιχαρίστως stehen soll. schol. τὸ δὲ ἐπιχαρίτως ἀντὶ τοῦ κεχαριτωμένως καὶ κεχαρισμένως ἡμῖν ἀπόλοιντ' ἄν. besser *Bl gratum sane mihi facis hospes, qui in malam rem eos abire iubeas.* Doch bleibt der Uebergang immer sehr hart, da sich dieser Sinn an die Worte des D. nicht anschliesst. ἐπιχαρίττῃ *Bl* ἐπιχαρίττω *B* (ἐπιχαρίττω *Boeoti dixisse videntur, cum gratias agerent et salutarent aliquem*) ἐπεχαρίξα μῶ *Me.* — schol. Ἰόλαος ἥρως οὕτω τιμώμενος παρὰ Θηβαίοις. vgl. 735.

829 Θείβαθι vulg. (*Ahr* D. 525) Θείβαθε *E.*

832 Strattis 47 II 781 ξυνίετ' οὐδὲν πᾶσα Θηβαίων πόλις . . . οἳ πρῶτα μὲν τὴν σηπίαν Ὀπισθοτίλαν . . ὀνομάζετε, Τὸν ἀλεκτρυόνα δ' ὀρτάλιχον. — schol. τετραπτερυλλίδων· τῶν ἀκρίδων, παρὰ τὸ δ' ἔχειν πτερά. Dagegen versteht *E* unter den ὀρτάλιχοι *aves* überhaupt, unter den τετρ. *quadrupedes.*

833 Das thebanische Brod verachtet auch Archestratos nicht. fr. 4 (Ath. III 111 E) 8 ἔστι δὲ κἂν Θήβαις ταῖς ἑπταπύλοις ἐπιεικῆ (nämlich ἄλφιτα). Der κόλλιξ (schol. εἶδος ἄρτου περιφεροῦς) ist eigentlich ein thessalisches Gebäck, gleichfalls von Arch. ebend. 11—13 gelobt. Rhein. Mus. XI 214 f. — vgl. Nicomachos 4 com. IV 588 ὦ χαῖρε χρυσόκλυστα καὶ χρυσοῦς ἐμῶν.

835 ff. ψιάθους — κολοιοὺς — τροχίλους κολύμβους vor *Bentl.* (sonst *B M.*)

837 f. Ueber das Wort ὀρνιθίας herrschten bei den alten Erklärern verschiedene Meinungen. Nach ihnen ist es die wirkliche Bezeichnung eines χειμών entweder deshalb, weil er durch Kälte oder die Gewalt des Windes die Vögel tödtet, oder (Symmachos) weil er das Erscheinen der Zugvögel verursacht (Arat. 1077 αὔτως γὰρ χειμῶνες ἐπέρχονται γεράνοισιν), die sich in die warmen Länder begeben. In der letzteren Bedeutung (also Nordwind) wird das Wort bei Aristot. Meteor. II 5 gebraucht: ὁμοίως δὲ καὶ μετὰ τὰς χειμερινὰς τροπὰς πνέουσιν οἱ ὀρνιθίαι. (de mundo IV 395 3 οἱ δὲ ὀρνιθίαι καλούμενοι, ἐάρινοί τινες ὄντες ἄνεμοι, βορέαι εἰσὶ τῷ γένει). Also ist es nicht richtig, wenn *Bl* bemerkt: *venti nomen occasione fictum*, und Equ. 437 συκοφαντίας vergleicht.

841 ἐνύδρους vulg. ἐνύδρεις *Scal.* ἐνύδρως *Br* ἐνύδριας *E* ἐνύδρις *Me.*

844 Bei Aeschylos in der Ὅπλων κρίσις wurde Thetis angeredet: δέσποινα πεντήκοντα Νηρῄδων κορῶν (fr. 168 N). Statt κορῶν (*Bentl*) hatte die Aldina der Schol. χορόν, Reminiscenz aus Eur. Andr. 1267 λαβοῦσα πεντήκοντα Νηρῄδων χορόν. vgl. Euphron 8 (com. IV 491) 2 μεστὴν ζέουσαν λοπάδα Νηρείων τέκνων.

845 τῷδε gen. *Br* τῶδε adv. *hinc Ahr* (*huc Fr*) τᾷδε *E* τυῖδε *Bl* (Sapph. fr. 1 5 ἀλλὰ τυῖδ' ἔλθ') τῦδε Add. *fort.* τεῖδε *vel* τυῖδε *B* τεῖδε *Me.* κἠπιχάριττα vulg. κἠπιχαρίττα *Br* κἠπιχαρίττευ *vel etiam* κἠπιχαρίττω *Bl* (κἠπιχαρίττη Add.) κἠπιχάριττε *B* κἠπιχαρίτται R κἠπιχάριτται *Me* (nach *Ahr* Ae. 177 = καὶ ἐπιχάρισαι).

847 schol. ἐσιτοῦντο γὰρ οἱ χορευταὶ δημοσίᾳ.

848 Morychos steht nicht in einem Gegensatz zu τρυγ. χοροῖς, ein Missverständniss, woraus die Angabe des schol. geflossen ist, er sei ein tragischer Dichter, sondern sein Name wird nur hinzu gesetzt, weil er ein grosser Gourmand war (schol. Plat. Phaedr. 227 A), der die Eröffnung des Marktes für Kopais-Aale gewiss mit Freuden begrüssen würde. In der vorhin erwähnten Stelle des Friedens malt sich Trygaeos die Scene aus, wie sich die Feinschmecker Athens nach Rückkehr der Eirene auf dem Markte drängen werden: 1006 καὶ περὶ ταύτας ἡμᾶς ἀθρόους Ὀψωνοῦντας τυρβάζεσθαι Μορύχῳ Τελέᾳ Γλαυκέτῃ ἄλλοις Τένθαις πολλοῖς κτλ. Mit Glauketes (Thesm. 1032) bringt ihn auch Platon in Verbindung, der ihn gleichsam zum Gott der Schwelgerei erhebt, 102 II 652 ὦ θεῖε Μόρυχε . . πῶς γὰρ οὐ δαίμων ἔφυς; . . Καὶ Γλαυκέτης ἡ ψῆττα καὶ Λεωγόρας, Οἳ ζῆτε τερπνῶς οὐδὲν ἐνθυμούμενοι. Bdelykleon will, dass der Vater sein mühevolles Richterleben mit der Sorglosigkeit des M. vertausche: Vesp. 503 εἰ καὶ νῦν γ' ἐγώ, Τὸν πατέρ' ὅτι βούλομαι τούτων ἀπαλλαχθέντα τῶν Ὀρθροφοιτοσυκοφαντοδικοταλαιπώρων τρόπων Ζῆν βίον γενναῖον ὥσπερ Μόρυχος, αἰτίαν ἔχω κτλ. Um ihn von der Vortrefflichkeit seines Vorschlages zu überzeugen, bewegt er ihn, statt seines ordinären knappen τρίβων sich in ein faltenreiches persisches

Prachtgewand von dichter Wolle einzuhüllen, gegen das aber der Alte lebhaft protestirt, da er darin zu verschmoren fürchtet. Dabei bemerkt der letztere 1141, es scheine ihm sehr einem Ueberzicher des Morychos zu gleichen: *ἀτὰρ δοκεῖ γέ μοι Προσεικέναι μάλιστα Μορύχου σάγματι.* Hieraus ist vielleicht zu schliessen, dass M. seine üppige Lebensweise auch auf die Kleidung ausdehnte und mit persischen Gewändern gross that, aber nicht mit *B* (Me II 670) darauf allein die Folgerung zu bauen, M. habe als Gesandter Sardes und Ekbatana gesehen. s. zu 61.

851 *ἀρίστην* codd.

854 f. nach Eur. Alk. 367, wo Admet, nachdem er betheuert, er wünsche nach dem Tode sehnlichst neben seiner Gattin zu ruhen, die denkwürdigen Worte sagt: *μηδὲ γὰρ θανών ποτε Σοῦ χωρὶς εἴην τῆς μόνης πιστῆς ἐμοί* — während er doch gar nichts dagegen hat, sich lebend von ihr zu trennen. — 849 schien es, als wolle Dik. die Zubereitung des Aales gleich selbst vornehmen. Jetzt hat er sich anders besonnen.

855 Eubul. 64 III 236 *τεῦτλ' ἀμπεχομένης παρθένου βοιωτίας Κωπᾴδος.*

859 *ἰώγα* vulg. Hesych. *ἰώγα, ἔγωγε, Βοιωτοί. ἰώνγα Br ἰώνγα D* aus Apollonios Dysc. de pronom. 64 Bekk. *Βοιωτοὶ ἰών, ὡς μὲν Τρύφων φησίν* (p. 27 Velsen), *ὑφέσει εὐλόγῳ τοῦ γ . . . . ἀλλὰ μὴν καὶ ἐδασύνθη κτλ.* (*Ahr* A. 206 f.)

860 *ἄξεις ἰών*; vulg. *ἄξεις*; *B. ἰώ* B*ΔE.* beides hat schol. *ἰώνγ' Bl ἰὼν D ἰώ*; *B.*

861 *Ἀθάναις* vulg. *Ἀθάνασ' E* (*Ahr* D. 525).

866 *iurat per Amphionem et Zethum tanquam Thebanus. Bergler.*

867 *καὶ πολύ* ist schwerlich richtig; viellcicht *πάμπολυ.*

869 Equ. 146 *ζητῶμεν αὐτόν. B. ἀλλ' ὁδὶ προσέρχεται.* 691 *καὶ μὴν ὁ Παφλαγὼν οὑτοσὶ προσέρχεται.*

872 Plat. epist. VII 345 A *γέγονε δ' οὖν ὅπως, ἴττω Ζεύς, φησὶν ὁ Θηβαῖος.* (Phaed. 62 A.)

873 *τί δαὶ* vulg. *ταυταγί. B. τί δαὶ παθών E τί δὲ κακὸν παθών Bentl.* vielleicht *τάδε. B. τί δαὶ κακὸν παθών.*

877 *θρυαλλίδας* vor *E* (sonst *Bl B*).

878 *δῆτα διὰ θρυαλλίδας* B *δῆτα θρ.* AC *δ. διὰ θρυαλλίδος Bentl. δ. τὰς θρυαλλίδας Br δ. καὶ θρυαλλίδα E δ. διὰ θρυαλλίδα Bl.* vgl. 787. 897.

879 Alciphr. I 32 3 *αἴτησόν τι παρ' αὐτοῦ, καὶ ὄψει σεαυτὴν ἢ τὰ νεώρια ἐμπεπρηκυῖαν κτλ.*

885 *σ. ἂν αἱ νηῦς. Δ. ὦ* vulg. *νῆς Γ νῆες* R *σ. ἂν εὐθὺς Pierson.* Das richtige hat *Fr* gesehen Th. 611.

888 D. kann nicht, nachdem er eben gesagt: 'halt' ihm den Mund zu', von dem angeredeten sogleich Heu zum Einpacken verlangen, welches zu holen dieser doch den Nikarch los lassen muss. Daher meinte *Bl*, die erste Aufforderung sei an den Chor gerichtet. Statt dessen ist es besser, den Sklaven Ismenias als den zu denken, der das Heu bringen soll. Es ist aber anderes hier in Unordnung. Dikaeopolis kann nicht sagen:

'damit ich ihn wegbringe', denn der Boeoter soll ja den Sykophanten mitnehmen. Ebenso wenig passt φέρῃ oder φέρῃς (wovon das erste B von zweiter Hand enthält, das letztere *B* conicirt), denn ἐνδήσας kann sich nur auf Dikaeopolis beziehen, der Chor sagt zu diesem 889 ἔνδησον ὦ βέλτιστε. *E* vermuthet deshalb ἐνδήσω φέρειν, *D* ἐνδήσω φέρων. *fort.* ἐνδήσω· φέρε *Me.* Aus demselben Grunde kann man nicht, wie einige wollten, den Vers dem Boeoter geben, ohne im folgenden zu ändern. *B I* τῶν ξένων (vgl. 908) . . . Οὕτως θ' ὅπως . . . κατάξῃς. — Nach diesem Verse steht in den Büchern ὥσπερ κέραμον, ἵνα μὴ καταγῇ φορούμενος, interpolirt aus 866 und 891, und mit einem metrischen Fehler, daher *Br* φερόμενος schrieb. *Bo* hat zuerst mit *Hotibius* die Worte gestrichen.

891 ff. Der Sinn der Stelle ist zweifelhaft. Die Scholien erklären τίφη (= σίλφη cf. Phryn. 300) für ein kleines Thier, ζῶον κανθαρῶδες, während es sonst eine Getreideart bedeutet (in welchem Sinne es Aristot. hist. anim. IX 21 als Mittel gegen die Finnen der Schweine anführt: ἐκβάλλουσι δὲ τὰς χαλάζας ταῖς τίφαις); zum Ueberfluss steht noch bei Suidas: σίλφη· ὄνομα ζωυφίου· καὶ σίλφας λέγουσιν εἴδη ἀκατίων (eine Art kleiner Kähne). Zweitens ὑδρορρόα kann, wie die Scholien sagen, eine Dachrinne bedeuten (τὸ μέρος τῆς στεφανίδος, δι' οὗ τὸ ἀπὸ τοῦ ὄμβρου ὕδωρ συναγόμενον κατέρχεται. Vesp. 126. vgl. *Ri*), ebenso gut aber einen Rinnstein, einen Abfluss für das Wasser auf der Strasse (vgl. 1130). Drittens ist ungewiss, ob der Boeoter nach der Meinung des Nikarch den Nordwind zur Beförderung der Brandfackel in den Hafen oder nur zur stärkeren Entfachung der Flammen benutzen wird. Von diesen drei Punkten scheint mir jedoch der dritte am einfachsten zu lösen. Das Insect, der Getreidehalm und das Schiffchen sind sämtlich willenlose Dinge und können auch den Willen des Boeoters nicht ausführen, wenn er nicht für zwingende Mittel sorgt. Ein solches könnte er allenfalls in dem Nordwind erblicken, wenn er etwas aus der Stadt in den Hafen befördern will. *Dr* hätte also nicht bloss übersetzen sollen: 'recht bei vollem Sturm', und *Bl* nicht bemerken: *servato vento secundo vehementiori, quo incendium naves facilius corriperet.* Die Beförderung selbst denkt sich *E* als ein Blasen der θρυαλλίς durch den Halm: *periculum esse ne* ἐλλύχνιον *accensum per cavum et fistulosum* τίφης *calmum spiritu oris in navale propellat Boeotus.* Was hätte aber dabei die ὑδρορρόα zu bedeuten? Diese muss doch durchaus die Strasse für das zu befördernde sein. Wie das nun eine Dachrinne sein könne, ist völlig unklar, man wird also wohl an eine Art Wasserstrasse auf der Erde zu denken haben und, wie sich hieraus weiter ergibt, nicht an ein Insect als Medium, das sich ja ein vor dem Winde geschütztes Fleckchen aufsuchen könnte, sondern an eine improvisirte Art Fahrzeug für das Wasser, als welches der Halm immerhin gelten kann, so dass *Ham.* nicht nöthig hatte σκάφην für τίφην zu coniciren. Schon der Ausdruck ἐνθεὶς ἐς τ. dürfte gegen die Erklärung der Schol. sprechen.

892 Pac. 149 ἐμοὶ μελήσει ταῦτά γ'. ἀλλὰ χαίρετε (1041) 1311

ἡμῖν μ. ταυτά γ'· εὖ ποιεῖς κτλ. Plut. 229 *ἐμοὶ μ. τουτό γ'· ἀλλ' ἀνύσας τρέχε.*

892 f. Er liebt das Schwatzen sehr, aber es ist von schlechter Art, zu vergleichen mit dem, wie ein Topf klingt, der im Feuer einen Sprung bekam. schol. *ὁ δὲ κέραμος πυρορραγὴς γενόμενος σαθρὸν ἠχεῖ.*

894 Iulian. epist. 6 *ὁ θεοῖσιν ἐχθρὸς Ἀθανάσιος* Alciphr. III 48 5 *ὁ θεοῖς ἐχθρὸς Λικύμνιος* 68 *αἱ θ. ἐχθραὶ Λαιστρυγόνες αὗται.*

897 Unter *τριπτήρ* ist nicht die Mörserkeule oder der Reiber zu verstehen, sondern ein Gefäss, in welchem gerieben oder in welches etwas gepresst wird. Pollux sagt ausdrücklich VII 151 *ὁ δὲ κρατήρ, εἰς ὃν ἀπορρεῖ τοῦ ἐλαίου τὸ πιεζόμενον, τριπτήρ* X 130 *ὅρος τὸ τρῖβον τοὐλαιον ξύλον . . . καὶ τριπτὴρ ὁ κρατήρ, εἰς ὃν ἀπορρεῖ τοὔλαιον.* Hiernach hat *E* richtig im schol. emendirt: *δέον εἰπεῖν ἐλαῶν* (für *ἁλῶν*), *ὁ δὲ εἶπεν δικῶν κτλ.*

898 Zur Uebereinstimmung mit der Gegenstrophe fehlt in der Strophe irgendwo eine iambische oder trochaeische Dipodie, denn das Wort *συκοφάντην* 910 bleibt übrig. Aus diesem Grunde streicht *E συνθέριζε* 908 (andere *τοῦτον λαβών*), während *Me* hier nach *κύλιξ* eine Lücke annimmt: *excidit fort. ἅπαντα κακά* (nachher *καὶ πρ.* aus R).

899 Wie oben *δικῶν* für *ἐλαῶν*, so steht hier nach *E*'s Bemerkung *παρὰ προσδοκίαν* das Wort *πράγματα* für *φάρμακα.*

900 schol. *παρόσον καὶ οἱ ἄνθρωποι παραιτοῦνται ἐπὶ τοιούτων κεράμων ἀναγκαῖόν τι βαλεῖν, φοβούμενοι τὸ σαθρὸν αὐτῶν.*

903 *κατεαγοίη Cob*, weil *α* in *ἄγνυμι* auch kurz sei, lang nur im indic. aor. *ἐάγην* und im perf. *ἔαγα* wegen doppelten Augments. vgl. auch *Bekker* homerische Blätter 134 u. s. meine Bemerkung Jahns Jahrb. 1863 S. 759.

906 ff. (vgl. zu 898) *ceterum admodum dubito an Boeoti in hoc carmine fuerint partes. fort. X. ἤδη καλῶς ἔχει σοι; Δ. μέλλω γέ τοι θερίζειν* (schol. *τινὲς δέ φασι τὸν Δικαιόπολιν εἰρηκέναι μέλλοντα λαβεῖν τὰ τοῦ Βοιωτοῦ φορτία*), *in quo verbum delitescere videtur, cui explorandi inest notio: conieci aliquando μέλλω γε τονθορύζειν, ut hoc prorsus quemadmodum κωδωνίζειν de equis explorandis dictum sit:* (schol. Ran. 78 *τὸ δὲ κωδωνίσω ἀντὶ τοῦ δοκιμάσω.*) *hinc possis reliqua sic conformare: ἀλλ' ὦ ξ. β. συντόνθρυζε καὶ* [*τοῦτον λαβὼν*] *κτλ. B.* Andere werfen *συνθέριζε* aus. (*ἀλλ' ὦ ξ. β. τουτονὶ λαβὼν Dobr.*) *β. νῦν θέριζε καὶ Me.* Statt dessen, glaube ich, muss geschrieben werden *νῦν κόριζε καὶ πρόσβαλλ' ὅποι Βούλει κτλ.* Hesych. *κορίσαι. ὑψῶσαι.*

907 schol. *ὡς γεωργός φησι, μέλλω θερίζειν καὶ μέλλω κερδαίνειν κτλ.*

909 Der Chor weiss sich keinen Nutzen von solcher Waare zu denken; so giebt er dem Boeoter den Rath, des Schuftes an der ersten besten Stelle sich zu entledigen. *Bl* übersetzt nicht richtig: *take and turn him to what use you please.*

910 Statt *πρὸς πάντα* scheint es heissen zu müssen: *πρόπαντα συ-*

κοφάντην. Ganz einfältig ist, was der schol. sagt, *συκοφ.* sei *παρὰ προσδοκίαν* für *σωρόν* gesetzt.

913 Der Boeoter gebraucht von attischen Formen *εἴ τι* 831 *ἐγώ* 831 (vgl. 859. 860) *ἐμοί* 856 *ἐξόπισθέ μου* 829 *γέ* 907 (vgl. 821. 870). Aenderungen, die man versucht hat, würden hier (und wenn man *Ἰσμεινία* 822 *αὐλειταί* 823 schreiben wollte) gewaltsam sein, wogegen 835. 836. 837 die Endung *ως* für *ους* in *ψιάθως κολοιώς τροχίλως κολύμβως* gegen die codd. mit *Bentl* herzustellen sein dürfte, da erstlich in den Scholien *ψιάθως* bezeugt ist und zweitens gleich nachher 840 einstimmig *ἐχίνως αἰελούρως* geschrieben wird.

918 *τίς ἐστι* codd. *τί E τί ἐστι D.*

919 *ἐκέλευσε* vulg. *ἐκέλευε E.* vgl. 921. 1003. 1025 Equ. 1181 *ἡ γοργολόφα σ' ἐκέλευε τουτονὶ φαγεῖν.*

923 Pac. 241 heisst der Krieg *ὁ δεινός, ὁ ταλαύρινος*, wie bei Homer Ares *ταλαύρινος πολεμιστής.*

924 Aesch. Sept. 365 *τοιαῦτ' αὐτῶν τρεῖς κατασκίους λόφους Σείει, κράνους χαίτωμα.* vgl. Pac. 1172. 1178.

926 *ταρίχη* vulg. *ταρίχει Reiske.* — Gesalzene Fische sind Soldatenkost. D. hat eigentlich im Sinne: 'möge er sich seine Helmbüsche zum Pökelfleisch wohl schmecken lassen'. *παρὰ προσδοκίαν* sagt er aber *κραδαινέτω* (nach 924) statt *φαγέτω.*

927 Nub. 945 *ἢν δ' ἀναγρύξῃ, . . . ἀπολεῖται* 1085. 1126. 1435. Vesp. 222 u. a.

929 schol. *ὁ δὲ τρόπος ποιητικός. μιμεῖται δὲ τὸ μέλος*, d. h. die Worte sind Reminiscenz aus einem Lyriker. Alciphr. III 30 1 *ὁρῶ σὺν τῷ νιφετῷ δῆμον ὅλον ὀρνέων φερόμενον, καὶ κοψίχους καὶ κίχλας.*

930 *εἶδες ὦ* zweimal vulg. Nach dem schol., der das Metrum hier als *κῶλα παιωνικὰ ἐκ μονομέτρου καὶ τετραμέτρου δίς* (also zwei Pentameter) angibt, hat *E* das eine gestrichen. In der Gegenstrophe fehlt zu Anfang ein Fuss.

933 Cratin. 165 II 110 *αὐτόματα δ' αὐτοῖς θεὸς ἀνίει τἀγαθά* Theopomp. 37 II 807 *πάντ' ἀγαθὰ δὴ γέγονεν ἀνδράσιν ἐμῆς ἀπὸ συνουσίας.*

935 (1045) das Lied auf Hermodios, das übrigens in sehr verschiedenen Formen existirte, von Athen. XV 695 gesammelt. (Bergk lyr. 1019 ff.) Eine derselben benutzt der Chor der Greise in der Lysistrata, der in der Besorgniss vor einem Einverständniss der Weiber mit den Spartanern und einem gemeinschaftlichen Anschlage derselben auf die Verfassung folgende Drohungen ausstösst: 631 *ἀλλ' ἐμεῦ μὲν οὐ τυραννεύσουσ', ἐπεὶ φυλάξομαι Καὶ φορήσω τὸ ξίφος τὸ λοιπὸν ἐν μύρτου κλαδί, Ἀγοράσω τ' ἐν τοῖς ὅπλοις ἑξῆς Ἀριστογείτονι.* s. bei Athen. den Anfang von *ι'* und *ιβ'*: *ἐν μύρτου κλαδὶ τὸ ξίφος φορήσω, Ὥσπερ Ἁρμόδιος καὶ Ἀριστογείτων.* Noch eine andre hat Ar Vesp. 1226 aufbewahrt, wo Bdelykleon bei dem fingirten Gastmahl, das er dem Alten mit seinen Kumpanen gibt, nachdem er zur Unterhaltung das Singen von Skolien vorgeschlagen, selbst zuerst als Kleon das Lied anstimmt, mit dem nach

Hesychios einst Kallistratos die That des Harm. verherrlicht (ᾄδω δὲ πρῶτος Ἁρμοδίου 1224): οὐδεὶς πώποτ' ἀνὴρ ἀθηναῖός γε (*Me.* ἐγένετ' Ἀθήναις vulg.) — 'war so vortrefflich wie Harmodios' müsste fortgefahren werden, wofür aber der Alte mit Anwendung auf Kleon einfällt: οὐχ οὕτω γε πανοῦργος ὡς σὺ κλέπτης.

936 παροίνιος vulg. *aut hic* παροινικός *legendum est aut* παροινιώτατος *Vesp. 1300 E* παροινικὸς *Bl.* παροίνιος heisst 'beim Weine üblich'. Poll. VI 108 παροίνια δὲ ᾄσματα schol. Vesp. 1240 ἐν τοῖς Πραξίλλης φέρεται παροινίοις (p. 961 Bergk) 1222 παροίνιοι ᾠδαί Lucian. salt. 34 τὸ φρύγιον τῆς ὀρχήσεως εἶδος τὸ παροίνιον καὶ συμποτικόν.

938 κἀνέτραπε vor *E* (*B*) κἀνέτρεπε *E.*

941 Zur Uebereinstimmung mit der Gegenstr. ἔτι τῷ *Herm.*

943 τάι τ' R τῷδ AE τᾷδ' *Ald.* περὶ τὸ δ. *Bl. debuit aliquid intercedere quo Dicaeopolidis persona designaretur.* ται *autem terminatio verbi esse videtur D. fort.* εἶδες ὦ τόνδ'; ἐπείγει περὶ τὸ δ. *vel etiam* οἷ' ἐπείγει περὶ τ. δ. (mit einmaligem εἶδες ὦ 930) *B.*

944 δεῖγμα τὰ πτ. vor *Br.*

945 *fort. inducebatur muta persona* Διαλλαγή *Pax, quod in Lys. 1114 factum videmus E.*

946 vgl. Pac. 617.

948 schol. Ζεῦξις ὁ ζωγράφος ἐν τῷ ναῷ τῆς Ἀφροδίτης ἐν ταῖς Ἀθήναις ἔγραψεν Ἔρωτα ὡραιότατον, ἐστεμμένον ῥόδοις.

951 ff. schol. ἀντὶ τοῦ εἰπεῖν σχῆμα συνουσίας τοῦτο ἔφη ὡς γεωργός. Aelian. epist. 4 ἐγὼ γὰρ ἀμπελίδος ὄρχον ἐλάσας, εἶτα μοσχίδια συκιδίων παραφυτεύσας ἁπαλὰ καὶ ἐν κύκλῳ περὶ τὸ αὐλίον κατέπηξα ἐλαίας.

953 ἡμερίδος κλάδον codd. ὄρχον *Ald.* ὄσχον *Br.* vgl. Av. 1255.

954 ἅπαν ἐλαΐδας ἐν ABCP ἅπαν γ' ἐλᾴδας κύκλῳ *E* ἐλᾴδας ἅ. ἐν κ. *Herm.* ἅπαν ἐλᾴδας κ. *Bentl.* ἐλαΐδας ἅ. κ. *Reis.*

955 Der Tag des Neumonds wurde festlich begangen; daher die Genossenschaft der νουμηνιασταί. Ath. XII 551 F. vgl. Vesp. 96.

956 Athen. VIII 348 D Eust. 1108 40.

957 f. Statt πίνειν sollte es ernsthaft ἄγειν heissen, denn unter χόας sind hier nicht die Krüge, sondern ist das Fest der Choen zu verstehen. Obwohl Bedeutung und Charakter der ganzen Anthesterien (*Schoem.* Alterth. II 438) keineswegs ausschliesslich heiterer Art war und namentlich von Staats wegen keine öffentlichen Lustbarkeiten an denselben veranstaltet wurden, so fehlte es doch in Privatkreisen nicht an gemeinschaftlicher Festfreude bei dem Becher neuen Weins. Es fand aber am Tage der Choen das Trinken auf eine eigene, sonst nicht übliche Weise statt, indem jeder seinen besondern Krug für sich hingestellt bekam, und wer diesen zuerst ausgetrunken hatte, eine Prämie erhielt. Ob es bei dem einen Kruge sein Bewenden hatte oder ob derselbe Wettkampf sich wiederholte, wird nicht bestimmt gesagt. Für die Sitte des abgesonderten Trinkens hatte man sich einen Ursprung aus der mythischen Geschichte erdacht. Der schol. zu 961 (920) der Acharner berichtet aus Apollodor (fr. 28 Müller), als Orest nach Athen gekommen, habe König Pandion (Demophon nach Phanodemos

bei Ath. X 437 B fr. 13 M. *οἱ Δημοφωντίδαι* Plut. symp. quaest. II 10 4) dieses Auskunftsmittel ergriffen, auf dass die Mittrinker durch die Gemeinschaft des Muttermörders nicht verunreinigt und anderseits Orestes selbst, wenn er allein seinen besondern Krug erhielte, nicht verletzt würde. (Wobei freilich nicht recht zu ersehen ist, wie er hierdurch die Gemeinschaft für aufgehoben betrachten konnte, da alle Krüge ja doch aus demselben Fasse gezapft wurden.) — Die Prämie des Siegers bestand nach schol. immer in einem Blätterkranze und einem Schlauche Wein, nach Athenaeos a. a. O. zuerst in einem *πλακοῦς*. Ein anderes Scholion enthält noch eine besondere Notiz, wonach die Trinker auf einem aufgeblasenen Schlauche balanciren mussten: *ἐτίθετο δὲ ἀσκὸς πεφυσημένος . . . ἐφ' οὗ τοὺς πίνοντας πρὸς ἀγῶνα ἑστάναι κτλ.* Doch gehört dieser Brauch des *ἀσκωλιασμός* wohl vielmehr allein den ländlichen Dionysien an. (*K Fr Hermann* griech. Ant. II 57 10. 11 *Schoem* II 432.) — Der Schlauch des Ktesiphon (statt *οἴνου*) wird ausgesetzt, weil dieser nur hier erwähnte K. selbst wie ein Schlauch aussah. schol. *ὡς παχὺς καὶ προγάστωρ ὁ Κτησιφῶν σκώπτεται.*

964 Equ. 837 *ζηλῶ σε τῆς εὐγλωττίας* Vesp. 1450 *ζ. γε τῆς εὐτυχίας τὸν πρέσβυν* u. a.

966 Pherecr. 106 (II 299) 22 *τί δῆτα λέξεις, τἀπίλοιπ' ἥνπερ πύθῃ;*

971 Crat. 14 (II 237) 2 *ἀλλ' αὐτὸς αὑτῷ δῆτ' ἀνὴρ γέρων διακονήσει;*

973 Nub. 1263.

978 schol. *λευκὸν ἀμπέχῃ· ἀντὶ τοῦ λευχειμονεῖς· οἱ γὰρ Φυλάσιοι λευκὰ ἐφόρουν.*

980 schol. *λέγει δὲ ἀντὶ τοῦ ἐν πάσῃ τρυφῇ, ἐν πᾶσιν ἀγαθοῖς* (Pherecr. 106 2). *βολίτοις δέ, ὅτι περὶ βοῶν ὁ λόγος.*

982 Der Nominativ von *Δερκέτου* heisst nach schol. 1018 *Δερκέτης*, nach *D* *Δέρκετος* (Corp. Inscr. Gr. I 295 n. 166).

984 schol. *οἱ δημοσίᾳ χειροτονούμενοι ἰατροὶ καὶ δημόσιοι προῖκα ἐθεράπευον. Schoem* Alt. I 439. D. will aber nicht bloss sagen, dass er kein Arzt sei, sondern dass er für sich allein Frieden geschlossen habe und niemandem davon abzugeben gedenke. schol. *οἷον οὖν οὐ κοινῇ ἐσπεισάμην, τουτέστι σὺν τῇ πόλει κτλ.*

986 (1163) Vesp. 1432 *οὕτω δὲ καὶ σὺ παράτρεχ' ἐς τὰ Πιττάλου. Halb* 99.

989 schol. *ἀντὶ τοῦ ῥανίδα. στρίβος δὲ καλεῖται ἡ λεπτὴ καὶ ὀξεῖα βοή, λίκιγξ δὲ ἡ ἐλαχίστη βοὴ τοῦ ὀρνέου.*

990 *βοϊδίοιν* vor *E.*

991 *ἀνεύρηκε* codd. *ἀνεύρηκεν Br ἀνηύρηκεν E ἐνεύρηκεν Dobr. ἐνηύρηκεν Me.*

993 Magnes 2 II 10 *ταγηνίας ἤδη τεθέασαι χλιαροὺς σίζοντας, ὅταν αὐτοῖσιν ἐπιχέῃς μέλι;*

997 *λιμῷ με* vor *Me.* — Pac. 1050 *κατὰ τὴν κνῖσαν εἰσελήλυθεν.*

999 Pac. 1043 *ὄπτα καλῶς νυν αὐτά.*

1000 *Δικαιόπολι. Δ. τίς ουτοσί; τίς οὑτοσί;* vulg. *Δικ. Δικ. Δ. τίς οὑτοσί; Dobr.*

1001 ταυτὶ τὰ κρέα ΑΒΓΔ τὰ κρέα ταῦτα νυμφίος *Br* ταυτὶ τὰ κρέα σοι νυμφίος? — Pac. 192 τὰ κρέα ταυτί σοι φέρων fr. 32 II 957 ταυτὶ τὰ κρέ' αὐτῷ παρὰ γυναικός του φέρω.

1002 Equ. 1180 καλῶς γ' ἐποίησε Synes. epist. 95 κ. γε ποιεῖς Aeneas Soph. epist. 10 (epist. Graecan. 424) τούτων ἐθέλεις εἶναι καὶ πρῶτος καλῶς γε ποιῶν u. a.

1006 Pac. 287 ἀπόφερε τὰ σκεύη λαβὼν ταυτὶ πάλιν 1121 ἀπόφερ' ἀπόφερ' ἐς κόρακας.

1007 χιλίων vor *D*. 1009 τί σοι vor *E*.

1024 ἀμφιχαλκ. vor *D*.

1027 Die Anthesterien fielen in den Februar. Χύτροι hiess der dritte Tag des Festes, 'weil an ihm dem chthonischen Hermes Töpfe mit gekochteu Früchten jeder Art geopfert wurden, von welchen, wie bei allen Opfern der Unterirdischeu, die Opfernden selbst nichts kosten durften'. *Schoem* Alt. II 441.

1030 πλέονες *Bentl.*, der einen Vers aus dem Telephos des Euripides zu erkennen glaubte.

1031 sprach vor *E* Dikaeopolis. Equ. 810 οὐκοῦν δεινὸν τουτί σε λέγειν; Vesp. 1368 οὐ δεινὰ τωθάζειν σε κτλ. u. a.

1034 Der dreifache Geryones, von Stesichoros in der Γηρυονίς (fr. 6 Bergk) nach schol. Hes. theog. 287 ὑπόπτερος genannt (vgl. Eudokia bei Villoison anecd. 214), wurde, 'wie die Vasenbilder lehreu' (*Preller* gr. Mythol. II 143) mit vier Flügeln, nämlich je einem Paar an den beiden äussereu Leibern gedacht. Lamachos macht Miene, als habe er nicht übel Lust, die Verwegenheit des D. zu bestrafen; da setzt dieser sich zur Wehr, indem er mit vier der ausgerupften Federn des Geflügels sich irgendwie ausstaffirend sich zum Geryon macht. Das ist eine wahrscheinlichere Erklärung, als was die Scholien sagen: δείκνυσι δὲ αὐτῷ τι τῶν τετραπτερυλλίδων (832).

1038 schol. τότε γὰρ οἱ καλοῦντες ἐπὶ δεῖπνον στεφάνους καὶ μύρα καὶ τραγήματα καὶ ἄλλα τοιαῦτα παρετίθεσαν, οἱ δὲ καλούμενοι ἔφερον ἐψήματα. τὴν κίστην λαβών, τὴν ὀψοθήκην.

1043 ff. Amphis 9 (III 303) 4 μύρον στέφανος αὐλητρίς Ephipp. 8 (III 327) 3 ἴτρια τραγήμαθ' ἧκε, πυραμοῦς ἅμης Men. 266 IV 147 μύρα στεφάνους ἑτοίμασον Apollod. Caryst. 5 (IV 441) 22 στεφάνους ἔχοντας καὶ μύρον πρὸ ἡμέρας Alciphr. I 39 3 οἷον ἡμῶν ἐγένετο τὸ συμπόσιον ... ὅσων χαρίτων πλῆρες, ᾠδαὶ σκώμματα πότος εἰς ἀλεκτρυόνων ᾠδάς, μύρα στέφανοι τραγήματα.

1044 vgl. Pac. 869 ὁ πλακοῦς πέπεπται, σησαμῆ ξυμπλάττεται Alciphr. III 48 2 ἀντὶ πλακοῦντος, τῶν ἄλλων ἅμητας ἐσθιόντων καὶ σησαμοῦντας, αὐτὸς μέλιτι δεδευμένους λίθους ἀπέτρωγον.

1045 (vgl. 935) Athen. XV 695 ια' φίλταθ' Ἁρμόδι' οὔτι που τέθνηκας. — Die Lesart ist schwerlich richtig. Ganz unmöglich ist die Erkl. des schol., wonach τὰ φίλταθ' Ἁρμοδίου = τὰ εἰς Ἁρμόδιον σκολιὰ ᾄσματα ein neues Subiect zu πάρα (1043) sein soll. Erstens kann das Lied auf Harm. nicht τὰ φίλταθ' Ἁρμοδίου heissen, zweitens aber wäre die Einschiebung dieses Ausdrucks als eines neuen Subiects zwischen ὀρχηστρίδες und καλαί ganz unerhört. Eher dürfte wohl *Br* das richtige treffen, wenn er τὰ φ. Ἁ. als Apposition zu ὀρχ. καλ. fasst, so dass Ἁρμόδιος hier das Harmodios l i e d bedeutete, und die dasselbe mit ihrer Kunst begleitenden ὀρχηστρίδες das beste daran genannt würden. *A. von Velsen* emendirt Rhein. Mus. XVIII 129 τὰ φίλταθ᾽ Ἁρμόδι᾽· οὐ καλά;

1046 Equ. 495 καὶ σπεῦδε ταχέως — ἀλλ᾽ ὡς τάχιστα zu Anfang des Verses Nub. 839 Vesp. 860. 1361 Pac. 8 u. ö.

1047 schol. ὅτι ἐξωγράφουν ἐν τῇ ἀσπίδι μεγάλην Γοργόνα. Doch steht ἐπιγράφεσθαι hier nicht allein in dem Sinne 'aufmalen', sondern 'zum Schutz erwählen', wie Pac. 683 Hermes von der Friedensgöttin sagt: ἀποστρέφεται τὸν δῆμον ἀχθεσθεῖσ᾽, ὅτι Οὕτω πονηρὸν προστάτην ἐπεγράψατο (Hyperbolos). Das Activ bei Lucian. de morte Peregrini 11 καὶ ὡς θεὸν αὐτὸν ἐκεῖνοι ἡγοῦντο καὶ νομοθέτῃ ἐχρῶντο καὶ προστάτην ἐπέγραφον. Der Ausdruck ist von den Metoeken hergenommen, die einen Bürger als ihren Patron angeben mussten. (προγράφειν schol. Pac.)

1051 etwa οἶσέ μοι (oder οἶσ᾽ ἐμοί) καὶ κρόμμυα?

1053 schol. ἐπεὶ ἐπὶ φύλλων τὰ τεμάχη βαλλόμενα βαστάζονται.

1054 σὺ δὴ παῖ vulg. σὺ δημοῦ *E* nach Equ. 954 δημοῦ βοείου θρῖον ἐξωπτημένον. Aus dem Zusatz ὀπτήσω δ᾽ ἐκεῖ sieht man, dass D. hier keine fertige Speise verlangt, was θρῖον allein bedeuten würde (Poll. VI 57).

1059 ff. Hier scheinen die Verse etwas durch einander gekommen zu sein. Die W a f f e n zu verspotten hat D. eben erst angefangen, nachher kommen noch die λόφοι. Daher stellt *Boissonade* 1059 f. nach 1064. Dann spricht freilich *Lam.* dem D. das βούλει μή nach, was der Situation doch vielleicht nicht ganz angemessen ist. *Lent.* will 1060 und 1066 die Plätze wechseln lassen.

1068 schol. διασύρει τὸν Λάμαχον ὡς ἀκρίδας ἐσθίοντα, d. h. als Soldat im Felde.

1069 (559) Nub. 773 οἴμ᾽ ὡς ἥδομαι 1238 οἴμ᾽ ὡς καταγελᾷς.

1070 f. Pac. 1021 θύσας τὰ μηρί᾽ ἐξελὼν δεῦρ᾽ ἔκφερε.

1071 nämlich vom Feuer. Ran. 517 wird Dionysos als vermeintlicher Herakles von Kora's Bedienten eingeladen: ἀλλ᾽ εἴσιθ᾽, ὡς ὁ μάγειρος ἤδη τὰ τεμάχη Ἔμελλ᾽ ἀφαιρεῖν χἡ τράπεζ᾽ εἰσῄρετο.

1073 Dik. und sein Sklave ziehen das Fleisch vom Spiesse.

1074 Unter κιλλίβαντας ist nach dem Schol. ein dreibeiniges Gestell zu verstehen, eine Art Staffelei. So sagt auch Poll. VII 129: ἐφ᾽ οὗ δὲ οἱ πίνακες ἐρείδονται, ὅταν γράφωνται, ξύλον ἐστὶ τρισκελὲς καὶ καλεῖται ὀκρίβας τε καὶ κιλλίβας (andre Bedeutung I 143), während er an unserer Stelle das Wort ganz anders zu nehmen scheint X 146: καὶ τελαμῶνα δ᾽ ἂν καὶ ζωστῆρα εἴποις καὶ ὄχανα καὶ κιλλίβαντας, Ἀριστοφάνους εἰπόντος, Τοὺς κτλ. Nach Hesych. dient das Ding zum Auflegen einer Platte in horizontaler Richtung. κιλλίβαντες· τραπεζῶν βάσεις καὶ ὑποθέματα, ἢ τρισκελεῖς τράπεζαι. L. will den Schild blank putzen.

1075 Das Gegenstück der ἀσπίς ist bei D. der ebenso runde Bauch (λείπει γαστρός schol.), als dessen Stützen er die κριβανίτας ἄρτους haben will.

1076 Den Schild selbst muss L. wieder in hoch erhabenem Stile benennen. vgl. Eur. Tro. 1136 χαλκόνωτον ἀσπίδα Phoen. 1130 σιδηρονώτοις ἀσπίδος τύποις (Soph. Ai. 846 Ἥλιε . . . ἐπισχὼν χρυσόνωτον ἡνίαν).

1078 Synesius epist. 50 γέλως ἂν εἴη πλατύς Theophylactus epist. 10 πλατὺν γέλωτα τῶν σῶν καταχέω δογμάτων.

1080 Das Spiegeln in dem geputzten Schilde ist ein Orakel. Lam. weissagt dem D. eine Klage wegen unterlassenen Kriegsdienstes.

1083 Der wahre Vater des L. ist Xenophanes nach Thuc. VI 8 2 schol. Ach. 270, Xenophantos nach schol. Thesm. 840. — schol. παίζει παρὰ τὴν Γοργόνα.

1085. 1145 χοᾶ vor E.

1085. 1087 Eust. 166 12 Ὅμηρος μὲν θωρήσσειν ἀεὶ ἐπὶ ὁπλισμοῦ φησιν, οἱ δὲ μετ' αὐτὸν καὶ ἐπὶ μέθης τὴν λέξιν τιθέασιν, ὅθεν καὶ θώρηξις κατὰ τοὺς παλαιοὺς οἰνοποσία καὶ ἀκρατοποσία.

1089 κίστιδος codd. κιστίδος E. scherzhaft für κίστης wegen des vorangehenden ἀσπίδος.

1093 f. Vesp. 1496 ἀλλὰ μανικὰ πράγματα.

1095 Equ. 498 ἀλλ' ἴθι χαίρων (Nub. 510 Pac. 729 u. ö.) Vesp. 1009 ἀλλ' ἴτε χαίροντες Equ. 548 ἴν' ὁ ποιητὴς ἀπίῃ χαίρων 1250 ὦ στέφανε χαίρων ἄπιθι Pac. 154 ἀλλ' ἄγε Πήγασε χώρει χαίρων u. a.

1097 schol. λείπει δὲ τὸ πάρεστιν.

1098 schol. ῥιγῶν ἰωνικῶς ἀντὶ τοῦ ῥιγοῦν. Es ist aber vielmehr Dorisch. *Ahr* D. 310. Vesp. 446 Nub. 416 Av. 935 (ὑπνῶν Lys. 143).

1102 ff. Die Feindseligkeit gegen Antimachos erklären die Schol. auf verschiedene Weise. 1. φασὶ γὰρ αὐτὸν γράψαι ψήφισμα, ὥστε τοὺς χοροὺς μηδὲν ἐκ τῶν χορηγῶν λαμβάνειν. — 2. ἐδόκει δὲ ὁ Ἀ. οὗτος ψήφισμα πεποιηκέναι, μὴ δεῖν κωμῳδεῖν ἐξ ὀνόματος. καὶ ἐπὶ τούτῳ πολλοὶ τῶν ποιητῶν οὐ προσῆλθον ληψόμενοι τὸν χορόν, καὶ δῆλον ὅτι πολλοὶ τῶν χορευτῶν ἐπείνων. ἐχορήγει δὲ ὁ Ἀ. τότε, ὅτε εἰσήνεγκε τὸ ψήφισμα. — 3. οἳ δὲ λέγουσιν ὅτι ποιητὴς ὢν καλὸς χορηγῶν ποτε μικρολόγως τοῖς χορευταῖς ἐχρήσατο. — 4. ἀπέκλεισε δείπνων· ἀντὶ τοῦ ἀπεστέρησε τοὺς μισθούς, οὐδέν μοι ἐχορήγησε. Er hat also als Choreg am Lenaeenfeste den Choreuten ihre Emolumente verkümmert. Das soll er durch zweierlei Gesetzvorschläge gethan haben, entweder durch den directen, die Choreuten sollten gar keine Ansprüche an die Choregen zu machen haben, oder durch den indirecten, es sollte verboten sein, jemand mit seinem Namen auf der Bühne anzugreifen; denn da dies ein Hauptelement der alten Komödie war, so hätten in Folge seines Psephisma sich viele Dichter gar nicht erst zum Chor gemeldet, und viele Choreuten hätten deshalb kein Brod gehabt. Hat er diesen letzteren Weg eingeschlagen, so scheint er doch nicht damit durchgedrungen zu sein, denn ein langer Zwischenraum zwischen seiner That und den Acharnern kann nicht wohl angenommen werden, d. h. man kann in ihm nicht den Autor des unter Morychides Ol. 85 1 erlassenen Psephisma erkennen wollen, welches bis zum Archon Euthymenes Ol. 85 4 in Kraft blieb, also zur Zeit der Acharner längst aufgehoben war. *Me* hist. crit. 40. *Clinton* fast. Hell. prooem. L sqq. Den Beinamen *Ψακάδος* hatte er, *ἐπειδὴ προσέρραινε τοὺς συνομιλοῦντας διαλεγόμενος*, denn diejenigen hatten gewiss nicht Recht, die die Bezeichnung 'Sohn des Sprühregens' ebenfalls auf seine kärglichen Spenden beziehen wollten (*ἢ διὰ τὸ μηδὲν ἀναλῶσαι*). Nach den Worten des Dichters war er ein *μελέων ποιητής*, wahrscheinlich keiner der vorzüglichsten. — Ausserdem haben die Mss. nach *Ψακάδος* (*ψεκάδος* BΔ) noch die Apposition *τὸν ξυγγραφῆ*. (*συγγραφέα* schol.) Die prosaische Schriftstellerei, die dem Antim. hiernach beigelegt wird, müsste man als scherzhafte Hindeutung auf das in den Scholien erwähnte Psephisma nehmen, sonst weiss ich nicht, wie man sie deuten will. Da nun ferner in der Gegenstrophe ein Choriamb mit dieser Stelle correspondirt, so hat *E* ('*dexterrime*' *P*), das Wort *ξυγγραφῆ* für ein Glossem haltend (schol. Nub. 1022 *πέμπτος ἱστοριογράφος*) die oben befolgte Emendation vorgeschlagen, nachdem *Kü μέλεον* für *μελέων* vermuthet. (*τῶν μελέων τὸν μέλεον Dobr.*) — Ein Antimachos wird auch Nub. 1022 erwähnt, wo der *δίκαιος λόγος* dem Strepsiades sagt, wenn er den Lockungen des *ἄδικος* folge, so werde er zu allem andern Uebel sich noch mit der Unzucht des A. besudeln: *καὶ πρὸς τούτοις τῆς Ἀντιμάχου Καταπυγοσύνης ἀναπλήσει*. Der schol. erklärt diesen für nicht identisch mit jenem speienden und führt drei, eventuell zwei andere dieses Namens an, worunter auch ein von Eupolis genannter Wechsler sich befindet (fr. 128 II 479). *οὗτος εἰς θηλύτητα κωμῳδεῖται καὶ εὐμορφίαν. ἔστι δὲ καὶ ἕτερος ἐπὶ πονηρίᾳ κωμῳδούμενος. τρίτος ὁ Ψακάδος λεγόμενος· τέταρτος ὁ τραπεζίτης, οὗ μέμνηται Εὔπολις ἐν Δήμοις· πέμπτος ἱστοριογράφος, τάχα δὲ ὁ αὐτός ἐστι τῷ εὐμόρφῳ.*

1104 Eupol. 308 II 551 *ἤδη χορηγὸν πώποτε ῥυπαρώτερον Τοῦδ' εἶδες;*

1107 *πάραλος* kann hier nicht *παραθαλασσία*, sondern nur *παρὰ τοὺς ἅλας κειμένη* bedeuten. Da aber *Πάραλος* (Harpocr. Phot.) der Name eines der beiden Staatsschiffe ist, die zu öffentlichen Botschaften verwandt wurden (*K Fr Hermann* griech. Ant. I 140 4), so folgt *ὀκέλλοι*.

1111 Antimachos muss ein grosser Freund der Reitkunst gewesen sein und ihr bis in die Nacht obgelegen haben, wobei er sich dann leicht ein Erkältungsfieber zuziehen konnte. schol. *ὡς ὄντος αὐτοῦ ἱππέως. καὶ γὰρ ἕως ἑσπέρας διατρίβουσιν ἐν τῇ δοκιμασίᾳ οἱ ἵπποι.*

1112 Orestes, vom schol. Av. 1487 Sohn des Timokrates genannt, hatte die Liebhaberei, des Nachts den Leuten die Mäntel abzunehmen, wobei er sich aber wahnsinnig stellte. Darum sagen die Vögel 712, sie gäben ihm durch ihre Verkündigung des nahenden Winters zu verstehen, wann er für neue Kleidung sorgen müsse, damit er sie andern nicht zu stehlen brauche: *εἶτα δ' Ὀρέστῃ χλαῖναν ὑφαίνειν, ἵνα μὴ ῥιγῶν ἀποδύῃ*. In demselben Stück 1491 wird seine Gleichnamigkeit mit dem Sohne des Agamemnon verwerthet. 'In weiter Ferne' sagt der Chor 'dicht bei der Finsterniss, wo nie eine Lampe zu sehen ist', also dem Wortlaute nach bei den Hyperboreern, dem Sinne nach in der unsichern Gegend

Athens (vgl. ἔξω τείχους 497) 'verkehren die Sterblichen mit den Heroen, ausgenommen des Abends; denn begegnet man zu dieser Zeit dort einem Heros Orest, so steht man mit einem Schlage unbekleidet da.' Das letzte ist παρὰ προσδοκίαν gesagt statt 'wird man vom Schlage getroffen', weil nämlich nächtliches Begegnen mit Heroen nach dem Volksglauben eine dergleichen Wirkung haben sollte. schol. ἐπεὶ οἱ ἐντυγχάνοντες νυκτὸς ἥρωσι διέστρεφον τὰς ὄψεις.

1118 Der Stutzer Kratin (810) wird ihn gehörig belohnen für die üble Zurichtung seiner Person.

1123 *παλίνορον* vor *E*.

1125 (vgl. 542) schol. οἴδημα ἀνέστησεν ἐπὶ τῆς κεφαλῆς.

1126 schol. πτίλου δὲ τοῦ μεγάλου πεσόντος ἐς τὰς πέτρας δεινὸν μέλος ἐξηύδα ὁ Λάμαχος.

1127 ff. Das δεινὸν μέλος klingt wieder äusserst tragisch. Mit κλεινὸν ὄμμα ist aber nicht der Federbusch (*Bl*), sondern das Tageslicht angeredet. vgl. Soph. Ai. 856 σὲ δ' ὦ φαεννῆς ἡμέρας τὸ νῦν σέλας Καὶ τὸν διφρευτὴν Ἥλιον προσεννέπω Πανύστατον· δὴ κοὔποτ' αὖθις ὕστερον.

1129 γε τοὐμὸν kann nicht richtig sein (R ohne γε). *D* (λείπω φάος * *, οὐκέτ' εἴμ' 38) hat ποθεινὸν dafür vorgeschlagen. *excidisse nonnulla puto B.* τόδ'· οὐδὲν οὐκέτ' εἰμ' ἐγώ *Mc* bei Nauck trag. adesp. 28 τόδ'· οὐκέτ' οὐδέν *N* (*Cob* nov. lect. 59). τοῦτ'· οὐκέτ' οὐδέν *Me*. — Eur. Alc. 387 ὡς οὐκέτ' οὖσαν οὐδὲν ἂν λέγοις ἐμέ Equ. 1243 οἴμοι κακοδαίμων· οὐκέτ' οὐδέν εἰμ' ἐγώ Vesp. 997 οὐδέν εἰμ' ἄρα.

1131 Die Tapferkeit des Lamachos muss ganz übermenschlich sein, wenn er mit verrenktem Fusse den Feinden nachsetzt. 1125—1132 werden von *Bl* ausgeworfen (1125 schon von *Dobr.*), 1130—1132 von *Helbig*. — 1131 f. liest *E* δραπέταις Λῃσταῖς. δραπέτης· Λῃστὴς *Schütz* 1130 τοσαῦτα . . πεσὼν 1125 Τὴν Γ. . . ἀσπίδος. 1131 Ἀνισταμένῳ δέ τις ξ. δ. Λ. κτλ. *Bl. videtur scripsisse:* δραπέταις· Λῃστὰς δ' ἐλαύνων κ. κ. δορί — Ὁδὶ δὲ καὐτός, *ut adventu Lamachi impeditus sit quominus pergat, nisi forte unus alterve versus excidit B.*

1133 Eccl. 934 ὁδὶ γὰρ αὐτός ἐστιν 951 ἀλλ' οὑτοσὶ γὰρ αὐτός, οὐ μεμνήμεθα fr. 264 II 1056 ἀνοιγέτω τις δώματ'· αὐτὸς ἔρχεται Alkae. com. 21 II 831 ὁδὶ γὰρ αὐτός ἐστιν.

1135 τάδε γε κρ. vulg. τάδε κρ. RD *videntur duo senarii esse* κρυερὰ τάδε, στυγερὰ πάθεα. τάλας ἐγὼ Διόλλυμαι *B I* (*malim* γε τάδε *II*) *an* στυγερὰ κρυερὰ τάδε τὰ πάθεα? *Me.*

1137 Dass L. die Lüge vorbringt, der Feind habe ihn verwundet, ist in seinem prahlerischen Charakter begründet.

1138 ἐκεῖνο δ' αἰακτὸν οἰμωκτὸν ἂν γένοιτό μοι ACRE ἐ. δ. οὖν α. ο. γένοιτ' ἂν μοι B. οἰμωκτόν ist von *P* (der einen Trim. schreibt ἐ. δ' οὖν αἰ. ἂν γένοιτό μοι) als Glossem erkannt. μοι *fort. delendum B.*

1142 Aristaen. I 1 (p. 6) ὡς κυδωνιῶντες οἱ μαστοὶ τὴν ἀμπεχόνην ἐξωθοῦσι βιαίως (I 3 p. 13) Leonidas Tar. 41 (anth. I 164 Pal. II 680 · 182) 4 καὶ μαζὸς ἀκμῆς ἄγγελος κυδωνιᾷ.

1145 vgl. 957.

1148 schol. *ἱππικὲ Λάμαχε.*

1149 Der Hohn des D. beschränkt sich hier auf Nachmachen der kläglichen Ausrufungen des Lam. Equ. 450 *κόβαλος εἶ. Ἀ. πανοῦργος εἶ* 911 *ἐμοῦ μὲν οὖν. Κ. ἐμοῦ μὲν οὖν* 1204 *ἐγὼ δ' ἐκινδύνευσ'. Ἀ. ἐγὼ δ' ὤπτησά γε. Dr* stellt um: *Δ. τί με σὺ κυνεῖς; Λ. μογερὸς ἐγώ. Δ. τί κτλ.*

1150 *Dicaeopolis Lamachum osculatur, qui eum indignabundus remordet E.* schol. *ἔνιοι ἓν βούλονται εἶναι, ἵνα ᾖ ὁ Λ. λέγων πρὸς τὸν Δ. τό, τί με σὺ κυνεῖς, τί κτλ. ἵνα ᾖ τὸ κινεῖν* (sic, *κινεῖς* auch AB) *ἀντὶ τοῦ σαίνειν. ὡσεὶ ἔλεγε, τί μου καταπαίζεις καὶ λυπεῖς με ὦ Δικαιόπολι;* Gehören beide Fragen dem D., so sind sie an die *πόρναι* gerichtet.

1151 *ἐγὼ τῆς ἐν μάχῃ ξ.* vulg. *τῆς ξ. Bo ἐγὼ ξ. D.*

1152 schol. *ἐπεὶ ὁ Λ. εἶπε ξυμβολῆς βαρείας, ἐπήνεγκεν ὁ Δ. συμβολὰς παίζων πρὸς τὴν ὁμωνυμίαν τὸ ἐπὶ τὸ δεῖπνον λεγόμενον. λέγεται γὰρ συμβολὴ καὶ ἐπὶ δείπνου τοῦ ἐκ κοινοῦ ἐπιτελουμένου κτλ. Nefas autem fuisset symbolam ab aliquo exigere qui ad solemne convivium, qualia in festis agitabantur, fuisset invitatus Br.*

1154 'Ueber Zeit und Art der Feier sind wir nicht unterrichtet.' *Schoem* Alt. II 403.

1155 *παπαί* vor *D.*

1165 *Arbitros rei potatoriae in hoc festo τῶν Χοῶν. Sed subindicantur etiam iudices certaminis dramatici, quorum favorem hic occulte sibi conciliare studet comicus. Bl.* Der Archon *βασιλεύς* war Vorsteher des Lenaeenfestes, an welchem die Acharner aufgeführt wurden (Poll. VIII 90). Nach den Schol. hatte er aber auch an dem hier fingirten Feste der Choen seine Functionen. Sie sagen: *δηλοῖ ὡς ἄρα τὴν ἐπιμέλειαν ὁ βασιλεὺς εἶχε τῆς ἁμίλλης τοῦ χοός, καὶ τὸ ἆθλον ἐδίδου τῷ νικήσαντι, τὸν ἀσκόν.* Das letzte ist gewiss falsch, da das Preistrinken nur privatim geschah. Ueberhaupt wird sonst nirgend berichtet, dass dieser Archon mit den Choen zu thun gehabt habe; seine Gemahlin, die Basilissa, hatte dagegen die Hauptrolle in der gottesdienstlichen Feier des Festes. Somit dürfte Dik. wohl nur der Lenaeen wegen nach dem Archon rufen und scherzweise auch von ihm den Schlauch verlangen. s. zu 957. (*Potest et mensae regem dixisse, quem arbitrum bibendi Horatius vocavit, strategum convivio Plautus. Lent.*)

1168 schol. *τήνελλα· μίμημα ἐπιφθέγματος αὐλοῦ τὸ τήνελλα* (vgl. Av. 1764 Phot. 586 2 Paroem. I 455). Archilochos soll das Wort erfunden und in einem Hymnos auf Herakles zuerst angewandt haben (so wie auch auf sich selbst wegen eines Sieges in Paros). Aus diesem führt der schol. an: *τήνελλα. [Ὦ] καλλίνικε χαῖρ' ἄναξ Ἡράκλεες Αὐτός τε κἰόλαος, αἰχμητὰ δύο.* (fr. 118 B.)

1169 *καλεῖς ὦ* AC *Br γ' ὦ* R *E κρατεῖς Bl*, der aber sehr unpassender Weise bei *πρέσβυ* an Aristophanes als Sieger in der Komödie denkt.

1171 f. *νῦν* vor *E.*

1174 *ᾄδοντές σε* vor *E.*

ANHANG.

Die dramatischen Parodieen bei den attischen Komikern.

Das eigentliche Gebiet für die Parodie ist das Drama, und zwar fast ausschliesslich die Tragödie. Wenn in gewissem Sinne die ganze komische Poesie als Parodie der tragischen entstanden zu denken ist, so bekam doch die Parodie der Tragödie, wie sie von den komischen Dichtern geübt wurde, eine ganz andere Bedeutung, als sie in der ersten Anwendung gehabt hatte. Sie ist in viel höherem Masse, als beim Epos oder bei der Lyrik zu bemerken, das Gewand des Tadels, der absichtlichen Verhöhnung des Dichters. Eine Würdigung der schonungslosen Kritik, die Aristophanes an einigen Dramen des Euripides geübt hat, wird hier mit zu unserer Aufgabe gehören.

a. Aeschylos.

Was so eben von der kritisirenden Richtung der tragischen Parodie gesagt wurde, gilt weder in Beziehung auf Aeschylos noch auf Sophokles in irgend hervorragender Weise. Im Gegentheil ist der erstere zumal derjenige, der vor dem modernen Stil von Aristophanes den Preis erhält. Nub. 1366 *ἐγὼ γὰρ Αἰσχύλον νομίζω πρῶτον ἐν ποιηταῖς* ist das Urtheil des Dichters selber. Nach des A. Tode, hatte dieser gesagt (fr. inc. 110 II 1202), sei Finsterniss eingebrochen. [1]) Und als Tadel war es sicherlich nicht gemeint, wenn er wegen der *σκληρότης* desselben von ihm sagte (inc. 72 II 1193): *οἶμαι γὰρ αὐτὸν κόλλοπι Ἐοικέναι.* Aber auch die anderen Komiker zollten dem A. den gebührenden Respect. Pherekrates hatte ihm in den Mund gelegt: *ὅστις γ' αὐτοῖς παρέδωκα τέχνην μεγάλην ἐξοικοδομήσας* (85 II 289) — Worte, die nachher Aristophanes auf sich selbst angewandt hat Pac. 749: *ἐποίησε τέχνην μεγάλην ἡμῖν κἀπύργωσ' οἰ-*

[1]) Aristid. I 87 19 *ὃ δέ φησιν Ἀριστοφάνης περὶ Αἰσχύλου σκότον εἶναι τεθνηκότος, τοῦτ' ἄξιον καὶ περὶ τούτου* (über Alexander von Kotyaeon) *νῦν εἰπεῖν εἰς παιδείας λόγον.* Vielleicht hiess es bei Aristophanes: *σκότος γάρ ἐστιν Αἰσχύλου τεθνηκότος.*

κοδομήσας. Und wenn in den ʻKöchenʼ des Anaxilas einer sagte, den Tragödien des A. ziehe er gebratene Fische bei weitem vor (19 III 346), so wird man darin wohl kein herabsetzendes Urtheil des Autors erkennen wollen. Das einzige, worüber man sich in allem Guten bisweilen lustig machte, waren die hypererhabenen Wortgebäude und Helden des Aeschylos (ῥήματα βόεια Ran. 924 ἱππόκρημνα 929 Κύκνους ποιῶν καὶ Μέμνονας κωδωνοφαλαροπώλους 963), oder wenn er solche Ungethüme erfand, wie den ξουθὸς ἱππαλεκτρυών (oder ἱππαλέκτωρ) oder den τραγέλαφος, die ihm Euripides vorwirft Ran. 937. Die jüngere Schule nannte ihn deswegen (Nub. 1367): ψόφου πλέων ἀξύστατον στόμφακα κρημνοποιόν.

Im übrigen war Alles einstimmig in der Bewunderung des Meisters, und man kann den Schmerz des Dikaeopolis nachfühlen, der sich auf eine Trilogie des Aeschylos gefreut hatte und dafür mit Theognis abgespeist wurde (Acharn. 10).

1. Bei Kratin in den Seriphiern (209 II 136) sagte Polydektes zu Perseus, indem er ihm den Weg zu den Gorgonen beschrieb: κἀνθένδ' ἐπὶ τέρματα γῆς ἥξεις καὶ Κισθήνης ὄρος ὄψει. Gewiss hat *Me* richtig erkannt, dass dem Dichter hier die Stelle des Prometheus vorschwebte, wo der Titan die Irrfahrten der Io angibt. Dort heisst es: 793 πόντον περῶσα φλοῖσβον, ἔστ' ἂν ἐξίκῃ Πρὸς Γοργόνεια πεδία Κισθήνης, ἵνα Φορκυνίδες ναίουσι κτλ. 808 τηλουρὸν δὲ γῆν Ἥξεις κελαινὸν φῦλον κτλ.

2. Vorher 717 sagt Pr. vom Araxes: ἥξεις δ' ὑβριστὴν ποταμὸν οὐ ψευδώνυμον, Ὃν μὴ περάσῃς, οὐ γὰρ εὔβατος περᾶν — von *Jacobs* in einem Fragmente der Ikarier des Timokles wieder erkannt (16 III 602): τόν τ' ἰχθυόρρουν ποταμὸν Ὑπερείδην πέρα, Ὃς ἠπίαις φωναῖσιν κτλ. — 5 μισθωτὸς ἄρδει πεδία τοῦ δεδωκότος.[2])

3. In den Persern singt der Chor: 66 πεπέρακεν μὲν ὁ περσέ-πτολις ἤδη βασίλειος Στρατὸς εἰς ἀντίπορον γεί-τονα χώραν. Dies wandte Eupolis auf Hyperbolos an (183 II 499): πεπέρακεν μὲν ὁ περσέπτολις ἤδη Μαρικᾶς. *Sunt chori verba Hyperbolum a nescio qua expeditione reversum esse gaudentis. Me.* Vgl. Equ. 1300: φασὶν ἀλλήλαις ξυνελθεῖν τὰς τριήρεις ἐς λόγον, Καὶ μίαν λέξαι τιν' αὐτῶν, ἥτις ἦν γεραιτέρα· Οὐδὲ πυνθάνεσθε ταῦτ' ὦ παρθένοι τἀν τῇ πόλει; Φασὶν αἰτεῖσθαί τιν' ἡμῶν ἑκατὸν ἐς Καρχηδόνα Ἄνδρα μοχθηρὸν πολίτην ὀξίνην Ὑπέρβολον. schol. Pac. 1319 Ὑπέρβολον· στρατηγὸς φιλοπόλεμος.

---

[2]) Die Bestechlichkeit des Hyperides kennen wir noch aus einem andern Fragment des Timokles, wo er unter den von Harpalos gespickten erscheint. 4 (III 591) 7 ὁ τ' ἐν λόγοισι δεινὸς Ὑπερείδης ἔχει. B. Τοὺς ἰχθυοπώλας οὗτος ἡμῖν πλουτιεῖ, Ὀψοφάγος, ὥστε τοὺς λάρους εἶναι Σύρους. Er war also ein grosser Gourmand, und T. wollte sagen, er werde, nachdem er von Ha. seinen Antheil empfangen, die Fischhändler so in Nahrung setzen, dass der λάρος, ein höchst gefrässiger Meervogel, dagegen für einen Syrer gelten müsste, da dieses Volk gar keine Fische ass. Deswegen nannte er ihn in der andern Stelle auch den ἰχθυόρρους ποταμός. Philetaeros sagte ihm daneben eine bedenkliche Neigung zum Würfelspiel nach (2 III 292).

4. Die Rede des Boten im Anfang der Sieben beginnt: 39 Ἐτεόκλεες φέριστε, Καδμείων ἄναξ — und Eupolis liess Hierokles (den Orakelmann im Frieden des Aristophanes) anreden: Ἱερόκλεες βέλτιστε, χρησμῳδῶν ἄναξ (223 II 515).

5. Aegisth sagt von Orest im Agamemnon: 1639 οἶδ' ἐγὼ φεύγοντας ἄνδρας, ἐλπίδας σιτουμένους. Das 'von Hoffnungen leben' fand Eubulos für die Athener sehr bezeichnend, und so liess er dem Amphion den Rath geben 11 (III 208) 5: κλεινὰς Ἀθήνας ἐκπερᾶν Οὗ ῥᾶστ' ἀεὶ πεινῶσι Κεκροπιδῶν κόροι, Κάπτοντες αὔρας, ἐλπίδας σιτούμενοι. vgl. Eur. B. 617 ἐλπίσιν δ' ἐβόσκετο Men. monost. 42 αἱ δ' ἐλπίδες βόσκουσι τοὺς κενοὺς βροτῶν.

6. 7. 8. 9. Acharn. 302 ff. vgl. auch Thesm. 690 ff.[3]) Acharn. 448. 844. 923 f.

10. Wie es von Prometheus heisst: 59 δεινὸς γὰρ εὑρεῖν κἀξ ἀμηχάνων πόρους, so warnt in den Rittern der Chor den Wursthändler, er solle sich vor Kleon in Acht nehmen: 759 ποικίλος γὰρ ἁνὴρ Κἀκ τῶν ἀμηχάνων πόρους εὐμήχανος πορίζειν. vgl. Synesius epist. 148 (epist. Graecanicae Genev. 1606 p. 257 22) δεινὸν ὁμιλῆσαι πράγμασι καὶ πόρον ἐν ἀμηχάνοις εὑρεῖν.

11. Poseidon wird angerufen: Sept. 121 ὅ θ' ἵππιος Ποντομέδων ἄναξ — und dieselbe Benennung erhält in den Wespen 1531 Karkinos der Vater:[4]) καὐτὸς γὰρ ὁ ποντομέδων ἄναξ πατὴρ προσέρπει.

---

[3]) Auf Aeschylos (*Μυσοί* p. 35 Nauck) wird auch der 'stumme' Telephos bezogen bei Aristot. poet. c. 24 ὁ ἄφωνος ἐκ Τεγέας εἰς τὴν Μυσίαν ἥκων. Alexis 173 (III 467) 3 δειπνεῖ δ' ἄφωνος Τήλεφος νεύων μόνον Πρὸς τοὺς ἐπερωτῶντάς τι. Amphis 30 (III 312) 5 οὓς (nämlich die Fischhändler) ἂν ἐπερωτήσῃ τις, ἢ λαβών τι τῶν Παρακειμένων ἔκυψεν ὥσπερ Τήλεφος Πρῶτον σιωπῇ — καὶ δικαίως τοῦτό γε· Ἅπαντες ἀνδροφόνοι γάρ εἰσιν ἐνὶ λόγῳ. vgl. Eur. fr. 996 τί σιγᾷς; μῶν φόνον τιν' εἰργάσω;

[4]) K., der Sohn des Thorykios, war ein schlechter Tragiker und mit seinen Söhnen Gegenstand vielfachen Spottes. *Me* hist. crit. 505 ff. 513 ff. Da er sich vorzüglich auf das orchestische legte, und drei seiner Söhne sich ganz dem tragischen Tanze widmeten, so musste sein Name die Komiker besonders zur Satire reizen. In der oben erwähnten Schluss-Scene der Wespen fordert der taumelnde Philokleon jeden Tragiker, der sich auf das Tanzen zu verstehen glaube, zum Wettkampf heraus, und es produciren sich nach einander zuerst die Söhne des K. (1500. 1505. 1508. 1509) und zuletzt er selber. Der Söhne gab es vier — alle klein von Statur (ναννοφυεῖς Pac. 790) —, von denen der kleinste, Xenokles, sich wie der Vater der tragischen Dichtkunst befleissigte (Vesp. 1509 ὁ σμικρότατος, ὃς τὴν τραγῳδίαν ποιεῖ); und wenn Aristophanes einen den mittelsten nennt (ὁ μέσατος 1502), so denkt er zunächst nur an die drei Tänzer. Ebenso sprach Pherekrates von ihnen in einer Stelle der Wilden zuerst als von einer Trias, liess aber dann corrigiren: 'nein es sind ja vier' — nach *Me* (11 II 258): τρεῖς τινες μικροὶ κομῆται καὶ φιλορχικοὶ τότε, Παῖδες ὄντες· νῦν δέ γ' εἰσὶ καὶ φιλορχικώτεροι. B. Ἀλλὰ μὰ Δί' οὐ τρεῖς ἐκεῖνοί γ' εἰσίν, ἀλλὰ τέσσαρες. Die Muse des K. scheint etwas weinerlicher Natur ge-

12. Pac. 1177 heisst es von einem schlechten Strategen: κᾆτα φεύγει πρῶτος ὥσπερ ξουθὸς ἱππαλεκτρυών, Τοὺς λόφους σείων. Aesch. fr. 130. — schol. ὃν ἀεὶ κωμῳδοῦσι λεχθέντα ἐν Μυρμιδόσι. Dionysos in den Fröschen bekennt, dass er oft schlaflose Nächte gehabt, weil er über dies räthselhafte Thier habe ins Reine kommen wollen: 930 νὴ τοὺς θεοὺς ἐγὼ γοῦν Ἤδη ποτ᾽ ἐν μακρῷ χρόνῳ νυκτὸς διηγρύπνησα Τὸν ξουθὸν ἱππαλέκτορα ζητῶν, τίς ἐστιν ὄρνις. In anderem Sinne, als oben der Strateg, wird in den Vögeln Diitrephes so genannt, ein Parvenü, der wegen seines jungen Reichthums und daran sich knüpfenden Hochmuths häufig angegriffen wurde. Er hatte sich durch Flechten von Korbflaschen emporgebracht und war erst Phylarch, dann sogar Hipparch und überhaupt — wie man zu sagen pflegt — ein grosses Thier geworden, dabei aber immer eine blutsaugerische gemeine Seele gewesen. (πανταχοῦ ἅρπαξ καὶ πονηρὸς καὶ πολυπράγμων schol.) Seine ganze Lebensgeschichte erzählen die Vögel in den vier Versen 797—800. 'Flügel zu haben ist zu allen Dingen nützlich; das beweist D., der doch nur Schwingen von Weidengeflecht besass und sich damit aus seinem Nichts in die höchsten Regionen aufgeschwungen hat': ἆρ᾽ ὑπόπτερον γενέσθαι παντός ἐστιν ἄξιον; Ὡς Διιτρέφης γε πυτιναῖα μόνον ἔχων πτερὰ Ἡιρέθη φύλαρχος, εἶθ᾽ ἵππαρχος, εἶτ᾽ ἐξ οὐδενὸς Μεγάλα πράττει κἀστὶ νυνὶ ξουθὸς ἱππαλεκτρυών. [5])

13. Τίς ποτ᾽ ἔσθ᾽ ὁ μουσόμαντις ἄτοπος ὄρνις ὀριβάτης; fragt Pisthetaeros Av. 276 beim Herannahen eines neuen ihm unbekannten Vogels nach fr. 58 aus den Edonern.

14. Sehr übermüthig sagt derselbe zur Iris: 1246 ἆρ᾽ οἶσθ᾽ ὅτι Ζεὺς εἴ με λυπήσει πέρα, Μέλαθρα μὲν αὐτοῦ καὶ δόμους Ἀμφίονος Καταιθαλώσω πυρφόροισιν αἰετοῖς; schol. δόμους Ἀμφίονος· ἐκ Νιόβης Αἰσχύλου. ἐξέρριπται δὲ τὸ Ἀμφίονος ἐκ παρῳδίας (fr. 155).

15. Auch der Sykophant will sich aus Nephelokokkygia Flügel holen. Er gibt dies Verlangen zu erkennen 1420: πτερῶν πτερῶν δεῖ· μὴ πύθῃ τὸ δεύτερον — wie in den Myrmidonen vorkam (fr. 136): ὅπλων ὅπλων δεῖ.

16. Euelpides und Pisthetaeros kommen sich in ihrem Federschmuck

---

wesen zu sein, wenn man das aus Nub. 1260 schliessen darf, wo Strepsiades auf den Weheruf des Amynias fragt: ἔα· τίς οὗτός ἐσθ᾽ ὁ θρηνῶν; οὔτι που Τῶν Καρκίνου τις δαιμόνων ἐφθέγξατο;

[5]) Thukydides nennt ihn als Heerführer VII 29. Das Geschäft des Beflügelns setzte er an Anderen fort. Viele junge Leute liessen sich von ihm beschwatzen, sich dem edeln Sport hinzugeben, um auch General zu werden, so dass mancher Vater seufzte: Av. 1440 δεινῶς γέ μου τὸ μειράκιον Διιτρέφης Λέγων ἀνεπτέρωκεν ὥσθ᾽ ἱππηλατεῖν. Die τράπεζα des νεόπλουτος D. wurde von Aristophanes in den Heroen (295 II 1071) verlacht, und Platon zog sogar sein Bürgerrecht in Zweifel, denn er nannte ihn: τὸν μαινόμενον, τὸν Κρῆτα, τὸν μόγις Ἀττικόν (32 II 626). Vgl. fr. 235 des Kratin (II 152): καὶ πρῶτα μὲν οὖν παρὰ ναυτοδικῶν ἀπάγω τρία κνώδαλ᾽ ἀναιδῆ, deren Namen der citirende Scholiast (Av. 766) hinzufügt: Πεισίαν, Ὀσφύωνα, Διιτρέφη.

sehr lächerlich vor; der letztere spricht 807: ταυτὶ μὲν ἠκάσμεσθα κατὰ τὸν Αἰσχύλον· Τάδ' οὐχ ὑπ' ἄλλων, ἀλλὰ τοῖς αὑτῶν πτεροῖς — weil bei A. eine Fabel vorkam, wo der vom gefiederten Pfeil getroffene Adler sagte (fr. 135): τάδ' οὐχ ὑπ' ἄλλων, ἀλλὰ τοῖς αὑτῶν πτεροῖς Ἁλισκόμεσθα.

17. Lysistrata will die Frauen schwören lassen: 188 εἰς ἀσπίδ', ὥσπερ φασὶν Αἰσχύλος ποτέ, Μηλοσφαγούσας. Die Stelle im A. ist Sept. 42 ff. wo der Bote berichtet, die Helden hätten geschworen die Stadt einzunehmen oder zu sterben, nachdem sie einen Stier geschlachtet und das Blut in einem Schilde aufgefangen: ἄνδρες γὰρ ἑπτὰ θούριοι λοχαγέται, Ταυροσφαγοῦντες ἐς μελάνδετον σάκος — 46 Ὡρκωμότησαν κτλ.

18. Thesm. 136 bekommt Agathon die schmeichelhafte Anrede: ποδαπὸς ὁ γύννις; τίς πάτρα; τίς ἡ στολή; wie Dionysos von Lykurg (fr. 55).

19. Achill sprach in den Myrmidonen (fr. 134): Ἀντίλοχ' ἀποίμωξόν με τοῦ τεθνηκότος Τὸν ζῶντα μᾶλλον· τἀμὰ γὰρ διοίχεται. Diese Worte finden sich mit geringer Veränderung Eccl. 392 wiederholt, wo Blepyros, weil er nicht zu rechter Zeit von der Volksversammlung erfahren, um sein verlorenes Triobolon beklagt sein will (so dass denn freilich τὸν ζῶντα μᾶλλον nicht mehr genau passt): Ἀντίλοχ' ἀποίμωξόν με τοῦ τριωβόλου Τὸν ζῶντα μᾶλλον· τἀμὰ γὰρ διοίχεται.

20. Ran. 992 τάδε μὲν λεύσσεις φαίδιμ' Ἀχιλλεῦ — Worte des Chors an Aeschylos selbst. schol. ἔστι δὲ ἀρχὴ αὕτη Μυρμιδόνων Αἰσχύλου (fr. 127).

21. Dem auf die Oberwelt zurückkehrenden A. singt der Chor nach: 1528 πρῶτα μὲν εὐοδίαν ἀγαθὴν ἀπιόντι ποιητῇ Ἐς φάος ἐρχομένῳ δότε δαίμονες. schol. παρὰ τὰ ἐν Γλαύκῳ Ποτνιεῖ Αἰσχύλου (fr. 34)· εὐοδίαν μὲν πρῶτον ἀπὸ στόματος χέομεν.[6]

b. Sophokles.

Eine fast gleiche Verehrung, wie dem Altmeister Aeschylos, wurde Sophokles, der attischen Biene (μουσῶν εὐκόλων ἀνθρήνιον? com. anon. 228 IV 655) entgegen getragen, daher der erstere in den Fröschen, als er mit Dionysos auf die Oberwelt geht, ihm den tragischen Stuhl übergibt, bis er zurückkehren werde: 1519 τοῦτον γὰρ ἐγὼ Σοφίᾳ κρίνω δεύτερον εἶναι. Sophokles hat bisher keinen Anspruch darauf erhoben

[6]) Als Parodie aus A. wird von Me auch betrachtet, was Eust. 1484 27 anführt: χρόαν δὲ τὴν σὴν ἥλιος λάμπων φλογὶ Αἰγυπτιώσει (IV 628), und zwar aus Prom. 22 σταθευτὸς δ' ἡλίου φοίβῃ φλογὶ Χροιᾶς ἀμείψεις ἄνθος. (N trag. fr. adesp. 133.) — Man kann noch hinzufügen Ar. Ach. 75 ὦ Κραναὰ πόλις. schol. τοῦτο τέτριπται ὑπὸ τῶν παλαιῶν· καὶ Αἰσχύλος γὰρ καὶ Σοφοκλῆς ἐχρήσαντο τῇ λέξει. (N fr. 361.) — Ran. 1214 οἴμοι πεπλήγμεθ' αὖθις ὑπὸ τῆς ληκύθου. Aesch. Ag. ὤμοι μάλ' αὖθις δευτέραν πεπληγμένος.

und sich nicht über den Vorgänger stellen wollen; nur wenn Euripides mit seiner Anmassung durchdringen sollte, gedachte er diesem den Rang streitig zu machen. (787 ff.) Seine Poesie findet unter verschiedenen Gesichtspunkten stets dasselbe Lob. Die Milde und Süssigkeit ist es nicht allein, was man ihr nachrühmt, sondern auch eine edle Männlichkeit und sittliche Festigkeit. Aristophanes sagte von Euripides, er habe an S. herumgeleckt wie an einem Honigtopfe (fr. 572 II 1176): ὃ δ' αὖ Σοφοκλέους τοῦ μέλιτι κεχρισμένου Ὥσπερ καδίσκου περιέλειχε τὸ στόμα — aber ein andermal heisst es, ein molottischer Hund scheine an den Tragödien des S. gearbeitet zu haben: κύων τις ἐδόκει συμποιεῖν μολοττικός (anon. 516 V p. CCCLXIV).[7]) Das ist dasselbe, wie wenn Phrynichos seine Werke nicht mit süssem Most oder Bowle, sondern mit edlem herbem Pramnier vergleicht (70 II 605): οὐ γλύξις οὐδ' ὑπόχυτος, ἀλλὰ πράμνιος. Wer Sophokles kennt, wird das scheinbar entgegenstehende dieser Urtheile zu vereinigen wissen. Aber man schätzte in ihm nicht bloss den Dichter, man liebte ihn wegen der Reinheit seines Charakters. Herakles fragt den Dionysos, warum er denn nicht lieber den Sophokles statt des Euripides aus dem Hades heraufholen wolle. 'Erstens muss ich erst sehen', lautete die Antwort, 'was Iophon ohne den Vater zu leisten im Stande ist, und dann war S. im Leben von so guter Gesinnung, dass er wohl auch hier nichts ungesetzliches thun und mit mir wird davon laufen wollen; der andere nahm es dagegen nie so genau mit der Pflicht und wird sich schon bereit finden lassen'. (Ran. 76 ff.) So klar und heiter, wie sein Gemüth, war auch sein Leben, in ungestörtem Glück erfreute er sich lange eines ruhmvollen Daseins, wie Phrynichos an ihm zu preisen fand (31 II 592): μάκαρ Σοφοκλέης, ὃς πολὺν χρόνον βιοὺς Ἀπέθανεν, εὐδαίμων ἀνὴρ καὶ δεξιός, Πολλὰς ποιήσας καὶ καλὰς τραγῳδίας· Καλῶς δ' ἐτελεύτησ' οὐδὲν ὑπομείνας κακόν. Um so befremdlicher ist es, dass man im Alter ihm Gewinnsucht nachsagte. Die zurückgeführte Friedensgöttin erkundigt sich sogleich, wie es Sophokles ergehe. 'Gut' antwortet Trygaeos, 'aber merkwürdig, denn er verwandelt sich in den Simonides', Pac. 699 ὅτι γέρων ὢν καὶ σαπρὸς Κέρδους ἕκατι κἂν ἐπὶ ῥιπὸς πλέοι. Das Parodiren Sophokleischer Verse ist zumeist auf scherzhafte Erwähnung und Nachahmung beschränkt. Einigen Anstoss scheint man u. a. daran genommen zu haben, dass er im Tereus die Verwandlung mit vorbrachte. Deshalb die Worte des Wiedehopfs, als sich Euelpides und Pisthetaeros über seinen Schnabel moquiren: Av. 100 τοιαῦτα μέντοι Σοφοκλέης λυμαίνεται Ἐν ταῖς τραγῳδίαισιν ἐμὲ τὸν Τηρέα. schol. ἐν γὰρ τῷ Τηρεῖ Σ. ἐποίησεν αὐτὸν ἀπωρνιθωμένον καὶ τὴν Πρόκνην. ἐν ᾧ ἔσκωψε πολλὰ τὸν Τηρέα. (N p. 205.) *R* u. *W* 111 'Aves 209 stellt sich der Wiedehopf in erhaben pathetischer Rede als den verwandelten Tereus dar, indem er auf den T. des S. anspielt'.

---

[7]) κατὰ τὸν κωμικόν sagt Diogenes, wo er den Vers citirt (IV 20), von *B* auf Aristophanes bezogen comm. 377.

1. El. 68 ὦ γῆς ἰσόμοιρος ἀήρ. schol. καὶ ταῦτα δὲ Φερεκράτης παρῴδηκεν. *Itaque etiam alios Electrae Sophocleae versus parodia lusit Ph. Me* II 357 fr. 82.

2. fr. 741 ὅρκους ἐγὼ γυναικὸς εἰς ὕδωρ γράφω. Philonides 7 II 423 ὅρκους δὲ μοιχῶν ἐς τέφραν ἐγὼ γράφω. Xenarch. 6 III 620 ὅρκον δ' ἐγὼ γυναικὸς εἰς οἶνον γράφω. Menand. mon. 25 ἀνδρῶν δὲ φαύλων ὅρκον εἰς ὕδωρ γράφε.

3. fr. 804 ἐπειγομένων (*B* ἐπεγειρομένων) κερκίδος ὕμνοις, ἢ τοὺς εὕδοντας ἐγείρει. Eupolis 33 II 437 μήποτε θρέψω παρὰ Περσεφόνῃ Τοιόνδε ταὼν, Ὃς τοὺς εὕδοντας ἐγείρει. Aristoph. Plut. 541 στιβάδα σχοίνων κόρεων μεστήν, ἢ τοὺς εὕδοντας ἐγείρει. fr. 410 II 1123 σπυρὶς οὐ μικρὰ καὶ κωρυκίς, ἢ καὶ τοὺς μάττοντας ἐγείρει.

4. Antiphanes 1 III 3 καὶ πρῶτα μὲν Αἴρω ποθεινὴν μᾶζαν, ἣν φερέσβιος Δηὼ βροτοῖσι χάρμα δωρεῖται φίλον· Ἔπειτα πνικτὰ τακερὰ μηκάδων μέλη Χλόην καταμπέχοντα, σάρκα νεογενῆ. *B.* Τί λέγεις; *A.* περαίνω Σοφοκλέους τραγῳδίαν. *N* fr. 683 *in his tragici poetae humorem ludi facile erat coniectura assequi; Sophoclis rideri locum apparet ex iis quae subiciuntur.* vgl. Antiph. 52 III 26, wo einer einen andern mit sehr hochtrabenden Umschreibungen des Fleischtopfes quält: πότερ', ὅταν μέλλω λέγειν σοι τὴν χύτραν, χύτραν λέγω, Ἢ τροχοῦ ῥύμαισι τευκτὸν κοιλοσώματον κύτος Πλαστὸν ἐκ γαίας, ἐν ἄλλῃ μητρὸς ὀπτηθὲν στέγῃ, Νεογενοῦς ποίμνης δ' ἐν αὐτῇ πνικτὰ γαλατοθρέμμονα, Τακεροχρῶτ' εἴδη κύουσαν; *B.* Ἡράκλεις ἀποκτενεῖς Ἀρά μ', εἰ μὴ γνωρίμως μοι πάνυ φράσεις κρεῶν χύτραν κτλ.

5. Das Wort des Haemon, dass nachgebende Bäume von den Fluthen eines geschwollenen Stromes verschont, die Widerstand leistenden aber mit der Wurzel ausgerissen werden, Antig. 708 ὁρᾷς, παρὰ ῥείθροισι χειμάρροις ὅσα Δένδρων ὑπείκει, κλῶνας ὡς ἐκσῴζεται· Τὰ δ' ἀντιτείνοντ' αὐτόπρεμν' ἀπόλλυται — ist gleichfalls von Antiphanes folgendermassen paraphrasirt: das Leben bestehe im Trinken; das sehe man an den Bäumen, die, wenn sie am Wasser stünden, an Grösse und Schönheit beständig zunähmen, während die durstenden verdorren müssten. 235 III 138 τὸ δὲ Ζῆν εἰπέ μοι, τί ἐστι; *B.* τὸ πίνειν φήμ' ἐγώ. Ὁρᾷς, παρὰ ῥείθροισι χειμάρροις ὅσα Δένδρων ἀεὶ τὴν νύκτα καὶ τὴν ἡμέραν Βρέχεται, μέγεθος καὶ κάλλος οἷα γίγνεται· Τὰ δ' ἀντιτείνονθ' οἱονεὶ δίψαν τινὰ Ἢ ξηρασίαν σχόντ' αὐτόπρεμν' ἀπόλλυται. Eine andere Anwendung des letzten Verses τὰ δ' ἀντ. hatte Hegesander von einem Schlemmer Φόρουσκος erzählt. Diesem wurde ein Fisch praesentirt, damit er seinen Theil sich davon nähme; da er aber nicht gleich so viel los bekommen konnte, wie er wollte, so fasste er sich kurz, nahm den ganzen Fisch und sagte: 'das widerspänst'ge wird mit Stumpf und Stiel vertilgt.' [8])

---

[8]) Athenaeos (VIII 344 A vgl. V 186 D cap. 2) fügt noch eine verwandte Anekdote von Bion dem Borystheniten hinzu, der, als ein Tischgenoss sich die ganze obere Hälfte eines Fisches zu Gemüth geführt,

6. Elektra erzählt 289, die Mutter spreche oft zu ihr: ὦ δύσθεον μίσημα, σοὶ μόνῃ πατὴρ Τέθνηκεν; schol. καὶ ταῦτα Ἀριστοφάνης παρῴδηκεν ἐν Γηρυτάδῃ (fr. 166 II 1012). *Videtur igitur etiam alia ex praecedentibus A. in suum usum convertisse. B.*

7. Acharn. 751.

8. Die beiden Sklaven des Demos in den Rittern sind sehr unzufrieden mit ihrer Lage und beschliessen zu sterben. 83 βέλτιστον ἡμῖν αἷμα ταύρειον πιεῖν. schol. ἔστι γοῦν ἀπὸ Σοφοκλέους Ἑλένης. ἐμοὶ δὲ λῷστον αἷμα ταύρειον πιεῖν Καὶ μή γε πλείω τῶνδ' ἔχειν δυσφημίας. μή τι πλείους *Duebner. Correctio admodum incerta. Videtur locus ad* Ἑλένης ἀπαίτησιν *referendus esse. N* fr. 660.

9. Equit. 498 ἀλλ' ἴθι χαίρων καὶ πράξειας Κατὰ νοῦν τὸν ἐμόν. schol. παρὰ τὸ Σοφόκλειον ἐξ Ἰοκλέους (fr. 278). vgl. 548 ἵν' ὁ ποιητὴς ἀπίῃ χαίρων Κατὰ νοῦν πράξας.

10. Als der Wursthändler über Kleon den Sieg davon getragen, nimmt ihn der Demos feierlich als seinen neuen Versorger an mit den Worten: Equ. 1098 καὶ νῦν ἐμαυτὸν ἐπιτρέπω σοι τουτονὶ Γεροντανωγεῖν κἀναπαιδεύειν πάλιν nach fr. 444, wo Andromache die Sprecherin sein könnte: Πηλέα τὸν Αἰάκειον οἰκουρὸς μόνη Γεροντανωγῶ κἀναπαιδεύω πάλιν· Πάλιν γὰρ αὖθις παῖς ὁ γηράσκων ἀνήρ.[9]) Ebendahin gehört com. anon. 344 IV 674, nach Plutarch über Kleon gesagt: γεροντανωγῶν κἀναμισθαρνεῖν διδούς.

11. Athamas sollte in dem gleichnamigen Stücke des S. zur Sühne für die beabsichtigte Opferung des Phrixos selbst diesen Tod erleiden. Bekränzt stand er zu diesem Zwecke bereits am Altare des Zeus, da erschien Herakles, ihn zu befreien. So wird der Schreck des Strepsiades erklärt, als Sokrates ihm in dem Kranze ein wesentliches Stück der Weihe reicht. Nub. 257 ἐπὶ τί στέφανον; οἴμοι Σώκρατες, Ὥσπερ με τὸν Ἀθάμανθ' ὅπως μὴ θύσετε. schol. ἐν Ἀθάμαντι Σοφοκλέους ὑπόκειται Ἀθάμας στεφανηφορῶν ὥσπερ ἱερεῖον δίκας εἰσπραττόμενος περὶ Φρύξου.[10]) N p. 103.

12. fr. 517 οὐρανοῦ δ' ἄπο Ἤστραψε, βροντὴ δ' ἐρράγη δι' ἀστραπῆς. Nub. 583 βροντὴ δ' ἐρράγη δι' ἀστραπῆς.

13. Av. 275 νὴ Δί' ἕτερος δῆτα χοὖτος ἔξεδρον χώραν ἔχων. schol. ἐκ τῆς Σοφοκλέους δευτέρας Τυροῦς ἀρχή, τίς ὄρνις οὗτος ἔξεδρον χώραν ἔχων; *Errant qui* τίς ὄρνις ουτος κτἑ. *Sophoclei dramatis initium fuisse tradunt:* ὄρνις *delendum puto;* ἀρχή *corruptum, fortasse ex* ἄθρει. *N* fr. 588.

14. Der 'Spaten des Zeus', der bei S. im Chryses als Zerstörungswerkzeug vorkam, dient auch in den Vögeln der Iris zur Drohung, wo

---

στρέψας τὸν ἰχθὺν καὶ αὐτὸς ἀπέσυρεν, indem er ihn mit Pentheus vergleichend sagte: Ἰνὼ δὲ τἀπὶ θάτερ' ἐξειργάζετο (Eur. B. 1129).

[9]) vgl. fr. 628 = Eur. B. 193 γέρων γέροντα παιδαγωγήσω σ' ἐγώ. Aristoph. Nub. 1417 ἐγὼ δέ γ' ἀντείποιμ' ἄν, ὡς δὶς παῖδες οἱ γέροντες.

[10]) ἄλλως· τοῦτο πρὸς τὸν ἕτερον Ἀθάμαντα Σοφοκλέους ἀποτεινόμενος λέγει.

sie den Pisthetaeros warnt, er möge den Zorn der Götter nicht weiter heraus fordern, damit nicht sein ganzes Geschlecht von der Erde vertilgt werde: 1238 *ὦ μῶρε μῶρε μὴ θεῶν κίνει φρένας Δείσας, ὅπως μή σου γένος πανώλεθρον Διὸς μακέλλῃ πᾶν ἀναστρέψει δίκη.* fr. 654 *μακέλλῃ Ζηνὸς ἐξαναστραφῇ.*

15. Lysistrata, als sie mit ihrem Vorschlage allein zu bleiben scheint, sagt unmuthig: 137 *ὦ παγκατάπυγον θἠμέτερον ἅπαν γένος. Οὐκ ἐτὸς ἀφ' ἡμῶν εἰσιν αἱ τραγῳδίαι· Οὐδὲν γάρ ἐσμεν πλὴν Ποσειδῶν καὶ σκάφη.* Eigentlich hat sie im Sinn *εἰ μὴ συνουσιάζειν καὶ τίκτειν*, drückt das aber durch eine Anspielung auf die Tyro des S. aus, in welcher Pelias und Neleus, die Söhne des Pos. und der T. vermittelst einer *σκάφη* ausgesetzt wurden. *N* (fr. 591) zieht hierher nicht ohne Wahrscheinlichkeit fr. 860: *ὦ θνητὸν ἀνδρῶν καὶ ταλαίπωρον γένος, Ὡς οὐδέν ἐσμεν πλὴν σκιαῖς ἐοικότες, Βάρος περισσὸν γῆς ἀναστρωφώμενοι.*

16. Mnesilochos in den Thesmophoriazusen spricht als Helena, da er nach seinem Befreier Euripides ausschaut: 870 *μὴ ψεῦσον ὦ Ζεῦ τῆς ἐπιούσης ἐλπίδος.* schol. *Σ. Πηλεῖ* (fr. 450)· *μὴ ψεῦσον ὦ Ζεῦ, μή μ' ἕλῃς ἄνευ δορός.*

17. Ran. 354 ff. heisst der Chor denjenigen sich fern halten, *ὅστις ἄπειρος τοιῶνδε λόγων κτλ.* 357 *μηδὲ Κρατίνου τοῦ ταυροφάγου γλώττης βακχεῖ' ἐτελέσθη.* Die Scholien bezeichnen diese Stelle als parodirt *παρὰ τὸ Σοφοκλέους ἐκ Τυροῦς* (fr. 602)· *Διονύσου τοῦ ταυροφάγου.* Backchos hat den Beinamen *ταυροφάγος* (auch *ταῦρος* nach Apollon. Soph. I. II. 156 20) als ein *ὠμηστής*, wie ja auch seine Begleiterinnen sich an rohem Fleisch zu delectiren pflegten, oder nach andern, weil im Dithyrambos, dem Bakchosliede, ein Stier der Preis war. Kratin hatte in seiner hinreissenden feurigen Art eine gewisse Verwandtschaft mit dem Gotte, so dass Aristophanes ihm sehr wohl jene Benennung geben konnte, ohne dass derselbe darum, wie *Fr* meinte, sich an dithyrambischen Wettkämpfen betheiligt zu haben brauchte. Bakchisch ist ja die Komödie auch, also sind auch die Komiker bakchische Dichter. *Fr* leugnet auf das bestimmteste jede Beziehung unserer Aristophanischen Stelle auf die des Sophokles, weil der letztere nicht im entferntesten an den Dithyrambospreis gedacht habe, Kratin aber lediglich auf Grund dessen *ταυροφάγος* heissen könne. Die Richtigkeit dieser Doppelbehauptung will ich hier weder anfechten noch bejahen; wie aber daraus jene Negation hervorgehen soll, ist nicht recht zu begreifen. Sie beruht auf einem vollständigen Verkennen der Parodie überhaupt, die ja eben den Sinn des Originals zu verändern liebt. Mochte zehnmal Kratin als Dithyrambiker, Bakchos als *ὠμηστής* ein *ταυροφάγος* sein, so hat doch ohne Zweifel die angenommene Beziehung statt gefunden.

18. Ran. 664 ruft Dionysos bei den seine Göttlichkeit prüfenden Schlägen vor Schmerz: *Πόσειδον . . . Ὃς Αἰγαίου πρῶνας ἢ γλαυκᾶς μέδεις ἁλὸς ἐν βένθεσιν.* schol. *παρὰ τὰ Σοφοκλέους ἐκ Λαοκόωντος* (fr. 341)· *Πόσειδον, ὃς Αἰγαίου μέδεις Πρῶνας ἢ γλαυκᾶς*

μέδεις Εὐανέμου λίμνας, ἐφ' ὑψηλαῖς σπιλάδεσσι στομάτων. vgl. Av. 1339. [11])

---

[11]) Unsicherer als mit den obigen ist es mit folgenden Stellen: **19.** El. 6 *αὕτη δ' Ὀρέστα τοῦ λυκοκτόνου θεοῦ Ἀγορὰ λύκειος.* Strattis V 53 (addend. ad II 770) *σκηνὴ μέν [ἐστιν ἥδε] τοῦ χοροκτόνου Κινησίου* — wo *Cob* schreibt: *σ. μὲν ἥδε τ. χ. θεοῦ Κ.* — **20.** Amphis 20 (III 308) 6 *τῇ χειρὶ τρίβων τὴν ἀναγκαίαν τύχην.* — *ἀναγκαίαν τύχην, quod Soph. El. 48 et Ai. 485 de inevitabili vi necessitatis dixit, Amphim de mulieris parte intelligi voluisse apertum est. Nisi forte φύσιν scribendum pro τύχην. Me.* der im Ath. II 69 B sich für *φύσιν* entschieden hat. — **21.** El. 1163 *θνητὸς δ' Ὀρέστης· ὥστε μὴ λίαν στένε· Πᾶσιν γὰρ ἡμῖν τοῦτ' ὀφείλεται παθεῖν.* vgl. Eur. Andr. 1271 *πᾶσιν γὰρ ἀνθρώποισιν ἥδε πρὸς θεῶν Ψῆφος κέκρανται, κατθανεῖν τ' ὀφείλεται.* Aristoph. fr. 442 II 1133 *τὸ γὰρ φοβεῖσθαι τὸν θάνατον λῆρος πολύς· Πᾶσιν γὰρ ἡμῖν τ. ὀ. π. Verum etiam nunc teneo, quod olim conieci, versum Sophocli abiudicandum esse et ad Euripidis Polyidum pertinere. vid. Annal. Zimmermanni 1835 p. 962. add. praeterea quae dixit vir ingeniosissimus Welcker de Gr. trag. II 776. B.* — **22.** Ai. 430 *αἰαῖ· τίς ἄν ποτ' ᾤεθ' ὧδ' ἐπώνυμον Τοὐμὸν ξυνοίσειν ὄνομα τοῖς ἐμοῖς κακοῖς; Νῦν γὰρ πάρεστι καὶ δὶς αἰάζειν ἐμοί.* Aristoph. Acharn. 1138 *ἐκεῖνο δ' αἰακτὸν ἂν γένοιτό μοι . . .* 1146 *ὦ συμφορὰ τάλαινα τῶν ἐμῶν κακῶν.* — — **23.** Equit. 973 *ἥδιστον φάος ἡμέρας Ἔσται τοῖσι παροῦσι καὶ Τοῖσιν εἰσαφικνουμένοις, Ἢν Κλέων ἀπόληται.* Antig. 100 *ἀκτὶς ἀελίου, τὸ κάλ-λιστον ἑπταπύλῳ φανὲν Θήβᾳ τῶν προτέρων φάος* — Die Scholien sagen freilich *ταῦτα δὲ παρὰ τοῦ Εὐριπίδου.* — **24.** Nub. 1163 erwartet Strepsiades, sein Sohn werde sich zeigen als *λυσανίας πατρῴων μεγάλων κακῶν.* schol. *πρὸς δὲ τὴν ὀνοματοποιίαν τὸν Σοφοκλέα μυκτηρίζει λέγοντα* (fr. 801)· *Ζεὺς νόστον ἄγοι τὸν νικομάχαν, Τὸν πανσανίαν καὶ ἀτρείδαν* (*κατ' Ἀτρειδᾶν Duebner*). — **25.** Pac. 1164 *τὸ γὰρ φῖτυ πρῷον φύσει.* schol. *καὶ Σοφοκλῆς* (fr. 803) *οὔτ' ἄλλο φῖτυ πρῷον.* — **26.** Av. 851 *ὁμορροθῶ συντελῶ Συμπαραινέσας ἔχω Προσόδια μεγάλα σεμνὰ προσιέναι θεοῖσιν.* schol. *ὁμορροθῶ· Σοφοκλέους ἐκ Πηλέως* (fr. 446). — **27.** Av. 857 *ἴτω ἴτω δὲ πυθιὰς βοὰ θεῷ.* schol. *καὶ τοῦτο δὲ ἐκ Πηλέως* (fr. 447). — **28.** Av. 1337 *γενοίμαν αἰετὸς ὑψιπέτας, Ὡς ἂν ποταθείην ὑπὲρ . . . ἀτρυγέτου Γλαυκᾶς ἐπ' οἶδμα λίμνας.* schol. *γενοίμαν ἀετός· ἐν τοῖς Καλλιστράτου, ταῦτα ἐξ Οἰνομάου τοῦ Σ.* (fr. 432.) — **29.** Av. 1470 *πολλὰ δὴ καὶ καινὰ καὶ θαυ-μάστ' ἐπεπτόμεσθα καὶ Δεινὰ πράγματ' εἴδομεν.* Ant. 332 *πολλὰ τὰ δεινά, κοὐδὲν ἀνθρώπου δεινότερον πέλει.* — **30.** Thesm. 21 *οἷόν γέ τοὔστιν αἱ σοφαὶ ξυνουσίαι.* schol. *διὰ τούτου ὑπονοεῖ Εὐριπίδου εἶναι ἐκεῖνο τὸ σοφοὶ τύραννοι τῶν σοφῶν ξυνουσίᾳ. ἔστι δὲ Σοφοκλέους ἐξ Αἴαντος Λοκροῦ* (fr. 21). vgl. Eur. fr. 325. — **31.** Ran. 481 *ἀλλ' ὡρακιῶ.* schol. *τοῦτο δὲ Σοφοκλῆς εἶπεν ἐν Ἀμφιαράῳ σατυρικῷ* (fr. 117), *τὸ ὡρακιᾶσαι.* — **32.** Eccl. 79 *νὴ τὸν Δία τὸν σωτῆρ' ἐπιτήδειός γ' ἂν ἦν Τὴν τοῦ πανόπτου διφθέραν ἐνημμένος Εἴπερ τις ἄλλος βουκολεῖν τὸ δήμιον* soll auf den Inachos gehen, in welchem der hundertäugige Argos vorgestellt wurde. schol. *ἀναφέρει δὲ τοῦτον ἐπὶ τὸν παρὰ Σοφοκλεῖ Ἄργον ἐν Ἰνάχῳ — βουκολεῖν δὲ ὡς τὴν Ἰὼ ὁ Ἄργος ἐν Ἰνάχῳ Σοφοκλέους* (fr. 261). — **33.** Plut. 634 *ἀντὶ γὰρ τυφλοῦ Ἐξωμμάτωται καὶ λελάμπρυνται κόρας Ἀσκληπιοῦ παιῶνος εὐμενοῦς τυχών.* schol. 635 *ἐκ Σοφοκλέους ὁ στίχος.* 636 *ταῦτα δὲ ἐκ τοῦ Φινέως Σοφοκλέους ἔλαβεν* (fr. 639). — **34.** Plut. 806 *ἡ μὲν σιπύη μεστὴ 'στι λευκῶν ἀλφίτων, Οἱ δ' ἀμφορῆς οἴνου μέλανος ἀνθοσμίου κτλ.* schol. *ταῦτα δὲ παρὰ τὰ ἐν Ἰνάχῳ Σοφοκλέους, ὅτε τοῦ Διὸς εἰσελθόντος πάντα μεστὰ ἀγαθῶν ἐγένετο* (fr.

c. Euripides.

Bei keinem Tragiker, bei keinem Dichter ist die Parodie in grossartigerem Massstabe angewandt als bei Euripides, dem Schöpfer der dritten Phase in der tragischen Kunst, die dann freilich nebst der an sie sich anknüpfenden Komödie des Menander die Grundlage für die ganze dramatische Poesie der Neueren geworden ist. Die Komiker haben eine Kritik an seinen Dichtungen geübt, welche herber nicht gedacht werden kann, trotzdem aber doch ein beredtes Zeugniss ablegt von der hohen Bedeutsamkeit, die man seinem Erscheinen für die Entwickelung des Dramas zuerkannte. Und in der That todt geschwiegen konnte er nicht werden. Er hat ungeachtet all des Hohnes, den man ihm widmete, und für den ihn überwiegender Beifall des Publicums im Theater nicht entschädigte (denn er soll bei 75 Tragödien nur fünf Siege davon getragen haben), bis an seinen Tod nicht aufgehört für die Bühne zu schreiben,[12]) und ist dadurch zu einem immer wachsenden Einfluss gelangt, der nach seinem Tode noch viel durchgreifender wurde.[13]) So hat sich für ihn das Wort

---

254). — **35.** Oed. Col. 541 *ἰὼ δῆτα μυρίων γ' ἐπιστροφαὶ κακῶν.* Suid. *ἐπιστροφῆς . . . καὶ Ἀριστοφάνης· μυρίαι ἐπιστροφαὶ κακῶν.* Zon. I 805 . . . *μυρίαι κακῶν ἀναστροφαί.* — **36.** El. 13 *κἀξεθρεψάμην Τοσόνδ' ἐς ἥβης, πατρὶ τιμωρὸν φόνου.* Cratin. 170 II 112 *ἔθρεψέ τε δημοσίοισιν Χρήμασιν εἰς ἥβην, ἵνα οἱ ποτε λοιγὸν ἀμύναιν.* (de usu parod. 9.) — **37.** Strattis 41 II 778 *ἢ μήποτ' ὦ παῖ Ζηνὸς ἐς ταὐτὸν μόλῃς, Ἀλλὰ παραδοὺς τοῖς Λεσβίοις χαίρειν ἔα. Quorum versuum prior fortasse e Sophoclis Troilo ductus est. Me* hist. crit. 233 *N* trag. p. 212.

[12]) Mag man sich die athenischen Verhältnisse noch so verschieden von unsern heutigen Zuständen denken, man kann sich doch eines Staunens nicht erwehren bei dieser nicht zu ermüdenden Geduld und Consequenz in Verfolgung des einmal als richtig erkannten Weges gegenüber einer Aufnahme, wie sie E. fand. Die Frösche sind nach seinem Tode über die Bühne gegangen, aber schon vorher hatte er sich ein reiches Mass von Spott und Tadel gefallen lassen müssen. Ein Dichter, der heut so behandelt würde wie Euripides in den Acharnern von einem Manne wie Aristophanes, würde vielleicht keinen Vers mehr für das Publicum niederschreiben. Aber es war ja mit der Kritik nicht genug. Nicht die Werke allein, sondern auch die Personen der Dichter mit allen ihren Privatverhältnissen waren der komischen Bühne preisgegeben, wenn sie zum Spott Gelegenheit boten. Was konnte er dafür, dass seine Mutter eine Hökerin war, was konnte er für die Untreue seiner Frauen? Und doch wie oft wurde das zu seiner Verhöhnung benutzt!

[13]) Es ist bekannt, mit welcher Vorliebe Menander Euripideische Sentenzen benutzt (*ut saepe testatur* Quinct. X 1 69). Wenn Philemon wüsste, dass die Todten Empfindung hätten, so möchte er sterben, um Euripides zu sehen. 129 IV 48: *εἰ ταῖς ἀληθείαισιν οἱ τεθνηκότες Αἴσθησιν εἶχον, ἄνδρες ὥς φασίν τινες, Ἀπηγξάμην ἄν, ὥστ' ἰδεῖν Εὐριπίδην.* Und Diphilos ist er 'der goldene' fr. 57 (IV 402) 1 *εὖ γ' ὁ κατάχρυσος εἶπε πόλλ' Εὐριπίδης.* Axionikos fand die Schwärmerei für E. so gross, dass er eine Komödie, den *Φιλευριπίδης* dagegen schrieb. Es gab Leute, die im Vergleich mit Euripides Liedern alles für Schund erklärten: 4 I 417 *οὕτω γὰρ ἐπὶ τοῖς μέλεσι τοῖς Εὐριπίδου Ἄμφω νοσοῦσιν, ὥστε τἄλλ' αὐτοῖς δοκεῖν Εἶναι μέλη γιγγραντὰ καὶ κακὸν μέγα.*

des Aristophanes nicht bewährt, wenn er den Aeschylos im Hades nur halb unwillig zum Wettkampf mit E. sich entschliessen lässt, weil dessen Poesie mit ihm gestorben sei und derselbe also seine Waffen bei sich führe. (Ran. 866 ff.) Dass er aber auch im Leben seine Bewunderer hatte, ja dass die ganze jüngere Generation sich mit zunehmender Theilnahme für ihn erklärte, weil sie in seiner Methode dieselbe Umwandlung der Dichtkunst erblickten, die sich seit den Tagen des Aeschylos im Staate und im ganzen öffentlichen Leben vollzogen hatte, das geht, wenn man es auch nicht aus der Erbitterung seines grossen Gegners heraus lesen will, schon aus der einen Stelle der Wolken hervor, wo Strepsiades erzählt, er habe sich von seinem frisch aus Sokrates Schule gekommenen Sohne ein Pröbchen von der 'neueren' Poesie geben lassen, *ἅττ' ἐστὶ τὰ σοφὰ ταῦτα* (1370); [14]) der aber habe ihm etwas aus dem Euripides (Aeolos) vorgetragen, *ὡς ἐβίνει Ἀδελφὸς ὠλεξίκακε τὴν ὁμομητρίαν ἀδελφήν* —, und als er seinen Abscheu davor ausgedrückt, ihn gar noch geschlagen. Und Phidippides setzt hinzu: *οὔκουν δικαίως, ὅστις οὐκ Εὐριπίδην ἐπαινεῖς Σοφώτατον*;

Die Jugend irrte sich, wenn sie glaubte, E. sei mit der veränderten Form, die das Staatswesen angenommen, einverstanden, da jeder Gelbschnabel, der die Eierschale noch auf dem Kopfe trug, sich in der Volksversammlung breit machen konnte, aber sie fand von dem, was ihre Lust war, von dem Reden und Gegenreden mit scharf heraus gearbeiteten Spitzen und Paradoxen in Gerichtssitzungen und auf der Pnyx, von dem Intriguiren und Processiren des täglichen Lebens ein überraschendes Ebenbild in dem Handeln und Sprechen der Euripideischen Gestalten, [15]) sie

---

[14]) Die Verbindung, in welcher E. mit Sokrates stand, galt für sehr intim; die Komiker machten den letztern neben Mnesilochos sogar zum Mitarbeiter unseres Dichters. Bei Teleklides hiess es (36 II 371): *Μνησίλοχός ἐστ' ἐκεῖνος, ὃς φρύγει τι δρᾶμα καινὸν Εὐριπίδῃ, καὶ Σωκράτης τὰ φρύγαν' ὑποτίθησιν.* und derselbe scheint die Stücke des E. *σωκρατογόμφους* 'mit Sokratischen Nägeln versehen' genannt zu haben (37). add. Kallias 12 II 739 Aristoph. fr. 378 II 1106. Von dem dritten Helfer Kephisophon war viel die Rede. Aristoph. fr. 574 II 1177: *Κηφισοφῶν ἄριστε καὶ μελάντατε, Σὺ δὲ ξυνέζης ἐς τὰ πόλλ' Εὐριπίδῃ Καὶ συνεποίεις, ὥς φασι, τὴν μελῳδίαν.*

[15]) Im Frieden des Aristophanes 530 ff. zählt Trygaeos eine Reihe von Herrlichkeiten auf, von denen die wiedergekehrte Göttin dufte, darunter auch *ἐπυλλίων Εὐριπίδου*, erregt aber dadurch grossen Anstoss bei Hermes, der ihn unterbricht: *κλαύσἄρα σὺ Ταύτης καταψευδόμενος· οὐ γὰρ ἥδεται Αὕτη ποιητῇ ῥηματίων δικανικῶν.* Mit der Schlagfertigkeit in Frage und Antwort und im Herausfinden dialektischer Spitzfindigkeiten ging aber der künstliche Schmuck im einzelnen Hand in Hand. Das liegt in dem Worte *κομψευριπικῶς* Equit. 18 neben der besonderen Beziehung auf Hippol. 352. Dieselbe vielgewandte Schönrednerei scheint mit dem Ausdruck gemeint zu sein: *καὶ στρεψίμαλλος τὴν τέχνην Εὐριπίδης* (fr. 660 II 1197). Ihretwegen fand Antiphanes, dass eigentlich gar kein Unterschied zwischen E. und Philoxenos sei. In

fand mit Sophokles, dass die Menschen so waren, wie E. sie schilderte, und darum begeisterten sie sich für ihn. Ebenso irrte Aristophanes, wenn er dieselbe Meinung von den Motiven des Dichters hatte, was übrigens durch nichts bewiesen ist; er irrte sich auf die nämliche Weise im Sokrates, dessen schlimmere Feinde sehr wohl wussten, dass sein politisches und sociales Denken von dem des Komikers gar nicht sehr verschieden war. Im Grunde hatte er selbst in seiner dichterischen Praxis eine gewisse Aehnlichkeit mit Euripides, ohne es jedoch in dem Sinne Wort haben zu wollen, in welchem es ihm zum Vorwurf gemacht wurde. Kratin hatte ihm gesagt (430 II 225): *τίς δὲ σύ; κομψός τις ἔροιτο θεατής. Ὑπολεπτολόγος γνωμοδιώκτης εὐριπιδαριστοφανίζων* — er aber darauf geantwortet, er habe wohl dieselbe Sprechweise, nehme aber den Sinn weniger vom Markte her (fr. 464 II 1142): *χρῶμαι γὰρ αὐτοῦ τοῦ στόματος τῷ στρογγύλῳ, Τοὺς νοῦς δ' ἀγοραίους ἧττον ἢ 'κεῖνος ποιῶ.* Es wäre auch schwer zu erklären, wie er so viel Beifall habe finden können, hätte er auf die Darstellung des täglichen Lebens und Treibens, wie er es vor sich sah, gänzlich verzichtet und nicht vielmehr gerade darin einen Hauptheil seiner ganzen Aufgabe gefunden. War er sich aber dessen bewusst, wie sehr er das that, so meinte er doch, dass die Tragödie nicht das Feld dafür sei.

Ein Verlassen des alten idealen Standpunkts war es ganz gewiss, wenn Euripides anderer Ansicht folgte, mag man nun über die Zweckmässigkeit oder Zeitgemässheit derselben urtheilen wie man will. An Aristophanes aber war es ein liebenswürdiger Zug, dass er das Neue nicht mit Freuden begrüsste. Das 'Reich des Gedankens' (Eur. fr. 220 3 *σοφὸν γὰρ ἓν βούλευμα τὰς πολλὰς χέρας Νικᾷ, σὺν ὄχλῳ δ' ἀμαθία πλεῖστον κακόν*), das er von Männern wie Sokrates und Euripides aufrichten sah, konnte er sich nicht gut anders denken, denn als Negation der That. Und wer möchte leugnen, dass er für Athen ganz Recht damit hatte? Die dichterische Begabung des E. hat er nicht in Zweifel gezogen, aber die Anwendung, die E. von derselben machte, die Richtung, die er ihr gab, und (setzen wir gleich hinzu) die äussere Oekonomie seiner Stücke befestigten eine solche Kluft zwischen ihm und seinen Vorgängern, dass die Bewunderer der letzteren unmöglich auch ihm Beifall spenden konnten. Zu näherer Begründung dieser Thatsache werden wir eine allgemeine Charakteristik nicht vermeiden können.

War schon Sophokles von den Riesenmaszen Aeschyleischer Poesie zu menschlicheren Verhältnissen und weicheren Formen herabgestiegen, so verleugnet Euripides geredezu die Grossartigkeit der antiken Welt und bildet seine Gestalten von gänzlich anderem Stoff als beide vorgenannten.

---

fr. 207 III 119 verlangt einer Wein, für den Ph. das Beiwort *ἀρκεσίγυιος* erfunden hatte: *παραδίδου δ' ἑξῆς ἐμοὶ Τὸν ἀρκεσίγυιον, ὡς ἔφασκ' Εὐριπίδης. B. Εὐριπίδης γὰρ τοῦτ' ἔφασκεν; A. ἀλλὰ τίς; B. Φιλόξενος δήπουθεν. A. οὐδὲν διαφέρει Ὦ τᾶν· ἐλέγχεις μ' ἕνεκα συλλαβῆς μιᾶς.*

Bei seiner Anlage und Vorliebe zur philosophischen Betrachtung, der er in völliger Abgeschlossenheit vom äusseren Leben in einsamer Beschäftigung mit seinen Büchern nachhing (fr. 193 ὅστις δὲ πράσσει πολλὰ μὴ πράσσειν παρόν, Μῶρος, παρὸν ζῆν ἡδέως ἀπράγμονα. 370 6 δέλτων τ' ἀναπτύσσοιμι γῆρυν, Ἂν σοφοὶ κλέονται. 580 ὁ πλεῖστα πράσσων πλεῖσθ' ἁμαρτάνει βροτῶν. 785 πῶς δ' ἂν φρονοίην, ᾧ παρῆν ἀπραγμόνως Ἐν τοῖσι πολλοῖς ἠριθμημένῳ στρατοῦ Ἴσον μετασχεῖν τῷ σοφωτάτῳ τύχης;) kam es ihm nicht darauf an, den ethischen Gehalt der nationalen Heroensage in dichterischem Geiste gleichsam wieder zu erzeugen, ihm war die tragische Poesie wesentlich ein Organ für sein Verstandes-Urtheil, die Bühne der Lehrstuhl zur Mittheilung seiner Speculation und dessen, was sich von praktischen Lebensregeln und allgemein politischen Bemerkungen daran knüpfen liess. Gegenstand seiner Speculation waren theils die physischen Probleme und die Götterlehre, theils und hauptsächlich das denkende und handelnde Subiect, der Mensch von der logischen und moralischen Seite. Die physische Weltordnung, darin der Aether als das göttlichste, ihr Entstehen und ihr ewig gleicher Bestand sind Dinge, die er oft berührt. Aristophanes wollte das nicht für ein Element der dramatischen Dichtkunst erkennen, und scherzte daher bisweilen darüber. So ist z. B. das Stück Schöpfungsgeschichte satirisch gemeint, das Euripides in den Thesmophoriazusen 14 ff. vorträgt: 'der Aether setzte den Unterschied im All zuerst, Und zeugt' in sich lebendiges, das sich selbst bewegt, Und er erfand das Ding, das man zum Sehen braucht, Das Auge, der Sonnenscheibe nachgeahmtes Bild, Zum Hören aber bohrt' er die Ohrentrichter aus;' oder wenn Strepsiades von seinem Gläubiger höchst wunderbar findet, dass er eine Vermehrung seines Geldes erwartet, während doch die Quantität des Seewassers immer dieselbe bleibe (Nub. 1290). An der Götterlehre wie an der Heroensage hatte er mancherlei auszusetzen und nahm keinen Anstand, was er an diesem oder jenem Mythos widersinnig fand, zu tadeln und eigenmächtige Aenderungen damit vorzunehmen, ein Verfahren, das er erst am Ende seines Lebens bereut zu haben scheint (Bakchen). Daraus an sich hat ihm Aristophanes, der auch nicht an Zeus und Poseidon und Helena geglaubt haben wird, ebenso wenig ein Verbrechen gemacht, wie wir es vernünftiger Weise können. Nur die Art seiner Aenderungen ist nicht immer für eine Verbesserung zu halten. — Ueber den Menschen hat er nicht bloss nachgedacht, er hat ihn auch geschildert. Aber was ist es, worauf seine Schilderungen gerichtet sind? nicht die logische oder moralische Kraft des Menschen an sich, sondern die Leidenschaften des Gemüthes; und dass er hierauf so tief einging, oft durch solche Leidenschaft erst einen Conflict hervorbrachte (Dictys fr. 339 ὄντων δὲ παίδων καὶ πεφυκότος γένους Καινοὺς φυτεῦσαι παῖδας ἐν δόμοις θέλεις Ἔχθραν μεγίστην σοῖσι συμβάλλων τέκνοις), während seine Vorgänger ihre Menschen sich in fertigen Conflicten bewegen liessen, deren Genesis ausserhalb der Grenzen der Tragödie lag, daran hat Aristophanes gewiss mit Recht grossen Anstoss genommen. Wie jede Tödtung hinter der Scene geschehen musste,[16]) so hielten die Alten auch die Leidenschaft für etwas, das auf der Bühne wohl erzählt, aber nicht greifbar vorgeführt werden dürfe (Horat. epist. II 3 186), das bei der Darstellung durchblicken müsse, aber nicht vor den Sinnen sich entwickeln und vollziehen dürfe.[17]) Euripides war überhaupt nicht besonders ängstlich in Beobachtung des Decorum (man denke an Pasiphae in den Kretern, Makareus und Kanake, an den ersten Hippolyt, die Niederkunft der Auge im Tempel der Athena), besonders aber nicht in diesem Punkte. Alles was ein Menschenherz bewegen kann, hat er in den Kreis seiner Darstellungen gezogen, darunter manches, was noch nie vorher ein dramatisches Motiv abgegeben hatte, voran die Liebe zwischen Mann und Weib, die seitdem fast zum bewegenden Princip in der ganzen scenischen Poesie geworden ist. Aeschylos rühmt sich ihm gegenüber in den Fröschen, er habe nie ein liebendes Weib gedichtet; für Euripides, der sich überhaupt mit Vorliebe der Schilderung weiblicher Charaktere zuwandte, war dies ein Lieblingsstoff, zu zeigen, wessen ein liebendes Weib im Guten und Bösen, ein verschmähtes in der Rache fähig sei. Ein Weiberhasser, für den ihn die Alten ausgaben[18]) zumal wegen seiner eignen Erfahrungen im Ehestande, war er nicht; ein aufmerksames Ohr hört aus seinem Munde ebenso viel des Lobes wie des Tadels auf das weibliche Geschlecht — und hat er in Helena, der die homerische Poesie doch den Reiz der Lieblichkeit und Adel der Empfindung geliehen, nur den Leichtsinn und die Untreue gesehen, hat er eine Medea und Phaedra gedichtet, so stehen doch unter seinen Schöpfungen diesen und ähnlichen Gestalten ebenso viele des edelsten Typus gegenüber. Aus der Antigone ist der Vers aufbehalten (fr. 161): *ἄριστον ἀνδρὶ κτῆμα συμπαθὴς γυνή.* Und in der 'gefesselten Melanippe' sagte

[16]) Selbst diesen Grundsatz hat E. insofern nicht ganz fest gehalten, als er im Kresphontes die Merope das Beil erheben liess, um in dem schlafenden Sohne den vermeintlichen Mörder desselben zu tödten. fr. 457.

[17]) Aristophanes verglich deshalb die Stücke des E. mit Speisen, denen zu grösserer Wirkung auf grobe Geschmacksnerven alle möglichen Gewürze und Chicanen zugesetzt werden. fr. 140 II 1000: *ὀξωτὰ σιλφιωτὰ βολβὸς τεύτλιον Ὑπότριμμα θρῖον ἐγκέφαλος ὀρίγανον Καταπυγοσύνη ταῦτ' ἐστὶ πρὸς κρέας μέγα.* Ein solches Speculiren auf den groben Effect scheint auch Phrynichos ihm vorgeworfen zu haben, wenn anders der Vers *ὦ καὶ κάπραινα καὶ περίπολις καὶ δρομάς.* (33 II 593) richtig auf die Muse des E. gedeutet ist.

[18]) Ausser den Thesmophoriazusen ist hierfür charakteristisch Lysistr. 283, wo der Chor der Greise in seinem Zorne sich so auslässt: *τασδὶ δὲ τὰς Εὐριπίδῃ θεοῖς τε πᾶσιν ἐχθρὰς Ἐγὼ οὐκ ἄρα σχήσω παρὼν τολμήματος τοσούτου;* und 368 *οὐκ ἔστ' ἀνὴρ Εὐριπίδου σοφώτερος ποιητής· Οὐδὲν γὰρ ὧδὶ θρέμμ' ἀναιδές ἐστιν ὡς γυναῖκες.* Beim Würfeln hiess ein bestimmter Wurf *Εὐριπίδης.* Das benutzte Diphilos zu einem Wortspiel. Ein Frauenzimmer sagt: 'ich möchte wohl einen Euripides werfen', darauf ein anderer: 'wie soll Euripides einem Frauenzimmer etwas helfen?' 71 (IV 411) 3 *πῶς ἂν βάλοιμ' Εὐριπίδην; B. οὐκ ἄν ποτε Εὐριπίδης γυναῖκα σώσει'· οὐχ ὁρᾷς Ἐν ταῖς τραγῳδίαισιν αὐτὰς ὡς στυγεῖ;*

er (fr. 497): 'nichts bös'res gibt's auf Erden als ein böses Weib; Doch ist das beste, was Natur hervorgebracht, Ein trefflich Weib — nur leider sind nicht alle so.' vgl. Oed. fr. 547 4 f. Prot. 658.

Die genannte Neuerung kann ihm von uns keinen Tadel zuziehen. Anders steht es mit anderem. Das Ausmalen der Leidenschaft bis in ihre letzten Consequenzen wird zur Detailmalerei überhaupt, und hier ist es besonders die Klage, die er bis zum Ungeschmack cultivirt hat — für die Parodie der beliebteste Angriffspunkt. Wenn die ältere Kunst sich hier mit wenigen markigen Strichen begnügte, und damit die ganze Seele des Hörers gefangen nahm, so schweift Euripides ins Masslose und stattet oft seine leidenden Helden intensiv und extensiv mit einer Jämmerlichkeit aus, dass man zwar sehr viel Mitleid mit ihnen haben muss', für ein anderes Gefühl aber keinen Raum mehr übrig behält. Sie gerathen in eine ganz entsetzliche Fülle von Elend und Noth, und ergehen sich dann in den herzzerreissendsten Klageliedern.[19]) Diese Monodieen,[20]) besonders gern in aufgelösten Metren mit Wiederholungen einzelner Worte und Wortverbindungen ausgeführt, kein Beweis von des Dichters künstlerischem Sinn für plastisches Ebenmass, so wie überhaupt die Ueberspannung des Mitleids, können nicht anders als langweilig genannt werden.

Die Form, deren E. sich bediente, haben wir oben schon zu charakterisiren versucht. Dass die Tragödie ein Kunstwerk, ein Reich für sich sei, in das kein ungeweihter Ausdruck sich einschleichen dürfe, diese Vorstellung ist ihm nicht mehr geläufig. Er wollte nichts hervorbringen, was mit dem Leben der Gegenwart in Widerspruch stehe, und seine Diction (von Chor und Monodieen abgesehen) ist daher überwiegend die attische Umgangssprache der gebildeten Kreise, die bei der grossen Mannigfaltigkeit der geistigen Interessen Athens zu einer ausserordentlichen Leichtigkeit und Grazie gelangt war, aber das sehr unpoetische hatte,

---

[19]) Siehe die Verhöhnnng dieser Seite seiner Tragik in den Acharnern nnd Thesmophoriazusen. Ausser Telephos werden besonders Ino, Bellerophon und Philoktet (der den Sophokleischen bedeutend an Pathos überboten haben muss), als solche Schlachtopfer angeführt. Zu dem blassen Chaerephon, den die arme Bäckerin als Zeugen vor Gericht gebrauchen will, sagt Philokleon, indem er das Weib mit der in Todesblässe noch an der Klippe schwebenden Ino vergleicht, Vesp. 1412: *καὶ σὺ δή μοι Χαιρεφῶν Γυναικὶ κλητεύων ἔοικας θαψίνῃ, Ἰνοῖ κρεμαμένῃ προσπολῶν Εὐριπίδου.* Und mit Anspielung auf Bellerophon warnt die Tochter des Trygaeos ihren Vater, bevor er seinen Mistkäferritt beginnt, Pac. 146: *ἐκεῖνο τήρει, μὴ σφαλεὶς καταρρυῇς Ἐντεῦθεν, εἶτα χωλὸς ὢν Εὐριπίδῃ Λόγον παράσχῃς καὶ τραγῳδία γένῃ* (vgl. Acharn. 381). Etwas satirisch ist wohl auch die Erwähnung des Telephos bei Timokles 6 III 592 zu verstehen, wo er als Nutzen der Tragödie anführt, dass sie jedem unter den Zuschauern, dem es schlecht geht, immer noch andere nachweise, die entweder noch übler oder wenigstens nicht besser daran seien: v. 9 ὁ *μὲν ὢν γὰρ πένης Πτωχότερον αὑτοῦ καταμαθὼν τὸν Τήλεφον Γενόμενον ἤδη τὴν πενίαν ῥᾷον φέρει* (vgl. Eur. fr. 336 3 ff. 422. 456. 457 Philippides 18 IV 472).

[20]) Aristoph. fr. 155 II 1008 *θεράπευε καὶ χόρταζε τῶν μονῳδιῶν.* Ran. 1330.

dass sie sich gern disputirend, die subjectiven Entscheidungsgründe ins Licht stellend verhielt. So gewann das Abwägen des Für und Wider, bei dem die Elemente der Erwägung so wie die endlichen Urtheilssprüche zu Sentenzen ausgemünzt wurden, eine Breite bei E., die etwas ermüdend wirken müsste, auch wenn der Inhalt nicht zuweilen von der äussersten Trivialität oder Sonderbarkeit wäre. [21]) Wenn man den Stil des Aeschylos mit einem in hohen Wogen daher rauschenden Strome, den des Sophokles mit einem ruhig und spiegelklar ohne Hindernisse zwischen seinen Ufern fliessenden Wasser vergleichen kann, so ist der des Euripides ein Fluss mit vielfachem kleinem Wellengekräusel, das bei der geringen Tiefe des Bettes von Steinen und andern Unebenheiten auf dem Grunde herrührt. — Kunstwerke wollte oder konnte E. aber auch in dem Sinne nicht schaffen, dass das Erzeugte ein in seinen Theilen sich selbst entwickelndes und aus sich verständliches Ganzes wäre. Chor und Dialog, an dessen Stelle häufig sehr lange Monologe und die bereits erwähnten lyrischen Monodieen traten, fielen bei ihm als fremdartige Elemente auseinander, da der erstere in Ermangelung anderweitigen Stoffs sich oft in Erzählungen und Schilderungen ohne näheren Zusammenhang mit dem Verlauf der Handlung ergeht. Aus der organisch gegliederten Schöpfung des Aeschylos und Sophokles wurde in dieser Beziehung ein zu grossem Theil mechanisch zusammen geschobenes Stückwerk. Die Exposition des Dramas, die sich auf kunstgerechte Weise doch aus gelegentlichen, aber in sich nothwendigen Bemerkungen der handelnden Personen ergeben muss, tritt bei E. in ein ganz äusserliches Verhältniss zum Werke. Der Prolog ist nicht mehr bloss die 'erste Rede', sondern eine höchst nothwendige Vorrede, in welcher dem Publicum alles Material zum Verständniss der ersten Scene überliefert wird. Iphigenie steht z. B. allein auf der Bühne und erzählt sich selbst ihre eigene Geschichte. Was also bei Goethe ein durch-

[21]) Ein Uebermass von Trivialität auch der scenischen Mittel (Acharn. 382 ff.) wäre es, wenn *Fr* mit seiner (indess wohl kaum annehmbaren) Vermuthung Recht hätte, dass er der Hypsipyle eine Kinderklapper zur Beruhigung des kleinen Opheltes in die Hand gegeben habe. Aeschylos sagt in den Fröschen (1304), als er eine Blumenlese von Euripideischen Delicen vortragen will: 'bringt mir eine Lyra! doch wozu eine Lyra? besser passt hier Scherbengeklapper. Komm' her, Muse des Euripides!' und es erscheint ein altes Weib mit einem zerbrochenen Topfe. (1305 *ποῦ 'στιν ἡ τοῖς ὀστράκοις . . κροτοῦσα;*) Was die Worte des Scholiasten zu bedeuten haben, *λέγεται δὲ εἰς τὴν Ὑψιπύλην ταῦτα*, wird nicht leicht zu errathen sein. Das *κροτεῖν* oder *κροταλίζειν* (*κρεμβαλιάζειν* Hermipp. 29 II 390) kam wohl nicht bloss in der Hypsipyle vor. Vielleicht soll die Substituirung der *ὄστρακα* nur den untergeordneten Standpunkt der nach Aeschylos Meinung vulgären Poesie des E. kennzeichnen, ohne dass dieser darum zu den 'klappernden' Dichtern (*Me* hist. crit. 252 *B* comment. 429 f.) gehört hat. Das müsste doch noch ausdrücklicher überliefert sein, wenn man es glauben sollte. Suidas und Phrynichos, die über die Stelle sprechen, behaupten das auch gar nicht, sondern geben an, Aristophanes habe im übertragenen Sinn jene Worte *ἐπὶ τῆς Εὐριπίδου μελοποιίας* gesagt und ihn *ὡς κακὸν μελοποιόν* getadelt.

aus gefordertes Element der Handlung ist, denn Thoas nöthigt die Priesterin, ihm Aufklärung über sich und ihre Ahnen zu geben, das ist hier eine ganz unkünstlerische Veranstaltung. Dieselbe Bewandtniss hat es denn auch sehr oft mit dem Schluss der Tragödie. Die Handlung kann nicht aus sich selbst zu einem Abschluss gelangen, es muss vielmehr von aussen der deus ex machina herzutreten. Nicht sehr verschieden hiervon ist ein Schluss, wie ihn E. der Antigone gegeben hatte. Wenn Haemon seine Antigone zuletzt doch noch bekommt, so ist das etwas, was man nach dem früheren Begriff der antiken Tragödie durchaus nicht voraussehen kann, und so gut wie ein deus ex machina. Ein Kreon, der sich durch den lebenden Sohn erweichen lässt, ist ein Mensch, wie er in der Wirklichkeit oft genug vorkommt, aber unbrauchbar für die Darstellung eines tragischen Conflicts, der seinen consequenten Ausgang haben will. Wenn irgend wo, so ist an diesem Beispiele der Unterschied zwischen Sophokles und der ans Moderne streifenden Art des Euripides zu erkennen.

Sehen wir nun, wie sich im einzelnen das Parodiren Euripideischer Eigenheiten gestaltet. Auch hier ist keineswegs alles, was sich davon auffinden lässt, als Spott und Verhöhnung gemeint. Blosse Wiederholungen ohne ersichtlichen parodischen Zweck, wie z. B. Alexis 295 III 521 *οὐκ ἔστιν οὔτε τεῖχος οὔτε χρήματα Οὐδ᾽ ἄλλο δυσφύλακτον οὐδὲν ὡς γυνή* (Eur. fr. 322) werden nicht erwähnt werden. Wir folgen der alphabetischen Ordnung der Tragödien, deren mehrere, so viel sich jetzt erkennen lässt, ganz unberührt geblieben sind.

ΑΙΟΛΟΣ

Makareus, der Sohn des Aeolos, hat seine Schwester Kanake geschändet. Der Vater schickt, als er davon erfährt, der Tochter ein Schwert zu, und diese erfüllt sogleich seinen daraus erkannten Willen, sich selbst zu tödten. M. besänftigt ihn, indem er behauptet, es könne nichts unsittlich sein, was dem Thuenden nicht so vorkomme, und erlangt seine Zustimmung zur Ehe mit der Schwester, eilt in deren Gemach und nimmt sich das Leben beim Anblick der Leiche. Darauf bezieht sich Arist. Nub. 1371 Ran. 850. 1081. Bei Homer sind die sechs Söhne und Töchter des Windebeherrschers Aeolos alle unter einander verheirathet: κ 7 *ἔνθ᾽ ὅ γε θυγατέρας πόρεν υἱάσιν εἶναι ἀκοίτις.* Und wo hätten die Söhne Frauen, die Töchter Männer anders her bekommen sollen, da sie auf einsamer Insel mitten im Weltmeer lebten? Auch Zeus und Hera sind Geschwister, und niemand von uns wird deswegen den Unwillen des Xenophanes auf den guten Homer theilen. Aber anders ist es in der menschlichen Sphäre. Ein im Menschen geborenes Verbrechen, zu dem ihn keine Heldengrösse nöthigt, kann mit seinen Folgen nicht den Gegenstand einer Tragödie abgeben, am wenigsten ein so unnatürliches, denn der Hörer vermag weder Furcht noch Mitleid dabei zu empfinden, durch dergleichen ist keine Katharsis weder in diesem noch in jenem Sinne möglich. Phaedra ist gegen Makareus eine reine Jungfrau, denn sie will den Ehebruch mit dem Stiefsohn wenigstens nicht rechtfertigen und zu einer sanctionirten

Institution machen. Dieser Stoff ist nur mit Myrrhas Liebe zu vergleichen, die auch des italienischen Dichters Händen zu einem guten Drama sich nicht hat fügen wollen. Euripides hat auch selbst den Uebelstand gefühlt, aber freilich kein sehr wirksames Mittel ergriffen, um ihm abzuhelfen. Wie im natürlichen Verhältniss Laios gegen das Verbot des delphischen Gottes, so handelte Makareus gegen die Natur und gegen sein besseres Fühlen — im Weinrausche. Antiphanes hatte einen Aeolos gedichtet, aus welchem folgendes wahrscheinlich zum Theil Euripideische Bruchstück sich erhalten hat (18 III 7): *Μακαρεὺς ἔρωτι τῶν ομοσπόρων μιᾶς Πληγεὶς τέως μὲν ἐπεκράτει τῆς συμφορᾶς Κατεῖχέ θ' αὑτόν· εἶτα παραλαβών ποτε Οἶνον στρατηγόν, ὃς μόνος θνητοῖς ἄγει Τὴν τόλμαν εἰς τὸ πρόσθε τῆς εὐβουλίας, Νύκτωρ ἀναστὰς ἔτυχεν ὧν ἠβούλετο.*

1. Makareus sagte zum Vater (fr. 19): *τί δ' αἰσχρόν, ἢν μὴ τοῖσι χρωμένοις δοκῇ;* Das wendet Dionysos in den Fröschen gegen Euripides selbst. Er hat Aeschylos den Vorzug gegeben, und da E. ihn anfährt: 1474 *αἴσχιστον ἔργον μ' ἐργασάμενος προσβλέπεις;* entgegnet er: *τί δ' αἰσχρόν, ἢν μὴ τοῖς θεωμένοις δοκῇ;* da er des Publicums sicher zu sein glaubte. *Fr* vermuthet, dass auch der vorangehende Vers im Aeolos gestanden habe, und zwar als Frage des Vaters. Wie Machon erzählt, benutzte Lais eben jene Vertheidigung des M. zu einer geschickten Antwort für Euripides, als er ihr schimpfliches Gewerbe tadelte. Ath. XIII 582 D. In anderer Form bemerkte Platon oder Diogenes (oder Antisthenes) darüber: *αἰσχρὸν τό γ' αἰσχρόν, κἂν δοκῇ κἂν μὴ δοκῇ.*

2. Die Kinder des Trygaeos haben von dem Vorhaben des Vaters gehört, gen Himmel zu fliegen, und bestürmen ihn mit der Frage: Pac. 114 *ὦ πάτερ ὦ πάτερ ἆρ' ἔτυμός γε Δώμασιν ἡμετέροις φάτις ἥκει, Ὡς σὺ μετ' ὀρνίθων προλιπὼν ἐμὲ Ἐς κόρακας βαδιεῖ μεταμώνιος; Ἔστι τι τῶνδ' ἐτύμως; εἴπ' ὦ πάτερ, εἴ τι φιλεῖς με.* worauf die Antwort erfolgt: 119 *δοξάσαι ἔστι κόραι, τὸ δ' ἐτήτυμον ἄχθομαι ὑμῖν, Ἡνίκ' ἂν αἰτίζητ' αρτον πάππαν με καλοῦσαι, Ἔνδον δ' ἀργυρίου μηδὲ ψακὰς ᾖ πάνυ πάμπαν.* Ein ähnliches Zwiegespräch scheint bei E. zwischen dem Chor und irgend einem andern stattgefunden zu haben. Die Scholien überliefern die Worte (fr. 17 und 18): *ἆρ' ἔτυμον φάτιν ἔγνων Αἴολον εὐνάζειν τέκνα φίλτατα;* * * *δοξάσαι ἔστι κόραι, τὸ δ' ἐτήτυμον οὐκ ἔχω εἰπεῖν.* Doch ist es auch möglich, dass erst Aristophanes dies beides in Beziehung zu einander gebracht hat.

3. In den Thesmophoriazusen wendet sich Euripides, der einen Vertheidiger gegen die Weiber sucht, zuerst an Agathon, den gewandten Redekünstler, indem er also spricht: 177 *Ἀγάθων, σοφοῦ πρὸς ἀνδρός, ὅστις ἐν βραχεῖ Πολλοὺς καλῶς οἷός τε συντέμνειν λόγους.* Worte aus dem Aeolos, nur dass dort die Anrede *παῖδες* und der zweite Vers *π. λόγους οἷός τε σ. καλῶς* gelautet haben soll (fr. 28).[22]

[22]) In wie weit der Aeolosikon des Aristophanes, wie Platonios berichtet, eine Verspottung des Aeolos war, ist nicht mehr ersichtlich. Eine Beziehung hat darauf vielleicht fr. 8 II 947: *καί κ' ἐπιθυμήσεις*

ΑΛΕΞΑΝΔΡΟΣ

4. Der 'Fuss der Zeit' kam in diesem Stücke vor. Wahrscheinlich im Prologe hiess es (fr. 43): *καὶ χρόνου προὔβαινε ποῦς.* (wieder in den Bakchen 889: *κρυπτεύουσι δὲ ποικίλως Δαρὸν χρόνου πόδα.*) Dionysos hat ein ganz ausserordentliches Gefallen an dieser Redensart. Er sagt Ran. 100, er suche einen schöpferischen Dichter, der so schöne Ausdrücke erfinde wie: *αἰθέρα Διὸς δωμάτιον ἢ χρόνου πόδα.* und nach dem Verschwinden der Empusa, die ihm solche Angst gemacht: 'woher ist mir doch dieses Entsetzliche gekommen? welchen der Götter soll ich anklagen, dass er mein Verderben wolle?' 311 *αἰθέρα Διὸς δωμάτιον ἢ χρόνου πόδα;* Mit welcher Vorliebe E. vom Aether als Göttersitz oder selbst als göttlich spricht, ist bekannt. Bei der weisen Melanippe ist noch einmal darauf zurück zu kommen.

ΑΛΚΗΣΤΙΣ

5. Acharn. 854 f.

6. Als Kleon sein Schicksal erkennt, da der ihm gegenüber stehende Feind der vom Orakel geweissagte Wursthändler ist, reisst er sich den Kranz vom Haupte und sagt wehmüthig: Equit. 1250 *ὦ στέφανε χαίρων ἄπιθι, κἄν σ' ἄκων ἐγὼ Λείπω· σὲ δ' ἄλλος τις λαβὼν κεκτήσεται, Κλέπτης μὲν οὐκ ἂν μᾶλλον, εὐτυχὴς δ' ἴσως* mit den Abschiedsworten der Alkestis an ihr eheliches Lager: 180 *προδοῦναι γάρ σ' ὀκνοῦσα καὶ πόσιν Θνήσκω· σὲ δ' ἄλλη τις γυνὴ κεκτήσεται, Σώφρων μὲν οὐκ ἂν μᾶλλον, εὐτυχὴς δ' ἴσως.* (vgl. Soph. Ai. 550 *ὦ παῖ γένοι' ἂν πατρὸς εὐτυχέστερος, τὰ δ' ἄλλ' ὅμοιος, καὶ γένοι' ἂν οὐ κακός.*)

7. Der Spruch des Pheres, der die Verpflichtung, für den Sohn in den Tod zu gehen, nicht anerkennen will, 691 *χαίρεις ὁρῶν φῶς· πατέρα δ' οὐ χαίρειν δοκεῖς;* [23]) ist zweimal von Aristophanes parodirt. Strepsiades muss von seinem Sohne, der ihn mit Schlägen tractirt, die Rechtfertigung hören: Nub. 1415 *κλάουσι παῖδες· πατέρα δ' οὐ κλάειν δοκεῖς;*

νέος νῆς ἀμφιπόλοιο. videtur hic versus ex oraculo depromptus esse, in quo significabatur incestus ille amor, quem E. in Aeolo exhibuerat, quemque A. in hanc comoediam inde transtulit. B. Damit würde dann fr. 24 des Aeolos zu verbinden sein, in welchem eine Ehe zwischen einem Jüngling und einem jungen Mädchen unzweckmässig genannt wird, weil die Frauen viel schneller verblühen als die Männer, und der Mann also, wenn seine Gattin alt geworden, sich nach einer neuen Liebe umsehen werde (vgl. 906): *κακὸν γυναῖκα πρὸς νέαν ζεῦξαι νέον· μακρὰ γὰρ ἰσχὺς μᾶλλον ἀρσένων μένει, θήλεια δ' ἥβη θᾶσσον ἐκλείπει δέμας.* Freilich sollen alte Männer bekanntlich noch viel weniger junge Frauen nehmen, *δέσποινα γὰρ γέροντι νυμφίῳ γυνή* (Phoenix fr. 801). *πικρὸν νέᾳ γυναικὶ πρεσβύτης ἀνήρ* (804). vgl. 319 4 Aristoph. fr. 588 II 1180 Theophil. 6 (III 628) 1 Theognis 457.

[23]) Aehnlich Hekabe zu Polymestor 1256: *ἀλγεῖς· τί δ'; ἦ 'μὲ παιδὸς οὐκ ἀλγεῖν δοκεῖς;* Orest. 1523 *πᾶς ἀνήρ, κἂν δοῦλος ᾖ τις, ἥδεται τὸ φῶς ὁρῶν.* Alc. 868 *οὔτε γὰρ αὐγὰς χαίρω προσορῶν.* 666 *εἰ δ' ἄλλου τυχὼν Σωτῆρος αὐγὰς εἰσορῶ.* Andr. 935 *βλέπουσ' ἂν αὐγάς.* Hel. 1373 *οὐ φησιν αὐγὰς εἰσορᾶν.*

Und unverändert hält Agathon den Vers dem Euripides vor, da er nicht gesonnen ist, sich für ihn als Weib verkleidet in Todesgefahr zu begeben. Thesm. 193 A. Euripides! E. Nun? A. Hast du nicht einmal gesagt: 'Du liebst das Leben, und vom Vater glaubst du's nicht?' vgl. Teleph. fr. 711.

8. Die ganze Rede des Vaters beginnt mit der Frage, ob denn Admet einen Sklaven vor sich zu haben glaube: 675 *ὦ παῖ τίν' αὐχεῖς; πότερα Λυδὸν ἢ Φρύγα Κακοῖς ἐλαύνειν ἀργυρώνητον σέθεν;* Das benutzt Pisthetaeros, der auf die Drohungen der Iris entgegnet: Av. 1243 *ἄκουσον αὕτη· παῦε τῶν παφλασμάτων. Ἔχ' ἀτρέμα. φέρ' ἴδω, πότερα Λυδὸν ἢ Φρύγα Ταυτὶ λέγουσα μορμολύττεσθαι δοκεῖς;*

9. Philokleon wünscht sich in die Gerichtssitzung: Vesp. 751 *κείνων ἔραμαι, κεῖθι γενοίμαν, Ἵν' ὁ κήρυξ φησί, τίς ἀψήφι-στος; ἀνιστάσθω.* Die Anfangsworte spricht Admet, der, nachdem er seine Frau hat sterben lassen, plötzlich eine grosse Sehnsucht nach dem Tode an den Tag legt: 866 *ζηλῶ φθιμένους, κείνων ἔραμαι, Κεῖν' ἐπιθυμῶ δώματα ναίειν.* add. Hippol. 230 *εἴθε γενοίμαν ἐν σοῖς δαπέδοις.*

Es wird nicht nöthig sein, auf das Treffende der Parodie gerade bei der Alkestis noch besonders hinzuweisen. Der Wunderlichkeiten gibt es hier so viele, dass sie nur in der Stellung, die das Stück in der Tetralogie einnahm, eine Erklärung finden. Es wurde mit den Kreterinnen, Alkmeon in Psophis, Telephos statt eines Satyrdramas aufgeführt. Ein Sohn, der seinen Eltern die bittersten Vorwürfe darüber macht, dass sie für ihn nicht sterben wollen; ein Vater, der sich mit jenem in einen Streit darüber einlässt und wiederum seinerseits eine nicht durchaus ehrenhafte Liebe zum Leben an den Tag legt; ein Gatte, der zuerst seine Frau für sich sterben lässt und die schimpflichste Abneigung gegen den Tod zeigt, darauf aber, als er in Sicherheit ist, in den überschwänglichsten Ausdrücken sich aus dem Leben weg wünscht — alles dies sieht selbst schon wie Parodie aus und musste sehr zur Nachahmung auf der komischen Bühne heraus fordern, die aber hier wohl nicht kritisiren wollte.

ΑΛΚΜΕΩΝ

10. In der zweiten Parabase der Ritter heisst es 1300, die Trieren hätten eine Versammlung gehalten, und eine der älteren von ihnen hätte gesagt: *οὐδὲ πυνθάνεσθε ταῦτ' ὦ παρθένοι τἀν τῇ πόλει;* Hyperbolos nämlich fordere hundert von ihnen zu einer Expedition nach Karthago. schol. *ὁ στίχος παρὰ τὰ ἐξ Ἀλκμαίωνος Εὐριπίδου* (fr. 67). Die *πόλις* war bei Euripides Psophis in Arkadien, zu dessen König Phegeus sich Alkmaeon begeben hatte. Die *παρθένοι* werden den Chor gebildet haben, der in der Parodos sagte: *ἥκω δ' ἀτενὴς ἀπ' οἴκων* (fr. 66).

ΑΛΚΜΗΝΗ

11. Seit Euripides gestorben, gibt es für Dionysos keinen ordentlichen Tragiker mehr. Die lebenden, so viele ihrer sind, heissen ihm nur

Schwätzer, Ran. 93 χελιδόνων μουσεῖα, λωβηταὶ τέχνης. Hier ist der Ausdruck χελιδόνων μουσεῖα dem E. nachgebildet, der den Epheu ἀηδόνων μουσεῖον genannt hatte (fr. 89): πολὺς δ' ἀνεῖρπε κισσός, εὐφυὴς κλάδος, Ἀηδόνων μουσεῖον. Die Parodie ist nur gegen die bezeichneten Dichter gerichtet, die eben keine Nachtigallen, sondern nur plaudernde Schwalben sind.[24])

ΑΝΔΡΟΜΑΧΗ

12. Bei Eubulos 7 III 205 tadelte einer die Feinschmecker, die nur auf die kunstgerechte und complicirte Zubereitung der Speise sehen, während es doch nur darauf ankomme, was den Körper kräftig mache: θερμότερον ἢ κραυρότερον ἢ μέσως ἔχον, Τοῦτ' ἔσθ' ἑκάστῳ μεῖζον ἢ Τροίαν ἑλεῖν. wie Menelaos bemerkt: 368 εὖ δ' ἴσθ', ὅτου τις τυγχάνει χρείαν ἔχων, Τοῦτ' ἔσθ' ἑκάστῳ μεῖζον ἢ Τροίαν ἑλεῖν.

13. 14. Auf die Nachricht von der Ermordnung des Neoptolemos verlässt den Peleus alle Kraft. Der Chor bemüht sich ihm Muth einzusprechen: 1076 ἃ ἄ τί δράσεις ὦ γεραιέ; μὴ πέσῃς· Ἔπαιρε σαυτόν. Π. οὐδέν εἰμ', ἀπωλόμην· Φρούδη μὲν αὐδή, φροῦδα δ' ἄρθρα μου κάτω. Den gleichen Schmerz empfindet Philokleon, als er ganz gegen seine Natur und wider Willen, durch den Sohn betrogen, den Hund Labes frei gesprochen hat, indem er den Stein in die falsche Urne geworfen. Vesp. 995 Β. πάτερ πάτερ τί πέπονθας; Φ. οἴμοι ποῦ 'σθ' ὕδωρ; Β. Ἔπαιρε σαυτόν. Φ. εἰπέ νυν ἐκεῖνό μοι· Ὄντως πέφευγεν; Β. νὴ Δί'. Φ. οὐδέν εἰμ' ἄρα. Und Strepsiades in seiner Noth, da ihn bei Sokrates die Wanzen peinigen, und der Chor ihn beschwichtigend sagt: μή νυν βαρέως ἄλγει λίαν, ruft aus: Nub. 717 καὶ πῶς; ὅτε μου Φροῦδα τὰ χρήματα, φρούδη χροιά, Φρούδη ψυχή, φρούδη δ' ἐμβάς. vgl. Eur. Hec. 161 φροῦδος φρέσβυς, φροῦδοι παῖδες.

15. Hermione sagt zur Andromache: 158 νηδὺς δ' ἀκύμων διὰ σέ μοι διόλλυται. Anecd. Bekk. 6 2 ἀκύμων θάλασσα· Εὐριπίδης ἐπὶ τοῦ μὴ γεννᾶν τέθεικεν (nämlich das Wort ἀκύμων), ὡσανεὶ ἀγόνου. ὡσαύτως καὶ Ἀριστοφάνης (fr. 604 II 1204). So hiess auch die von Poseidon schwangere Alope bei E. γέμουσα κύματος θεοσπόρου (fr. 107). Aesch. Eum. 650 κύματος νεοσπόρου.

ΑΝΔΡΟΜΕΔΑ

Ein recht charakteristisches Stück für den Stil des E., und zwar besonders für die erotische Richtung desselben (σὺ δ' ὦ τύραννε θεῶν τε

---

[24]) Die Ueberlieferung ist freilich auch für das Fragment des Euripides χελιδόνων μ., doch hat *Me* ohne Zweifel richtig dafür ἀηδόνων gesetzt, da die Schwalben keineswegs sich unter einem Laubdache aufzuhalten pflegen, wo der Epheu an den Zweigen hinauf kriecht, wohl aber die Nachtigallen. Er erinnert an Soph. O. C. 671 ἁ λίγεια μινύρεται θαμίζουσα μάλιστ' ἀηδὼν .. Τὸν οἰνῶπ' ἀνέχουσα κισσόν. Vgl. übrigens Ran. 681. 683.

κἀνθρώπων Ἔρως fr. 132. ἔρωτα δεινὸν ἔχομεν 139), scheint die Andromeda gewesen zu sein. Man sah die königliche Jungfrau angeschmiedet an den Felsen, dem Ungeheuer zur Beute hingegeben,[25]) und der Prolog bestand in einer höchst rührenden Monodie derselben, in der sie mit Echo um die Wette ihr Geschick bejammerte und den Chor um Mitleid anflehte (fr. 117 φίλαι παρθένοι φίλαι κτλ. 119 συνάλγησον, ὡς ὁ κάμνων Δακρύων μεταδοὺς ἔχει Κουφότητα μόχθων). Dann schwebte Perseus heran, der sogleich von Liebe zu ihr ergriffen, ihr sein Mitleid zu erkennen gab und nach Nennung seines Namens ihr die Frage vorlegte (123), ob sie es ihm danken werde, wenn er sie befreie. Nach einigem Zögern gab sie dann die Erklärung: ἄγου δέ μ' ὦ ξέν' εἴτε πρόσπολον θέλεις Εἴτ' ἄλοχον εἴτε δμωίδα (133). Die folgenden Theile spielten im Palaste des Kepheus, wo auch die inzwischen erfolgte Tödtung des Seeungeheuers erzählt zu sein scheint (νεότης μ' ἐπῆρε καὶ σθένος τοῦ νοῦ πλέον 138). Das Stück gefiel ganz ausserordentlich, daher Dionysos bei Aristophanes dem Herakles erzählt, es habe ihn jüngst beim Lesen desselben eine unnennbare Sehnsucht nach Euripides ergriffen. (Ran. 52 ff. schol. τῶν καλλίστων Εὐριπίδου δραμάτων ἡ Ἀ.) Nichts desto weniger oder vielmehr eben deshalb hatte A. schon ein Jahr nach der Aufführung den ersten Theil unbarmherzig parodirt. Denn in den Thesmophoriazusen spielt Mnesilochos die Rolle der Andromeda, der edle Schwager des E., der sich zu dessen Vertheidigung unter die Weiber eingeschlichen hat, aber entlarvt und nach mannigfachen Versuchen des Entrinnens auf Befehl des Prytanen an den Pranger gebunden und von einem Polizeidiener mit geschwungener Geissel bewacht wird. Ihm selbst wird die Situation erst klar, da er ein Zeichen von E. bemerkt, dass er als Perseus zu seiner Rettung nahe: 1011 σημεῖον ὑπεδήλωσε Περσεὺς ἐκδραμών, Ὅτι δεῖ με γίγνεσθ' Ἀνδρομέδαν.

16. E. tritt auf und spricht zum Chor der Weiber, ohne sich darum zu kümmern, dass diese ihm gewiss nicht behülflich sein werden: 'was muss ich thun, um den Skythen zu fangen', d. h. ihn zu täuschen? Da fällt ihm Echo ein, die er im vorigen Jahre auf der Bühne angewandt hat, und er beschliesst, den Tölpel in dieser Rolle zu vexiren. Den Widerhall auf das Theater zu bringen war noch niemandem in den Sinn gekommen, und das Aufsehen wird nicht geringer gewesen sein, als wenn heut zu Tage in der grossen Oper oder im Ballet eine neue scenische Erfindung vorkommt. Er wurde übrigens der Andromeda selber lästig, denn sie bat zuletzt die Echo still zu sein, damit sie gegen den Chor ihr Herz unge-

[25]) vgl. fr. 121 ἐκθεῖναι κήτει φορβάν. In den Vögeln heisst es 347, wo der Chor auf die beiden Athener als unbefugte Eindringlinge los fahren will: ὡς δεῖ τώδ' οἰμώζειν ἄμφω Καὶ δοῦναι ῥάμφει φορβάν. Die Andromeda ist Ol. 92 1 — die Vögel sind 91 1 aufgeführt. Daher berichtigt der Schol., die Aristophanische Stelle könne nicht, wie Asklepiades angebe, eine Parodie der Euripideischen sein. N bemerkt darüber: *fortasse Euripides Sophoclem imitatus est, cuius locum parodia expresserit Aristophanes.* Thesm. 1033 κήτει βορᾷ.

stört ausschütten könnte. In der Parodie werden aber die Verhältnisse etwas durch einander geworfen. 1015 *φίλαι παρθένοι, φίλαι πῶς ἂν οὖν Ἐπέλθοιμι καὶ Τὸν Σκύθην λάβοιμι; Κλύεις; ὦ προσαυδῶ σε τὰν ἐν ἄντροις, Κατάνευσον ἔασον ὥς Τὴν γυναῖκά μ' ἐλθεῖν.* Hier werden in den Scholien die Worte *φίλαι π. φ. μοι* (fr. 117) als Euripideisch angegeben mit dem Zusatze: *τὰ δὲ ἐπιφερόμενα πρὸς τὸ αὐτὸ χρήσιμον.* Man kann aber wohl nicht anders annehmen, als dass sie bei E. der Andromeda und nicht dem Perseus gehört haben; wovon diese nachher statt des Skythen gesprochen, ist nicht zu ersehen. [26]) Die *ἐν ἄντροις* war bei E. die Echo. Andromeda sagte (fr. 118): *προσαυδῶ σε τὰν* [27]) *ἐν ἄντροις, Ἀπόπαυσον ἔασον Ἀχοῖ με σὺν φίλαισιν Γόου πόθον λαβεῖν.* So ruft auch bei Aristophanes Euripides die Echo an, sie möge ihm beistehen, da er sie selbst vorstellen will. Nun kommt eine lange Arie des Mnesilochos, von deren Anfang in den Scholien ausdrücklich bezeugt wird, dass er in der Andromeda sein Original hat. Dasselbe ist aber für alles folgende mehr oder weniger ausser Zweifel bis 1055, obwohl der Vermerk in den Scholien nur bei 1030, 1034, 1040 gegeben ist. 1022 *ἄνοικτος ὅς μ' ἔδησε τὸν Πολυστονώτατον βροτῶν· Μόλις δὲ γραῖαν* [28]) *ἀποφυγὼν Σαπρὰν ἀπωλόμην ὅμως.* Bei Euripides sagte Perseus (fr. 120): *ἄνοικτος ὃς τεκών σε τὴν Πολυπονωτάτην βροτῶν Μεθῆκεν Ἅιδᾳ πάτρας ὑπερθανεῖν.* Mnesilochos fährt fort (Eur. fr. 122): 1026 *ὅδε γὰρ ὁ Σκύθης πάλαι μοι φύλαξ Ἐφεστὼς ὀλοὸν ἄφιλον ἐκρέμασεν Κόραξι δεῖπνον. ὁρᾷς; οὐ χοροῖ-σιν οὐδ' ἡλίκων ὑπὸ νεανίδων Ψήφων κημὸν ἔστηκ' ἔχουσ',* [29]) *Ἀλλ' ἐν πυκνοῖς δεσμοῖσιν ἐμπεπλεγμένη Κήτει βορὰ Γλαυκέτῃ* [30])

---

[26]) Jedenfalls hat sie nicht mit *Fr* gesagt: *πῶς ἂν ἀπέλθοιμι καὶ Τὸν πόσιν λάβοιμι;* Eine an den Felsen geschmiedete und einem Seeungeheuer preisgegebene Jungfrau Heirathsgedanken vortragen zu lassen, würde wohl selbst Euripides etwas bedenklich gewesen sein. Wenn der schönste Mann vorüber kam, konnte sie doch nur wünschen durch ihn befreit zu werden.

[27]) *προσαιδουσσαι τὰς* bieten die Handschriften, ebenso für Euripides die Scholien. Daraus hat *Seidler* *πρὸς Αἰδοῦς σε τὰν ἐν ἄντροις* gemacht (nämlich *καλῶ*), und *Fr* weiter verbessern wollen *π. Α. σ. τᾶς ἐν ἄ.*, weil das Heiligthum der *Αἰδώς* auf der athenischen Burg eine Höhle gewesen sei, wofür er eine Stelle des Pausanias anführt. Aus derselben (I 21 5) geht das nicht hervor, auch weiss ich überhaupt nicht, was die *Αἰδώς* hier soll. Weder Andromeda noch Euripides können die Echo bei der Schamhaftigkeit oder Ehrfurcht anrufen, zu schweigen oder zu helfen. Ich glaube, man muss *Hermanns* *προσαυδῶ σε τὰν* annehmen.

[28]) Die ihn vorher bewacht hat.

[29]) schol. *σκώπτοντός ἐστι τοὺς Ἀθηναίους ὡς φιλοδίκους. — παρὰ τὴν ψηφοθήκην, οὐ δικάζω, φησὶν ὁ γέρων.* Die liebste Beschäftigung für den Athener war, zu Gericht zu sitzen und zu verurtheilen. Daher sagt M. 'ich stehe hier nicht zum Vergnügen, weder zum Reigen noch zum Abstimmen'.

[30]) Glauketes war ein arger Schlemmer, wie Morychos, Teleas u. a., und ein solcher Liebhaber namentlich der *ψῆτται*, dass er bei Platon selbst den Namen dieses Fisches führte (fr. 102 II 652): *ὦ θεῖε Μό-*

πρόκειμαι u. s. w. [31]) bis 1055. Jetzt beginnt E. seine Rolle hinter der Scene: 1056 *χαῖρ' ὦ φίλη παῖ· τὸν δὲ πατέρα Κηφέα, Ὅς σ' ἐξέθηκεν, ἀπολέσειαν οἱ θεοί.* M. fragt: *σὺ δ' εἶ τίς, ἥτις τοὐμὸν ᾤκτειρας πάθος;* die Antwort lautet: *Ἠχὼ λόγων ἀντῳδὸς ἐπικοκκάστρια, Ἥπερ πέρυσιν ἐν τῷδε ταὐτῷ χωρίῳ Εὐριπίδῃ καὐτὴ ξυνηγωνιζόμην.* Dagegen stand in der Andromeda 1058 natürlich in anderer Verbindung, vielleicht wie *N* es anordnet (fr. 125): *Π. ὦ παρθέν' οἰκτείρω σε κρεμαμένην ὁρῶν. Α. Σὺ δ' εἶ τίς, ὅστις τοὐμὸν ᾤκτειρας πάθος; Π. Περσεὺς πρὸς Ἄργος ναυστολῶν* — wovon v. 1 und 3 bei Aristophanes später verwandt sind. E. fordert dann den M. auf, ein Klagelied zu beginnen, und dieser stimmt den Anfang vom Prolog der A. an (fr. 114. 115), dessen weiterer Verlauf vorhin schon vorgeführt ist. Nach dreimaligem Eintreten des Echo wird M. ungeduldig. Je mehr er aber schilt, desto öfter bekommt er seine eignen Worte zu hören. 1077 *ὠγάθ' ἔασόν με μονῳδῆσαι, Καὶ χαριεῖ μοι. παῦσαι. E. παῦσαι.* (fr. 118 *ἀπόπαυσον ἔασον Ἀχοῖ κτλ.*) Zuletzt mischt sich der Skythe darein und geräth ganz ausser sich vor Zorn über die Stimme, die ihn verhöhnt, besonders als sie plötzlich von der andern Seite kommt, bis ihm Euripides als sichtbarer Perseus entgegen tritt und spricht: 1098 *ὦ θεοὶ τίν' ἐς γῆν βαρβάρων ἀφίγμεθα Ταχεῖ πεδίλῳ; διὰ μέσου γὰρ αἰθέρος Τέμνων κέλευθον πόδα τίθημ' ὑπόπτερον Περσεὺς πρὸς Ἄργος ναυστολῶν τὸ Γοργόνος Κάρα κομίζων.* Ob der vierte dieser Verse bei Euripides mit den vorigen zusammen gehangen, lässt sich nicht bestimmen, und dass er das Gorgonenhaupt dem P. in die Hand gegeben, wird wenigstens nicht berichtet. Die Worte *τὸ Γοργόνος κάρα κομίζων* kamen vielleicht im Diktys vor. Apollod. II 4 2 *ἐπέταξε τῆς Γ. κομίζειν τὴν κεφαλήν.* An v. 3 (fr. 123), vermuthet *Me*, habe sich angeschlossen fr. trag. adesp. 131: *ὑπέρ τε πόντου χεῦμ' ὑπέρ τε Πλειάδα.* Nach einer Zwischenrede mit dem Skythen, der da meint, er spreche von dem Schreiber Gorgos, fährt E. fort: 1105

ρυχε, πῶς γὰρ οὐ δαίμων ἔφυς; Καὶ Γλαυκέτης ἡ ψῆττα, καὶ Λεωγόρας, Οἳ ζῆτε τερπνῶς οὐδὲν ἐνθυμούμενοι. Trygaeos sagt der Eirene, sie solle dafür sorgen, dass es von nun an in Athen hoch hergehe und dass sich alles Volk mit G. und Consorten um die Kopais-Aale dränge: Pac. 1005 *καὶ κωπάδων ἐλθεῖν σπυρίδας, Καὶ περὶ ταύτας ἡμεῖς ἀθρόους Ὀψωνοῦντας τυρβάζεσθαι Μορύχῳ Τελέᾳ Γλαυκέτῃ ἄλλοις Τένθαις πολλοῖς.*

[31]) 1041 *ὦ κατάρατος ἐγώ* Androm. 838 *ἁ κατάρατος ἐγὼ κατάρατος.* — 1050 *εἴθε με πυρφόρος αἰθέρος ἀστὴρ Τὸν βάρβαρον ἐξολέσειεν.* M. nennt sich nicht *βάρβαρον*, sondern den Skythen. Bei Euripides mag es geheissen haben: *τὰν δύσμορον ἐξολέσειεν.* Mnesilochos aber wünscht sich durchaus nicht den Tod, er will befreit sein; und damit steht gar nicht im Widerspruch, dass er nachher sagt, das Sonnenlicht sei ihm verhasst. Er ändert also den angefangenen Satz durch Unterschiebung des neuen Objects und ohne dass dadurch eine Undeutlichkeit für die Zuhörer entstand. Hierüber sagt *Fr* sehr richtig: *id ipsum comicum est, actorem ex Andromedae persona ad suum ipsius animum non gradibus transire, sed plane praecipitare. — Similiter M. in toto hoc loco nunc masculino genere nunc feminino personam describere suam vidimus.*

ἔα· τίν' ὄχθον τόνδ' ὁρῶ καὶ παρθένον Θεαῖς ὁμοίαν ναῦν ὅπως ὡρμισμένην; Das 'angebundene Schiff' ist aus Herc. fur. 1094, wo der erwachende Herakles sich mit einem solchen vergleicht: *ἰδού, τί δεσμοῖς ναῦς ὅπως ὡρμισμένος Νεανίαν θώρακα καὶ βραχίονα Πρὸς ἡμιθραύστῳ λαΐνῳ τυκίσματι Ἧμαι νεκροῖσι γείτονας θάκους ἔχων;* In der Andromeda glaubte P. wie bei Ovid (met. IV 673 *nisi quod levis aura capillos Moverat, et tepido manabant lumina fletu, Marmoreum ratus esset opus*) ein Marmorbild vor sich zu sehen (fr. 124): *ἔα· τίν' ὄχθον τόνδ' ὁρῶ περίρρυτον Ἀφρῷ θαλάσσης; παρθένου τ' εἰκώ τινα Ἐξ αὐτομόρφων λαΐνων τυκισμάτων Σοφῆς ἄγαλμα χειρός.* Auf die Bitte des M., ihn zu befreien (fr. 129): 1107 *ὦ ξένε κατοίκτειρόν με τὴν παναθλίαν, Λῦσόν με δεσμῶν* — verbietet ihm der Skythe den Mund, doch antwortet Euripides: 1110 *ὦ παρθέν' οἰκτείρω σε κρεμαμένην ὁρῶν.* Was nun zunächst folgt, ist nicht mehr aus der Tragödie entnommen, nur noch von 1128 f. wäre es möglich. Die Versicherungen des Euripides, die Angebundene sei Andromeda, und er, da nun einmal alle Menschen den Krankheiten unterworfen seien, habe eine heisse Liebe zu der Jungfrau gefasst, wollen bei dem Barbaren wenig verschlagen, der seine Gefangene nicht anrühren lässt. So sieht sich denn E. genöthigt, nur als er selbst zu kommen und seinen Frieden mit den Weibern zu machen. Er sagt zuletzt (fr. 144): 1128 *αἰαῖ τί δράσω; πρὸς τίνας στρεφθῶ λόγους; Ἀλλ' οὐκ ἂν ἐνδέξαιτο βάρβαρος φύσις* — Worte, die nach *Frs* Vermuthung Perseus gesprochen haben könnte, als Kepheus, durch früheres Versprechen an Phineus gebunden, sich weigerte, ihm die Andromeda auszuliefern. — Ausserdem findet sich noch eine Stelle im Aristophanes, die als Parodie nach diesem Drama angegeben wird, und zwar

17. Lysistr. 962. Dort rührt die Noth des von seiner Frau verlassenen Kinesias den Chor so, dass er ausruft: *ποῖος γὰρ ἔτ' ἂν νεφρὸς ἀντίσχοι, Ποία ψυχή, ποῖοι δ' ὄρχεις, Ποία δ' ὀσφύς; ποῖος δ' ὄρρος κτλ.* schol. *παρὰ τὰ ἐξ Ἀνδρομέδας·* (fr. 116) *ποῖαι λιβάδες, ποία σειρήν.* [32])

---

[32]) 18. Zweifelhaft ist es bei Ran. 105. Herakles befindet sich in einer Meinungsverschiedenheit mit Dionysos über die dichterischen Vorzüge des Euripides. Er nennt, was jener an ihm gerühmt hat, geradezu Narrenspossen, und wenn D. sich ernsthaft frage, werde er das gewiss selbst einsehen. D. nimmt das aber sehr übel und räth ihm, sich nicht um fremder Leute Angelegenheiten zu kümmern, da er ihn gar nicht um seine Meinung gefragt habe. Das drückt er so aus: *μὴ τὸν ἐμὸν οἴκει νοῦν· ἔχεις γὰρ οἰκίαν.* Die Schol. sagen: *καὶ τοῦτο παρὰ τὸ ἐν Ἀνδρομάχῃ· μὴ τὸν ἐμὸν οἴκει νοῦν· ἐγὼ γὰρ ἀρκέσω.* In der Andromache steht aber dieser Vers nicht, daher *Matthiae Ἀνδρομέδᾳ* emendirt und *N* ihn unter die Fragmente dieses Dramas aufgenommen hat (145). Eine entfernte Aehnlichkeit hat Andr. 237 *ὁ νοῦς ὁ σός μοι μὴ ξυνοικοίη γύναι* und 581 *πῶς; ἢ σὺ τὸν ἐμὸν οἶκον οἰκήσεις; Fr* vermuthet deshalb, dass der Schol. die Worte verwechselt habe. Suidas scheint den Schluss *ἐγὼ γὰρ ἀρκέσω* gar nicht für Euripideisch zu halten, wenn die Lesart richtig ist: *Μὴ τ. ἐ. οἴκει νοῦν· ἔχεις γὰρ*

ANTIOΠH

20. Die Namen des Zethos und Amphion hatte E. auf lächerliche Weise etymologisch zu erklären versucht. Den ersten leitete er von ζητεῖν ab. fr. 181; τὸν μὲν κικλήσκει Ζῆθον· ἐζήτησε γὰρ Τόκοισιν ευμάρειαν ἡ τεκοῦσά νιν. Amphion, erzählte er, sei genannt worden παρὰ τὸ παρὰ τὴν ἄμφοδον ἤγουν παρὰ (ἀμφὶ Fr) τὴν ὁδὸν γεννηθῆναι (182). Dies gab dem Aristophanes Anlass zu der Bemerkung (fr. 319 II 1083): Ἄμφοδον ἐχρῆν αὐτῷ τεθεῖσθαι τοὔνομα.

21. Aus dem Streit der beiden Brüder, ob die Beschäftigung mit der Muse und dem Gedanken oder das thätige Leben in der Welt den Vorzug verdiene, hat Aristophanes die Worte des Zethos παῦσαι μελῳδῶν (188 2) dem Pisthetaeros gegen Kinesias in den Mund gelegt (Av. 1381), der statt sein Begehren einfach vorzutragen sich in dithyrambischem Geschwätz ergeht.[33])

23. Bei Diphilos (71 IV 411) sagte ein Parasit, Euripides habe Leute wie ihn sehr geliebt; das gehe hervor aus den Versen: ἀνὴρ γὰρ ὅστις εὖ βίον κεκτημένος Μὴ τοὐλάχιστον τρεῖς ἀσυμβόλους τρέφει, Ὄλοιτο νόστου μήποτ' εἰς πάτραν τυχών. Davon ist der erste aus der Antiope (fr. 187), wo es aber weiter hiess: τὰ μὲν κατ' οἴκους ἀμελίᾳ παρεὶς ἐᾷ — der zweite vom Parasiten selbst dazu gemacht, der dritte aus Iph. T. 535, auf Odysseus bezüglich.

ΒΕΛΛΕΡΟΦΟΝΤΗΣ

24. Acharn. 396 f.

25. B. sagte zum Walde, er möge ihm Raum zum Aufsteigen geben, denn er wolle den Aether in Augenschein nehmen und die Stellung des Mondes untersuchen (fr. 310): πάρες ὦ σκιερὰ φυλλάς, ὑπερβῶ Κρηναῖα νάπη· τὸν ὑπὲρ κεφαλῆς Αἰθέρ' ἰδέσθαι σπεύδω, τίν' ἔχει Στά-

---

οἰκίαν. παρὰ τὸ ἐν Ἀνδρομάχῃ Εὐριπίδου. ἢ οὕτως· μὴ τ. ἑ. ο. ν. ἐγὼ γὰρ ἀρκέσω. — 19. Aus Eubulos führt schol. Eur. Med. 463 unter anderen Komiker-Fragmenten, die den häufigen Gebrauch des σ bei Euripides nachahmen, die Worte an (27 III 218): παρθενεύσεις ἕξεις μοι χάριν; wahrscheinlich zu lesen: ὦ παρθέν' εἰ σώσαιμί σ', ἕξεις μοι χάριν; *Markland* hat erkannt, dass hier der von Diogenes aufbewahrte Vers der Andromeda zu Grunde liegt (fr. 126): ὦ παρθέν' εἰ σώσαιμί σ', εἴσει μοι χάριν;

[33]) 22. Die Antiope des Eubulos hat vielleicht vieles parodische enthalten. Von einem Fragment, das *Me* mit gutem Grunde derselben zugewiesen (11 III 208), ist es sehr wahrscheinlich, dass es aus der Tragödie des Euripides stammt. Der praktische Zethos bekommt den Rath nach Theben zu gehen, denn dort sei das Brod wohlfeil; Amphion soll dagegen nach Athen, wo man von Luft lebe. Ζῆθον μὲν ἐλθόνθ' ἁγνὸν ἐς Θήβης πέδον Οἰκεῖν κελεύω· καὶ γὰρ ἀξιωτέρους Πωλοῦσιν, ὡς ἔοικε, τοὺς ἄρτους ἐκεῖ, Σὺ δ' ὀξύπεινος· τὸν δὲ μουσικώτατον Κλεινὰς Ἀθήνας ἐκπερᾶν Ἀμφίονα, Οὗ ῥᾶστ' ἀεὶ πεινῶσι Κεκροπιδῶν κόροι Κάπτοντες αὔρας, ἐλπίδας σιτούμενοι. N fr. 225. vgl. oben S. 267 5.

σιν Εἰνοδία. Dessen erinnert sich Philokleon, als er sich geistig aus der Haft seines Sohnes in die Gerichtssitzung schwingt: Vesp. 756 *σπεῦδ' ὦ ψυχή· ποῦ μοι ψυχή; Πάρες ὦ σκιερά.*

26. *Κομίζετ' εἴσω τόνδε τὸν δυσδαίμονα* sind ebenfalls Worte des B. selbst (fr. 312. vgl. 673 von der Stheneboea *κομίζετ' εἴσω τήνδε*), die bei Aristophanes Kleon auf sich anwendet: Equit. 1249 *κυλίνδετ' εἴσω τόνδε τὸν δυσδαίμονα.*

27. 28. 29. Die beste Parodie auf ihn ist aber Trygaeos mit seinem *κάνθαρος.* Das weiss auch dessen Tochter recht gut, die ihn vor einem Falle warnt, damit er dem Euripides nicht Stoff zu einer Tragödie gebe (Pac. 146). Vorher sagt sie ihm, er hätte müssen den Pegasos satteln, damit er den Göttern tragischer vorkäme: 140 *οὐκοῦν ἐχρῆν σε Πηγάσου ζεῦξαι πτερόν, Ὅπως ἐφαίνου τοῖς θεοῖς τραγικώτερος.* Ihm ist der Käfer aber so gut wie Pegasos, wie der Sklave von ihm erzählt: 76 *ὦ Πηγάσιόν μοί φησι γενναῖον πτερόν.* Eur. fr. 308 *ἄγ' ὦ φίλον μοι Πηγάσου ταχὺ πτερόν.* Und nachher: 154 *ἀλλ' ἄγε Πήγασε χώρει χαίρων, Χρυσοχάλινον πάταγον ψαλίων Διακινήσας φαιδροῖς ὠσίν. Κατα δρομαίαν πτέρυγ' ἐκτείνας Ὀρθὸς χώρει κτλ.* Eur. fr. 309 *ἴθι χρυσοχάλιν' αἴρων πτέρυγας.*

ΕΚΑΒΗ

30. Der Anfang *ἥκω νεκρῶν κευθμῶνα καὶ σκότου πύλας Λιπών, ἵν' Ἅιδης χωρὶς ᾤκισται θεῶν* gehört zu den öfter wiederholten Wendungen des E. Andr. 1232 *ἥκω Θέτις λιποῦσα Νηρέως δόμους* Tro. 1 *ἥκω λιπὼν αἰγαῖον ἁλμυρὸν βάθος Πόντου Ποσειδῶν.* Aristoph. fr. 7 II 946 (und 158 II 1009): *ἥκω Θεαρίωνος ἀρτοπώλιον Λιπών, ἵν' ἐστὶ κριβάνων ἑδώλια* (über den Bäcker Thearion s. Ath. III 78). 148 II 1009: *καὶ τίς νεκρῶν κευθμῶνα καὶ σκότου πύλας Ἔτλη κατελθεῖν*; (um die im Hades weilenden Dichter nach den Geheimnissen ihrer Kunst zu fragen.) zu Tr. 1 vgl. Men. 337 IV 174 *ἥκει λιπὼν αἰγαῖον ἁλμυρὸν βάθος Θεόφιλος ἡμῖν.*

31. Hekabe ruft die Polyxena: 171 *ὦ τέκνον ὦ παῖ Δυστανοτάτας ματέρος, ἔξελθ' Ἔξελθ' οἴκων· ἄιε ματέρος Αὐδὰν κτλ.* Diesen Schmerzensschrei hat der Uebermuth des Aristophanes dem Sokrates in den Mund gelegt, der den Sohn des Strepsiades aus dem Hause ruft, da der Vater sehen will, was er bei ihm gelernt hat: Nub. 1165 *ὦ τέκνον ὦ παῖ Ἔξελθ' οἴκων, ἄιε σοῦ πατρός.* Ueber 161 *φροῦδος πρέσβυς, φροῦδοι παῖδες* s. no. 14.

ΕΛΕΝΗ

Gleichzeitig mit der Andromeda, die in der Form gewiss ihre grossen Vorzüge hatte, wurde die Helena aufgeführt, unter allen erhaltenen Stücken des E. das abenteuerlichste, wieder keine Tragödie, sondern ein romantisches Melodrama, mit dem er nur den Mythos kritisiren wollte; in der Ausführung begnügt er sich mit den verbrauchtesten Schablonen und auffallender fast absichtlich aussehender Trivialität der Gedanken. Nebenher folgt er seiner auch sonst bei jeder Gelegenheit bewiesenen Neigung, den Menelaos als rechten Vertreter des spartanischen Nationalcharakters wie einen hinterlistigen Gauner darzustellen, die Hauptsache bleibt aber sein Missfallen an dem herkömmlichen Mythos von der Helena, dessen Poesie (von *Lehrs* in seinen populären Aufsätzen aus dem Alterthum so trefflich hervorgehoben) für ihn keinen Werth hatte. Ihn schreckte das Schicksal des Stesichoros nicht ab, auf sie zu schelten als auf die pflicht- und ehrvergessene Urheberin so vieler Leiden der trefflichsten Männer. Hier aber hielt er sich an die Palinodie ohne zu bedenken, dass ein zehnjähriger Krieg und der Untergang des frommen Priamos mit seiner heiligen Stadt, wenn um ein blosses Scheinbild gekämpft wurde, nur um die Bevölkerung der Erde zu vermindern und um einen einzigen Menschen zu verherrlichen, noch weniger mit der göttlichen Gerechtigkeit zu reimen war, so dass Menelaos sehr mit Recht sagt 594: τοὐκεῖ με μέγεθος τῶν πόνων πείθει, σὺ δ' οὔ. Nach ihm hatte eine Vereinigung des Paris und der Helena gar nicht statt gefunden. Hera hatte eine Truggestalt aus Aether gebildet, mit welcher Paris davon ging, Hermes aber auf ihren Befehl die Helena nach Aegypten in das Haus des Proteus untergebracht. So lange dieser lebte, hatte sie nichts zu befürchten, nach seinem Tode aber musste sie schlimme Anfechtungen von Seiten des Königs Theoklymenos erfahren, der sie zum Weibe begehrte. Zu all ihrem Schmerz und Kummer über den Krieg, den sie unschuldiger Weise veranlasst, zu der Gefahr, die ihrer ehelichen Treue durch den König droht, und der sie durch Flüchten an das Grabmal des Proteus zu entgehen sucht, muss sie durch Teukros, den vom Vater verstossenen Bruder des Aias, der auf seiner Fahrt nach Cypern sich in Aegypten bei der Seherin Theonoe nach dem nächsten Wege dahin erkundigen will, erstens erfahren, wie verhasst sie allen Griechen sei (denn er will sie erschiessen, bloss weil sie der von ihm für die wirkliche gehaltenen Helena so ähnlich sieht), und zweitens von ihm hören, dass man ihren Gemahl für todt hält, dass ihre Mutter aus Gram über die ungerathene Tochter ihrem Leben durch den Strick ein Ende gemacht, und dass auch ihre Brüder sich ihretwegen mit dem Schwerte getödtet haben sollen. Sie kommt zu dem Entschlusse, ein Gleiches zu thun, nicht mit dem Strick, denn das sei selbst für einen Sklaven schimpflich, sondern mit dem Eisen. Doch bringt sie der Chor (θήραμα βαρβάρου πλάτας, Ἑλλανίδες κόραι 192) fürs erste noch davon ab, der ihr den Rath gibt, die weise Theonoe (Schwester des Proteus) um die Richtigkeit des von Teukros erzählten zu befragen. Während dies im Innern des Palastes geschieht, tritt Menelaos auf, mit seiner falschen Helena und wenigen Leuten so eben dem Schiffbruch entronnen, in zerfetztem Aufzuge und mit leerem Magen, ein würdiges Seitenstück zum Bellerophon und Telephos. Er hat auch die Lebensanschauung des Bellerophon aus seinen Leiden gezogen, denn er fängt gleich mit dem leider vergeblichen Wunsche an, dass doch die Götter bei dem Gastmahle des Tantalos den Pelops lieber hätten verspeisen mögen, statt dass er der Stammvater eines so unglückseligen Geschlechtes geworden wäre. Um zu hören, in welchem Lande er sei, und um von mitleidigen Seelen eine Unterstützung zu erlangen, klopft er an die Pforte des Palastes, dessen Hüterin aber den Bettler barsch abweist und ihm so schnell als möglich sich zu entfernen räth, denn Proteus tödte jeden Griechen, der in seine Hände falle. Auf die Frage warum? vernimmt er zu seinem Erstaunen, dass Helena hier im Hause sei, und die Thür wird zugeschlagen. Halb im Glauben, es müsse wohl mehr Frauen dieses Namens und mehr Städte des Namens Sparta geben, und Zeus könne auch wohl ein Aegypter heissen, bleibt er stehen und beschliesst sich zu verstecken. Was ihm die Pförtnerin von Proteus gesagt, scheint ihm nicht zu fürchten, denn jeder, der den Namen Menelaos höre, werde ihm gewiss mit offenen Armen entgegen kommen. Inzwischen hat Theonoe der Helena die Antwort ertheilt, Menelaos lebe noch. H. tritt aus dem Palaste, und erkennt ihren Gemahl. Der will aber natürlich von nichts wissen und glaubt nicht an das Trugbild in Troia, bis ein Bote kommt, der ihm erzählt, dass seine vermeintliche Gattin gen Himmel gefahren sei und ausgesagt habe, sie sei ein blosser Schein gewesen, und des Tyndareus Tochter sei an allem unschuldig. Beim Anblick der Helena muss der Bote diese Angabe freilich wieder für unrichtig halten, für Menelaos ist kein Zweifel mehr, und es folgt nun die eigentliche Erkennungsscene, an deren Rührung der Diener zuletzt auch noch Theil zu nehmen verlangt.

So weit gehört die Fabel dieser neuen Helena hierher. Der plumpe Betrug, der dem Proteus gespielt wird, damit die wieder vereinigten Gatten das Land der Barbaren verlassen können, ist in den vorhandenen Werken des Aristophanes und den Bruchstücken der Komödie nicht parodirt. Desto eingehender der erste Theil in den Thesmophoriazusen. Mnesilochos ist die sehnsüchtig ihres Befreiers, des Euripides harrende Helena (850 *τὴν καινὴν Ἑλένην μιμήσομαι*).

32. Er fängt mit dem Prologe an: 855 *Νείλου μὲν αἵδε καλλιπάρθενοι ῥοαί, Ὃς ἀντὶ δίας ψακάδος Αἰγύπτου πέδον Λευκῆς νοτίζει μελανοσυρμαῖον λεών.* Hel. 1 *Νείλου . . . Αἰγύπτου πέδον λευκῆς τακείσης χιόνος ὑγραίνει γύας.* [34]) Das ihn bewachende Weib entgegnet: 858 *πανοῦργος εἶ νὴ τὴν Ἑκάτην τὴν φωσφόρον* nach H. 569, wo Menelaos im Unglauben an die Wirklichkeit der vor ihm stehenden Helena ausruft: *ὦ φωσφόρ' Ἑκάτη, πέμπε φάσματ' εὐμενῆ.* Doch fährt er unbekümmert weiter fort: 859 *ἐμοὶ δὲ γῆ μὲν πατρὶς οὐκ ἀνώνυμος Σπάρτη, πατὴρ δὲ Τυνδάρεως.* Hel. 16 *ἡμῖν δὲ κτλ.* — 862 *Ἑλένη δ' ἐκλήθην.* Hel. 22. — 864 *ψυχαὶ δὲ πολλαὶ δι' ἔμ' ἐπὶ σκαμανδρίαις Ῥοαῖσιν*

[34]) Während also bei E. das *λευκῆς* zu *χιόνος* gehört, nennt A. komischer Weise das schwarze Aegyptenland weiss. *συρμαία* ist eine Purganz, die auch Pac. 1253 zur Verhöhnung der Aegypter dient. Trygaeos tröstet dort den Helmfabrikanten, der nach den neusten Ereignissen zu verhungern fürchtet, mit der Aufforderung nach Aegypten zu gehen, denn hier werde seine Waare dazu dienen, *συρμαίαν μετρεῖν*.

ἔθανον. Hel. 52. 600 f. — 866 κἀγὼ μὲν ἐνθάδ' εἰμ'· ὁ δ' ἄθλιος πόσις Οὑμὸς Μενέλεως οὐδέπω προσέρχεται. Hel. 49 κἀγὼ . . . πόσις Στράτευμ' ἀθροίσας τὰς ἐμὰς ἀναρπαγὰς Θηρᾷ πορευθεὶς Ἰλίου πυργώματα. — 868 τί οὖν ἔτι ζῶ; Hel. 56 τί δῆτ' ἔτι ζῶ; — Die Bitte an Zeus, er möge seine Hoffnung nicht täuschen, wird erhört, denn Euripides erscheint und spricht als Menelaos: 871 τίς τῶνδ' ἐρυμνῶν δωμάτων ἔχει κράτος, Ὅστις ξένους δέξαιτο ποντίῳ σάλῳ Κάμνοντας ἐν χειμῶνι καὶ ναυαγίαις; Den ersten dieser Verse sagt Teukros H. 67, die beiden andern klingen ebenfalls tragisch und sind vielleicht auch von Euripides. 874 *M.* Πρωτέως τάδ' ἐστὶ μέλαθρα. 877 *E.* ποίαν δὲ χώραν εἰσεκέλσαμεν σκάφει; *M.* Αἴγυπτον. *E.* ὦ δύστηνος οἷ πεπλώκαμεν [35]) etwas verändert aus der Unterredung zwischen M. und der Pförtnerin: Hel. 459 *M.* τίς δ' ἥδε χώρα; τοῦ δὲ βασίλειοι δόμοι; *Γ.* Πρωτεὺς τάδ' οἰκεῖ δώματ', Αἴγυπτος δὲ γῆ. *M.* Αἴγυπτος; ὦ δύστηνος οἷ πέπλευκ' ἄρα. [36]) — 881 *E.* αὐτὸς δὲ Πρωτεὺς ἔνδον ἔστ' ἢ 'ξώπιος; [37]) Hel. 465 ἔστ' οὖν ἐν οἴκοις, ὅντιν' ὀνομάζεις, ἄναξ; 467 ποῦ δῆτ' ἂν εἴη; πότερον ἐκτὸς ἢ 'ν δόμοις; Hier fährt die Alte wieder dazwischen, die schon vorhin bei der ersten Erwähnung des Proteus bemerkt hat, der Mensch lüge, denn Proteas liege bereits zehn Jahre unter der Erde. (875.) 'Du musst wohl noch seekrank sein' sagt sie dem E., 'dass du nicht hören kannst; Proteas ist längst todt.' 885 *E.* αἰαῖ τέθνηκε. ποῦ δ' ἐτυμβεύθη τάφῳ; *M.* Τόδ' ἐστὶν αὐτοῦ σῆμ', ἐφ' ᾧ καθήμεθα. [38]) Hel. 466 τόδ' ἐστὶν αὐτοῦ σῆμα, παῖς δ' ἄρχει χθονός. — 889 *E.* τί δὴ σὺ θάσσεις τάσδε τυμβήρεις ἕδρας [39]) Φάρει καλυπτὸς ὦ ξένη; *M.* βιάζομαι Γάμοισι Πρωτέως παιδὶ συμμῖξαι λέχος. Hel. 62 παῖς ὁ τοῦ τεθνηκότος Θηρᾷ γαμεῖν με. Da die Alte wieder eine Berichtigung geben zu müssen glaubt, fragt E., wer sie sei, und M. gibt sie ohne weiteres für Theonoe aus: 897 αὕτη Θεονόη Πρωτέως. und auf ihre entrüstete Betheurung, sie sei Kritylla, des Antitheos Tochter, setzt er hinzu: 899 ὁπόσα τοι βούλει λέγε. Οὐ γὰρ γαμοῦμαι σῷ κασιγνήτῳ ποτὲ Προδοῦσα Μενέλεων τὸν ἐμὸν ἐν Τροίᾳ πόσιν. Hel. 63 τὸν πάλαι δ' ἐμὸν πόσιν Τιμῶσα

---

35) Die ionische Form wegen H. 532 πεπλωκότα.

36) Nach Aegypten pflegte man sich überhaupt nicht sehr zu sehnen. Die Wolken (1130) drohen dem Verächter ihrer Gottheit, der ihnen etwa auch diesmal den Preis nicht zuerkennen wollte, ihm gerade zur ungelegensten Zeit, wenn er oder einer der Seinen Hochzeit mache, die ganze Nacht zu regnen, so dass er es vorziehen würde, in Aegypten zu sein, statt sich noch einmal eines so verkehrten Urtheils schuldig zu machen. Und in einem Fragment der Horen des Aristophanes (556 15 II 1171) erwidert, wie *B* vermuthet, der fremde Gott, um dessen Aufnahme in Athen es sich handelt, der Stadtgöttin, die es als ihr Werk rühmt, dass man in Athen zu jeder Jahreszeit alles haben könne, was das Herz begehrt, das sei ein sehr zweifelhaftes Glück, 10 εἰ μὴ γὰρ ἦν, οὐκ ἂν ἐπεθύμουν οὐδ' ἂν ἐδαπανῶντο 15 Αἴγυπτον αὐτῶν τὴν πόλιν πεποίηκας ἀντ' Ἀθηνῶν.

37) vgl. Acharn. 365.

38) Nämlich der Altar.

39) vgl. Soph. O. R. 2 τίνας ποθ' ἕδρας τάσδε μοι θοάζετε;

Πρωτέως μνῆμα προσπίτνω τόδε. 54 *καὶ δοκῶ προδοῦσ' ἐμὸν Πόσιν συνάψαι πόλεμον.* vgl. Phoen. 1673 *ἢ γὰρ γαμοῦμαι ζῶσα παιδὶ σῷ ποτε;* Da er den Namen Menelaos hört, fällt E. rasch ein: 902 *γύναι τί εἶπας; στρέψον ἀνταυγεῖς κόρας.* Mnes. antwortet, er schäme sich seines entstellten Gesichts wegen, da ihm E. den Bart geschoren: *αἰσχύνομαί σε τὰς γνάθους ὑβρισμένη.* [40]) Aber E. erkennt seine Helena: 904 *τουτὶ τί ἐστιν; ἀφασία τίς τοί μ' ἔχει.* [41]) *Ὦ θεοὶ τίν' ὄψιν εἰσορῶ; τίς εἶ γύναι;* Hel. 72 *ὦ θεοὶ τίν' εἶδον ὄψιν;* 557 *τίς εἶ; τίν' ὄψιν σὴν γύναι προσδέρκομαι;* — 906 *M. σὺ δ' εἶ τίς; αὐτὸς γάρ σε κἄμ' ἔχει λόγος.* Hel. 558. — 907 *E. Ἑλληνὶς εἶ τις ἢ 'πιχωρία γυνή; M. Ἑλληνίς. ἀλλὰ καὶ τὸ σὸν θέλω μαθεῖν. E. Ἑλένῃ σ' ὁμοίαν δὴ μάλιστ' εἶδον γύναι.* Hel. 561—563. — 910 *M. ἐγὼ δὲ Μενελάῳ γέ σ' ἐκ τῶν ἰφύων.* [42]) Hel. 564 *ἐγὼ δὲ Μενελάῳ γέ σ'· οὐδ' ἔχω τί φῶ.* — 911 *E. ἔγνως ἄρ' ὀρθῶς ἄνδρα δυστυχέστατον. M. Ὦ χρόνιος ἐλθὼν σῆς δάμαρτος ἐς χέρας.* Hel. 565. 566. — 913 *λαβέ με λαβέ με πόσι, περίβαλε δὲ χέρας. Φέρε σε κύσω. ἄπαγέ μ' ἄπαγ' ἄπαγ' ἄπαγέ με* [43]) *Λαβὼν ταχὺ πάνυ.* vgl. Hel. 627 *ἔλαβον ἀσμένα πόσιν ἐμόν, φίλαι, Περί τ' ἐπέτασα χέρα κτλ.* 634 *περὶ δὲ γυῖα χέρας ἔβαλον, ἡδονὰν Ὡς λάβω, ὦ πόσις.* Das Vorhaben der zärtlichen Eheleute wird aber verhindert durch die Hüterin und durch den dann auftretenden Prytanen, der den Mnesilochos die Rolle der Andromeda zu spielen nöthigt. [44])

ΕΡΕΧΘΕΥΣ

33. Lysistrata spricht in ihrem Eifer zu Athenern und Spartanern mit ganz tragischen Worten: 1128 *λαβοῦσα δ' ὑμᾶς λοιδορῆσαι βούλομαι Κοινῇ δικαίως, οἳ μιᾶς ἐκ χέρνιβος Βωμοὺς περιρραίνοντες ὥσπερ ξυγγενεῖς Ὀλυμπίασιν, ἐν Πύλαις, Πυθοῖ — πόσους Εἴποιμ' ἂν ἄλλους, εἴ με μηκύνειν δέοι; — Ἐχθρῶν παρόντων βαρβάρων*

---

[40]) Hec. 968 *αἰσχύνομαί σε προσβλέπειν ἐναντίον Πολυμῆστορ ἐν τοιοῖσδε κειμένη κακοῖς.*

[41]) Herc. f. 515 *ἀφασία δὲ κἄμ' ἔχει* Iph. A. 837 *ἀφασία μ' ἔχει γύναι.*

[42]) schol. *δέον εἰπεῖν ἐκ τῶν ὄψεων, εἶπεν ἐκ τῶν ἰφύων.*

[43]) Die aufgelösten Dochmien liebte Euripides ganz besonders.

[44]) Eine merkwürdige Uebereinstimmung der Worte findet sich noch Av. 213 (vgl. 744) mit Hel. 1111. Parodie kann hier nicht statt finden, da die Helena jünger ist als die Vögel. Arist. *ἐλελιζομένης δ' ἱεροῖς μέλεσιν Γέννος ξουθῆς κτλ.* Eur. *ἐλθὲ διὰ ξουθᾶν γενύων ἐλελιζομένα Θρήνοις ἐμοῖς ξυνεργός.* Ebenso könnte es wie Nachahmung aussehen, wenn in den Rittern die beiden Sklaven des Demos, nachdem sie es für das beste erkannt haben, zu sterben, darüber zu Rathe gehen, wie das am mannhaftesten anzufangen sei. 80 *B. κράτιστον οὖν νῷν ἀποθανεῖν. A. ἀλλὰ σκόπει, Ὅπως ἂν ἀποθάνωμεν ἀνδρικώτατα. B. Πῶς δῆτα πῶς γένοιτ' ἂν ἀνδρικώτατα;* Hel. 298 *θανεῖν κράτιστον· πῶς θάνοιμ' ἂν οὖν καλῶς;* vgl. Hipp. 400 *κατθανεῖν ἔδοξέ μοι Κράτιστον.* (Vesp. 1326 *ἄνεχε πάρεχε* Av. 1720 *ἄναγε δίεχε πάραγε πάρεχε* zu Tro. 308 *ἄνεχε πάρεχε φῶς φέρε.*)

στρατεύμασιν Ἕλληνας ἄνδρας καὶ πόλεις ἀπόλλυτε. Εἷς μὲν λόγος μοι δεῦρ' ἀεὶ περαίνεται. Bei 1131 steht in den Scholien: *ὅλος ὁ ἴαμβος λέλεκται ἐξ Ἐρεχθέως.* Aus einem Citat in Anecd. Bachmann. hat *N* nachgewiesen, dass diese Bemerkung zu 1135 gehört (fr. 305).

34. Agathon singt in den Thesmophoriazusen: 120 *Λατώ τε κρούματα τ' ἀσιάδος Ποδὶ παρ' ἔρρυθμα φρυγίῳ Δινεύματα Χαρίτων* (nämlich *ἀείσατε* 115). Unter *ἀσιάς* ist die Kithar zu verstehen. (Etym. M. 153 32 *ἀσιάδος κρούματα, τῆς κιθάρας. οὕτως Ἀριστοφάνης εἶπε παρῳδῶν τὸ ἐξ Ἐρεχθέως Εὐριπίδου.* fr. 371).

35. Wahrscheinlich die Töchter des Erechtheus hatte Euripides *ζεῦγος τριπάρθενον* genannt (fr. 359). Danach Aristophanes ζεῦγος τρίδουλον in den Horen fr. 566 II 1174.

Η Λ Ε Κ Τ Ρ Α

36. 435 *ἵν' ὁ φίλαυλος ἔπαλλε δελ-φὶς πρῴραις κυανεμβόλοις Εἱλισσόμενος κτλ.* Ran. 1317. [45])

Θ Η Σ Ε Υ Σ

38. 39. In den Wespen schreien die hungrigen Kinder: 291 *ἐθελήσεις τί μοι οὖν ὦ Πάτερ, ἤν σού τι δεηθῶ;* Sie tragen Säcke, die von dem zu erwartenden Richtersold mit dem Bedarf für den Tag gefüllt werden sollen. Da aber jener für heut auszubleiben droht, so ist die Verlegenheit gross, und sie tragen den Schmuck der Säcke umsonst. 312 *τί με δῆτ' ὦ μελέα μῆτερ ἔτικτες; Χ. Ἵνα μοι πράγματα βόσκειν παρέχῃς. Π. Ἀνόνητον ἄρ' ὦ θυλάκιόν σ' εἶχον ἄγαλμα. Ἒ ἒ πάρα νῷν στενάζειν.* 312 (vielleicht auch 313 in anderer Form) sagten nach den Schol. bei E. die zum Opfer für den Minotauros bestimmten Kinder (fr. 389). *πράγματα βόσκειν· ὁ λόγος ἐκ Θησέως Εὐριπίδου. ἐκεῖ γὰρ ταῦτα λέγουσιν κτλ.* Wie nun dabei in diesem Drama auch Hippolyt hat vorkommen können, ist wunderbar genug, doch ist es in den Schol. zu eben dieser Stelle bezeugt: *τὸ δὲ ἑξῆς, τὸ ἀνόνητον ἄρα* (314), *Ἱππόλυτός ἐστιν ὁ λέγων ἐκεῖ* (fr. 390)· *ἀνόνητον ἄγαλμα πάτερ οἴκοισι τεκών.* War H. wirklich dem Mythos zuwider eine Person des Stücks, so wollte ihn der Vater wohl nicht mit nach Kreta ziehen lassen, und in einem Gespräch darüber machte jener die Bemerkung: 'dann bin ich dir eine Freude, die gar keinen Nutzen schafft.'

40. Theseus hatte einen Disput mit Minos, in welchem er Ausdrücke gebrauchte, wie Aeakos gegen den vermeintlichen Herakles Ran. 465: *ὦ*

---

[45]) 37. Anaxandrides 28 III 173 *οὐ μανικόν ἐστιν ἐν οἰκίᾳ τρέφειν ταῶς, Ἐξὸν τοσουτονὶ δύ' ἀγάλματ' ἀγοράσαι;* *Dobr. haec annotavit: 'interim et hoc cogito, annon hic rideatur Euripides El. 388 αἱ δὲ σάρκες αἱ κεναὶ φρενῶν Ἀγάλματ' ἀγορᾶς εἰσιν, et legendum λαβεῖν δύ' ἀγάλματα Ἀγορᾶς. Quae certe ingeniosa coniectura est.' Me*, der aber im Ath. XIV 655 A geschrieben hat: *ἐξὸν τοιουτονσὶ δι' ἀγάλματ' ἀγοράσαι;*

βδελυρὲ κἀναίσχυντε καὶ τολμηρὲ σὺ Καὶ μιαρὲ καὶ παμμίαρε καὶ μιαρώτατε. schol. *παραπλήσιά ἐστι τούτοις τὰ ἐν τῷ Θησεῖ πεποιημένα παρ' Εὐριπίδῃ. ἐκεῖ γὰρ τοιοῦτος ἦν σπουδάζων καὶ τοιαῦτα λέγει πρὸς τὸν Μίνωα* (fr. 386). Ebenso fährt Hermes den Trygaeos an Pac. 182. vgl. Nub. 1327 Pac. 362 Arist. fr. 34 II 958 anon. 238 IV 657.

41. Die eben angeführten Worte aus den Fröschen bilden die Einleitung zu einer furchtbaren Drohrede. Der Entführer des Kerberos soll nicht zum zweiten mal entkommen. Da heisst es 469: *ἀλλὰ νῦν ἔχει μέσος. Τοία Στυγός σε μελανοκάρδιος πέτρα Ἀχερόντιός τε σκόπελος αἱματοσταγὴς Φρουροῦσι, Κωκυτοῦ τε περίδρομοι κύνες, Ἔχιδνα θ' ἑκατογκέφαλος, ἣ τὰ σπλάγχνα σου Διασπαράξει, πνευμόνων τ' ἀνθάψεται* [46]) *Ταρτησία μύραινα· τὼ νεφρὼ δέ σου Αὐτοῖσιν ἐντέροισιν ἡματωμένω Διασπάσονται γοργόνες τιθράσιαι, Ἐφ' ἃς ἐγὼ δρομαῖον ὁρμήσω πόδα.* Aehnliche Drohungen stiess einer bei Euripides (vielleicht wiederum Theseus selbst gegen Minos) aus (fr. 387. 388). schol. 470 *ἐκ Θησέως Εὐριπίδου. καὶ τὰ μὲν ἑαυτῷ πλάττων, τὰ δὲ ἐξ Ε. πρὸς φόβον Διονύσου.* 473 *ὁ τόπος οὗτος παρὰ τὰ ἐν Θησεῖ Ε. κάρα τε γάρ σου συγχεῶ κόμαις ὁμοῦ, Ῥανῶ πέδοι δ'* [47]) *ἐγκέφαλον, ὀμμάτων δ' ἄπο Αἱμοσταγεῖς πρηστῆρες ὕσονται κάτω.* 475 *ταρτησία μύραινα· .. παρὰ τὰ ἐν τῷ Θ. Ε. .. τὸ γὰρ Στυγὸς ἐπὶ πλησίον (ἐκπληκτικὸν N) εἶπε τούτοις. ἔστι δὲ ταῦτα ἐν Θ. πεποιημένα Εὐριπίδῃ· ἐκεῖ γὰρ τοιοῦτός ἐστι σπουδάζων ὁ Ε. οἷος ἐνταῦθα παίζων [Ἀριστοφάνης].* Für *τιθράσιαι* 477, was nur für Aristophanes passt, vermuthet *Herm* bei E. *λιβυστικαί.* Nach den Schol. war der ganze tithrasische Demos ein *κακοπράγμων.* *Fr* meint, es seien wohl besonders die Weiber desselben als zänkisch übel berüchtigt gewesen.

ΘΥΕΣΤΗΣ.[48]) ΙΝΩ

43. 44. Acharn. 403 f. Vesp. 1412 *καὶ σὺ δή μοι Χαιρεφῶν Γυναικὶ κλητεύων ἔοικας θαψίνῃ, Ἰνοῖ κρεμαμένῃ προσπολῶν Εὐριπίδου.*

ΙΠΠΟΛΥΤΟΣ

Von dem ersten, dem 'verhüllten Hippolyt', in welchem Phaedra das Sinnliche sehr herausgekehrt haben muss (Ran. 1043 sagt: *ἀλλ' οὐ μὰ*

---

[46]) Soph. Trach. 778 *σπαραγμὸς αὐτοῦ πνευμόνων ἀνθήψατο.*

[47]) So *N.* *ῥᾶναί τε δ Θ* Ald. *ῥάνατε δ'* V *ῥανῶ τε πεδόσ' Matthiae.*

[48]) *ΙΚΕΤΙΔΕΣ.* 42. Pisthetaeros will Athene nicht zur Schutzgöttin von Nephelokokkygia wählen. Er sagt: Av. 829 *καὶ πῶς ἂν ἔτι γένοιτ' ἂν εὔτακτος πόλις, Ὅπου θεὸς γυνὴ γεγονυῖα πανοπλίαν Ἕστηκ' ἔχουσα, Κλεισθένης δὲ κερκίδα;* vgl. Eur. Suppl. 447 *πῶς οὖν ἔτ' ἂν γένοιτ' ἂν εὔτακτος πόλις, Ὅταν τις ὡς λειμῶνος ἠρινοῦ στάχυν Τόλμας ἀφαιρῇ κἀπολωτίζῃ νέους;* (Soph. fr. 618 *οὐ γάρ ποτ' ἂν γένοιτ' ἂν ἀσφαλὴς πόλις, Ἐν ᾗ τὰ μὲν δίκαια καὶ τὰ σώφρονα Λάγδην πατεῖται.*) fr. 526 *εἰ κερκίδων μὲν ἀνδράσιν μέλοι πόνος, Γυναιξὶ δ' ὅπλων ἐμπέσοιεν ἡδοναί.*

Δι' οὐ Φαίδρας ἐποίουν πόρνας οὐδὲ Σθενεβοίας), ist uns keine Parodie bekannt. In der erhaltenen Tragödie ist das Anstössige gemildert, der Gegenstand an sich bleibt aber darum nicht weniger etwas dem antiken Drama fremdes, das sich von allem der Natur widerstrebenden fern hielt. (Von der Phaedra des Sophokles wissen wir zu wenig, um darüber urtheilen zu können.) Und Hippolyt selbst, der überfromme Jüngling, dessen Tugend nur in verkehrtem Urtheil besteht, gibt seiner Stiefmutter kaum etwas an Unnatürlichkeit nach. Erstens ist es durch nichts zu rechtfertigen, dass er schwört ohne zu wissen, was er verschweigen soll. *Fr* ist zwar der Meinung (zu Ran. 101), aus 608 und 610 gehe hervor, dass er sich erst die Versicherung habe geben lassen, das Geheimniss sei nichts verwerfliches. Aber weder ist diese Behauptung richtig, noch würde aus diesem Umstand der Schwur gerechtfertigt sein. Die Amme bittet ihn zu schweigen. Er entgegnet: *τί δ' εἴπερ ὡς φῄς μηδὲν εἴρηκας κακόν*; und *τά τοι κάλ' ἐν πολλοῖσι κάλλιον λέγειν*. Hieraus ergibt sich weiter nichts, als dass sie im Allgemeinen gesagt hat, sie habe ihm etwas angenehmes mitzutheilen, nicht dass er jene feierliche Versicherung von der Moralität desselben verlangt habe. Aber wenn das auch darin läge, so war es immer eine grosse Unbesonnenheit, etwas zufälliges und darum als Fundament des ganzen Dramas unbrauchbares, auf ein solches Wort hin, das eine Lüge sein konnte, den Eid zu leisten. Er hätte nur sagen dürfen: 'wenn deine Mittheilung nichts übles ist, will ich sie geheim halten'. Dass er diese Bedingung aber nicht gestellt hat, sieht man daraus, dass er sich zum Schweigen verpflichtet hält. Wie kann also *Fr* sagen: *Neque enim ille, ut falso opinatur Valckenarius, iuraverat se, quaecumque demum res fidei suae commissa esset, eam nemini dicturum?* Wenn dies richtig wäre und er sich dennoch für eidlich gebunden hielte, so wäre er geistig unzurechnungsfähig. — Zweitens aber wäre ein solcher Eid unter vernünftigen Menschen überall für nicht existirend zu erachten. Das ist keine Collision von berechtigten Pflichten, an der Hippolyt zu Grunde geht, er erfüllt durch sein Schweigen nicht ein höheres sittliches Gebot, wie Antigone mehr den ungeschriebenen als den objectiven Gesetzen gehorcht, sondern er handelt einfach gegen die gesunde Vernunft, die ein Uebel auf den möglichst kleinen Umfang zu beschränken befiehlt. Im Gegentheil da der Wahrheit Raum zu schaffen hier gewiss Pflicht war, so begeht er an seinem Vater ein grosses Unrecht, für das er ein grösseres Recht nicht eintauscht. So hat sein Untergang auch gar nichts tragisches, da er den Zorn des Vaters unnöthiger Weise selbst verschuldet, und ist nur etwa mit dem zu vergleichen, wenn jemand es für seine Pflicht hält über einen Abgrund zu springen, weil er es mit einem einfältigen Eide versprochen, und dabei den Hals bricht. Solche Gewissenhaftigkeit ist eine falsche, solche Conflicte sind keine dramatischen, weil sie vor der gesunden Macht der realen Verhältnisse nicht bestehen können. Sie existiren nirgend in der Welt, wo die Menschen natürlich sind, nur krankhafte Einbildung vermag sie hervor zu bringen. Euripides hat auch den Mythos erst so gestaltet, dessen einfache Form nur den Zorn der Aphrodite und die daraus hergeleitete Leidenschaft der Phaedra, die falsche Anklage und das Ende durch die rasche Bitte des Theseus kennt, der den Sohn gar nicht anhört.

45. Phaedra will die Ursache ihres Leidens nicht selbst aussprechen und sucht das Gespräch mit der Amme so zu wenden, dass diese ihr das Geständniss von den Lippen nimmt. 345 *πῶς ἂν σύ μοι λέξειας, ἁμὲ χρὴ λέγειν;* 347 *τί τοῦθ' ὃ δὴ λέγουσιν ἀνθρώπους ἐρᾶν;* 351 *ὅστίς ποθ' οὗτός ἐσθ' ὁ τῆς Ἀμαζόνος — Τ. Ἱππόλυτον αὐδᾷς; Φ. σοῦ τάδ', οὐκ ἐμοῦ κλύεις.* Diese Spitzfindigkeit ahmen die beiden Sklaven des Demos in den Rittern nach, von denen der eine dem andern den Beschluss des Davonlaufens in den Mund legt, um nicht selbst als der Verwegene zu erscheinen: 15 *πῶς ἂν σύ μοι λέξειας, ἁμὲ χρὴ λέγειν;* 17 *πῶς ἂν οὖν ποτε Εἴποιμ' ἂν αὐτὸ δῆτα κομψευριπικῶς;* 21 *λέγε δὴ μόλωμεν ξυνεχὲς ὡδὶ ξυλλαβών. Α. Καὶ δὴ λέγω μόλωμεν. Β. ἐξόπισθε νῦν Αὐτὸ φάθι τοῦ μόλωμεν. Α. αὐτό. Β. πάνυ καλῶς. Ὥσπερ δεφόμενος νῦν ἀτρέμα πρῶτον λέγε Τὸ μόλωμεν, εἶτα δ' αὐτό, κατεπάγων πυκνόν. Α. Μόλωμεν αὐτὸ μόλωμεν αὐτομολῶμεν.* Auch 80 tritt der Sklave in Phaedras Fusstapfen: *κράτιστον οὖν νῷν ἀποθανεῖν.* Hipp. 400 *κατθανεῖν ἔδοξέ μοι Κράτιστον — οὐδεὶς ἀντερεῖ — βουλευμάτων.* vgl. Hel. 298.

46. Zweimal hat Aristophanes den Eingang von Phaedras Lehrvortrag 372 ff. parodirt, wo sie sagt: 374 *ἤδη ποτ' ἄλλως νυκτὸς ἐν μακρῷ χρόνῳ Θνητῶν ἐφρόντισ' ᾗ διέφθαρται βίος.* Equit. 1290 *ἦ πολλάκις ἐννυχίαισι Φροντίσι συγγεγένημαι Καὶ διεζήτηχ' ὁπόθεν ποτὲ φαύλως ἐσθίει Κλεώνυμος.* [49]) Ran. 931 *νὴ τοὺς θεοὺς ἐγὼ γοῦν Ἤδη ποτ' ἐν μακρῷ χρόνῳ νυκτὸς διηγρύπνησα Τὸν ξουθὸν ἱππαλέκτορα ζητῶν τίς ἐστιν ὄρνις.* (vgl. Lys. 26 f.)

47. In der ersten Aufwallung nach dem, was die Amme ihm mitgetheilt, ist Hippolyt nicht so schattenhaft edelmüthig wie nachher. Er gedenkt nicht zu schweigen und kleidet seine Rechtfertigung wegen des Eides in die Form: 612 *ἡ γλῶσσ' ὀμώμοχ', ἡ δὲ φρὴν ἀνώμοτος.* Er hätte lieber sagen sollen, er habe nicht gewusst, was er beschworen, und darum sei er nicht gebunden. So wie er den Gedanken ausspricht, klingt er aber allerdings sehr bedenklich, denn man soll eben nicht bloss mit der Zunge ohne Mitwirkung des Herzens schwören, sonst entheiligt man den Eid und setzt sich dem Meineid aus. Hippolyt hat den Eid bei ruhigem Blut geleistet, darum darf er diesen Gegensatz von Zungeneid und Herzenseid nicht aufstellen. Dass er es thut, kommt auf Rechnung seiner Entrüstung über Phaedras Geständnisse, und ist ein Sophisma der Leidenschaft, erklärlich aus der ganzen Weise des Euripides, der die Laster und Leidenschaften 'mit ihren eignen sich selbst betrügenden Worten' darstellt.*) Deshalb aber bleibt er immer eine sophistische Spitzfindigkeit nicht bloss, sondern eine Frivolität, da der Eid kein erzwungener, in der

---

[49]) s. zu Acharn. 88.
*) *O. Ribbeck*, Euripides und seine Zeit. Bern 1860.

Leidenschaft herausgestossener, sondern ein freiwilliger und leidenschaftsloser war. Und darum hat Aristophanes ganz Recht, wenn er den Euripides wegen dieses Verses aufzieht. Mnesilochos verlangt einen Eid von ihm, dass er ihn nicht im Stiche lassen wolle, wenn es ihm unter den Weibern schlecht gehe, und setzt hinzu: Thesm. 275 *μέμνησο τοίνυν τοῦθ' ὅτι ἡ φρὴν ὤμοσεν, Ἡ γλῶττα δ' οὐκ ὀμώμοκ'· οὐδ' ὥρκωσ' ἐγώ.* Dionysos in den Fröschen sucht einen Dichter, der so schöne Sachen zu erfinden weiss wie Euripides: Ran. 101 *ἢ φρένα μὲν οὐκ ἐθέλουσαν ὀμόσαι καθ' ἱερῶν, Γλῶτταν δ' ἐπιορκήσασαν ἰδίᾳ τῆς φρενός.* Und als E. ihn erinnert, bei der Wahl daran zu denken, dass er geschworen ihn mit auf die Oberwelt nehmen zu wollen, antwortet er: 1471 *ἡ γλῶττ' ὀμώμοκ', Αἰσχύλον δ' αἱρήσομαι.* Ein ungenannter Komiker endlich wandte den Gegensatz von *γλῶττα* und *φρήν* auf das Begreifen an und sagte *ἐπὶ τῶν ἀμαθῶν: ἡ γλῶττ' ἀνέγνωχ', ἡ δὲ φρὴν οὐ μανθάνει* (fr. anon. 528 V p. CCCLXVI). vgl. Theophylactus epist. 67 (Epistolae Graecanicae p. 413) *ἐσθίεις τοὺς ὅρκους ὡς λάχανα, καὶ κτύπος ὀδόντων εἶναί σοι δοκεῖ τὸ τελούμενον. καὶ τοῖς ἐγκαλοῦσιν ἀντιφθέγγῃ παμπόνηρε· ἡ γλῶττα ὀμώμοκεν, ἡ δὲ φρὴν ἀνώμοτος κτλ.* — *Fr*, der in den Thesmophoriazusen den Ausspruch des Hippolyt eine *vox impia* und *detestabilis* nennt, hat zu Ran. 101 eine lange Apologie desselben verfasst, deren Quintessenz in den Worten gefunden werden muss: *Sic iusiurandum re vera non datum poetice ita exprimit, ut linguam solam iurasse dicat, mentem vero non concepisse.* Ich habe schon oben auf das Unsittliche eben dieser Art des Schwörens hingewiesen.

48. Wie Phaedra in ihrem Liebeswahnsinn zu jagen begehrt, weil Hippolyt ein Jäger ist: 219 *πρὸς θεῶν, ἔραμαι κυσὶ θωύξαι Καὶ παρὰ χαίταν ξανθὴν ῥῖψαι Θεσσαλὸν ὅρπακ', ἐπίλογχον ἔχουσ' Ἐν χειρὶ βέλος* — so kam in dem Anagyros des Aristophanes eine Frau vor, die aus Liebe zu ihrem Stiefsohn Cicaden essen wollte: *πρὸς θεῶν, ἔραμαι τέττιγα φαγεῖν Καὶ κερκώπην θηρευσαμένη Λεπτῷ καλάμῳ* (fr. 46 II 961).

49. Von der Fluth (*κῦμα*), die das Seeungeheuer ans Land setzte, heisst es: 1210 *κἄπειτ' ἀνοιδῆσάν τε καὶ πέριξ ἀφρὸν Πολὺν καχλάζον ποντίῳ φυσήματι Χωρεῖ πρὸς ἀκτάς.* Hiernach sagt Eubulos (112 III 259) von einer Schüssel mit Fischen: *προσγελῶσά τε Λοπὰς παφλάζει βαρβάρῳ λαλήματι.* vgl. Timocl. 16 (III 602) 3.

50. 'Ich hasse die heuchlerischen Weiber' sagt Phaedra, 'die tugendhafte Reden führen und im Verborgenen frech sind': 415 *αἳ πῶς ποτ', ὦ δέσποινα ποντία Κύπρι, Βλέπουσιν εἰς πρόσωπα τῶν ξυνευνετῶν;* Xenarch. 4 (III 617) 21: *ἃς πῶς ποτ', ὦ δέσποινα ποντία Κύπρι, Βινεῖν δύνανται, τῶν Δρακοντείων νόμων Ὁπόταν ἀναμνησθῶσι προσκινούμενοι;*

ΙΦΙΓΕΝΕΙΑ Η ΕΝ ΑΥΛΙΔΙ

51. Philetaeros machte im 'Achilleus' 4 III 293 einen Spass mit dem Namen Peleus, den er von *πηλός* ableitend einem Töpfer beilegte: *Πηλεύς; ὁ Πηλεὺς δ' ἐστὶν ὄνομα κεραμέως, Ξηροῦ λυχνοποιοῦ Καν-*

θάρου πενιχροῦ πάνυ, Ἀλλ' οὐ τυράννου μὰ Δία. vgl. Eur. 700 *τοῦ δ' Αἰακοῦ παῖς τίς κατέσχε δώματα; ΑΓ. Πηλεύς· ὁ Πηλεὺς δ' ἔσχε Νηρέως κόρην.*

52. Menelaos sagt zu Agamemnon: 370 *Ἑλλάδος μάλιστ' ἔγωγε τῆς ταλαιπώρου στένω, Ἣ θέλουσα δρᾶν τι κεδνὸν βαρβάρους τοὺς οὐδένας Καταγελῶντας ἐξανήσει διὰ σὲ καὶ τὴν σὴν κόρην.* Und so Eubulos 67 (III 237) 10: *Ἑλλάδος ἔγωγε τῆς ταλαιπώρου στένω, Ἣ Κυδίαν ναύαρχον ἐξεπέμψατο.*

ΙΦΙΓΕΝΕΙΑ Η ΕΝ ΤΑΥΡΟΙΣ

53. Acharn. 47 ff.

54. Von der Liebhaberei des E., mit den Namen zu etymologisiren, hatten wir oben ein Beispiel in der Antiope. Hier ist Thoas 'der Schnelle'. 31 *οὗ γῆς ἀνάσσει βαρβάροισι βάρβαρος Θόας, ὃς ὠκὺν πόδα τιθεὶς Ἴσον πτεροῖς Εἰς τοὔνομ' ἦλθε τόδε ποδωκείας χάριν.* Aristophanes in den Lemnierinnen zieht dagegen die Etymologie *κατ' ἀντίφρασιν* vor. 351 II 1098: *ἐνταῦθα δ' ἐτυράννευεν Ὑψιπύλης πατὴρ Θόας βραδύτατος ὢν ἐν ἀνθρώποις δραμεῖν.*

ΚΡΕΣΦΟΝΤΗΣ

55. Eine Huldigung brachte Aristophanes unserm Dichter für das schöne Chorlied, in welchem er seine Sehnsucht nach dem Frieden aussprach, und dessen Anfang lautete (fr. 462): *Εἰρήνα βαθύπλουτε καὶ Καλλίστα μακάρων θεῶν, Ζῆλός μοι σέθεν, ὡς χρονίζεις.* Hier schlug er eine Saite an, die bei Aristophanes den wärmsten Anklang fand; fr. 206 II 987: *Εἰρήνη βαθύπλουτε καὶ ζευγάριον βοεικόν, Εἰ γὰρ ἐμοὶ παυσαμένῳ τοῦ πολέμου γένοιτο κτλ.*

ΚΡΗΣΣΑΙ

56. Philokleon betheuert seinem Sohne Vesp. 761, er wolle ihm alles zu Gefallen thun, nur eines könne er nicht lassen, das sei das Richten: *τοῦτο δὲ Ἅιδης διακρινεῖ πρότερον ἢ 'γὼ πείσομαι.* schol. *ἐν Κρήσσαις Εὐριπίδου ὁ Ἀτρεὺς πρὸς τὴν Ἀερόπην· [Ἅιδης] κρινεῖ ταῦτα.* — *Ἅιδης addendum esse liquet.* N fr. 468.

ΚΡΗΤΕΣ

57. In dem Cento, den Aeschylos aus Euripideischen Monodieen zusammensetzt (Ran. 1329 ff.), sind die Worte 1356 *ἀλλ' ὦ Κρῆτες Ἴδας τέκνα* und unbestimmtes aus dem folgenden diesem Drama entnommen (*ὦ κρητικὰς μὲν συλλέγων μονῳδίας* 849). schol. *ταῦτα δὲ παρὰ τὰ ἐκ Κρητῶν Εὐριπίδου.* N fr. 474.[50]

---

[50]) *ΚΥΚΛΩΨ.* 58. Ran. 844 *καὶ μὴ πρὸς ὀργὴν σπλάγχνα θερμήνῃς κότῳ* Nachahmung von 424 *σπλάγχν' ἐθέρμαινον ποτῷ.* — *ΛΙΚΥΜΝΙΟΣ.* 59. Unklare Beziehung in den Drohworten der Iris Av. 1241 *λιγνὺς δὲ σῶμα καὶ δόμων περιπτυχὰς Καταιθαλώσει σου Λικυμνίαις βολαῖς.*

ΜΕΛΑΝΙΠΠΗ Η ΣΟΦΗ

60. Lysistr. 1124 *ἐγὼ γυνὴ μέν εἰμι, νοῦς δ' ἔνεστί μοι, Αὐτὴ δ' ἐμαυτῆς οὐ κακῶς γνώμης ἔχω, Τοὺς δ' ἐκ πατρός τε καὶ γεραιτέρων λόγους Πολλοὺς ἀκούσασ' οὐ μεμούσωμαι κακῶς.* schol. 1125 *ὁ στίχος* (*οἱ στίχοι* Put.) *ἐκ σοφῆς M. E.* N fr. 487.

61. E. schwört dem Mnesilochos, ihn nicht verlassen zu wollen, Thesm. 272: *ὄμνυμι τοίνυν αἰθέρ' οἴκησιν Διός.* E. fr. 491 *ὅ. δ' ἱερὸν α. ο. Δ.* (vgl. Ran. 100. 311.) Die Parodie liegt hier im folgenden Verse. 'Das ist mir zu abgedroschen' meint M., 'schwöre doch lieber gar bei der Spelunke des Hippokrates': *τί μᾶλλον ἢ τὴν Ἱπποκράτους ξυνοικίαν;* Hippokrates lebte mit seinen Söhnen, wie arme Leute leben, d. h. in einem erbärmlichen Hause auf möglichst engem Raume zusammengedrängt. Da sie ausserdem das Unglück grosser Geistesarmuth hatten, so dienten sie zum Gespött auch wegen ihres kümmerlichen Lebens.[51]) schol. *Ἱπποκράτης ἐγένετο Ἀθηναῖος,* [*ὃς D*] *εἶχεν υἱοὺς* [*ὑώδεις Fr* nach Suidas].

62. Nachahmung Ran. 838 *ἔχοντ' ἀχάλινον ἀκρατὲς ἀθύρωτον στόμα* von fr. 495 4 *ἀχάλιν' ἔχουσι στόματα* Bacch. 386 *ἀχαλίνων στομάτων* Or. 903 *ἀνήρ τις ἀθυρόγλωσσος.*

ΜΕΛΕΑΓΡΟΣ

63. Aus Euripideischen Chorliedern setzt Aeschylos Ran. 1309 ff. einen Cento zusammen, darin v. 1316 lautet: *κερκίδος ἀοιδοῦ μελέτας.* schol. *τὸ δὲ κερκίδος ἐκ Μελεάγρου E.* (fr. 527.)

ΜΗΔΕΙΑ

64. In den *Δήμοις* des Eupolis (90 II 457) sprach Miltiades: *οὐ γὰρ μὰ τὴν Μαραθῶνι τὴν ἐμὴν μάχην Χαίρων τις αὐτῶν τοὐμὸν ἀλγυνεῖ κέαρ,* nach *Me* in diesem Sinne: *graviter ulciscar, si quis ducum Atheniensium, quae ego paravi civitati decora, ignavia et imperitia dehonestaverit.* Sein Original ist dabei Med. 394: *οὐ γὰρ μὰ τὴν δέσποιναν ἣν ἐγὼ σέβω Μάλιστα πάντων καὶ ξυνεργὸν εἱλόμην, Ἑκάτην μυχοῖς ναίουσαν ἑστίας ἐμῆς, Χαίρων τις αὐτῶν τοὐμὸν ἀλγυνεῖ κέαρ.*

65. Der häufige Gebrauch des σ ist der Tragödie überhaupt, besonders aber dem Euripides eigen, wovon ein starkes Beispiel Med. 476 ist: *ἔσωσά σ', ὡς ἴσασιν Ἑλλήνων ὅσοι Ταὐτὸν συνεισέβησαν Ἀργῷον σκάφος.* Einige Dichter legten sich nun darauf, den Sigmatismus zu vermeiden, und glaubten sich grosse Verdienste damit zu erwerben. Einem solchen sagte Platon sarkastischer Weise (33 II 626): *εὖ γέ σοι γένοιθ', ὅτι Ἔσωσας ἐκ τῶν σῖγμα τῶν Εὐριπίδου.* vgl. Eubul. 26. 27 III 218.

---

[51]) Auch Eupolis (127) scheint die Personen dieser 'Dickköpfe' (Aristoph. fr. 115 II 992. 549 II 1167) zu einer tragischen Parodie benutzt zu haben. s. *Me* com. II 477 f.

66. *Παλαιὸν οἴκων κτῆμα δεσποίνης ἐμῆς* redet der Paedagog 49 die Amme an. Alexis 171 III 466: *εἶτα τετρακότυλον ἐπεσόβει κώθωνά μοι, Παλαιὸν οἴκων κτῆμα.*

67. Die Anrede an den eigenen *θυμός* 1057: *μὴ δῆτα θυμὲ μή ποτ' ἐργάσῃ τάδε* — die sich freilich auch sonst findet, hat Aristophanes öfter parodisch gebraucht. Acharn. 450. Equit. 1194 *ὦ θυμὲ νυνὶ βωμολόχον ἔξευρέ τι.* (der Wursthändler, da Kleon dem Demos Hasenbraten bietet.)

68. Zu Iason, als er die Thür erbrechen will, um an der Mörderin seiner Kinder Rache zu nehmen, sagt Medea von ihrem Drachenwagen herab: 1317 *τί τάσδε κινεῖς κἀναμοχλεύεις πύλας;* Diese Stelle hat der Chor der Wolken im Auge, wenn er den Phidippides, der seinen Vater geschlagen und sich deshalb rechtfertigen soll, anredet: 1397 *ὦ καινῶν ἐπῶν κινητὰ καὶ μοχλευτά.*

69. Trygaeos entwirft Pac. 987 ff. ein Bild des Friedens nach seinem Sinne. Er stellt sich den Fischmarkt vor, wie man sich dort um die feil gebotenen Herrlichkeiten drängen wird. 'Melanthios' sagt er 'muss aber zu spät kommen, wenn schon alles verkauft ist; wie wird er dann klagen aus der Medea: ich bin verloren, ich bin verloren!'[52]) 1012 *εἶτα μονῳδεῖν ἐκ Μηδείας, Ὀλόμαν ὀλόμαν ἀποχηρωθεὶς Τᾶς ἐν τεύτλοισι λοχευομένας.* Es ist wahrscheinlicher, dass sich dies auf Eur. Med. 97 bezieht: *ἰώ μοί μοι, πῶς ἂν ὀλοίμαν;* als auf eine Medea des Melanthios selbst, von der wir sonst nichts wissen. Iph. T. 152 steht wirklich *ὀλόμαν ὀλόμαν.* vgl. Eubul. 64 aus dessen Medea (III 236): *παρθένου βοιωτίας Κωπᾴδος· ὀνομάζειν γὰρ αἰδοῦμαι θεάν.*

70. Euripides in den Thesmophoriazusen, als er sieht, dass ihm alle Verkleidungen nichts helfen und dass er seine eigne Person einsetzen muss, sagt 1130: *σκαιοῖσι γάρ τοι καινὰ προσφέρων σοφὰ Μάτην ἀναλίσκοις ἄν* mit den Worten der Medea, wo sie die Nachtheile allzu grossen Verstandes auseinander setzt: 298 *σκαιοῖσι μὲν γὰρ καινὰ*

---

[52]) Der schwelgerische und ekelhaft wollüstige Melanthios (*Me* hist. crit. 206), der obenein noch schlechte Tragödien machte, musste sich vieles auf der komischen Bühne sagen lassen. In der Parabase des Friedens wird er mit Karkinos (782) und seinem Bruder Morsimos zusammen durchgenommen. 'Solche Lieder muss der weise Dichter singen, wenn im Frühling die Schwalbe zwitschert', 803 *χορὸν δὲ μήτε Μόρσιμος Μηδὲ Μελάνθιος, οὗ δὴ Πικροτάτην ὄπα γηρύσαντος ἤκουσ', Ἡνίκα τῶν τραγῳδῶν Τὸν χορὸν εἶχον ἀδελ-φός τε καὶ αὐτός κτλ.* Archippos liess ihn in dem Stücke *Ἰχθῦς* zum Lohn für all den Schaden, den er unter den Wasserthieren angerichtet, gebunden den Fischen zum Frass hinwerfen (28 II 723). Bei Kallias (11 II 738) fragte einer: *πῶς ἆρα τοὺς Μελανθίους τῷ γνώσομαι;* und bekam zur Antwort: *οὓς ἂν μάλιστα λευκοπρώκτους εἰσίδῃ.* Zu allem war er noch mit der *λέπρα* behaftet. Der Wiedehopf fragt Euelpides und Pisthetaeros, warum sie sich nicht zu Lepreos in Elis niederlassen wollten: Av. 149 *τί οὐ τὸν ἠλεῖον Λέπρεον οἰκίζετον Ἐλθόνθ'; Ε. ὁτιή; νὴ τοὺς θεούς, ὅτι οὐκ ἰδὼν Βδελύττομαι τὸν Λέπρεον ἀπὸ Μελανθίου.*

προσφέρων σοφὰ Δόξεις ἀχρεῖος κοὐ σοφὸς πεφυκέναι. vgl. Soph. fr. 692. [53])

ΟΙΝΕΥΣ

71. Acharn. 388. 441 f.

72. In einer Scene kam Diomedes, wie man annimmt (gewiss unerkannt), mit Oeneus zusammen und fragte ihn (fr. 569): σὺ δ' ὧδ' ἔρημος ξυμμάχων ἀπόλλυσαι; Jener soll darauf geantwortet haben: οἳ μὲν γὰρ οὐκέτ' εἰσίν, οἱ δ' ὄντες κακοί. Den zweiten Vers braucht Dionysos in den Fröschen, wo er von den tragischen Dichtern spricht, um sein Verlangen nach Euripides zu motiviren (72).

ΟΡΕΣΤΗΣ

73. Der Bote spricht: 866 ἐτύγχανον μὲν ἀγρόθεν πυλῶν ἔσω Βαίνων. Alkaeos 19 II 830: ἐτύγχανον μὲν ἀγρόθεν πλείστους φέρων Εἰς τὴν ἑορτὴν οσσονοιον εἴκοσιν, Ὁρῶ δ' ἄνωθεν γάργαρ' ἀνθρώπων κύκλῳ. v. 1 *Herm* ναστοὺς für πλείστους. 2 καθοσιώσων. *Schneidewin* ὡς ἂν οἶομ', εἴκοσι.

74. 270 ἐκ κυμάτων γὰρ αὖθις αὖ γαλήν' ὁρῶ parodirte unabsichtlich durch schlechte Aussprache der Schauspieler Hegelochos, indem er (ἐπιλείψαντος τοῦ πνεύματος schol. προστάντος αὐτῷ τ. π. schol. Aristoph.) die Apostrophirung des Wortes γαληνά nicht deutlich machte und so ein Wiesel γαλῆν an die Stelle setzte. Das gab vielen Komikern Gelegenheit zu Witzen, [54]) unter andern dem Sannyrion, der in seiner Danae den Liebhaber der eingesperrten Schönen sagen liess (8 II 874): 'In welcher Gestalt soll ich in das Loch hinein kommen? wie wäre es, wenn ich es als Wiesel versuchte? ach nein, da würde mich Hegelochos verrathen und rufen: ἐκ κυμάτων γὰρ αὖθις αὖ γαλῆν ὁρῶ.' vgl. Strattis 60 II 787. Auch in den Fröschen macht Xanthias einen solchen Spass. Nachdem er den Dionysos mit der Empuse in Schrecken gesetzt, sagt er 302: θάρρει· πάντ' ἀγαθὰ πεπράγαμεν, Ἔξεστί θ' ὥσπερ Ἡγέλοχος ἡμῖν λέγειν· Ἐκ κυμάτων κτλ.

75. 'Das Blut der Mutter' sagt Elektra 36 'treibt ihn umher, denn die göttlichen Eumeniden selbst scheue ich mich zu nennen': τὸ μητρὸς

---

[53]) Noch zwei Stellen im Aristophanes können, obwohl mit zweifelhaftem Rechte, hier angeführt werden. Nub. 41, wo Strepsiades seine Heirath verwünscht: εἴθ' ὤφελ' ἡ προμνήστρι' ἀπολέσθαι κακῶς. Med. 1 εἴθ' ὤφελ' Ἀργοῦς μὴ διαπτάσθαι σκάφος. (solche Wünsche in die Vergangenheit kommen bei E. öfter vor.) Plut. 114: οἶμαι γὰρ οἶμαι, σὺν θεῷ δ' εἰρήσεται, Ταύτης ἀπαλλάξειν σε τῆς ὀφθαλμίας. M. 625 νύμφευ'· ἴσως γάρ, σὺν θεῷ δ' εἰρήσεται, Γαμεῖς τοιοῦτον ὥστε σ' ἀρνεῖσθαι γάμον.

[54]) Strattis liess im Ἀνθρωπορραίστης den Agonotheten büssen, der dem H. die Rolle des Orest gegeben hatte. 1 II 763: καὶ τῶν μὲν ἄλλων οὐκ ἐμέλησέ μοι μελῶν, Εὐριπίδου δὲ δρᾶμα δεξιώτατον Διέκναισ' Ὀρέστην, Ἡγέλοχον τὸν Κιννάρου Μισθωσάμενος τὰ πρῶτα τῶν ἐπῶν λέγειν.

δ' αἷμά νιν τροχηλατεῖ Μανίαισιν· ὀνομάζειν γὰρ αἰδοῦμαι θεὰς Εὐμενίδας, αἳ τόνδ' ἐξαμιλλῶνται φόβῳ. Eine Anwendung hiervon machte Eubulos in der Medea 64 III 236: *τεῦτλ' ἀμπεχομένης παρθένου βοιωτίας Κωπᾴδος· ὀνομάζειν γὰρ αἰδοῦμαι θεάν* (nämlich *ἔγχελυν*).

76. Derselbe liess Fische über dem Feuer springen 'wie ein Füllen vom Joch' nach 45, wo dieser Ausdruck vom Orest gebraucht ist: *ποτὲ δὲ δεμνίων ἄπο Πηδᾷ δρομαῖος, πῶλος ὣς ἀπὸ ζυγοῦ.* Eub. 75 (III 242) 4: *ὁμοῦ δὲ τευθὶς καὶ φαληρικὴ κόρη Σπλάγχνοισιν ἀρνείοισι συμμεμιγμένη Πηδᾷ χορεύει, πῶλος ὣς ἀπὸ ζυγοῦ.* Gleichzeitig hatte er die Stelle der Hypsipyle im Auge: *Διόνυσος, ὃς . . Πηδᾷ χορεύων παρθένοις σὺν δελφίσιν* (fr. 752).

77. Misgolas, der Sohn des Naukrates (*Mę* hist. crit. 386) war nach dem Zeugniss des Aeschines sonst zwar *καλὸς κἀγαθός*, aber *δαιμονίως ἐσπουδακώς* nach schönen Knaben. Er war ein Musikfreund und hatte deshalb besonders gern solche, die mit der Kithar umzugehen verstanden. [55]) Hieraus erklärt sich fr. 2 III 383 des Alexis: *ὦ μῆτερ ἱκετεύω σε, μὴ 'πίσειέ μοι Τὸν Μισγόλαν· οὐ γὰρ κιθαρῳδός εἰμ' ἐγώ.* Or. 255 *ὦ μῆτερ ἱκετεύω σε, μὴ 'πίσειέ μοι Τὰς αἱματωποὺς καὶ δρακοντώδεις κόρας.*

78. Pylades fragt in Betreff des Menelaos: *καὶ δάμαρτα τὴν κακίστην ναυστολῶν ἐλήλυθεν;* 742 *O. οὐκ ἐκεῖνος, ἀλλ' ἐκείνη κεῖνον ἐνθάδ' ἤγαγεν.* schol. *κωμῳδεῖται ὁ στίχος διὰ τὴν ταυτότητα* (com. anon. 491 V 123).

ΠΑΛΑΜΗΔΗΣ

Von der Schreibkunst, des Palamedes Erfindung, wurde ein ausgedehnter Gebrauch in dieser Tragödie gemacht. Abgesehen von dem angeblichen durch Odysseus abgefassten Briefe des Priamos rühmte sich erstens der weise Sohn des Nauplios selbst (fr. 582): 'Mir dankt man vor Vergessenheit gewissen Schutz, Denn Sylben setzend aus Vocal und Consonant Erfand Buchstabenschrift ich für die Sterblichen, So dass abwesend man genau erfahren kann, Was sich begeben au des Meeres fernstem Strand.'

79. Und er hatte nicht vergeblich so gesprochen. Denn zweitens zeigte Oeax, der Bruder des P., sich als gelehriger Schüler, indem er die traurige Geschichte von dessen Tode auf viele Schiffsruder schrieb, die er den Wellen übergab. Eins derselben, dachte er, würde doch gewiss an den Strand von Euboea zum Vater gelangen. An dieses Mittel denkt auch Mnesilochos in den Thesmophoriazusen zuerst, um den Euripides von seiner Lage in Kenntniss zu setzen. Da ihm indess keine Ruder zu Gebote stehen, so hält er sich an die im Heiligthume befindlichen Götter-

---

[55]) Daher der Witz des Antiphanes 26 (III 13) 12: *καὶ τὸν Σινώπης γόγγρον ἤδη παχυτέρας Ἔχοντ' ἀκάνθας τουτονὶ τίς λήψεται Πρῶτος προσελθών; Μισγόλας γὰρ οὐ πάνυ Τούτων ἐδεστής. ἀλλὰ κίθαρος οὑτοσί, Ὃν ἂν ἴδῃ, τὰς χεῖρας οὐκ ἀφέξεται.*

bilder, die ja auch von Holz sind, und klagt diesen sein Leid. 769 *οἶδ' ἐγὼ καὶ δὴ πόρον Ἐκ τοῦ Παλαμήδους· ὡς ἐκεῖνος τὰς πλάτας Ῥίψω γράφων κτλ.* Die Worte, die dann aus seinem Munde gehen, und die ich griechisch und deutsch hersetzen will, sind vielleicht zum Theil dem Euripides nachgebildet:

776 *ὦ χεῖρες ἐμαὶ νῦν δὴ 'γχειρεῖν*	Nun, liebe Hände, ist unverweilt
ὑμᾶς ἔργῳ πορίμῳ χρή.	Hand anzulegen an's rettende Werk.
ἄγε δὴ πινάκων ξεστῶν δέλτοι,	Schreibtafeln kommt her von geglättetem Holz,
δέξασθε σμίλης ὁλκοὺς	empfangt des Griffels Züge,
κήρυκας ἐμῶν μόχθων· οἴμοι	meiner Herzensangst Verkünder, weh weh!
τουτὶ τὸ ῥῶ μοχθηρόν.	das R, das kostet Mühe.
χώρει χώρει. ποίαν αὔλακα;	rasch her! rasch her! ja wohin denn nun?
βάσκετ' ἐπείγετε πάσας καθ' ὁδούς,	macht hurtig, lauft lauft! in alle vier Wind'!
κείνᾳ ταύτᾳ· ταχέως χρή.	hierhin dorthin, nur geschwinde!

Und damit wirft er seine Briefe auf dem Theater umher. Während der nun folgenden Parabase erwartet er jedoch vergeblich das Erscheinen des Euripides: 816 'Ich seh' die Augen mir aus dem Kopf, und er kommt nicht. Was kann ihn hindern in aller Welt? das ist's gewiss, Dass er des frostigen Palamedes sich jetzt schämt.'

80. 81. Von bestimmt parodirten Stellen des P. wird ausserdem nichts berichtet, nur vermuthungsweise werden als solche bezeichnet: Av. 842 *κωδωνοφορῶν περίτρεχε καὶ κάθευδ' ἐκεῖ* und Ran. 1446 *E. εἰ τῶν πολιτῶν οἷσι νῦν πιστεύομεν, Τούτοις ἀπιστήσαιμεν, οἷς δ' οὐ χρώμεθα, Τούτοισι χρησαίμεσθ', ἴσως σωθεῖμεν ἄν.* Das erste empfiehlt Pisthetaeros zur Vorsicht in der neuen Stadt. schol. *οἱ περίπολοι οἱ τὰς φυλακὰς περισκοποῦντες ἐρχόμενοι ἐπὶ τοὺς φύλακας κώδωνας εἶχον ... μήποτε δὲ παρακωμῳδεῖ τὸν Εὐριπίδου Παλαμήδην οὐ πρὸ πολλοῦ δεδιδαγμένον* (fr. 592). Das zweite ist eine Erläuterung, welche Euripides seinem ersten Ausspruche 1443: *ὅταν τὰ νῦν ἄπιστα πίσθ' ἡγώμεθα, Τὰ δ' ὄντα πίστ' ἄπιστα* gibt nach der Aufforderung des Dionysos, seine Meinung zu sagen 1436: *περὶ τῆς πόλεως ἥντιν' ἔχετον σωτηρίαν.* D. ruft aus 1451: *εὖ γ' ὦ Παλάμηδες, ὦ σοφωτάτη φύσις.* schol. *πρὸς τὸν Εὐριπίδην, ὅτι εἰκὸς ἐκ Παλαμήδους πεπλάσθαι ταῦτα. Euripidis acumen ridere videtur Ar. R. 1443. N* fr. 586.

ΠΗΛΕΥΣ

82. Da Strepsiades von Sokrates hört, dass er seine Schulden nicht zu bezahlen braucht, und wenn die Gläubiger tausend Zeugen hätten, ruft er vor Freuden: Nub. 1154 *βοάσομαι τἄρα τὰν ὑπέρτονον βοάν. ἰὼ κλάετ' ὠβολοστάται κτλ.* schol. *παρὰ τὰ ἐκ Πηλέως Εὐριπίδου. ἐπιφέρει γὰρ ἰὼ πύλαισιν ἤ τις ἐν δόμοις;* (fr. 625.) Vielleicht war Peleus selbst der Sprechende vor der Thür des Akastos. schol. Nub. 1063 *πάλιν οὖν ὁ Π. ἐκ Φθίας φυγὼν ἐς Ἰωλκὸν πρὸς Ἄκαστον ἀφικνεῖται καὶ*

καθαίρεται ὑπ᾽ αὐτοῦ (von der unfreiwilligen Schuld an dem Tode des Eurytos auf der kalydonischen Jagd). — Der cod. Ven. sagt übrigens: *ταῦτα ἐκ τοῦ Π. Σοφοκλέους* ohne den Zusatz (fr. 448). Die Worte *βοάσομαι* bis *βοάν* standen auch bei dem Komiker Phrynichos in den Satyrn (47 II 598). Vgl. Plut. 639 *ἀναβοάσομαι τὸν εὔπαιδα κτλ.* Eur. Or. 984.

ΠΛΕΙΣΘΕΝΗΣ

83. Iris gibt in den Vögeln 1230 als ihr Geschäft an, zu den Menschen zu fliegen und sie zu Opfern für die Götter aufzufordern: *πρὸς ἀνθρώπους πέτομαι παρὰ τοῦ πατρὸς Φράσουσα θύειν τοῖς ὀλυμπίοις θεοῖς Μηλοσφαγεῖν τε βουθύτοις ἐπ᾽ ἐσχάραις Κνισᾶν τ᾽ ἀγυιάς.* Eur. fr. 630: *μηλοσφαγεῖ τε δαιμόνων ἐπ᾽ ἐσχάραις. Euripidem addidisse suspicor κνισᾷ τ᾽ ἀγυιάς. N.*

ΠΟΛΥΙΔΟΣ

84. Glaukos, der Sohn des Minos und der Pasiphae, war in ein Fass mit Honig gefallen. Es bedurfte eines Orakels, um seine Leiche zu finden. Wahrscheinlich zum Trost für die Eltern wurde die ausbündige Antithese aufgestellt (die sich in Hamlets Munde wohl besser ausnimmt): *τίς δ᾽ οἶδεν εἰ τὸ ζῆν μέν ἐστι κατθανεῖν, Τὸ κατθανεῖν δὲ ζῆν κάτω νομίζεται;* (fr. 639.) Nach Ran. 1082 sprach am Ende Pasiphae selbst die Sokratische Weisheit aus, wenigstens muss es eine Frau gewesen sein, denn Aeschylos sagt von seinem Gegner: 1079 *οὐ προαγωγοὺς κατέδειξ᾽ οὗτος;* 1082 *καὶ φασκούσας οὐ ζῆν τὸ ζῆν;* Sehr boshaft hält nun aber Dionysos dem Euripides diesen Gedanken vor, da er von jenem wegen der unverhofften Entscheidung für Aeschylos hart angelassen wird: 1476 *E. ὦ σχέτλιε περιόψει με δὴ τεθνηκότα; Δ. Τίς οἶδεν, εἰ τὸ ζῆν μέν ἐστι κατθανεῖν, Τὸ πνεῖν δὲ δειπνεῖν, τὸ δὲ καθεύδειν κῴδιον;* (*Πεινῆν δὲ δειπνεῖν Fr τὸ πονεῖν δὲ δ. N.*) vgl. auch 420 *ἐν τοῖς ἄνω νεκροῖσι.* Eur. fr. 830 *τίς δ᾽ οἶδεν εἰ ζῆν τοῦθ᾽ ὃ κέκληται θανεῖν, Τὸ ζῆν δὲ θνήσκειν ἐστί;*

ΣΘΕΝΕΒΟΙΑ

In diesem Drama erging es dem Bellerophon nicht so kläglich wie in dem nach ihm selbst benannten, von dem wir oben gesprochen haben. Im Gegentheil er triumphirte zuletzt über seine verliebte Feindin, der ihre schlechte Aufführung den Tod brachte.

85. Xanthias schildert in der ersten Scene der Wespen das Leiden des Philokleon und bemerkt zuletzt, dass alles Zureden nichts fruchte, sondern die Sache noch verschlimmere: 111 *τοιαῦτ᾽ ἀλύει· νουθετούμενος δ᾽ ἀεὶ Μᾶλλον δικάζει.* So wurde bei E. wahrscheinlich im Prologe von der Amme der Sthenboea über diese gesagt (fr. 668): *τοιαῦτ᾽ ἀλύει· νουθετούμενος δ᾽ ἔρως Μᾶλλον πιέζει.*

86. Dass die Liebe jeden zum Dichter mache, wurde hier vielleicht zum ersten mal ausgesprochen: *ποιητὴν δ᾽ ἄρα Ἔρως διδάσκει, κἂν ἄμουσος*

ἢ τὸ πρίν (fr. 666). Mit derselben Bedingung will der Chor der Wespen jeden über die Bedeutung seines Kostüms aufklären: 1071 εἴ τις ὑμῶν ὦ θεαταὶ τὴν ἐμὴν ἰδὼν φύσιν Εἶτα θαυμάζει μ' ὁρῶν μέσον διεσφηκωμένον — 1074 ῥᾳδίως ἐγὼ διδάξω, κἂν ἄμουσος ᾖ τὸ πρίν.

87. Es war Sitte bei den Griechen, die vom Tische fallenden Brosamen den verstorbenen Lieben zu weihen. Stheneboea glaubte den Bellerophon zu den Todten zählen zu dürfen, seit er mit dem Briefe an Iobates fort war; sie weihte also alles, was ihr aus der Hand fiel, 'dem Fremdling von Korinth'. fr. 667: πεσὸν δέ νιν λέληθεν οὐδὲν ἐκ χερός, Ἀλλ' εὐθὺς αὐδᾷ 'τῷ κορινθίῳ ξένῳ'. Hiervon machte schon Kratin einen schlimmen Gebrauch, indem er es auf seinen wahren Sinn zurück führte, mit Umwandlung der Esswaaren in die beim Kottabosspiel geschleuderten Weintropfen, die man ebenfalls bestimmten Personen zu dediciren pflegte. fr. 288 (II 179) 3: πίνουσ' ἀπ' ἀγκύλης ἐπονομάζουσ' ἅμα Ἵησι λάταγας τῷ κορινθίῳ πέει. Eine andere Wendung gab der Sache Aristophanes. In den Thesmophoriazusen gehört es zu den Anklagepunkten gegen Euripides, dass er die Ehemänner so argwöhnisch gemacht. Keine Frau kann einen Kranz winden, ohne dass er für einen Liebhaber bestimmt ist; wirft sie aus Versehen ein Geräth an den Boden, 'gleich fragt der Mann: wer ist's, dem dieser Topf zerbrach? Natürlich keinem, als dem Fremden von Korinth'. 403 ἀνὴρ ἐρωτᾷ, τῷ κατέαγεν ἡ χύτρα; Οὐκ ἔσθ' ὅπως οὐ τῷ κορινθίῳ ξένῳ.

88. Da Bellerophon mit dem Leben davon kam, so machte Stheneboea einen zweiten Ausschlag. Diesmal kam er ihr aber zuvor, stellte sich, als habe er seine Abneigung überwunden, und forderte sie auf, mit ihm zu entfliehen. Dazu überredete er sie, mit ihm den Pegasos zu besteigen, und warf sie bei der Insel Melos in die See. Von Fischern wurde ihre Leiche aufgefunden, und B. selbst oder eine Gottheit gab Aufklärung über ihre Person (κομίζετ' εἴσω τήνδε fr. 673). fr. 665 4 πτηνὸς πορεύσει. Vielleicht hat der Vers vollständig geheissen wie Arist. Pac. 126: πτηνὸς πορεύσει πῶλος· οὐ ναυσθλώσομαι, wo Trygaeos seinen Kindern diese Antwort gibt auf die Frage, wie er denn in den Himmel zu gelangen denke.

ΤΗΛΕΦΟΣ

89. Telephos kam nach dem Peloponnes, um dem Orakelspruch gemäss bei demjenigen Heilung zu suchen, der ihn verwundet hatte. Als Sohn des Herakles und der arkadischen Fürstentochter Auge begrüsste er das Land (fr. 697): ὦ γαῖα πατρίς, ἣν Πέλοψ οἰκίζεται,[56]) Χαῖρ', ὅς τε πέτρον Ἀρκάδων δυσχείμερον Πὰν ἐμβατεύεις, ἔνθεν εὔχομαι γένος. Cratin. 294 II 182: χαῖρ' ὦ χρυσόκερως βαβάκτα κήλων, Πὰν πελασγικὸν Ἄργος ἐμβατεύων. (Hom. *B* 681.) vgl. Aesch. Pers. 443: ἣν ὁ φιλόχορος Πὰν ἐμβατεύει.

90—96. Ach. 410 f. 465 f. (548.) 400. 523 f. 416. 293. 545.

---

[56]) So *N* für ὁρίζεται.

97. Dem Telephos scheinen auch die Worte zugeschrieben werden zu müssen: ὦ Φοῖβ' Ἄπολλον λύκιε τί ποτέ μ' ἐργάσει; die bei Aristophanes Kleon spricht, als er merkt, dass es mit ihm vorbei ist, Equit. 1240 (fr. 705).

98. Mnesilochos hält den Thesmophoriazusen vor, wie sie dem Euripides gram sein könnten, da sie alles das in Wahrheit thäten, was er ihnen schuld gebe: 518 κᾆτ' Εὐριπίδῃ θυμούμεθα Οὐδὲν παθοῦσαι μεῖζον ἢ δεδράκαμεν; Tel. fr. 712 εἶτα δὴ θυμούμεθα Παθόντες οὐδὲν μᾶλλον ἢ δεδρακότες; vgl. εἶτα δῆτ' ὀγκούμεθα Hec. 623. Soph. O. C. 268.

99. Als Kleon seine Verdienste über die des Themistokles stellt, entsetzt sich der Wursthändler und spricht: Equit. 813 ὦ πόλις Ἄργους, κλύεθ' οἷα λέγει. schol. τὸ δὲ ὦ π. Ἄ. ἐκ Τηλέφου (fr. 723). τὸ δὲ κλ. ο. λ. ἀπὸ Μηδείας (168). Der ganze Vers kehrt wieder Plut. 601.

100. Die Eirene, sagt Trygaeos, duftet ganz und gar nur nach häuslicher Ruhe und Myrrhen; und als Hermes fragt: Pac. 527 μῶν οὖν ὅμοιον καὶ γυλίου στρατιωτικοῦ; entgegnet er: ἀπέπτυσ' ἐχθροῦ φωτὸς ἔχθιστον πλέκος. denn γύλιος ist der Kriegstornister. schol. ἔστι δὲ Εὐριπίδου ἐκ Τηλέφου ἢ Τληπολέμου τὸ ἀπέπτυσ' ἐχθροῦ φωτὸς ἔχθιστον τέκος (fr. 727).

101. Der ἄδικος λόγος sagt zum δίκαιος: Nub. 891 ἴθ' ὅποι χρῄζεις. πολὺ γὰρ μᾶλλον σ' Ἐν τοῖς πολλοῖσι λέγων ἀπολῶ. schol. πάντα δὲ ἐκ T. E. ἴθ' ὅποι χρῄζεις· οὐκ ἀπολοῦμαι Τῆς σῆς Ἑλένης οὕνεκα (fr. 721). Anders ist die Meinung in βαῖν' ὅποι θέλεις Acharn. 198.

102—105. Acharn. 8. 508. 511. 424.

106. Lysistrata wird von ihren Freundinnen angeredet: 706 ἄνασσα πράγους τοῦδε καὶ βουλεύματος. schol. ἄνασσα πράγους· ἐκ Τηλέφου Εὐριπίδου (fr. 704).

ΤΗΜΕΝΙΔΑΙ

107. Aristoph. Ran. 1338 ἀλλά μοι ἀμφίπολοι λύχνον ἅψατε. schol. Ἀπολλώνιος παρὰ τὰ ἐκ τῶν Εὐμενίδων (*Τημενιδῶν Dobr*). Eur. fr. 741.

ΥΨΙΠΥΛΗ

108. Das Antepirrhem in den Wolken 595 ff. enthält eine Anrufung des Apoll, der Artemis, Athene und des Dionysos, die letztere von 603 an: παρνασσίαν θ' ὃς κατέχων Πέτραν σὺν πεύκαις σελαγεῖ Βάκχαις δελφίσιν ἐμπρέπων, Κωμαστὴς Διόνυσος nach den Anfangsworten der Hypsipyle (fr. 752): Διόνυσος, ὃς θύρσοισι καὶ νεβρῶν δοραῖς Καθαπτὸς ἐν πεύκαισι Παρνασὸν κάτα Πηδᾷ χορεύων παρθένοις σὺν δελφίσιν. vgl. Eubul. 75 (III 242) 6 πηδᾷ χορεύει.

109. Ran. 64 fragt Dionysos den Herakles: ἆρ' ἐκδιδάσκω τὸ σαφὲς ἢ 'τέρᾳ φράσω; schol. ἑτέρᾳ φράσω· — ἔστι δὲ τὸ ἡμιστίχιον ἐξ Ὑψιπύλης Εὐριπίδου (fr. 763). *Kock* will es freilich nicht glauben.

110. 111. Ran. 1320 οἰνάνθας γάνος ἀμπέλου. 1322 περίβαλλ' ὦ

τέκνον ὠλένας. schol. παρὰ τὸ ἐξ Ὑ. Ε. (fr. 765) οἰνάνθα τρέφει τὸν ἱερὸν βότρυν. (vgl. Phoen. 229—231) καὶ τὸ περίβαλ' ὦ τέκνον ἐξ Ὑ. (fr. 756.) Das letztere scheint an den kleinen Opheltes gerichtet.

112. Aeschylos sagt zu Euripides Ran. 1325: τοιαυτὶ μέντοι σὺ ποιῶν Τολμᾷς τἀμὰ μέλη ψέγειν, Ἀνὰ τὸ δωδεκαμήχανον Κυρήνης μελοποιῶν; schol. Κυρήνη τις ἑταίρα ἐπίσημος δωδεκαμήχανος ἐπικαλουμένη διὰ τὸ τοσαῦτα σχήματα ἐν τῇ συνουσίᾳ ποιεῖν. ἔστι δὲ παρὰ τὰ ἐξ Ὑ. Ε. (fr. 755) ἀνὰ τὸ δωδεκαμήχανον ἄστρον. (ἄστρον VΘ, ἄντρον eine Glosse in Θ. Mit ἄντρον wäre die Höhle der Schlange bezeichnet, die das Kind tödtete; mit ἄστρον die durch die Sternbilder gehende Sonne.)

ΦΙΛΟΚΤΗΤΗΣ

113. Odysseus sprach den Prolog, in welchem er bekannte, dass er eigentlich keine grosse Lust zu dem Unternehmen gehabt habe, doch sei er durch Athene, die ihm im Traum ihren Beistand zugesagt, überredet worden. Der Mensch sei nun einmal so ein Thor, dass er sich des Ruhmes halber immer in Gefahren stürze, während es ihm frei stände, verborgen in Ruhe und Bequemlichkeit zu leben. fr. 786 οὐδὲν γὰρ οὕτω γαῦρον ὡς ἀνὴρ ἔφυ. Τοὺς γὰρ περισσοὺς καί τι πράσσοντας πλέον Τιμῶμεν ἄνδρας τ' ἐν πόλει νομίζομεν. Diese im Charakter des Odysseus nicht sehr gerechtfertigte Selbstanklage verwandelt Dionysos Ran. 282 in ein Urtheil über Herakles. H. hat ihn vor einer Stelle auf seinem Weg in den Hades gewarnt, wo ihn die scheusslichsten Ungethüme bedrohen würden. Das hält D. für unnützes Wichtigthun und Prahlerei, und versichert, dass er ihn dafür büssen lassen werde, da jener ihm, dem mannhaften Gotte, nur habe einen Schreck damit einjagen wollen. 279 ὡς οἰμώξεται. Ἠλαζονεύεθ', ἵνα φοβηθείην ἐγώ, Εἰδώς με μάχιμον ὄντα φιλοτιμούμενος. Οὐδὲν γὰρ οὕτω γαῦρόν ἐσθ' ὡς Ἡρακλῆς.

ΦΟΙΝΙΞ

114. Phoenix, von der παλλακή des Vaters fälschlich angeklagt, wurde bei E. von diesem geblendet, durch Chiron aber geheilt; daher Acharn. 391. [57])

ΦΟΙΝΙΣΣΑΙ

Eine Komödie 'die Phoenissen' hatte man von Strattis, deren Zweck und Absicht nur die Parodie des Euripides gewesen zu sein scheint.

115. Iokaste trug darin die weise Lehre vor, dass man Linsen nicht

---

[57]) Wenn nicht Parodie, doch vielleicht Nachahmung einer Stelle des Phoenix liegt in fr. 92 des Eupolis vor (II 457). Nikias fragt dort den aus der Unterwelt herauf citirten Aristides: πῶς γὰρ ἐγένου δίκαιος; Α. ἡ μὲν φύσις τὸ μέγιστον ἦν, ἔπειτα δὲ Κἀγὼ προθύμως τῇ φύσει συνελάμβανον. vgl. Eur. fr. 803: μέγιστον ἆρ' ἦν ἡ φύσις· τὸ γὰρ κακὸν Οὐδεὶς τρέφων εὖ χρηστὸν ἂν θείη ποτέ. Angeführt wird der Vers: δέσποινα γὰρ γέροντι νυμφίῳ γυνή (fr. 801 3) Thesmoph. 413.

mit Myrrhen kochen müsse. fr. 45 II 780: *παραινέσαι δὲ σφῷν τι βούλομαι σοφόν· Ὅταν φακῆν ἕψητε, μὴ 'πιχεῖν μύρον* nach Eur. Phoen. 460: *παραινέσαι δὲ σφῷν τι βούλομαι σοφόν· Ὅταν φίλος τις ἀνδρὶ θυμωθεὶς φίλῳ Εἰς ἓν συνελθὼν ὄμματ' ὄμμασιν διδῷ, Ἐφ' οἷσιν ἥκει, ταῦτα χρὴ μόνον σκοπεῖν, Κακῶν δὲ τῶν πρὶν μηδενὸς μνείαν ἔχειν.*

116. Bei E. redet Iokaste 546 ff. ihrem Sohne Eteokles zu, er möge doch den Bruder in die Herrschaft aufnehmen; denn es sei ja schmählich, dass Tag und Nacht den Menschen unterthan seien, er aber allein die Tyrannis haben wolle: *εἶθ' ἥλιος μὲν νύξ τε δουλεύει βροτοῖς, Σὺ δ' οὐκ ἀνέξει δωμάτων ἔχων ἴσον Καὶ τῷδ' ἀπονέμειν;* Der Gedanke klingt etwas paradox, aus der Unterthänigkeit von Tag und Nacht lässt sich die Verpflichtung des Eteokles schwer ableiten, denn in jenem Wechsel liegt gar keine Nachgiebigkeit gegen die Menschen, sondern ein einfaches Naturgesetz. Ist dagegen schlechtes Wetter, und man spricht unbewusst die Bitte aus: 'ach liebe Sonne, komm doch hervor', und nach einiger Zeit wird diese Bitte erfüllt, so lässt sich das poetisch so auffassen, dass man sagt, die Sonne habe dem Bittenden den Gefallen gethan. Daher verdient Strattis den Vorzug, wenn er die Worte so änderte (46 II 781): *εἶθ' ἥλιος μὲν πείθεται τοῖς παιδίοις, Ὅταν λέγωσιν 'ἔξεχ' ὦ φίλ' ἥλιε'.* Die Kinder pflegten nämlich zu Athen die Sonne, wenn sie sich im Gewölk versteckte, in einer Art Spiel mit Händeklatschen also zu bitten. Aristoph. fr. 384 II 1110 *λέξεις ἄρα Ὥσπερ τὰ παιδί', 'ἔξεχ' ὦ φίλ' ἥλιε'.*[58])

117. Sphingokarion hiess ein Stück des Eubulos, in welchem die Hauptperson ein Sklave Karion war, der sich der Form des Räthsels zu seinen Mittheilungen bediente. Kallistratos von Aphidnae, den berühmten Redner und Diplomaten (de usu parodiae p. 20), der sich gleichfalls einer etwas dunkeln Sprache befleissigte, bezeichnete er so (105 III 254): *ἔστι λαλῶν ἄγλωσσος, ὁμώνυμος ἄρρενι θῆλυς, Οἰκείων ἀνέμων ταμίας, δασὺς ἄλλοτε λεῖος, Ἀξύνετα ξυνετοῖσι λέγων, νόμον ἐκ νόμου ἕλκων· Ἓν δ' ἐστὶν καὶ πολλά, καὶ ἂν τρώσῃ τις, ἄτρωτος.* Hier ist die erste Hälfte von v. 3 deutliche Anspielung auf Phoen. 1505: *τᾶς ἀγρίας ὅτε Δυσξύνετον ξυνετὸς μέλος ἔγνω Σφιγγὸς ἀοιδοῦ σῶμα φονεύσας.* vgl. Iph. T. 1092 *εὐξύνετον ξυνετοῖσι βοάν.*

118. Auch Aristophanes hatte 'Phoenissen' geschrieben und darin, wenn auch nicht den Euripides getadelt und verhöhnt, doch gewiss viel Euripideisches ins Komische übersetzt. Die dabei befolgte Methode lässt sich nicht mehr nachweisen, aber das ist schon Parodie, wenn ein ernsthafter Gegenstand auf der komischen Bühne dargestellt wird. fr. 550 II 1167: *ἐς Οἰδίπου δὲ παῖδε, διπτύχω κόρω, Ἄρης κατέσκηψ', ἔς τε μονομάχου πάλης Ἀγῶνα νῦν ἑστᾶσιν.* vgl. mit Eur. Ph. 1361: *ἔστησαν ἐλθόντ' εἰς μέσον μεταίχμιον Ὡς εἰς ἀγῶνα μονομάχου τ' ἀλκὴν δορός.*

119. In feierlichem Tone wurde der Lampendocht bei Aristophanes angeredet (fr. 551 II 1168): *στίλβη θ', ἣ κατὰ νύκτα μοι Φλόγ' ἀνα-*

---

[58]) Poll. IX 123. Eustath. 881 42.

σειράζεις ἐπὶ τῷ Λυχνείῳ. Form und Gedanke ist hier aus Phoen. 226 genommen: *ὦ λάμπουσα πέτρα πυρὸς Δικόρυφον σέλας ὑπὲρ ἄκρων Βακχείων Διονύσου Οἴνα θ', ἃ καθαμέριον Στάζεις τὸν πολύκαρπον Οἰνάνθας ἱεῖσα βότρυν.* vgl. Hypsip. fr. 765.[59])

EX INCERTIS FABULIS

120—122. Acharn. 119. 449. 628 ff.

123. Der eine Sklave gibt dem Wursthändler, der gegen Kleon auftreten soll, den Rath: Equit. 214 *τάραττε καὶ χόρδευ' ὁμοῦ τὰ πράγματα.* schol. *παρῳδίας τρόπον. παρῴδησε γὰρ τὸν ἴαμβον ἐξ Ἡρακλειδῶν Εὐριπίδου. Fortasse respicitur mutili nunc dramatis versus deperditus. N* fr. 847.

124. Nub. 30 fragt sich Strepsiades, der seine Schulden zusammenrechnet: *ἀτὰρ τί χρέος ἔβα με μετὰ τὸν Πασίαν;* Eur. fr. 1000 *τί χρέος ἔβα δῶμα; N* vergleicht Herc. fur. 530 *τί καινὸν ἦλθε δώμασιν χρέος;*

125. Den Schüler des Sokrates, den St. durch sein lautes Klopfen so in Zorn gebracht, sucht er zu beschwichtigen, indem er sich als einen einfachen Landmann bezeichnet: 138 *σύγγνωθί μοι· τηλοῦ γὰρ οἰκῶ τῶν ἀγρῶν.* Eur. fr. 877 *τηλοῦ γὰρ οἴκων βίοτον ἐξιδρυσάμην.*

126. Lys. 713 *ἀλλ' αἰσχρὸν εἰπεῖν καὶ σιωπῆσαι βαρύ.* schol. *ἐξ Εὐριπίδου.* fr. 876.

127. Aeschylos sagt zu Euripides Ran. 840: *ἄληθες ὦ παῖ τῆς ἀρουραίας θεοῦ;* schol. *Ἀλέξανδρός φησιν. εἴρηται δὲ ὁ στίχος παρὰ τὰ Εὐριπίδου* (fr. 878)*· ἄληθες ὦ παῖ τῆς θαλασσίας θεοῦ;* vgl. Platon 130 II 661.

128. Aristoph. fr. 653 II 1195: *καὶ κύων ἀκράχολος Ἑκάτης ἄγαλμα φωσφόρου γενήσομαι.* Eur. fr. 959 (scheint zur Hekabe gesagt zu sein): *Ἑκάτης ἄγαλμα φωσφόρου κύων ἔσει.*

129. Unter den verlorenen Stücken des Aristophanes kam besonders der *Προαγών* in der Richtung gegen Euripides mit den Thesmophoriazusen und Acharnern überein. s. Com. II 1136 ff.

Ich schliesse hier noch einiges an, wo entweder das Factum der

---

59) Wegen der Zeitverhältnisse kann von Parodie keine Rede sein Equit. 1014, wo Kleon seine Orakel auskramend sagt: *ἄκουε δὴ νῦν καὶ πρόσεχε τὸν νοῦν ἐμοί. Φράζευ Ἐρεχθείδη λογίων ὁδόν, ἥν τοι Ἀπόλλων Ἴαχεν.* vgl. den Vers des Tiresias Phoen. 911: *ἄκουε δὴ νῦν θεσφάτων ἐμῶν ὁδόν.* Zufällige Uebereinstimmung auch Ran. 84 *ἀγαθὸς ποιητὴς καὶ ποθεινὸς τοῖς φίλοις* mit Phoen. 320 *ἢ ποθεινὸς φίλοις.* Die Feigheit des Reichthums (*δειλὸν δ' ὁ πλοῦτος καὶ φιλόψυχον κακόν* Phoen. 597 Karkinos fr. 10 p. 622 N. vgl. Eur. fr. 237 *πλουτεῖς; ὁ πλοῦτος δ' ἀμαθία δειλόν θ' ἅμα*) ist sprüchwörtlich, daher auch Arist. Plut. 203 (*δειλότατον ἔσθ' ὁ πλοῦτος*) wohl keine Beziehung auf Euripides zu suchen ist. Aehnlich ist es mit der Anwendung des *ubi bene, ibi patria* Plut. 1151 *πατρὶς γάρ ἐστι πᾶσ' ἵν' ἂν πράττῃ τις εὖ* vgl. mit fr. 1034 und adesp. 258. Auch mit dem Spruche *τῷ γὰρ πονοῦντι καὶ θεὸς συλλαμβάνει* Eur. fr. 435 2. vgl. Equit. 229. — *ξὺν δόρει ξὺν ἀσπίδι* Achae. fr. 27 p. 587 N. Aristoph. Vesp. 1081 Pac. 357.

Parodie überliefert oder doch die parodische Absicht zu errathen ist, diese aber nur in allgemeiner Nachahmung des Stiles und nicht einer bestimmten Stelle besteht.

130. Dahin gehören z. B. Antithesen wie Acharn. 425 χρέος μὲν οὐδέν, βούλομαι δ' ὅμως λαβεῖν. schol. μιμεῖται τὸν Εὐριπίδου χαρακτῆρα. vgl. Hel. 730 τοὔνομ' οὐκ ἔχων ἐλεύθερον, Τὸν νοῦν δέ. Ach. 368 ὁ νοῦς μὲν ἔξω ξυλλέγων ἐπύλλια Οὐκ ἔνδον, αὐτὸς δ' ἔνδον κτλ. Equit. 1203 τὸ μὲν νόημα τῆς θεοῦ, τὸ δὲ κλέμμ' ἐμόν. Vesp. 950 χαλεπὸν μὲν ὦνδρες ἐστὶ διαβεβλημένου Ὑπεραποκρίνεσθαι κυνός, λέξω δ' ὅμως. Av. 371 οἵδε τὴν φύσιν μὲν ἐχθροί, τὸν δὲ νοῦν εἰσιν φίλοι.

131. Bestimmte Ausdrücke, wie τεθνάναι, in übertragenem Sinne: Ran. 985 τὸ τρύβλιον Τὸ περυσινὸν τέθνηκέ μοι. schol. πρὸς τὰς λέξεις Εὐριπίδου. (vgl. Alexis 155 6 vol. III 456 φθόγγους δ' ἀλύρους θρηνοῦμεν mit Eur. Alk. 447 ἀλύροις ὕμνοις Hel. 185 ἄλυρον ἔλεγον I. T. 146.)

132. Wiederholungen verschiedener Art (besonders in lauter kurzen Sylben) zur Vermehrung des Pathos. Ran. 758 ὦ πρᾶγμα πρᾶγμα μέγα κεκίνηται μέγα 1314 εἱειλίσσετε δακτύλοις φάλαγγες 1348 εἱειλίσσουσα χεροῖν. schol. ἡ ἐπέκτασις ... κατὰ μίμησιν τῆς μελοποιίας. Thesm. 913 λαβέ με λαβέ με πόσι, περίβαλε δὲ χέρας.[60]) Φέρε σε κύσω· ἄπαγέ μ' ἄπαγ' ἄπαγ' ἄπαγέ με Λαβὼν ταχὺ πάνυ. Ran. 1337 φόνια φόνια δερκόμενον[61]) 1351 ὁ δ' ἀνέπτατ' ἀνέπτατ' ἐς αἰθέρα 1353 ἐμοὶ δ' ἄχε' ἄχεα κατέλιπε, Δάκρυα δάκρυά τ' ἀπ' ὀμμάτων Ἔβαλον ἔβαλον ἁ τλάμων.[61])

133. Ran. 1323 Α. ὁρᾷς τὸν πόδα τοῦτον; Δ. ὁρῶ. Α. Τί δέ; τοῦτον ὁρᾷς; Δ. ὁρῶ. schol. ὡς καὶ τοιαῦτα ἀμοιβαῖα ἐν τοῖς μέλεσιν ἐπιτηδεύοντος Εὐριπίδου.

134. Ausserdem sind aus Aristophanes hauptsächlich noch folgende Stellen hier anzuführen, bei denen aber die Notiz in den Scholien meist übergangen ist. Acharn. 366 εἰ γνώμην ἔχεις. 380 τί λέλακας; (vgl. Ran. 97.) 419 ἄπελθε λαΐνων σταθμῶν.[62]) 430 ἴσθ' ὀχληρὸς ὢν δόμοις. 1135 στυγερὰ τάδε τὰ κρυερὰ πάθεα. Av. 179 οὐχ οὗτος οὖν δήπου 'στὶν ὀρνίθων πόλος; Thesm. 1122 πεσεῖν ἐς εὐνὴν καὶ γαμήλιον λέχος.[63]) Ran. 1396 πειθὼ δὲ κοῦφόν ἐστι καὶ νοῦν οὐκ ἔχον. 1468 αἱρήσομαι γὰρ ὅνπερ ἡ ψυχὴ θέλει. 1476 ὦ σχέτλιε περιόψει με δὴ τεθνηκότα; Plut. 39 τί δῆτα Φοῖβος ἔλακεν ἐκ τῶν στεμμάτων;[64])

---

[60]) vgl. Hypsip. fr. 756. Hel. 628 περί τ' ἐπέτασα χέρα 634 περὶ δὲ γυῖα χέρας ἔβαλον.

[61]) vgl. Hel. 171 ff. 195. 203 f. 363 ff. 1163.

[62]) N fr. adesp. 27.

[63]) N fr. 881.

[64]) schol. τραγικώτερον δὲ τοῦτο ἐξ Εὐριπίδου, διασύρων τὸν Εὐριπίδην. (vgl. Hel. 185 ὅ τι ποτ' ἔλακεν.) — Von andern Komikern sind Parodieen Euripideischer Stellen aus ungewissen Stücken nicht weiter anzuführen. Wenigstens steht es sehr dahin, ob fr. 35 des Theopomp (II 806): Εὐριπίδου τἄρ' ἐστὶν οὐ κακῶς ἔχον, Τἀλλότρια δειπνεῖν

d. Die übrigen Tragiker.

Spintharos.

1. Strattis hatte einen *Ζώπυρος περικαιόμενος* (II 767) gedichtet, worüber *Me* hist. crit. 226: *Titulum fabulae compares cum Spinthari, ignobilis illorum temporum tragici, Ἡρακλεῖ περικαιομένῳ, quam parodia lusisse Strattidem nequaquam improbabile est.* (Suid. Diog. L. V 92.) Von demselben Strattis gab es mehrere parodische Komödien. *Me* a. a. O. 232: *In Medea, cuius tria supersunt fragmenta, lusit fortasse Euripidis aliusve tragici cognominem fabulam.* 233 *Similis, ut videtur, Myrmidonum Philoctetae Phoenissarum Troili et Chrysippi fuit ratio.* N trag. p. 212.

Chaeremon.

2. Eubul. 127 III 266. Athen. II 43 C *τὸ ὕδωρ ποταμοῦ σῶμά φησί που Εὔβουλος ὁ κωμῳδιοποιὸς εἰρηκέναι Χαιρήμονα τὸν τραγικόν. ἐπεὶ δὲ σηκῶν περιβολὰς ἠμείψαμεν Ὕδωρ τε ποταμοῦ σῶμα διεπεράσαμεν.* *Me: Eubuli locum, in quo ipsum illud ποταμοῦ σῶμα riserat, excidisse suspicor.* N fr. 17 p. 611.

Xenokles.

3. Aristoph. Nub. 1264 ruft der Gläubiger Amynias, der nicht zu seinem Gelde kommen kann: *ὦ σκληρὲ δαῖμον, ὦ τύχαι θραυσάντυγες Ἵππων ἐμῶν, ὦ Παλλὰς ὥς μ᾽ ἀπώλεσας.* darauf Strepsiades: *τί δαί σε Τληπόλεμός ποτ᾽ εἴργασται κακόν;* schol. *ταῦτα Ξενοκλέους ἐστὶν ἐκ τοῦ Λικυμνίου. λέγεται δὲ ὑπ᾽ Ἀλκμήνης Λικύμνιον τεθνηκέναι ὑπὸ Τληπολέμου. — Εὐφρόνιος παρὰ Ξενοκλεῖ φησιν εἶναι τὸ χρυσάμπυκες (χρυσάντυγες Herm), ἐξ οὗ παραπεποιῆσθαι τὸ θραυσάντυγες.* N trag. p. 597. add. Eur. Phaeth. fr. 781 11 *ὦ καλλιφεγγὲς Ἥλι᾽ ὥς μ᾽ ἀπώλεσας.*

Phrynichos.

4. Aristoph. Vesp. 1490 *πτήσσει Φρύνιχος ὥς τις ἀλέκτωρ.* Phryn. fr. 16 *ἔπτηξ᾽ ἀλέκτωρ δοῦλον ὡς κλίνας πτερόν.* — 1492 *σκέλος οὐράνιόν γ᾽ ἐκλακτίζων.* 1523 *ταχὺν πόδα κυκλοσοβεῖτε, Καὶ τὸ Φρυνίχειον Ἐκλακτισάτω τις, ὅπως Ἰδόντες ἄνω σκέλος ὤ-ζωσιν οἱ θεαταί.* Phryn. fr. 17 p. 561 N. add. Eupolis II 569 *Me* hist. crit. 147 ff.

5. Av. 749 *ἔνθεν ὡσπερεὶ μέλιττα Φρύνιχος ἀμβροσίων μελέων*

τὸν καλῶς εὐδαίμονα — mit *N* (fr. 886) als solche aufgefasst werden darf, der an Stelle von *δειπνεῖν* ein Wort wie *φεύγειν* von E. gesetzt glaubt. vgl. Diphilos 71 (IV 411) 6 *τοὺς δὲ παρασίτους ἠγάπα.* Nachahmungen sind in der mittleren Komödie Antiph. 254 (III 144) 3: *ἐν πλησμονῇ γάρ Κύπρις, ἐν δὲ τοῖς κακῶς Πράττουσιν οὐκ ἔνεστιν Ἀφροδίτη βροτοῖς.* Eur. fr. 887 *ἐν πλησμονῇ τοι Κύπρις, ἐν πεινῶντι δ᾽ οὔ.* (Men. monost. 159.) — Anaxandr. 67 III 200: *ἡ πόλις ἐβούλεθ᾽, ᾗ νόμων οὐδὲν μέλει.* Eur. fr. 912 *ἡ φύσις ἐβούλεθ᾽, ᾗ ν. ο. μ.*

ἀπεβόσκετο καρπὸν ἀεὶ φέρων γλυκεῖαν ᾠδάν. Phryn. fr. 18. add. Av. 1066.

Philokles.

6. Av. 280 τί τὸ τέρας τουτί ποτ' ἐστίν; οὐ σὺ μόνος ἄρ' ἦσθ' ἔποψ, Ἀλλὰ χοὗτος ἕτερος; ΕΠ. ἀλλ' οὗτος μέν ἐστι Φιλοκλέους Ἐξ ἔποπος, ἐγὼ δὲ τούτου πάππος, ὥσπερ εἰ λέγοις Ἱππόνικος Καλλίου κἀξ Ἱππονίκου Καλλίας. schol. οὗτος ὁ Φιλοκλῆς ἔποπα ἐσκεύασεν ἐν τῇ Πανδιονίδι τετραλογίᾳ οὗ ἡ ἀρχή κτλ. N trag. p. 589.

Achaeos.

7. Ran. 184 χαῖρ' ὦ Χάρων, χαῖρ' ὦ Χάρων, χαῖρ' ὦ Χάρων. schol. Δημήτριός φησιν Ἀχαιοῦ ὅλον εἶναι ἐκ τοῦ Αἴθωνος. λέγουσι δ' αὐτὸ οἱ σάτυροι. fr. 11 p. 581 N.

Ion.

8. Ran. 706 εἰ δ' ἐγὼ ὀρθὸς ἰδεῖν βίον ἀνέρος ἢ τρόπον, ὅστις ἔτ' οἰμώξεται κτλ. fr. 41 p. 574 N. εἰ δ' ἐγὼ ὀρθὸς ἰδεῖν βίον ἀνέρος ὦ πολιῆται.

9. Ran. 1425 ποθεῖ μέν, ἐχθαίρει δέ, βούλεται δ' ἔχειν (nämlich die Stadt den Alkibiades). fr. 44 p. 574 σιγᾷ μέν, ἐχθαίρει δέ, βούλεταί γε μήν.

Agathon.

10. Bei Agathon versucht Euripides in den Thesmophoriazusen zuerst sein Heil, ob er ihn dazu bewegen könne, seine Vertheidigung vor den Weibern zu übernehmen, da jener in vieler Beziehung sein Kunstgenosse war. Im Leben ein Elegant und Weltmann, übertrug er die Gelecktheit seines äussern Wesens in blendenden, berechnet zierlichen und rhetorisch zugespitzten Wendungen auf den Stil, wie er auch in der Musik geschnörkelte Figuren liebte. Eben wegen dieser Eigenschaften wendet sich Euripides an ihn, 177 ὅστις ἐν βραχεῖ Πολλοὺς καλῶς οἷός τε συντέμνειν λόγους. Die Art und Weise seiner Poesie wird in der ganzen Scene nachgeahmt sowohl durch seinen Diener (49 μέλλει γὰρ ὁ καλλιεπὴς Ἀγάθων Πρόμος ἡμέτερος ... Δρυόχους τιθέναι δράματος ἀρχάς) als durch ihn selbst.

Incerti.

11. Hermippos 8 II 383 φέρε νῦν ἀγήλω τοὺς θεοὺς ἰοῦσ' ἔσω Καὶ θυμιάσω τοῦ τέκνου σεσωσμένου. *'Ceterum haec Hyperboli matrem esse locutam, propter filium iudicio absolutum gratiam diis acturam, non inepte coniecerunt Th. Bergkius et Fritzschius.' Me. 'Nec probo tamen eundem Elmsleium Hermippi versum corrigentem, ut* ἐγώ *scribatur pro* ἔσω; *est enim sententia haud dubie* παρῳδικῶς *ex aliquo tragicorum desumpta, quo non solum* ἰοῦσ' ἔσω *ducit, inprimis dilecta illis,* ἔσω *in fine versus posito, formula, sed et universa oratio —* θυμιάσω τοῦ

τέκνου σεσωσμένου —, *et remotius a vulgari consuetudine* ἀγήλω.' *Ellendt* lex. Soph. I 543.

12. Eupolis 127 II 477 nach *Me:* ἀλλ' Ἱπποκράτους γε παῖδες ἐκβόλιμοί τινες, Βληχητὰ τέκνα κοὐδαμῶς γε σοῦ τρόπου. *Fr* τοῦ σοῦ τρόπου, *Pericli haec dicta esse coniiciens. Hoc probandum videtur. V. 2* τέκνα *Eupolin Herm. Opusc. V 290 prima producta dixisse statuit, ut gravitatem tragicorum imitaretur: quod verum videtur. Euripidis versus esse potuit quem parodia luderet Eupolis:* ἔχθιστα τέκνα κοὐδαμῶς τοὐμοῦ τρόπου, *vel simili quodam modo. Me.* N trag. fr. adesp. 130.

13. Phrynichos 67 II 605 ὦ φίλτατ' ἀνδρῶν μή μ' ἀτιμάσας γένῃ. kann auch dem gleichnamigen Tragiker angehören. N fr. 19 p. 561.

14. Antiphanes 105 III 55 καὶ σοῦ γ' ἐπώνυμός τις ἐν φήμαις βροτῶν Θρήκην κατάρδων ποταμὸς ὠνομασμένος Στρυμών, μεγίστας ἐγχέλεις κεκτημένος. *Non Thracen compellat quicunque haec dicit, ut putabat Schweighaeuserus, sed Strymonem, Thraces regem, de quo vid. Apollod. II 5 10 et Conon. Narr. 4. —* Θρήκην *autem dicit, non* Θράκην, *quoniam tragicorum sermonem imitatur. Me.*

15. Antiph. 162 (III 88) 6 τούτῳ δέ, τέκνον, πολλὰ κἀγάθ' οἱ θεοὶ Τῷ δημιουργῷ δοῖεν, ὅς ἐποίησέ σε κτλ. — τέκνον *penultima producta dixit tragici poetae verba imitatus. Me* ed. min. — N trag. fr. adesp. 18.

16. Eubul. 67 (III 237) 8 καὶ μὴ λαθραίαν κύπριν, αἰσχίστην νόσων Πασῶν, διώκειν ὕβρεος οὐ πόθου χάριν. *Tragoediae imitatio ex metro apparet. N* fr. adesp. 128.

17. Alexis 81 III 416 πολὺς γὰρ οἶνος πόλλ' ἁμαρτάνειν ποιεῖ. N adesp. 259 τὸ πολλὰ τολμᾶν πόλλ' ἁμαρτάνειν ποιεῖ.

18. Alexis 88 III 419 Ἑρμῆ νεκρῶν προπομπὲ καὶ Φιλιππίδου Κληροῦχε, νυκτός τ' ὄμμα τῆς μελαμπέπλου. *V. 2* νυκτὸς ὄμμα *tragicorum more de nocte dixit. Eur. I T. 110. Aesch. Pers. 423. Me.*

19. Alexis 155 (III 456) 14 τό τε θειοφανὲς μητρῷον ἐμοὶ Μελέδημ' ἰσχάς. *Me* Beitr. z. philol. Krit. der Antig. des Soph. 33.

20. Axionikos 3 III 531 ἄλλον δ' ἰχθὺν Μεγέθει πίσυνόν τινα τοῖσδε τόποις Ἥκει κομίσας κτλ. 9 ἢ τῆς ἀγρίας ἅλμης πάσμασι Σῶμα λιπάνας Πυρὶ παμφλέκτῳ παραδώσω; Ἔφα τις ὡς ἅλμῃ θερμῇ Τοῦτο φάγοι γ' ἐφθὸν ἀνὴρ κτλ. *fortasse tragici poetae subest sive irrisio sive imitatio. Aesch. Agam. 354* οὐκ ἔφα τις θεοὺς βροτῶν ἀξιοῦσθαι μέλειν. *Me.*

21. Timokles 25 III 608 περὶ δὲ τὸν πανάθλιον Εὔδουσι γρᾶες Νάννιον Πλαγγὼν Λύκα κτλ. *Me* hist. crit. 432.

22. Xenarchos 1 III 614 φθίνει δόμος Ἀσυστάτοισι δεσποτῶν κεχρημένος Τύχαις, ἀλάστωρ τ' εἰσπέπαικε Πελοπιδῶν. Ἄστυτος οἶκος, κοὔτε βυσαύχην θεᾶς Δηοῦς σύνοικος, γηγενὴς βολβός, φίλοις Ἑφθὸς βοηθῶν, δυνατός ἐστ' ἐπαρκέσαι. Μάτην δὲ πόντου κυανέαις δίναις τραφεὶς Φλεβὸς τροπωτήρ, πουλύπους, ἀλοὺς βρόχων Πλεκταῖς ἀνάγκαις, τῆς τροχηλάτου κόρης Πίμπλησι λοπάδος στερροσώματον κύτος. V. 4. *Apud tragicum poetam, quem imitatur X., fortasse legebatur* ἄστυλος οἶκος, *quibus verbis usus est etiam Leonidas Tar. apud*

Brunckium Anal. I 237 (epigr. LXIV 5) κακὸν δ' ἄστυλος ἰδέσθαι Οἶκος. *Notus Euripidis I. T. 57 versus est:* στῦλοι γὰρ οἴκων εἰσὶ παῖδες ἄρσενες. *Me.* Eustath. 862 43.

23. Athenion IV 557 οὐκ οἶσθ' ὅτι πάντων ἡ μαγειρικὴ τέχνη Πρὸς εὐσέβειαν πλεῖστα προσενήνεχθ' ὅλως; *B.* Τοιοῦτόν ἐστι τοῦτο; *A.* πάνυ γε, βάρβαρε. Τοῦ θηριώδους καὶ παρασπόνδου βίου Ἡμᾶς γὰρ ἀπολύσασα καὶ τῆς δυσχεροῦς Ἀλληλοφαγίας ἤγαγ' εἰς τάξιν τινά, Καὶ τουτονὶ περιῆψεν, ὃν νυνὶ βίον Ζῶμεν κτλ. *Satis festive imitatur poetas tragicos mansuetioris vitae initia exponentes. Vide e. c. Critiam in Sisypho* (N p. 598) *et Moschionem in Pheraeis* (fr. 7 N p. 633). *Me.*

24. Aristophanes fr. 652 (II 1194) 1 ἄκων κτενῶ σε τέκνον, ὁ δ' ἀπεκρίνατο· Ἐπὶ Παλλαδίῳ τἄρ' ὦ πάτερ δώσεις δίκην. *ex Euripide aliove tragico susceptum. B.* N adesp. 49.

25—28. Acharn. 33. 203. 1024. 1128.

29. Equit. 221 καὶ σπένδε τῷ κοαλέμῳ. schol. ἀντὶ τοῦ ἀνοίᾳ. ἀναπλάττει δὲ αὐτὴν ὡς δαίμονα. τοῦτο δὲ παρῴδηκεν ἐκ τῆς τραγῳδίας. N adesp. 37.

30. — 611 ὦ φίλτατ' ἀνδρῶν καὶ νεανικώτατε. 1335 ὦ φ. ἀ. ἐλθὲ δεῦρ' Ἀγοράκριτε.

31. — 1244 λεπτή τις ἐλπίς ἐστ' ἐφ' ἧς ὀχούμεθα. N adesp. 38.

32. — 1253 ἐλλάνιε Ζεῦ σὸν τὸ νικητήριον. N adesp. 39.

33. — 1288 ὅστις οὖν τοιοῦτον ἄνδρα μὴ σφόδρα βδελύττεται, Οὔποτ' ἐκ ταὐτοῦ μεθ' ἡμῶν πίεται ποτηρίου. vgl. Aesch. fr. 296 μὴ παρασπιστὴς ἐμοὶ Μηδ' ἐγγὺς εἴη. Soph. Ant. 369 μήτ' ἐμοὶ παρέστιος Γένοιτο μήτ' ἴσον φρονῶν, Ὃς τάδ' ἔρδει. Eur. fr. 29 2 τούτῳ δ' ἀνδρὶ μήτ' εἴην φίλος Μήτε ξυνείην, ὅστις κτλ. 848 3 ὅστις δὲ τὼ φύσαντε μὴ τιμᾷν θέλῃ, Μή μοι γένοιτο μήτε συνθύτης θεοῖς Μήτ' ἐν θαλάσσῃ κοινόπλουν στέλλοι σκάφος. [65]) 889 6 τοῖς δ' ἀτελέστοις Τῶν τοῦδε πόνων μήτε συνείην Χωρίς τ' ἀγρίων ναίοιμι τρόπων.

34. Nub. 285 ὄμμα γὰρ αἰθέρος ἀκάματον σελαγεῖται Μαρμαρέαις ἐν αὐγαῖς. schol. ἔοικε δὲ λέγειν τὸν ἥλιον, ἐπεὶ καὶ οἱ τραγικοὶ εἰώθασιν ὀφθαλμὸν ὀνομάζειν αὐτόν.

35. — 711 καὶ τὰς πλευρὰς δαρδάπτουσιν Καὶ τὴν ψυχὴν ἐκπίνουσιν Καὶ τοὺς ὄρχεις ἐξέλκουσιν Καὶ τὸν πρωκτὸν διορύττουσιν Καί μ' ἀπολοῦσιν. *R* u. *W* 111 *tragischer Ton herrscht auch Nub. 711 in den Anapästen des* u. s. w.

36. Nub. 744 κατὰ τὴν γνώμην πάλιν Κίνησον αὖθις αὐτὸ καὶ ζυγώθρισον, *Die Worte gehören wohl einem Tragiker. Kock.*

37. — 1167 ὅδ' ἐκεῖνος ἀνήρ. *Wohl auch aus einem Tragiker. Aehnlich Soph. O. C. 138* ὅδ' ἐκεῖνος ἐγώ. *Kock.*

38. — 1272 ἵππους ἐλαύνων ἐξέπεσον νὴ τοὺς θεούς. schol. καὶ τοῦτο ἐκ παρῳδίας.

39. — 1468 ναὶ ναὶ καταιδέσθητι πατρῷον Δία. *N* adesp. 40.

---

[65]) Hor. carm. III 2 26 *vetabo, qui Cereris sacrum Volgarit arcanae, sub isdem Sit trabibus fragilemve mecum Solvat phaselon.*

40. Vesp. 644 *δεῖ δέ σε παντοίας πλέκειν Εἰς ἀπόφευξιν παλάμας.* vgl. z. B. Eur. Andr. 66 *ποίας μηχανὰς πλέκουσιν αὖ;*

41. — 874. 890 *ἰήιε Παιάν.* vgl. z. B. Soph. O. R. 154 *ἰήιε δάλιε Παιάν.*

42. — 1297 *τί δ' ἔστιν ὦ παῖ; παῖδα γάρ, κἂν ᾖ γέρων, Καλεῖν δίκαιον ὅστις ἂν πληγὰς λάβῃ.* Thesm. 582 *τί δ' ἔστιν ὦ παῖ; παῖδα γάρ σ' εἰκὸς καλεῖν, Ἕως ἂν οὕτως τὰς γνάθους ψιλὰς ἔχῃς.* *N* adesp. 47.

43. Vesp. 1482 *τίς ἐπ' αὐλείοισι θύραις θάσσει;* schol. *ὀρχούμενος ὁ γέρων παρατραγικεύεται.*

44. — 1518 *ἄγ' ὦ μεγαλώνυμα τέκνα Τοῦ θαλασσίου θεοῦ.* *N* adesp. 48. vgl. Eur. fr. 878.

45. Pac. 140 *τί δ' ἢν ἐς ὑγρὸν πόντιον πέσῃ βάθος; Πῶς ἐξολισθεῖν πτηνὸς ὢν δυνήσεται;* schol. *τοὺς τραγικοὺς παίζει διὰ τὰ περὶ Ἰκάρου λεγόμενα. ἢ ἐπεὶ δοκεῖ ὁ Βελλεροφόντης τὴν τοῦ Προίτου γυναῖκα μετὰ τὴν τῆς Χιμαίρας ἀναίρεσιν ἐπανελθὼν εἰς Κόρινθον ἀπατῆσαι ὡς ἕξων γυναῖκα, καὶ ἐπιβιβάσας τοῦ Πηγάσου εἰς μέσην ῥῖψαι τὴν θάλασσαν.* *N* adesp. 41.

46. — 380 *ἀλλ' ὦ μέλ' ὑπὸ τοῦ Διὸς ἀμαλδυνθήσομαι, Εἰ μὴ τετορήσω ταῦτα καὶ λακήσομαι.* *Taeuber* de usu parodiae 17 *et numeris et oratione tragica.*

47. — 974 *ὦ σεμνοτάτη βασίλεια θεὰ Πότνι' Εἰρήνη, Δέσποινα χορῶν, δέσποινα γάμων, Δέξαι θυσίαν τὴν ἡμετέραν.* *R* u. *W* 111 *Die in Systemen gehaltenen Gebete der Tragödie, wie sie bei Aeschylus häufig vorkommen, sind P. 974 und Vesp. 683 nachgeahmt.*

48. Av. 1147 *τί δῆτα πόδες ἂν οὐκ ἂν ἐργασαίατο;* schol. *παρὰ τὴν παροιμίαν, τί δῆτα χεῖρες οὐκ ἂν ἐργασαίατο;* *N* adesp. 29.

49. — 1197 *ὡς ἐγγὺς ἤδη δαίμονος πεδαρσίου Δίνης πτερωτὸς φθόγγος ἐξακούεται.* *N* adesp. 30.

50. — 1238 *ὦ μῶρε μῶρε μὴ θεῶν κίνει φρένας.* *N* adesp. 31.

51. — 1321 *τό τε τῆς ἀγανόφρονος ἡσυχίας Εὐήμερον πρόσωπον.* Lys. 1289 *ἡσυχίας πέρι τῆς ἀγανόφρονος.*[66]) *N* adesp. 32.

52. Av. 1706 ff. *ὦ πάντ' ἀγαθὰ πράττοντες, ὦ μείζω λόγον κτλ.* *Taeuber* a. a. O. 17 *Etiam sub finem eiusdem fabulae v. 1706—1719 nuntius elata voce παρατραγῳδῶν inducitur, et simili ratione quamquam in dissimili causa Praxagora in initio Ecclesiazuson.* N adesp. 33.

53. Lys. 954 *οἴμοι τί πάθω; τίνα βινήσω Τῆς καλλίστης πασῶν ψευσθείς;* *R* u. *W* 111 *ebenso hört man — in den Klagen des schmerzgeplagten Kinesias — die Reminiscenzen an eine Tragödie hindurch klingen.*

54. Thesm. 39 *εὔφημος πᾶς ἔστω λαός.* schol. *παρὰ τοῖς τραγικοῖς οὕτω λέγεται.*

55. — 872 *ὅστις ξένους δέξαιτο ποντίῳ σάλῳ Κάμνοντας ἐν χειμῶνι καὶ ναυαγίαις.* *N* adesp. 43.

56. — 889 *τί δὴ σὺ θάσσεις τάσδε θυμβήρεις ἕδρας;* *N* adesp. 44.

---

[66]) *Reis* statt *μεγαλόφρονος.*

57. Thesm. 895 βάνξε τοὐμὸν σῶμα βάλλουσα ψόγῳ. *N* adesp. 45.
58. — 902 γύναι τί εἶπας; στρέψον ἀνταυγεῖς κόρας. *N* adesp. 46.
59. Ran. 433 ξένω γάρ ἐσμεν ἀρτίως ἀφιγμένω.
60. — 532 ἴσως γάρ τοί ποτε Ἐμοῦ δεηθείης ἄν, εἰ θεὸς θέλοι.
61. Eccl. 1 ὦ λαμπρὸν ὄμμα τοῦ τροχηλάτου λύχνου. schol. ὑποπτεύεται δὲ ὁ ἴαμβος ἢ τοῦ Ἀγάθωνος ἢ τοῦ Δικαιογένους. *N* adesp. 34.
62. — 110 καὶ πῶς γυναικῶν θηλύφρων ξυνουσία Δημηγορήσει; *N* adesp. 35.
63. — 325 οὐ γάρ ποθ' ὑγιὲς οὐδὲν ἐξελήλυθεν Δράσουσ'. ὅμως δ' οὖν ἐστιν ἀποπατητέον. *N* adesp. 36 ἀποπατητέον *pro* καρτερητέον *Aristophanes substituit.*
64. Plut. 8 τῷ δὲ Λοξίᾳ, Ὃς θεσπιῳδεῖ τρίποδος ἐκ χρυσηλάτου. *Taeuber* a. a. O. 17.
65. — 637 λέγεις μοι χάριν, λέγεις μοι βοάν. schol. τινὰ γελᾷ τῶν τραγικῶν.
66. — 758 ἐκτυπεῖτο δὲ Ἐμβὰς γερόντων εὐρύθμοις προβήμασιν. *Taeuber* a. a. O. 17.
67. — 1127 ποθεῖς τὸν οὐ παρόντα καὶ μάτην καλεῖς. *N* adesp. 42.

Das hier abschliessende Verzeichniss erhebt keinen Anspruch auf Vollständigkeit, da die Stellen mit tragischer Färbung (oft nur in Einzelheiten) zu häufig sind, um sämtlich aufgeführt zu werden. Tragisch sind z. B. auch solche Ausrufe, wie ἰώ μοί μοι. *ΣΤ.* ἔα (Nub. 1259), οἴμοι τάλας (Plut. 930 Aristoph. fr. 453. vgl. Eccl. 1021 οἴμοι Προκρούστης τήμερον γενήσομαι), οἴμοι μάλ' αὖθις (Plut. 935) u. a. — Einiges hat Aristophanes auch aus andern Komikern wiederholt oder nachgeahmt.

1. Cratin. 416 II 221 ἀνδρῶν ἀρίστων πᾶσα γαργαίρει πόλις. Arist. fr. 353 II 1099 ἀνδρῶν ἐπακτῶν πᾶσα γάργαρ' ἑστία. (πᾶσ' ἐγάργαιρ' ἑστία *Toup*, π. γ. ἑ. Δέδεκται *B.*)

2. Thesm. 215 ἀτὰρ τί μέλλεις δρᾶν μ'; *E.* ἀποξυρεῖν ταδί, Τὰ κάτω δ' ἀφεύειν. schol. ταῦτα δὲ ἔλαβεν ἐκ τῶν Ἰδαίων Κρατίνου. Com. II 53.

3. Pherekr. 85a II 290 ὁ χορὸς δ' αὐτοῖς εἶχεν δάπιδας ῥυπαρὰς καὶ στρωματόδεσμα. Arist. fr. 253 II 1052 ὁ χορὸς δ' ὠρχεῖτ' ἂν ἐναψάμενος δάπιδας καὶ στρωματόδεσμα.

4. Pherekr. 85 ὅστις γ' αὐτοῖς παρέδωκα τέχνην μεγάλην ἐξοικοδομήσας. Arist. Pac. 749 ἐποίησε τέχνην μεγάλην ἡμῖν κἀπύργωσ' οἰκοδομήσας.

5. Eupolis 159 II 490 ἔνδοθι μέν ἐστι Πρωταγόρας ὁ Τήιος, Ὃς ἀλαζονεύεται μὲν ἀλιτήριος Περὶ τῶν μετεώρων, τὰ δὲ χαμᾶθεν ἐσθίει. Arist. fr. 632 II 1190 ὅς τὰ μὲν ἀφανῆ μεριμνᾷ, τὰ δὲ χαμᾶθεν ἐσθίει. (vgl. Soph. fr. 667 μισῶ μὲν ὅστις τἀφανῆ περισκοπεῖ.)

6. Pac. 185 τί σοί ποτ' ἔστ' ὄνομ'; οὐκ ἐρεῖς; *T.* μιαρώτατος. *E.* Ποδαπὸς τὸ γένος δ' εἶ; φράζε μοι. *E.* μιαρώτατος. *E.* Πατὴρ δέ σοι τίς ἐστ'; *T.* ἐμοί; μιαρώτατος. schol. τὸ δὲ ἀληθὲς τὴν ἀφορμὴν ἐκ τοῦ Σκείρωνος παρ' Ἐπιχάρμου ἔχει, ἐπεὶ κἀκεῖνος πεποίηκε τὸν φορμὸν ἐρωτηθέντα, τίς ἐστι μήτηρ; ἀποκρινόμενον ὅτι σηκίς,

καὶ τίς ἐστι πατήρ; εἰπόντα σηκίς, καὶ τίς ἀδελφός; ὁμοίως σηκίς. — Mit welchem Rechte aber zu Ran. 297 ἱερεῦ διαφύλαξόν μ' ἵν' ὦ σοι ξυμπότης die Schol. sagen: ἔχειν δέ φασι καὶ λόγον εἶναί τινος τὸν στίχον ποιητοῦ νῦν διασυρόμενον, muss dahin gestellt bleiben.

Sprüchwörter, Wortspiele u. dgl.

1. Eupolis 258 II 529 ὅστις πύελον ἥκεις ἔχων καὶ χαλκίον Ὥσπερ λεχὼ στρατιῶτις ἐξ Ἰωνίας.

2. Epikrates 2 III 365 τὰς μὲν γὰρ ἄλλας ἔστιν αὐλούσας ἰδεῖν Αὐλητρίδας πάσας Ἀπόλλωνος νόμον * * Διὸς νόμον, Αὗται δὲ μόνον αὐλοῦσιν Ἱέρακος νόμον.

3. Aristophanes Equit. 1090 καὶ μοὐδόκει ἡ θεὸς αὐτὴ Τοῦ δήμου καταχεῖν ἀρυταίνῃ πλουθυγίειαν. schol. ἴσως αἰνίττεται τοὺς δοθέντας Μυσκέλλῳ καὶ Ἀρχίᾳ, τῷ μὲν Κρότωνα, τῷ δὲ Συρακούσας κτίζειν μέλλοντι καὶ φήμην ἀγαθὴν λαβεῖν αἰτουμένοις, οὕτως ἔχοντας χρησμούς· χώρας καὶ πόλεως οἰκήτορα λαὸν ἔχοντες Ἤλθετ' ἐρησόμενοι Φοῖβον, τίνα γαῖαν ἵκησθε. Ἀλλ' ἄγε δὴ φράζεσθ', ἀγαθῶν πότερόν κεν ἕλοισθε, Πλοῦτον ἔχειν κτεάνων ἢ τερπνοτάτην ὑγίειαν. cf. Vesp. 677. Av. 731.

4. Equit. 1225 ἐγὼ δέ τυ ἐστεφάνιξα κἀδωρησάμαν. schol. ἔπαιξε δὲ παρὰ τὸ δωροδοκεῖν, Δωριστὶ εἰρηκώς.

5. Nub. 623 ἀνθ' ὧν λαχὼν Ὑπέρβολος τῆτες ἱερομνημονεῖν, κἄπειθ' ὑφ' ἡμῶν τῶν θεῶν τὸν στέφανον ἀφῃρέθη· μᾶλλον γὰρ οὕτως εἴσεται Κατὰ σελήνην ὡς ἄγειν χρὴ τοῦ βίου τὰς ἡμέρας. Diog. L. I 59 ἠξίωσέ τε (nämlich Solon) Ἀθηναίους τὰς ἡμέρας κατὰ σελήνην ἄγειν. *Ein zufälliger kleiner Unfall, der dem politischen Lampenfabrikanten H. neuerlich als Hieromnemon begegnet war, vielleicht ein Windstoss, der ihm das Insigne seines Amts vom Kopfe geweht hatte, wird mit ernsthafter Miene als Strafe gedeutet für den Antheil, den er an Einführung eines der damaligen unvollkommenen Versuche zur Verbesserung des attischen Kalenders genommen. W.*

6. — 858 τὰς δ' ἐμβάδας ποῖ τέτροφας ὠνόητε σύ; Σ. Ὥσπερ Περικλέης ἐς τὸ δέον ἀπώλεσα. *Als gleichzeitig mit dem Aufstand in Euboea die Spartaner in Attika einfielen, bewog P. ihren Führer Kleandridas durch 10 Talente zum Rückzug. Bei der Rechnungs-Prüfung begnügte sich das Volk mit der Bemerkung von ihm, das Geld sei* εἰς τὸ δέον *verbraucht. Ebenso grossartig Strepsiades, nur dass er das* ἀνήλωσα *des P. in* ἀπώλεσα *verdreht. Kock.*

7. Vesp. 242 χθὲς οὖν Κλέων ὁ κηδεμὼν ἡμῖν ἐφεῖτ' ἐν ὥρᾳ Ἥκειν ἔχοντας ἡμερῶν ὀργὴν τριῶν πονηράν. schol. παρὰ τὸ κηρύττεσθαι σιτία ἡμερῶν τριῶν τοῖς στρατιώταις ἔπαιξε.

8. — 958 εἰ δ' ὑφείλετο, Ξύγγνωθι. κιθαρίζειν γὰρ οὐκ ἐπίσταται. 989 οὐ δῆτα. κιθαρίζειν γὰρ οὐκ ἐπίσταμαι. schol. παρὰ τὴν παροιμίαν· πεζῇ βαδίζω, νεῖν γὰρ οὐκ ἐπίσταμαι.

9. Vesp. 1060 ὦ πάλαι ποτ' ὄντες ὑμεῖς ἄλκιμοι μὲν ἐν χοροῖς, Ἄλκιμοι δ' ἐν μάχαις — schol. παρὰ τὸ πάλαι ποτ' ἦσαν ἄλκιμοι Μιλήσιοι (Plut. 1002. 1075).

10. — 1351 ἐὰν γένῃ δὲ μὴ κακὴ νυνὶ γυνή, Ἐγώ σ' ἐπειδὰν οὑμὸς υἱὸς ἀποθάνῃ, Λυσάμενος ἕξω παλλακὴν ὦ χοιρίον. schol. μιμεῖται τοὺς νεανίσκους λέγοντας πρὸς τὰς ἑταίρας καὶ ὀμνύντας, ἐάν μου ὁ πατὴρ ἀποθάνῃ, δώσω σοι πάντα καὶ συνοικήσω μετὰ σοῦ.

11. Pac. 122 ἢν δ' ἐγὼ εὖ πράξας ἔλθω πάλιν, ἕξετ' ἐν ὥρᾳ Κολλύραν μεγάλην καὶ κόνδυλον ὄψον ἐπ' αὐτῇ. schol. ἔπαιξε παρὰ τὸ λεγόμενον, εἰ δὲ οἶνον αἰτεῖ, κόνδυλον αὐτῷ δός, ὑπὲρ τοῦ ἐθίζειν τοὺς παῖδας μηδέν τι περιττὸν ζητεῖν.

12. — 435 σπένδοντες εὐχόμεσθα τὴν νῦν ἡμέραν Ἕλλησιν ἄρξαι πᾶσι πολλῶν κἀγαθῶν. schol. δοκεῖ διὰ τούτων αἰνίττεσθαι τὴν ὑπὸ Μελησίππου λεχθεῖσαν ἀπειλήν. ἐν ἀρχῇ γὰρ τοῦ πελοποννησιακοῦ πολέμου πεμφθεὶς πρεσβευτὴς ὁ Μ. ὑπὸ Λακεδαιμονίων εἰς τὰς Ἀθήνας, ὡς οὐχ ὑπήκουσαν οἱ Ἀθηναῖοι, ἠξίου ἀπαλλαττόμενος λοιπὸν καὶ γενόμενος ἐπὶ τοῖς ὁρίοις, εἰπεῖν, ὡς ἥδε ἡ ἡμέρα πολλῶν καὶ μεγάλων κακῶν τοῖς Ἕλλησιν ἄρξει.

13. — 899 πὺξ ὁμοῦ καὶ τῷ πέει. schol. παρὰ τὸ λεγόμενον, π. ὁ. κ. τ. σκέλει.

14. — 1189 ὄντες οἴκοι μὲν λέοντες, ἐν μάχῃ δ' ἀλώπεκες. schol. παροιμία παρὰ τοὺς ἐν τῇ Ἀσίᾳ Λάκωνας ἀτυχήσαντας· οἴκοι λέοντες, ἐν Ἐφέσῳ δὲ Λάκωνες.

15. — 1309 καὶ σμώχετ' ἀμφοῖν ταῖν γνάθοιν· οὐδὲν γὰρ ὦ πονηροὶ Λευκῶν ὀδόντων ἔργον ἔστ', ἢν μή τι καὶ μασῶνται. schol. ὅτι παροιμία ἐστίν. καὶ οὕτως· οὐδὲν ἔργον ἐστὶν ἀνδρῶν λευκῶν, ἢν μή τι καὶ μάχωνται. ἔτι δὲ οὕτως· οὐδὲν λευκῶν ἀνδρῶν ἔργον εἰ μὴ σκυτοτομεῖν.

16. Av. 133 καὶ μηδαμῶς ἄλλως ποιήσῃς· εἰ δὲ μή, Μή μοί ποτ' ἔλθῃς, ὅταν ἐγὼ πράττω κακῶς. schol. παροιμία ἐπὶ τῶν μὴ συνερχομένων τοῖς φίλοις ἐν κινδύνοις. παίζει δὲ εἰς τὸ ἐναντίον. ἡ γὰρ παροιμία ἐστί, μή μοι τότ' ἔλθῃς· ὅταν ἐγὼ πράττω καλῶς.

17. — 967 ἀλλ' ὅταν οἰκήσωσι λύκοι πολιαί τε κορῶναι Ἐν ταὐτῷ τὸ μεταξὺ Κορίνθου καὶ Σικυῶνος — schol. Αἰσώπῳ τῷ μυθογράφῳ χρωμένῳ περὶ πλούτου ὁ θεὸς εἶπεν· εἰ τὸ μέσον κτήσαιο Κορίνθου καὶ Σικυῶνος. εὔπορος γὰρ αὕτη ἡ χώρα. τὸ δὲ ὅλον παίζει.

18. Lys. 109 οὐκ εἶδον οὐδ' ὄλισβον ὀκτωδάκτυλον, Ὃς ἦν ἂν ἡμῖν σκυτίνη 'πικουρία. schol. παρὰ τὴν παροιμίαν, συκίνη ἐπικουρία, ἐπὶ τῶν ἀσθενῶν.

19. Thesm. 335 εἴ τις ἐπιβουλεύει τι τῷ δήμῳ κακὸν |Τῷ τῶν γυναικῶν — 338 ἢ τυραννεῖν ἐπινοεῖ Ἢ τὸν τύραννον συγκατάγειν — schol. ἐκ τῆς κατάρας τῆς ἐπὶ τοῖς Πεισιστρατίδαις γενομένης ταῦτα παρέμιξεν.

20. — 527 τὴν παροιμίαν δ' ἐπαινῶ Τὴν παλαιάν· ὑπὸ λίθῳ γὰρ Παντί που χρὴ Μὴ δάκῃ ῥήτωρ ἀθρεῖν. schol. ἐκ τῶν εἰς Πρά-

ξιλλαν ἀναφερομένων (fr. 4 p. 962 *B*)· ὑπὸ παντὶ λίθῳ σκορπίον ὦ ταῖρε φυλάσσεο. καὶ ἑτέρα, πάντα λίθον κίνει.

21. Ran. 416 βούλεσθε δῆτα κοινῇ Σκώψωμεν Ἀρχέδημον;[67])

---

[67]) Ein Demagog, als ξένος verspottet. Jedes neugeborene Kind von rechtmässiger athenischer Abkunft musste bei den Phratoren angemeldet werden; das war zu seiner bürgerlichen Existenz ebenso nothwendig wie zu seiner physischen die Zähne, die sich mit dem siebenten Jahre in der Regel ziemlich vollständig eingestellt haben. Aristophanes macht hieraus den Witz, dass er von A. sagt, es seien ihm mit sieben Jahren noch keine Phratoren gewachsen. In den Schol. wird berichtet: ὁ δὲ Ἀρχέδημος ὡς ξένος παρ' αὐτοῦ κωμῳδεῖται. νόμος γὰρ ἦν τοὺς ἐξ ἀλλοδαπῆς Ἀθήνησι κατοικεῖν ἐθέλοντας εἰς πολίτας, ἐνταῦθα χρόνον ὀλίγον διατρίψαντας ἐγγράφεσθαι, ὅπερ ὁ Ἀ. οὐκ ἐποίησε. δέον οὖν εἰπεῖν ὅτι οὐκ ἐπολιτογραφήθη, ὥστε τοὺς πολίτας ὥσπερ συγγενεῖς ἔχειν, οὐκ ἔφυσεν εἶπεν. Das Gesetz, von dem hier gefabelt wird, ist nichts als eine Verwechselung mit der Verpflichtung jedes Fremden, der in Athen wohnen wollte, sich unter den Bürgern einen Patron (προστάτης) zu wählen, widrigenfalls er der γραφὴ ἀπροστασίου ausgesetzt war. Auf sein blosses Verlangen wurde kein Fremder unter die Bürger aufgenommen. (*Schoem* com. 106 not.) — Auch Eupolis warf dem Archedemos sein Nichtbürgerthum vor in dem Verse: ἐπιχώριος δ' ἔστ' ἢ ξένης ἀπὸ χθονός; (84 II 453.) Charakter und Sitten waren bei ihm ebenso schlecht wie bei den meisten Demagogen dieser Zeit. Aristophanes gibt ihm ja die Bezeichnung τὰ πρῶτα τῆς ἐκεῖ μοχθηρίας. d. h. das Nonplusultra von Nichtswürdigkeit in Athen, denn unter οἱ ἄνω νεκροί verstehen die Mysten das Volk der Athener, weil diese in ihrem Leben mehr Ungemach zu erdulden hatten als die Todten in der Unterwelt, und in Apathie versunken ihre Peiniger, die Demagogen ungestraft liessen. (schol. ἢ διότι πολλοῖς κακοῖς ὑπὸ τῶν δημαγωγῶν καταστριβόμενοι ἀναισθήτως ἔχουσιν ὡς νεκροί, αὐτοὺς ἀτιμωρήτους ἐῶντες.) Triefende Augen machten seine Persönlichkeit noch unangenehmer. Ran. 586 verschwört sich Dionysos, um den Sklaven Xanthias zur Uebernahme der Herakles-Rolle zu bewegen, da die Lage anfängt bedenklich zu werden, er wolle, wenn er ihm jemals wieder die Löwenhaut nehme, selbst mit Stumpf und Stiel, mit Weib und Kind ums Leben kommen, κἀρχέδημος ὁ γλάμων (schol. Hom. Ω 192). Ein Scholiast bemerkt dazu: παρόσον ἐρώμενός, φασιν, ἦν Διονύσου. Diese Liebe zwischen D. und A. könnte sich nur darauf beziehen, dass A. gern Wein getrunken, doch ist ein solcher Zusammenhang durchaus nicht erforderlich, um den Unheilswunsch zu erklären. D. kann recht gut anfügen: 'und der triefäugige A. dazu', ohne ihn damit als seinem Herzen besonders theuer bezeichnen zu wollen. Unter ὁ γλάμων ist A. auch bei Eupolis 15 II 432 zu verstehen: τὴν πανδοκεύτριαν γὰρ ὁ γλάμων ἔχει. Und mit demselben Beiwort kommt er bei Lysias vor XIV 25, der ihm nicht geringe Veruntreuungen vorwirft und den Alkibiades anklagt, dass er als Knabe mit ihm unter einem Dache gewohnt habe. οὗτος γὰρ παῖς μὲν ὢν παρ' Ἀρχεδήμῳ τῷ γλάμωνι οὐκ ὀλίγα τῶν ὑμετέρων ὑφῃρημένῳ πολλῶν ὁρώντων ἔπινε μὲν ὑπὸ τῷ ἀετώματι κατακείμενος κτλ. Aus Xen. Hell. I 7 wissen wir endlich, dass A. nach der Schlacht bei den Arginusen zuerst mit der Anklage gegen einen der Feldherrn vorging. τῶν δὲ ναυμαχησάντων στρατηγῶν Πρωτόμαχος μὲν καὶ Ἀριστογένης οὐκ ἀπῆλθον εἰς Ἀθήνας, τῶν δὲ ἐξ καταπλευσάντων — Ἀρχέδημος ὁ τοῦ δήμου τότε προεστηκὼς ἐν Ἀθήναις καὶ τῆς διωβελίας ἐπιμελόμενος Ἐρασινίδῃ ἐπιβολὴν ἐπιβαλὼν κατηγόρει ἐν δικαστηρίῳ, φάσκων ἐξ Ἑλλησπόντου αὐτὸν ἔχειν χρήματα ὄντα τοῦ δήμου· κατηγόρει δὲ καὶ περὶ τῆς στρατηγίας.

Ὃς ἐπτέτης ὢν οὐκ ἔφυσε φράτερας, Νυνὶ δὲ δημαγωγεῖ Ἐν τοῖς ἄνω νεκροῖσι, Κἄστιν τὰ πρῶτα τῆς ἐκεῖ μοχθηρίας. schol. ἡ δὲ παροιμία, ἑπτέτης ὢν ὀδόντας οὐκ ἔφυσεν.

22. Ran. 970 οὐ Χῖος, ἀλλὰ Κεῖος. *Im Würfelspiel hiess der schlechteste Wurf* Χῖος *oder* κύων, *der beste* (6) Κῷος *oder* ἑξίτης. *Kock.* schol. τοῦτο οὖν φησιν, ὅτι οὐδέποτε κακοβολεῖ ὁ Θηραμένης ὡς ἐν ἀστραγάλοις, ἀλλ' ἐπιτυγχάνει. — Κεῖος, weil Th. mit Abstammung aus Keos geneckt wurde.

INDEX.

CPSIA information can be obtained
at www.ICGtesting.com
Printed in the USA
LVHW040029180422
716440LV00005B/352

9 783752 597189